दस प्रतिनिधि कहानियाँ

उदय प्रकाश

किताबघर प्रकाशन

नयी दिल्ली

दस प्रतिनिधि कहानियाँ सीरीज़

10 प्रतिनिधि कहानियाँ

उदय प्रकाश

प्रकाशक
किताबघर प्रकाशन
4855-56/24, अंसारी रोड, दरियागंज, नई दिल्ली-110002
फ़ोन : 011-23266207, 41584421

E-mail : kitabgharprakashan@gmail.com
website : www.bookshindi.com

पेपरबैक संस्करण : 2024

आवरण : रवि शर्मा

मूल्य : पांच सौ रुपये

मुद्रक : आर. के. ऑफसेट
शाहदरा, दिल्ली-110095

DAS PRATINIDHI KAHANIYAN *(Stories in Hindi)*
by Uday Prakash
Price : ₹ 500 (Paperback Edition)

ISBN—978-93-81467-07-7

पाठ से पहले एक पूर्व-पीठिका

यह निर्णय ले पाना सचमुच बहुत कठिन है कि अब तक, लगभग तीन दशकों के कालखंड में लिखी जा चुकीं बहुत-सी कहानियों में से, अपनी कौन-सी दस कहानियां सबसे अधिक प्रिय हैं?

सबसे पहली बात तो यही कि किसी भी लेखक द्वारा सारी कहानियां एक साथ, एक ही समय में, एक जैसी स्थितियों-परिस्थितियों में नहीं लिखी जातीं। हर कहानी के जन्म या निर्माण की अपनी अलग कथा होती है। हर कहानी अलग-अलग समय और यथार्थ की कोख से पैदा होती है और फिर अपना एक अलग जीवन जीती है। सिर्फ इस प्रकट संयोग और प्रमाण के चलते कि इन कहानियों को लिखने वाला कथाकार कोई एक व्यक्ति है, सभी कहानियों की अपनी अलग विशिष्टताओं, भिन्नताओं, चरित्र और निजताओं को सपाट नहीं किया जा सकता।

आलोचना अकसर ऐसा करती है, क्योंकि उसका ध्यान लंबे समय से रचनाकेंद्रित नहीं रहा। वह एक खास तरह की व्यवहारमूलक गड़बड़ी और प्रचलन से ग्रस्त रही है। जब पश्चिम के एक आलोचक ने अपना बहुपठित और बहुचर्चित निबंध—'लेखक की मृत्यु' (दि डेथ ऑफ दि ऑथर) लिखा तो उसने यही संकेत देने की पहली कोशिश की थी कि किसी रचना की आलोचना और व्याख्या के लिए उसके लेखक के संस्मरण, डायरी, जीवनी या उसके वैयक्तिक-सामाजिक संदर्भों से जुटाए गए साक्ष्य रचना को समझने में बहुत उपयोगी नहीं होते, क्योंकि लेखक और उसकी हर रचना के बीच हमेशा एक विभाजक रेखा खिंची होती है, भले ही वे किसी दिक् और काल की एक ही सरल रेखा में उपस्थित हों। 'लेखक अपनी किताब का व्यतीत होता है। उसके और उसकी किताब के बीच 'पहले' (पूर्व) और 'बाद' (पश्चात्) की हमेशा एक रेखा होती है। लेखक अपनी किताब से पहले उसी तरह जीवित रहता है, जिस तरह कोई पिता अपनी संतति के पहले जीवित होता है।' ज़ाहिर है, संतान का जीवन उसके पिता का जीवन नहीं होता। दोनों अपना पृथक् और भिन्न जीवन जीते हैं। और जिस तरह किसी संतान का जन्म या भ्रूण में उसका प्रतिस्थापन किसी पिता (या मां) की 'अभिव्यक्ति' नहीं, बल्कि एक 'प्रक्रिया' या

'कर्म' है, उसी तरह लेखन का कर्म भी सिर्फ कोई 'अभिव्यक्ति' नहीं है। लेखक के हाथ गणेश और उसका सिर (मस्तिष्क) व्यास नहीं हैं, जहां कोई एक बोल रहा है और एक दूसरा लिख रहा है।

इसीलिए उस आलोचक-विचारक ने माना था कि रचना के पाठ का जन्म किसी 'रिकॉर्डिंग', 'नोटेशन' या 'टाइपिंग' की तरह नहीं है, बल्कि सच तो यह है कि आज का रचनाकार लिखे जाने की तात्कालिक, त्वरित, नश्वर, स्फूर्त, क्षणभंगुर प्रक्रिया में रचना के पाठ के साथ ही, उसी पल, जन्म लेता है और 'पाठ' के पूरा होते ही, खत्म हो जाता है। इसके बाद का उसका जीवन उत्तर-पाठ का अलग जीवन है। पाठ के पहले और बाद के उसके जीवन का रचना से पृथक् अर्थ और संदर्भ है। किसी रचना के पाठ का बनना उसी क्षण उसके लेखक का स्थगन और अनुपस्थिति है। पाठ की उपस्थिति के साथ ही लेखक की विलुप्ति या उसकी अनुपस्थिति तय और मुकम्मल हो जाती है। यह एक तरह से कुछ-कुछ वैसा ही 'अलगाव' (एलियनेशन) है, जिसकी चर्चा बीसवीं सदी के प्रमुख मार्क्सवादी विचारकों (जॉर्ज लुकाच आदि) ने औद्योगिक-पूंजीवादी समाज में व्यापक सामाजिक-सांस्कृतिक संदर्भों में की है। रचयिता और रचना, हुनरमंद और उत्पाद के बीच का अलगाव।

हमारी हिंदी भाषा में आलोचना अभी तक विकास की प्राथमिक अवस्थाओं में ही डगमग करती दिख रही है और इसका खमियाज़ा इस समय लिखी जा रही नई रचनाओं और रचनाकारों को भुगतना पड़ता है। यह आलोचना किसी भी रचना को किसी व्यक्ति (लेखक) की अभिव्यक्ति या उसके विचार का 'भाष्य' अथवा 'संप्रेषण' मानते हुए, पाठ को छोड़कर लेखक की गर्दन पकड़ लेती है। ऐसी आलोचना की व्याख्या या दुर्व्याख्या से रचना के पाठ की जितनी क्षति होती है, उससे अधिक उस व्यक्ति की हो जाती है, जो निर्दिष्ट संयोग से उस पाठ की निर्मिति के पूर्व उसका 'लेखक' हुआ करता था। रचना पीछे रह जाती है, क्योंकि उसके पाठ को 'पाठक' की स्मृतियां और उनकी प्रज्ञाएं तो बचा लेती हैं, उत्पीड़न असल में लेखक का होने लगता है। किसी विकलांग 'विकल मस्तिष्क' वाली आलोचना की तानाशाही के दौर में किसी लेखक का जीवन उस सूफी या संत जैसा होता है, जिसके पद और साखियों को तो जन-समुदाय बचा लेता है, लेकिन उस पाठ के रचनाकार की नियति उसे किसी मकतल या सलीब की दिशा की ओर ही अकसर ले जाती अब तक इतिहास में दिखी है।

हिंदी समाज में जितनी जातीयताएं, अस्मिताएं, वर्ग और उनसे संबद्ध जितनी

तरह की राजनीतिक सत्ता-संरचनाएं हैं, उसके चलते लेखक और पाठ का संकट और गहरा हो जाता है। मैं इसीलिए, समय-समय पर, मौका मिलते ही, सुज़ान सोंटाग, मुक्तिबोध या रोलां बाथ के विचारों का हवाला देता रहता हूं। आप आज के समूचे समकालीन साहित्यिक परिदृश्य को देखिए। आत्मकथाओं, साक्षात्कारों, वक्तव्यों, डायरियों, संस्मरणों, आरोपों-प्रत्यारोपों से सब कुछ अंटा पड़ा है। कवि डायरियां लिख रहे हैं, कथाकार आत्मकथाएं और संस्मरण, जैसे उनका यह कर्म उनकी रचनाओं की ही निरंतरता का कोई जैविक-भौतिक साक्ष्य और सबूत हो। जबकि लिखना भाषा के भीतर घटित और संपन्न होती एक ऐसी प्रक्रिया या कर्म है जिसकी शुरुआत के पहले क्षण के साथ ही उस भाषा के समस्त कूटों, संकेतों, प्रतीकों के सभी बाहरी उद्‌गम-सूत्रों का विनाश शुरू हो जाता है। किसी भी रचना का भाषिक पाठ उस भाषा के बाहरी सूत्रों से उसके पृथक् होने का, स्वतंत्र और मुक्त होने का पहला प्रमाण है। अगर ऐसा नहीं है, तो वह रचना अपने अनिवार्य एस्थेटिक्स में, रचना हो पाने से चूक जाती है।

बहुत पहले, आकाशवाणी से प्रसारित रघुवीर सहाय द्वारा लिए गए एक लंबे साक्षात्कार में अज्ञेय ने रचना और रचनाकार के बीच के इस अंतराल या अलगाव को बहुत संलग्नता और गंभीरता के साथ विश्लेषित किया था। इसके लिए उन्होंने टी०एस० इलियट के निबंधों और कविता-आलोचना पुस्तक 'दि सैक्रेड वुड' का संदर्भ दिया था। इलियट की इस पुस्तक से स्वयं उनकी अपनी आलोचना बहुत गहरे स्तर तक प्रभावित थी, यह उन्होंने इस साक्षात्कार में स्वीकार भी किया था। संभवतः उस बातचीत के समय, इसी पुस्तक में संकलित इलियट का बहुपठित निबंध 'परंपरा और वैयक्तिक प्रतिभा' उनकी स्मृति में रहा होगा। इस निबंध में इलियट ने लिखा है कि 'मृत लेखक हमें अपने से बहुत दूर इसलिए लगते हैं, क्योंकि उनकी रचनाओं के ज़रिए हम उन्हें (बाद में) ज़्यादा नज़दीकी से जान चुके होते हैं।' उसके अनुसार 'कलाकार (या लेखक) का कर्म या प्रगति उसका निरंतर आत्मबलिदान और अपने व्यक्तित्व का निरंतर विलोपन (extinction) या संहार है।' यानी लेखक नहीं, उसकी रचनाओं के पाठ ही उसकी निकट अस्मिता या पहचान के शेष सबूत या साक्ष्य होते हैं, स्वयं लेखक और उसका निजी जीवन नहीं। विलक्षण कला-चिंतक वाल्टर बेंजामिन का भी कथाकार के बारे में मत था—'भले ही कथाकार का नाम हमारे लिए परिचित हो, लेकिन अपने जीवन की सन्निकटता में वह किसी भी अर्थ में एक समकालिक शक्ति नहीं होता। वह तो हमसे दूर हो चुका कोई व्यक्तित्व है, जो हर पल हमसे और अधिक दूर होता जाता है।'

दुर्भाग्य से हिंदी के हर आलोचक के पास उसकी राजनीति, धर्म, संघ-संगठन या क्षेत्रीय-जातीय हितों से जुड़ा प्लेटो जैसा कोई न कोई 'रिपब्लिक' पहले से रहता है, जिसमें से वह 'विधर्मी-विजातीय' कवि को बलात् निर्वासित कर देना चाहता है। इसके लिए वह कोई भी औज़ार चुन सकता है। ऐसा आलोचक पाठ के विरुद्ध दरअसल एक अघोषित 'युद्ध' छेड़ता है, और युद्ध में तो वैसे ही 'सब कुछ जायज़' माना जाता है। उसके पास यथार्थ की कोई न कोई बनी-बनाई अवधारणा पहले से रहती है और भले ही बदले हुए दिक् और काल द्वारा निरस्त किया जा चुका एक ऐसा पूर्वग्रह भी, जिसे वह 'विचारधारा' या किसी दूसरी सैद्धांतिकी के नाम की छद्म वैधता देते हुए, उससे रचना के पाठ का 'विश्लेषण'(?) करता है। बस, ठीक यही वह बिंदु है, जहां से समस्या, संकट, संदेह और सवाल जन्म लेते हैं। क्या वह आलोचक, उसकी आलोचना और उसकी प्रणाली सचमुच पाठ के विश्लेषण या व्याख्या के लिए उपयुक्त और वैध है? और क्या वह पाठ के साथ जो व्यवहार कर रहा है, वह सचमुच 'व्याख्या' ही है? या कुछ और ? कहीं ऐसा तो नहीं, जैसा कि एक विख्यात आलोचक ने कहा था, कि आलोचक का यह कार्य वर्चस्वशील सांस्कृतिक-राजनीतिक सत्ता के औज़ारों-उपकरणों द्वारा रचना के 'पाठ' का उत्पीड़न और उस पर विजातीय आक्रमण है। पाठ की ज़बरिया खुदाई, बलात् उत्खनन। पाठ में सहज रूप से उपस्थित मूल अर्थों-अभिप्रेतों का वैसा ही विस्थापन, जैसा किसी बड़े औद्योगिक प्रोजेक्ट के लिए आदिवासियों या मूल निवासियों का उनकी नैसर्गिक 'मातृभूमि' से होता है। पाठ के साथ यह व्यवहार आलोचना जिन प्रचलित-चालू पारिभाषिक पदों और पद्धतियों के ज़रिए करती है, अगर आप उन्हें चिह्नित और प्रश्नांकित करें, उन पर संदेह करें, तो उसके द्वारा की गई सारी व्याख्या अपनी आलोचना के साथ धराशायी हो जाती है।

प्रख्यात आलोचक सुज़ान सोंटाग, जिनका हवाला मैं पहले भी देता रहा हूं, ने कहा है—'व्याख्या या आलोचना स्वयं में कोई चरम मूल्य नहीं है, कोई ऐसा पवित्र-तटस्थ बौद्धिक कर्म, जिसकी उपस्थिति किसी ऐसी क्षमता के भीतर है, जो कालातीत हो। वह (आलोचना) स्वयं संदिग्ध है। अब ज़रूरत स्वयं व्याख्या की व्याख्या और मनुष्य की चेतना के ऐतिहासिक परिसंदर्भ में आलोचना के मूल्यांकन और पड़ताल की है। कुछ भाषाओं-संस्कृतियों में आलोचना अपने समाज के मृत और जड़ हो चुके अतीत को बदलने, संशोधित करने और उसका पुनर्मूल्यांकन करने का प्रयत्न करती है, या उससे मुक्ति के लिए संघर्ष करती है, लेकिन कुछ भाषा-संस्कृति में यह पुरातनतावादी, कायर, भोथरी और दमनकारी होती है।' हिंदी में यही दूसरी

स्थिति है। वह अधिकांश रचनाकारों और पाठकों के सम्मुख आज की राजनीति (जिसका वह स्वयं आवयविक विस्तार और अनुषंग है) की ही तरह अपनी वैधता और विश्वसनीयता खो चुकी है, उसके मुखौटे उतर चुके हैं, वह बेपर्दा हो चुकी है। लेकिन शायद अभी तक उसे या तो इसका बोध नहीं है, या फिर सत्तांध होकर वह फासीवादी विचार के जनक कहे जाने वाले दार्शनिक फ्रेडरिक नीत्शे की इस उक्ति पर अभी भी विश्वास रखती है कि 'सत्य अपने आप में कुछ और नहीं होता, सत्य की व्याख्याएं ही सत्य हुआ करती हैं।' या गोएबेल्स की वह कुख्यात उक्ति कि 'झूठ को इतनी बार बोलो कि वह सच लगने लगे।' इसका अमल हिंदी की फर्ज़ी आलोचना ने खूब किया है। (विडंबना बस यही है कि इसका सबसे अधिक लाभ स्वयं को परिवर्तनकामी और अग्रगामी कहने वाले कवियों-लेखकों ने उठाया है।)

इन दिनों सर्वत्र दिखाई देती आलोचना की दबंगई, अहंकार, निर्लज्जता और उसकी सनक के पीछे शायद यही धारणा काम कर रही है। वह कभी मनमाने और कभी किसी सोची-विचारी साजिश के तहत किसी रचना के 'पाठ' के पक्ष या विपक्ष में ऐसी आधारहीन, अनैतिक और अननुपातिक (हाइपरट्रॉफिकल) (दुः)'व्याख्या' को अंजाम देती है, जिससे किसी उत्कृष्ट रचना का अर्थ और महत्त्व नष्ट हो तथा उसके स्थान पर उसके अभीप्सित, उसके गुट के किसी ओछे या निम्नतर पाठ (और इसकी आड़ में उसके लेखक) को प्रतिस्थापित किया जा सके। खुद सोचिए, एक ऐसे जटिल और बहुजन समाज की संस्कृति, जिसकी सबसे बड़ी विडंबना उसकी लगातार बढ़ती अतिसंवेदी असहिष्णुता, अतिरेकी, हिंस्र और अराजक होती मानसिकता और वृत्ति है, उसमें आलोचक की यह अतिरंजित निहद्द 'हाइपरट्रॉफी', उसका फुफकारता-फुंसेटता, फेंचकुर फेंकता उद्दंड प्रलाप क्या विकल-उन्मादी मस्तिष्क का किसी निहत्थी रचना और उसके पाठ पर लंपट 'हमला' नहीं ?...और उसके द्वारा की जाने वाली 'व्याख्या' क्या वही नहीं है, जिसकी शिनाख्त सुज़ान सोंटाग ने इन शब्दों में की थी—'ऐसी व्याख्या अतिरेकी बुद्धि द्वारा, रचनात्मक ऊर्जा और ऐंद्रिक संवेदनशीलता की कीमत पर, कला के साथ की गई एक प्रतिशोधात्मक कार्रवाई है।'

मैं अपनी कहानियों के इस संचयन के पहले ऐसा इसलिए लिख रहा हूं, क्योंकि मेरी कहानियों के 'पाठ' के साथ ही नहीं, स्वयं मेरे निजी जीवन के साथ भी हिंदी की प्राध्यापकीय या सत्ताकेंद्रित आलोचना तथा उनसे अनिवार्य रूप से संबद्ध साहित्यिक-सांस्कृतिक संस्थानों ने यही 'प्रतिशोधात्मक कार्रवाई' पिछले कई दशकों से, बार-बार की है। इसके द्वारा उसने रचना के पाठ और उसके अर्थाशयों को क्षतिग्रस्त तो किया ही है, एक नागरिक लेखक के बतौर उसने इन कहानियों

के लेखक को एक गरिमाहीन, सामाजिक-आर्थिक अनिश्चयात्मकताओं से भरे निर्वासन की ओर धकेलने की लगातार कोशिश की है। इसमें वह एक हद तक कामयाब इस मायने में रही है कि उसने इस जीवन की वास्तविक सूचनाओं को अपनी सामूहिक-सांगठनिक ताकत के ज़रिए या तो सेंसर किया है या उन्हें अफवाहों से विस्थापित किया है। मेरी ही एक कविता की पंक्ति है–'जो यथार्थ को व्यक्त करता है, वह मार दिया जाता है अफवाहों से।'

अगर आप मेरी कहानियों-कविताओं और उनसे संबंधित हिंदी की आलोचना आदि से परिचित हैं तो 'टेपचू' और 'तिरिछ' जैसी प्रारंभिक कहानियों से लेकर 'वारेन हेस्टिंग्स का सांड', 'पॉल गोमरा का स्कूटर', '...और अंत में प्रार्थना' जैसी बीच की, और 'पीली छतरी वाली लड़की', 'मोहन दास' और 'दिल्ली की दीवार' या 'मैंगोसिल' जैसी हाल-फिलहाल की कहानियों-लघु उपन्यासों को लेकर हिंदी की पत्र-पत्रिकाओं में आलोचकों-संपादकों द्वारा चलाए गए 'विवादों' से भी परिचित होंगे। उन विवादों के स्तर और उनके 'मकसद' को लेकर या उनके पीछे उपस्थित सत्ता-केंद्रों के बारे में मैं अलग से कुछ कहना नहीं चाहूंगा। यहां मुझे अपने प्रिय और अत्यंत प्रतिभाशाली आलोचक वाल्टर बेंजामिन की फिर याद आती है, जिन्होंने 'कहानीकार' शीर्षक से अपने प्रिय कथाकार निकोलोइ लेस्कोव (The Storyteller : Reflections on the works of Nikoloi Leskov) के बहाने किसी किस्सागो की रचना और उसके जीवन में आने वाले संकटों-चुनौतियों का गंभीर और अविस्मरणीय विश्लेषण किया था।

बीसवीं सदी में, प्रथम विश्वयुद्ध की हिंसा और अमानवीय विभीषिका में से होकर और बचकर जो लेखक लौटा था, उसके आत्मानुभव इतने आक्रांत करने वाले थे कि वह स्वयं को लंबे समय तक 'निर्वाक्' पाता रहा। उसके भीतर यह आशंका निरंतर थी कि वे ताकतें, जो उस हिंसा और संहार में सम्मिलित थीं, वे प्रच्छन्न रूप से संस्कृति और समाज में, हार या जीत से अलहदा, ज्यों की त्यों मौजूद हैं। आप स्वयं सोचिए, बेंजामिन यह तब लिख रहे थे, जब यूरोप में नाजीवाद मानवता को दूसरे विश्वयुद्ध की ओर धकेल रहा था। वहां का नस्लवाद, जो किसी भी मायने में हमारे देश के जातिवाद और सांप्रदायिकता से कमतर नहीं है, बीसवीं सदी के मध्य में जिस भय और आतंक को रच रहा था, उसमें बेंजामिन जैसे अत्यंत संवेदनशील कला-चिंतक की पहली चिंता यही थी कि 'क्या अब कोई कथाकार कहानी में सच लिखने का साहस दिखा पाएगा? क्या कहानी अपने अंत के कगार तक पहुंच गई है? हमें अब (अपने समय की) कहानी कहने वाले कथाकार कम से कम क्यों दिखते

हैं? वह जो अब से कुछ समय पहले तक हमसे अविच्छिन्न था, उसे हमसे अचानक किसने छीन लिया है?' जब मैं अपनी कहानियों और जीवन के बारे में सोचता हूं, तो वाल्टर बेंजामिन का निबंध अकसर याद आता है।

मुझे खुशी यही है कि पाठकों ने, जिनमें हिंदी ही नहीं, अन्य भारतीय और अंतरराष्ट्रीय भाषाओं के पाठक बहुत बड़ी संख्या में शामिल हैं, मेरी रचनाओं को अपनाया। अन्य भाषाओं के विद्वानों और वैश्विक प्रतिष्ठा प्राप्त आलोचकों-विचारकों ने भी इन रचनाओं को महत्त्व और अपूर्व सम्मान दिया। मैं आज गर्व से कह सकता हूं कि जिन रचनाओं के कारण हिंदी सत्ता-केंद्रों और प्रतिष्ठानों ने, जातीय तथा राजनीतिक पूर्वग्रहों के चलते, मुझे प्रताड़ना, लांछनाएं और कष्टप्रद ओछे विवाद दिए, उन्हीं रचनाओं के अन्य भाषाओं में अनुवादों को राष्ट्रीय और अंतरराष्ट्रीय स्वीकृति मिली।

मैंने इस संग्रह में जानबूझकर उन कहानियों को भी सम्मिलित किया है, जिनकी 'व्याख्याएं' अनेक रूपों में हिंदी की प्रचलित आलोचना में आपको यहां-वहां मिलेंगी। अब इस संकलन के माध्यम से आपके पास उन कहानियों का मूल 'पाठ' है, आप स्वयं इस पर अपना मत देंगे।

कहानी एक ऐसी जनप्रिय कला है, जिस पर समय-समय की तमाम सत्ताओं द्वारा लगाए गए अभियोगों का अंतिम फैसला, पाठकों की 'जन-अदालत' ही देती है।

तो आपके कठघरे में अपनी दस प्रिय कहानियों को खड़ा करते हुए मुझे बहुत खुशी हो रही है। उम्मीद है, आप इस चयन को पसंद करेंगे।

27 अगस्त, 2010

—उदय प्रकाश

क्रम

मौसाजी

मौसाजी को सिर्फ मैं ही नहीं, मोहल्ले के लगभग सारे लोग मौसाजी ही कहते थे। सागर में एक तिराहा है, जिसे तीनबत्ती कहते हैं। इससे आगे बढ़ने पर एक चढ़ाई पड़ती है। सागर वैसे भी एक ऊंचा-नीचा शहर है, भोपाल जैसा। वहां रिक्शे नहीं चलते। तांगे या टैक्सियां सवारी ढोती हैं। इस चढ़ाव के खत्म होने के जरा पहले बाईं ओर एक तंग गली खुलती है। इस तंग गली में घुसने पर अमोनिया की तीखी गंध नथुनों में भर जाती है। इस गली के दोनों ओर ऊंची दीवारें हैं जिन पर हाजमा, गुप्त रोग, पंखे, बीड़ी, सुरमा, दंतमंजन आदि के विज्ञापन लिखे हुए हैं। ये दीवारें दरअसल ऊंची बिल्डिंगों के पिछवाड़े हैं, जहां संडास, स्नानघर के पाइप खुलते हैं।

यह तंग गली जहां खत्म होती है वहां राखड़, कचड़ा और टूटी-फूटी ईंटों भरा हुआ एक छोटा-सा मैदान है। इस मैदान में वे लोग दिशा-त्याग के लिए बैठते हैं जिनके पास अमूमन संडास जैसी सुविधाएं नहीं होतीं। इससे थोड़ा आगे चलकर एक लगभग गांव है, पछीत टोला। मौसाजी यहीं रहते हैं।

मौसाजी से मिलना कोई दुर्लभ उपलब्धि नहीं है। आप शहर जा रहे हों, बाजार से लौट रहे हों, दफ्तर की ओर साइकिल के पैडल मार रहे हों, फिल्म देखकर घर लौट रहे हों या कॉलेज जा रहे हों, मौसाजी आपको बदस्तूर ईंटहे मकान की ड्योढ़ी के पास पुरानी-सी खटिया पर बैठे दिख जाएंगे।

जब कोई उस गली से गुजरता है तो मौसाजी उसकी ओर एक याचना-भरी उत्सुक मुद्रा से देखने लगते हैं। अब इस देखने में एक निरीह लालच होता है जैसे भूखा बच्चा मिठाई को देखता है। हर आदमी इसका अर्थ समझता है और दांत निकालकर दायां हाथ उठाते हुए तेज आवाज में कहता है, 'मौसाजी, जयहिंद!' मौसाजी संतुष्ट हो जाते हैं और चुपचाप बीड़ी फूंकने लगते हैं। अगर कोई हड़बड़ी में हो, कहीं जल्दी पहुंचने की बेताबी में जा रहा हो और मौसाजी के अस्तित्व को भूलकर गुजर जाए तो मौसाजी के हृदय में गहरी वेदना पैदा होती है। दुःख से वे अव्यवस्थित हो जाते हैं और होंठों ही होंठों में कुछ बुदबुदाने लगते हैं।

मैं सागर में नया था। नौकरी भी नई थी। पछीतटोला की जनगणना में गया, वोटरलिस्ट तैयार हो रही थी, तो मौसाजी से भेंट हुई। उन्होंने मुझे अपनी ढीली-ढाली

खटिया में अपने पोते की तरह बिठाया। पता चला, उनके घर में कुल चार प्राणी हैं। एक मौसाजी और तीन उनके बेटे। दो बेटे दूर शहरों में नौकरी करते थे और सबसे छोटा लड़का यहीं कॉलेज में पढ़ रहा था। खाना-पीना मौसाजी ही पकाते थे।

मौसाजी से मेरी मुलाकात दिलचस्प थी। उन्होंने कहा, "बेटा, कभी हमारा जमाना हतो। वे दिन तो भइया, फुर्र भये। तब अंगरेजी हुकूमत हती। हम सब आजादी के परवाने हते। समझ लो, बस दिन-रात, एकई धुन। गांधी बब्बा को नाम, भजन-कीर्तन, उपास और सस्ती खादी का चोला। 'अंगरेजो, भारत छोड़ो'; अब गांधी बब्बा ने कही तो बाइसराय साहब हमारी कोठी पर आए, का बताएं बेटा, का ठाट-बाट, लाव-लश्कर, साज-बाज हतो। बाइसराय हमारे सामने हाथ जोड़ के एक पांव में ठाड़े भये और कहन लगे, 'मौसाजी, अब तुम्हई हमें खों बचाय सकत हो। गांधी बब्बा तुम्हारी बात बहुत मानत हैं—अब तुम्हई उनखों समझाओ। हमखों इतै, हिंदुस्थान में रहन द्यौ।' हमने उनसे एकई बात बार-बार कही, 'लाट साहेब, आप तो हाकिम-हुक्काम हो, जे तो सिद्धांत की बात आय। तिलक बब्बा ने जौन बात कही, गांधी बब्बा भी ओई बात कै रहे हैं कि भाई आजादी तो हमाओ जनमसिद्ध अधिकार आय।' तो बेटा, बाइसराय की आंखिन में पानी भरि गयो। बे रोबन लगे। हमारे पांव पकड़ लई। पै हम सिद्धांत से टस्स से मस्स ना भये।"

मैं उनकी हां में हां मिलाता जा रहा था।

मौसाजी के घर की हालत भी पस्त थी। जमीन-जायदाद थी नहीं। बस यही पुराना, ईंट का बना मकान था जिसकी एक अंधेरी कोठरी को उन्होंने बीस रुपए महीना किराए पर उठा दिया था। प्राइमरी स्कूल का एक मास्टर उसमें रहता था।

मैं जनगणना वाले फार्म में लिखने बैठ गया। कई खानापूरियां करनी थीं। मौसाजी भीतर गए और थोड़ी ही देर में लौट आए। कपड़े का एक चौकोर-सा पुलिंदा उनके हाथ में था। वे खटिया में उसे रखकर कांपते हाथों से खोलने लगे।

मौसाजी के सिर पर एक भी बाल काला नहीं था। मकई के भुए की तरह उनके बाल सफेद थे। भौंहें, बरौनियां और हाथ के रोयें तक सफेद थे। चमड़ी में मिचुड़े हुए कपड़े-सी झुर्रियां थीं। उनकी आंखों में हमेशा मटैला पानी छलछलाता रहता था और पुतलियां उसके नीचे थरथराती रहती थीं। इसके बावजूद उनकी आंखों की रोशनी जरा भी मद्धिम नहीं हुई थी। उनका सिर, दस-पांच मिनट के बाद थोड़ी देर के लिए दाएं-बाएं हिलने लगता था।

उन्होंने कपड़े की गठरी से कागज निकालकर खटिया पर फैला दिए। वे बहुत पुराने समय के पर्चे और खत आदि थे, उन्होंने कहा, "बेटा, हमसे उन दिनन की

बात मत पूछो, कित्ता जोश हतो हमारे खून में···न रोटी की फिकर, न जर-जोरू की फिकर। बस जुलूस औ' झंडा। अंगरेज सरकार बड़ी जालिम हती। हमखों कितेक बार पुलिस ने मारा। और मारने वाले कौन हते? जेई, हमारे भाई-बिरादर···हिंदुस्थानी, अपनोई कौम औ' मुलुक के लोग। मगर गांधी बब्बा कहने लगे कि इनकी भी कौनों गलती नईं। जे तो नमक बजाय रहे हैं।" मौसाजी ने एक तह किया हुआ, धुआंया-सा अखबार बाहर निकाला और बोले, "तनक जे अखबार तो देखो।"

मैंने उस अखबार को देखा। सन् पचास का कोई लोकल अखबार था। अखबार में एक लेख छपा था—'स्वतंत्रता सेनानी माया प्रसाद 'हितैषी'।' नीचे मौसाजी की तस्वीर थी। लगभग अट्ठाईस साल बीत चुके थे। तब मौसाजी अधेड़ थे।

मौसाजी ने अपना सिर झुकाया और बोले, "इतै पर देखो। पूरी खोपड़ी खोल दई थी पुलिस ने डंडा सों मार-मार कै। अब भी बरसात में कमर की जोड़ दुखन लगत। बड़ी जुलम भई जनता पै उन दिनों। जब गणेश शंकर विद्यार्थी मारे गए तब हम उतै पर रहे। साथ ई साथ, हमने एक साथ चाय पी हती। हमखों का मालूम हतो कि गणेश भइया तनक देर बाद दुनियां-जहान छोड़ के चले देहें···का बतायं भइया···"

मौसाजी के बारे में पछीतटोला के लोगों ने बाद में बतलाया कि वे इसी तरह की बातें अपने दिमाग से गढ़ते रहते हैं। दुनिया के हर बड़े आदमी के साथ उनकी दांत-काटी रोटी की दोस्ती है। दादा भाई नौरोजी से लेकर मोरार जी देसाई तक उनके रिश्ते में कहीं न कहीं से निकल आते हैं। मौसाजी पहले कांग्रेस के मामूली वालंटियर थे। भाषण वगैरह दे लेते थे। उन दिनों दो-चार मिनट हांफ-हूंफ कर बोल लेना बहुत बड़ी बात थी। सत्याग्रहियों पर एक बार जब सरकारी मार पड़ी तो मौसाजी तीन बत्ती के तिगड्डे से चुपचाप भाग रहे थे। धक्का-मुक्की में कहीं गिर गए और सिर फट गया। बाद में वे उसी अस्पताल में भर्ती किए गए थे जहां दूसरे वालंटियर थे। 'पोलिटिकल सफरर्स' की सूची में भी कहीं मौसाजी का नाम नहीं था।

मैंने बहुत सोचने की कोशिश की, लेकिन मौसाजी में पागलपन अथवा विक्षिप्तता के कोई लक्षण नहीं थे। वे बिलकुल स्वस्थ और सामान्य थे। बिला नागा हर रोज, सुबह उठकर खेलावन पनवाड़ी की दुकान तक जाते और एक घंटा वहां बैठकर दो-तीन बीड़ियां फूंक डालते थे तथा अखबार पढ़ लेते थे। उनकी याददाश्त बहुत तेज थी। वे आजादी के पहले की लगभग सभी घटनाओं का यथातथ्य वर्णन करते थे। फर्क बस यही होता था कि उन घटनाओं के बीच कहीं न कहीं वे स्वयं को जोड़ देते थे।

उन्होंने बताया कि उनके दोनों बड़े लड़के बहुत ऊंचे ओहदों पर हैं। बड़ा लड़का महेंदर बिड़ला के ओरिएंट पेपर मिल का मैनेजर है और दूसरा लड़का राजेंदर जंगल विभाग में रेंजर है। लेकिन वे स्वयं उन पर कोई बोझ नहीं बनना चाहते। अपना काम वे स्वयं करना चाहते हैं, ऐसा ही उनका उसूल है। सबसे छोटा लड़का नरेंदर भी तरक्की करेगा। वह पढ़ने-लिखने में बहुत होशियार है। बहुत सीधा-सादा और विनम्र लड़का है।

उन्होंने बताया कि उनके तीनों लड़के 'श्रवणकुमार' हैं। बिना मौसाजी की आज्ञा के वे कोई भी काम नहीं करते। छोटी-मोटी घरेलू बात भी होती है तो जरूर चिट्ठी लिखकर उनकी राय पूछते हैं। पोता-पोती हों तो मौसाजी ही उनके नाम सुझाते हैं। उनके बेटे भी उन्हें मौसाजी कहते हैं।

बड़े-बड़े मंत्री और नेता-हाकिम मौसाजी के परिवार को जानते हैं। एक बार किसी ने राजेंदर को झूठे मामले में फंसाकर मुख्यमंत्री जी के पास अर्जी भेज दी। मुख्यमंत्री जी को जैसे ही पता चला कि राजेंदर, माया प्रसाद 'हितैषी' का लड़का है, उन्होंने कहा, "यह सब झूठ है, अर्जी भेजने वाला असल बदमाश है और किसी रंजिश का बदला निकालने के लिए मौसाजी के खानदान को कलंकित करना चाहता है।"

मौसाजी बताते हैं कि उनके बड़े लड़के के पास कोठी है, मोटर है, नौकर-चाकर हैं। बिड़ला महेंदर को अपने बेटे की तरह मानते हैं। बैंक में बिड़ला जी का सारा रुपया जमा करने और निकालने का काम महेंदर ही करता है। जब उसकी शादी हुई तो बारात में बिड़ला भी गए। मौसाजी ने बताया कि बिड़ला गोरे-चिट्टे, बहुत ही सीधे-सादे आदमी हैं। फटे-पुराने कपड़े पहनते हैं और घमंड उन्हें छू तक नहीं पाया है। बड़े परोपकारी हैं।

पछीतटोला के लोगों से मुझे जिस वास्तविकता का पता चला वह कुछ और थी। असलियत यह थी कि मौसाजी का बड़ा लड़का महेंदर आठवें दर्जे में कई बार फेल होने के बाद होमगार्ड्र्स की ट्रेनिंग में भर्ती हो गया था और अब पेपर मिल में मामूली चौकीदार है। दूसरा लड़का फॉरेस्ट गार्ड था और सबसे छोटा नरेंदर कॉलेज तक तो पहुंच गया था, लेकिन पढ़ने-लिखने में उसकी दिलचस्पी कम ही थी। वह दिन-भर आवारागर्दी करता था और रात में जुए के अड्डों में बैठकर नाल के पैसे वसूलता था।

तीनों लड़के मौसाजी से बहुत बुरा सलूक करते थे और कभी उनकी सहायता नहीं करते थे। कभी-कभी बड़ा लड़का महेंदर पच्चीस-तीस रुपए उनको भेज दिया करता था।

एक बार मौसाजी बीमार पड़े तब उनके किसी लड़के ने उन्हें झांककर नहीं देखा। पछीतटोला के ही लोग उन्हें खटोले में उठाकर अस्पताल ले गए। उनका इलाज करवाया। लेकिन मौसाजी जब ठीक हो गए तो कहने लगे कि उनके बड़े लड़के महेंदर को जैसे ही पता चला कि मौसाजी बीमार हैं, वह घबड़ा गया। उसने तुरंत अस्पताल के सबसे बड़े डॉक्टर को फोन किया। डॉक्टर भागे-भागे आए और कार में मौसाजी को अस्पताल ले गए। महेंदर फोन पर फोन करता रहा। चिंता के मारे वह दूसरे दिन जब अपने दफ्तर नहीं पहुंचा तो बिड़ला जी ने तफतीश की। जैसे ही उनको पता लगा कि मौसाजी बीमार हैं और अस्पताल में भरती हैं, उन्होंने भी बड़े डॉक्टर को फोन किया। उन्होंने यह भी कहा कि अगर बीमारी डॉक्टरों के बस में न हो तो वे साफ-साफ बता दें। वे मौसाजी को विदेश भेज सकते हैं। डॉक्टरों ने जी-जान लगा दिया। पांच दिन में ही मौसाजी चंगे हो गए।

मैंने कई बार महसूस किया कि मौसाजी अपने साथ एक कारुणिक मजाक कर रहे हैं। उन्होंने अपने इर्द-गिर्द एक झूठा संसार निर्मित कर लिया है, जिसे वे अंतिम सच के रूप में मान बैठे हैं। काश, उनके पास पछीतटोला का कोई आदमी जाता और पूरे इत्मीनान के साथ, खरी भाषा में उनको समझाता–"मौसाजी, आप जहां, जिस हालात में रहते हैं, उसे जानिए। उसे समझने की कोशिश कीजिए। आखिर औकात का अंदाजा तो आदमी को होना ही चाहिए। अगर आप अपनी स्थिति को ही नहीं पहचानेंगे तो पूरी जिंदगी गलत हो जाएगी। आपको अपने लिए कुछ वास्तविक ढंग से सोचना चाहिए। हो सकता है, आगे चलकर हालात और बदतर हो जाएं। मौसाजी, आप एक सीधे-सादे गरीब आदमी हैं, जिसके पास मेहनत की आखिरी पूंजी भी नहीं बची है। आप एक बेहद गए-गुजरे बूढ़े आदमी हैं। अगर लड़कों के मन में मकान के लिए कोई लोभ जागा तो आप फुटपाथ पर भीख मांगते नजर आएंगे। मौसाजी, होश में आइए।"

मौसाजी को लेकर मैं एक अजीब क्रोध और दया की भावनाओं के बीच से गुजर रहा था। जितना ही उन पर गुस्सा आता, उतनी ही उन पर दया भी आती। मैं उनके लिए जरूर कुछ करना चाहता था। कम से कम इतना तो जरूर कि मौसाजी खुरदरी जमीन की असलियत पर नंगे पांव खड़े हो जाएं और अपनी औकात और वर्ग से पूरी तरह वाकिफ हो जाएं।

जब चुनाव के दिन आते और पछीतटोला में भी पार्टियों की जीपें दौड़ने लगतीं तो मौसाजी लगभग हर जीप में देखे जाते। जो भी उम्मीदवार उनके घर आता, वे उसी के साथ चल देते। उम्मीदवार से वे यह भी कहते कि इस पछीतटोला में आपको फिक्र

करने की जरा भी जरूरत नहीं है। यहां सब अपने ही लोग हैं। एक भी वोट गड़बड़ नहीं होगा। जीप में घूम-फिरकर जब मौसाजी वापस आते तो मिलने वाले से कहते, "भई, जे कैंडीडेट जो हतो, हमाए घर-खोंई आदमी आय। घर-खों लड़का-ई समझो। हमाई ड्योढ़ी पै आके आज कहन लगो कि मौसाजी, दद्दा ने हमखों आप-ई के पास भेजा है। हम तो राजनीति-वाजनीति कछू जानत नईंया, अब आप-ई कछू समझाओ। कैंडीडेट के दद्दा (पिता) के साथ हमारी बड़ी पुरानी दोस्ती हती। अंगरेजी राज में हम दोनों एकई जेल में बंद हते···भइया, अब का बताएं उन दिनन की बात! तब तो जे कैंडीडेट बिलकुल छोटो-सो बच्चा हतो, डेढ़-दो साल को। हमारी-ई गोद में खेल के बड़ो भओ।"

मौसाजी को लेकर सिर्फ मैं ही परेशान रहा होऊं, ऐसी बात नहीं थी। पछीतटोला के और भी कई लोग, बहुत मामूली लोग भी परेशान थे। वे मौसाजी से सचमुच हमदर्दी रखते थे। उन्होंने कई बार उनको टोका। उनकी असलियत उन्हें बताई। उनका मजाक बनाया। लेकिन वे सब हिम्मत हार जाते। उन्होंने कई बार मौसाजी को उनकी हवाई दुनिया से सीधा उठाकर यथार्थ में पटकना चाहा, लेकिन मौसाजी ऐसे में बहुत ज्यादा बौखला जाते। मरने-मारने पर उतारू हो जाते या बिलकुल चुप होकर घृणा और निरीहता में डबडबाई आंखों से टकटकी बांधकर घूरने लगते। ऐसे में उनकी आंखों का कसैला पानी और अधिक गंदला होकर धीरे-धीरे कोरों से बाहर फिसलने लगता। उन्हें देखकर अहसास होता, जैसे कोई उनकी अमूल्य संपत्ति को उनसे जबरदस्ती छीन रहा हो। उन पर बेतहाशा दया आती।

एक दिन ऐसी घटना घटी जिसे मैं आज भी अंतिम मान लेने को तैयार नहीं हूं। उस दिन मौसाजी घर में खाना पकाने की तैयारी में लगे हुए थे कि किसी ने आकर बताया कि नरेंदर गिरफ्तार हो गया है।

मौसाजी ने चूल्हे पर पानी उड़ेलकर उसे ठंडा कर दिया और संदूक से अपना पुराना खादी का चोला निकाला। शायद वे पहले असमंजस, अनिश्चय और दुखी स्थिति में थे, थोड़ी देर के लिए। फिर उनमें उत्साह जागा। वे होंठों ही होंठों में कुछ बुदबुदाने लगे। यह बात आसानी से समझी जा सकती थी कि वे क्या बुदबुदा रहे होंगे। वे कोई तकरीर कर रहे थे—सियासी! मौसाजी का अटूट विश्वास था कि अच्छी तरह बातचीत कर लेने से हर मुश्किल आसान हो जाती है। वे इसी विश्वास के साथ पुलिस चौकी जा रहे थे।

मैं कुछ काम के सिलसिले में पुलिस चौकी पर बैठा हुआ था। उस दिन शहर की बिजली चली गई थी और पुलिस चौकी में मोमबत्तियां जल रही थीं।

मौसाजी ने झुककर, समकोण बनाते हुए थानेदार को 'जयहिंद' कहा। थानेदार

ने पूछा, "क्या नाम है तुम्हारा?"

"मायाप्रसाद 'हितैषी', स्वतंत्रता-संग्राम सेनानी।" मौसाजी ने जवाब दिया। उनका उत्तर बहुत विनम्र था और उनकी आवाज सुनकर ऐसा लगता था कि यह आवाज इस मुश्किल के बीच कोई रास्ता निकालना चाहती है।

"यहां कैसे आए?" थानेदार ने पूछा।

मौसाजी थोड़ी देर चुप रहे, फिर उन्होंने कहा, "साहब, हमारा बेटा को कौनो जुर्म में पुलिस गिरफ्तार कर लई है। एई के लाने हम इतै पर आए।"

थानेदार कुछ संभला, "ओह, तो नरेंदर प्रसाद तुम्हारा लड़का है। क्या काम करते हो?" मौसाजी फिर चुप रहे। क्या काम बताएं? क्या काम करते हैं वे? मौसाजी चुप खड़े रहे। थानेदार ने दुबारा पूछा, "क्या काम करते हो?" मुझे लगा सन्नाटा लंबा हो गया है। मौसाजी को अब कुछ बोलना चाहिए। तभी एक सिपाही ने कहा, "काम क्या करेगा, लड़कों से चोरी करवाता फिरता है। मिली-बांट है बुढ़ऊ की।"

मौसाजी पहली बार ऊपर से नीचे तक कांपे। हिल गए, "नईं, जे बात बिलकुल नईं है। जे सरासर झूठा इलजाम है। हमने सन् बयालीस में कसम उठाई थी कि हम कौनो गलत काम नईं करेंगे। जे अखबार देखिए, थानेदार साहेब..." मौसाजी ने घुटनों तक लंबे धुआंए कुर्ते की जेब से वही अखबार निकाला, "हम कौनो गलत काम नईं कर सकत। मुख्यमंत्री जी भी जे बात अच्छी तरह से जानत हैं। हमने भ्रष्टाचार मिटाबे के लाने..."

"चले आते हैं साले पागलखाने से निकलकर सीधे।" थानेदार बड़बड़ाया, "अबे, मैं तेरी केस हिस्ट्री नहीं पूछ रहा हूं। कोई जमीन-वमीन का इंतखाब है? जमानत भरनी पड़ेगी। आपके सपूत चोरी के जुर्म में पकड़े गए हैं। चले आते हैं ऊटपटांग बकने। साला, हर कोई नेतागिरी झाड़ता रहता है।"

मैंने देखा, मौसाजी उसी तरह अखबार पकड़े खड़े हैं। फिर मुझे सुनाई पड़ा कि मौसाजी सरदार पटेल का नाम ले रहे थे, लेकिन थानेदार की एक ही हड़क ने उन्हें चुप कर दिया। थानेदार ने कहा, "यहां ज्यादा पगलैटी मत दिखाओ, नहीं तो ससुर, तुमको भी उठाकर अंदर कर देंगे। कल सवेरे ग्यारह बजे जमानती कागजात और कोई माल-उसूख वाला जमानतदार लेकर आना, नहीं तो तुम्हारा लड़का छह महीने के लिए फुरहरी हवा खाने अंदर चला जाएगा। दूसरी बात भी सुन लो बुढ़ऊ, कि अगर ज्यादा ऊटपटांग बकर-बकर किया तो तुम्हारे भी चूतड़ में चार-पांच डंडे जमा देंगे, फिर सूधे हो जाओगे।"

मौसाजी धीरे-धीरे बाहर की तरफ रेंगने लगे। उनके कंधे झुके हुए थे। चाल

लस्त-पस्त थी। टांगें थरथरा रही थीं। वे चुपचाप गेट से बाहर निकल गए।

डेढ़ घंटे बाद जब मैं थाने से लौट रहा था, मेरे दिमाग में यह घटना बिलकुल ताजी थी।

तीनबत्ती की ढलान वाली सड़क पर जहां मैं था, वहां से बमुश्किल दस-पंद्रह गज दूर मौसाजी सड़क के किनारे किलोमीटर वाले पत्थर पर बैठे हुए थे। उनका सिर उनके दोनों हाथों में टिका हुआ था और घुटनों के बीच झुका हुआ था।

उन्होंने मुझे देखा। उठकर खड़े हुए और मेरे साथ-साथ चलने लगे। मैंने पूछा, "मौसाजी, नरेंदर के लिए आप पुलिस चौकी गए थे, क्या हुआ?"

वे बहुत देर तक चुप रहे। फिर धीरे-धीरे चेहरे पर रोशनी सिमटी और उत्साह जागा। बोले, "बेटा, जो थानेदार मिश्रा है न! इसके दद्दा के साथ हमाई पुरानी दांत-काटी रोटी की दोस्ती हती। आज मिल गओ तो पुरानी बात चल पड़ी। हमने राजी-खुशी पूछी तो उसने हाथ जोड़ दिए। हमाए पांव छुए। कैन लगा, 'मौसाजी, बड़ी गलती हो गई। हमखों का मालूम हतो कि नरेंदर आपई को मोड़ा (लड़का) आय। पै जो कानूनी गलती भई सो भई, अब हम का करैं? आपई कछू बताओ।' हमने कही, 'कौनो बात नईं बेटा, तुम तो अपनो फर्ज पूरा करो। नमक बजाओ।' जब हम उतै से आवन लगे तौ कैन लगा कि मौसाजी, चलो, हम आपखों आपी जीप में घर छोड़ आएं, पै हमने मिश्रा थानेदार को मना कर दिया।"

मेरा मोड़ आ गया था और मुझे दूसरी तरफ जाना था। मौसाजी जाने लगे। कुछ दूर अंधेरे में बढ़े, फिर रुक गए। वे मेरी तरफ फिर लौट रहे थे। "बेटा, तुमसे एक भौत जरूरी काम हतो।" उनकी आवाज फट रही थी। भर्रा गई थी। वे मेरे करीब आए। अपने हाथों को मेरे कंधे पर रखा। हाथ धीरे-धीरे कांप रहे थे। मुझे लगा कि इस तरह हाथ सिर्फ अनिश्चय, दुःख, असहायता और पराजय में कांपते हैं। वे हाथ मेरे कंधे पर भारी हो रहे थे।

मौसाजी ने कुछ कहा नहीं। अपने हाथों को मेरे कंधे से हटा लिया और जल्दी से घूम गए। वे अपना चेहरा छुपाना चाहते थे जो पिघल रहा था। वे फिर अंधेरे की तरफ रेंग रहे थे। मैंने सोचा कि उनसे कहूं कि मैं सुबह आपके साथ जमानत के लिए चलूंगा, लेकिन मौसाजी दूर निकल गए थे।

मैंने पुकारकर कहा, "मौसाजी, मैं चलता हूं जयहिंद।" उन्होंने बिना पीछे देखे अपना दाहिना हाथ ऊपर उठा दिया और अंधेरे में खो गए। शहर में बिजली अभी लौटी नहीं थी और अंधेरा गाढ़ा हो रहा था।

टेपचू

यहां जो कुछ लिखा हुआ है, वह कहानी नहीं है। कभी-कभी सच्चाई कहानी से भी ज्यादा हैरतअंगेज होती है। टेपचू के बारे में सब कुछ जान लेने के बाद आपको भी ऐसा ही लगेगा।

टेपचू को मैं बहुत करीब से जानता हूं। हमारा गांव मड़र सोन नदी के किनारे एक-दो फर्लांग के फासले पर बसा हुआ है। दूसरी शायद कुछ और कम हो, क्योंकि गांव की औरतें सुबह खेतों में जाने से पहले और शाम को वहां से लौटने के बाद सोन नदी से ही घरेलू काम-काज के लिए पानी भरती हैं। ये औरतें कुछ ऐसी औरतें हैं, जिन्हें मैंने थकते हुए कभी नहीं देखा है। वे लगातार काम करती जाती हैं।

गांव के लोग सोन नदी में ही डुबकियां लगा-लगाकर नहाते हैं। डुबकियां लगा पाने लायक पानी गहरा करने के लिए नदी के भीतर कुइयां खोदनी पड़ती है। नदी की बहती हुई धार के नीचे बालू को अंजुलियों से सरका दिया जाए तो कुइयां बन जाती है। गर्मी के दिनों में सोन नदी में पानी इतना कम होता है कि बिना कुइयां बनाए आदमी का धड़ ही नहीं भीगता। यही सोन नदी बिहार पहुंचते-पहुंचते कितनी बड़ी हो गई है, इसका अनुमान आप हमारे गांव के घाट पर खड़े होकर नहीं लगा सकते।

हमारे गांव में दस-ग्यारह साल पहले अब्बी नाम का एक मुसलमान रहता था। गांव के बाहर जहां चमारों की बस्ती है, उसी से कुछ हटकर तीन-चार घर मुसलमानों के थे। मुसलमान मुर्गियां-बकरियां पालते थे। लोग उन्हें 'चिकवा' या 'कटुआ' कहते थे। वे बकरे-बकरियों के गोश्त का धंधा भी करते थे। थोड़ी-बहुत जमीन भी उनके पास होती थी।

अब्बी आवारा और फक्कड़ किस्म का आदमी था। उसने दो-दो औरतों के साथ शादी कर रखी थी। बाद में, एक औरत जो ज्यादा खूबसूरत थी, कस्बे के दरज़ी के घर जाकर बैठ गई। अब्बी ने गम नहीं किया। पंचायत ने दर्जी को जितनी रकम भरने को कहा, उसने भर दी। अब्बी ने उन रुपयों से कुछ दिनों ऐश किया और फिर

एक हारमोनियम खरीद लाया। अब्बी जब भी हाट जाता, उसी दर्जी के घर रुकता। खाता-पीता, जश्न मनाता, अपनी पुरानी बीवी को फुसलाकर कुछ रुपए ऐंठता और फिर खरीदारी करके घर लौट आता।

कहते हैं, अब्बी खूबसूरत था। उसके चेहरे पर हलकी-सी लुनाई थी। दुबला-पतला था। बचपन में बीमार रहने और बाद में खाना-पीना नियमित न रहने के कारण उसका रंग हलका-सा हल्दिया हो गया था। वह गोरा दिखता था। लगता था, जैसे उसके शरीर ने कभी धूप न खाई हो। अंधेरे में, धूप और हवा से दूर उगने वाले गेहूं के पीले पौधे की तरह उसका रंग था। फिर भी, उसमें जाने क्या गुण था कि लड़कियां उस पर फिदा हो जाती थीं। शायद इसका एक कारण यह रहा हो कि दूरदराज शहर में चलने वाले फैशन सबसे पहले गांव में उसी के द्वारा पहुंचते थे। जेबी कंघी, धूप चश्मा, जो बाहर से आईने की तरह चमकता था, लेकिन भीतर से आर-पार दिखाई देता था, तौलिए जैसे कपड़े की नंबरदार पीली बनियान, पंजाबियों का अष्टधातु का कड़ा, रबर का हंटर वगैरह ऐसी चीजें थीं, जो अब्बी शहर से गांव लाया था।

जब से अब्बी ने हारमोनियम खरीदा था, तब से वह दिन-रात चीपों-चीपों करता रहता था। उसकी जेब में एक-एक आने में बिकने वाली फिल्मी गानों की किताबें होतीं। उसने शहर में कव्वालों को देखा था और उसकी दिली ख्वाहिश थी कि वह कव्वाल बन जाए, लेकिन जी-तोड़ कोशिश करने के बाद भी—'हमें तो लूट लिया मिल के हुस्न वालों ने' के अलावा और दूसरी कोई कव्वाली उसे याद ही नहीं हुई।

बाद में अब्बी ने अपनी दाढ़ी-मूंछ बिलकुल सफाचट कर दी और बाल बढ़ा लिए। चेहरे पर मुरदाशंख पोतने लगा। गांव के धोबी का लड़का जियावन उसके साथ-साथ डोलने लगा और दोनों गांव-गांव जाकर गाना-बजाना करने लगे। अब्बी इसी काम को आर्ट कहता था, लेकिन गांव के लोग कहते थे, 'ससुर, भड़ैती कर रहा है।' अब्बी इतनी कमाई कर लेता था कि उसकी बीवी खा-पहन सके।

टेपचू इसी अब्बी का लड़का था।

टेपचू जब दो साल का था, तभी अब्बी की अचानक मौत हो गई।

अब्बी की मृत्यु भी बड़ी अजीबोगरीब दुर्घटना में हुई। आषाढ़ के दिन थे। सोन उमड़ रही थी। सफेद फेन और लकड़ी से सड़े हुए लट्ठे-पटरे धार में उतरा रहे थे। पानी मटमैला हो गया था, चाय के रंग जैसा, और उसमें कचरा, काई, घास-फूस बह रहे थे। यह बाढ़ की पूर्व सूचना थी। घंटे-दो घंटे के भीतर सोन नदी में पानी बढ़

जाने वाला था। अब्बी और जियावन को जल्दी थी, इसलिए वे बाढ़ से पहले नदी पार कर लेना चाहते थे। जब तक वे पार जाने का फैसला करें और पानी में पांव दें तब तक सोन में कमर तक पानी हो गया था। जहां कहीं गांव के लोगों ने कुइयां खोदी थी, वहां छाती तक पानी पहुंच गया था। कहते हैं कि जियावन और अब्बी बहुत इत्मीनान से नदी पार कर रहे थे। नदी के दूसरे तट पर गांव की औरतें घड़ा लिए खड़ी थीं। अब्बी उन्हें देखकर मौज में आ गया। जियावन ने परदेसिया की लंबी तान खींची। अब्बी भी सुर मिलाने लगा। गीत कुछ गुदगुदी वाला था। औरतें खुश थीं और खिलखिला रही थीं। अब्बी कुछ और मस्ती में आ गया। जियावन के गले में अंगोछे से बंधा हारमोनियम झूल रहा था। अब्बी ने हारमोनियम उससे लेकर अपने गले में लटका लिया और रसदार साल्हो गाने लगा। दूसरे किनारे पर खड़ी हुई औरतें खिलखिला रही थीं कि उनके गले से चीख निकल गई। जियावन अवाक् होकर खड़ा ही रह गया। अब्बी का पैर शायद धोखे से किसी कुइयां या गड्ढे में पड़ गया था। इस बीच धार में गिर पड़ा। गले में लटके हुए हारमोनियम ने उसको हाथ-पांव मारने तक का मौका न दिया। हुआ यह था कि अब्बी किसी फिल्म में देखे हुए वैजयंती माला के नृत्य की नकल उतारने में लगा हुआ था और इसी नृत्य के दौरान उसका पैर किसी कुइयां में पड़ गया। कुछ लोग कहते हैं कि नदी में 'चोर बालू' भी होता है। ऊपर-ऊपर से देखने पर रेत की सतह बराबर लगती है, लेकिन उसके नीचे अतल गहराई होती है—पैर रखते ही आदमी उसमें समा सकता है।

अब्बी की लाश और हारमोनियम, दोनों को ढूंढ़ने की बहुत कोशिश की गई। मलंगा जैसा मशहूर मल्लाह गोते लगाता रहा, लेकिन सब बेकार। कुछ पता ही नहीं चला।

अब्बी की औरत फिरोजा जवान थी। अब्बी के मर जाने के बाद फिरोजा के सिर पर मुसीबतों के पहाड़ टूट पड़े। वह घर-घर जाकर दाल-चावल फटकने लगी। खेतों में मजदूरी शुरू की। बगीचों की तकवानी का काम करना शुरू किया, तब कहीं जाकर दो रोटी मिल पातीं। दिन-भर वह ढेंकी कूटती, सोन नदी से मटके भर-भरकर पानी ढोती, घर का सारा काम-काज करना पड़ता, रात खेतों की तकवानी में निकल जाती। घर में एक बकरी थी, जिसकी देखभाल भी उसे ही करनी पड़ती। इतने सारे कामों के दौरान टेपचू उसके पेट पर, एक पुरानी साड़ी में बंधा हुआ चमग़ादड़ की तरह झूलता रहता।

फिरोजा को अकेला जानकर गांव के कई खाते-पीते घरानों के छोकरों ने उसे

पकड़ने की कोशिश की, लेकिन टेपचू हर वक्त अपनी मां के पास कवच की तरह होता। दूसरी बात, वह इतना घिनौना था कि फिरोजा की जवानी पर गोबर की तरह लिथड़ा हुआ लगता था। पतले-पतले सूखे हुए झुर्रीदार हाथ-पैर, कद्दू की तरह फूला हुआ पेट, फोड़ों से भरा हुआ शरीर। लोग टेपचू के मरने का इंतजार करते रहे। एक साल गुजरते-गुजरते हाड़-तोड़ मेहनत ने फिरोजा की देह को झिंझोड़कर रख दिया। वह बुढ़ा गई। उसके बाल उलझे हुए, सूखे और गंदे रहते। कपड़ों से बदबू आती। शरीर मैल-पसीने और गर्द से चीकट रहा करता। वह लगातार काम करती रही। लोगों को उससे घिन होने लगी।

टेपचू जब सात-आठ साल का हुआ, गांव के लोगों की दिलचस्पी उसमें पैदा हुई।

हमारे गांव के बाहर, दूर तक फैले धान के खेतों के पार आम का एक घना बगीचा था। कहा जाता है कि गांव के संभ्रांत किसान घरानों, ठाकुरों-ब्राह्मणों की कुलीन कन्याएं उसी बगीचे के अंधेरे कोनों में अपने-अपने यारों से मिलतीं। हर तीसरे-चौथे साल उस बगीचे के किसी कोने में अलस्सुबह कोई नवजात शिशु रोता हुआ लावारिस मिल जाता था। इस तरह के ज्यादातर बच्चे स्वस्थ, सुंदर और गोरे होते थे। निश्चित ही गांव के आदिवासी कोल-गोंडों के बच्चे वे नहीं कहे जा सकते थे। हर बार पुलिस आती। दरोगा ठाकुर साहब के घर में बैठा रहता। पूरी पुलिस पलटन का खाना वहां पकता। मुर्गे गांव से पकड़वा लिए जाते। शराब आती। शाम को पान चबाते, मुस्कराते और गांव की लड़कियों से चुहलबाजी करते पुलिस वाले लौट जाया करते। मामला हमेशा रफा-दफा हो जाता था।

इस बगीचे का पुराना नाम 'मुखिया जी का बगीचा' था। वर्षों पहले चौधरी बालकिशन सिंह ने यह बगीचा लगाया था। मंशा यह थी कि खाली पड़ी हुई सरकारी जमीन को धीरे-धीरे अपने कब्जे में कर लिया जाए। अब तो वहां आम के दो-ढाई सौ पेड़ थे, लेकिन इस बगीचे का नाम अब बदल गया था। इसे लोग भुतही बगीचा कहते थे, क्योंकि मुखिया बालकिशन सिंह का भूत उसमें बसने लगा था। रात-बिरात उधर जाने वाले लोगों की घिग्घी बंध जाती थी। बालकिशन सिंह के बड़े बेटे चौधरी किशनपाल सिंह एक बार उधर से जा रहे थे तो उनको किसी स्त्री के रोने की आवाज सुनाई पड़ी। जाकर देखा—झाड़ियों, झुरमुटों को तलाशा तो कुछ नहीं। उनके सिर तक के बाल खड़े हो गए। धोती का फेंटा खुल गया और वे 'हनुमान-हनुमान' करते भाग खड़े हुए।

तब से वहां अकसर रात में किसी स्त्री के कराहने या रोने की करुण आवाज

सुनी जाने लगी। दिन में जानवरों की हड्डियों, जबड़े या चूड़ियों के टुकड़े वहां बिखरे दिखाई देते। गांव के कुछ लफंगों का कहना था कि उस बगीचे में भूत-ऊत कुछ नहीं रहता। सब मुखिया के द्वारा फैलाई गई अफवाह है। साले ने उस बगीचे को ऐशगाह बना रखा है। एक बार मैं पड़ोस के गांव में शादी के न्योते में गया था। लौटते हुए रात हो गई। बारह बज गए होंगे। संग में राधे, संभारू और बालदेव थे। रास्ता बगीचे के बीच से गुजरता था। हम लोगों ने हाथ में डंडा ले रखा था। अचानक एक तरफ सूखे पत्तों की चरमराहट सुनाई पड़ी। लगा, जैसे कोई जंगली सूअर बेफिक्री से पत्तियों को रौंदता हुआ हमारी ओर चला आ रहा है। हम लोग रुककर आहट लेने लगे। गर्मी की रात थी। जेठ का महीना। अचानक आवाज जैसे ठिठक गई। सन्नाटा खिंच गया। हम टोह लेने लगे। भीतर से डर भी लग रहा था। बालदेव आगे बढ़ा, "कौन है बे, छोह-छोह।" उसने जमीन पर लाठी पटकी, हालांकि उसकी नसें ढीली पड़ गई थीं। कहीं मुखिया का जिन्न हुआ तो? मैंने किसी तरह हिम्मत जुटाई, "अबे, होह, होह।" बालदेव को आगे बढ़ा देख संभारू भी तिड़ी हो गया। पगलैटों की तरह दाएं-बाएं, ऊपर-नीचे लाठियां भांजता वह उसी ओर लपका।

तभी एक बारीक और तटस्थ-सी आवाज सुनाई पड़ी, "हम हन भइया, हम।"

"तू कौन है बे?" बालदेव कड़का।

अंधेरे से बाहर निकलकर टेपचू आया, "काका, हम हन टेपचू।" वह बगीचे के बनते-मिटते अंधेरे में धुंधला-सा खड़ा था। हाथ में थैला था। मुझे ताज्जुब हुआ। "इतनी रात को इधर क्या कर रहा है कटुए?"

थोड़ी देर टेपचू चुप रहा। फिर डरता हुआ बोला, "अम्मा को लू लग गई है। दोपहर मुखिया के खेत की तकवानी में गई थी, घाम खा गई। उसने कहा कि कच्ची अमिया का पानी मिल जाए तो जुड़ा जाएगी। बड़ा तेज जर था।"

"भूत-डाइन का डर नहीं लगा तुझे मुए? किसी दिन साले की लाश मिलेगी किसी झाड़-झंखाड़ में।" राधे ने कहा। टेपचू हमारे साथ ही गांव लौटा। रास्ते-भर चुपचाप चलता रहा। जब उसके घर जाने वाली गली का मोड़ आया तो बोला, "काका, मुखिया से मत खोलना यह बात, नहीं तो मार-मारकर भुरता बना देगा हमें।"

टेपचू की उम्र उस समय मुश्किल से सात-आठ साल की रही होगी।

दूसरी बार यों हुआ कि टेपचू अपनी अम्मा फिरोजा से लड़कर घर से भाग गया। फिरोजा ने उसे जलती हुई चूल्हे की लकड़ी से पीटा था। सारी दोपहर, चिनचिनाती धूप में टेपचू जंगल में ढोर-डंगरों के साथ फिरता रहा। फिर किसी पेड़ के नीचे छांह

में लेट गया। थका हुआ था। आंख लग गई।

नींद खुली तो आंतों में खालीपन था। पेट में हलकी-सी आंच थी भूख की। बहुत देर तक वह यों ही पड़ा रहा, टुकुर-टुकुर आसमान ताकता। फिर भूख की आंच में जब कान के लरे तक गर्म होने लगे तो सुस्त-सा उठकर सोचने लगा कि अब क्या जुगाड़ किया जाए। उसे याद आया कि सरई के पेड़ों के पार जंगल के बीच एक मैदान है। वहीं पर पुरनिहा तालाब है।

वह तालाब पहुंचा। इस तालाब में, दिन में गांव की भैंसें और रात में बनैले सूअर लोटा करते थे। पानी स्याह-हरा-सा दिखाई दे रहा था। पूरी सतह पर कमल और कुईं के फूल और पुरइन फैले हुए थे।

काई की मोटी पर्त बीच में थी। टेपचू तालाब में घुस गया। वह कमलगट्टे और पुरइन की कांद निकालना चाहता था। तैरना वह जानता था।

बीच तालाब में पहुंचकर वह कमलगट्टे बटोरने लगा। एक हाथ में ढेर सारे कमलगट्टे उसने खसोट रखे थे। लौटने के लिए मुड़ा तो तैरने में दिक्कत होने लगी। जिस रास्ते से पानी काटता हुआ वह लौटना चाहता था, वहां पुरइन की घनी नालें आपस में उलझी हुई थीं। उसका पैर नालों में उलझ गया और तालाब के बीचोबीच वह 'बक-बक' करने लगा।

परमेसुरा जब भैंस को पानी पिलाने तालाब आया तो उसने 'गुड़प्...गुड़प्' की आवाज सुनी। उसे लगा, कोई बहुत बड़ी सौर मछली तालाब में मस्त होकर ऐंठ रही है। जेठ के महीने में वैसे भी मछलियों में गर्मी चढ़ जाती है। उसने कपड़े उतारे और पानी में हिल गया। जहां वह मछली तड़प रही थी वहां उसने गोता लगाकर मछली के गलफड़ों को अपने पंजों में दबोच लेना चाहा तो उसके हाथ में टेपचू की गर्दन आई। वह पहले तो डरा, फिर उसे खींचकर बाहर निकाल लाया। टेपचू अब मरा हुआ-सा पड़ा था। पेट गुब्बारे की तरह फूल गया था और नाक-कान से पानी की धार लगी हुई थी। टेपचू नंगा था और उसकी पेशाब निकल रही थी। परमेसुरा ने उसकी टांगें पकड़कर उसे लटकाकर पेट में टेहुना मारा तो 'भल-भल' करके पानी मुंह से निकला।

एक बाल्टी पानी की उलटी करने के बाद टेपचू मुस्कराया। उठा और बोला, "काका, थोड़े-से कमलगट्टे तालाब से खींच दोगे क्या? मैंने इत्ता सारा तोड़ा था, साला सब छूट गया। बड़ी भूख लगी है।"

परमेसुरा ने भैंस हांकने वाले डंडे से टेपचू के चूतड़ पर चार-पांच डंडे जमाए और गालियां देता हुआ लौट गया।

गांव के बाहर, कस्बे की ओर जाने वाली सड़क के किनारे सरकारी नर्सरी थी। वहां पर प्लांटेशन का काम चल रहा था। बिड़ला के पेपर मिल के लिए बांस, सागौन और युक्लिप्टस के पेड़ लगाए गए थे। उसी नर्सरी में, काफी भीतर ताड़ के भी पेड़ थे। गांव में ताड़ी पीने वालों की अच्छी-खासी तादाद थी। ज्यादातर आदिवासी मजदूर, जो पी०डब्ल्यू०डी० में सड़क बनाने तथा राखड़-गिट्टी बिछाने का काम करते थे, दिन-भर की थकान के बाद रात में ताड़ी पीकर धुत हो जाते थे। पहले वे लोग सांझ का झुटपुटा होते ही मटका ले जाकर पेड़ में बांध देते थे। ताड़ का पेड़ बिलकुल सीधा होता है। उस पर चढ़ने की हिम्मत या तो छिपकली कर सकती है या फिर मजदूर। सुबह तक मटके में ताड़ी जमा हो जाती थी। लोग उसे उतार लाते।

ताड़ पर चढ़ने के लिए लोग बांस की पक्सियां बनाते थे और उस पर पैर फंसाकर चढ़ते थे। इसमें गिरने का खतरा कम होता। अगर उतनी ऊंचाई से कोई आदमी गिर जाता तो उसकी हड्डियां बिखर सकती थीं।

अब ताड़ के उन पेड़ों पर किशनपाल सिंह की मिल्कियत हो गई थी। पटवारी ने उस सरकारी नर्सरी के भीतर की उस जमीन को किशनपाल सिंह के पट्टे में निकाल दिया था। अब ताड़ी निकलवाने का काम वही करते थे। ग्राम पंचायत भवन के बैठकी वाले कमरे में, जहां महात्मा गांधी की तस्वीर टंगी हुई थी, उसी के नीचे शाम को ताड़ी बांटी जाती। कमरे के भीतर और बाहर ताड़ीखोर मजदूरों की अच्छी-खासी जमात इकट्ठी हो जाती थी। किशनपाल सिंह को भारी आमदनी होती थी।

एक बार टेपचू ने भी ताड़ी चखनी चाही। उसने देखा कि जब गांव के लोग ताड़ी पीते तो उनकी आंखें आह्लाद से भर जातीं। चेहरे से सुख टपकने लगता। मुस्कान कानों तक चौड़ी हो जाती, मंद-मंद। आनंद और मस्ती में डूबे लोग साल्हो-दादर गाते। ठहाके लगाते और एक-दूसरे की मां-बहन की ऐसी-तैसी करते। कोई बुरा नहीं मानता था। लगता था जैसे लोग प्यार के अथाह समुंदर में एक साथ तैर रहें हों।

टेपचू को लगा कि ताड़ी जरूर कोई ऊंची चीज है। सवाल यह था कि ताड़ी पी कैसे जाए? काका लोगों से मांगने का मतलब था, पिट जाना। पिटने से टेपचू को सख्त नफरत थी। उसने जुगाड़ जमाया और एक दिन बिलकुल तड़के, जब सुबह ठीक से हो भी नहीं पाई थी, आकाश में इक्का-दुक्का तारे छितरे हुए थे, वह झाड़ा फिरने के बहाने घर से निकल गया।

ताड़ की ऊंचाई और उस ऊंचाई पर टंगे हुए पके नीबू के आकार के मटके उसे डरा नहीं रहे थे, बल्कि अदृश्य उंगलियों से इशारा कर उसे आमंत्रित कर रहे

थे। ताड़ के हिलते हुए डैने उसे ताड़ी के स्वाद के बारे में सिर हिला-हिलाकर बतला रहे थे। टेपचू को मालूम था कि छपरा जिले का लट्ठबाज मदना सिंह ताड़ी की रखवाली के लिए तैनात था। वह जानता था कि मदना सिंह अभी ताड़ी की खुमारी में कहीं खर्राटे भर रहा होगा। टेपचू के दिमाग में डर की कोई हलकी-सी खरोंच तक नहीं थी।

वह गिलहरी की तरह ताड़ के एकसार सीधे तने से लिपट गया और ऊपर सरकने लगा। पैरों में न तो बांस की पक्सियां थीं और न कोई रस्सी ही। पंजों के सहारे वह ऊपर सरकता रहा। उसने देखा, मदना सिंह दूर एक आम के पेड़ के नीचे अंगोछा बिछाकर सोया हुआ है। टेपचू अब काफी ऊंचाई पर था। आम, महुए, बहेड़ा और सागौन के पेड़ उसे और ठिगने नजर आ रहे थे। 'अगर मैं गीध की तरह उड़ सकता तो कित्ता मजा आता!' टेपचू ने सोचा। उसने देखा, उसकी कुहनी के पास एक लाल चींटी रेंग रही थी। "ससुरी," उसने एक भद्दी गाली बकी और मटके की ओर सरकने लगा।

मदना सिंह जमुहाइयां लेने लगा था और हिल-डुलकर जतला रहा था कि उसकी नींद अब टूटने वाली है। धुंधलका भी अब उतना नहीं रह गया था। सारा काम फुर्ती से निपटाना पड़ेगा। टेपचू ने मटके को हिलाया। ताड़ी चौथाई मटके तक इकट्ठी हो गई थी। उसने मटके में हाथ डालकर ताड़ी की थाह लेनी चाही···

और बस, यही सारी गड़बड़ी हो गई।

मटके में फनियल करैत सांप घुसा हुआ था। असल नाग। ताड़ी पीकर वह भी धुत था। टेपचू का हाथ अंदर गया तो वह उसके हाथ में बौड़कर लिपट गया। टेपचू का चेहरा राख की तरह सफेद हो गया। गीध की तरह उड़ने जैसी हरकत उसने की। ताड़ का पेड़ एक तरफ हो गया और उसके समानांतर टेपचू वजनी पत्थर की तरह नीचे को जा रहा था। मटका उसके पीछे था।

जमीन पर टेपचू गिरा तो धप्प की आवाज के साथ एक मरते हुए आदमी की अंतिम कराह भी उसमें शामिल थी। इसके बाद मटका गिरा और उसके हिज्जे-हिज्जे बिखर गए। काला सांप एक ओर पड़ा हुआ ऐंठ रहा धा। उसकी रीढ़ की हड्डियां टूट गई थीं।

मदना सिंह दौड़ा। उसने आकर देखा तो उसकी हवा खिसक गई। उसने ताड़ की फुनगी से मटके समेत टेपचू को गिरते हुए देखा था। बचने की कोई संभावना नहीं थी। उसने एक-दो बार टेपचू को हिलाया-डुलाया। फिर गांव की ओर हादसे की खबर देने दौड़ गया।

धाड़ मार-मारकर रोती, छाती कूटती फिरोजा लगभग सारे गांव के साथ वहां पहुंची। मदना सिंह उन्हें मौके की ओर ले गया, लेकिन मदना सिंह बक्क रह गया। ऐसा नहीं हो सकता—यही ताड़ का पेड़ था, इसी के नीचे टेपचू की लाश थी। उसने ताड़ी के नशे में सपना तो नहीं देखा था? लेकिन फूटा हुआ मटका अब भी वहीं पड़ा हुआ था। सांप का सिर किसी ने पत्थर के टुकड़े से अच्छी तरह थुर दिया था। लेकिन टेपचू का कहीं अता-पता नहीं था। आसपास खोज की गई, लेकिन टेपचू मियां गायब थे।

गांव वालों को उसी दिन विश्वास हो गया कि हो न हो, टेपचू साला जिन्न है, वह कभी मर नहीं सकता।

फिरोजा की सेहत लगातार बिगड़ रही थी। गले के दोनों ओर की हड्डियां उभर आई थीं। स्तन सूखकर खाली थैलियों की तरह लटक गए थे। पसलियां गिनी जा सकती थीं। टेपचू को वह बहुत अधिक प्यार करती थी। उसी के कारण उसने दूसरा निकाह नहीं किया था।

टेपचू की हरकतों से फिरोजा को लगने लगा कि वह कहीं बहेतू और आवारा होकर न रह जाए। इसीलिए उसने एक दिन गांव के पंडित भगवानदीन के पैर पकड़े। पंडित भगवानदीन के घर दो भैंसें थीं और खेती-पाती के अलावा वे दूध-पानी बेचने का धंधा भी करते थे। उनको चरवाहे की जरूरत थी। इसके लिए पंद्रह रुपए महीने और खाना-खुराक पर टेपचू रख लिया गया। भगवानदीन असल काइयां थे। खाने के नाम पर रात का बचा-खुचा खाना या मक्के की जली-भुनी रोटियां टेपचू को मिलतीं। करार तो यह था कि सिर्फ भैंसों की देखभाल टेपचू को करनी पड़ेगी, लेकिन वास्तव में भैंसों के अलावा टेपचू को पंडित के घर से लेकर खेत-खलिहान तक का सारा काम करना पड़ता था। सुबह चार बजे उसे जगा दिया जाता और रात में सोते-सोते बारह बज जाते। एक महीने में ही टेपचू की हालत देखकर फिरोजा पिघल गई। छाती में भीतर से रुलाई का जोरदार भभका उठा। उसने टेपचू से कहा कि बेटा, इस पंडित का द्वार छोड़ दे। कहीं और देख लेंगे। यह तो मुआ कसाई है पूरा। लेकिन टेपचू ने इनकार कर दिया।

टेपचू ने यहां भी जुगाड़ जमा लिया। भैंसों को जंगल में ले जाकर वह छुट्टा छोड़ देता और किसी पेड़ के नीचे रात की नींद पूरी करता। उसके बाद उठता। सोन नदी में भैंसों को नहलाता। कुल्ला वगैरह करता। फिर इधर-उधर अच्छी तरह से देख-ताककर डालडा के खाली डिब्बे में एक किलो भैंस का ताजा दूध दुहकर चढ़ा

लेता। उसकी सेहत सुधरने लगी।

एक बार पंडिताइन ने उसे किसी बात पर गाली बकी और खाने के लिए सड़ा हुआ बासी भात दे दिया। उस दिन टेपचू को पंडित के खेत की निराई भी करनी पड़ी थी और थकान और भूख से वह बेचैन था। भात का कौर मुंह में रखते ही पहले तो खटास का स्वाद मिला, फिर उबकाई आने लगी। उसने सारा खाना भैंसों की नांद में डाल दिया और भैंसों को हांककर जंगल ले गया।

शाम को जब भैंसें दुही जाने लगीं तो छटांक-भर भी दूध नहीं निकला। पंडित भगवानदीन को शक पड़ गया और उन्होंने टेपचू की जूतों से पिटाई की। देर तक मुर्गा बनाए रखा। दीवाल पर उकड़ूं बैठाया। थप्पड़ चलाए और काम से उसे निकाल दिया।

इसके बाद टेपचू पी०डब्ल्यू०डी० में काम करने लगा। राखड़, मुरम, बजरी बिछाने का काम। सड़क पर डामर बिछाने का काम। बड़े-बड़े मर्दों के लायक काम। चिलचिलाती धूप में। फिरोजा मकई के आटे में मसाला-नमक मिलाकर रोटियां सेंक देती। टेपचू काम के बीच में, दोपहर उन्हें खाकर दो लोटा पानी सड़का लेता।

ताज्जुब था कि इतनी कड़ी मेहनत के बावजूद टेपचू सिझ-पककर मजबूत होता चला गया। काठी चढ़ने लगी। उसकी कलाई की हड्डियां चौड़ी होती गईं, पेशियों में मछलियां मचलने लगीं। आंखों में एक अक्खड़ रौब और गुस्सा झलकने लगा। पंजे लोहे की माफिक कड़े होते गए।

एक दिन टेपचू एक भरपूर आदमी बन गया। जवान।

पसीने, मेहनत, भूख, अपमान, दुर्घटनाओं और मुसीबतों की विकट धार को चीरकर वह निकल आया था। कभी उसके चेहरे पर पस्त होने, टूटने या हार जाने का गम नहीं उभरा।

उसकी भौंहों को देखकर एक चीज हमेशा अपनी मौजूदगी का एहसास कराती—गुस्सा, या शायद घृणा की थरथराती हुई रोशन पर्त।

मैंने इस बीच गांव छोड़ दिया और बैलाडिला के आयरन ओर मिल में नौकरी करने लगा। इस बीच फिरोजा की मौत हो गई। बालदेव, संभारू और राधे के अलावा गांव के कई लोग बैलाडिला में मजदूरी करने लगे। पंडित भगवानदीन को हैजा हो गया और वे मर गए। हां, किशनपाल सिंह उसी तरह ताड़ी उतरवाने का धंधा करते रहे। वे कई सालों से लगातार सरपंच बन रहे थे। कस्बे में उनकी पक्की हवेली खड़ी हो गई और बाद में वे एम०एल०ए० हो गए।

लंबा अर्सा गुजर गया। टेपचू की खबर मुझे बहुत दिनों तक नहीं मिली,

लेकिन यह निश्चित था कि जिन हालात में टेपचू काम कर रहा था, अपना खून निचोड़ रहा था, अपनी नसों की ताकत चट्टानों में तोड़ रहा था—वे हालात किसी के लिए भी जानलेवा हो सकते थे।

टेपचू से मेरी मुलाकात तब हुई, जब वह बैलाडिला आया। पता लगा कि किशनपाल सिंह ने गुंडों से उसे बुरी तरह पिटवाया था। गुडों ने उसे मरा हुआ जानकर सोन नदी में फेंक दिया था, लेकिन वह सही-सलामत बच गया और उसी रात किशनपाल सिंह की पुआल में आग लगाकर बैलाडिला आ गया। मैंने उसकी सिफारिश की और वह मजदूरी में भर्ती कर लिया गया।

वह सन् अठहत्तर का साल था।

हमारा कारखाना जापान की मदद से चल रहा था। हम जितना कच्चा लोहा तैयार करते, उसका बहुत बड़ा हिस्सा जापान भेज दिया जाता। मजदूरों को दिन-रात खदान में काम करना पड़ता।

टेपचू इस बीच अपने साथियों से पूरी तरह घुल-मिल गया था। लोग उसे प्यार करते। मैंने वैसा बेधड़क, निडर और मुंहफट आदमी और नहीं देखा। एक दिन उसने कहा था, "काका, मैंने अकेले लड़ाइयां लड़ी हैं। हर बार मैं पिटा हूं, हर बार हारा हूं। अब अकेले नहीं, सबके साथ मिलकर देखूंगा कि सालों में कितना जोर है।"

इन्हीं दिनों एक घटना हुई। जापान ने हमारे कारखाने से लोहा खरीदना बंद कर दिया, जिसकी वजह से सरकारी आदेश मिला कि अब हमें कच्चे लोहे का उत्पादन कम करना चाहिए। मजदूरों की बड़ी तादाद में छंटनी करने का सरकारी फरमान जारी हुआ। मजदूरों की तरफ से मांग की गई कि पहले उनकी नौकरी का कोई दूसरा बंदोबस्त कर दिया जाए, तभी उनकी छंटनी की जाए। इस मांग पर बिना ध्यान दिए मैनेजमेंट ने छंटनी पर फौरी अमल शुरू कर दिया। मजदूर यूनियन ने विरोध में हड़ताल का नारा दिया। सारे मजदूर अपनी झुग्गियों में बैठ गए। कोई काम पर नहीं गया।

चारों तरफ पुलिस तैनात कर दी गई। कुछ गश्ती टुकड़ियां भी रखी गईं, जो घूम-घूमकर स्थिति को कुत्तों की तरह सूंघने का काम करती थीं। टेपचू से मेरी भेंट उन्हीं दिनों शेरे पंजाब होटल के सामने पड़ी लकड़ी की बेंच पर बैठे हुए हुई। वह बीड़ी पी रहा था। काले रंग की निकर पर उसने खादी का एक कुर्ता पहन रखा था।

मुझे देखकर वह मुस्कराया, "सलाम काका, लाल सलाम।" फिर अपने कत्थे-चूने से रंगे मैले दांत निकालकर हंस पड़ा, "मैनेजमेंट की गांड में हमने मोटा

डंडा घुसेड़ रखा है। साले बिलबिला रहे हैं, लेकिन निकाले निकलता नहीं काका, दस हजार मजदूरों को भुक्खड़ बनाकर ढोरों की माफिक हांक देना कोई हंसी-ठट्ठा नहीं है। छंटनी ऊपर की तरफ से होनी चाहिए। जो पचास मजदूरों के बराबर पगार लेता हो, निकालो सबसे पहले उसे, छांटो अजमानी साहब को पहले।"

टेपचू बहुत बदल गया था। मैंने गौर से देखा—उसकी हंसी के पीछे घृणा, वितृष्णा और गुस्से का विशाल समंदर पछाड़ें मार रहा था। उसकी छाती उघड़ी हुई थी। कुर्ते के बटन टूटे हुए थे। कारखाने के विशालकाय फाटक की तरह खुले हुए कुर्ते के गले के भीतर उसकी छाती के बाल हिल रहे थे, असंख्य मजदूरों की तरह, कारखाने के मेन गेट पर बैठे हुए टेपचू ने अपने कंधे पर लटकते हुए झोले से पर्चे निकाले और मुझे थमाकर तीर की तरह चला गया।

कहते हैं, तीसरी रात यूनियन ऑफिस पर पुलिस ने छापा मारा। टेपचू वहीं था। साथ में और भी कई मजदूर थे। यूनियन ऑफिस शहर से बिलकुल बाहर दूसरी छोर पर था। आसपास कोई आबादी नहीं थी। इसके बाद जंगल शुरू हो जाता था। जंगल लगभग दस मील तक के इलाके में फैला हुआ था।

मजदूरों ने पुलिस को रोका, लेकिन दरोगा करीम बख्स तीन-चार कांस्टेबलों के साथ जबर्दस्ती अंदर घुस गया। उसने फाइलों, रजिस्टरों, पर्चों को बटोरना शुरू किया। तभी टेपचू सिपाहियों को धकियाते हुए अंदर पहुंचा और चीखा, "कागज-पत्तर पर हाथ मत लगाना दरोगा जी, हमारी डूटी आज यूनियन की तकवानी में है। हम कहे दे रहे हैं। आगा-पीछा हम नहीं सोचते, पर तुम सोच लो, ठीक तरह से।"

दरोगा चौंका। फिर गुस्से में उसकी आंखें गोल हो गईं, और नथुने सांड की तरह फड़कने लगे, "कौन है मादर᠁तूफानी सिंह, लगाओ साले को दस डंडे।"

सिपाही तूफानी सिंह आगे बढ़ा तो टेपचू की लंगड़ी ने उसे दरवाजे से आधा बाहर और आधा भीतर मुर्दा छिपकली की तरह जमीन पर पसरा दिया। दरोगा करीम बख्स ने इधर-उधर देखा। सिपाही मुस्तैद थे, लेकिन कम पड़ रहे थे। उन्होंने इशारा किया लेकिन तब तक उनकी गर्दन टेपचू की भुजाओं में फंस चुकी थी।

मजदूरों का जत्था अंदर आ गया और तड़ातड़ लाठियां चलने लगीं। कई सिपाहियों के सिर फूटे। वे रो रहे थे और गिड़गिड़ा रहे थे। टेपचू ने दरोगा को नंगा कर दिया था।

पिटी हुई पुलिस पलटन का जुलूस निकाला गया। आगे-आगे दरोगा जी, फिर तूफानी सिंह, लाइन से पांच सिपाहियों के साथ। पीछे-पीछे मजदूरों का हुजूम ठहाके लगाता हुआ। पुलिस वालों की बुरी गत बनी हुई थी। यूनियन ऑफिस से निकलकर

जुलूस कारखाने के गेट तक गया, फिर सिपाहियों को छोड़कर मस्ती और गर्व में डूबे हुए लोग लौट गए। टेपचू की गर्दन अकड़ी हुई थी और वह साल्हो-दादर गाने लगा था।

अगले दिन सवेरे टेपचू अपनी झुग्गी से निकलकर टट्टी करने जा रहा था कि पुलिस ने उसे गिरफ्तार कर लिया। और भी बहुत-से लोग पकड़े गए थे। चारों तरफ गिरफ्तारियां चल रही थीं।

टेपचू को जब पकड़ा गया तो उसने टट्टी वाला लोटा खींचकर तूफानी सिंह को मारा। लोटा माथे के बीचोबीच बैठा और गाढ़ा गंदा खून छलछला आया। टेपचू ने भागने की कोशिश की, लेकिन वह घेर लिया गया। गुस्से में पागल तूफानी सिंह ने तड़ातड़ डंडे चलाए। मुंह से बेतहाशा गालियां फूट रही थीं।

सिपाहियों ने उसे जूते से ठोकर मारी। घूंसे-लात चलाए। दरोगा करीम बख्स भी जीप से उतर आए। यूनियन ऑफिस में की गई अपनी बेइज्जती उन्हें भूली नहीं थी।

दरोगा करीम बख्स ने तूफानी सिंह से कहा कि टेपचू को नंगा किया जाए और गांड में एक लकड़ी ठोंक दी जाए। तूफानी सिंह ने यह काम सिपाही गजाधर शर्मा के सुपुर्द किया।

गजाधर शर्मा ने टेपचू का निकर खींचा तो दरोगा करीम बख्स का चेहरा फक हो गया। फिरोजा ने टेपचू की बाकायदा खतौनी कराई थी।

टेपचू दरोगा का नाम तो नहीं जानता था, लेकिन उसका चेहरा देखकर जरूर जान गया। दरोगा करीम बख्स ने टेपचू की कनपटी पर एक डंडा जमाया, "मादर···नाम क्या है तेरा?"

टेपचू ने कुर्ता उतारकर फेंक दिया और मादरजाद अवस्था में खड़ा हो गया, "अल्ला बक्स बलद अब्दुल्ला बक्स साकिन मड़र मौजा पौंडी, तहसील सोहागपुर, थाना जैतहरी, पेशा मजदूरी—" इसके बाद उसने टांगें चौड़ी कीं, घूमा और गजाधर शर्मा, जो नीचे की ओर झुका हुआ था, उसके कंधे पर पेशाब की धार छोड़ दी, "जिला शहडोला, हाल बासिंदा बैलाडिला···"

टेपचू को जीप के पीछे रस्सी से बांधकर डेढ़ मील तक घसीटा गया। सड़क पर बिछी हुई बजड़ी और मुरम ने उसकी पीठ की पर्त निकाल दी। लाल टमाटर की तरह जगह-जगह उसका गोश्त बाहर झांकने लगा।

जीप कस्बे के पार आखिरी चुंगी नाके पर रुकी। पुलिस-पलटन का चेहरा खूंखार जानवरों की तरह दहक रहा था। चुंगी नाके पर एक ढाबा था। पुलिस वाले

वहीं चाय पीने लगे।

टेपचू को भी चाय पीने की तलब महसूस हुई, "एक चा इधर मारना छोकड़े, कड़क।" वह चीखा। पुलिस वाले एक-दूसरे की ओर कनखियों से देखकर मुस्कराए। टेपचू को चाय पिलाई गई। उसकी कनपटी पर गूमड़ उठ आया था और पूरा शरीर लोथ हो रहा था। जगह-जगह से लहू चुहचुहा रहा था।

जीप लगभग दस मील बाद जंगल के बीच रुकी। जगह बिलकुल सुनसान थी। टेपचू को नीचे उतारा गया। गजाधर शर्मा ने एक-दो डंडे और चलाए। दरोगा करीम बख्स भी जीप से उतरे और उन्होंने टेपचू से कहा, "अल्ला बक्स उर्फ टेपचू, तुम्हें दस सेकेंड का टाइम दिया जाता है। सरकारी हुकुम मिला है कि तुम्हारा जिला बदर कर दिया जाए। सामने की ओर सड़क पर तुम जितनी जल्द दूर से दूर भाग सकते हो, भागो। हम दस तक गिनती गिनेंगे।"

टेपचू लंगड़ाता-डगमगाता चल पड़ा। करीम बख्स खुद गिनती गिन रहे थे। एक-दो-तीन-चार-पांच।

लंगड़े, बूढ़े, बीमार बैल की तरह खून में नहाया हुआ टेपचू अपने शरीर को घसीट रहा था। वह खड़ा तक नहीं हो पा रहा था, चलने और भागने की बात तो दूर थी।

अचानक दस की गिनती खत्म हो गई। तूफानी सिंह ने निशाना साधकर पहला फायर किया—धांय।

गोली टेपचू की कमर में लगी और वह रेत के बोरे की तरह जमीन पर गिर पड़ा। कुछ सिपाही उसके पास पहुंचे। कनपटी पर बूट मारी। टेपचू कराह रहा था, "हरामजादो!"

गजाधर शर्मा ने दरोगा से कहा, "साब, अभी थोड़ा-बहुत बाकी है।" दरोगा करीम बख्स ने तूफानी सिंह की ओर इशारा किया। तूफानी सिंह ने करीब जाकर टेपचू के दोनों कंधों के पास, दो-दो इंच नीचे दो गोलियां मारीं, बंदूक की नाल लगभग सटाकर। नीचे की जमीन तक उधड़ गई।

टेपचू धीमे-धीमे फड़फड़ाया। मुंह से खून और झाग के थक्के निकले। जीभ बाहर आई। आंखें उलटकर बुझीं। फिर वह ठंडा पड़ गया।

उसकी लाश को जंगल के भीतर महुए की एक डाल से बांधकर लटका दिया गया। मौके की तस्वीर ली गई। पुलिस ने दर्ज किया कि मजदूरों के दो गुटों में हथियारबंद लड़ाई हुई। टेपचू उर्फ अल्ला बख्स को मारकर पेड़ से लटका दिया गया

है। पुलिस ने लाश बरामद की। मुजरिमों की तलाश जारी है।

इसके बाद टेपचू की लाश को सफेद चादर से ढककर संदूक में बंद कर दिया गया और जीप में लादकर पुलिस चौकी लाया गया।

रायगढ़, बस्तर, भोपाल सभी जगह से पुलिस की टुकड़ियां आ गई थीं। सी०आर०पी० वाले गश्त लगा रहे थे। चारों ओर धुआं उठ रहा था। झुग्गियां जला दी गई थीं। पचासों मजदूर मारे गए। पता नहीं क्या-क्या हुआ था।

सुबह टेपचू की लाश को पोस्टमार्टम के लिए जिला अस्पताल भेजा गया। डॉ० एडविन वर्गिस ऑपरेशन थियेटर में थे। वे बड़े धार्मिक किस्म के ईसाई थे।

ट्रॉली-स्ट्रेचर में टेपचू की लाश अंदर लाई गई। डॉ० वर्गिस ने लाश की हालत देखी। जगह-जगह थ्री-नॉट-थ्री की गोलियां धंसी हुई थीं। पूरी लाश में एक सूत जगह नहीं थी, जहां चोट न हो।

उन्होंने अपना मास्क ठीक किया, फिर उस्तरा उठाया। झुके। और तभी टेपचू ने अपनी आंखें खोलीं। धीरे से कराहा और बोला—"डॉक्टर साहब, ये सारी गोलियां निकाल दो। मुझे बचा लो। मुझे इन्हीं कुत्तों ने मारने की कोशिश की है।"

डॉक्टर वर्गिस के हाथ से उस्तरा छूटकर गिर गया। एक घिघियाई हुई चीख उनके कंठ से निकली और वे ऑपरेशन रूम से बाहर की ओर भागे।

—

आप कहेंगे कि ऐसी अनहोनी और असंभव बातें सुनाकर मैं आपका समय खराब कर रहा हूं। आप कह सकते हैं कि इस पूरी कहानी में सिवा सफेद झूठ के और कुछ नहीं है।

मैंने भी पहले ही अर्ज किया था कि यह कहानी नहीं है, सच्चाई है। आप स्वीकार क्यों नहीं कर लेते कि जीवन की वास्तविकता किसी भी काल्पनिक साहित्यिक कहानी से ज्यादा हैरतअंगेज होती है। और फिर ऐसी वास्तविकता जो किसी मजदूर के जीवन से जुड़ी हुई हो।

हमारे गांव मड़र के अलावा जितने भी लोग टेपचू को जानते हैं, वे यह मानते हैं कि टेपचू कभी मरेगा नहीं—साला जिन्न है।

आपको अब भी विश्वास न होता हो तो जहां, जब, जिस वक्त आप चाहें, मैं आपको टेपचू से मिलवा सकता हूं।

तिरिछ

इस घटना का संबंध पिताजी से है। मेरे सपने से है और शहर से भी है। शहर के प्रति जो एक जन्मजात भय होता है, उससे भी है।

पिताजी तब पचपन साल के हुए थे। दुबला शरीर। बाल बिलकुल मक्के के भुए जैसे सफेद। सिर पर जैसे रुई रखी हो। वे सोचते ज्यादा थे—बोलते बहुत कम। जब बोलते तो हमें राहत मिलती, जैसे देर से रुकी हुई सांस निकल रही हो। साथ-साथ हमें डर भी लगता। हम बच्चों के लिए वे एक बहुत बड़ा रहस्य थे। हमें पता था कि संसार के सारे ज्ञान की तिजोरी उनके पास है। हम जानते थे कि संसार की सारी भाषाएं वे बोल सकते हैं। दुनिया उनको जानती है और हमारी तरह ही उनसे डरती हुई उनका सम्मान करती है।

हमें उनकी संतान होने का गर्व था।

कभी-कभी, वैसे ऐसा सालों में एकाध बार ही होता, वे शाम को हमें अपने साथ टहलाने कहीं बाहर ले जाते। चलने से पहले वे मुंह में तंबाकू भर लेते। तंबाकू के कारण वे कुछ बोल नहीं पाते थे। वे चुप रहते। यह चुप्पी हमें बहुत गंभीर, गौरवशाली, आश्चर्यजनक और भारी-भरकम लगती। छोटी बहन कभी उनसे रास्ते में कुछ पूछना चाहती तो फौरन मैं उसका जवाब देने की कोशिश करता, जिससे पिताजी को न बोलना पड़े।

वैसे यह काम काफी मुश्किल और जोखिम भरा होता, क्योंकि मैं जानता था कि अगर मेरा जवाब गलत हुआ तो पिताजी को बोलना पड़ जाएगा। बोलने में उन्हें परेशानी होती थी। एक तो उन्हें तंबाकू की पीक निकालनी पड़ती थी, फिर जिस दुनिया में वे रहते थे, वहां से निकलकर यहां तक आने में उन्हें एक कठिन दूरी तय करनी पड़ती थी। वैसे बहन के सवालों में कोई खास बात होती नहीं थी। जैसे वह यही पूछ लेती कि सामने छिउले की सूखी टहनी पर बैठी उस चिड़िया को क्या कहते हैं? मैं चूंकि सारी चिड़ियों को जानता था, इसलिए बता सकता था कि वह नीलकंठ है और दशहरे के दिन उसे जरूर देखना चाहिए। मेरी पूरी कोशिश रहती कि पिताजी को आराम रहे और वे सोचते रहें।

मेरी और मां की, दोनों की पूरी कोशिश रहती कि पिताजी अपनी दुनिया में सुख-चैन से रहें। वहां से उन्हें जबरन बाहर न निकाला जाए। वह दुनिया हमारे लिए बहुत रहस्यपूर्ण थी, लेकिन हमारे घर की और हमारे जीवन की बहुत-सी समस्याओं का अंत पिताजी वहीं रहते हुए करते थे। जैसे जब मेरी फीस की बात आई, उस समय हमारे पास का आखिरी गिलास भी गुम गया था और सब लोग लोटे में पानी पीते थे। पिताजी दो दिन तक बिलकुल चुप रहे। मां को भी शक हुआ था कि पिताजी फीस की बात बिलकुल भूल गए हैं या फिर इसका हल उनके वश की बात नहीं है। लेकिन तीसरे दिन, सुबह-सुबह, पिताजी ने मुझे एक पत्र लिफाफे में रखकर दिया और शहर के डॉक्टर पंत के पास भेजा। मुझे बहुत आश्चर्य हुआ जब डॉक्टर ने मुझे शरबत पिलाया, घर के भीतर ले जाकर अपने बेटे से परिचय कराया और सौ-सौ के तीन नोट मुझे दिए।

हम पिताजी पर गर्व करते थे, प्यार करते थे, उनसे डरते थे और उनके होने का अहसास ऐसा था जैसे हम किसी किले में रह रहे हों। ऐसा किला, जिसके चारों ओर गहरी नहरें खुदी हुई हों, बुर्जें बहुत ऊंची हों, दीवारें सख्त लाल चट्टानों की बनी हुई हों और हर बाहरी हमले के सामने हमारा किला अभेद्य हो।

पिताजी एक खूब मजबूत किला थे। उनके परकोटे पर हम सब कुछ भूलकर खेलते थे, दौड़ते थे। और रात में खूब गहरी नींद मुझे आती थी।

लेकिन उस दिन, शाम को, जब पिताजी बाहर से टहलकर आए तो उनके टखने में पट्टी बंधी थी। थोड़ी देर में गांव के कई लोग वहां आ गए। पता चला कि पिताजी को जंगल में तिरिछ (विषखापर, एक जहरीला लिजार्ड) ने काट लिया है।

हम सब जानते थे कि तिरिछ के काटने पर आदमी बच ही नहीं सकता। रात में, लालटेन की धुंधली-मटमैली रौशनी में गांव के बहुत-से लोग हमारे आंगन में जमा हो गए थे। पिताजी उनके बीच थे, जमीन पर बैठे हुए। फिर पास के गांव का चुटुआ नाई भी आया। वह अरंड के पत्ते और कंडे की राख से जहर उतारता था।

तिरिछ एक बार मैंने देखा था।

तालाब के किनारे जो बड़ी-बड़ी चट्टानों के ढेर थे, और जो दोपहर में खूब गर्म हो जाते थे, उनमें से किसी चट्टान की दरार से निकलकर वह पानी पीने तालाब की ओर जा रहा था।

मेरे साथ थानू था। उसने बतलाया कि वह तिरिछ है, काले नाग से सौ गुना ज्यादा उसमें जहर होता है। उसी ने बताया कि सांप तो तब काटता है, जब उसके ऊपर पैर पड़ जाए या कोई जबरदस्ती उसे तंग करे। लेकिन तिरिछ तो नजर मिलते

ही दौड़ता है। पीछे पड़ जाता है। उससे बचने के लिए कभी सीधे नहीं भागना चाहिए। टेढ़ा-मेढ़ा, चक्कर काटते हुए, गोल-मोल दौड़ना चाहिए।

दरअसल जब आदमी भागता है तो जमीन पर वह सिर्फ अपने पैरों के निशान ही नहीं छोड़ता, बल्कि हर निशान के साथ, वहां की धूल में, अपनी गंध भी छोड़ जाता है। तिरिछ इसी गंध के सहारे दौड़ता है। थानू ने बतलाया कि तिरिछ को चकमा देने के लिए आदमी को यह करना चाहिए कि पहले तो वह बिलकुल पास-पास कदम रखकर, जल्दी-जल्दी कुछ दूर दौड़े, फिर चार-पांच बार खूब लंबी-लंबी छलांग दे। तिरिछ सूंघता हुआ दौड़ता आएगा, जहां पास-पास पैर के निशान होंगे, वहां उसकी रफ्तार खूब तेज हो जाएगी—और जहां से आदमी ने छलांग मारी होगी, वहां आकर वह उलझन में पड़ जाएगा। वह इधर-उधर तब तक भटकता रहेगा जब तक उसे अगले पैर का निशान और उसमें बसी गंध नहीं मिल जाती।

हमें तिरिछ के बारे में दो बातें और पता थीं। एक तो यह कि जैसे ही वह आदमी को काटता है, वैसे ही वह वहां से भागकर किसी जगह पेशाब करता है और उस पेशाब में लोट जाता है। अगर तिरिछ ने ऐसा कर लिया तो आदमी बच नहीं सकता। अगर उसे बचना है तो तिरिछ के पेशाब में लोटने से पहले ही, खुद किसी नदी, कुएं या तालाब में डुबकी लगा लेनी चाहिए या फिर तिरिछ के ऐसा करने के पहले ही उसे मार देना चाहिए।

दूसरी बात यह कि तिरिछ काटने के लिए तभी दौड़ता है, जब उससे नजर टकरा जाए। अगर तिरिछ को देखो तो उससे कभी आंख मत मिलाओ। आंख मिलते ही वह आदमी की गंध पहचान लेता है और फिर पीछे लग जाता है। फिर तो आदमी चाहे पूरी पृथ्वी का चक्कर लगा ले, तिरिछ पीछे-पीछे आता है।

मैं भी तमाम बच्चों की तरह उस समय तिरिछ से बहुत डरता था। मेरे दुःस्वप्न के सबसे खतरनाक पात्र दो ही थे—एक हाथी और दूसरा तिरिछ। हाथी तो फिर भी दौड़ता-दौड़ता थक जाता था और मैं पेड़ पर चढ़कर बच जाता था, या फिर उड़ने लगता था, लेकिन तिरिछ—उसके सामने तो मैं किसी इंद्रजाल में बंध जाता था। मैं सपने में कहीं जा रहा होता तो अचानक ही किसी जगह वह मिल जाता, उसकी जगह तय नहीं होती थी। कोई जरूरी नहीं था कि वह चट्टानों की दरार में, पुरानी इमारतों के पिछवाड़े या किसी झाड़ी के पास दिखे—वह मुझे बाजार में, सिनेमा हॉल में, किसी दुकान या मेरे कमरे में ही दिख सकता था।

मैं सपने में कोशिश करता कि उससे नजर न मिलने पाए, लेकिन वह इतनी परिचित आंखों से मुझे देखता कि मैं अपने आप को रोक नहीं पाता था और बस,

आंख मिलते ही उसकी नजर बदल जाती थी—वह दौड़ता था और मैं भागता था।

मैं गोल-गोल चक्कर लगाता, जल्दी-जल्दी पास-पास डग भरकर अचानक खूब लंबी-लंबी छलांगें लगाने लगता, उड़ने की कोशिश करता, किसी ऊंची जगह पर चढ़ जाता, लेकिन मेरी हजार कोशिशों के बावजूद वह चकमा नहीं खाता था। वह मुझे बहुत घाघ, समझदार, चतुर और खतरनाक लगता। मुझे लगता कि वह मुझे खूब अच्छी तरह से जानता है। उसकी आंखों में मेरे लिए परिचय की जो चमक थी, उससे मुझे लगता कि वह मेरा शत्रु है जिसे मेरे दिमाग में आने वाले हर विचार के बारे में पता है।

मेरा सबसे खौफनाक, यातनादायक, भयाक्रांत और बेचैनी से भरा यही सपना था। भागते-भागते मेरा पूरा शरीर थक जाता, फेफड़े फूल जाते, मैं पसीने में लथपथ होकर बेदम होने लगता और एक बहुत ही डरावनी, सुन्न कर डालने वाली मृत्यु मेरे बिलकुल करीब आने लगती। मैं जोरों से चीखता, रोने लगता। पिताजी को, थानू को या मां को पुकारता और फिर मैं जान जाता कि यह सपना है। लेकिन यह पता चल जाने के बावजूद मैं अच्छी तरह से जानता कि तब भी मैं अपनी इस मृत्यु से नहीं बच सकता। मृत्यु नहीं—तिरिछ द्वारा अपनी हत्या से—और ऐसे में मैं सपने में ही कोशिश करता कि किसी तरह मैं जाग जाऊं। मैं पूरी ताकत लगाता, सपने के भीतर आंखें खोलकर फाड़ता, रोशनी को देखने की कोशिश करता और जोर से कुछ बोलता। कई बार बिलकुल ऐन मौके पर मैं जागने में सफल भी हो जाता।

मां बतलाती कि मुझे सपने में बोलने और चीखने की आदत है। कई बार उन्होंने मुझे नींद में रोते हुए भी देखा था। ऐसे में उन्हें मुझे जगा डालना चाहिए, लेकिन वे मेरे माथे को सहलाकर मुझे रजाई से ढंक देती थीं और मैं उसी खौफनाक दुनिया में अकेला छोड़ दिया जाता था। अपनी मृत्यु—बल्कि अपनी हत्या से बचने की कमजोर कोशिश में भागता, दौड़ता, चीखता।

वैसे, धीरे-धीरे मैंने अनुभवों से यह जान लिया था कि आवाज ही ऐसे मौके पर मेरा सबसे बड़ा अस्त्र है, जिससे मैं तिरिछ से बच सकता था। लेकिन दुर्भाग्य से, हर बार, इस अस्त्र की याद मुझे बिलकुल अंतिम समय पर आती थी। तब, जब वह मुझे बिलकुल पा लेने वाला होता। अपनी हत्या की सांसें मुझे छूने लगतीं, मौत के नशे से भरे एक निर्जीव लेकिन डरावने अंधेरे से मैं घिर जाता, लगता मेरे नीचे कोई ठोस आधार नहीं है—मैं हवा में हूं और वह पल आ जाता, जब मेरे जीवन का अंत होने वाला होता। तभी, बिलकुल इसी एक बहुत ही छोटे और नाजुक पल में मुझे अपने इस अस्त्र की याद आती और मैं जोर-जोर से बोलने लगता और इस

आवाज के सहारे मैं सपने से बाहर निकल आता। मैं जाग जाता।

कई बार मां मुझसे पूछतीं भी कि मुझे क्या हो गया था? तब मेरे पास इतनी भाषा नहीं थी कि मैं उन्हें सब कुछ, एक-एक चीज उसी तरह बता पाता। अपनी इस असमर्थता के बारे में मुझे खूब पता था और इसी वजह से मैं एक अजीब-से तनाव, बेचैनी और असहायता से भर जाता। अंत में हारकर इतना ही कह पाता कि 'बहुत डरावना सपना था।'

जाने क्यों मुझे शक था कि पिताजी को उसी तिरिछ ने काटा था, जिसे मैं पहचानता था और जो मेरे सपने में आता था।

लेकिन एक अच्छी बात यह हुई कि जैसे ही वह तिरिछ पिताजी को काटकर भागा, पिताजी ने उसका पीछा करके उसे मार डाला था। तय था कि अगर वे फौरन उसे नहीं मार पाते तो वह पेशाब करके उसमें जरूर लोट जाता। फिर पिताजी किसी हाल में न बचते। यही वजह थी कि पिताजी को लेकर मुझे उतनी चिंता नहीं रह गई थी। बल्कि एक तरह की राहत और मुक्ति की खुशी मेरे भीतर धीरे-धीरे पैदा हो रही थी। कारण, एक तो यही कि पिताजी ने तिरिछ को तुरंत मार डाला था और दूसरा यह कि मेरा सबसे खतरनाक, पुराना परिचित शत्रु आखिरकर मर चुका था। उसका वध हो गया था और अब मैं अपने सपने के भीतर, कहीं भी, बिना किसी डर के, सीटी बजाता घूम सकता था।

उस रात देर तक हमारे आंगन में भीड़ रही आई। पिताजी की झाड़-फूंक चलती रही। काटे के जख्म को चीरकर खून भी बाहर निकाला गया और कुएं में डालने वाली लाल दवा (पोटेशियम परमैगनेट) जख्म में भरा गया। मैं निश्चिंत था।

अगली सुबह पिताजी को शहर जाना था। अदालत में पेशी थी। उनके नाम सम्मन आया था। हमारे गांव से लगभग दो किलोमीटर दूर से निकलने वाली सड़क से शहर के लिए बसें गुजरती थीं। उनकी संख्या दिन-भर में मुश्किल से दो या तीन थी। गनीमत थी कि पिताजी जैसे ही सड़क तक पहुंचे, शहर जाने वाला पास के गांव का एक ट्रैक्टर उन्हें मिल गया। ट्रैक्टर में बैठे हुए लोग पहचान के थे। ट्रैक्टर दो-ढाई घंटे में शहर पहुंच जाने वाला था। यानी अदालत खुलने से काफी पहले।

रास्ते में तिरिछ वाली बात चली। पिताजी ने अपना टखना उन लोगों को दिखलाया। ट्रैक्टर में पंडित राम औतार भी थे। उन्होंने बतलाया कि तिरिछ के जहर की एक खासियत यह भी है कि कभी-कभी यह चौबीस घंटे बाद, ठीक उसी वक्त, जिस वक्त पिछले दिन तिरिछ काटता है, अपना असर दिखाता है। इसलिए अभी

पिताजी को निश्चिंत नहीं होना चाहिए। ट्रैक्टर के लोगों ने पिंताजी का ध्यान एक और बड़ी गलती की ओर खींचा। उनका कहना था कि यह तो पिताजी ने बहुत ठीक किया कि तिरिछ को फौरन मार डाला, लेकिन इसके बाद भी तिरिछ को यों ही नहीं छोड़ देना चाहिए था। उसे कम से कम जला जरूर देना चाहिए था।

उन लोगों का कहना था कि बहुत-से कीड़े-मकोड़े और जीव-जंतु रात में चंद्रमा की रोशनी में दोबारा जी उठते हैं। चांदनी में जो ओस और शीत होती है, उसमें अमृत होता है और कई बार ऐसा देखा गया है कि जिस सांप को मरा हुआ समझकर रात में यों ही फेंक दिया जाता है, उसका शरीर चांद की शीत में भीगकर दुबारा जी उठता है और वह भाग जाता है। फिर वह हमेशा बदला लेने की ताक में रहता है।

ट्रैक्टर के लोगों को शक था कि कहीं ऐसा न हो कि रात में जी उठने के बाद तिरिछ पेशाब करके उसमें लोट जाए। ऐसा हुआ तो चौबीस घंटे बीतते-बीतते, ठीक उसी घड़ी के आने पर, तिरिछ का जानलेवा जहर पिताजी पर चढ़ना शुरू हो जाएगा। उन लोगों ने सलाह भी दी कि पिताजी को वहीं से वापस लौट जाना चाहिए और अगर संयोग से, उस तिरिछ की लाश उसी जगह पड़ी हुई हो, तो उसे अच्छी तरह जलाकर राख कर देना चाहिए। लेकिन पिताजी ने उन्हें बताया कि पेशी कितनी जरूरी थी। यह तीसरा सम्मन था और अगर इस बार भी वे अदालत में हाजिर न हुए तो गैर-जमानती वारंट निकलने का डर था। पेशी भी हमारे उसी मकान को लेकर थी, जिसमें हमारा परिवार रह रहा था। वकील को पिछले दो बार की पेशी में फीस भी नहीं दी जा सकी थी और कहीं अगर उसने लापरवाही दिखला दी और जज सनक गया तो वह हमारी कुड़की-डिक्री भी करवा सकता है।

विचित्र स्थिति थी कि अगर पिताजी उस तिरिछ की लाश को जलाने के लिए ट्रैक्टर से उतरकर, वहीं से, गांव लौट आते तो गैर-जमानती वारंट के तहत वे गिरफ्तार कर लिए जाते और हमारा घर हमसे छिन जाता। अदालत हमारे खिलाफ हो जाती।

लेकिन पंडित राम औतार एक वैद्य भी थे। ज्योतिष पंचांग के अलावा उन्हें जड़ी-बूटियों की भी बड़ी गहरी जानकारी थी। उन्होंने सुझाया कि एक तरीका ऐसा है, जिससे पिताजी पेशी में हाजिर भी हो सकते हैं और तिरिछ के जहर से चौबीस घंटे के बाद बच भी सकते हैं। उन्होंने बताया कि चरक का निचोड़ इस सूत्र में है कि विष ही विष की औषधि होता है। अगर धतूरे के बीज कहीं मिल जाएं तो वह तिरिछ के जहर की काट तैयार कर सकते हैं।

अगले गांव सामतपुर में ट्रैक्टर रोक दिया गया और एक तेली के खेत में धतूरे

के पौधे आखिरकार खोज निकाले गए। धतूरे के बीजों को पीसकर उसे तांबे के पुराने सिक्के के साथ उबालकर काढ़ा तैयार किया गया। काढ़ा बहुत कड़वा था, इसलिए उसे चाय में मिलाया गया और पिताजी को वह चाय पिला दी गई। इसके बाद सभी निश्चिंत हो गए। एक बहुत बड़े खतरे से पिताजी को निकालने की कोशिश हो रही थी।

वैसे मुझे तिरिछ के बारे में तीसरी बात भी पता थी, जो पिताजी के जाने के कई घंटे बाद अचानक याद आ गई थी। यह बात सांप की उस बात से मिलती-जुलती थी, जिसके फलस्वरूप आगे चलकर कैमरे का आविष्कार हुआ था।

माना यह जाता था कि अगर कोई आदमी सांप को मार रहा हो तो अपने मरने से पहले वह सांप, अंतिम बार, अपने हत्यारे के चेहरे को पूरी तरह से, बहुत गौर से देखता है। आदमी उसकी हत्या कर रहा होता है और सांप टकटकी बांधकर उस आदमी के चेहरे की एक-एक बारीकी को अपनी आंख के भीतरी पर्दे में दर्ज कर रहा होता है। सांप की मृत्यु के बाद सांप की आंख के भीतरी पर्दे पर उस आदमी का चित्र स्पष्ट दर्ज हो जाता है।

बाद में, आदमी के जाने के बाद, उस सांप का दूसरा जोड़ा जाकर उस मरे हुए सांप की आंख के भीतर झांकता है और इस तरह वह हत्यारा पहचान लिया जाता है। सारे सांप उसे पहचानने लगते हैं। फिर वह कहीं भी चला जाए, उससे बदला लेने की फिराक में वे रहते हैं। हर सांप उसका शत्रु होता है।

मुझे शक था कि मरे हुए तिरिछ की आंख के भीतरी पर्दे पर पिताजी का चेहरा दर्ज होगा। कोई दूसरा तिरिछ आकर उस लाश की आंख में झांकेगा और पिताजी वहां पहचान लिए जाएंगे। मेरे भीतर इस बात को लेकर बेचैनी पैदा हुई कि पिताजी ने यह सतर्कता क्यों नहीं बरती? उन्हें तिरिछ को मारने के साथ ही किसी पत्थर से उसकी दोनों आंखों को कुचलकर फोड़ देना चाहिए था। लेकिन अब क्या हो सकता था? पिताजी शहर जा चुके थे और मेरे सामने उलझन और चुनौती थी कि गांव के पास फैले इतने बड़े जंगल में जिस जगह तिरिछ को मारकर उन्होंने छोड़ा था, वह जगह मैं खोज निकालूं।

मैं थानू के साथ बोतल में मिट्टी का तेल, दियासलाई और डंडा लेकर जंगल में तिरिछ की खोज में भटकता रहा। मैं उसे अच्छी तरह से पहचानता था। बहुत अच्छी तरह। थानू निराश था।

फिर, मुझे अचानक ही लगने लगा कि इस जंगल को मैं अच्छी तरह से जानता हूं। एक-एक पेड़ मेरा परिचित निकलने लगा। इसी जगह से कई बार सपने में मैं

तिरिछ से बचने के लिए भागा था। मैंने गौर से हर तरफ देखा—बिलकुल यही वह जगह थी। मैंने थानू को बताया कि एक संकरा-सा नाला इस जगह से कितनी दूर दक्षिण की तरफ बहता है। नाले के ऊपर जहां बड़ी-बड़ी चट्टानें हैं, वहां कीकर का एक बहुत पुराना पेड़ है, जिस पर बड़े-बड़े शहद के छत्ते हैं। उन्हें देखकर लगता है कि वे कई शताब्दियों पुराने हैं। मैं उस भूरे रंग की चट्टान को जानता था, जो बरसात-भर नाले के पानी में आधी डूबी रहती थी और बारिश के बीतने के बाद जब बाहर निकलती थी तो उसकी खोहों में कीचड़ भर जाती थी और अजीब-अजीब वनस्पतियां वहां से उग आती थीं। चट्टान के ऊपर हरी काई की एक पर्त-सी जम जाती थी। इसी चट्टान की सबसे ऊपर वाली दरार में तिरिछ रहता था। थानू इस बात को मेरी कल्पना मान रहा था।

लेकिन बहुत जल्द हमें वह नाला मिल गया। कीकर का वह बूढ़ा पेड़ भी, जिस पर शहद के छत्ते थे, और वह चट्टान भी। तिरिछ की लाश चट्टान से जरा हटकर, जमीन पर, घास के ऊपर चित पड़ी हुई थी। बिलकुल यह वही तिरिछ था। मेरे भीतर हिंसा और उत्तेजना और खुशी की एक सनसनी दौड़ रही थी।

थानू ने और मैंने सूखे पत्ते और लकड़ियां इकट्ठी कीं, खूब सारा मिट्टी का तेल उसमें डाला और आग लगा दी। तिरिछ उसमें जल रहा था। उसके जलने की चिरायंध गंध हवा में फैल रही थी। मेरा मन जोर से चिल्लाने को हुआ, लेकिन मैं डरा कि कहीं मैं जाग न जाऊं और यह सब कुछ सपना न साबित हो जाए? मैंने थानू की ओर देखा। वह रो रहा था। वह मेरा बहुत अच्छा दोस्त था।

मेरे सपने में इसी जगह से निकलकर उस तिरिछ ने कई बार मेरा पीछा करना शुरू किया था। आश्चर्य था कि इतने लंबे अर्से से उसके अड्डे को इतनी अच्छी तरह से जानने के बावजूद कभी दिन में आकर मैंने उसे मारने की कोई कोशिश नहीं की थी।

मैं आज बेतहाशा खुश था।

पंडित राम औतार ने बतलाया था कि ट्रैक्टर ने पौने दस बजे के लगभग शहर का चुंगी नाका पार किया था। वहां उन्हें नाके का टोल टैक्स चुकाने के लिए कुछ देर रुकना भी पड़ा था। वहां पर पिताजी ट्रैक्टर से उतरकर पेशाब करने गए थे। लौटने पर उन्होंने बताया था कि उनका सिर कुछ घूम-सा रहा है, तब तक पिताजी को धतूरे का काढ़ा पिए हुए तकरीबन डेढ़ घंटा हो चुका था। ट्रैक्टर ने पिताजी को शहर में दस बजकर पांच-सात मिनट के आसपास छोड़ दिया था। ट्रैक्टर में ही बैठे पलड़ा

गांव के मास्टर नंदलाल का कहना था कि जब शहर में, मिनर्वा टाकीज के पास वाले चौराहे पर पिताजी को ट्रैक्टर से उतारा गया, तब उन्होंने शिकायत की थी कि उनका गला कुछ सूख-सा रहा है। वे थोड़ा परेशान भी थे, क्योंकि अदालत जाने का रास्ता उन्हें मालूम नहीं था और शहर के लोगों से पूछ-पूछकर कहीं जाने में उन्हें बहुत तकलीफ होती थी।

पिताजी के साथ एक दिक्कत यह भी थी कि गांव या जंगल की पगडंडियां तो उन्हें याद रहती थीं, शहर की सड़कों को वे भूल जाते थे। शहर वे बहुत कम जाते थे। जाना ही पड़े तो अंतिम समय तक वे टालते रहते थे, तब तक, जब तक जाना बिलकुल ही जरूरी न हो जाए। कई बार तो ऐसा भी हुआ कि पिताजी सारा सामान लेकर शहर के लिए रवाना हुए और बस अड्डे से लौट आए। बहाना यह कि बस छूट गई। जबकि हम सब जानते थे कि ऐसा नहीं हुआ होगा। पिताजी ने बस को देखा होगा, फिर वे कहीं बैठ गए होंगे—पेशाब करने या पान खाने। फिर उन्होंने देखा होगा कि बस छूट रही है। उन्होंने जरा-सा और इंतजार किया होगा। जब बस ने रफ्तार पकड़ ली होगी—तब वे कुछ दूर तक दौड़े होंगे। फिर उनके कदम धीमे पड़ गए होंगे और अफसोस और गुस्सा प्रकट करते वे लौट आए होंगे। ऐसा करते हुए उन्हें स्वयं भी लगा होगा कि बस सचमुच छूट गई है। ऐसे में, जबकि हम मान चुके होते कि वे शहर जा चुके हैं, वे लौटकर हमें चकित कर देते।

ट्रैक्टर से मिनर्वा टाकीज के पास वाले चौराहे पर, सिंध वाच कंपनी के ठीक सामने लगभग दस बजकर सात मिनट पर उतरने के बाद से लेकर शाम छह बजे तक पिताजी के साथ शहर में जो कुछ भी हुआ, उसका सिर्फ एक धुंधला-सा अनुमान ही लगाया जा सकता है। यह जानकारी भी कुछ लोगों से बातचीत और पूछताछ के बाद मिली है। किसी की भी मृत्यु के बाद, अगर वह मृत्यु आकस्मिक और अस्वाभाविक ढंग से हुई हो, ऐसी जानकारियां मिल ही जाती हैं। उस दिन, बुधवार 17 मई, 1972 को सुबह दस-दस से लेकर शाम छह बजे तक, लगभग पौने आठ घंटे में पिताजी कहां-कहां गए, कहां-कहां उनके साथ क्या-क्या हुआ, इसका बहुत सही और विस्तृत ब्योरा तो मिलना मुश्किल है। जो सूचनाएं या जानकारियां बाद में मिलीं, उनके जरिए उन घटनाओं का सिर्फ अनुमान ही लगाया जा सकता है।

जैसा कि पलड़ा गांव के मास्टर नंदलाल का कहना था कि जब पिताजी ट्रैक्टर से उतरे, तभी उन्होंने गला सूखने की शिकायत की थी। इसके पहले चुंगी नाका के पास, जब पेशाब करके पिताजी लौटे थे तो उन्होंने सिर घूमने की बात कही थी। यानी पिताजी पर धतूरे के बीजों के काढ़े का असर होना शुरू हो गया था। वैसे भी

शहर पहुंचने तक पिताजी को काढ़ा पिए हुए लगभग दो घंटे हो चुके थे। मेरा अनुमान है कि उस समय पिताजी को प्यास बहुत लगी होगी। गला भिगाने के लिए वे किसी होटल या ढाबे की तरफ गए भी होंगे, लेकिन जैसा कि मुझे उनके स्वभाव के बारे में पता है, वे वहां कुछ देर खड़े रहे होंगे, और फिर एक गिलास पानी मांगने का फैसला न कर सके होंगे। एक बार उन्होंने बताया भी था कि कुछ साल पहले गर्मियों के दिनों में जब उन्होंने किसी होटल में पानी मांगा था, तो वहां काम करने वाले नौकर ने उन्हें गाली दी थी। पिताजी बहुत संवेदनशील थे, इसलिए उन्होंने अपनी प्यास को दबाया होगा और वे वहां से चल पड़े होंगे।

सवा दस से लेकर, लगभग ग्यारह बजे के बीच, पैंतालीस मिनट तक पिताजी कहां-कहां गए, इसकी कोई जानकारी कहीं से नहीं मिलती। इस बीच ऐसी कोई खास घटना भी नहीं हुई, जिससे कोई कुछ कह सके। फिर शहर में सड़क पर आते-जाते लोगों में से किसी ने उन पर ध्यान दिया हो, उन्हें देखा हो, इसका पता लगाना भी मुश्किल है। वैसे मेरा अपना अंदाजा है कि इस बीच पिताजी ने कुछ लोगों से अदालत जाने का रास्ता पूछा होगा और उनके दिमाग में यह बात भी रही होगी कि वहां पहुंचकर वे अपने वकील एस०एन० अग्रवाल से पानी मांग लेंगे। लेकिन उनके पूछने पर या तो लोग चुप रहकर तेजी से आगे बढ़ गए होंगे या किसी ने इतनी बौखलाहट और जल्दबाजी में उन्हें कुछ बताया होगा, जो पिताजी ठीक से समझ नहीं सके होंगे और सिर्फ अपमानित, दुखी और परेशान होकर रह गए होंगे। शहर में ऐसा होता ही है।

वैसे बीच के पौन घंटे के बारे में मेरा अपना अनुमान है कि इस बीच पिताजी पर काढ़े का असर काफी बढ़ गया होगा। मई की धूप और प्यास ने इस असर को और भी तेज, और भी गहरा कर दिया होगा। उनके पैर लड़खड़ाने भी लगे होंगे और बहुत संभव है कि एकाध बार, इस बीच, उन्हें चक्कर भी आ गए हों।

पिताजी ग्यारह बजे, शहर में, देशबंधु मार्ग पर स्थित स्टेट बैंक ऑफ इंडिया की इमारत में घुसे थे। वे वहां क्यों गए, इसकी वजह ठीक-ठीक समझ में नहीं आती। वैसे हमारे गांव का रमेश दत्त शहर में भूमि विकास सहकारी बैंक में क्लर्क है। हो सकता है, पिताजी के दिमाग में सिर्फ बैंक रहा हो और वहां से गुजरते हुए अचानक उन्होंने स्टेट बैंक लिखा हुआ देखा हो और वे उधर घूम गए हों। उन्होंने अब तक पानी नहीं पिया था, इसलिए उन्होंने सोचा होगा कि वे रमेश दत्त से पानी भी मांग लेंगे, अदालत जाने का रास्ता भी पूछ लेंगे और बता सकेंगे कि उनका सिर घूम-सा रहा है, यह भी कि कल शाम उन्हें तिरिछ ने काटा था। स्टेट बैंक के कैशियर

अग्निहोत्री के अनुसार वह उस समय कैश रजिस्टर चेक कर रहा था। उसकी मेज पर लगभग अट्ठाइस हजार रुपयों की गड्डियां रखी हुई थीं। उस वक्त ग्यारह से दो-तीन मिनट ऊपर हुए होंगे, तभी पिताजी वहां आए। उनके चेहरे पर धूल लगी हुई थी, चेहरा डरावना था और अचानक ही उन्होंने जोर से कुछ कहा था। अग्निहोत्री का कहना था कि मैं अचानक डर गया। अमूमन ऐसे लोग बैंक के इतने भीतर, कैशियर की टेबिल तक नहीं पहुंच पाते। अग्निहोत्री का कहना यह भी था कि अगर वह पिताजी को एकाध मिनट पहले से अपनी ओर आता हुआ देख लेता, तब शायद न डरता। लेकिन हुआ यह कि वह पूरी तरह से कैश रजिस्टर के हिसाब-किताब में डूबा हुआ था, तभी अचानक ही पिताजी ने आवाज निकाली और सिर उठाते ही उन्हें देखकर वह डर गया और चीख पड़ा। उसने घंटी भी बजा दी।

बैंक के चपरासियों, दो चौकीदारों और दूसरे कर्मचारियों के अनुसार अचानक ही कैशियर की चीख और घंटी की आवाज से वे सब लोग चौंक गए और उस तरफ दौड़े, तब तक नेपाली चौकीदार थापा ने पिताजी को दबोच लिया था और मारता हुआ कॉमन रूम की तरफ ले जा रहा था। एक चपरासी रामकिशोर, जिसकी उम्र पैंतालीस के आसपास थी, ने कहा कि उसने समझा कि कोई शराबी दफ्तर में घुस आया है या पागल, और चूंकि उसकी ड्यूटी बैंक के मुख्य दरवाजे पर थी, इसलिए ब्रांच मैनेजर उसे चार्जशीट कर सकता था। लेकिन हुआ यह कि जब पिताजी को मारा जा रहा था, तभी उन्होंने अंग्रेजी में कुछ बोलना शुरू कर दिया। इसी वजह से चपरासियों का शक बढ़ गया। इसी बीच शायद असिस्टेंट ब्रांच मैनेजर मेहता ने यह कह दिया कि इस आदमी की अच्छी तरह से तलाशी ले लेना तभी बाहर निकलने देना। वैसे चपरासी रामकिशोर का कहना था कि पिताजी का चेहरा अजीब तरह से डरावना हो गया था। उस पर धूल जमा हो गई थी और उलटी की बास आ रही थी। बैंक के चपरासियों ने पिताजी को ज्यादा मारने-पीटने की बात से इनकार किया, लेकिन बैंक के बाहर, ठीक दरवाजे के पास जो पान की दुकान है, उसमें बैठने वाले बुन्नू का कहना था कि जब साढ़े ग्यारह बजे के आसपास पिताजी बैंक से बाहर आए तो उनके कपड़े फटे हुए थे और निचला होंठ कट गया था, जहां से खून निकल रहा था। आंखों के नीचे सूजन और कत्थई चकत्ते थे। ऐसे चकत्ते बाद में बैगनी या नीले पड़ जाते हैं।

इसके बाद, यानी साढ़े ग्यारह बजे से लेकर एक बजे के बीच पिताजी कहां-कहां गए, इसके बारे में कोई जानकारी नहीं मिलती। हां, स्टेट बैंक के बाहर पान की दुकान लगाने वाले बुन्नू ने एक बात बताई थी, हालांकि इस बारे में वह

पूरी तरह स्पष्ट नहीं था, या हो सकता है कि स्टेट बैंक के कर्मचारियों के डर की वजह से वह साफ-साफ बतलाने से कतरा रहा हो। बुन्नू ने बतलाया था कि स्टेट बैंक से बाहर निकलने पर शायद (वह 'शायद' पर बहुत जोर डाल रहा था) पिताजी ने कहा था कि उनके रुपए और कागजात बैंक के चपरासियों ने छीन लिए हैं। लेकिन बुन्नू का कहना था कि हो सकता है, पिताजी ने कोई और बात कही हो, क्योंकि वे ठीक से बोल नहीं पा रहे थे, उनका निचला होंठ काफी कट गया था, मुंह से लार भी बह रही थी और उनका दिमाग सही नहीं था।

मेरा अपना अंदाजा है कि इस समय तक पिताजी पर काढ़े का असर बहुत ज्यादा हो चुका था। हालांकि पंडित राम औतार इस बात से इनकार करते हैं। उनका कहना था कि धतूरे के बीज तो होली के दिनों में भांग के साथ भी घोटे जाते हैं, लेकिन कभी ऐसा नहीं होता कि आदमी पूरी तरह से पागल हो जाए। पंडित राम औतार का मानना है कि या तो तिरिछ का जहर उस समय पिताजी के शरीर में चढ़ना शुरू हो गया था और उसका नशा उनके दिमाग तक पहुंचने लगा था। या फिर बहुत संभव है कि जब स्टेट बैंक में पिताजी को थापा चौकीदार और चपरासियों ने मारा-पीटा था तब उनके सिर के पीछे की तरफ कोई चोट लग गई हो और उस धक्के से उनका दिमाग सनक गया हो। लेकिन मुझे लगता है कि उस समय तक पिताजी को थोड़ा-बहुत होश था और वे पूरी कोशिश कर रहे थे कि किसी तरह वे शहर से बाहर निकल जाएं। शायद रुपए और अदालत के कागजात बैंक में छिन जाने की वजह से उन्होंने सोचा हो कि अब यहां रहने का कोई मतलब भी नहीं है। उन्होंने शायद एकाध बार सोचा भी होगा कि वापस स्टेट बैंक जाकर अपने कागजात तो कम से कम मांग लाएं। फिर ऐसा करने की उनकी हिम्मत नहीं पड़ी होगी। वे डर गए होंगे। उन्हें उनके जीवन में पहली बार इस तरह से मारा गया था, इसलिए वे ठीक से सोच पाने में सफल नहीं हो पा रहे होंगे। उनका शरीर बहुत दुबला था और बचपन से ही उन्हें एपेंडिसाइटिस की शिकायत थी। यह भी हो सकता है कि उस वक्त तक उन पर काढ़े का असर इतना ज्यादा हो गया हो कि वे एक चीज पर देर तक सोच ही नहीं पा रहे हों और दिमाग में हर पल पैदा होने वाले, छोटे-छोटे बुलबुलों जैसे विचारों या नए-नए झटकों के वश में आकर इधर से उधर चल पड़ते रहे हों। लेकिन मैं यह जानता हूं, मुझे अच्छी तरह से महसूस होता है कि उनके दिमाग में घर लौट आने और शहर से बाहर निकल जाने की बात—एक स्थायी, बार-बार कहीं अंधेरे से उभरने वाली, भले ही बहुत क्षीण और बहुत धुंधली बात—जरूर रही होगी।

पिताजी लगभग सवा बजे शहर के पुलिस थाना पहुंचे थे। थाना शहर के बाहरी

छोर पर सर्किट हाउस के पास बने विजय स्तंभ के पास है। आश्चर्य यह है कि थाने से बमुश्किल एक किलोमीटर दूर अदालत भी है। अगर पिताजी चाहते तो यहां से पैदल ही दस मिनट में अदालत पहुंच सकते थे। समझ में यह नहीं आता कि पिताजी अगर यहां तक पहुंचे थे, क्या तब तक उनके दिमाग में अदालत जाने की बात रह भी गई थी? उनके कागजात तो रह नहीं गए थे।

थाने के एस०एच०ओ० राघवेंद्र प्रताप सिंह ने कहा कि उस वक्त एक बजकर पंद्रह मिनट हुए थे। वे घर से लाए गए टिफिन को खोलकर लंच लेने की तैयारी कर रहे थे। आज टिफिन में परांठों के साथ करेले रखे हुए थे। करेले वे खा नहीं पाते और इसी उलझन में थे कि अब क्या करें? तभी पिताजी वहां आए थे। उनके शरीर पर कमीज नहीं थी, पैंट फटी हुई थी। लगता था कि वे कहीं गिरे होंगे या किसी वाहन ने उन्हें टक्कर मारी होगी। थाने में उस वक्त एक ही सिपाही गजाधर प्रसाद शर्मा मौजूद था। सिपाही का कहना था कि उसने सोचा कि शायद कोई भिखमंगा थाने में घुस आया है। उसने आवाज भी दी लेकिन पिताजी तब तक एस०एच०ओ० राघवेंद्र प्रताप सिंह की टेबिल तक पहुंच चुके थे। एस०एच०ओ० ने कहा कि करेलों की वजह से वैसे भी उनका मूड ऑफ था। तेरह साल के विवाहित जीवन के बावजूद पत्नी यह नहीं जान पाई थी कि उन्हें कौन-सी चीजें बिलकुल नापसंद हैं, इतनी नापसंद कि वे उन चीजों से घृणा करते हैं। उन्होंने जैसे ही निवाला मुंह में रखा, पिताजी बिलकुल उनके करीब पहुंच गए। पिताजी के चेहरे और कंधों के नीचे उलटी लगी हुई थी और उसकी बहुत तेज गंध उठ रही थी। एस०एच०ओ० ने पूछा कि क्या बात है? तो जवाब में पिताजी ने जो कुछ कहा, उसे समझना बहुत मुश्किल था। एस०एच०ओ० राघवेंद्र प्रताप सिंह बाद में पछता रहे थे कि अगर उन्हें मालूम होता कि यह आदमी बकेली ग्राम का प्रधान और भूतपूर्व अध्यापक है तो वे उसे थाने में ही कम से कम दो-चार घंटे बिठा लेते। बाहर न जाने देते। लेकिन उस समय उन्हें लगा कि यह कोई पागल है और उन्हें खाते हुए देखकर यहां तक घुस आया है, इसीलिए उन्होंने सिपाही गजाधर शर्मा को गुस्से में आवाज दी। सिपाही पिताजी को घसीटता हुआ बाहर ले गया। गजाधर शर्मा का कहना था कि उसने पिताजी के साथ कोई मार-पीट नहीं की और उसने देखा था कि जब वे थाने आए थे तब उनका निचला होंठ कटा था। ठुड्डी पर कहीं रगड़ा खाकर गिरने से खरोंच के निशान थे और कुहनियां छिली हुई थीं। वे कहीं न कहीं गिरे जरूर थे।

यह कोई नहीं जानता कि थाने से निकलकर लगभग डेढ़ घंटे पिताजी कहां-कहां भटकते रहे। सुबह दस बजकर सात मिनट पर, जब वे शहर आए थे और

मिनर्वा टाकीज के पास वाले चौराहे पर ट्रैक्टर से उतरे थे, तब से लेकर अब तक उन्होंने कहीं पानी पिया था या नहीं, इसे जानना मुश्किल है। इसकी संभावना भी कम ही बनती है। हो सकता है तब तक उनका दिमाग इस काबिल न रह गया हो कि वे प्यास को भी याद रख सकें। लेकिन अगर वे पुलिस थाने तक पहुंचे तो उनके मस्तिष्क में, नशे के बावजूद, कहीं बहुत कमजोर-सा, अंधेरे में डूबा यह खयाल रहा होगा कि वे किसी तरह अपने गांव जाने का रास्ता वहां पूछ लें, या उस ट्रैक्टर का पता पूछें या फिर अपने रुपए और अदालती कागजात छिन जाने की रिपोर्ट वहां लिखा दें। यह सोचने के करीब पहुंचना ही बुरी तरह से बेचैन कर डालने वाला है कि उस समय पिताजी सिर्फ तिरिछ के जहर और धतूरे के नशे के खिलाफ ही नहीं लड़ रहे थे, बल्कि हमारे मकान को बचाने की चिंता भी कहीं न कहीं उनके नशे की नींद में से बार-बार सिर उठा रही थी। शायद उन्हें अब तक यह लगने लगा हो कि यह सब कुछ जो हो रहा है, सिर्फ एक सपना है, पिताजी इससे जागने और बाहर निकलने की कोशिश भी करते रहे होंगे।

सवा दो बजे के आसपास पिताजी को शहर के बिलकुल उत्तरी छोर पर बसी सबसे संपन्न कॉलोनी—इतवारी कॉलोनी में घिसटते हुए देखा गया था। यह कॉलोनी सर्राफा के जौहरियों, पी०डब्ल्यू०डी० के बड़े ठेकेदारों और रिटायर्ड अफसरों की कॉलोनी थी। कुछ समृद्ध पत्रकार-कवि भी वहीं रहते थे। यह कॉलोनी हमेशा शांत और घटनाहीन रहती थी। जिन लोगों ने यहां पिताजी को देखा था, उन्होंने बताया कि उस वक्त तक उनके शरीर पर सिर्फ एक पट्टेदार जांघिया बचा था, जिसका नाड़ा शायद टूट गया था और वे उसे अपने बाएं हाथ से बार-बार संभाल रहे थे। जिसने भी उन्हें वहां देखा, उसने यही समझा कि कोई पागल है। कुछ ने कहा कि वे बीच-बीच में खड़े होकर जोर-जोर से गालियां बकने लगते थे। बाद में, उसी कॉलोनी में रहने वाले एक रिटायर्ड तहसीलदार सोनी साहब और शहर के सबसे बड़े अखबार के विशेष संवाददाता और कवि सत्येंद्र थपलियाल ने बताया कि उन्होंने पिताजी के बोलने को ठीक से सुना था और दरअसल वे गालियां नहीं बक रहे थे बल्कि बार-बार कह रहे थे—'मैं रामस्वारथ प्रसाद, एक्स स्कूल हेड मास्टर...एंड विलेज हेड ऑफ ...ग्राम बकेली...!' कवि-पत्रकार थपलियाल साहब ने दुःख जाहिर किया। दरअसल उसी समय वे अमेरिकी दूतावास की किसी खास पार्टी में संगीत सुनने दिल्ली जा रहे थे, इसलिए जल्दबाजी में वे चले गए। हां, तहसीलदार सोनी साहब का कहना था कि 'मुझे उस आदमी पर बहुत तरस आया और मैंने लड़कों को डांटा भी। लेकिन दो-तीन लड़कों ने कहा कि यह आदमी रामरतन सर्राफ की बीवी और साली पर

हमला करने वाला था।' तहसीलदार ने कहा कि ऐसा सुनने के बाद उन्हें भी लगा कि हो सकता है, यह कोई बदमाश हो और नाटक कर रहा हो। लड़के उन्हें तंग करने में लगे थे और पिताजी बीच-बीच में जोर-जोर से बोलते थे, 'मैं रामस्वारथ प्रसाद···एक्स स्कूल हेडमास्टर···'

अगर हिसाब लगाया जाए तो मिनर्वा टाकीज के पास वाला चौराहा, जहां पिताजी ट्रैक्टर से सुबह दस बजकर सात मिनट पर उतरे थे, वहां से लेकर देशबंधु मार्ग का स्टेट बैंक, फिर विजय स्तंभ के पास का थाना और शहर के बाहरी उत्तरी छोर पर बसी इतवारी कॉलोनी को मिलाकर वे अब तक लगभग तीस-बत्तीस किलोमीटर की दूरी तक भटक चुके थे। ये जगहें ऐसी हैं जो एक ही दिशा में नहीं हैं। इसका मतलब यह हुआ कि पिताजी की दिमागी हालत यह थी कि उन्हें ठीक-ठीक कुछ सूझ नहीं रहा था और वे अचानक ही, किसी भी तरफ चल पड़ते थे। जहां तक सर्राफ की पत्नी और साली पर उनके हमला करने की बात है, जिसे थपलियाल साहब सच मानते हैं, मेरा अपना अनुमान है कि पिताजी उनके पास या तो पानी मांगने गए होंगे या बकेली जाने वाली सड़क के बारे में पूछने। उस एक पल के लिए पिताजी को होश जरूर रहा होगा। लेकिन इस हुलिए के आदमी को अपने इतना करीब देखकर वे औरतें डरकर चीखने लगी होंगी। वैसे, पिताजी की दाहिनी आंख के ऊपर भौंह पर जो चोट लगी थी और जिसका खून रिसकर उनकी आंख पर आने लगा था, वह चोट उनको इतवारी कॉलोनी में ही लगी थी, क्योंकि बाद में लोगों ने बताया कि लड़के उन्हें बीच-बीच में ढेले मार रहे थे।

वह जगह इतवारी कॉलोनी से बहुत दूर नहीं है, जिस जगह पिताजी को सबसे ज्यादा चोटें लगीं। नेशनल रेस्टोरेंट नाम के एक सस्ते-से ढाबे के सामने की खाली जगह पर पिताजी घिर गए थे। इतवारी कॉलोनी से लड़कों का जो झुंड उनके पीछे पड़ गया था, उसमें कुछ बड़ी उम्र के लड़के भी शामिल हो गए थे। नेशनल रेस्टोरेंट में काम करने वाले नौकर सत्ते का कहना था कि पिताजी ने गलती यह की थी कि एक बार उन्होंने गुस्से में आकर भीड़ पर ढेले मारने शुरू कर दिए थे। शायद उन्हीं का एक बड़ा-सा ढेला सात-आठ साल के लड़के विकी अग्रवाल को लग गया था, जिसे बाद में कई टांके लगे थे। सत्ते का कहना था कि इसके बाद झुंड ज्यादा खतरनाक हो गया था। वे हल्ला मचा रहे थे और चारों तरफ से पिताजी पर पत्थर मार रहे थे। ढाबे के मालिक सरदार सतनाम सिंह ने बताया कि उस वक्त पिताजी के जिस्म पर सिर्फ पट्टे वाली एक चड्ढी थी, दुबले शरीर की हड्डियां और छाती के सफेद बाल दिख रहे थे। पेट पिचका हुआ था। वे धूल और मिट्टी में लिथड़े हुए थे,

सिर के सफेद बाल बिखर गए थे, दाहिनी आंख के ऊपर से और निचले होंठ से खून बह रहा था। सतनाम सिंह ने दुःख और पछतावे के साथ कहा—'मेरे को क्या मालूम था कि यह आदमी सीधा-सादा, इज्जतदार, साख-रसूख का इंसान है और नसीब के फेर में इसकी ये हालत हो गई है।' वैसे ढाबे में कप-प्लेट धोने वाले नौकर हरी का कहना था कि बीच-बीच में पिताजी भीड़ को अंड-बंड गालियां दे-देकर ढेले मारने लगते थे—'आओ ससुरो···आओ···एक-एक को मार डालूंगा भोसड़ी वालो··· तुम्हारी मां की···' लेकिन मुझे संदेह है कि पिताजी ने ऐसी कोई गाली दी होगी। हमने कभी भी उन्हें गाली देते नहीं सुना था।

मैं पूरे विश्वास के साथ कह सकता हूं, क्योंकि पिताजी को मैं बहुत अच्छी तरह से जानता हूं, कि इस समय तक, उन्हें कई बार लगा होगा कि उनके साथ जो कुछ हो रहा है, वह वास्तविकता नहीं है, एक सपना है। पिताजी को ये सारी घटनाएं ऊल-जलूल, ऊटपटांग और बेमतलब लगी होंगी। वे इस सब पर अविश्वास करने लगे होंगे। उन्होंने सोचा होगा कि यह सब क्या बकवास है? वे तो गांव से शहर आए ही नहीं हैं, उन्हें किसी तिरिछ ने नहीं काटा है। बल्कि तिरिछ तो होता ही नहीं है, एक मनगढ़ंत और अंधविश्वास है···और धतूरे का काढ़ा पीने की बात तो हास्यास्पद है, वह भी एक तेली के खेत में उसका पौधा खोजकर। उन्होंने सोचा होगा और पाया होगा कि भला उन पर कोई मुकदमा क्यों चलेगा? उन्हें अदालत जाने की क्या जरूरत है?

मैं जानता हूं कि सुरंग जैसा लंबा, सम्मोहक लेकिन डरावना सपना जैसा मुझे आता था, पिताजी को भी आता रहा होगा। मेरी और उनकी बहुत-सी बातें बिलकुल मिलती-जुलती थीं। मुझे लगता है कि इस समय तक पिताजी पूरी तरह से मान चुके होंगे कि यह जो कुछ हो रहा है, सब झूठ और अवास्तविक है। इसीलिए वे बार-बार उस सपने से जागने की कोशिश भी करते रहे होंगे। अगर वे बीच-बीच में जोर-जोर से कुछ बोलने लगते थे, या शायद गालियां बकने लगते थे, तो इसी कठिन कोशिश में कि वे उस आवाज के सहारे उस दुःस्वप्न से बाहर निकल आएं। नेशनल रेस्टोरेंट के नौकरों और मालिक सरदार सतनाम सिंह ने जैसा बताया था, उसके अनुसार उस जगह पर पिताजी को बहुत चोटें आई थीं। उनकी कनपटी, माथे, पीठ और शरीर के दूसरे हिस्सों पर कई ईंटें और ढेले आकर लग गए थे। सड़क का ठेका लेने वाले ठेकेदार अरोड़ा के बीस-बाईस साल के लड़के संजू ने उन्हें दो-तीन बार लोहे की रॉड से भी मारा था। सत्ते का तो कहना था कि इतनी चोटों से कोई भी आदमी मर सकता था।

मुझे यह सोचकर एक अजीब-सी राहत मिलती है और मेरी फंसती हुई सांसें फिर से ठीक हो जाती हैं कि उस समय पिताजी को कोई दर्द महसूस नहीं होता रहा होगा, क्योंकि वे अच्छी तरह से, पूरी तार्किकता और गहराई के साथ विश्वास करने लग गए होंगे कि यह सब सपना है और जैसे ही वे जागेंगे, सब ठीक हो जाएगा। आंख खुलते ही आंगन बुहारती मां नजर आ जाएगी या नीचे फर्श पर सोते हुए मैं और छोटी बहन दिख जाएंगे···या गौरैयों का झुंड···हो सकता है कि उन्हें बीच-बीच में अपने इस अजीबोगरीब सपने पर हंसी भी आई हो।

अगर पिताजी ने गुस्से में लड़कों की तरफ खुद भी ढेले मारने शुरू कर दिए तो इसके पीछे पहली वजह तो यही थी कि उन्हें यह बहुत अच्छी तरह से पता था कि ये ढेले सपने के भीतर जा रहे हैं और इससे किसी को कोई चोट नहीं आएगी। यह भी हो सकता है कि पूरी ताकत से ढेला मारकर वे उत्सुकता और बेचैनी से यह इंतजार करते रहे हों कि जैसे ही वह जाकर किसी लड़के के सिर से टकराएगा, उसका माथा नष्ट होगा और एक ही झटके में इस दुःस्वप्न के टुकड़े-टुकड़े बिखर जाएंगे और चारों ओर से वास्तविक संसार की बेतहाशा रोशनी अंदर आने लगेगी। उनका जोर-जोर से चीखना भी दरअसल गुस्से के कारण नहीं था, वे असल में मुझे, छोटी बहन को, मां को या किसी को भी पुकार रहे थे कि अगर वे अपने आप इस सपने से जाग पाने में सफल न भी हो पाएं, तब भी कोई भी आकर उन्हें जगा दे।

एक सबसे बड़ी विडंबना भी इसी बीच हुई। हमारे गांव की ग्राम पंचायत के सरपंच और पिताजी के बचपन के पुराने दोस्त पंडित कंधई राम तिवारी लगभग साढ़े तीन बजे नेशनल रेस्टोरेंट के सामने, सड़क से गुजरे थे। वे रिक्शे पर थे। उन्हें अगले चौराहे से बस लेकर गांव लौटना था। उन्होंने उस ढाबे के सामने इकट्ठी भीड़ को भी देखा और उन्हें यह पता भी चल गया कि वहां पर किसी आदमी को मारा जा रहा है। उनकी यह इच्छा भी हुई कि वहां जाकर देखें कि आखिर मामला क्या है। उन्होंने रिक्शा रुकवा भी लिया। लेकिन उनके पूछने पर किसी ने कहा कि कोई पाकिस्तानी जासूस पकड़ा गया है जो पानी की टंकी में जहर डालने जा रहा था, उसे ही लोग मार रहे हैं। ठीक इसी समय पंडित कंधई राम को गांव जाने वाली बस आती हुई दिखी और उन्होंने रिक्शे वाले से अगले चौराहे तक जल्दी-जल्दी रिक्शा बढ़ाने के लिए कहा। गांव जाने वाली यह आखिरी बस थी। अगर उस बस के आने में तीन-चार मिनट की भी देरी हो जाती तो वे निश्चित ही वहां जाकर पिताजी को देखते और उन्हें पहचान लेते। राज्य परिवहन की वह बस हमेशा आधा-पौन घंटा लेट रहा करती थी, लेकिन उस दिन, संयोग से, वह बिलकुल सही समय पर आ रही थी।

सतनाम सिंह का कहना था कि वह भीड़ नेशनल रेस्टोरेंट के सामने से तब हटी और लोग तितर-बितर हुए जब बड़ी देर तक पिताजी जमीन से उठे ही नहीं। ईंट का एक बड़ा-सा ढेला उनकी कनपटी पर आकर लगा था। उनके मुंह से खून आना शुरू हो गया था। सिर में भी चोटें थीं। सतनाम ने बताया कि जब पिताजी बहुत देर तक नहीं हिले-डुले तो लड़कों के झुंड में से किसी ने कहा कि लगता है, यह मर गया। जब भीड़ छंटने के दस-पंद्रह मिनट बाद भी पिताजी नहीं हिले-डुले तो सतनाम सिंह ने सत्ते से कहा था कि वह उनके मुंह में पानी के छींटे मारकर देखे कि वे सिर्फ बेहोश हैं, तो हो सकता है कि उठ जाएं। लेकिन सत्ते पुलिस की वजह से डर रहा था। बाद में सतनाम सिंह ने खुद ही एक बाल्टी पानी उनके ऊपर डाला था। दूर से पानी डालने के कारण जमीन की मिट्टी गीली होकर पिताजी के शरीर से लिथड़ गई थी।

सरदार सतनाम सिंह और सत्ते दोनों का कहना था कि लगभग पांच बजे तक पिताजी उसी जगह पड़े हुए थे। तब तक पुलिस नहीं आई थी। फिर सतनाम सिंह ने सोचा कि कहीं उसे पंचनामा और गवाही वगैरह में न फंसना पड़ जाए, इसलिए उसने ढाबा बंद कर दिया था और डिलाइट टाकीज में 'आन मिलो सजना' फिल्म देखने चला गया था।

उस समय लगभग छह बजे थे जब सिविल लाइंस की सड़क की पटरियों पर एक कतार में बनी मोचियों की दुकानों में से एक मोची गनेशवा की गुमटी में पिताजी ने अपना सिर घुसेड़ा। उस समय तक उनके शरीर पर चड्ढी भी नहीं रह गई थी, वे घुटनों के बल किसी चौपाए की तरह रेंग रहे थे। शरीर पर कालिख और कीचड़ लगी हुई थी और जगह-जगह चोटें थीं।

गनेशवा हमारे गांव के तालाब के पार वाले टोले का मोची है। उसने बताया कि मैं बहुत डर गया और मास्टर साहब को पहचान ही नहीं पाया। उनका चेहरा डरावना हो गया था और चिन्हाई में नहीं आता था। मैं डरकर गुमटी से बाहर निकल आया और शोर मचाने लगा। दूसरे मोचियों के अलावा वहां कुछ और लोग भी इकट्ठा हो गए थे। लोगों ने जब गनेशवा की गुमटी के भीतर जाकर झांका तो गुमटी के अंदर, उसके सबसे अंतरे-कोने में, टूटे-फूटे जूतों, चमड़ों के टुकड़ों, रबर और चिथड़ों के बीच पिताजी दुबके हुए थे। उनकी सांसें थोड़ी-बहुत चल रही थीं। उन्हें वहां से खींचकर, बाहर, पटरी पर निकाला गया। तभी गनेशवा ने उन्हें पहचान लिया। गनेशवा का कहना था कि उसने पिताजी के कान में कुछ आवाजें भी लगाईं लेकिन वे कुछ बोल नहीं पा रहे थे। बहुत देर बाद उन्होंने 'रामस्वारथ प्रसाद…' और

'बकेली' जैसा कुछ कहा था। फिर चुप हो गए थे।

पिताजी की मृत्यु सवा छह बजे के आसपास हुई थी। तारीख थी 17 मई, 1972। चौबीस घंटे पहले लगभग इसी वक्त उन्हें जंगल में तिरिछ ने काटा था। चौबीस घंटे पहले क्या पिताजी इन घटनाओं और इस मृत्यु का अनुमान कर सकते थे?

पिताजी का शव शहर के मुर्दाघर में पुलिस ने रखवा दिया था। पोस्टमार्टम में पता चला था कि उनकी हड्डियों में कई जगह फ्रैक्चर था, दाईं आंख पूरी तरह फूट चुकी थी, कॉलर बोन टूटा हुआ था। उनकी मृत्यु मानसिक सदमे और अधिक रक्तस्राव के कारण हुई थी। रिपोर्ट के अनुसार उनका आमाशय खाली था, पेट में कुछ नहीं था। इसका मतलब यही हुआ कि धतूरे के बीजों का काढ़ा उलटियों द्वारा पहले ही निकल चुका था।

हालांकि थानू कहता है कि अब तो यह तय हो गया कि तिरिछ के जहर से कोई नहीं बच सकता। ठीक चौबीस घंटे बाद उसने अपना करिश्मा दिखाया और पिताजी की मृत्यु हुई। पंडित राम औतार भी यही कहते हैं। हो सकता है कि पंडित राम औतार इसलिए ऐसा कहते हों कि वे खुद को विश्वास दिलाना चाहते हों कि धतूरे के काढ़े का पिताजी की मृत्यु से कोई संबंध नहीं था।

मैं सोचता हूं, अंदाजा लगाने की कोशिश करता हूं कि शायद अंत में, जब गनेशवा ने अपनी गुमटी के बाहर, पिताजी के कान में आवाज दी होगी तो पिताजी सपने से जाग गए होंगे। उन्होंने मुझे, मां को और छोटी बहन को देखा होगा—फिर वे दातुन लेकर नदी की तरफ चले गए होंगे। नदी के ठंडे पानी से उन्होंने अपना चेहरा धोया होगा, कुल्ला किया होगा और इस लंबे दुःस्वप्न को वे भूल गए होंगे। उन्होंने अदालत जाने के बारे में सोचा होगा। हम लोगों के मकान की चिंता ने उन्हें परेशान किया होगा।

लेकिन मैं अपने सपने के बारे में बताना चाहता हूं, जो मुझे अकसर आता है। वह यों है—कि मैं खेतों की मेड़, गांव की पगडंडी से होता हुआ जंगल पहुंच गया हूं। मैं रक्सा नाला, कीकर के पेड़ को देखता हूं। वह भूरी चट्टान वहां उसी जगह है, जो सारी बारिश नाले के पानी में डूबी रहती है। मैं देखता हूं कि तिरिछ की लाश उसके ऊपर पड़ी हुई है। मुझे एक बेतहाशा खुशी अपने घेरे में ले लेती है। आखिर वह मारा गया। मैं पत्थर लेकर तिरिछ को कुचलने लगता हूं, जोर-जोर से उसे मारता हूं। मेरे पास थानू मिट्टी का तेल और माचिस लिए खड़ा है। तभी, अचानक ही, मैं पाता हूं कि मैं उस चट्टान पर नहीं हूं। थानू भी वहां नहीं है, वहां कोई जंगल नहीं

है बल्कि मैं दरअसल शहर में हूं। मेरे कपड़े बहुत ही मैले, फटे और चिथड़ों जैसे हो गए हैं। मेरे गालों की हड्डियां निकली हैं। बाल बिखरे हैं। मुझे प्यास लगी है और मैं बोलने की कोशिश करता हूं। शायद मैं बकेली, अपने घर जाने का रास्ता पूछना चाहता हूं और तभी अचानक चारों ओर शोर उठता है...घंटियां बजने लगती हैं...हजारों-हजारों घंटियां...मैं भागता हूं।

मैं भागता हूं...मेरा पूरा शरीर बेदम होने लगता है, फेफड़े फूल जाते हैं। मैं पास-पास कदम रखकर अचानक लंबी-लंबी छलांगें लगाता हूं, उड़ने की कोशिश करता हूं। लेकिन भीड़, लगता है, मेरे पास पहुंचने वाली होती है। एक अजीब-सी गर्म और भारी हवा मुझे सुन्न कर देती है। अपनी हत्या की सांसें मुझे छूने लगती हैं...और आखिरकार वह पल आ जाता है, जब मेरे जीवन का अंत होने वाला होता है...

मैं रोता हूं...भागने की कोशिश करता हूं। मेरा पूरा शरीर नींद में ही पसीने में डूब जाता है। मैं जोर-जोर से बोलकर जागने की कोशिश करता हूं...मैं विश्वास करना चाहता हूं कि यह सब सपना है...और अभी आंख खोलते ही सब ठीक हो जाएगा...मैं सपने के भीतर अपनी आंखें फाड़कर देखता हूं...दूर तक...लेकिन वह पल आखिर आ ही जाता है...

मां बाहर से मुझे देखती हैं। मेरा माथा सहलाकर वह मुझे रजाई से ढांप देती हैं और मैं वहां अकेला छोड़ दिया जाता हूं। अपनी मृत्यु से बचने की कोशिश में जूझता, बेदम होता, रोता, चीखता और भागता।

मां कहती हैं, मुझे अभी नींद में बड़बड़ाने और चीखने की आदत है। लेकिन मैं पूछना चाहता हूं और यही सवाल मुझे हमेशा परेशान करता है कि मुझे आखिरकार अब तिरिछ का सपना क्यों नहीं आता?

अरेबा-परेबा

सभी के शरीर में मस्से कहीं न कहीं होते ही हैं। उनकी संख्या ज्यादा नहीं होती। हर कोई अपने शरीर में उनकी जगह के बारे में जानता है। उनकी संख्या का भी कुछ-कुछ अनुमान उसे होता है। लेकिन हमारे गांव में सेमलिया की पूरी देह में मस्से ही मस्से थे। इतने कि उसे खुद अपनी देह में उनकी जगह और उनकी संख्या के बारे में अंदाजा नहीं होगा।

मस्से सबसे ज्यादा उसके चेहरे पर थे।

मस्से भी बड़े-बड़े। गोल, चमकीले। चने की दाल या भुट्टे के दानों की तरह चेहरे पर छितराए हुए। उनमें से कोई-कोई तो काफी बड़ा भी था। जैसे चेहरे पर त्वचा का कोई बुलबुला बन गया हो। कुंदरू के आकार का। सेमलिया का रंग काला था।

यह तब की बात है, जब बिजली हमारे गांव में नहीं आई थी। रात में लालटेन, लैंप और दीये जला करते थे। संझबाती हुआ करती थी। बुआ शाम होते ही पहला दीया जलाकर, सारे घर में उसे फिराने के बाद, भगवान् के पास रख देती थीं। उस दीये को सब प्रणाम किया करते थे। लैंप को हम 'लंफ' कहते थे।

ढिबरी भी होती थी, जो किसी छोटी-सी शीशी के ढक्कन में छेद बनाकर, उसमें चिथड़े की बत्ती डालकर और उसके कांच के पेट में मिट्टी का तेल भरकर बनाई जाती थी।

सेमलिया को याद करते ही ऐसी ही ढिबरी या लालटेन की पीली-धुंधली रोशनी में कौंधता हुआ एक काला, दानेदार, मस्सों से भरा, डरावना चेहरा दिखाई देने लगता है। तरल हंसी में डूबी, मिचमिची आंखों वाला चेहरा।

'आ गया जमदूत!' बुआ सेमलिया को अदरक और तुलसी की चाय देते हुए कहतीं। सेमलिया अपनी हथेली को अंगोछे में लपेटकर टहटी का गर्म गिलास पकड़ता और रात के धुंधलके में धीरे-धीरे हंसता।

इस गांव से दस मील दूर, एक दूसरे गांव सिहाला में भी हमारे खेत थे। सिहाला

पहाड़ी के ऊपर, जंगल के पार बसा हुआ एक छोटा-सा गांव था। हमारे इस गांव की मिट्टी बलुहन थी, जिससे यहां धान, कोदो, कुटकी, तिल जैसी फसलें ही होती थीं। जबकि सिहाला में काली चिकनी मिट्टी वाले खेत थे, जहां सब कुछ पैदा होता था। गेहूं, चना, अलसी और धनिया भी।

सेमलिया ही हमारी खेती देखने महीने-पंद्रह दिन में सिहाला जाता था। जब सेमलिया वहां से लौटता तो हमेशा रात ही क्यों होती थी, यह मैं समझ नहीं पाता था। शायद पैदल उतनी दूर चलने और फिर जैसा लोग कहते थे, जंगल एक ऐसा चुंबक था, जो सेमलिया को अपने अंदर खींच लेता था और फिर जंगल के भीतर यहां-वहां भटकने की वजह से सेमलिया को गांव लौटने में देर हो जाती होगी। मैं इसीलिए उसका चेहरा लालटेन या ढिबरी की पीली रोशनी में ही देख पाता था।

सिहाला तक पहुंचने के लिए कई पहाड़ी-जंगली नाले और लगभग साढ़े चार मील लंबा, एक घना जंगल पार करना पड़ता था। इसे रिछहाई जंगल कहते थे। इसमें जानवर रहते थे। तेंदुए, हिरण, चीतल, सांभर, रोझ। लेकिन सबसे ज्यादा रीछ। जब महुए जंगल में पककर टपकते, तो गांव की औरतें उन्हें बीनने से डरतीं क्योंकि रीछ औरतों को ही सबसे ज्यादा पकड़ता था। एक बार पड़ोस के गांव छिलपा की एक औरत को रीछ ने जंगल में पकड़ा तो उसने उसे पहचान लिया। वह फौज से भागकर आया फुनगा गांव का बिजराज सिंह था। वैसे कहते हैं, एक बार एक डाकिए की लाश रिछहाई जंगल में मिली थी, जिसका सिर किसी रीछ ने ढक्कन की तरह खोलकर उसका भेजा निकाल लिया था और मनीऑर्डर के रुपए भी ले गया था।

अब तो उस रास्ते के सारे नाले सूख गए हैं। जंगल भी उतना घना नहीं रहा। सरकारी फॉरेस्ट ऑफिसर और ठेकेदारों ने मिलकर काट डाला। जानवर भी नहीं बचे। बस इक्का-दुक्का सियार कभी-कभार जरूर दिख जाते हैं।

अब तो हमारे गांव में लालटेन और दीये भी नहीं जलते। बिजली आ गई है।

सेमलिया अब नहीं है।

लेकिन लालटेन की धुंधली-कमजोर रोशनी में, मिचमिची आंखों में मुस्कराता उसका काला, दानेदार, मस्सों से भरा डरावना चेहरा अब भी दिखने लगता है।

ऐसा डरावना, जिससे कभी डर नहीं लगता।

'जमदूत!' बुआ की आवाज उभरती है।

बुआ भी अब नहीं हैं। उनकी किडनी फेल हो गई थी और मृत्यु के पहले उनकी देह सूज गई थी। जैसे किसी ने पंप से उनके भीतर हवा भर दी हो।

'मेरे भीतर पानी भर गया है।' उन दिनों वे कहा करती थीं।

सेमलिया जब रात में हमारे दूसरे गांव सिहाला से लौटकर आता, तो लालटेन की रोशनी में बांस के अपने टोकरे में से तरह-तरह की चीजें निकालकर आंगन में फैलाता जाता।

हरे-रोएंदार जंगली पड़ोरे, पहाड़ी बेर, शेर की मुखारी, चार-चिरौंजी, कठजमुनी, अमरुक, कांदा, छतनी, पूटू, छींदकांद, जंगली करौंदे।

···और सिहाला के तालाब से पकड़ी गई स्वादिष्ट सौर मछली, सरसों के तेल में जिसके तले हुए कोरौरा खाते हुए पिताजी गांव के दूसरे लोगों के साथ रात में महुए की रासी पीते और सब लोग जोर-जोर से बोलते।

या फिर जाल में फांसे गए तीतर, लावा, गुड़रू, पींडकी।

सेमलिया हर महीने-पंद्रह दिन में यह करिश्मा करता। और उसके डरावने, दानेदार, काले बीहड़ चेहरे की छोटी-छोटी आंखें ढिबरी या लालटेन की रोशनी में कौंधती रहतीं।

सेमलिया मेरे बचपन का जादूगर था।

सेमलिया ने एक बार मुझे जंगली खरगोश के दो छौने लाकर दिए थे। जंगली खरगोश को हम 'खरहा' कहते थे। उस रात कत्थई-भूरे रंग के दोनों छौने उसने मेरी गोद में डाल दिए थे। पहले मैं डरा। फिर मेरा डर तुरत ही दूर हो गया। वे दोनों बहुत ही छोटे थे।

मेरी उम्र तब छह-सात साल की थी।

नर्म, मुलायम, भूरी पीठ। मैंने अपनी डरती उंगलियों से उन्हें छुआ। उनके कान खड़े हो गए। उन्होंने चेहरा उठाकर मुझे चौंकते हुए देखा। मेरी उंगलियों के स्पर्श से उनके शरीर में एक सिहरन पैदा हो गई थी।

वे धीरे-धीरे कांप रहे थे।

···और उनके भूरे-कत्थई, नर्म रोयों में से एक अपरिचित-सी तेज गंध निकलकर आंगन के अंधेरे में फैल रही थी। लालटेन की मद्धिम रोशनी उस गंध में डूब गई थी और धीरे-धीरे मेरी सांस के साथ मेरे भीतर तक उतर रही थी। मैं हर तरफ से उस गंध से घिर गया था। जैसे कोई पानी के भीतर की गहराई में चारों ओर पानी से घिरता है।

यह कितना रोमांचकारी था! कितना अजब! वे जिंदा थे। बिलकुल जीवित।

वे दूसरे खिलौनों की तरह नहीं थे। वे सांस ले रहे थे। उनके शरीर धीरे-धीरे कांप रहे थे। और जहां वे ले आए गए थे, वहां की हर चीज को वे चौंकते हुए, आश्चर्य और उत्सुकता के साथ चुपचाप देख रहे थे।

"उन्हें भूख लगी है।" सेमलिया ने कहा। "अभी वे इतने छोटे हैं कि दूब या साग-भाजी नहीं खाएंगे।"

"तो?" मैं चिंतित था।

"अभी तो पांच-सात रोज उन्हें दूध पिलाना। फाहे से। फिर वे बड़े हो जाएंगे तो अपने आप पत्तियां खाने लगेंगे।"

"फिर?"

"फिर तुम्हारे साथ ये खेलेंगे। फिर तो इन्हें अपने कंधे पर बिठाकर घूमना।"

"ये तू क्या ले आया, जमदूत!" बुआ ने सेमलिया को तुलसी और अदरक की चाय देते हुए कहा। वे सेमलिया को हमेशा यही कहती थीं–'जमदूत!'

"नन्हे को घर में बांधने के लिए जंगल से दो खूंटे ले आया हूं। अब ये कभी खाना-पीना, किताब-कॉपी छोड़कर ढोर-डांगर के साथ जंगल-पतेरा नहीं फिरेंगे।" सेमलिया हंसते हुए चाय सुड़कता रहा।

उस रात बारह-एक बज गए होंगे। मेरी आंखों में नींद के कहीं लक्षण नहीं थे। नींद अगर आती भी तो उसे मैं हरगिज न आने देता।

जंगली खरगोश के वे दोनों बच्चे हर पल मेरे भीतर अपने प्रति एक नई उत्सुकता जगाते। हर पल कोई न कोई उनकी एक नई हरकत होती। हर बार वे कुछ नया करते। लालटेन के धुंधले उजाले में उन्होंने अपना एक बिलकुल अलग संसार बना डाला था और उनके साथ, उस संसार में मैं भी था।

वे इधर-उधर निरुद्देश्य रेंगते, फिर वापस अपनी पुरानी जगह को खोजते हुए उस ओर लौटते। कई बार अपने नन्हे-से कोमल शरीर को सिकोड़कर वे कूदने या छलांग लगाने की कोशिश करते और हर बार आंगन की जमीन पर रुई के ढेले की तरह असफल लुढ़क जाते। अभी गति या छलांग को संभाल पाने की ताकत उनकी नन्ही कमजोर देह में नहीं हो पाई थी।

वे वास्तव में बच्चे हैं। मुझसे भी छोटे। यह अनुभव वे हर पल मुझे अपनी हरकतों से कराते। और हर पल उनके प्रति मेरा प्यार और गहरा होता जाता। मैं उनके सामने खुद को बड़ा और समझदार अनुभव करता।

वे एक छोटी-सी हरकत करते और मेरे भीतर उमंग और प्यार की एक नई विद्युत पैदा हो जाती। वे इतने अच्छे क्यों थे? मैंने उनमें से एक, जो ज्यादा छोटा और कुछ अधिक चंचल था, उसको अपनी हथेली में रखकर उठा लिया और अपने होंठों को उसकी नाक पर धीरे से छुआया। लेकिन अम्मां ने इसे देख लिया और डांटा। "क्या करते हो? कीड़े चले जाएंगे नाक के भीतर से।"

वे कटोरे में थोड़ा-सा गाय का दूध और रुई का फाहा लेकर आई थीं।

मैंने रुई के फाहे को दूध में डुबाकर उन्हें दूध पिलाना शुरू किया। वे सचमुच भूखे थे। उनकी लगातार हिलती और कुछ न कुछ सूंघती-सी नाक के नीचे आखिर मुंह कहां है, यह पता ही न चलता था। लेकिन देखते ही देखते रुई के फाहे का दूध वे चूस जाते।

जब वे दूध पीते तो मेरे पूरे शरीर में एक अजीब-सी सिहरन होती। जब अम्मां मुझे दूध पीते देखती होंगी, तो क्या उनको भी ऐसा ही लगता होगा? मैं सोचता।

मुझे यह भी लगता जैसे मैं उनकी मां हूं।

दोनों में दूध पहले कौन पिएगा, इसके लिए वे एक-दूसरे के शरीर को धक्का भी देते। यह हद थी। वे इतने छोटे थे, लेकिन यहां भी एक-दूसरे से होड़ थी। ये नन्हे छौने, जिन्होंने अभी कुछ ही दिन पहले अपनी आंखें खोली होंगी, उनके बीच भी पेट के लिए ऐसा मुकाबला शुरू हो गया था।

"ये ठीक बात नहीं। पारी-पारी से दोनों लोग पिएंगे। अच्छे बच्चे लड़ते-झगड़ते नहीं, मिल-जुल के दूध पीते हैं।" मैंने फुसफुसाकर उन्हें समझाया।

बड़े वाले का पेट भर चुका था। उसकी रुचि समाप्त हो चुकी थी और वह अब सुस्त हो चुका था। जबकि छोटा अभी भी फाहे को चूसने में लगा था।

'अरेबा' और 'परेबा'। उस रात यही नाम उन दोनों के मैंने रखे। बड़ा वाला, जो थोड़ा काहिल और सुस्त था, वह अरेबा। और छोटा वाला, फुर्तीला और चंचल—परेबा।

परेबा हमारी भाषा में कबूतर को कहते हैं। लेकिन पालतू, घरेलू या शहरातू कबूतर को नहीं। वो तो बेचारे मामूली कबूतर ही होते हैं। परेबा तो होता है जंगली। बिलकुल बेदाग, अछूता और वनैला। पहाड़ों के ऊपर चट्टानों की संध में बसेरा करता है और दानों की खोज में दुनिया-भर भटकता-उड़ता फिरता है।

वह परेबा ही था, जिसका एक कहानी में गिद्ध से मुकाबला हुआ था। किसकी नजर कितनी तेज है। यानी किसकी आंख कितनी दूर तक देख सकती है। गिद्ध ने सौ मील दूर किसी खेत में मरे हुए एक बैल को देखा, तो परेबा ने उस बैल की

लाश से दो हाथ, एक बीता, चार अंगुल दूर खेत में गिरे हुए गेहूं के सात दानों को देख लिया।

सबकी आंखें अपने-अपने पेट में जाने वाली चीजों को देख ही लेती हैं। चाहे वे जहां और जितनी दूर हों। चाहे बैल जितनी बड़ी हों, या राई या तिल जितनी छोटी।

जब ये दोनों, अरेबा और परेबा, बड़े हो जाएंगे तो ये भी यहां से सौ मील दूर किसी खेत की मेड़, जंगल के मैदान या किसी आंगन के कोने में उगी दूब को देख लेंगे। और जैसे गिद्ध के पेट में बैल, कबूतर के पेट में गेहूं का दाना और मेरे पेट में रोटी का कौर जाता है, वैसे ही इनके पेट में दूब जाएगी।

आंखें तो दरअसल पेट की ही होती हैं। भूख ही है, जो सब कुछ देखती है। पेट ही दुनिया को भूख की आंख से देखता हुआ अपना दाना-पानी खोजता है। वह पेट है, जो सबके शरीर को यहां-वहां दौड़ाता या उड़ाता रहता है।

अचानक ही मैंने ध्यान दिया। अरेबा यानी बड़ा वाला दूध पीकर अघाया हुआ और आलसी बन चुका छौना, लालटेन की रोशनी में बने उस छोटे-से संसार से फरार था। जबकि छोटा वाला परेबा अभी भी फाहे से दूध पीने में लगा हुआ था। हालांकि उसकी घूंट भरने की रफ्तार अब काफी धीमी पड़ चुकी थी।

कहां चला गया अरेबा? मैं डर गया। हमारे घर में तीन बिल्लियां आती थीं। और एक बिल्ला भी। हम उसे 'बग्घा' कहते थे। वह दिखता भी बाघ जैसा ही था। मोटा, बड़ा, डरावना, घमंडी, क्रूर और षड्यंत्रकारी। वह अपने ही बच्चों का गला काटकर उन्हें मार डालता था। कुछ लोग कहते थे कि बग्घा दरअसल एक वन-बिलाड़ था, जो जंगल से आता था।

अगर बग्घा ने अरेबा को देख लिया तो?

मैं लालटेन लेकर उसे आंगन में खोजने लगा। परेबा को मैंने बाएं हाथ से अपनी छाती से चिपका रखा था। मैंने पूरे आंगन को छान मारा। तुलसी के चौरा के पास बेले और गेंदे के पौधे उगे हुए थे। वहां भी वह नहीं था। रसोई के दरवाजे की दाईं ओर, जहां केवड़ा था और जिसमें सांप आकर रहते थे, वहां भी वह नहीं था।

"वो इधर खड़-खड़ कर रहा है।" अम्मां की आवाज आई। मैंने जाकर देखा। परछी के एक कोने में, जहां चावल के बोरे रखे हुए थे और सूपा, दौरी, छलनी, कुरई—वहीं वह चुपचाप पसरा हुआ था। उसकी आंखें नींद में मुंद रही थीं।

"अभी बग्घा देख लेता तो तुम अब तक उसके पेट में पहुंच चुके होते, बच्चू!"

मैंने उसकी पीठ को हथेलियों से सहलाया।

"अब तुम भी सोओ और उसे भी सोने दो!" अम्मां की थकी हुई आवाज आई। "मैंने देखो, उनके लिए यहां एक घर बना दिया है।"

मैंने देखा, परछी के कोने में, जहां परछी और भंडार की दीवारों के बीच एक संकरी-सी जगह छूट गई थी, वहां अरेबा-परेबा के लिए अम्मां ने एक घर बना डाला था।

तो इसका मतलब यह हुआ कि मैं जब तक आंगन में रुई के फाहे से अरेबा-परेबा को दूध पिलाने में लगा था, अम्मां इधर अंधेरे में चुपचाप उनका घर बना रही थीं। बिना मुझे बताए।

कितनी अच्छी थीं अम्मां!...और क्या वह अरेबा-परेबा की भी मां बन गई थीं?

लेकिन अगर ऐसा था तो घर बनाते हुए अम्मां अरेबा और परेबा के बारे में सोच रही थीं, या मेरे बारे में? क्या अम्मां के अलावा कोई और अपने जीवन में मेरे बारे में इतना कभी सोचेगा?

मैंने देखा, अम्मां ने पुरानी रजाई के टुकड़ों और कई सूती चिथड़ों को उस संकरी जगह में डाल दिया था। मेरी फटी-पुरानी कमीजें भी उनमें शामिल थीं। अम्मां ने उस दरार में पीछे की ओर थोड़ी-सी खाली जगह भी छोड़ दी थी, जिससे अरेबा-परेबा रजाई और कपड़ों को गीला-गंदा न करें।

"छुच्छू आए तो उधर जाना, समझे! और गुग्गू भी। नहीं तो अम्मां बड़ी जोर से पीटेंगी। समझे!" मैंने दोनों को निर्देश देते हुए, उन्हें उनके घर में रख दिया।

अम्मां ने उस संध को बंद करने के लिए तार की जाली का एक किवाड़ भी बना डाला था। दोनों तरफ ठोंकी गई दो कीलों में वह जाली का टुकड़ा फंसकर उस संध को बाहर से बंद कर देता था।

अम्मां ने जब इन कीलों को ठोंका होगा तो आवाज क्यों नहीं हुई? शायद मैं उस वक्त अरेबा को खोजने में लगा था और इतना चिंतित हो चुका था कि मेरे कान दुनिया की कोई भी आवाज सुनना बंद कर चुके थे।

लेकिन अम्मां ने तो कोई ढिबरी या दीया भी नहीं ले रखा था। अंधेरे में उन्होंने घर कैसे बनाया? सबसे बड़ी बात कि उन्होंने दीवाल पर कील कैसे ठोंकी? अंधेरे में कील न दिखने पर हथौड़े या पत्थर से अंगूठा कुचल जाता है।

"अब तो बग्घा भी कुछ नहीं कर सकता।" अम्मां की आवाज में निश्चिंतता और अपनी सफलता की खुशी मिली हुई थी। "चलो, तुम भी सोओ! दो बज रहे हैं। सुबह चार बजे तुम्हारे बाबूजी उठ जाएंगे। कल सोमवार है।"

बाबू, यानी पिताजी रविवार को उपवास रखते थे और सोमवार को सुबह चार बजे उठकर नहाते और पूजा करते थे। अम्मां इतनी सुबह उठकर उनके लिए पूरियां बनाती थीं। साथ में आलू-परवल की सब्जी या फिर बेसन का मसालेदार मींजा। मींजा को हम शाकाहारी कीमा कहते थे। पूरी के साथ वह बहुत स्वादिष्ट लगता था। इसके अलावा सेवईं या हलुवे, दोनों में से कोई एक मीठी चीज।

"खरगोश क्या पूरी खाते हैं, अम्मां?" मैंने नींद में जाने के ठीक पहले अम्मां से पूछा।

"जब बड़े हो जाएंगे, तो जो-जो तुम खाओगे, वे भी खाएंगे। लेकिन अभी तो तुम सो जाओ। वे भी सो गए हैं।" अम्मां ने कहा।

"मैंने उनका नाम रखा है—अरेबा-परेबा।" यह मैं शायद नींद के भीतर से बोला था। मैं आंखें मूंदकर अभी भी चुपचाप अरेबा और परेबा को देख रहा था। मैंने अपनी नींद के भीतर लालटेन की मद्धिम-पीली रोशनी का वही संसार रच लिया था, जिसमें उनके साथ मैं भी मौजूद था। लेकिन यहां मैं सो नहीं रहा था, बल्कि उन्हें सोते हुए देख रहा था।

"अरेबा-परेबा!" अम्मां ने गहरी सांस छोड़ी। वह सांस मेरी नींद के भीतर तक पहुंची। अपने घर में, रजाई के टुकड़ों और मेरी फटी-पुरानी कमीज पर सोते अरेबा-परेबा के कत्थई-भूरे, नर्म-मुलायम रोएं अम्मां की सांस से कांप गए। "बहुत अच्छे नाम हैं!" अम्मां ने कहा। "मां…मतलब तुम्हारी नानी पहले गाया करती थीं—

एहंकी से गइन हैं अरेबा-परेबा,
मारिन हैं मोहिनियां बान रे!"

अम्मां नींद के पार से बोल रही थीं और गा रही थीं। मैं अपनी रजाई के भीतर एक बहुत गहरी नींद के अंधेरे और कोहरे में धीरे-धीरे डूब रहा था। अरेबा-परेबा की कहानी मुझे अम्मां ने ही सुनाई थी। वे दोनों शायद ढोला-मारू की कहानी में होते थे और मोहिनी बान चलाया करते थे। क्या वह बान मुझ पर भी उन्होंने चला दिया था?

लेकिन अम्मां कितनी अच्छी हैं, दुनिया में! यह मैं उस नींद के भीतर भी जान रहा था। यह बात मैं अम्मां को बोलना भी चाहता था, लेकिन अब मेरी आवाज ही पैदा नहीं हो सकती थी। क्योंकि जहां से आवाज पैदा होती है, वहां तो नींद पैदा होकर मेरे मस्तिष्क के भीतर के पूरे आकाश में किसी बादल की तरह फैल गई थी।

उस रात वह नींद पता नहीं कितनी गहरी थी। सुबह मैं देर से उसमें से जागकर

निकल पाया। बाबू नहाकर पूजा कर चुके थे। पूरी, मींजा और सेवईं खा चुके थे। शेविंग कर चुके थे। अपने गाल पर ब्रश से साबुन का झाग बना चुके थे। फट्...फट्...फट्... ।

जबकि इसके पहले मैं हमेशा बाबू के नहाते वक्त, गुसलखाने में से आती बाल्टी, लोटे और पानी की आवाज से ही जाग जाया करता था, या अम्मां द्वारा कड़ाही के कड़कते हुए घी में गोल-गोल पूरियां डालते ही पैदा होने वाली छन्न्...छन्न् की आवाज से। हद से हद देर हुई, तो पिताजी की पूजा की आवाज से—

नमामीश मीशान निर्वाण रूपं...विभुं व्यापकम् ब्रह्म वेदस्वरूपं...

मैं रजाई हटाकर पलंग पर बैठा ही था कि अम्मां ने देख लिया।

"आ जाओ! कुल्ला करके जल्दी से आ जाओ। बहुत अच्छा मींजा बना है। आज तुम्हारे बाबूजी सोलह पूरियां खा गए।"

मैं अपने पलंग से कूदकर भागा। लेकिन रसोई की तरफ नहीं, जिधर से अम्मां आवाज दे रही थीं। बल्कि उधर की ओर, जिधर मेरी वह नई दुनिया थी, जो रात में मेरे सोने के पहले लालटेन की धुंधली-पीली रोशनी में बनी थी। अब लालटेन या ढिबरी की कमजोर रोशनी में नहीं, दिन के उजाले में मैं उन्हें देखूंगा। सेमलिया जिन्हें रात में मेरी गोद में डाल गया था।

मैं सीधा दौड़ता हुआ उसी तरफ गया। आंगन पार करता हुआ। ओसारे से कूदता और ड्योढ़ी को फलांगता हुआ। उसी तरफ, जहां अम्मां ने रात में उनका घर बना दिया था। अम्मां अभी भी लगातार रसोई से आवाज लगा रही थीं।

लेकिन मैं स्तब्ध रह गया! यह एक तेज अविश्वसनीय आघात था।

मैंने अपनी आंखें मलीं। दुबारा उन्हें खोलकर देखा। मैंने भंडार की दीवाल को छूकर देखा। नहीं, यह सपना नहीं था। मैं वास्तव में जाग रहा था।

तो क्या सपना वह था, जो मैंने रात में देखा?

लालटेन की पीली, मद्धिम कमजोर रोशनी में कौंधता हुआ सेमलिया का दानेदार, मस्सों से भरा, काला, डरावना चेहरा। और उसमें अपनी ही तरलता में पिघलती, मिचमिची-सी, हंसती हुई दो आंखें।

सेमलिया ने ही रात में दो जंगली खरहे के बच्चों को मेरी गोद में डाला था। मैंने उनकी कोमल, कत्थई-भूरे रोयों से भरी पीठ को छुआ और सहलाया था।

मैंने अपनी उंगलियां देखीं।

अम्मां ने कांसे के कटोरे में गाय का दूध लाकर दिया था। मैंने रुई के फाहे से उन्हें दूध पिलाया था। सेमलिया को बुआ ने तुलसी और अदरक की चाय लाकर दी थी। और कहा था'''जमदूत!' मैंने उनके नाम भी रखे थे'''अरेबा और परेबा'''!

अम्मां ने इसी जगह, अंधेरे में ही, उनके लिए एक घर बनाया था। उसमें रजाई और मेरी अपनी पुरानी कमीज थी। उस घर में अम्मां ने तार की जाली का एक फाटक भी लगाया था।

जब मैं रात में सो रहा था, तो अम्मां ने मेरी नींद के पार से नानी का गाना भी सुनाया था :

एहंकी से गइन हैं अरेबा-परेबा
मारिन हैं मोहिनियां बान रे'''!

लेकिन इस समय ठीक मेरी आंखों के सामने परछी और भंडार के बीच की वही संकरी जगह मौजूद थी। बिलकुल खाली। यहां कोई घर नहीं था। कोई घर कभी रहा भी नहीं होगा। उसमें रजाई के टुकड़े, चिथड़े और मेरी पुरानी कमीजें नहीं थीं।

वहां कोई जाली का दरवाजा-फाटक नहीं था।

अरेबा-परेबा कहीं नहीं थे। कहीं भी नहीं।

मैंने झुककर, अपनी आंखों को दीवाल के नजदीक सटाकर देखा। वहां कील ठोंकने के निशान जरूर दिखाई पड़ रहे थे, लेकिन लगता था, वे बहुत पुराने हैं।

तो अब? मेरे भीतर एक डरावना खालीपन पैदा हुआ। एक भयावह निर्वात्। और वह मेरे भीतर से उठता हुआ मेरी चेतना में छाने लगा।

मेरे भीतर मेरा सब कुछ लुट चुका था।

"अम्मां'''ऽ'''ऽ'''!" मैं अपनी पूरी ताकत-भर चीखा। इतनी सुबह की ठंड में मेरा कमजोर शरीर कांप रहा था। उसमें कोई ताकत नहीं बची थी। धूप के आने में अभी देर थी।

"अम्मां! वे दोनों कहां गए?" मैं उत्तेजना, दुःख और बदहवासी में दौड़ता हुआ रसोई की ओर गया।

मिट्टी की काली दोहनी में अम्मां गाय का दूध उबाल रही थीं। चूल्हे की आंच को चुपचाप तापती हुई। पास में ही मींजा की बटलोई और सेवई का पतीला ढंका हुआ रखा था। पूरियां फूल के परात में ढंकी हुई रखी थीं।

"कौन दोनों?" अम्मां ने मुझे तटस्थता के साथ चुपचाप देखते हुए कहा।

उनकी आंखें इतनी ठंडी और अजनबी थीं कि मैं भीतर से हिल गया। मुझे विश्वास ही नहीं हो रहा था। अभी कुछ ही पहले, कुछ ही घंटों पहले की रात में, यही अम्मां दुनिया में सबसे अच्छी हुआ करती थीं। इतनी जल्दी इन्हें क्या हो गया? सुबह होते ही अम्मां इतनी खराब कैसे हो गईं?

मैं रो रहा था। मेरे साथ कोई नहीं था। मैं उलझन और असमंजस में था। क्या सचमुच वह सब कुछ सपना था। अगर ऐसा था, तो वह कितना वास्तविक था। लेकिन मेरे सपने के भीतर सेमलिया कैसे आ गया? मैंने इसके पहले तो कभी भी, अपने किसी भी सपने में उसे नहीं देखा था।

लेकिन कहीं भीतर से मुझे यह कमजोर-सा भरोसा भी हो रहा था कि वह सब कुछ एक सपना-भर नहीं था। उसमें सचाई जरूर थी। शायद मेरे साथ कोई न कोई षड्यंत्र हुआ था।

…और इसका सबसे बड़ा प्रमाण था, यहीं इसी जगह, इस रसोई से ही साफ-साफ दिखाई देने वाला, आंगन में पड़ा कांसे का वह कटोरा।

लेकिन कटोरे को तो मैंने कई बार पहले भी आंगन में उस जगह देखा था। अम्मां अकसर रात का बचा हुआ बासी दूध, जो सुबह तक फट जाता था, बिल्लियों के लिए रख देती थीं।

लेकिन फिर उस कटोरे के ठीक बगल में पड़ा रुई का वह फाहा! इसी से तो मैंने रात में उन्हें दूध पिलाया था।

कटोरे का बचा हुआ दूध तो रात में बिल्ली पी गई होगी। लेकिन फाहा तो कोई नहीं खा सकता। मैं एक गहरी दुविधा और उलझन में फंसा हुआ था। मेरे दिमाग के भीतर कुछ धागे उलझकर कोई बरम-गांठ बन गए थे, जिसको मैं सुलझाने में लगा हुआ था।

यह एक कठिन गुत्थी थी।

"मुझे बताओ, वे दोनों कहां हैं?" मैं रोते हुए, अम्मां से पूछ रहा था।

मेरा मन हो रहा था, चूल्हे पर चढ़ी हुई दोहनी को मैं उलट दूं और उसके उबलते हुए झागदार दूध में अपने आप को जला डालूं। इतना कि मैं मर जाऊं। थोड़ा-बहुत अम्मां को भी जला दूं। लेकिन अम्मां चुपचाप उठीं। चूल्हे पर रखी दोहनी को अपने आंचल से पकड़ा और उसे लेकर भंडार की ओर चली गईं। जाते हुए उन्होंने मेरी ओर देखा तक नहीं।

मैं अकेला छूट गया था। अभी-अभी जो रात बीती, उसमें मेरा एक नया संसार बना था, जो अब मिट चुका था। उसका कोई निशान कहीं बाकी नहीं बचा था। उसके बारे में मुझे कोई कुछ बता भी नहीं रहा था।

एक कोई बुलबुला या गुब्बारा था। बहुत बड़ा। साबुन के घोल का, या अरंडी और थूहे के दूध का। जिसके भीतर एक फूंक-भर हवा रात में फैल गई थी। वह अब फूट चुका था। वहां अब कुछ भी नहीं था।

...यहां बाहर मैं बचा था। अकेला।

उस दिन मैंने कुछ नहीं खाया। पूरियां और मींजा भी नहीं, जो मुझे पसंद थे। जिनके लिए मैं सुबह चार बजे से उठ जाता था और बाबू के नहाने और पूजा कर लेने का इंतजार करता रहता था। सेवईं भी नहीं।

दोपहर भी मैंने कुछ भी खाने से मना कर दिया। मैंने पानी तक नहीं पिया। कोई लाकर देता, तो मैं गिलास दूर आंगन की तरफ फेंक देता।

मुझे दुनिया से और कुछ नहीं, बस वही दोनों चाहिए थे। अरेबा और परेबा। उन्हें कहीं छुपा दिया गया था। मेरे अलावा इस घर में बाकी हर कोई जानता था कि वे दोनों कहां हैं। लेकिन उनके बारे में मुझे कोई नहीं बता रहा था। सब जानबूझकर ऐसा कर रहे थे।

शायद मेरी पढ़ाई खराब होती। शायद मैं स्कूल न जाता। शायद मैं दिन-दिन-भर, किताब-कॉपी छोड़कर, उन्हीं दोनों के साथ भटकता रहता। इसलिए। इसीलिए।

सभी ने कोई गुप्त समझौता कर रखा था। सब चुप थे। शायद वे यह सोचते थे कि आखिरकार भूख से हारकर मैं खाना खा लूंगा। भूख मिट जाएगी तो मैं धीरे-धीरे रात की बात भूल जाऊंगा। लेकिन उनको मेरे बारे में कुछ भी पता नहीं था। मैं खाना और पानी क्या, अपने अरेबा और परेबा के लिए सांस तक लेना छोड़ सकता था।

या फिर शायद वे यह सोच रहे हों कि धीरे-धीरे मुझे यह लगने लगेगा कि वह सब कुछ एक सपना ही था। साबुन और हवा का एक फुग्गा। जिसके भीतर रात में एक फूंक-भर हवा भर गई थी और जो सुबह फूट गया।

लेकिन कितने मूर्ख थे वे! उनकी समझ पर मुझे अफसोस होता था। उन्होंने रात की घटना के सारे निशान तो मिटा डाले थे, लेकिन रुई का फाहा और कांसे का कटोरा आंगन से गायब करना भूल गए थे।

फिर उस गंध का तो उनको पता ही नहीं था, जो अब तक मेरे कपड़ों में से

आ रही थी। जंगली खरहे की अजीब-सी तेज गंध।

वह गंध अब भी मेरी सांस के साथ मेरे भीतर तक उतर रही थी।

मैं अरेबा-परेबा को भूल नहीं सकता था। यह असंभव था। उनके साथ रात में जो एक नया संसार बना था, वह संसार अब अमर था।

लेकिन मुझे सबसे गहरा धक्का जिस बात से लगा था और जिससे मैं उबर नहीं पा रहा था, वह बात यह थी कि अम्मां भी उन लोगों के साथ मेरे खिलाफ षड्यंत्र में शामिल हो गई थीं। वे ऐसी तो नहीं थीं। उन लोगों ने अम्मां को शायद समझा-बुझा लिया होगा। बाबू अम्मां से कहते भी थे कि तुम बहुत सीधी और मूर्ख हो। तुम दुनिया को नहीं जानतीं।

मेरा मन होता था कि मैं अम्मां से जाकर कहूं कि तुम उन दोनों को मुझे लौटा दो। मैं खूब पढ़ूंगा। खूब लिखूंगा। मैं हर रोज स्कूल जाऊंगा। जब मुझे बहुत तेज बुखार होगा, तब भी। और जब खूब जोरों की बारिश हो रही होगी और ओले गिर रहे होंगे, तब भी।

अम्मां ने लेकिन इतना बड़ा विश्वासघात मेरे साथ किया था कि उनसे तो कुछ बोलने का मेरा मन ही नहीं कर रहा था। इस समय सबसे ज्यादा गुस्सा मुझे जिस पर आ रहा था, वह अम्मां ही थीं। खाना न खाकर, पानी न पीकर, अपने आप को कमरे के भीतर कैद करके, गिलास जोरों से फेंककर मैं दरअसल अम्मां को ही दंड दे रहा था। उन्होंने ठीक नहीं किया था मेरे साथ।

मैं अच्छी तरह से जानता था कि अम्मां ने भी आज न तो पूरियां खाई होंगी, न सेवईं। उन्होंने दोपहर का खाना भी नहीं खाया होगा। वे बेतरह भूखी होंगी।

यह भी बिलकुल हो सकता है कि उन्होंने भी आज दिन-भर से पानी न पिया हो।

मैंने अपने आप को अपने कमरे में कैद कर लिया था।

अगर हर कोई मुझसे चुप है तो मैं भी अब हर किसी से चुप रहूंगा। लो, अब तो खुश रहो। जो तुम कर सकते थे, तुम लोगों ने कर लिया। अब मेरी बारी है।

आखिरकार जब दोपहर ढल रही थी और धूप का रंग बदल रहा था, तब अम्मां मेरे कमरे में आईं। वे चुपचाप मेरे पलंग पर बैठ गईं और मेरे माथे पर अपनी हथेली रख दी। उन्होंने मेरा सिर सहलाना शुरू किया। उन्होंने एक-एक कर मेरी उंगलियां चटखाईं। उन्होंने मेरे पेट पर अपनी दो उंगलियों को आका-डाका चलाते हुए गुदगुदी

पैदा करने की कोशिश की। लेकिन मैं तो पत्थर का बन गया था। मेरे शरीर में सचमुच इतना अधिक दुःख भर गया था कि उसमें गुदगुदी पैदा ही नहीं हो सकती थी।

मैं उन सब लोगों के लिए मर गया था, जिन्होंने मेरे खिलाफ षड्यंत्र किया था।

और उनमें से अम्मां भी एक थीं।

कुछ देर बाद अम्मां ने मुझसे बोलना शुरू किया। उनकी आवाज में एक अजीब-सी निर्बलता थी। आवाज कांप रही थी और कहीं बहुत भीतर से आ रही थी।

"यह ठीक नहीं होगा। अगर मैंने तुम्हें सब कुछ बता दिया, तो भगवान् मेरे ऊपर नाराज हो जाएंगे। ऐसी बात किसी को बताते नहीं हैं। चाहे वह कोई भी हो।"

कुछ देर अम्मां चुप रहीं, फिर उन्होंने कहा, "मैं बता दूंगी तो मेरे ऊपर बहुत बड़ा पाप लगेगा। महापाप। हो सकता है, भगवान् मुझे इसका दंड भी दे दें। लेकिन तुम बहुत जिद्दी हो। यह ठीक नहीं है। आगे चलकर तुम बहुत परेशान और दुखी रहोगे। न तो तुम कुछ खा रहे हो, न पी रहे हो। तुम्हें पता है, अगर कोई एक जून का खाना नहीं खाता तो उसकी देह से एक चिड़िया के बराबर मांस कम हो जाता है। तुमने दो जून से नहीं खाया। तुम्हारे शरीर में से दो चिड़ियों के बराबर मांस घट गया है।"

और फिर अम्मां ने बहुत सख्ती से मुझे घूरकर कहा—"लेकिन तुम कसम खाकर कहो कि ये बात तुम अब और किसी को कभी नहीं बताओगे। चाहे कोई कितना भी डराए या लालच दे।"

मैंने कसम खाई। उस बात को जानने की व्याकुलता में मेरा शरीर कांप रहा था। एक-एक पल मुझे भारी लग रहा था। मैं अम्मां के बोलों को लगभग भूल गया था। कहीं अचानक वह अपना निर्णय न बदल दें।

" हुआ रात में यह कि जब तुम सो गए और मैंने नानी वाला गीत गाकर खत्म ही किया था कि ऐसी आवाज होने लगी जैसे कोई जीप या कार हमारे आंगन तक आ गई हो। वह सचमुच की आवाज थी।

" 'इतनी रात गए कौन आ गया?' मैंने सोचा, शायद तुम्हारे बड़े ताऊ अपने ट्रैक्टर से आए होंगे। लेकिन मुझे अचरज ये हो रहा था कि ट्रैक्टर यहां आंगन तक कैसे आ गया? हमारे घर के तो दरवाजे ही ऐसे नहीं हैं कि यहां भीतर तक कोई ऐसी चीज आ सके।

" मैंने किवाड़ खोलकर देखा···तो क्या बताऊं! आंगन में इतनी तेज रोशनी हो रही थी कि आंख को कुछ दिखाई ही नहीं पड़ता था। मैं बुरी तरह से डर गई। एक बात जान लो! वह आवाज ट्रैक्टर या जीप-कार जैसी होती हुई भी कुछ अलग ही तरह की आवाज थी।

" ···और वह रोशनी भी, रोशनी होती हुई भी, बिलकुल अलग तरह की ही रोशनी थी।

" मैंने सोचा शायद कोई उड़नतश्तरी हमारे आंगन में उतरी है। तभी ओसारे में रखी तिपाई से मेरा पैर टकराया और उसमें रखे पानी का जग और गिलास फर्श पर गिर पड़े। जोरों की आवाज हुई। और बस! फिर तो जैसे वहां भूडोल आ गया। "

मैं मां की एक-एक बात सुन रहा था। उन्होंने मेरी दाईं हथेली को कसकर अपनी मुट्ठी में जकड़ रखा था।

"जग और गिलास के तिपाई से गिरने की आवाज के साथ ही एक बवंडर जैसा वहां उठा और पलक झपकते ही सब लुप्प हो गया। एकदम गायब। आंगन में कुछ नहीं, बस अंधेरा बचा था।"

अम्मां बोल रही थीं। उनकी आवाज में ऐसा सच था कि उनकी एक-एक बात पर मुझे विश्वास होता जा रहा था।

"मैं सबसे पहले तुम्हारे अरेबा-परेबा को ही देखने गई। वहां कुछ नहीं था। उनका घर भी नहीं था। मैं घबरा गई और लौटकर आंगन में आई। और तभी फिर बड़े जोरों की आवाज हुई। ऐसा लगा जैसे आंगन में कोई भारी चीज गिरी हो।"

मैं सिहर गया था। अम्मां कभी झूठ नहीं बोलती थीं। मुझसे बोलने का तो सवाल ही नहीं उठता था।

इसके अलावा, सबसे महत्त्वपूर्ण बात यह थी कि इस वक्त उनके माथे पर तीन झुर्रियां बनी हुई थीं। उनकी आंखें भी एक ही जगह ठहरी हुई थीं। मैं जानता था कि ऐसा तब होता था जब अम्मां बिलकुल पूरा सच बोला करती थीं। मुझे उनकी बात पर विश्वास हो गया था। मैंने उनकी हथेली कसकर पकड़ ली।

अम्मां ने गहरी सांस ली। जैसे उन्हें किसी बड़े संकट से मुक्ति मिली हो।

"बच गई मैं। अगर उस वक्त मैं आंगन के दक्षिण की तरफ होती तो वे दोनों पत्थर मेरे ऊपर ही गिरते। मैंने जाकर उन पत्थरों को देखा, तो चौंक गई।"

कुछ देर चुप रहने के बाद अम्मां ने कहा, "वे दोनों पत्थर, पत्थर नहीं थे। वे अरेबा-परेबा ही थे। मैंने उन्हें उठाकर घिनौची के नीचे रख दिया है। जाओ, खुद देख लो।"

मैं अम्मां के साथ वहां गया। आंगन के दक्षिणी तरफ, जिधर हमारा गुसलखाना था, उसी तरफ घिनौची थी। लकड़ी के दो खंभों पर टिका हुआ काठ का एक पटरा। हमारे घर-भर के पीने के पानी के मटके उसमें रखे जाते थे। एक तांबे का, बाकी मिट्टी के। उसी के नीचे, अजब आकार के, बेडौल-से, वे दोनों पत्थर रखे हुए थे।

कत्थई और भूरे रंग के दो पत्थर के ढेले।

मैंने गौर से देखा। वे सचमुच जंगली खरगोश के छौनों की तरह लग रहे थे। उनकी आंखें थीं। पीठ थी। वे सिमटकर बैठे हुए थे। उन्होंने अपने कान सिकोड़ रखे थे। वे डरे हुए लग रहे थे।

“ वे लोग शायद देवताओं के बदमाश लड़के थे। अपनी उड़नतश्तरी में वे रात में घूमने निकले होंगे। लगता है, जब तुम रात में, आंगन में, अरेबा-परेबा को दूध पिला रहे थे, तब उन्होंने तुम्हें देख लिया होगा। इसीलिए कहा जाता है कि आधी रात के बाद घर के बाहर नहीं निकलना चाहिए। बाहर पता नहीं किसकी-किसकी आंखें अंधेरे में होती हैं।

“ कभी-कभी तो रात की चिड़िया, पहरुए या कोड़े-मकोड़े भी देवताओं को धरती की सारी बात बता देते हैं। झींगुरों को तुम कम मत समझो। एक-एक आदमी की दिन-भर की सारी बात, वे गा-गाकर सारी रात देवताओं को बताते हैं।

“ तुम्हें मालूम है, आदमी के अलावा बाकी हर प्राणी असल में ईश्वर का जासूस होता है। चींटियां और मक्खियां तक। कुत्ते, बिल्ली, बैल और चमगादड़ तक। जुगनू भी। ”

मैं अवाक् होकर उन दोनों पत्थरों को देख रहा था। हां, वे अरेबा-परेबा ही थे। मैं दुःख में डूब रहा था। कुछ भी हो, मैंने तो उन्हें अब खो ही डाला।

अम्मां लगातार बोले जा रही थीं।

“आदमी लोग सोचते हैं, उन्हें कोई नहीं देख रहा। लेकिन ईश्वर के ये जासूस उन्हें हर पल देख रहे होते हैं। छिपकली, चूहे और मच्छर तक··· । यहां तक कि पेड़-पौधे और घास तक। कई कीड़े-मकोड़े तो ऐसे होते हैं, जिनकी आंख में कैमरे का लैंस लगा होता है। कौन क्या कर रहा है, एक-एक पल की, धरती के एक-एक कोने की, एक-एक इंसान की जानकारी लगातार भगवान् तक पहुंचती रहती है···”

“लेकिन मैंने भगवान् का क्या बिगाड़ा था? वे मुझसे मेरे अरेबा-परेबा क्यों छीन ले गए···?” यह मेरा सवाल था।

“भगवान् ने नहीं, देवताओं के बदमाश और शरारती बच्चों ने तुम्हारे खरगोशों

को चुराया। भगवान् ने जब उन्हें डांटा होगा, तो उन्होंने उन्हें पत्थर बनाकर नीचे वापस गिरा दिया···!" अम्मां ने कहा, "अब चलो, थोड़ा-सा खा लो। सुबह की पूरियां, मींजा और सेवईं मैंने बचाकर रखी हैं। अगर तुम खाओगे, तो मैं भी खा लूंगी।"

मैं हालांकि रोता रहा। अरेबा-परेबा को दो पत्थरों के रूप में वापस पाकर भी मेरे भीतर का खालीपन भरा नहीं था। इस आकस्मिक वंचना और देवताओं के बदमाश बच्चों द्वारा किए गए अन्याय की पीड़ा बहुत गहरी थी।

भला उन नन्हे-नन्हे खरगोश के बच्चों की क्या गलती थी, जिन्हें अकारण पत्थर के बेजान, बेडौल ढेलों में बदल दिया गया था। न अब वे सांस ले सकते थे, न भूख लगने पर रुई के फाहे से दूध पी सकते थे। पत्थर बने हुए भीतर से वे कितने बेचैन होंगे। प्यास लगती होगी, तो पत्थर बने वे कितना तड़पते होंगे।

अब तो बड़े होकर हजार मील दूर किसी जंगल, खेत की मेड़ या किसी आंगन में उगी दूब को देख लेने का सपना भी वे नहीं पाल सकते थे।

अम्मां ने भी, दिन-भर के बाद, मेरे साथ खाना खाया। वे मुझको बहुत अच्छी तरह समझती थीं। मेरे भीतर के दुःख और खालीपन का उन्हें पूरा-पूरा पता था।

शायद इसीलिए खाना खाने के बाद उन्होंने मेरी ओर बहुत प्यार, करुणा, असहायता और उदासी के साथ देखते हुए कहा :

"लेकिन मुझे पक्की उम्मीद है कि एक न एक दिन, जब देवताओं के वे लड़के या कोई दूसरा नेक देवता, इधर हमारे आंगन से होकर गुजरेगा, तो वह इन दोनों पत्थर के ढेलों को वापस अरेबा-परेबा बनाकर जिंदा कर देगा···! भगवान् के इतने दूत और जासूस धरती पर हैं, कोई न कोई तो इस अन्याय और तुम्हारे दुःख के बारे में उन्हें बताएगा ही···! मुन्ना, तुम खुश रहना सीखो!"

यह घटना कम से कम चालीस-बयालीस साल पहले की है।

मैं कई-कई बार घंटों, घिनौची के नीचे रखे पत्थर के उन दोनों ढेलों को घूरता रहता। देवताओं से मन ही मन प्रार्थना करता हुआ कि वे उन्हें जंगली खरगोश के बच्चों में वापस बदल दें।

कई-कई बार मुझे भ्रम होने लगता कि वे दोनों भूरे-कत्थई ढेले धीरे-धीरे हिल-डुल रहे हैं। मैं उनके निकट जाकर उन्हें टकटकी बांधकर घूरता। मुझे बिलकुल लगता कि वे सांस ले रहे हैं। उनका पत्थर का शरीर धीरे-धीरे कांप रहा है।

एक बार तो मुझे पूरा यकीन हो गया कि उनमें से बड़ा वाला अरेबा, जो ज्यादा सुस्त और काहिल था, वह सचमुच जिंदा हो रहा है। मैं भागता हुआ गया और कटोरे में थोड़ा-सा गाय का दूध लाकर उसके मुंह से लगा दिया।

आप विश्वास करें, पत्थर का अरेबा, कटोरे का सारा दूध पी गया। उसके दुबारा जीवित हो जाने की खुशी और उत्तेजना में मेरे आंसू निकलने लगे।

लेकिन मेरी बहुत प्रतीक्षा और गिड़गिड़ाने के बावजूद अरेबा वैसा का वैसा ही रहा आया। शायद दूध पीने से उसका पेट भर गया था और वापस मेरी दुनिया में लौटने के बारे में उसकी रुचि समाप्त हो चुकी थी। वह पत्थर बना ही खुश था।

इस घटना के चार-पांच साल बाद अम्मां मर गई थीं। उन्हें कैंसर हो गया था। उनकी श्वासनली गल गई थी और अंत में वे बोल नहीं पाती थीं।

कई-कई बार एक गहरा अपराधबोध मुझे होने लगता है। कहीं मेरी जिद और गुस्से से हारकर अम्मां ने उस रात की जो बात मुझे बता दी और जिसका पाप उन्होंने अपने ऊपर सिर्फ इस कारण ले लिया कि मैं खाना नहीं खा रहा था और मेरे शरीर से दो चिड़ियों के बराबर मांस कम हो गया था, कहीं देवताओं ने उसी का दंड तो उन्हें नहीं दे दिया? देवता कोई आदमी तो होते नहीं कि उनके भीतर कोई दया-माया हो।

मैं हूं ही ऐसा। अपनी जिद और अपने गुस्से में मैं अंधा हो जाता हूं।

लेकिन उन देवताओं को भी तो स्वर्ग में रहने का कोई हक नहीं है, जो खरगोश के नन्हे-कोमल छौनों को इस तरह पत्थर के ढेले में बदल देते हैं। और किसी मां को एक छोटी-सी बात बता देने पर उसकी सांस लेने वाली नली गला देते हैं।

कितना अभागा हूं मैं! मैंने सेमलिया के दिए हुए जंगली खरगोश के दोनों बच्चों, अरेबा-परेबा को ही नहीं, अपनी मां को भी खो डाला, जो दुनिया में सबसे अच्छी थीं।

अब मैं बूढ़ा हो रहा हूं। लेकिन हमारे गांव के घर के आंगन में अम्मां के रखे हुए वे दोनों पत्थर अभी भी मौजूद हैं।

मैं अब तब की तरह छह-सात साल का नहीं हूं। अब यह मैं अच्छी तरह से जानता हूं कि उस रात वास्तव में क्या हुआ होगा।

दरअसल, परछी और भंडार की दीवार की संध में अम्मां का बनाया घर उतना

सुरक्षित कभी नहीं था। तार की जाली का दरवाजा जो इधर-उधर की दीवाल पर, अंधेरे में किसी तरह ठोंकी गई दो कीलों पर टिका था, वह एक मामूली झटके में गिर जाने वाला था। कीलों समेत।

उस रात जब मैं सो गया था और अम्मां अपनी मां यानी नानी का गीत गा रही थीं, उसी वक्त वह वनैला, हिंसक और आवारा वन-बिलाड़, जिसे हम 'बग्घा' कहते थे और जो अपने ही बच्चों का गला काट डालता था, वहां आया होगा।

उसे खरगोश के छौनों के नर्म, भूरे-कत्थई रोयों से उठती गंध मिल गई होगी।

हो सकता है, वह तभी से अंधेरे में घात लगाए बैठा रहा हो, जब मैं उन दोनों को रुई के फाहे से दूध पिला रहा था।

उसकी आहट से चौंककर अम्मां किसी तरह अंधेरे में रास्ता टटोलते हुए वहां तक पहुंची होंगी, क्योंकि रात में मिट्टी का तेल बचाने के लिए वे हमेशा लालटेन बुझा देती थीं। तब तक बग्घा ने अरेबा-परेबा को काट डाला होगा।

वे थे भी कितने छोटे और कोमल। कत्थई-भूरी रुई की दो नन्ही गठरियों की तरह।

जैसा मैं था, अम्मां यह अच्छी तरह जानती थीं कि मैं उस हादसे को सह नहीं पाऊंगा। उन्होंने सबसे ज्यादा अपने आप को अपराधी माना होगा। उन्होंने सोचा होगा कि अगर वे लालटेन ले लेतीं और रोशनी में कीलें ठोंकी होतीं, तो तार की जाली का फाटक इतना कमजोर न होता। दरअसल कीलें दीवारों में धंसी ही नहीं थीं, इसीलिए सुबह जब मैंने देखा तो उनके निशान मुझे नहीं दिखे थे। निश्चित ही वे इस हादसे के लिए अपने आपको जिम्मेदार मानती रही होंगी। अम्मां ने इसीलिए उस रात वह सब किया, जो मैं अपने अनुमान के आधार पर, आज चालीस-बयालीस साल बाद आपको बता रहा हूं।

अम्मां उस रात वहां पहुंचकर स्तब्ध रह गई होंगी। अपनी समझ से उन्होंने अरेबा-परेबा के लिए हर तरह से एक सुरक्षित और अभेद्य घर बनाया था।

फिर उन्होंने अरेबा-परेबा के मृत शरीरों को उठाया होगा और उन्हें घर के पिछवाड़े, जिधर नदी बहती है, वहां कहीं गड्ढा खोदकर उन्हें दबाया होगा। गड्ढा खोदने के लिए उन्हें भंडारघर में रखा सब्बल उस अंधेरे में ख़ोजकर निकालना पड़ा होगा, क्योंकि तेल़ बचाने के लिए लालटेन वे खुद सोने के पहले बुझा देती थीं।

इसके बाद उन्होंने घर के पिछवाड़े ही कहीं, अरेबा-परेबा के घर में डाले गए रजाई के टुकड़ों और मेरी पुरानी कमीज को जलाया होगा। अगर मैं उस दिन जिद और गुस्से में भरकर अपने आपको कमरे में बंद न कर लेता, बल्कि अरेबा-परेबा

की खोज में बाहर निकल जाता, तो उन कपड़ों के जलने का सबूत मैं वहां पा सकता था। मैं दावे के साथ कह सकता हूं कि वहां कहीं न कहीं राख जरूर रही होगी।

इसके बाद अम्मां ने धीरे-धीरे अरेबा-परेबा के होने के सारे निशानों को मिटाया होगा। उन्हें यह पूरा भरोसा रहा होगा कि अगली सुबह वे मेरे भीतर यह भ्रम पैदा करने में सफल हो जाएंगी कि वह सब कुछ पिछली रात का एक सपना था; और कुछ नहीं।

जैसा मैं था, उन्हें भरोसा रहा होगा कि वे मुझे इस भ्रम या दुविधा में डालने में कामयाब हो जाएंगी कि मैंने वह सब कुछ नींद में ही देखा था और उसे सच समझ बैठा था।

लेकिन अम्मां आंगन से कांसे का कटोरा और रुई का फाहा हटाना भूल गईं। यही सबसे बड़ी चूक, उस रात, उनसे हुई। और उन्हें उस गंध का पता ही नहीं था, जो अरेबा-परेबा के कारण खुद मेरे शरीर और कपड़ों से उठने लगी थी।

…और फिर दूसरे दिन, मेरे लगातार रोते रहने और खाना-पीना छोड़ देने पर, पूरी दोपहर वे नदी की कछार में दूर-दूर तक भटकती रही होंगी।

वहीं उन्होंने खूब सोच-समझकर एक कहानी गढ़ी होगी।…और वहां उन्होंने दो ऐसे पत्थरों को अंततः खोज निकाला होगा, जो जंगली खरगोश के बच्चों जैसे हों। मां ने उन दोनों पत्थर के ढेलों को आंगन के दक्षिणी तरफ, घिनौची के नीचे लाकर रखा होगा।

इस पूरे दौरान वे अपने भीतर-भीतर वह कहानी बुनती रही होंगी। वे अच्छी तरह से जानती थीं कि मैं उनसे बहुत प्यार करता था और अगर दुनिया में किसी पर सबसे ज्यादा विश्वास करता था, तो वे खुद थीं। अम्मां।

इसके बाद वे मेरे कमरे में आई होंगी और मुझे वह कहानी सुनाई होगी।

लेकिन यह तथ्य आप बिलकुल मत भूलिए, और मैं भी इसे कभी, बहुत सारी कोशिशों के बावजूद नहीं भूल पाता कि इतना सब करते हुए अम्मां लगातार भूखी और प्यासी थीं।

वे रात-भर सो भी नहीं सकी थीं, क्योंकि सुबह उठते ही, उन्हें बाबू के व्रत के निवारण के लिए पूरियां, बेसन का स्वादिष्ट मींजा और गाढ़े दूध की सेवईं बनानी थीं।

और इतना सब करने के बावजूद वे अब तक इसलिए भूखी थीं कि मैं भूखा था।

अम्मां अब नहीं हैं, लेकिन उनके लाए गए दोनों पत्थर अब भी हमारे आंगन में मौजूद हैं। और यह सच है कि कहानी लिखना मैंने किसी और से नहीं, अम्मां से ही सीखा है। लेकिन हमेशा की तरह अब मैं आप सबको वह घटना बता रहा हूं, जिसके बिना कोई भी कहानी कभी पूरी नहीं होती। एक ऐसी घटना, जिस पर मुझे स्वयं भी आश्चर्य होता है।

सन् 2001 की मई के महीने की यह घटना है।

उस रात मैं अपने घर के आंगन में अपनी खाट पर लेटा हुआ था। घर के सारे लोग सो चुके थे। ऊपर आकाश खूब गहरा, स्याह नीला और बिलकुल निरभ्र था। बिलकुल साफ। सृष्टि के पहले, स्वच्छ, नवजात आकाश की तरह।

…और असंख्य नक्षत्र, ग्रह और उपग्रह उस आकाश के समूचे विस्तार में अनगिनती तारों की तरह दूर-दूर तक टिमटिमा रहे थे।

ऐसा आकाश आप शहर के लोगों के पास नहीं होता।

संभवतः चतुर्दशी का चंद्रमा था। लगभग पूरा होता हुआ। उसका ठंडा, शांत, पीला और महीन उजाला हर तरफ फैल रहा था।

हमारा आंगन चंद्रमा की उस पीतल के रवे जैसी हल्दिया धूल से ढंक गया था।

और तभी मैंने देखा।

मैंने अपनी आंखें मलीं। मैं जाग रहा था।

मैंने साफ-साफ देखा, घिनौची के नीचे रखे वे दोनों पत्थर हिलने-डुलने लगे।

फिर मैंने देखा, वे दोनों पत्थर के ढेले आंगन में यहां-वहां उगी दूब के बीच पहले रेंगने, और फिर कुछ पलों बाद, दौड़ने लगे।

निश्चित ही वे दोनों अरेबा-परेबा ही थे।

उन्हें देवताओं ने वापस जीवित कर दिया था। वे आंगन में खेल रहे थे। निर्भय। कत्थई-भूरी रुई की दो नन्ही-नन्ही गठरियां।

…और उनके रोयों से उठने वाली वह अजब चिरायंध जंगली गंध। वह गंध चारों ओर फैल रही थी। समूचे आंगन में, चंद्रमा के शीतल उजाले में घुलकर मेरी सांस के साथ मेरे भीतर तक उतरती हुई।

मैं डर गया। कहीं बग्घा आ गया तो?

अब तो अम्मां भी नहीं हैं, जो उन दोनों छौनों की हत्या के बाद, उनकी जगह पर पत्थर रख दें। और अब तो बग्घों की संख्या भी बहुत ज्यादा हो चुकी है। वे

अकेले नहीं, अब तो झुंड और गिरोहों में रहते हैं। मैंने उन्हें बड़ी-बड़ी इमारतों के भीतर, कुर्सियों पर भी बैठे देखा है। संसार का हर कोमल, पवित्र, निष्कवच और सुंदर जीवन इस समय गहरे खतरे के बीच है।

आप गौर से देखें, हमारे समय की हर दीवार पर खून के छींटे हैं।

आप स्वयं बताइए, क्या मेरे डर का कोई आधार नहीं है?

आप यह भी बताइए कि क्या आप इसी तरह चुप देखते रहेंगे और बग्घे वारदात करते रहेंगे?

राम सजीवन की प्रेम-कथा

जहां कई वर्ष पहले गांव था और जहां बैलों के तेल-चुपड़े भोले-काले सींग थे, दोपहर जंगल में पत्तों की गहरी हरी गंध थी और कच्चे आम की ताजा कटी फांक के साथ नमक-मिर्च का स्वाद था, धान के महकते हरे खेत थे, जहां अंधी बुढ़िया महराजिन थी, जिसकी बारी से लड़के खीरा और भुट्टा चुरा लाते थे—राम सजीवन का बचपन वहीं पीछे कहीं छूट गया था। पंद्रह साल पीछे।

उनका बचपन सनई के उन खेतों में कहीं रह गया था, जहां वे स्कूल न जाकर छिप जाते थे और दूसरे लड़कों के साथ 'गदा छाप' बीड़ी के सुट्टे खींचते थे।

ब्राह्मण परिवार था। मंझला किसान-वर्ग, एक ऐसा किसान-वर्ग, जिसकी गांव में नाक नीची नहीं रहती, सो गाहे-बगाहे बड़े किसान या जमींदार को भी छोटा-मोटा कर्ज दे सकता है या पेशी-कचहरी में हजार-दो हजार खर्च कर सकता है। हलवाहों और भूमिहीनों को तो गल्ला-अनाज वह बीज-बिजहरा या खवाई-नातवानी के लिए सवैया-ड्योढ़ा बाढ़ी की दर पर दे ही सकता है।

एक ऐसा किसान-परिवार, जहां गांव के जमींदार के घर आया हुआ पटवारी लौटते हुए एक बार झांककर चाय-पान ले जाता है, थोड़ी-बहुत हंसी-ठिठोली भी कर जाता है।

राम सजीवन पास के कस्बे के हाई स्कूल और पास के शहर के शासकीय महाविद्यालय को प्रथम श्रेणी से लांघते हुए अब दिल्ली के उस विश्वविद्यालय तक आ पहुंचे थे, जो देश का माना हुआ ही नहीं, कहा जाता था कि अफ्रीका, दक्षिणी एशिया तो क्या, पूरी तीसरी दुनिया का सबसे भव्य विश्वविद्यालय था। इस विश्वविद्यालय में प्रधानमंत्री की बहू, रक्षामंत्री की नातिन, किर्लोस्कर जी की बेटी, बाटा जी का बेटा और देश के सबसे बड़े साहित्यकार का सबसे छोटा साला पढ़ता था।

यहां ज्यादातर लड़के-लड़कियों की सभ्यता और मिजाज का अपना ही ढंग था। वे बड़े कोमल, पारदर्शी और खास लगते। हंसते तो इतना उजाला फैलता कि गांव की हंसी तंबाकू और कत्थे में लिथड़ी किसी बीभत्स रुदन की तरह दिखाई देती।

और लड़कियों का तो कहना ही क्या? उनका अलग ही तापमान और अलग ही रोशनी थी। वे ज्यादातर जींस और खुली बांहों वाली होतीं। उन्हें बहुत साफ-सफेद आटे को गूंधकर, उसमें थोड़ा महावर मिलाकर बनाया गया था। खुली बांहों, बारीक आवाजों, घंटियों जैसी हंसी का ऐसा विराट् उत्सव राम सजीवन को अपने जीवन के प्रति एक बार नए सिरे से दार्शनिक हो जाने की प्रेरणा देता था। वे चाहे बस में हों या अपने अकेले कमरे में, सांस भी लेते तो उसके साथ वू डू या इंटिमेट की महक उनके रक्त तक पहुंचती। इस खुशबू में कॉन्वेंट के पसीने की बहुत अपरिचित लेकिन उत्तेजित गंध घुली होती।

लेकिन राम सजीवन के भीतर एक गहरी चिढ़ और गुस्से ने भी जगह बनाना शुरू कर दिया। इस विराट् लकदक शहर में, जहां इतनी बड़ी दुकानों, कोठियों, कारों की चमाचम धूप थी, उन्हें अपने गांव का बड़े से बड़ा किसान भी कुली-कबाड़ी दिखाई देता। अपने टेरीकॉट के कपड़े उन्हें सस्ते, मैले और पिछड़े हुए लगते। अपने चेहरे में गाल की हड्डियों का नुकीला उभार, मोटे होंठ, धूप और धूल को झेलकर जिंदा और चौकन्नी बन गई आंखें, तिल और सरसों के तेल को पीकर मोटे और काले हो गए बाल—सब उन्हें गंवारू लगते। वे काले तो नहीं थे, फिर भी उन्हें लगता था कि उनके गेहुएं रंग से गांव का मटमैलापन कभी छूट नहीं सकता।

दिल्ली एक ऐसा महानगर था, जिसमें रुपयों की नदी कहावत के बाहर बहती थी। दूसरा कोई इतना बड़ा शहर राम सजीवन ने देखा भी नहीं था। एक बार, जब वे बिलकुल नए थे, एक लड़के से उन्होंने उसके जूते की कीमत पूछी। दो सौ अड़सठ रुपए सुनकर वह जूता उन्हें एक क्विंटल गेहूं के बोरे में बदलता दिखने लगा। फिर तो उनके देखने का यह गोपनीय तरीका ही हो गया। अर्थशास्त्र के माल-मुद्रा-माल वाले नियम के अनुसार वे चीजों को किसी भी अनाज के समान मूल्य की मात्रा में बदल देते। उन्हें बहुत मजा आता। इस आदमी ने कुल मिलाकर तीन क्विंटल धान पहन रखा है। इस लड़की ने पचास किलोग्राम अलसी अपनी कलाई में लपेट रखी है। मकान का किराया साढ़े तीन क्विंटल गेहूं हर महीने, बिजली-पानी अलग और वो देखो, वो साला हीरो बीस एकड़ की कुल पैदावार पर चढ़ा हुआ, हॉर्न बजाता भगा जा रहा है।

लेकिन यह सब कुछ एक रोचक-मनोरंजक खेल ही नहीं था। यह बहुत गंभीर और पीड़ादायक था। गांव का मंझला किसान-वर्ग शहर के निचले मंझले वर्ग से भी नीची कोटि का साबित हो रहा था। किसी दफ्तर का छोटा-मोटा बाबू भी जीवन-स्तर और सभ्यता के लिहाज से ज्यादा कुलीन और चमकदार दिखाई देता था।

राम सजीवन के दिमाग में सामाजिक समानता के लिए एक उत्कट आकांक्षा जागने लगी। यह सब कुछ अन्यायपूर्ण है, गलत है। इस देश की सत्तर प्रतिशत जनता को जिंदा रहने के लिए जितने कैलोरी शक्ति की जरूरत है, उतना भी अन्न नहीं मिल पाता, और दूसरा साढ़े तीन क्विंटल गेहूं की शराब एक बैठक में पी जाता है! राम सजीवन को पुरानी दिल्ली के जामा मस्जिद वाले इलाके के फुटपाथों पर, पुलिया के नीचे, अपने गांव के लोग दिखाई देते—उतने ही गरीब, उतने ही मैले, उतने ही भूखे। 'क्रांति की जरूरत है'—बाबू राम सजीवन ने सोचा।

यह उन्हीं दिनों की बात है जब बंगाल के उत्तरी-पूर्वी इलाके, दक्षिण में आंध्र प्रदेश और बिहार-उत्तर प्रदेश के भोजपुर इलाकों में भूमिहीन और छोटे किसान मिलकर आंदोलन छेड़ चुके थे। उन्हें मुठभेड़ों में मारा जा रहा था, जेलों में भरा जा रहा था। सरेआम उनकी आंखें फोड़ी जा रही थीं और अखबारों के पन्नों में ऐसी खबरें भरी रहती थीं।

राम सजीवन को लगा कि उनके मन में बचपन से ही गरीबों और असहायों के लिए गहरी करुणा रही है। उन्हें कई घटनाएं ऐसी याद आईं जब वे अपने घर से मक्का और चावल चुराकर कोलों के घर में दे आते थे, जहां कई दिनों से चूल्हा नहीं जला होता था। अपने पुराने कपड़े तो वे गांव के लड़कों को दे ही देते थे।

मेधा और प्रतिभा राम सजीवन में तेज थी। उन्होंने समाज को जानने-समझने के लिए तरह-तरह की किताबें पढ़नी शुरू कीं। 'पूंजी' पढ़ डाली, 'एंटी ड्यूहरिंग', 'एट्टींथ ब्रूमेर ऑफ लुई बोनापार्ट', 'होली फेमिली' से लेकर लेनिन और माओ के विचारों का अध्ययन किया। और धीरे-धीरे समाज का एक खूब साफ नक्शा उनके दिमाग में बनने लगा।

लेकिन गांव छोड़े दस साल हो रहे थे। फैलोशिप मिलती थी, इसलिए वहां जाने की जरूरत कभी हुई नहीं और धीरे-धीरे गांव के लोगों के मटैले और ठोस चेहरे उनके दिमाग में धुंधले और अमूर्त होने लगे। खेत गायब हुए, चीजों को गल्ले में बदलकर देखने का पुराना किसानी ढर्रा बिसर गया। हलवाहों के पसीने की जानी-पहचानी गंध, बकरियों की बू के साथ पता नहीं कहां उड़ गई। अब उनके दिमाग में समाज की वर्गीय बनावट तो साफ थी, लेकिन लोगों के चेहरे गायब हो चुके थे।

विश्वविद्यालय का हॉस्टल था, जिसमें सजीवन रहते थे। जींस पहनते थे, उसके ऊपर कुर्ता और दाढ़ी। चश्मा लगाने लगे थे। संगठन में सक्रिय थे और संगठन के कार्यकर्ता उन्हें बहुत बड़ा चिंतक और लेखक मानते थे। राम सजीवन तीसरी दुनिया

के सबसे आधुनिक विश्वविद्यालय में रहते हुए अवध के किसान आंदोलन पर डी०लिट्० कर रहे थे।

राम सजीवन का कमरा भी देखने लायक था। उसमें कभी झाड़ू नहीं लगती थी। गर्द और मकड़ी के जालों के बीच कुछ किताबें और अखबार बिखरे रहते। रजाई पुरानी थी और जब वे सोते तो उसकी रुई उनकी दाढ़ी और बालों में उलझ जाती। वे बारह बजे सोकर उठते, कमरे में ही ज्यादातर रहते और समाज के बारे में लेख आदि लिखा करते। फैलोशिप इस बीच मियाद पूरी हो जाने के कारण बंद हो गई थी, इसलिए आर्थिक अड़ंगा पैदा हो रहा था। जितनी ही आर्थिक दिक्कत आती, राम सजीवन खुद को जनता के और निकट पाते। उनके लेखों में असमानता के खिलाफ आग और तेज हो उठती। उन्होंने हॉस्टल के कमरे में रहते हुए जनता से जुड़ने, अनुभवों और विश्वदृष्टि के स्तर पर सर्वहारा वर्ग में स्वयं को विलीन करने के लिए वर्गच्युत (डीक्लास) होने की जरूरत के बारे में लिखा।

लेकिन वे परिश्रम नहीं करते थे, परिश्रम करने वालों के बारे में लिखते जरूर थे। महीनों तक कपड़े नहीं धोते थे। नहाते नहीं थे। दाढ़ी में तो खैर सर्वहारा का अधिनायकवाद लागू हो ही चुका था। अपने कमरे की साफ-सफाई पर उनका ध्यान नहीं जाता था। उन्हें देखकर यह जरूर लगता कि वे वर्गच्युत हो चुके हैं।

और तभी तीसरी दुनिया के उस सबसे बड़े विश्वविद्यालय के अधिकारियों ने छात्रों की मांग को ध्यान में रखते हुए, दूसरे विश्वविद्यालयों के सामने एक आदर्श उदाहरण प्रस्तुत किया। 'सहशिक्षा' के साथ-साथ 'सहवास' या 'सहआवास' का उदाहरण।

जिस छात्रावास में राम सजीवन रहते थे, उस छात्रावास का आधा ऊपरी हिस्सा छात्राओं के रहने के लिए कर दिया गया। छात्रावास अंग्रेजी के 'एच' के आकार का बना था। दक्षिण तरफ की डंडी में लड़कों की तिमंजिली इमारत थी, जिसकी हर मंजिल पर सौ कमरे थे, उत्तर वाली डंडी के कमरों में लड़कियां रहती थीं और दोनों को जोड़ने वाले बीच के डंडे में मेस था, जहां लड़के-लड़कियां ब्रेकफास्ट, लंच और डिनर लेते थे। इस तरह बैलगाड़ियों और अस्सी प्रतिशत भुक्खड़ों के देश में वह विश्वविद्यालय ससेक्स की किसी शिक्षा संस्था की तरह सहशिक्षा, सहवास और सहभोज के हवाई मार्ग पर उड़ पड़ा।

विश्वविद्यालय के ज्यादातर लड़के-लड़कियां 'हैलो-हाय संप्रदाय' से आते थे, यानी ऐसे उच्च वर्गों से, जहां कॉन्वेंट की पृष्ठभूमि के अलावा नाच-गाना और हंसना-रोना भी उसी तरह का होता है। राम सजीवन ने बड़ी मेहनत, साधना और

लगन से अंग्रेजी का ज्ञान अर्जित किया था, लेकिन वे समझते तो खूब थे, बोलने में उनका खास बिहारी लहजा आड़े आ जाता था। 'ए भेरी गुड ईभनिंग' जैसे वाक्य तो वे बचा ले जाते, लेकिन बचपन से 'वी' की जगह 'भी' की रटाई उनकी जिह्वा के संस्कारों के अंतरतम तक पैठ चुकी थी। उन्हें कभी-कभी लगता कि संस्कार कुछ विशिष्ट संदर्भों में चेतना से ज्यादा शरीर को पकड़ते हैं। उनकी चेतना स्लाइस की होती लेकिन जीभ कढ़ी की मांग करती।

'एच' की दक्षिणी डंडी की सबसे ऊपरी मंजिल के कमरा नंबर तीन सौ आठ की बालकनी में राम सजीवन खड़े थे। 'एच' की उत्तरी डंडी की सबसे ऊपरी मंजिल के कमरा नंबर तीन सौ सोलह की बालकनी में वह लड़की निकल आई थी, जो उधर रहती थी। दोनों बालकनियां आमने-सामने थीं। राम सजीवन ने आखिर उधर देखा। वह लड़की उन्हीं की ओर देख रही थी। आंखें बड़े ऐंद्रिक ढंग से लगभग एक-दूसरे का शरीर सहलाते हुए मिलीं और इस इंद्रिय बोध से निकलती ऊष्मा से राम सजीवन को सात्त्विक कंप हो गया। ललाट और नासिकाग्र पर स्वेद कण झिलमिला उठे। यह रीतिकालीन काव्य शास्त्रीय शृंगार लक्षण थे। अब मूर्च्छा की बारी थी, जिससे राम सजीवन बचे। उन्होंने अपने आप को उदासीन, गंभीर और कुछ-कुछ लापरवाह जैसा बनाया। लड़की थोड़ी देर तक बालकनी में रहने के बाद अंदर चली गई। इस बीच राम सजीवन अपनी बालकनी से हटे तो नहीं, लेकिन उन्होंने फिर उस लड़की की दिशा में देखा नहीं। हां, उसकी मौजूदगी को वे कभी अपनी पीठ पर और कभी अपनी कनपटी पर महसूस करते रहे। वह लड़की उन्हें एक उजली हरी परछाईं की तरह लग रही थी, जो अचानक बहुत आत्मीय, घरेलू और घनिष्ठ हो उठी थी।

दोपहर मेस में खाना खाते समय उन्होंने चारों ओर सतर्क और उत्सुक नजरें दौड़ाईं, लेकिन कहीं कुछ नहीं। बहुत-सी लड़कियां खा रही थीं, लेकिन मामला जादुई बन गया था। एक नजर में सारी लड़कियां उन्हें बालकनी की लड़की लगने लगतीं और दूसरे ही पल हर लड़की कोई और साबित हो जाती। खाना खाते हुए वे यह खेल विभोर होकर खेलते रहे।

राम सजीवन कमरे में ही थे, जब उनके मन में एक संगीतपूर्ण मीठे संदेह ने आंखें खोलीं। वह लड़की अपनी बालकनी पर थी और निश्चित ही राम सजीवन की बालकनी की ओर देख रही थी। वे अपने कमरे में अंधेरा करके खिड़की से उसे समूची रागात्मकता के साथ देख रहे थे। रंग खूब गोरा। आटे और महावर वाला भी नहीं, मक्खन और गुलाब वाला। बहुत हलका सफेद बनियान जैसा 'टॉप'। खुली बांहें। नीचे तक खुला हुआ गला और जांघों पर फेड हुई जींस की विदेशी नीली पैंट। उम्र

बीस के इधर या उधर। उन्हें लगा जैसे अजंता की किसी यक्षिणी को आधुनिक कपड़े पहना दिए गए हों। इस लड़की के गले में आवाज कैसी होगी—और हिंदी कितनी बदलकर वूडू में डूबकर निकलेगी।

वे बालकनी में निकले। लड़की गजब हिम्मत और बेफिक्री से उनकी ओर ताक रही थी। संस्कारों का फर्क है। मुहल्ले-गांव की होती तो आंख न उठाती या नीचे वाला पार्क देखने लगती। अचानक नजरें मिलीं। आह! यह एक लड़की की नजर थी। बहुत कुछ समझा दिया उस दृष्टि ने। कितने-कितने अर्थ उसमें थे। यह परिचय था—पहला। बाबू राम सजीवन को बचपन में देखी गई रामलीला का जनकवाटिका प्रसंग याद हो आया, फिर जयशंकर प्रसाद, मैथिलीशरण गुप्त से होते हुए वे शमशेर तक पहुंचे—

हां, तुम मुझसे प्यार करो
जैसे हवाएं मेरे सीने से करती हैं,
जिनको वह गहराई तक दबा नहीं पातीं।
जैसे मछलियां लहरों से करती हैं…
तुम मुझसे प्यार करो
जैसे मैं तुमसे करता हूं।
आईनो, रोशनाई में घुल जाओ
और आसमान में मुझे लिखो और मुझे पढ़ो।
आईनो, मुस्कराओ और मुझे मार डालो
आईनो, मैं तुम्हारी जिंदगी हूं।

लड़की जा चुकी थी और अब वे नेरूदा में खोए हुए थे—'टुडे आई केन राइट सेडेस्ट लाइंस… ।'

सुबह उन्होंने होस्टल के उत्तरी गेट के चौकीदार कुमाऊंनी धीरज सिंह नेगी से पूछा कि क्या वह कमरा नंबर तीन सौ सोलह में रहने वाली लड़की के बारे में जानता है, तो उसने कहा, "उसको कौन नहीं जानता? वो तो लंदन से आई हुई ठहरी यहां। पिता केन्या में बहुत बड़ी फैक्टरी चलाने वाले हुए, कहा। यहां आने के पहले बेबी लंदन में सात साल पढ़ के आने वाली हुई, बड़ा मीठा स्वभाव पाया उसने कहा। सी०पी०एस० में रिसर्च करने वाली हुई।"

'यह तो 'कसप' नाम के उपन्यास से निकला आदमी मालूम होता है।' राम सजीवन ने सोचा। "नाम क्या है उसका?" उन्होंने डरते-डरते पूछा।

"पंडित जी, तुम्हारा इरादा तो नेक ही दीखे मुझे। नाम उसका हुआ अनीता चांदीवाला। गुजरात की हुई, पर गुजराती न जानने वाली ठहरी। हिंदी बोलने में भी जगह-जगह रुकने वाली हुई।"

फिर चौकीदार धीरज ने उनकी ओर देखा, बीड़ी का गहरा सुट्टा खींचकर धुआं निकालते हुए हंसने लगा। खांसी और हंसी के बीच उसने बाईं आंख दबाई और कहा—"माल लेकिन असली फटाका हुआ ठहरा।"

लुंपेन है यह। राम सजीवन ने सोचा। कामगार वर्गों के ऐसे लोगों में वर्ग चेतना पैदा करने के लिए अभी बहुत गहरी शिक्षा की जरूरत है। भारत की कम्युनिस्ट पार्टियां यही काम नहीं कर रही हैं, इसीलिए तो मजदूरों, किसानों और छोटे कर्मचारियों के बीच उनका जनाधार नहीं है। अब इस चतुर्थ श्रेणी के कर्मचारी चौकीदार को ही देखो—उसका यह घोर स्त्री-विरोधी रुख सामंती और पूंजीवादी समाज की पतित मूल्य-व्यवस्था की देन है।

राम सजीवन गुस्से में वहां से चले गए। इस पेचीदा मुद्दे पर सोचते हुए कि ऐसे लोगों को उनके आर्थिक-सामाजिक वर्गों के आधार पर परिभाषित किया जाए, या उनकी मूल्य-चेतना, संस्कार, विचार और व्यवहार के आधार पर।

अनीता चांदीवाला। इस पूरे नाम में एक संगीत है। अनीता—अन्नी-अन्नू, अनु—इसके कई रूप हो सकते हैं। 'चांदीवाला' सरनेम इस स्वप्न जैसे नाम को लौकिकता और भौतिकता प्रदान करता है। अब राम सजीवन के दिन का ज्यादातर समय सामने की बालकनी को देखने और इस नाम को अकेले में बोलकर उसे अपने भीतर तक महसूस करने में गुजरता। वे कमरे में, रजाई ओढ़कर, लेटे-लेटे धीरे से बोलते, जैसे सामने बैठे किसी को संबोधित कर रहे हों—'अन्नी, तो उलिसिस कैसी लगी?' फिर वे मौन होकर जेम्स जोयस के बारे में उसका जवाब सुनते। जवाब हिंदी में भी होता और मुश्किल से बनाई गई अंग्रेजी में भी।

एक दिन उन्होंने कमरे में, रजाई के भीतर ही उससे 'हीट एंड डस्ट' और 'ज्वेल इन दा क्राउन' फिल्मों के बारे में पूछा। अनीता चांदीवाला ने अंग्रेजों के 'ब्रिटिश राज नास्टेल्जिया' के बारे में विस्तार से बताया। उसने बताया कि किस तरह इंग्लैंड के लोग अपने साम्राज्यवादी अतीत से बेतहाशा प्यार करते हैं, अंगूठे के बराबर सिकुड़ जाने के बावजूद अपने देश को 'ग्रेट' ब्रिटेन बोलते हैं और भारत के इतिहास को कैसे अपने मनमाफिक बदलते-तोड़ते हैं। फिर उसने कहा—'फॉर एकजांपल, दि लेटेस्ट फिल्म, इन प्रॉसेस ऑफ प्रोडक्शन—'ट्रांसफर ऑफ पावर' पुट्स, दैट दि वेरी कॉन्सेप्ट ऑफ डोमिनिकन स्टेटस फॉर इंडियन रिपब्लिक वाज नॉट डिमांडेड बाय

नेशनलिस्ट्स—नेहरूज, पटेल्स, एटसेटरा···एटसेटरा, बट इट वाज अ सजेसचन बाय दि लास्ट वायसराय माउंटबैटन···'

इस लड़की के विचारों में जागरूकता भी है और अपने इतिहास को देखने का एक सही दृष्टिकोण भी। बस अगर उसे समाज के मौजूदा हालात के बारे में वैज्ञानिक तरीके से समझा दिया जाए और जनता से जोड़ दिया जाए तो वह संगठन में बहुत महत्त्वपूर्ण भूमिका निभा सकती है। राम सजीवन अपने पलंग पर रजाई छोड़कर बैठ गए और कहा—'अब्साल्यूटली करेक्ट···भ्वाट दे हैव इन, यू सी, दे हैव टर्नड अवर नेताजी सुभाष बोस, इन टु ए फन्नी पोलिटिकल जोकर···'

ह्वाट को 'भ्वाट' बोल जाने पर उन्हें गहरी ग्लानि हुई। उन्होंने पक्का इरादा किया कि अपनी अंग्रेजी पर टाट-पट्टी स्कूल की परछाईं तक नहीं पड़ने देंगे आइंदा।

अनीता चांदीवाला अब भी अपनी बालकनी में निकलती। कभी-कभी नहाकर अपने बाल सुखाने वह वहीं खुली हवा में खड़ी हो जाती। खुली बांहें। बेफिक्री में उठी हुई भुजाएं, शैंपू किए हुए सूखते और अलग-अलग उड़ते बाल···राम सजीवन अपने कमरे में अंधेरा करके चुपचाप देखते और उनकी अत्यंत आत्मीय फुसफुस वार्ता शुरू हो जाती।

एक दिन, बड़ी हिम्मत और लंबी प्रतीक्षा के बाद, अंतिम निर्णय लेकर उन्होंने कहा—'अनु, आई लव यू।' पूरा कमरा देर तक इस वाक्य के संगीत में बजता रहा। माडेंनिया और इंटीमेट की खुशबू पूरे कमरे में तैरती रही। बचपन की बड़ी सघन और तेज किलकारी ने राम सजीवन के हृदय में ज़न्म लिया और वह गले से निकलती-निकलती रुकी और उंसने उनके पूरे शरीर को किसी कमजोर पेड़ की तरह झकझोर दिया। वे कांप रहे थे। शरीर का तापक्रम बढ़ गया था और इस छोटे-से वाक्य को बोलने में ही उन्हें अपने शरीर की बहुत सारी ऊर्जा, सांस और लहू दांव पर लगाना पड़ा था। लेकिन एक बार इसे बोल जाने के बाद वे काफी मुक्त और हलका महसूस कर रहे थे। वे बेतहाशा खुश थे और हेमंत कुमार का गीत गाने लगे।

खुशी उन्हें दुहरी थी, इसलिए कि उन्होंने इस निर्णायक चिर प्रतीक्षित वाक्य में 'लभ' को 'लव' बोल डाला था। अनायास बिना किसी कोशिश के और यह एक कमाल था। देहाती, निम्न-मध्यवर्गीय, पिछड़ी, हीन भावना को उन्होंने एक जोरदार पटखनी दे दी थी और वह कमरे के फर्श पर चारों खाने चित पड़ी कराह रही थी।

एक बार राम सजीवन ने यह अनुभव किया कि वह लड़की देर से अपनी बालकनी में खड़ी है और वह उनकी प्रतीक्षा में है। वह वहां से हट ही नहीं रही थी। उदास थी और शाम की ढलती धूप को देख रही थी। राम सजीवन कमरे से निकलकर

अपनी बालकनी में आ गए। वह लड़की वहीं खड़ी रही जैसे उसने पूरी आत्मीयता और मौन कृतज्ञता के साथ उनकी उपस्थिति को स्वीकार कर लिया हो। अपनी बालकनी के लोहे की गुनगुनी रेलिंग पर उन्होंने कुहनियां टेकीं और झुककर टिक गए। लड़की फिर भी वहीं रही। संबंध प्रगाढ़ होता चला गया। हवा में एक बहुत समझदार आत्मीयता और स्वीकृति थी। कहने की कोई और जरूरत नहीं रह गई थी। यह वही क्षण था जहां भाषा व्यर्थ होती है। 'मौन मधु हो जाए...' यह वाक्य उनके दिमाग में तैरा। फिर सच्चिदानंद हीरानंद वात्स्यायन अज्ञेय की पंक्ति उभरने लगी—'मौन ही भाषा है।'

राम सजीवन ने खुद को कोसा कि कैसे-कैसे प्रतिक्रियावादी कवियों की रचनाएं उनके दिमाग में आ रही हैं। लेकिन बड़ी कोशिशों के बाद भी बाबा नागार्जुन और आलोक धन्वा की कोई कविता याद नहीं आ रही थी। उन्हें क्रांतिकारी प्रेम कविताओं के लिए या तो विदेशी क्रांतिकारी कवियों या देशी प्रतिक्रियावादी कवियों का मोहताज होना पड़ रहा था। उन्होंने याद किया कि 'स्लीपिंग प्रिंसेस' के बारे में लेनिन का कहना क्या था? प्रेम और स्वप्न को लेनिन ने भी क्रांतिकारियों के लिए जरूरी माना था और इसी वक्त राम सजीवन ने निर्णय लिया कि वे क्रांतिकारी प्रेम कविताएं लिखेंगे। हिंदी में इसकी कमी पूरी होनी ही चाहिए। आखिर नेरूदा, नाजिम, लोर्का, मायकोवस्की वगैरह भी तो क्रांतिकारी थे, जिन्होंने इतनी अच्छी प्रेम कविताएं लिखीं। हमारी हिंदी में यह काम धर्मवीर भारतियों, नवगीतकारों और नीरजों आदि के खाते में डाल दिया गया है। बंगला के जीवनानंद दास जैसे कवि तो दुर्लभ ही हैं हिंदी में।

सिर्फ संगठन ही नहीं, संगठन के बाहर के परिचित लड़के भी जान चुके थे कि राम सजीवन को आजकल प्रेम हो गया है। उन्होंने स्वयं यह बात सबको बताई थी। वे बहुत सरल, सीधे और भावुक थे। जो उनके खास मित्र थे, उनके पास, वे अकसर रात में पहुंच जाते और इस प्रेम की विभिन्न विकास अवस्थाओं के बारे में बतलाते। उन्होंने अपने मित्र, नवीन ढौंढियाल को बतलाया था कि "वह लड़की चाहती है कि मैं कुछ बोलूं। उससे कुछ कहूं। कल शाम हम लोग आधे घंटे तक आमने-सामने की बालकनी में चुपचाप खड़े रहे। तुम लोग इसे समझ नहीं सकते, यह एक अनोखे किस्म का प्रेम है, देखो, अभी तक हमने एक वाक्य नहीं बोला है, एक-दूसरे से बात नहीं की है, लेकिन हम लोग उस 'स्टेज' तक पहुंच चुके हैं, जहां तक अमूमन साधारण और चालू संवेदनशीलता के लोग महीनों साथ-साथ रहकर, घूम-फिरकर पहुंचते हैं। वह वहां खड़ी रहती है चुपचाप, मैं यहां खड़ा रहता हूं

खामोश। हम दोनों एक-दूसरे की मौजूदगी को 'फील' करते हैं।"

एक शाम उन्होंने अपने दूसरे दोस्त शिरीश मिश्र को बतलाया—"आजकल मैं विशेष परिवर्तन महसूस करता हूं। लगता है, अनीता इस संवादहीनता से ऊब रही है। फिर उसकी उम्र भी तो मेरे मुकाबले कम से कम पांच-छह साल कम है। इतनी परिपक्वता कहां से आ सकती है इतनी जल्दी? बहुत दिन हो भी गए हैं इस तरह। एक तरह की 'मॉनोटॅनी' एक तरह का दोहराव और एकरसता पैदा हो गई है हमारे संबंधों के बीच। आखिर है तो वह लड़की ही। इस 'सेकेंड सेक्स' का पूरा मनोविज्ञान बिलकुल अलग होता है। पहल तो वह सिर्फ बंबइया फिल्मों में ही करती है। इसीलिए इन कमर्शियल फिल्मों को मैं यथार्थ-विरोधी मानता हूं। उन्होंने दर्शकों के दिमाग में सिर्फ अवास्तविक यथार्थ की इमेज ही नहीं बिठाई है, बल्कि उन्होंने इतने बड़े संचार माध्यम की मार्फत एक अवास्तविक स्त्री की धारणा को भी खूब फैलाया है। नतीजा देखो, हर शहर और कस्बे का मध्यवर्गीय छोकरा खूब कंघी-वंघी करके, सज-धज के किसी हीरो को डुप्लीकेट करता है और सोचता है कि उसे देखकर कोई भी लड़की उस पर मर-मिटेगी और गाना गाने लगेगी।"

राम सजीवन ने नवीन ढौंढियाल से कहा—"अब सारा मामला बड़े 'क्रिटिकल जंक्चर' तक पहुंच गया है। मैंने 'मार्क' किया है कि मेस में खाना खाते वक्त कभी-कभी वह मेरी ओर जानबूझकर देखती है। आज दोपहर लंच में उसने अपना चम्मच जोरों से फर्श पर गिरा दिया था, जिससे मैं उसकी ओर देखने लगूं। दरअसल उस वक्त मैं कहीं और देख रहा था।"

एक बार वे रात दस बजे पहुंचे और उन्होंने किसी गहरे रहस्य को प्याज की तरह पर्त दर पर्त खोल के कहा—"तुमने अनीता की एक चीज पिछले पांच-छह दिनों में नोट की है? वह आजकल इतना ज्यादा 'स्लीवलेस' पहनती है कि सिर्फ बांहें ही नहीं, बगलों के नीचे का काफी हिस्सा खुला हुआ रहता है। और आज उसने जो हरे रंग का 'टाप' पहन रखा था, उसका गला इतना खुला हुआ था—इतना खुला हुआ था कि समझ लो, मॉड लड़कियां भी ऐसा दुस्साहस नहीं कर सकतीं। तुम इसे अनीता की बेशर्मी कहोगे? लेकिन बंधु प्यारे, ऐसा है नहीं। यह उसका एक संकेत है। यह उसकी बेचैनी और खीझ की अभिव्यक्ति है। इतना उत्तेजक कपड़ा पहनकर, अपने शरीर को इतना खोलकर वह मुझसे कहना चाहती है कि मैं अपनी मौजूदा निर्णयहीनता को तोड़ूं। मैं उससे साफ-साफ बात करूं। आखिर लड़की अपने शरीर के माध्यम से ही तो मौन को भाषा में बदलती है।"

कल्याण कुमार दास ने कहा—"यार, तुम लड़की से सीधे बात क्यों नहीं कर

लेते? जाकर उससे कह दो कि मैं आपसे कुछ जरूरी बात करना चाहता हूं। तुम खामख्वाह बैठे-बैठे मकड़जाल बुनते रहते हो।"

राम सजीवन आहत हुए। यही बात अनीता ने कितने अनोखे तरीके से, अपने सुंदर युवा शरीर से मौन को भाषा में बदलते हुए, कितने गोपन ढंग से कही थी, और वही बात कल्याण कुमार दास कितने भोंडे और फूहड़ तरीके से कह रहा है। आखिर इस पूंजीवादी समाज-व्यवस्था ने जिस उपभोक्तावादी मानव-समूह को पैदा किया है, वह हर चीज को एक 'जिंस', एक 'कमोडिटी' ही तो समझता है। जैसे लड़की बिकने के लिए तैयार बैठी हो और मैं एक्सचेंज की बाजारू भाषा बोलकर उसका मोल-भाव कर डालूं और उसे पटा लूं।

लेकिन ऊपर से राम सजीवन चुप ही रहे। उन्होंने चलते हुए कहा—"हां, बस एक सही समय के इंतजार में हूं यार! वैसे बाय द वे, हमारे इस प्रेम को तुम जैसा समझते हो, वह वैसा है नहीं। गुरु, यह एक अलग और अजब तरह का खेल है। इसका मर्म पहले घनानंद भी जानते थे—'अति सूधो सनेह को मारग है…' यहां कोई कपट नहीं, कोई छिपाव नहीं। हम दोनों एक-दूसरे के लिए बिलकुल निशंक पारदर्शी हैं। एक-दूसरे से हमारा कुछ भी छिपा नहीं, रही बात आमने-सामने बैठकर, या खड़े होकर, या लेटकर, या चलते-चलते बात करने की, तो वह कोई ऐसी बड़ी तोप चीज नहीं। बंधु प्यारे, वेट करो। देखते चलो। वो भी हो जाएगा। जो-जो तुम सोचते हो, सब हो जाएगा।"

बीच में लड़की दस दिनों के लिए कहीं बाहर चली गई थी। उसके कमरे की पिछली खिड़की खुली रह गई थी। राम सजीवन चुपचाप अपने कमरे में लेटे-लेटे या बालकनी में खड़े होकर उस ओर देखते रहते। लड़की की यह अनुपस्थिति और उसकी पिछली खिड़की का खुला रह जाना भी उन्हें कई-कई अर्थों से भरा हुआ लगा। आखिर अपने प्रेम के लिए जैसा 'फोर्म' उन्होंने चुन रखा था, उसमें भाषा के अलावा बाकी सारी चीजें भाषा थीं, संकेत थीं, उनमें कई-कई अर्थ थे।

उन्होंने शाम को अनीता की खिड़की खुली रह जाने के बाबत शिरीश मिश्र को बतलाया तो उसने कहा—"राम सजीवन जी, हमको तो ई लगने लगा है कि अब आप पगला जाएंगे। आप कुछ करेंगे-धरेंगे नहीं, कोठरी में दिन-रात घुसे इहे सब सोचेंगे। रउआ हमका बताई, भला ऊ लड़की आपको जानती-बूझती भी है? जाके पूछे लीं ओसे कि का आपको हमार नामो मालूम है कि नहीं, जाईं।"

राम सजीवन फिर आहत हुए, मर्मांतक चोट लगी। इतनी सीधी और निष्कवच बातें उन्हें 'वल्गर' लगती थीं। उन्हें इस आध्यात्मिक सत्य पर पिछले दिनों अच्छी

तरह यकीन हो गया था कि प्रेम कभी भी इतना सघन और तीव्र हो ही नहीं सकता, जब तक वह दोनों तरफ बराबर न हो। उन्हें पूरा भरोसा था कि जिस तरह उन्होंने चौकीदार धीरज सिंह नेगी से अनीता के बारे में पूछा था वैसे ही अनीता ने जरूर उससे उनके बारे में पूछा होगा। यह विश्वास इतना दृढ़ और इतना सत्य लगता था कि उसे किसी भी तरह से 'वेरिफाई' करने की जरूरत ही नहीं थी। फिर उन्हें ऐसा करते हुए एक अजीब-सा डर भी लगता था। कहीं ऐसा न हुआ तो?

पूंजीवाद मानवीय कलाओं का सबसे बड़ा और निर्मम शत्रु होता है। उन्होंने चालू दुनियादार ढर्रे का प्रेम न करके एक सुंदर रचना को गढ़ने की कोशिश की थी। यहां प्रेम एक रिश्ता नहीं, एक कला था, एक उत्कृष्ट मानवीय कलाकृति, लेकिन पूंजीवादी व्यवस्था का ही यह दुर्दांत प्रकोप था कि अपने निकट से निकट के दोस्तों से भी वे संवाद नहीं बना पा रहे थे। 'एलियनेशन' संबंधों के बीच अपरिचय के विंध्याचल खड़ा कर रहा था। उन्हें चेखव की 'ग्रीफ' कहानी याद आई, जिसमें अपने भीतर की पीड़ा को कहने के लिए नायक को कोई नहीं मिलता और आखिर में अपने घोड़े के गले से लिपटकर वह रोता है।

राम सजीवन को कोई घोड़ा तो नहीं मिला, लेकिन उन्होंने रात में एक कविता लिखी–'खुली खिड़की का अर्थ' जिसकी शुरू की पंक्तियां थीं–

...शिरीश मिश्र
तुम नहीं जानते कि
इतिहास में खुली रह गई एक अकेली
खिड़की का क्या अर्थ होता है
लेकिन मैं जानता हूं
खुली खिड़की का एक भविष्य होता है
जिसमें से प्रतिज्ञाओं और संकल्पों की रोशनी फूटती है।
वगैरह-वगैरह...

एक दिन दोपहर राम सजीवन दौड़ते-दौड़ते कल्याण कुमार दास के कमरे में पहुंचे। नवीन ढौंढियाल भी वहां बैठा हुआ था।

राम सजीवन के चेहरे से खुशी के मजबूत और गदराए पेड़ की हरी फुनगियां बाहर निकलकर हिल रही थीं। फेफड़ों में ढेर सारे गुड़हल और कनेर के फूल भरे हुए लग रहे थे। लगता था जैसे वे खुशी के किसी गैस के गुब्बारे के साथ बांध दिए गए हों और उनके पैर जमीन पर पड़ते हुए जैसे कोई भार न डालते हों, बस हलके

से धरती को छूते भर हों, ऊपर-ऊपर से।

राम सजीवन ने एक ही सांस में कहा, "आज गजब हो गया। अब सब कुछ बदल चुका है। यह एक ऐसा मोड़ है, जहां सारी चीजें नए सिरे से शुरू होती हैं।"

"हुआ क्या? क्या बातचीत हो गई?" ढौंढियाल ने पूछा।

"बातचीत को तुम लोग इतना महत्त्व क्यों देते हो? यह समझ लो कि मेरी अब तक की रीडिंग बिलकुल सही निकली। आज मैं बस स्टॉप पर खड़ा था। उसने पूछा—'एक्सक्यूज मी प्लीज! ह्वेदर बस नंबर ट्रिपल सिक्स इज गॉन?' मैंने कहा—'इट इज येट टु कम।' वह मुस्कराई, थैंक यू कहा और फिर स्टॉप पर ही खड़ी हो गई।"

कल्याण कुमार दास ने राम सजीवन को पूरी सहानुभूति से देखा और पूछा—"तो महोदय, इसमें आपका चिंतन कौन-सा संकेत ढूंढ़ता है?"

राम सजीवन फिर मर्माहत हुए। उनका चेहरा तमतमा आया। "वैसे तो ये सारी बातें ही तुम लोगों के लिए फिजूल हैं, लेकिन अगर तुम सब अपने ही तर्कों के जरिए सारी बातों को समझना चाहते हो तो यह बताओ कि उस वक्त बस स्टॉप पर कम से कम बीस और लड़के खड़े थे। अनीता ने यह सवाल मुझसे, सिर्फ मुझसे ही क्यों पूछा?"

इस प्रश्न का उत्तर न कल्याण कुमार दास के पास था और न ही नवीन ढौंढियाल के पास।

एक दिन शाम छह बजे के लगभग राम सजीवन ने देखा कि अनीता ने अपनी बालकनी से एक कागज का टुकड़ा नीचे गिराया, उनकी ओर देखा, जरा-सी ठहरी और फिर अंदर चली गई।

सब समझ गए राम सजीवन। वे सीढ़ियां उतरकर नीचे पहुंचे। हवा चल रही थी और वहां हरी घास पर ढेरों कागज के टुकड़े थे। यहां-वहां हर तरफ। धीरे-धीरे कांपते-हिलते। कुछ एकदम चुप और स्थिर जैसे मिट्टी में अपनी जड़ें फेंक चुके हों।

कौन-सा है वह कागज? कैसे उसे पहचानें? क्या लिखा होगा उसमें? रात आठ बजे तक लोगों ने देखा, बाबू राम सजीवन अपने कुर्ते की ओली बनाकर वहां के सारे कागजों को बीन रहे हैं। वे चलने को तैयार होते तभी कहीं कोई और छोटी-सी चिंदी, घास के नीचे हिलती दिखाई पड़ जाती। वे उत्तेजना में कांपते हुए उसे उठाते।

उस रात दो बज गए। उन्होंने अपने कमरे की बत्ती जलाए रखकर सारे टुकड़ों को खोल-खोलकर, अच्छी तरह से उलट-पलटकर देखा। एक बार सबको देख चुकने के बाद उनके मन में शंका जागी और उन्होंने दुबारा उन्हें देखा। बीच में सोने की

कोशिश की लेकिन फिर एक तेज उत्तेजना, गहरी उत्सुकता और सांस रोक देने वाली व्याकुलता ने उनकी नींद उड़ा दी और वे लगातार कई-कई बार उन्हें एक-एक कर देखते रहे। उनके कमरे के फर्श पर, पलंग पर चारों ओर कागज की नन्ही-नन्ही तमाम रंगों की चिंदियां बिखरी हुई थीं और राम सजीवन उनके बीच बैठे थे।

राम सजीवन ने पूछा—'अनु, तुम्हें पता है, गांवों में लोग किस तरह से रहते हैं? बंजर जमीन और सूखे आसमान से लड़ते-जूझते उन लोगों की हड्डियां कैसे निकल आती हैं? सामंती दमन और महाजनी शोषण का एक कभी न खत्म होने वाला सिलसिला कैसे उनके जीवन को कीड़े-मकोड़ों से बदतर बना डालता है…'

अनीता की आंखें भीग गई थीं। राम सजीवन ने रजाई से अपना सिर ढांप लिया और फूट-फूटकर रोते रहे। लगभग तीन घंटे।

राम सजीवन की आंखें फटी-फटी और लाल रहतीं। लगता कि उनका लहू गालिब के मुताबिक सिर्फ रगों में दौड़ने-फिरने का ही कायल नहीं रह गया है, बल्कि आंखों में आकर ठहर गया है। मुंह खुला रहता तो खुला ही रह जाता। दाढ़ी किसी अफ्रीकी जंगल की तरह बेतरतीब और अराजक हो चुकी थी। पतलून के पायंचों में मिट्टी और धूल लगी होती।

जब कोई उनसे कुछ कहता तो कुछ समझने में उन्हें काफी वक्त लगता और अकसर वे कुछ और समझ जाते। फिर वे बड़ी आत्मीयता, बेफिक्री और निश्छलता से उसे अपने प्रेम के बारे में बताने लगते।

उस दिन बालकनी में अनीता के साथ एक बूढ़ी महिला खड़ी थी। कत्थई बॉर्डर की सफेद साड़ी पहने। बिलकुल बगुले के पर जैसे बाल। पतली सुनहरी कमानी का चश्मा। वे दोनों उनकी बालकनी की ओर देख रही थीं।

राम सजीवन ने हफ्तों बाद अपना चेहरा धोया। पानी की ठंडक से उनका मन खिल उठा। उन्होंने दूसरा कुर्ता पहना। बालकनी में निकले और आकाश की ओर देखकर मुस्कराए। फिर उन्होंने नेरूदा या और किसी भी कवि की कोई कविता याद करनी चाही, लेकिन पता नहीं क्यों बार-बार उनके दिमाग में बंकिम चंद्र की यही पंक्तियां घूमने लगती थीं—

शस्य श्यामलाम्, सुजलाम् सुफलाम् मातरम्, बंदे मातरम्!

राम सजीवन ने इन्हीं दिनों एक लेख लिखा—'समाज की वर्तमान आर्थिक-राजनीतिक स्थिति और वर्गीय अंतर्विरोधों की विकास अवस्था'।

यह लेख उनके संगठन में, रात में विशेष रूप से बुलाई गई बैठक में पढ़ा गया। राम सजीवन की वस्तुपरक दृष्टि और सामाजिक परिस्थितियों की वैज्ञानिक समझ की प्रशंसा की गई।

उस दिन राम सजीवन विश्वविद्यालय के कैफेटेरिया में देर तक बैठे रहे। सामने कुछ मेजों को छोड़कर अनीता बैठी थी। वह अपनी नोटबुक में कुछ लिख रही थी।

राम सजीवन अच्छी तरह जानते थे कि वह नोटबुक में कुछ लिख नहीं रही है। लिखने का सिर्फ अभिनय कर रही है और अगर वह वहां बैठी है तो सिर्फ इसलिए कि वे वहां बैठे हैं।

इन दिनों सबसे बड़ा संकट था कि कोई उनसे उनके प्रेम के बारे में कुछ सुनना नहीं चाहता था और उनके पास इसके अलावा कोई दूसरा विषय नहीं था।

संबंधों का लोप हो चुका था।

एक कारण यह भी था कि राम सजीवन अपने प्रेम के बारे में जो कुछ बतलाते, उसकी भाषा इतनी अलग होती थी कि उसे समझना और किसी के लिए संभव न था। उनके निकट के दोस्त भी उनसे कतराते। नवीन ढौंढियाल ने एक दिन बतलाया कि रात में करीब दो बजे राम सजीवन उसके कमरे में आए। उनकी आंखें चौड़ी और लाल थीं। कुर्ता फटा था और मैला था। लगभग आधे घंटे तक फ्रेंच जैसी किसी भाषा में बोलते रहे। बीच-बीच में हकलाते थे, मुंह से लार बहने लगती थी। फिर वे देर तक हंसते रहे।

नवीन ढौंढियाल, असलम अख्तर, शिरीश मिश्र, कल्याण कुमार दास सभी लोग मिलकर राम सजीवन के कमरे में पहुंचे। निर्णय लिया गया था कि राम सजीवन ने अपने चारों ओर जो संसार रच लिया है, उसे तोड़कर, उसे नष्ट करके ही उन्हें बचाया जा सकता है। शिरीश ने कहा, "उन्हें 'इंटेंस स्क्रीजो फ्रेनिया' है। उनके भ्रम को असलियत से टकराकर उसे तोड़ना पड़ेगा।"

"हम कोई दया नहीं करेंगे। बीवेयर ऑफ पिटी।" असलम ने नारा दिया।

राम सजीवन अपने कमरे में ही थे। रजाई में घुसे हुए। शिरीश मिश्र ने बात शुरू की—"देखिए सजीवन बाबू, सच्चाई तो ई है कि ऊ लड़की अभी आपका नामो नहीं जानती और न ही उसे पता है कि आप ऊ से प्यार कर रहे हैं, मजनूं की नाईं।"

"और यह भी सच है कि आप बिना कुछ किए, सोचते ही सोचते पागल हुए जा रहे हैं। चलिए हमारे साथ, हम आपको अनीता चांदीवाला से मिलवा देते हैं।"

"लेकिन सजीवन बाबू, ई बात आप अच्छी तरह से जान लें कि जउन वर्ग की

ऊ लड़की है, ऊ वर्ग में रउआ की हालत चपड़ासीऊ से गई-गुजरी है। रउआ का पता है कि नहीं कि ऊ लड़की का बाप केनिया में फैक्टरी चला रहा है और अनीता चांदीवाला कैंब्रिज में पढ़के इहां आई है।"

"आप हाथ-मुंह धोइए। अच्छे कपड़े-लत्ते पहनिए, दाढ़ी-दूढ़ी बनाइए और कायदे से रहिए, जब ऐसी लड़की से प्यार किया है तो जरा उसके माफिक बनिए।"

"और नहीं बन सकते तो फौरन अपनी दुनिया में लौट आइए। आंखें खोलिए, धूप को देखिए। वह लड़की किसी और संसार की है। आप किसी और दुनिया के वासी हैं गुरुदेव! जो आप वर्ग-वर्ग करते रहते हैं, वह खयाली पुलाव नहीं, एक ठोस सच्चाई है। इसे जानिए। वर्गीय अंतर्विरोध में सिर्फ संघर्ष ही नहीं होता, कविताएं ही नहीं लिखी जातीं, जलूस और नारे ही नहीं लगते। प्यार-व्यार जैसी कई चीजें भी उसके हाथों मारी जाती हैं।"

"राम सजीवन होश में आइए।"

"आप होश में नहीं आएंगे तो पागल हो जाएंगे।"

वे सब बारी-बारी से बोलते रहे। यह सब कुछ पहले से तैयार कर लिया गया था। यह एक क्रूर-निर्मम नाटक था।

राम सजीवन निस्पंद पड़े रहे। उसी तरह। फिर उन्होंने जोर-जोर से गाना शुरू किया। उनकी आंखों से आंसू बह रहे थे।

लोगों ने बाद में जाना कि यह गीता का दूसरा अध्याय था। आश्चर्य यह था कि वह बाबू राम सजीवन को याद था—पूरा का पूरा।

एक दिन हॉस्टल के वार्डन ने नवीन ढौंढियाल और कल्याण कुमार दास को अपने ऑफिस में बुलाया। वार्डन सदगोपाल ने उनके सामने एक अंतर्देशीय पत्र रखा, "इसे पढ़िए आप लोग और बताइए कि क्या किया जाए?"

वह प्रेम-पत्र था, जिसे बाबू राम सजीवन ने अनीता चांदीवाला को लिखा था और उसे कमरा नंबर 316 के पते पर पोस्ट कर दिया था। पत्र दो भाषाओं में था, अंग्रेजी में भी और हिंदी में भी। उसमें जीवनानंद दास, लोर्का, नेरूदा और टैगोर की पंक्तियां थीं। अपने हृदय के गहरे प्रेम का मर्मांतक और विदारक वर्णन था। कल्याण कुमार दास को वह पत्र किसी उत्कृष्ट क्लैसिक का एक अंश लगा।

वार्डन सदगोपाल ने कहा—"वह लड़की बहुत डर गई है। उसने सिक्योरिटी प्रोटेक्शन की मांग की है। आज सुबह ही उसे पत्र मिला। पहले तो उसे पता ही नहीं लगा कि किसने लिखा है, फिर उसने चौकीदार धीरज सिंह नेगी से पूछा। राम सजीवन ने अपना नाम-पता साफ लिख रखा है।"

"उस लड़की ने क्या कहा है?" ढौंढियाल ने पूछा।

"वह बहुत डर गई है।" वार्डन ने बतलाया–"कह रही थी कि पिछले दिनों से उसे ऐसा जरूर लगने लगा था कि एक पागल-सा आदमी लगातार उसे घूरता रहता है, लेकिन उसने पहले इसे गंभीरता से नहीं लिया था। अब बात दूसरी है। आप लोग कुछ कीजिए। वैसे मैंने उसे फिलहाल समझा दिया है। लेकिन अच्छा होगा, आप लोग राम सजीवन को कुछ दिनों के लिए उनके गांव भेज दें। यहां से बाहर रहेंगे, हवा बदल जाएगी तो शायद वे ठीक हो जाएं।"

रात की गाड़ी से राम सजीवन को जबरन उनके गांव भेज दिया गया। सभी लोग उनके साथ स्टेशन गए। असलम अख्तर को तो साथ-साथ गांव तक भेजा गया। वह तीसरे दिन उन्हें पहुंचाकर लौटा। बाबू राम सजीवन का कमरा उस हॉस्टल से बदलकर एक ऐसे हॉस्टल में किया गया, जिसमें सिर्फ लड़के रहते थे। उनकी गैर-मौजूदगी में उनका सारा सामान पहले वाले कमरे से निकालकर नए वाले कमरे में किया गया।

कुछ दिनों बाद वार्डन ने फिर कल्याण कुमार दास और नवीन ढौंढियाल को बुलाया और उनके सामने अंतर्देशीय पत्रों का एक पुलिंदा रख दिया। सभी पत्र राम सजीवन ने गांव से अनीता चांदीवाला को भेजे थे। अनीता चांदीवाला ने उन पत्रों को खोला भी नहीं था और चौकीदार धीरज नेगी के हाथों वार्डन के पास भेज दिया था।

वे पत्र मेज पर रखे थे। हवा में धीरे-धीरे कांपते; बिलकुल बंद, उन्हें किसी ने भी नहीं पढ़ा था। कल्याण कुमार दास ने उन्हें उठाकर अपने झोले में डाल लिया, जिसके भीतर गहरा अंधेरा था।

राम सजीवन अब फिर लौट आए हैं, एक साल तक गांव में रहने के बाद। अनीता चांदीवाला रिसर्च खत्म करके केनिया जा चुकी है। कल्याण कुमार दास एक अखबार में उपसंपादक हो गया है। नवीन ढौंढियाल को गोहाटी के किसी चाय बागान में अच्छी नौकरी मिल गई है।

राम सजीवन को पूरा यकीन है कि अनीता चांदीवाला अभी भी यहीं विश्वविद्यालय में है। वह उन्हें देख रही है। वे किसी अदृश्य इम्तहान में से गुजर रहे हैं।

राम सजीवन अभी भी समाज की वस्तुगत परिस्थितियों, दर्शन की भौतिकवादी परंपराओं, वर्गीय अंतर्विरोधों पर कभी-कभी लेख आदि लिखते रहते हैं।

डिबिया

डिबिया अभी तक मेरे पास है। कई वर्षों से। मैंने उसे कभी खोलकर भी नहीं देखा। लेकिन उसे खोलने का निर्णय पूरी तरह मुझ पर निर्भर करता है। समाज या कोई और, कोई दोस्त भी, मुझ पर यह दबाव नहीं डाल सकता कि मैं उसका ढक्कन सिर्फ इसलिए खोल दूं कि इससे मेरी बातों के प्रति उसका विश्वास पैदा हो जाएगा। नहीं तो, मैं कभी भी, जीवन-भर, विश्वसनीयता नहीं हासिल कर सकूंगा।

यानी, अगर मुझे अपने अनुभव की सत्यता को प्रमाणित करना है तो मैं उन लोगों के सामने अपनी उस डिबिया का ढक्कन हटा दूं, जो वर्ना मुझ पर विश्वास नहीं करते। मेरे अनुभव जिन्हें, वर्ना अविश्वसनीय लगते हैं।

लेकिन समस्या यह है कि यह कैसे पता चले कि उन लोगों का विश्वास हासिल करना, मेरे लिए इस डिबिया को खोलने के जोखिम और दांव से ज्यादा मूल्यवान है? यह भी तो हो सकता है कि उन सबको मेरी बात के प्रमाणित हो जाने पर सिर्फ मेरे एक इस अनुभव पर विश्वास हो जाए, लेकिन दूसरे बाकी अनुभवों को वे फिर भी अविश्वसनीय मानते रहें।

ऐसे में तो अपनी बातों को उन तमाम लोगों के सामने प्रमाणित करते-करते ही मैं बूढ़ा हो जाऊंगा। मर भी जाऊंगा। और तब भी मेरे बहुत-से अनुभव अप्रमाणित ही रह जाएंगे। यानी अंततः मैं उन लोगों के लिए अविश्वसनीय ही बना रहूंगा।

फिर एक सबसे बड़ी समस्या तो यह है कि अपने दूसरे बाकी अनुभवों का प्रमाण देने के लिए मेरे पास दूसरी डिबियां भी नहीं हैं। मैं किस तरह से अपने जीवन की सत्यता को इतने सारे लोगों के लिए प्रमाणित करता रहूं?

यही कारण है कि मैं उस डिब्बी का ढक्कन नहीं हटाता। अकेले में भी, दूसरों के सामने भी। क्योंकि संदेह मुझे कभी-कभी अपने ऊपर भी होता है। इतने वर्षों बाद मैं भी तो, उस एक अनुभव के लिए, एक दूसरा आदमी बन चुका हूं।

वह डिब्बी बचपन से मेरे पास है। उसकी कहानी बहुत छोटी-सी है। ऐसी भी नहीं कि वह अरुचिकर हो।

तो, था यह कि उस समय मेरी उम्र आठ साल की रही होगी। सातवें साल से

दूधिया दांत टूटने लगते हैं। लेकिन तब तक दाढ़ में वे दांत नहीं उग पाते, जिनसे अक्ल पैदा होती है।

हमारा घर गांव में है। पहले मिट्टी का घर था। छप्पर खपरैल की होती थी। अभी भी खपरैल की ही होती है। गांव से लगा हुआ जंगल था। जंगल में लंगूर बहुत होते थे। बल्कि लंगूर शब्द तो मैंने काफी बाद में सीखा, किताबों से। हम उन्हें काले मुंह का बंदर कहते थे।

और कौए बहुत होते थे। हमारी दादी खाना खाने के बाद दोपहर आंगन में कौओं को बुलाती थीं, खाना देने के लिए, तो वे पूरे आंगन में भर जाते थे।

लंगूर और कौए, दोनों हमारे घर की छप्पर के दुश्मन थे। लंगूर छप्पर पर दौड़ते तो खपड़े फूट जाते। कौए भी जगह-जगह से खपरैलों को हटा देते थे।

जहां-जहां खपरैलें फूट गई होती थीं, वहां से बरसात का पानी घर के अंदर टपकने लगता था। हम वहां खाली बाल्टी रख देते थे।

लेकिन जब बारिश न होती तो उन छेदों से धूप कमरे के भीतर फर्श पर गिरती थी। फर्श पर धूप के वे गोल टुकड़े बहुत रहस्यपूर्ण, आकर्षक और कुछ-कुछ जीवित लगते थे। वे टुकड़े सूर्य के साथ-साथ सरकते थे और उनका आकार भी बदलता जाता था। जिस टुकड़े को सुबह मैं किसी मछली के रूप में देख जाता था, दोपहर वह हाथी के रूप में होता या मुंह फाड़े हुए राक्षस की तरह। कभी-कभी किरणों का कोण या सूर्य की स्थिति बदलने से कोई टुकड़ा अदृश्य भी हो जाता। देखते-देखते वह छोटा होता जाता और फिर अंतर्धान हो जाता। अगले दिन ठीक उसी समय पर प्रकट होने के लिए। कभी-कभी कमरे में कई ऐसे टुकड़े दिखने लगते। फिर धीरे-धीरे छोटे वाले टुकड़े सब गायब हो जाते और जो सबसे बड़ा होता, वह सबसे देर तक टिकता।

इन टुकड़ों के साथ एक बात और भी थी। कमरे के अंधेरे में, जिस जगह वे गिरते, वहां अपने चमकदार अस्तित्व के चारों ओर, वृत्ताकार रोशनी का एक मद्धिम दायरा और बनाते थे। उस दायरे में आकाश का धुंधला प्रतिबिंब होता था। उलटा आकाश और हलके नीले रंग का। चिड़ियां कभी अगर ऊपर से जातीं तो कमरे के अंदर उनकी उड़ती हुई परछाईं गुजर जाती। रेंगते हुए बादल दिखते। कभी-कभी ये बादल उस टुकड़े को ही ढंक लेते। तब ऐसे में कुछ भी न बचता। न प्रतिबिंब, न टुकड़ा।

वे टुकड़े मुझे बहुत जीवित और जादुई लगते थे। मैं उन्हें अपने साथ वहां से दूसरी किसी जगह ले जाने के फेर में रहता। इतना तो निश्चित था कि उनमें जीवन

था और उनके साथ मैं सिर्फ किसी पराए दर्शक जैसा संबंध नहीं रखना चाहता था। मैं उनके साथ इस पूरे दिन-भर के खेल में शामिल होना चाहता था।

मैं बहुत कोशिश करता लेकिन वे अपनी जगह से कहीं नहीं जाते थे। जिस चीज को मैं उनके नीचे रखता, वे उसके ऊपर आ तो जाते, लेकिन उसे खींचते ही वे वहीं रह जाते। हथेली में वे रहते लेकिन मुट्ठियां बांधते ही वे उंगलियों के ऊपर आ जाते और मेरा हाथ खाली ही लौट आता।

कई बार हारकर गुस्से में मैं उन्हें जोरों से पीटता। लात मारता। लोहे से जमीन खोद डालता। लेकिन वे बिलकुल अप्रभावित रहते थे। मेरे प्रति उनकी यह तटस्थता मेरे बर्दाश्त के बाहर थी।

फिर उस दिन ऐसा हुआ। मैं अकेला था। यह रसोई थी। एक बड़ा-सा, सुंदर-सा टुकड़ा वहीं गिरा हुआ खेल रहा था। मां खाना बनाकर कहीं चली गई थीं। मैंने उस टुकड़े को खूब प्यार करने की कोशिश की। उसे चूमा, फिर मैंने भात और दाल निकालकर उसे दिया।

रसोई में बेना रखा था। चूल्हे की आग को हवा करने के लिए उसी का इस्तेमाल होता है। मैंने बेने के ऊपर उस टुकड़े को रखा और उसे खींचा।

मैंने देख लिया कि वह बेने के साथ-साथ सरक रहा है। वह आ रहा था। यह मेरे जीवन की सबसे बड़ी सफलता थी। वह अब छप्पर से मुक्त हो चुका था। सूर्य से भी। मेरे साथ उसका संबंध बन चुका था और उसने अपने बाकी सारे संबंध तोड़ दिए थे। वह मेरा था। सिर्फ मेरा।

मैं उसे रसोईघर के दूसरे कोने तक ले गया। फिर मैंने उससे प्यार से कहा— 'मेरा इंतजार करना। मैं अभी आया।' और मैं भागा। टिन की यह डिबिया, जिसमें पहले मां का काजल था, उसे लेकर मैं लौटा। वह मेरा इंतजार कर रहा था। बेने के ऊपर। धीरे-धीरे कांपता हुआ।

मैंने तभी से उसे इस डिबिया में बंद कर रखा है। मैं उसे लेकर कहीं भी जा सकता हूं। मैं जानता हूं कि वह वहीं है, वह हमेशा वहीं रहेगा। और यह बात सच है।

क्या इस डिबिया का ढक्कन हटाकर उसे खो देने का इतना बड़ा खतरा मैं सिर्फ इसलिए मोल लूं, कि इससे उन लोगों को मेरे इस अनुभव पर विश्वास हो जाएगा। वर्ना मैं उनका विश्वास कभी हासिल नहीं कर सकूंगा।

लेकिन जो नहीं है, उसके लिए, जो है, उसे दांव पर लगाना क्या कोई समझदारी है!

हीरालाल का भूत

हीरालाल की कथा गांव रामपुर के घर-घर में फैली हुई है। रात होती है, चूल्हे ठंडे हो जाते हैं, थोड़े से कांसे-पीतल के बरतन धुलकर कोने में समेट दिए जाते हैं और चिथड़ों, कंबलों-धुस्सों में घुसकर जब लोग अपनी गर्म सांसों की आंच में ठंड से लड़ते हैं, तो अकसर हीरालाल का जिक्र आ जाता है।

हीरालाल इसी गांव में पैदा हुआ। कहते हैं, जिस दिन उसका जन्म हुआ, उसी दिन रात में भूडोल आया था और सांप काटने से रामजी पटेल का बांका भतीजा मर गया था। रात-भर एक घुग्घू उस रात मुंडेरों पर रोता रहा। बड़ी रहस्यपूर्ण, भुतही और डरावनी रात थी वह। हीरालाल को जन्म देते ही, आठ घंटों बाद, उसकी मां ज्यादा खून निकलने से मर गई। गांव में दो-दो लाशें पड़ी थीं और हीरालाल किलकारियां मार रहा था। बेला की मां का कहना है, 'हिरवा जरा भी नहीं रोया। एक बूंद आंसू उसकी आंखों से नहीं ढुलका। वह किलक रहा था और अपनी छोटी-छोटी मुट्ठियां हवा में उछाल रहा था। सबसे असगुन बात यह कि उसके मुंह में बत्तीसों दांत थे और सिर में घने घुंघराले काले बाल। बगल में मां की लाश पड़ी थी, बाप सुधन्ना खटिया की पाटी में माथा पटक-पटककर रो रहा था और हिरवा किलक-किलककर हंस रहा था।'

बेला की मां को दया आई। कितना कुभाग, विपदा लेकर पैदा हुआ है हिरवा! आते ही अनाथ हो गया। उसकी मां को तो मरना ही था। उसके शरीर में बचा ही क्या था! खांसी के साथ खून के कतरे आते थे। गठिया धर लेता था। कब तक घिसटती! हिरवा ने अपने जन्म के साथ ही उसका उद्धार कर दिया। अब खुद भुगतेगा। कभी मांड़ पिएगा, कभी बकरी का छटांक-भर दूध। बेला की मां के मन में बड़ी ममता जागी। उसने हीरालाल को उठाकर गोद में रखा कि तभी हीरालाल ने किलकना बंद कर दिया और गहरी नजरों से उसकी ओर ताका। अभी तक उसे धोया-पोंछा नहीं गया था। पूरे शरीर में खून और गंदगी लिथड़ी हुई थी। अभी-अभी, कुछ पल पहले तक वह एक जिंदा औरत के गर्भ में था। अब वह औरत मर चुकी थी।

बेला की मां को लगा कि हीरालाल ने जिस नजर से उसे देखा है, वह उसके कलेजे को भेदती हुई भीतर तक उतर गई है। उस नजर में बच्चे जैसा कुछ नहीं था। उसे लगा कि उसके सारे पापों को उघाड़ती हुई वह जलती हुई आंख उसके भीतर अंधेरे में दीये की तरह जलने लगी है। उसे डर लगा। पसीना छूट आया। उसने फिर कभी हीरालाल को गोद में नहीं उठाया।

हीरालाल का पूरा बचपन धूल-माटी में बीता। पांच साल का था तभी से बकरियां चरानी पड़ीं और जंगल से लकड़ियां कराड़कर लानी पड़ीं। बाप सुधन्ना ठाकुर के घर से कभी-कभी ठर्रा पीकर आता था और खाना मांगता था। सात साल का हीरालाल खाना पकाना भी सीख गया था। सुधन्ना के हाथ-पैर तो सींक जैसे थे, लेकिन पेट में भसम कुंड था। दैत्य-दानवों की तरह खाता था। खाना कम पड़ता तो वह हीरालाल को पीटकर पेट भरता।

लोगों ने इस बात की ओर कभी ध्यान नहीं दिया कि हीरालाल ने बोलना छोड़ दिया है। अपनी उम्र के बच्चों के साथ उसे खेलते तो वैसे भी कभी नहीं देखा गया था। वह लगातार काम ही करता रहा। बकरियों के स्वभाव, बीमारियों के बारे में उसे इतनी गहरी और बारीक जानकारी हो गई थी कि गांव में जब कोई बकरी बीमार होती तो हीरालाल को ही बुलाया जाता। वह उन्हें छूता, गौर से देखता और फिर पास के जंगल से कुछ पत्तियां तोड़ लाता। लेकिन वह बोलता नहीं था। हंसता भी नहीं था। सिर्फ एक घटना ऐसी है जिसमें उसके हंसने का जिक्र है।

हुआ यह था कि गांव के एक बड़े किसान मलखान चौधरी की दो भैंसें बीमार पड़ीं। दोनों दुधारू थीं। मलखान की अच्छी-खासी जायदाद थी। एक ट्रैक्टर था। सिंचाई के लिए डीजल पंप था। आठ बंधुआ मजदूर थे, जो दिन-रात उसके यहां काम करते थे। गांव में जब कभी भी किसी गरीब की जमीन बिकती तो खरीदने वाले मलखान ही होते। भैंसें बीमार पड़ीं तो हीरालाल को बुलाया गया। उसने उन्हें देखा, छुआ। गर्दन और पुट्ठों पर हाथ फेरा, फिर चला गया। शाम को चार बजे उसने सिर्फ छोटी-छोटी दो पत्तियां उन भैंसों को खिलाईं। सवेरे दोनों भैंसें हाथी की तरह फूली हुई मिलीं। उनकी लाश चौगुनी हो गई थी। सवेरे जब गांव के मोची धनुकलाल ने हीरालाल को बतलाया कि मलखान की भैंसें मर गई हैं और उसे खाल उतारने के लिए बुलाया गया है, तो उसका कहना है—हीरालाल हंसा। बड़ी जोर से। हकाहक। ठहाका लगाकर। धनुकलाल ने यह बात लोगों को बहुत बाद में बताई, क्योंकि उसे डर था कि अगर वह उसी दिन बता देता तो मलखान हीरालाल को शक-शुबहा में पकड़वा लेते। हीरालाल जैसे अनाथ और घुन्ने लड़के पर धनुकलाल

को बड़ी दया आती थी। सो वह चुप ही रहा आया।

तो, हीरालाल चुप रहता था। कहते हैं, कभी-कभी जंगल में बकरियां चराते वक्त वह गाता था। लेकिन उन गीतों का कोई मतलब नहीं होता था। जैसे यही एक गीत–'समधिनिया रे, तेरे लहंगे में गड़बड़ घोटाला'।

हीरालाल की उम्र सत्रह-अठारह साल की हो गई थी, तब उसे ठाकुर हरपाल सिंह की हवेली में काम के लिए लगा दिया गया। उसी साल उसकी शादी पोंड़ी गांव के फूलचंद ग्वाले की लड़की फुलिया के साथ हुई, जो शुरू से ही कुछ फैशन वाली थी। गांव के लोग कहते थे कि हिरवा जैसे घुन्ने और चिपोंग आदमी के पास वह टिकेगी नहीं, कई-कई भर्तार करेगी और कुछ दिनों में घर के बर्तन-भांड़े लेकर चंपत हो जाएगी। लेकिन ऐसा कुछ नहीं हुआ। वह वहीं रही, हिरवा के ही साथ। उसी साल बाप सुधन्ना बीमार पड़ा। बीमारी में भी चार दिन तक वह हरपाल सिंह के खेत की निराई में जाता रहा। पांचवें दिन सुबह से ही उसे तेज ज्वर हो आया था। ठाकुर का जकीड़ेदार लल्ला पंडित सुबह काम के लिए उसे बुलाने आया तो वह आंगन में अंगोछे में मुंह ढांपकर पड़ा हुआ था। लल्ला पंडित ने कहा, 'साला जांगरचोर, दिक बीमारी का बहाना बनाकर यहां ऐश कर रहा है और अपनी जवान बहू से आंखें लड़ा रहा है।' सुधन्ना वैसे ही पड़ा रहा। न हिला, न डुला। लल्ला पंडित ने गाली बकी और डंडे से उसे कोंचा, तो भी वह वैसे ही काठ के लट्ठ की तरह पड़ा रहा। हिरवा की दुलहन मुंह ढांपकर आई और बोली, 'रहने दो पंडित जी, बड़ा तेज जर चढ़ा है इन्हें,' तो लल्ला पंडित ने कहा, 'ठाकुर का खेत कौन निराएगा ससुरी! चल, तू ही चल उसकी जगह। कल जब आज के लिए सेर-भर खवाई मांग लाया था, तब इसने नहीं सोचा कि आज इसका जांगर नहीं चलेगा!'

हीरालाल की बीवी फुलिया तैयार होकर अपने ससुर की जगह ठाकुर के खेत की निराई में चली गई और सुधन्ना उसी तरह अंगोछे में मुंह ढांपे आंगन की धूप में पड़ा रहा। दोपहर बकरियां चराकर हीरालाल लौटा और अपनी धुन में रोटी खाने बढ़ा जा रहा था तो आंगन में लेटे सुधन्ना से अभिठकर गिर पड़ा। उसने देखा, उसका बाप मर चुका है। उसी रात सुधन्ना को जला दिया गया। गांव की रस्म के मुताबिक ठाकुर हरपाल सिंह, पंडित और मलखान चौधरी जैसे कुछ बड़े घरों को छोड़कर किसी के घर में चूल्हा नहीं जला।

हीरालाल रोया-धोया नहीं। उसी तरह चुप रहा। लोगों ने उसे कभी फुलिया से बात करते भी नहीं देखा था। न कोई हंसी-ठिठोली, न झगड़ा, न मारपीट। कुछ लोगों का कहना था कि हीरालाल का दिमाग बड़ा नहीं हुआ है और वह भोंदू है। कुछ कहते

थे कि वह सब कुछ समझता है और भीतर ही भीतर सारी बात पी जाता है।

हरपाल सिंह के घर में हीरालाल को घर का सारा काम करना पड़ता था। लकड़ी चीरना, घर की झाड़ू-बुहार, लिपाई-पोताई करना, कुएं से पानी खींचकर घर-भर के डेढ़ दर्जन लोगों को नहलाना, सब्जी काटना, बिछौना-बिस्तर लगाना, गाय-भैंसों को सानी-भूसा देना, उपले-कंडे पाथना, कपड़े धोना, बरतन मांजना, ठाकुर हरपाल सिंह की रोज रात दस बजे से साढ़े ग्यारह बजे तक लहसुन के छौंक वाले सरसों के तेल से मालिश करना, फिर रात के बरतन धोना, बाजार से सौदा-सुलुफ लाना और फिर तमाम छोटे-बड़े काम—पानी दे जाना, हुक्का सुलगाना, बच्चों को टट्टी कराना, किसी को दौड़कर बुला लाना वगैरह-वगैरह।

लेकिन हीरालाल सिर्फ सुनता था। बोलता नहीं था। कभी-कभी रात में उसे एकाध घंटे की मोहलत मिलती तो सरला बेबी के कमरे में ट्रांजिस्टर के सामने घुप्पा बनकर बैठ जाता और गाने सुनता रहता। यह अंदाजा लगाना मुश्किल था कि उसका दिमाग आखिर सोचता क्या है? वैसे सोचने के लिए उसके पास समय भी नहीं बचता था। सारी हवेली में वह सुबह से चकरघिन्नी की तरह घूमता। बाहर बैठकी में पान-तंबाकू-चाय लेकर खड़ा हुआ हीरालाल, कुएं से बाल्टी खींचकर कांवर ढोता हीरालाल, आंगन में बैठकर सब्जी काटता हीरालाल, विमला मालकिन के छोटे बाबू को कंधे पर बैठाकर इधर-उधर दौड़ता हीरालाल। वह एक ही समय में सारे घर में मौजूद रहता। सरला बेबी स्वेटर बुनते-बुनते धीरे से बोलतीं; 'हीरालाल पानी' और जरा देर में हीरालाल लोटा-गिलास लेकर खड़ा मिलता। छोटे बाबू पिंपियाते; 'छिच्छी आई' और हीरालाल उन्हें उठा लेता। बैठक में ठाकुर हरपाल सिंह पान का डब्बा खोलते 'लौंग नहीं है।' हीरालाल लौंग लेकर खड़ा मिलता। वह जहां कहीं भी प्रकट हो सकता था। पूरी हवेली में उसकी सांसें गूंजतीं। हर जगह उसके पैरों की आहट होती। हर अंधेरे कोने में उसकी आंखें बनबिलाव-सी जलती रहतीं।

ऐसे सर्वव्यापी हीरालाल ने वह घटना न देखी हो, ऐसा हो नहीं सकता। घटना यह थी कि ठाकुर साहब की हवेली से पच्चीस गज हटकर चार कमरों और दालान की एक रिहाइश बनी हुई थी। आने वाले मेहमान और दूर के रिश्तेदार वहीं ठहरते थे। उस रिहाइश के सबसे किनारे वाले कमरे में गांव का पटवारी रहने लगा था। नाम था कुलभूषण तिवारी। बारह साल से वह पटवारीगीरी कर रहा था और कहता था कि 'आने वाले भादों में कानूनगो बन जाऊंगा।' उम्र यही कोई पैंतीस-छत्तीस साल। कनपटी के बाल पकने लगे थे। माथा सिर के ऊपर की ओर बढ़ने लगा था। दांत चूने-कत्थे से रच गए थे। हर वक्त तंबाकू खाता रहता था और रात में ठाकुर

साहब के साथ बैठकी में शराब पीता था। पटवारी कुलभूषण से आसपास के गांव के लोग डरते थे। उसका हलका काफी बड़ा था। बीस गांव उसके हलके में आते थे। घूस लेता था। तहसील-कचहरी के चक्कर लगाते-लगाते लोग परेशान हो जाते थे, लेकिन पटवारी का लिखा ब्रह्मलेख होता था। हीरालाल के बाप सुधन्ना के पट्टे में डेढ़ एकड़ जमीन थी, लेकिन तीन साल पहले उसकी मौत के बाद ही पटवारी ने उस जमीन का कब्जा हरपाल सिंह के नाम लिख दिया था और ठाकुर हरपाल सिंह ने हीरालाल से कह दिया था कि वह जमीन उसका बाप पहले ही उन्हें बेच गया था। अब हीरालाल के पास कुछ नहीं बचा था। उसका खपरैल-फूस का घर भी कानूनी तौर पर हरपाल सिंह की ही जमीन में था।

तो घटना यह थी कि उस दिन हीरालाल शाम को ही ठाकुर साहब के घर का सौदा सामान लेने बाजार चला गया था। दोपहर के बरतन जूठे पड़े थे, इसलिए उन्हें मांजने और बाकी काम निपटाने फुलिया वहां आई हुई थी। शाम सात बजे होंगे कि ठाकुर साहब ने फुलिया को आवाज देकर बुलाया और उसे कागज, बही-खाता देकर कहा कि इसे वह पटवारी को दे आए। शायद ठाकुर और पटवारी में पहले ही बातचीत हो चुकी थी। फुलिया कमरे में पहुंची तो पटवारी ने उसे पकड़ लिया, सांकल भीतर से चढ़ा ली, रेडियो की आवाज खूब ऊंची कर दी और इस तरह हीरालाल की संपत्ति का आखिरी कोना, उसकी औरत की आबरू भी जाती रही। आधे घंटे बाद ठाकुर हरपाल सिंह भी उस कमरे में आ गए और फुलिया पटवारी के पलंग पर सिसकती रही। बाद में फुलिया को दोनों ने पांच-पांच रुपए दिए।

हीरालाल सामान लेकर लौट आया था। वह चुप था लगातार। थक गया था। रात में ठाकुर की डेढ़ घंटे तक मालिश करने के बाद ग्यारह बजे वह घर लौटा तो फुलिया जगी हुई थी और रो रही थी। हीरालाल ने खुद ही अपना बिछौना बिछाया और सो गया। रात दो बजे वह फिर उठा। फुलिया अब भी रो रही थी। हीरालाल ने उसके सिर पर हाथ रखा और कहा, 'कोई बात नहीं। चुपचाप सो जा। अपन दस रुपए की चादर खरीद लाएंगे।' फुलिया की आंखें फटी रह गईं। इसे पता कैसे चल गया दस रुपए का और उस सारी घटना का? लेकिन, हीरालाल की आवाज में इतना ठंडापन और मलहम जैसी तासीर थी कि फुलिया का सारा दुःख और क्रोध छन्न से बुझ गया। उसके भीगे पपोटे धीरे-धीरे सूखने लगे और वह गहरी नींद में डूब गई।

फुलिया को तसल्ली यह हुई कि यह पत्थर का मानुस बोलता ही नहीं, समझता भी है। इसके बाद फुलिया को अकसर ही दूसरी-तीसरी रात पटवारी के साथ सोना पड़ता। कभी-कभी तो हीरालाल हवेली में ही काम कर रहा होता, लकड़ियां चीर रहा

होता या भैंसों को सानी-भूसा दे रहा होता और उधर पटवारी के कमरे में फुलिया होती। हीरालाल आधी रात के बाद लौटता और सो जाता। एक ऐसी चुप्पी उसने साध रखी थी जिसके भीतर क्या था, इसे जानने की कोशिश फुलिया ही नहीं, किसी के भी दिमाग की नसों को झनझना सकती थी। गांव का हर आदमी इस बात को जानता था कि हीरालाल का सब कुछ लूट लिया गया है। जमीन, जायदाद, जिंदगी, पसीने से लेकर औरत की इज्जत तक। हीरालाल के गाल पिचके होते, गले की हड्डियां निकली हुई होतीं, बाल धूल और पसीने में लिथड़े-बिखरे होते, आंखें सो न न पाने से लाल और फटी हुई होतीं। लगता अभी उनसे लहू निकलने लगेगा।

हीरालाल और ज्यादा काम करने लगा। अपने आपको वह एक पल के लिए भी खाली न छोड़ता। कोई काम न रहता तो दूसरी-तीसरी बार सारी हवेली में झाड़ू लगाने लगता या गट्ठ के गट्ठ लकड़ियां चीरने लगता। या घर के पिछवाड़े के बगीचे को कुएं से पानी खींच-खींचकर पानी से दबादब कर देता। सरला बेबी, विमला मालकिन, ठकुराइन, बूढ़ी मां जी, सब उसकी तारीफ करते। फुलिया का कलेजा मुंह को आ जाता। हीरालाल एक बेचैन जिन्न की तरह था।

एक रात फुलिया की आंख दो-ढाई बजे खुल गई। उसने देखा कि हीरालाल उकड़ूं बैठा हुआ है और अपने मुंह को जोर-जोर से चला रहा है। फुलिया ने पहले सोचा कि शायद वह कुछ खा रहा है, लेकिन उसने देखा कि मुंह में कुछ नहीं है। हीरालाल का चेहरा कुछ चबाने के लिए लगाई गई ताकत की वजह से खिंच जाता था, वह आंखों को ऊपर चढ़ाकर जोर की सांस छोड़ता था फुफकार की तरह और फिर उस अदृश्य चीज को चबाने लगता था। बीच-बीच में दांत किटकिटाने की आवाज आती लगी।

फुलिया डर गई। लगता है, हीरालाल सनक गया। कहीं अकेले में मन में कोई ऐसी-वैसी बात पैदा हो गई और वह फुलिया का टेंटुआ ही दबा दे, या कुल्हाड़े से काट डाले! क्या भरोसा? फुलिया ने डर के मारे अपनी सांस रोक ली। तभी उसने सुना कि हीरालाल के गले से एक भयानक, डरावनी गुर्राहट निकल रही है। पता नहीं, कहीं अभी यह जिन्न-प्रेत न बन जाए? लेकिन वह गुर्राहट नहीं थी। फुलिया दहल गई। हीरालाल रो रहा था। उसका पूरा शरीर सिकुड़ता, फिर फैलता और हिचकियों के साथ उसकी घुटी हुई रुलाई बाहर फूट पड़ती। यह ऐसा करुण और दर्दनाक रोना था, जिसमें चेहरा ही नहीं, हीरालाल का समूचा शरीर, उसके फेफड़े और आत्मा तक शामिल थी।

फुलिया उठी। उसका पूरा शरीर दुःख में पिघल रहा था। उसने हीरालाल के

माथे पर हाथ रखा तो वह चौंक पड़ा। वह फिर पहले जैसा हो गया। चुप और शांत। उठकर पेशाब करने बाहर गया और फिर सो गया।

हीरालाल ने अपने काम के घंटे और बढ़ा दिए। अब वह पटवारी के कमरे की भी पूरी सफाई करता। उसे तंबाकू-पान लाकर देता। ग्यारह बजे रात वह ठाकुर हरपाल सिंह की मालिश करता, इसके बाद वह वहां से तेल का कुप्पा लेकर पटवारी कुलभूषण तिवारी के पास आ जाता और फिर उसकी मालिश करता। कुछ ही देर पहले पटवारी के पास से उठकर फुलिया गई होती। पटवारी के शरीर में अभी तक फुलिया के पसीने की गंध होती। उसी शरीर को लहसुन की छौंक वाले सरसों के तेल से हीरालाल सहलाता, चमकाता। पटवारी के जिस्म की एक-एक गांठ चिटकाकर उसकी थकान निकालता। उसका चेहरा खिंचा रहता, कनपटी के पास की नस मोटी होकर तिड़कती रहती, बीच-बीच में वह कोई अदृश्य चीज चबाने लगता, लेकिन मालिश में लगा रहता।

अब वह मुश्किल से दो घंटे सोता था। शायद उतना भी नहीं। क्योंकि एक बार और रात में, जब फुलिया की आंख खुली तो हीरालाल अपने बिछौने में नहीं था। फुलिया ने उठकर बाहर देखा, तो पूस-माघ के उस भयानक जाड़े में नंगे बदन हीरालाल एक पेड़ की तरह आंगन में खड़ा था और उसके शरीर पर पाले की सफेद पर्त जम गई थी। फुलिया चीख पड़ी। उसकी चीख से वह चौंका और एक पत्थर की मूर्ति की तरह चलता हुआ आया। उसका चेहरा बिलकुल सपाट था।

ठाकुर साहब के घर मेहमान आए। उनके पिता की बरसी थी। चालीस-पचास लोग ठसाठस हवेली में भर गए। दस दिन तक उन लोगों को रुकना था। हीरालाल मशीन बन गया। काम ही काम। पानी ही पानी। बरतन ही बरतन। लकड़ी ही लकड़ी। हीरालाल हर जगह प्रकट होता, फिर अदृश्य हो जाता। हवा से चीजें पैदा कर देता। इलाहाबाद वाले ठाकुर साहब के साढ़ू कहते, 'अरे ओ हिरवा, एक गिलास पानी' और हीरालाल पानी पैदा कर देता। मंझली ठकुराइन कहतीं, 'हिरवा, जलावन नहीं है' और पलक झपकते आंगन में आठ-दस मन लकड़ियों का ढेर दिखाई पड़ता। सत्तर लोग नहाते, सत्तर लोगों का कपड़ा धुलता, सत्तर लोगों का ज्यौनार होता, सत्तर लोगों के बरतन धुलते। चौथे-पांचवें दिन मेहमानों के बीच यह बात फैली कि हीरालाल सारा काम जागते हुए नहीं, नींद में करता है। रात में सरला बेबी ने देखा कि वह आंखें बंद किए-किए मटके तक पहुंचा, वहां से लोटे में पानी लिया और मेहमानों को देकर चला गया। यकीनन वह सो रहा था, क्योंकि उसकी नाक बज रही थी। पता लगाने के लिए मंझली ठकुराइन एक बार किवाड़ के पीछे छिप गईं।

हीरालाल पान की तश्तरी लेकर बैठक से लौट रहा था। वहां पर ठाकुर साहब, दारोगा जी, पटवारी और कुछ बुजुर्ग मेहमानों के बीच चौपड़ जमी हुई थी। हीरालाल जब किवाड़ के बगल से गुजरा तो ठकुराइन ने पानी का छींटा उसके मुंह पर मारा। हीरालाल जाग गया और उसके हाथ से तश्तरी छूटकर गिर गई।

हीरालाल सूखी लकड़ी का एक चलता-फिरता ढांचा रह गया था। उमर उसकी छब्बीस साल थी जबकि उसे देखकर लगता कि वह कई सौ साल की जिंदगी जी चुका है। मेहमानों में कुछ नकचढ़े, छिछोरे, जवान रईसजादे भी थे। फुलिया के साथ क्या-क्या उन दिनों हुआ, यह पूरा गांव जानता है। एक बात यह जरूर हुई कि फुलिया का पेट बढ़ने लगा और उसके दिन चढ़ आए।

काफी दिनों, महीनों बाद, जब फुलिया का सातवां महीना चल रहा था, हीरालाल रात में ठाकुर और पटवारी की मालिश करके एक बजे रात घर लौट रहा था कि पता नहीं कहां से अंधेरे में दौड़ता हुआ एक पागल कुत्ता आया और उसने हीरालाल के टखने में अपने दांत धंसा दिए। हीरालाल चीखा। उसकी चीख गांव को पार करती उसके घर तक पहुंची और फुलिया भीतर से दहल उठी। हीरालाल को वह अपनी जान से ज्यादा चाहती थी। फुलिया इन दिनों ठीक से चल-फिर नहीं पाती थी और पटवारी की रातें सूनी गुजर रही थीं।

जरा देर बाद ही कराहता हुआ हीरालाल पहुंचा। दायां घुटना नीचे तक खून से सना था। कुत्ते ने एक बार नहीं, कई बार काटा था। आजकल फुलिया खाना नहीं बना पाती थी, इसलिए हीरालाल खाना ठाकुर के यहां से लेकर ही लौट रहा था। हीरालाल के दोनों हाथ खाने के बरतन में फंसे हुए थे, इसलिए उसने कुत्ते को हटाने के लिए अपनी टांगों का इस्तेमाल किया होगा। और उसकी इस कोशिश में, उसने जितनी भी बार कुत्ते को लात से मारा, उतनी बार उस कुत्ते ने उसे काटा था। हीरालाल ने पानी से अपने पैरों का खून धोया, बाहर गया और जहां-जहां कुत्ते ने काटा था, वहां-वहां मिट्टी लगाई और खाना खाकर सो गया।

सातवें दिन से हीरालाल के शरीर में सूजन आने लगी। चेहरा, हाथ-पैर फूलने लगे। जिस्म में कंपकंपी होती और मुंह से लार बहने लगती। यह पहला दिन था, जब हीरालाल ठाकुर की हवेली में काम करने नहीं गया। वहां से कोई उसे देखने तो नहीं आया, लेकिन बूढ़ी हो चली बेला की मां ने हवेली से खबर दी कि सरला बेबी और मंझली ठकुराइन का कहना है कि हीरालाल को हीला-हवाला नहीं करना चाहिए और शहर जाकर कुत्ते वाला इंजेक्शन लगवा लेना चाहिए। वरना पागल कुत्ते के काटे से बचना मुश्किल है। हीरालाल चुप ही रहा आया। बेला की मां अपने घर

से खाना लेकर आई। उस दिन फुलिया की भी तबीयत बहुत खराब थी। वह चल-फिर नहीं पा रही थी और उसके पैरों में भी सूजन आ गई थी। बेला की मां ठाकुर को कोस गई कि हीरालाल में जब तक दम रहा, उसने हवेली का काम जिन्न-जिन्नातों की तरह किया, अब बीमार है तो कोई देखने तक नहीं आया। मुआ पटवारी भी नहीं फिरा कि फुलिया के पेट में उसका कीड़ा कैसे पल रहा है, देख जाए। बड़े घरों का बड़प्पन घटता है हीरालाल को देखने में। कुकर्म करते नहीं घटता।

हीरालाल को रात में बहुत तेज बुखार चढ़ा। पूरा शरीर सूखी घास की तरह थर-थर कांप रहा था, आंखें फटी जा रही थीं और मुंह से लार बह रही थी। फुलिया किसी तरह उठकर गई, तुलसी की पत्तियों को निचोड़कर उसका रस उसे पिलाया, तो भी कोई खास असर नहीं हुआ।

आधी रात से ऊपर ही हो गया था। डेढ़ बजे होंगे। पहरुआ टनक गया था दो बार। फुलिया कई बार नींद की तेज आंधी में उड़ चुकी थी। तभी उसने 'गों-गों' की आवाज सुनी। बड़ी मर्मांतक, डरावनी, अथाह पीड़ा, यंत्रणा में डूबी आवाज। यह किसी मनुष्य की आवाज नहीं थी। किसी आदमी के कंठ से ऐसी आवाज फूट ही नहीं सकती। यह आवाज उसकी झोंपड़ी से उठकर रात के अंधेरे में सारे गांव के ऊपर भटकती रही। जिन लोगों ने सुना, उन्होंने डर के मारे अपने किवाड़ बंद कर लिए। एक घुग्घू रोने लगा। जंगल में सियारों ने बोलना शुरू कर दिया। हीरालाल का शरीर बिलकुल निस्पंद पड़ा था और उसके गले से यह आवाज निकल रही थी।

हीरालाल भौंक रहा था। पागल कुत्ते की तरह। भौंक भी नहीं रहा था। भौंकने और रोने के बीच का यह दारुण स्वर था। फुलिया रोने लगी जोर-जोर से। उसे खुद तेज बुखार था। एक पशु और एक स्त्री की करुण आवाजें उस रात सारे गांव में गूंजती रहीं। पटवारी, ठाकुर, मलखान, पंडित जी, मंझली ठकुराइन—सभी ने सुना और उन्होंने अपनी रजाई सिर तक खींच ली। धनुकलाल, परमेसुरा, संभारू, कोदू, रामचरण, दुअसिया, बेला सबकी आंखें गीली हो गई थीं। कोई सो नहीं पा रहा था। भय और करुणा में पूरा गांव निश्चल था। जैसे रात के अंधेरे में पूरा गांव पथरा गया हो।

अगली सुबह हीरालाल बड़ी मुश्किल से अपनी लगातार बहती लार और अकड़ी हुई जीभ के बावजूद यह समझा सकने में कामयाब हुआ कि उसे ठाकुर के घर का भरुआ मिर्च और आम का अचार खाना है। बेला की मां अचार मांगने हवेली गई। उसने सरला बेबी और मंझली ठकुराइन को रोते हुए बतलाया कि 'मरते हुए आदमी का स्वाद जाग जाता है। मरने के पहले आदमी चटोर हो जाता है। लगता

है, हिरवा अब बचेगा नहीं।' मंझली ठकुराइन उस वक्त सरौते से सुपारी काट रही थीं। उन्होंने कहा, 'हीरालाल का पाप निकल रहा है। सुना है, मलखान की भैंसों को उसने जहर-पाती खिला दिया था।' बेला की मां सन्न रह गई। इतना खून-पसीना, जमीन-जायदाद, सेवा और बीवी की आबरू तक सोख लेने के बावजूद हिरवा के लिए ममता का एक तिनका तक इस हवेली में नहीं। उसका मन हुआ कि वह जोर-जोर से कहे, 'पाप हिरवा को नहीं, तुम सबको ले डूबेगा नर पिशाचो! तुम्हें नरक में भी जगह नहीं मिलेगी। बिना तोंद हिलाए हीरालाल की जान के ऊपर तुम सब ऐश करते रहे। पटवारी और ठाकुर हरपाल के शरीर में तो पिस्सू पड़ेंगे। कोढ़ फूटेगा। टट्टी के रास्ते मवाद निकलेगा। अपने पापों के नरक कुंड की ओर जरा झांको। हीरालाल को खबर तो भेज दी कि शहर में सूई लगवा लो, सूई के लिए, दवाई के लिए पैसा तुम्हारा खसम देगा ठकुराइन? और वो मुआ पटवारी…पता नहीं कौन-सा विषैला कीड़ा बैठाया है फुलिया के गर्भ में कि उसका पूरा शरीर नीला पड़ रहा है, ज्वर है और चेहरा कोंहड़े की तरह फूल गया है…।' लेकिन बेला की मां चुप ही रही। सरई के पत्ते में एक भरुआ मिर्च और आम के अचार की एक फांक लेकर वह हीरालाल के यहां लौटी। मरते हुए हीरालाल के लिए भी अचार देती ठकुराइन का हाथ नहीं खुला। टुकड़ा फेंक दिया। कुत्ते की तरह।

हीरालाल कुत्ता ही हो गया था। अचार दिया, तो जरा-सा सूंघ और चाटकर छोड़ दिया। उसकी जीभ हांफते कुत्ते की तरह बाहर लटक आई थी, बित्ते-भर की। मनुष्यों की जीभ इतनी लंबी तो होती नहीं। दिन-भर गांव के लोगों की भीड़ उसके घर पर लगी रही। देखने वालों का तांता लगा रहा। मोची धनुकलाल ने झाड़-फूंक का मंत्र पढ़ा। पोंड़ी गांव से आया हुआ मनराखन भगत आटे के भीतर से कुत्ते का रोयां निकाल गया। सुधन्ना का जिगरी दोस्त बूढ़ा तिलकिया लोबान और अरंड के पत्ते जलाकर तंत्र-मंत्र करता रहा। फुलिया रोती रही और खुद अपनी तकलीफ में तड़पती रही। गांव के लोगों से देखा नहीं जा रहा था। कलेजा फटने लगता था।

शाम सात बजे हीरालाल हाथ जोड़कर पालागन कर और गों-गों की आवाज निकालकर किसी तरह यह संकेत देने में सफल हुआ कि वह ठाकुर हरपाल सिंह से भेंट करना चाहता है। उसने हाथों से एक अश्लील इशारा किया, दोनों हाथों से टमाटर का आकार बनाकर अपने सीने से लगाया तो बड़ी मुश्किल से अपनी हंसी रोकती बेला की मां समझ पाई कि वह सरला बेबी से भी मिलने का इशारा है। सत्तर साल का बूढ़ा तिलकिया खबर देने हवेली गया। ठाकुर हरपाल सिंह ने सरला बेबी को वहां जाने से रोक दिया क्योंकि आज तक हवेली का रिवाज नहीं था कि ठाकुर

घराने की कोई लड़की गांव में किसी के घर जाए। खुद उनकी भी जाने की हिम्मत नहीं हो रही थी। भीतर-भीतर वह डर रहे थे। हीरालाल इतना भोंदू नहीं कि उसे अपनी जमीन और फुलिया वाली बात मालूम न हो। शुरू से ही वह चुप्पा और घुन्ना रहा है। कहीं अचानक उसने उन्हें काट लिया तो? पागल कुत्ते के काटे आदमी में भी आठ दिनों बाद पागल कुत्ते का जहर आ जाता है। वह काटे तो ब्रह्मा भी नहीं बचा सकता, चाहे सूई नहीं, महासूई लगवा लो, लेकिन गांव का दबाव था। लोग ऐसी-वैसी बात फौरन सोचने लगते हैं। जैसे यही बात कि जब तक हिरवा जिंदा रहा, ठाकुर की हवेली ने उसका खून निचोड़ा, जोरू के साथ गुलछर्रे उड़ाए, जमीन-जायदाद लूट ली और अब मरती बेर कोई झांकने भी नहीं आया। लेकिन डर भी लग रहा था। चुप्पे आदमी का दिमाग सबसे खतरनाक होता है। पता नहीं हिरवा मरते-मरते क्या कर डाले!

ठाकुर को हीरालाल की अंतिम इच्छा पूरी करने के लिए अपना दर्शन देने जाना पड़ा। एहतियात के तौर पर उन्होंने अपना मोटा डंडा हाथ में थाम रखा था और फेंटे में पिस्तौल बांध ली थी कि कहीं अगर हीरालाल काटने के लिए झपटा, तो साले की खोपड़ी तोड़ देंगे और पिस्तौल चला देंगे। आत्मरक्षा के लिए इतना तो कानून भी स्वीकार कर लेगा। फिर गवाही कौन देगा?

हरपाल सिंह हीरालाल की खटिया से दस गज दूर खड़े हुए। रामचरण ने हीरालाल के कान में मुंह सटाकर जोर से कहा, 'ठाकुर आए हैं' तो हीरालाल भौंका। तीन बार। फिर उसने अपनी गर्दन तिरछी की और कुत्ते की तरह रोने लगा। उसकी आंखें लाल अंगारों की तरह दहक रही थीं। बाहर लटकी हुई जीभ लपलपा रही थी। वह ठाकुर की ओर टकटकी बांधकर देखता रहा। उसकी लार नीचे चू रही थी। फिर उसने हाथ से पालागन का इशारा किया और अचानक पलटी मारकर खटिया के नीचे गिर पड़ा। भीड़ में भगदड़ मच गई। लोग भागने लगे। पता नहीं किसको काट ले। ठाकुर साहब का डंडा छूटकर गिर पड़ा। कमर में पिस्तौल भी है, वह यह भूल गए। वह भागे। धोती का फेंटा खुल गया। भगदड़ इतनी थी कि वह कई लोगों से टकराए।

लेकिन हीरालाल ने किसी को काटा नहीं। वह चौपाए की तरह ठाकुर हरपाल सिंह के पीछे-पीछे चलता रहा। भौंकता हुआ और रोता हुआ। कुत्तों की तरह। लोगों ने देखा कि ठाकुर साहब आगे-आगे हवेली की तरफ जा रहे हैं और उनके पीछे-पीछे दोनों हाथों और पैरों से रेंगता हुआ हीरालाल है। बीच-बीच में वह भौंकता और फिर बड़ी ही मर्मभेदी करुण आवाज में रोने लगता।

सामने एक गड्ढा था, जिसमें बरसात का पानी इकट्ठा हो जाया करता था।

पानी तो अब नहीं रह गया था, लेकिन उसमें दलदल और कीचड़ हमेशा रही आती थी। उसमें ठाकुर हरपाल सिंह पत्तियां और गोबर फिंकवाकर कंपोस्ट खाद बनाया करते थे। कहते हैं, उस खाद के पड़ते ही खेत सोना उगलने लगता था।

ठाकुर हरपाल सिंह की आंखों में चमक आ गई। हीरालाल उनका पीछा नहीं छोड़ रहा था। वह घूमकर उस गड़ही के दूसरी तरफ खड़े हो गए। उन्होंने हीरालाल को वहां से उसी तरह पुचकारा जैसे कोई कुत्ते को ललचाता है। हीरालाल ने करुण स्वर में आखिरी बार अपने भौंकने और रोने की आवाज निकाली, फिर घिसटता हुआ छह-सात फीट नीचे उस गड़ही में गिर गया।

लोग चिल्लाने लगे। एक-दो बार 'गों-गों' की आवाज गड़ही से ऊपर उठी, फिर सब कुछ शांत हो गया। हीरालाल उस कीचड़ में गिरकर धंस गया था। उसका दम घुट रहा था। नाक में कीचड़ सांस के साथ भर गई थी और उसकी सांस बंद हो गई थी। लेकिन किसी में हिम्मत नहीं हो रही थी कि उसको बाहर निकाले। आखिर बूढ़ा तिलकिया और रामचरण गड़ही में उतरे, रस्सी में बांधकर हीरालाल को ऊपर खींचा गया। वह माटी का पुतला मालूम होता था। उसकी मृत्यु हो चुकी थी। गड़ही के दूसरी तरफ ठाकुर और पटवारी खड़े थे। हवेली की छत से ठाकुर घराने की सभी औरतें इस पूरी घटना को देख रही थीं। फुलिया अपने घर में, हीरालाल की खाली खटिया के बगल में, नीचे जमीन पर, बेहोश थी। उसके पास कोई नहीं था।

हीरालाल शाम साढ़े सात बजे मरा और ग्यारह बजे फुलिया मर गई। फुलिया जब मरी तो वहां बेला की मां और गांव की बहुत सारी औरतें जमा थीं। फुलिया को मरने के पहले बड़ी गजब की पीड़ा हुई। उसे हीरालाल के मर जाने की बात भी किसी ने नहीं बताई। जब वह हिरवा की खाली खटिया की ओर देखती तो औरतें कहतीं कि हीरालाल को ठाकुर ने अस्पताल भेज दिया है। फुलिया का पूरा शरीर सूजने लगा था और नीला पड़ने लगा था। पौने ग्यारह बजे वह दर्द से छटपटाने लगी। बेला की मां ने उसे काढ़ा जबरन पिलाया। कच्चे प्रसव की हालत थी। काढ़ा पीने के दस मिनट बाद ही फुलिया जोर-जोर से हाथ-पैर पटककर चीखने लगी और उसे ख़ून आना शुरू हो गया। बेला की मां का कहना है कि फुलिया के गर्भ से कोई चार बाल्टी खून निकला होगा। पूरी कोठरी खून से लिथड़ गई।

ग्यारह बजे रात, जब तालाब किनारे हीरालाल की चिता जल ही रही थी, अचानक गांव के कुत्तों ने विलाप करना शुरू कर दिया। आकाश में कुमौसम बादल घिरे और पानी गिरने लगा। गजब की गड़गड़ाहट आकाश में गूंज रही थी। बिजली कौंधती थी और जंगल में सियार बोलते थे। हवेली में सन्नाटा था। एक भुतही परछाई

सारे गांव पर छा गई थी। तभी गांव की औरतों ने देखा कि फुलिया के गर्भ से एक काला झबरैला, पीली आंखों वाला कुत्ता बाहर निकला और हवेली की ओर भाग गया।

पता नहीं इस बात में सचाई है या नहीं, लेकिन यह तो जरूर सच है कि फुलिया जब मरी तो उसने किसी बच्चे को जन्म नहीं दिया था। उसका पूरा शरीर इतना खून निकल जाने के बावजूद फूला हुआ था। उसी रात में, दो-ढाई बजे हीरालाल की चिता की बगल में उसे जलाया गया। हीरालाल और फुलिया के दाह-संस्कार में हवेली की ओर से कोई नहीं आया। पटवारी भी नहीं। ऐसा हवेली घराने का रिवाज भी नहीं था।

इसके बाद की कहानी ही असल कहानी है। इसे पूरे रामपुर गांव के हर घर में सुना जा सकता है। एक-एक बच्चा आपको यह किस्सा सुनाएगा। हुआ यह कि हीरालाल और फुलिया की राख की उठावनी वाली रात में ही ठाकुर के रिहाइश वाले मकान में आग लग गई। पटवारी वहीं रहता था। वह तो किसी तरह वहां से भाग आया, लेकिन उसके तमाम जरूरी सरकारी कागज जल गए। वह सिर पटककर रोता रहा कि उसकी नौकरी अब चली जाएगी। कुछ लोगों का कहना है कि उन्होंने देखा कि उसी गड़ही में से, जिसमें हीरालाल गिरकर मरा था, एक आग का गोला लपकता हुआ ऊपर उठा और जाकर पटवारी वाले कमरे के छप्पर पर बैठ गया। कुछ का कहना है कि पटवारी दारू पीकर सिगरेट पीते-पीते सो गया था और आग उसकी रजाई में सबसे पहले लगी थी। पटवारी रिहाइश वाले मकान के जल जाने के बाद हवेली में ही, पश्चिमी कमरे में रहने लगा था।

हीरालाल के मरने की पांचवीं रात, ग्यारह बजे, किसी ने ठाकुर हरपाल सिंह के कमरे का किवाड़ खटखटाया। हरपाल सिंह उठे। उन्होंने पूछा, 'कौन है?' आवाज आई, 'मालिश करवा लो मालिक…' ठाकुर साहब एक क्षण के लिए भूल ही गए कि हीरालाल मर चुका है। आदतवश उन्होंने दरवाजा खोल दिया। बाहर सिर्फ ठंडी हवा थी, हड्डियों को कंपा देने वाली और उन्हें लगा कि उस हवा में कोई सांस ले रहा है। उनके सारे रोंगटे खड़े हो गए और वह घिघियाते हुए भागे।

उसी रात पटवारी कुलभूषण तिवारी को आधी रात जोरों का पेशाब लगा। कमरे से निकलकर दालान पार करना पड़ता था, फिर सात सीढ़ियों नीचे जमीन आती थी। सीढ़ियां उतरकर हवेली की दीवार पर ही पटवारी धार गिरा रहा था कि पीछे से किसी के खांसने की आवाज सुनाई पड़ी। उसने घूमकर देखा तो सीढ़ी पर कोई सफेद झक चादर ओढ़कर बैठा हुआ था। पटवारी ने पूछा, 'कौन है रे!' 'मैं हीरालाल…' उसने कहा और खड़ा हो गया। वह सफेद खंभे की तरह हो गया था और आसमान तक

ऊंचा होता जा रहा था। पटवारी कांपने लगा। उसके होश फाख्ता हो गए। वह चीखना चाहता था लेकिन गले से पतली सीटी की आवाज निकल रही थी। उसका सारा पेशाब पाजामे में ही हो गया और वह बेहोश होकर वहीं गिर गया। सुबह सात बजे उसे उठाकर कमरे में ले जाया गया तो कमरे में टट्टी बिखरी हुई थी और जोरों की बदबू उठ रही थी। रात में सीढ़ियों पर गिर जाने से पटवारी का माथा फूट गया था और उसे तेज बुखार हो आया था। वह पता नहीं क्या बड़बड़ा रहा था। लोगों ने कहा, उसे सन्निपात हो गया था।

अगली रात से अंधेरा घिरते ही गांव को एक भारी परछाईं अपने नीचे घेर लेती थी। हवेली की मुंडेर पर बैठकर घुग्घू भयावनी आवाज में 'घू''घू''घू''' बोलता था। कुत्ते अचानक रोने लगते थे और हीरालाल के घर के पिछवाड़े रात में एक सियार आकर बोलता था। सियार की आवाज बिलकुल आदमी की तरह होती थी। कुछ-कुछ वैसी ही आवाज जैसी हीरालाल बकरियों को हुर्रियाने के लिए निकालता था। हवेली के दरवाजे भीतर से बंद हो जाते और रात-भर वहां लोग डर से घिरे हुए किसी भावी विपदा की आशंका से कांपते रहते। रात-भर सारी हवेली में हीरालाल के पैरों की आहट सुनाई पड़ती। वह हर जगह हांफता हुआ लगता। इतना ही नहीं, कभी-कभी ठाकुर हरपाल सिंह संडासघर में टट्टी करने जाते तो कोई बाहर से सांकल चढ़ा जाता और उन्हें देर तक उसमें बंद होकर आवाजें लगानी पड़तीं। एक रात तो गजब ही हो गया। सरला बेबी को लगा कि रात में कोई उनकी छाती पर चढ़ गया और ऐसी-वैसी जगह हाथ डालने लगा। उन्होंने उठना चाहा, बोलना चाहा, चीखना चाहा, लेकिन सब बेकार। शरीर का कोई भी हिस्सा उनका साथ नहीं दे रहा था। सब सुन्न हो गया था। रात ज्यादा भी नहीं हुई थी। किसी ने अचानक उनके ट्रांजिस्टर की आवाज खूब ऊंची कर दी और इसके बाद जब सुबह उन्हें होश आया तो उनके शरीर पर एक भी कपड़ा नहीं था और रात में उनके साथ जोर-जबर्दस्ती कर डाली गई थी।

बड़े-बड़े गुनी ओझा बुलाए गए। यज्ञ-हवन हुआ। सारी हवेली में गंगाजल छिड़का गया। मंत्र पढ़े गए। धूप-अगरबत्ती, लोबान जलाए गए। कई तांत्रिक तो ठाकुर साहब से रुपए ऐंठकर और बोतल में हीरालाल के भूत को बंद करके भी ले गए तो भी कोई फर्क नहीं पड़ा। रात में कभी ठकुराइन अंधेरे में हीरालाल से टकरा जातीं, कभी मंझली ठकुराइन की साड़ी में खाना बनाते हुए चूल्हे की लपट लग जाती। ठाकुर और पटवारी की बांह में तरह-तरह के गंडे-तावीज बंधे रहते, लेकिन रोज रात में कुछ न कुछ हो जाता।

सरला बेबी ही नहीं, मंझली ठकुराइन और विमला मालकिन के भी कपड़े रात

में उतर जाते और कोई सब कुछ कर जाता। ठाकुर साहब के लिए खाना परोसा जाता और जैसे ही वह खाने के लिए बैठते तो उन्हें हर चीज से मल की तेज गंध उठती हुई लगती। उन्हें उलटी होने लगती। दाल का कटोरा खून से भरा हुआ दिखाई देता। बैगन कुत्ते के मांस में बदल जाता। सुबह उठते तो बिस्तर में हड्डियां मिलतीं। सरला बेबी को तो मिरगी के दौरे पड़ने लगे और वह लगभग पागल जैसी हरकतें करने लगीं। कभी-कभी वह नंगी होकर पटवारी के कमरे में घुस जातीं और उससे लिपटने लगतीं।

ठकुराइन ने एक दिन अचार का मर्तबान खोला तो उसमें गोबर और कीचड़ भरा हुआ था। जिस झांपी में मोतीचूर के लड्डू थे उसमें ईंटें थीं।

एक रात ठाकुर हरपाल सिंह की आंख खुली तो हीरालाल बाकायदा, सशरीर, उनके पलंग के सामने मोढ़े पर बैठा हंस रहा था। उसके हाथ में सरसों के तेल वाला कुप्पा था। उसने कहा, 'मालिश सरकार...' और उनकी ओर बढ़ा। ठाकुर साहब बेहोश हो चुके थे। वह भी बीच-बीच में आंय-बांय बकने लगते थे।

धनुकलाल और रामचरण कहते हैं कि एक रात बारह बजे पता नहीं हवेली में क्या हो गया था कि ठाकुर हरपाल सिंह बाहर दालान में खड़े होकर धांय-धांय अपनी बारह बोर की दुनाली बंदूक दाग रहे थे और पटवारी कुलभूषण तिवारी पागलों की तरह चीखता हुआ जोर-जोर से फर्श पर लाठी पटक रहा था। दोनों गला फाड़कर हुंकार रहे थे और चीख रहे थे। हीरालाल के घर के पिछवाड़े उस वक्त भी सियार बोल रहा था।

आसपास के गावों में यह बात फैल गई थी कि हवेली में जमींदार के घर के लोग कुछ सनक गए हैं। वहां कोई नहीं जाता था। एक बार पास के गांव का कहार श्यामलाल अपनी जमीन का कोई मसला लेकर वहां धोखे से पहुंचा तो ठाकुर उसे देखते ही लट्ठ लेकर चीखने लगे, 'हीरालाल आया...। अरे, दौड़ो ठकुराइन...हिरवा आ गया।' पता नहीं कब उनका दिमाग सनक जाए और बंदूक दाग दें, इसलिए कोई भूले-भटके भी हवेली की ओर रुख नहीं करता था।

छमाही बीतते-बीतते हवेली बरबाद हो गई। सरला बेबी का पेट बढ़ने लगा था और उन्हें पटवारी अपने साथ लेकर चंपत हो गया। सुना है, वे अपने साथ घर के सारे गहने-जेवर भी बटोर ले गई थीं। लोग कहते हैं, पटवारी भला उस मिरगी की मरीज का क्या करता? बदमाश भी वह असल था। उसने जेवर हथिया लिए होंगे और सरला बेबी को दिल्ली-बंबई में कहीं बेच दिया होगा। मंझली ठकुराइन अपने मैके चली गई थीं और फिर लौटकर हवेली नहीं आईं। ठाकुर हरपाल सिंह इतने सारे

सदमों में सूखकर कांटा रह गए थे। हर आदमी से डरते थे। उनके रिश्तेदारों ने उन्हें समझा-बुझाकर ठकुराइन और बिमला मालकिन के साथ तीर्थयात्रा में भेज दिया। तब से आज सात साल हो गए, उनका कोई पता नहीं चला। कोई कहता है, वे सब के सब साधू-फकीर बन गए। कोई कहता है कि हरिद्वार में जिस नाव में ये लोग सवार थे, वह नाव ही उलट गई और सब डूब गए।

हवेली अभी भी वहां है। उस पर काई और घास छा गई है। बंद दरवाजों के भीतर कोई झांककर देखने की हिम्मत नहीं करता कि उनमें क्या है। इतने साल की सूनी हवेली में बचा ही क्या होगा? अभी भी वहां रात में घुग्घू बैठकर 'घू···घू···घू' बोलता है। रात-बिरात वहां सियार के रोने की आवाज सुनी जाती है। कई लोग कहते हैं कि उन्होंने अपनी आंखों से देखा है कि वहां हीरालाल और फुलिया रहते हैं। रात में दोनों पान खाते हैं और यहां-वहां थूक देते हैं। पान की पीक तो दिन में वहां बहुतों ने देखी है।

पता नहीं इस पूरी घटना में सचाई कितनी है। हो सकता है कि अपने ही डर से हवेली घराना बरबाद हुआ हो। उन्हें भ्रम में ही सारा कुछ दिखाई देता रहा हो। उनके भीतर का पाप जागकर उनकी आंखों के सामने नाचता रहा हो। कुछ लोगों का कहना है कि यह सारी कारस्तानी गांव के हरिजनों-मोचियों और भूमिहीनों के लड़कों की है। हीरालाल की मौत के बाद घृणा, गुस्से और बदले की भावना में भरकर उन्होंने ही यह सारा प्रेतों का नाटक खेला और हवेली को बरबाद कर डाला। ये लड़के शहर घूम आए हैं, थोड़ा-बहुत पढ़-लिख गए हैं और पार्टीबाजी करने लगे हैं। कुछ लोग कहते हैं कि नहीं, हीरालाल सचमुच भूत बन गया है। अभी तक वह हवेली में रहता है। लोग हवेली को भुतही हवेली कहते हैं।

बहरहाल, मैं नहीं जानता, सच क्या है, झूठ क्या है। मैं तो अभी पिछले दिनों एक शादी के न्योते में रामपुर गांव गया था। हवेली मैंने भी देखी। उसमें कबूतर और चमगादड़ रहते हैं। बिलकुल वीरान और सुनसान हवेली है वह। वहां जाकर कोई भी डर सकता है। उसकी ईंटें झरने लगी हैं। जगह-जगह लंबी-लंबी घास उग आई है। काई जम गई है।

रामपुर के लोग इतना जरूर कहते हैं कि अभी भी पता नहीं कौन रात में हवेली के पिछवाड़े बगीचे को पानी से सींचकर डबाडब कर देता है। बगीचे में अमरूद, संतरे और जामुन के पेड़ हैं। खूब मीठे और बड़े फल उनमें आते हैं, जिन्हें गांव के लड़के तोड़कर खाते हैं।*

---

* इस कहानी पर 'उपरांत' नामक फिल्म बनी है।

दिल्ली की दीवार

यह कहानी दरअसल एक ओट है, जिसके पीछे छुपा हुआ मैं एक रहस्य के बारे में आपको बताना चाहता हूं। क्योंकि जैसी स्थितियां हैं, उसमें अफवाहें ही सूचनाओं की शक्ल में आप तक पहुंच रही हैं। और स्थितियां ऐसी भी हैं कि पता नहीं कब मैं अपने समय में अचानक अनुपस्थित हो जाऊं।

पान की दूकान से खुलती सुरंग की नागरिकता, फकीर के आंसू और थूक

मेरे फ्लैट से संजय चौरसिया के पान के ठेले की दूरी आधा किलोमीटर से भी कम थी। उसके ठेले के बगल में ही रतनलाल का चाय का ठेला था। संजय प्रतापगढ़ के पास के एक गांव बीसीपुरा से दिल्ली आया था और चाय वाला रतनलाल सासाराम से। दोनों की दूकानें ठेले पर इसलिए थीं कि अगर कभी म्युनिसिपैलिटी वाले इधर आसपास दिखें तो फौरन ठेला घसीटते हुए यहां से रफूचक्कर हो लिया जाए। हालांकि मोटरसाइकिल पर गश्त लगाते पुलिस वाले अकसर उधर से निकलते रहते थे, लेकिन उनसे खतरा कम था, क्योंकि उनका हफ्ता बंधा हुआ था। चाय वाला रतनलाल पुलिस को पांच सौ और संजय साढ़े सात सौ रुपए महीना देता था।

"चैन है। कहीं पक्की दूकान लेते तब भी तो किराया देना ही पड़ता! है कि नहीं? जब आदमी दाल-रोटी खाता है, तो चार गस्से (कौर) कुत्ते को भी डालता है। है कि नहीं?" संजय मुस्कराते हुए कहता। लेकिन जीवन किसका कुत्ते जैसा है? यह मैं सोचने लगा।

वहां और भी रेहड़ी वाले थे। दस कदम हटकर साइकिल का पंक्चर लगाने वाला मदनलाल, उसके सामने सड़क की दूसरी ओर मोची देवीदीन, कुछ आगे जाकर स्कूटर और ऑटो की मरम्मत करने और पंक्चर लगाने वाला संतोष। संतोष सीतामढ़ी से चार साल पहले दिल्ली आया था। मदनलाल और देवीदीन पास से ही, हरियाणा के किसी गांव से, यहां तक आते थे। वे जमीन पर ही अपना ठीया जमाते थे। शाम होते-होते क्वालिटी आइसक्रीम वाला ब्रजेंदर भी अपना बिजली और ग्लास फाइबर की बॉडी वाला, अंग्रेजी में लिखा, रंगीन ठेला लेकर वहां पहुंच जाता था। शाम को

वहां उबले अंडे बेचने वाली राजवती अपने पति गुलशन और तीन बच्चों के साथ आ जाती थी। उसकी दूकान से कुछ पीछे ईंटों की दीवार का एक अहाता था। वह जगह सुनसान होती थी। रात में वहां कार वाले आ जाते और गुलशन से व्हिस्की या रम मंगाते। तब तक शराब की सरकारी दूकानें बंद हो चुकी होती थीं, इसलिए गुलशन साइकिल से जाकर कहीं से ब्लैक में अद्धा या पौवा लाता। कुछ ग्राहक उबले अंडे के अलावा चिकन टिक्का भी मंगाते। अगली लालबत्ती के पास सरदार सत्ते सिंह के ठेले में वह मिलता। गुलशन वह भी लाता। उसे टिप में थोड़ी-सी शराब और कुछ रुपए मिल जाते। राजवती उसको पीने से मना नहीं करती थी, क्योंकि फोकट में मिलने वाली अंग्रेजी शराब, अपने पैसे से खरीदकर मिलने वाले लोकल ठर्रे से लाख गुना अच्छी थी। ठर्रे के पाउच में मिलावट होती थी, जिसे पीकर कई बार लोग या तो अंधे हो जाते थे या मर जाते थे।

उस जगह पर रिक्शे वाले भी सुस्ताने और सवारियों के इंतजार में आकर खड़े हो जाते थे। इसलिए वहां चहल-पहल रही आती। ज्यादातर रिक्शे वाले बिहार और उड़ीसा के होते थे। कुछ दिनों तक अहाते के पास ही नालंदा से आया हुआ तुफैल अहमद अपनी सिलाई मशीन लेकर बैठने लगा था। तुफैल अहमद के रहने का कोई ठीक पता-ठिकाना नहीं था, इसलिए उसके पास सिलाई का कपड़ा कोई नहीं छोड़ता था। ज्यादातर स्कूली बच्चों के बस्ते या मजदूरों और रिक्शे वालों की तुरपाई और 'ऑल्टर' का काम ही उसके पास आता। इन दिनों लगभग पंद्रह-बीस दिनों से वह वहां नहीं आ रहा था। कोई कहता था, वह बीमार है, कोई कहता, वह नालंदा लौट गया और किसी का कहना था कि यहां आते हुए रास्ते में वह किसी ब्लू लाइन बस के नीचे आ गया और मर गया। उसकी सिलाई मशीन थाने के पिछवाड़े में पड़ी हुई है।

इसी तरह राजवती के अंडे के ठेले के पास रात में उबला चना मसाला और दिन में छोले-कुलचे बेचने वाली नत्थो और उसके पति मांगेराम का पता कई महीने से नहीं चल रहा था। किसी ने बताया था कि मांगेराम के पेट में कैंसर हो गया था, जिसकी दवा-दारू में नत्थो बरबाद हो गई और उसके मरने के बाद अपने दोनों बच्चों के साथ जमुनापार के किसी कुलचे वाले के पास चली गई।

यहां ऐसा ही होता था। यह किसी नियम जैसा था। यहां हर रोज आने वाला आदमी अचानक ही एक दिन अनुपस्थित हो जाता और फिर भविष्य में कभी नजर न आता। इनमें से अधिकांश लोगों का निश्चित पता नहीं होता था कि उनके बारे में कोई जानकारी हासिल की जाए। उदाहरण के लिए राजवती अपने पति गुलशन और बच्चों के साथ यहां से चार किलोमीटर आगे, बाइपास के करीब, एक सोलहवीं

सदी की इमारत के खंडहर में रहती थी। करनाल और अमृतसर की ओर जाने वाले राष्ट्रीय राजमार्ग से कभी आपने अगर उत्तर की ओर नजर दौड़ाई हो, जिस तरफ निकासी का गंदा नाला बहता है, तो उसके किनारे उस गोल गुंबद वाली पुरानी इमारत को आपने जरूर देखा होगा। काई लगे मटैले पत्थरों और कत्थई पुरानी ईंटों वाली गुंबददार टूटी-फूटी इमारत। कोई सोच नहीं सकता कि वहां कोई आदमजाद रहता भी होगा। दिल्ली से लाहौर यानी हिंदुस्तान से पाकिस्तान जाने वाली मशहूर 'सद्भावना' बस इसी हाइवे से होकर गुजरती है।

उस खंडहर में और लोग भी रहते थे। लेकिन ज्यादातर परिवार वाले ही थे। सिर्फ दो लोगों को छोड़कर। एक था रिजवान, जिसका दाहिना पैर और दायां हाथ कोढ़ से गल गया था और दूसरा सनेही राम, जो इतना बूढ़ा हो गया था कि नाले के पास ही उगे एक नीम के पेड़ के नीचे दिन-भर सोता रहता था। सनेही राम को 'रामचरितमानस' और 'सूरसागर' पूरा याद था। ढोला-मारू की कथा और आल्हा वह ऐसे गले से गाता था कि सुनने वाले को रोमांच हो जाता था। उस खंडहर में रहने वाले परिवारों में से ही कोई न कोई उसे रोटी दे जाता था। रिजवान सुबह-सुबह बाइपास की तरफ चला जाता, वहीं गोपाल धनखड़ के ठेले में चाय पीता, मट्ठी या बंद खाता और बस स्टॉप पर बैठकर शाम तक भीख मांगता। भीख अच्छी मिल जाती थी। रिजवान के चेहरे पर खिचड़ी दाढ़ी थी और उसका चेहरा देखकर फिल्म 'काबुलीवाला' के बलराज साहनी की याद आती थी।

सोलहवीं सदी के उसी खंडहर में राजवती की बहन फूलो, आजादपुर सब्जी मंडी के निकास फाटक पर मूंगफली बेचने वाले जगराज की पत्नी सोमाली और लालकिले के आसपास चरस बेचने वाले मुस्ताक की फुफेरी बहन सलीमन, जो अब उसकी पत्नी भी थी, रहती थीं। वे तीनों धंधा करती थीं। सोमाली तो खंडहर में ही रहकर, वहां अकसर आ जाने वाले स्मैकिए—तिलक, भूसन और आजाद के लाए हुए ग्राहकों को निपटाती थी लेकिन सलीमन और फूलो शाम को रिक्शा लेकर सड़क पर ग्राहकों की खोज में भी घूमती थीं। फूलो कभी-कभी 'पार्टी' में भी रात-रात-भर के लिए बाहर जाया करती थी।

फूलो कभी-कभी आजाद के साथ सोती भी थी, हालांकि इसके लिए उसकी बहन राजवती और बहनोई गुलशन ने मना कर रखा था। घर के लोगों के साथ न धंधा, न उधारी—यह गुलशन कहा करता था। गुलशन, राजवती और फूलो इस खंडहर के निवासियों में सबसे अमीर थे और पिछले साल-भर से, जब से फूलो गांव से यहां रहने आ गई थी और धंधा करने लगी थी, उनकी कमाई इतनी बढ़ गई थी कि वे

लोनी बॉर्डर की तरफ घर बनाने के लिए प्लॉट देखने कई बार जा चुके थे।

"अगर तू वहां गई, तो मैं भी उसी तरफ कोई काम पकड़ लूंगा"—यह आजाद ने कहा था, लेकिन पिछले कुछ दिनों से उसका शरीर लगातार कांपता रहता था और रात में वह ऐंठने लगता था। गुलशन ने कहा था, अब यह ज्यादा दिन नहीं चलेगा। सारे स्मैकियों की यही गत होती है। आजाद का चेहरा किसी बच्चे की तरह मासूम था। उसका रंग गोरा था। तिलक कहता था कि आजाद फतेहपुर के किसी जमींदार घर का लड़का है। मां-बाप मर गए तो भाई और भाभी ने सारी जमीन-जायदाद पर कब्जा कर लिया। भाई के साले ने ही साजिश के तहत उसे स्मैक की लत लगा दी, फिर उसकी ऐसी हालत कर दी कि उसे अपने घर से भागना पड़ा। कहते हैं, आजाद पहले किताबें बहुत पढ़ता था।

मैंने आजाद से देर-देर तक बात की थी। वह बहुत साफ-सुथरी जुबान बोलता था। विदेशी परफ्यूमों और देशी इत्र तथा घोड़ों के बारे में उसकी जानकारी से मैं दंग रह जाता था। किससे कैसी बात की जाए, इसका पूरा इल्म उसे था। स्मैक की लत के अलावा उसके पूरे व्यक्तित्व में दूसरा कोई भी ऐब नहीं था। लेकिन अब पिछले कुछ दिनों से उसका शरीर इस तरह कांपने लगा था, जैसा मलेरिया के तेज बुखार में कांपा करता है। या जैसा परकिंसन रोग में। मैं भीतर-भीतर अच्छी तरह जानता था कि एक दिन जब मैं उस खंडहर की तरफ पहुंचूंगा, तो फूलो, तिलक, भूसन या सलीमन में से कोई कहेगा—'पता है विनायक, चार दिन से आजाद नहीं दिख रहा। चार रोज पहले सवेरे-सवेरे गया था, फिर आज तक लौटा ही नहीं। तुमको तो नहीं दिखा कहीं?'

यही होता है इन सबके साथ। आजाद अब कभी नहीं लौटेगा। लेकिन मैं? मैं विनायक दत्तात्रेय! मैं भी यहां कितना सुरक्षित हूं? मेरे हालात ऐसे हो गए हैं कि मैं एक डरावनी बेरोजगारी में घिरा हुआ घंटों उसी पनवाड़ी के ठेले के पास बैठा रहता हूं। निकम्मा, बेचैन और बदहवास।

तो, मैं दरअसल अब उसी जीवन का हिस्सा था। घर लौटने पर बेटे और बीवी की आंखों के ताब का सामना करने की हिम्मत मेरे भीतर नहीं बची थी। रात में जब मेरा बेटा रोटी के कौर मुंह में रखकर धीरे-धीरे चबाता तो मुझे लगता, वह किसी अंधेरे की सीढ़ियां उतर रहा है और मैं अब भविष्य में उसका चेहरा कभी नहीं देख पाऊंगा। मेरे भीतर की आत्मा जैसी चीज चुपचाप रोती। मैं इस दुर्भाग्य के लिए जितनी बार अपने भीतर कमियां ढूंढ़ने की कोशिश करता, यकीन मानिए, मुझे सारी खामियां इस समूचे तंत्र में दिखाई पड़तीं, जिसको बनाने में निश्चित ही किन्हीं

शैतानों का हाथ था।

यह तय था कि अचानक एक किसी दिन मैं भी इस नुक्कड़ पर दिखना बंद हो जाऊंगा। जिन्नातों और दौलतमंदों के इस शहर दिल्ली से ऐसे ही गायब होते हैं दरवेश, गरीब, बीमार और मामूली लोग। फिर वे कभी नहीं लौटते। वे कहीं नहीं लौटते। इस शहर में उनकी स्मृतियां तक नहीं बाकी रहतीं।

वे किसी बदकिस्मत फकीर के आंसू की तरह होते हैं, जो जब जाता है, तो उस जगह की जमीन पर, जहां उसका वजूद होता है, सिर्फ एक छोटी-सी नमी और थोड़ा-सा गीलापन छोड़ जाता है। यह नमी उसके वक्त के अन्याय के बरक्स उसके खामोश आंसुओं और थूक की होती है।

इतिहास की खंडित मूर्तियां और कोरोनेशन पार्क से निकलता विशाल झुंड

लेकिन लगता है, हम भटक गए थे। बात मेरे फ्लैट से थोड़ी ही दूर, नुक्कड़ के संजय चौरसिया के पान ठेले की चल रही थी और हम इधर बाइपास के करीब 16वीं सदी के खंडहर तक आ पहुंचे, लेकिन असलियत यही है कि अगर आप अपने फ्लैट से बाहर निकलकर किसी भी नुक्कड़ की जिंदगी को गौर से देखें तो आप धीरे-धीरे एक ऐसी सुरंग में दाखिल हो जाएंगे, जहां एक बिलकुल अलग ही आबादी बसती है। यहां एक अलग तरह की नागरिकता का निवास होता है। यहां के हादसों और घटनाओं की कोई खबर अखबारों में नहीं छपती। दरअसल अखबार होते ही इसलिए हैं कि वे यहां की खबरों और हादसों को छुपाएं।

अगर आप दिल्ली में हैं और कोई ऐसा जीवन जी रहे हैं, जिसमें अकसर रात-भर नींद नहीं आती और आप अचानक तीन या चार बजे उठकर सड़कों पर यों ही भटकने लगते हैं, तो आपने कभी न कभी 'किंग्सवे कैंप' से राजघाट की ओर जाने वाली सड़क का दृश्य जरूर देखा होगा। 'किंग्सवे कैंप' का नाम अब बदलकर 'विजयनगर' कर दिया गया है। अगर आप विजयनगर चौराहे से अंदर की ओर, निरंकारी कॉलोनी या मुखर्जी नगर जाने वाली सड़क पर चलें, तो धीरे-धीरे उस उजाड़-सी जगह तक पहुंच जाएंगे, जिसे 'कोरोनेशन पार्क' के नाम से जाना जाता है। हालांकि अब उसे एक खूबसूरत बड़े-से पार्क में बदल दिया गया है, लेकिन यही वह जगह है, जिसके आधार पर यह इलाका 'किंग्सवे कैंप' के नाम से जाना जाता है।

कहते हैं कि अंग्रेजों के जमाने में जब जॉर्ज पंचम या चार्ल्स, पता नहीं दोनों में से कौन, हिंदुस्तान आए थे, तो यहां के देशी रियासतों के राजा-रजवाड़ों के कैंप

इसी जगह पर लगे थे। वे विलायत के अपने सम्राट् का स्वागत करने यहां इकट्ठा हुए थे। कहते हैं कि वह स्वागत कुछ-कुछ वैसा ही था, जैसा अभी कुछ साल पहले अमेरिका के प्रेसिडेंट बिल क्लिंटन का स्वागत था। इसी जगह पर देशी रियासतों के राजा-रजवाड़ों ने अपने अंग्रेज सम्राट् का राज्याभिषेक किया था, जिसे अंग्रेजी में 'कोरोनेशन' कहते हैं और विलायती सम्राट् ने यहां जो भाषण दिया था, उनके जाने के बाद उसे राष्ट्रीय अभिलेखागार में रख दिया गया था। भाषण की उस प्रति को हिंदुस्तान के इतिहास का एक अहम दस्तावेज माना जाता है। इसके अलावा, सम्राट् की एक मूर्ति इंडिया गेट के बीचोबीच एक खूबसूरत छतरी के नीचे खड़ी कर दी गई थी। बाद में, जब 1947 में अंग्रेज इंग्लैंड लौट गए, तो वह मूर्ति, अंग्रेज हुक्मरानों की दूसरी तमाम मूर्तियों के साथ, इसी किंग्सवे कैंप के कोरोनेशन पार्क में रख दी गई।

आजादी के बाद के सालों में यह पार्क धीरे-धीरे भिखमंगों, पागलों, कोढ़ियों, लूले-लंगड़ों, नशेड़ियों और लावारिस अनागरिक मनुष्यों की आवारा आबादी का अड्डा बन गया। चूल्हा, चक्की, घन, हथौड़ा, सिल-बट्टा और पता नहीं किन-किन जरूरतों को पूरा करने के लिए इन लोगों ने सम्राट् समेत सारे अंग्रेज हुक्मरानों की मूर्तियों के अंग-भंग कर डाले। कोई सम्राट् का सिर तोड़कर ले गया, कोई हाथ, कोई पैर। बाकी मूर्तियां भी अब सिर्फ डरावने धड़ों के रूप में यहां-वहां जमीन पर बेतरतीब उगी जंगली घास और झाड़ियों के बीच बिखरी पड़ी थीं। रात घिरते ही समूची दिल्ली के कोने-कोने से ऐसे लोगों की आबादी इस पार्क में सिमट आती और जगह-जगह बिखरी इन्हीं खंडित मूर्तियों के बीच सोकर रात गुजारती।

तो, जैसा मैंने कहा कि अगर आप दिल्ली में हैं और एक ऐसी जिंदगी जीते हैं, जिसमें अकसर आशंकाओं की कोई अंतहीन डरावनी फिल्म सारी रात आपके दिमाग के भीतर चलती रहती है और किसी बेचैनी और बदहवासी में घिरकर आधी रात या बिलकुल तड़के आप यहां की सड़कों पर बेमकसद भटकने लगते हैं तो आपने किंग्सवे कैंप के कोरोनेशन पार्क से निकलकर धीरे-धीरे मालरोड से राजघाट की ओर रेंगते मनुष्यों के उस अपार झुंड को जरूर देखा होगा। रात का अंधेरा अभी पूरी तरह मिटा नहीं होता, सुबह का कोहरा दृश्य में एक धुंधला रहस्य भरता रहता है और आप देखते हैं कि फेलिनी या अंतोनियोनी की किसी फिल्म के किसी सुर्रियलिस्ट शॉट की तरह टूटे-फूटे, विकलांग, अपाहिज, क्षत-विक्षत, आधे-अधूरे मनुष्यों का विशाल झुंड राजधानी की ओर चुपचाप बढ़ रहा है।

लगता है, पिछली सदी के किसी महायुद्ध में किसी शहर पर हुई भयावह

बमबारी के बाद जीवित बचे घायल और विकलांग लोगों की आबादी उस संहार के मलबे से निकलकर किसी सुरक्षित जीवन की शरण की ओर बढ़ रही है। किसी अंतिम अरण्य की ओर।

यहां से रेंगते हुए, वे सूरज के निकलते-निकलते, समूची राजधानी के कोने-कोने में बिखर जाते हैं। उन्हें आप स्टेशन, बस अड्डे से लेकर दरगाहों, मंदिरों और शहर के हर चौराहे और पटरियों पर देख सकते हैं। यह आबादी झुग्गियों में रहने वाली आबादी से बिलकुल अलग है और उसकी जनसंख्या आजादी के बाद लगातार बढ़ती गई है।

संजय चौरसिया के पान वाले ठेले के पास के नुक्कड़ पर कभी-कभार रंगीन कागज के फूल और हवा में घूमने वाली फिरकियां बेचने वाली कानी और सफेद कोढ़ से भरे चित्तीदार चेहरे वाली रुपना मंडल भी किंग्सवे कैंप के उसी कोरोनेशन पार्क से आती है। उसके साथ-साथ कभी-कभी आने वाला बिना बांहों वाला सात-आठ साल का बच्चा सोहना भी उसी अनधिकृत आबादी का हिस्सा है।

तो देखा न आपने कि कैसे संजय चौरसिया के पान ठेले वाले नुक्कड़ से जो सुरंग शुरू होती है, वह बाइपास के खंडहर से होती हुई किंग्सवे कैंप तक और फिर वहां से समूची राजधानी के कोने-कोने तक विस्तृत हो जाती है। अगर आप इस सुरंग में दाखिल हो जाएं और चुपचाप चलते चले जाएं, तो आप पाएंगे कि यह सुरंग जमीन के भीतर-भीतर पूरे मुल्क और समुद्र के भीतर-भीतर से गुजरती हुई समूची दुनिया तक फैलती जाती है। यह एक अलग प्रकार का भूमंडलीकरण है, जो इतने अदृश्य और गोपनीय तरीके से हो रहा है कि इसके बारे में कोई भी समाजशास्त्री अभी ज्यादा नहीं जानता। जो जानते हैं, वे चुप रहते हैं और आने वाले समय का इंतजार कर रहे हैं। लेकिन महत्त्वपूर्ण यह है कि यह सुरंग की शुरुआत संजय चौरसिया की जिस दूकान से होती है, वह दूकान मेरे फ्लैट से बस कुछ ही कदमों की दूरी पर है।

बिलकुल मुमकिन है कि आप अपने फ्लैट या अलग-थलग बने किसी मकान से बाहर निकलकर किसी ऐसे ही ठेले या रेहड़ी के पास के जमघट को गौर से देखें तो इस सुरंग का कोई मुहाना आपको भी मिल जाए।

रामनिवास से भेंट और रहस्य की शुरुआत

इसी नुक्कड़ पर मेरी मुलाकात रामनिवास पसिया से हुई थी। वह इलाहाबाद की हंडिया तहसील के एक गांव शाहीपुर से बीस साल पहले अपने पिता बबुल्ला

पसिया के साथ दिल्ली आया था। बबुल्ला पहले रोहतक रोड के एक ढाबे में बरतन मांजने का काम करता था, फिर आगे चलकर उसने तंदूरी रोटी बनाने और दाल-सब्जी में तड़का लगाने का काम सीख लिया। पांच साल पहले उत्तर-पश्चिम दिल्ली के समयपुर बादली गांव की झुग्गी बस्ती में उसने भी अपनी एक झुग्गी डाल ली थी और इस तरह उसका परिवार दिल्ली का निवासी बन गया। हालांकि वह बस्ती, जहां उसकी झुग्गी थी, अनधिकृत बस्ती थी और कभी भी उस पर म्युनिसिपैलिटी का बुलडोजर चल सकता था लेकिन पिछले साल चुनावों के बाद राशन कार्ड बन जाने के बाद यह उम्मीद बन गई थी कि अब उन्हें यहां से हटाया नहीं जाएगा।

रामनिवास पसिया की उम्र मुश्किल से सत्ताइस-अट्ठाइस साल की थी। इस इलाके के पार्षद रामलाल शर्मा की सिफारिश से उसे नई दिल्ली नगरपालिका में अस्थायी सफाई कर्मचारी का काम मिल गया था। उसकी ड्यूटी दक्षिणी दिल्ली के साकेत इलाके में लगी थी। सुबह आठ बजे एक झोले में वह प्लास्टिक के टिफिन के भीतर रोटियां रखकर डी०टी०सी० की बस से धौलाकुआं के लिए निकल जाता और फिर वहां से दूसरी बस लेकर साकेत पहुंचता। दफ्तर में हाजिरी लगाने के बाद वह अपनी झाड़ू और सफाई का दूसरा सामान लेकर उस इलाके में पहुंच जाता, जहां उसकी ड्यूटी होती। दोपहर भूख लगती, तो किसी कुलचे वाले से दो रुपए के छोले लेकर घर से लाई रोटी के साथ भरपेट खा लेता। रोटियां उसकी पत्नी बबिया बनाती थी। बबिया से उसकी शादी तब हुई थी, जब उसकी उम्र सत्रह वर्ष की थी। अब वह दो संतानों का पिता बन चुका था। एक बेटा और एक बेटी। अगर एक बेटा मर न गया होता, तो यह संख्या तीन होती।

रामनिवास से मेरी मुलाकात संजय के ठेले के पास ही हुई थी। हमारे इलाके में उसके अकसर आने की एक खास वजह थी। दरअसल उसका सुषमा नाम की लड़की से कुछ चक्कर चल रहा था। सुषमा घरों में बरतन-कपड़े का काम करती थी और समयपुर बादली से रोज यहां आती थी। रामनिवास उसके साथ-साथ कई बार आ जाता और जब तक वह घरों में काम करती, तब तक वह संजय के ठेले से बीड़ी या सिगरेट खरीदकर सुट्टे खींचता या रतनलाल के ठेले पर चाय पीता। सुषमा की उम्र मुश्किल से सत्रह-अट्ठारह साल की रही होगी, यानी वह रामनिवास से कम से कम दस वर्ष छोटी थी। सांवले रंग के रामनिवास का शरीर इकहरा था और अगर फिल्मी एक्टर जितेंद्र थोड़ा काला, दुबला और गरीब हो जाता तो वह बिलकुल रामनिवास की तरह ही दिखता। सुषमा उसे पसंद करती थी, यह दोनों को साथ देखने से ही पता चल जाता था।

रामनिवास के साथ जो किस्सा जुड़ा हुआ है, उसी में वह रहस्य है, जिसे मैं आपको बताने जा रहा हूं। आपसे मेरी प्रार्थना यही है कि आप किसी को भी यह न बताएं कि इस रहस्य की जानकारी आपको किसने दी है। आप तो जानते ही हैं कि पहले से ही तमाम संकटों में घिरा हुआ मैं, इसके बाद कितने बड़े जोखिम में फंस जाऊंगा।

सुषमा को कल भी मैंने देखा था। वह आज भी हमारे इलाके के कई घरों में काम करती है। वह अभी भी पहले की तरह ही हर रोज यहां आती है।

लेकिन रामनिवास?

रामनिवास कई महीने से इस नुक्कड़ पर नहीं दिखा। अब वह कहीं नहीं दिखेगा। सुषमा भी उसका कोई जिक्र नहीं करती। मैंने पहले ही बताया था कि यह एक ऐसा जीवन है, जिसमें कभी भी, हर रोज दिखाई देने वाला आदमी, एक दिन अचानक अनुपस्थित हो जाता है। फिर वह कभी नहीं दिखता। बाद में उसकी स्मृति भी बाकी नहीं बचती। अगर आप उसे खोजना भी चाहें तो उस जमीन पर, जहां कभी उसका अस्तित्व हुआ करता था, वहां पर थोड़ा-सा गीलापन, जरा-सी नमी-भर आपको मुश्किल से मिलेगी, जो इस तथ्य का प्रमाण होगी कि इस जगह पर कभी न कभी एक मनुष्य का जीवन जरूर हुआ करता था, जो अब नहीं रहा। जो अब कभी नहीं होगा।

मैं आपको उसी रामनिवास के बारे में संक्षेप में बताना चाहता हूं। यानी रामनिवास के न होने का साधारण-सा वृत्तांत। और इसी में उस रहस्य का पहला छोर मौजूद है, जिसे जानना, इस समय हम सबके लिए बहुत जरूरी है।

पिछले से पिछले साल की मई की पच्चीस तारीख थी। दिन था मंगलवार। उस रोज हमेशा की तरह रामनिवास सुबह साढ़े सात बजे अपने घर से तैयार होकर साकेत जाने के लिए निकला। उसके घर से साकेत की दूरी लगभग 42 किलोमीटर थी। उसकी पत्नी बबिया ने उसके झोले में आज रोटियों वाले प्लास्टिक के टिफिन के अलावा स्टील का एक डिब्बा और भी रखा था। उसमें आलू और छोले की मसालेदार सब्जी थी, जो रामनिवास को बहुत पसंद थी। रामनिवास जब बस स्टॉप पहुंचा तो वहां सुषमा पहले से ही खड़ी थी। उसने आज अपना लाल चित्तियों वाला सलवार-सूट पहन रखा था और चेहरे पर क्रीम लगा रखी थी। वह सुंदर लग रही थी।

पिछले हफ्ते, शनिवार के दिन वह रामनिवास के साथ पहली बार फिल्म देखने अल्पना सिनेमा गई थी और इंटरवल में दोनों ने बाहर चाट-पापड़ी खाई थी। सिनेमा हॉल के भीतर और बाद में घर लौटते हुए बस में, रामनिवास उसके साथ लगातार

सटा जा रहा था। वह उससे हामी भरने के लिए जिद कर रहा था। सुषमा लगातार टाल रही थी, लेकिन बस से उतरकर जब वह अपने घर जा रही थी, तो मोड़ पर रामनिवास ने कहा था कि अगर वह मंगलवार को सवेरे इस बस स्टॉप पर नहीं मिली तो सब खतम। मतलब कि वह रामनिवास को पसंद नहीं करती।

आज मंगलवार ही था। हर रोज सुबह नहाने के बाद वह बबिया से रात की बची बासी रोटी मांगकर खा जाता था। आज उसके पेट में भूख की जगह एक अजब-सी बेचैनी भरी हुई थी, जिसे वह बबिया से छुपाने की लगातार कोशिश कर रहा था। घर से निकलते हुए उसका दिल डूब-सा रहा था। रामनिवास को अकसर संदेह रहता था कि सुषमा उसको लेकर कई तरह की दुविधाओं से गुजर रही है। इसीलिए आज उसे बस स्टॉप पर पहले से खड़ा देखकर वह इतना ज्यादा खुश हुआ था कि सुषमा से बस की बजाय ऑटोरिक्शा से चलने की जिद करने लगा। बहुत जिद करने पर भी सुषमा इसके लिए तैयार नहीं हुई। "फालतू पैसा फेंकने और कमाई में आग लगाने से क्या फायदा? ऐसे ही चलते हैं।" ऐसा सुषमा ने कहा। रामनिवास इससे निराश हुआ क्योंकि उसका इरादा ऑटोरिक्शा की पिछली सीट पर सुषमा से चिपकने और उससे छेड़छाड़ करने का था। इसके बावजूद चूंकि सुषमा ने आज बस स्टॉप पर आकर एक तरह से रामनिवास के लिए हामी भर लेने का सिग्नल दे दिया था, इसलिए उसका दिल बल्लियों उछल रहा था। वह सचमुच बहुत खुश था। उसे अपनी अब तक की जिंदगी बदली हुई लग रही थी।

अपनी पत्नी बबिया से उसकी हर रोज चखचख होती रहती थी। वह बच्चों को संभालने और घर के काम से ही फुरसत नहीं पाती थी। दोनों बच्चों में से कोई न कोई हमेशा बीमार रहा आता था। बड़े वाले रोहन को तो उसने शायद ही कभी हंसते और खेलते-कूदते देखा हो। बबिया को रामनिवास की तनख्वाह भी कभी पूरी नहीं पड़ती थी। हालांकि इसमें दोष बबिया का नहीं, उनके परिवार की जरूरतों का था, फिर भी रामनिवास को गुस्सा बबिया पर ही आता। "तुम्हारे हाथ में बरकत नहीं है। गोपाल को देखो। चार बच्चे हैं। मां-बाप हैं। ऊपर से नाते-रिश्तेदार जमे ही रहते हैं। मुझसे कम तनख्वाह है लेकिन तब भी मजे से गुजारा चलता है। और इधर तुम! दिन-रात हाय हाय। हाय हाय।" यह वह अकसर बबिया से कहता। बबिया चुप रहते हुए ऐसी नजर से उसे घूरती, जो सारे दिन रामनिवास के दिमाग के भीतर चुपचाप सुलगती रहती। उसी नजर के कारण वह एक-एक पैसा अपने दांतों में दबाता। भूख लगती तो पेट मसोस लेता। चाय की तलब होती तो किसी के पास तरह-तरह से जुगाड़ जमाता। डी०टी०सी० में अकसर बिना टिकट सफर करता।

वह बबिया की, उसके दिमाग के भीतर हर पल सुलगती नजर ही थी, जिसके कारण रामनिवास कभी हंस न पाता।

उस मंगलवार को रामनिवास ने सुषमा से कहा कि आज वह ड्यूटी से जल्दी लौट आएगा, इसलिए वह आज दो बजे तक संजय के ठेले के पास उसका इंतजार कर ले। दोनों साथ-साथ वापस लौटेंगे। सुषमा ने हालांकि पहले तो कहा कि वहां पर इंतजार करना उसे अच्छा नहीं लगता, क्योंकि स्कूटर मैकेनिक संतोष उसके साथ ऐसी-वैसी बात करता है और संजय भी मसखरी करता है लेकिन बाद में वह इसके लिए तैयार हो गई। लेकिन आज पहली बार सुषमा ने रामनिवास से धीरे से यह कहा कि वह साकेत से लौटते हुए, अनुपम सिनेमा के पास से मिर्ची पकौड़ा जरूर ले आए। रामनिवास कई बार उससे वहां के मिर्ची पकौड़ा का जिक्र कर चुका था। सुषमा ने जब आज उससे ऐसा कहा तो रामनिवास को उसकी आवाज में उस पर हक जमाने जैसा अपनापन लगा, जो उसको अच्छा लगा। उसने, "हां-हां। देखूंगा-देखूंगा।" कहकर बड़ी मुश्किल से उस अच्छा लगने को सुषमा से छिपाया।

झाड़ू की मूठ, कोठी का जिम सेंटर और गुरु को घूरता मंगल

रामनिवास उस दिन काफी खुश था और फिल्म 'कुछ कुछ होता है' का गाना गा रहा था। उसने दफ्तर में अपनी हाजिरी लगाने के बाद चोपड़ा साहब से कहा कि आज वह जल्दी घर चला जाएगा, क्योंकि बीवी की तबीयत खराब है और उसे अस्पताल ले जाना है। चोपड़ा साहब उस दिन आसानी से मान गए थे, जबकि हमेशा वे इसमें चिखचिख करते थे और छुट्टी की एप्लीकेशन देने की जिद करते थे। 'आज का दिन बहुत किस्मत वाला है।' ऐसा रामनिवास ने मन में सोचा।

वह एक कोठी का बड़ा-सा हॉल था, जिसमें वह झाड़ू लगा रहा था। इसमें झाड़ू लगाना उसकी ड्यूटी में शामिल नहीं था, क्योंकि वह कोठी सरकारी नहीं थी, लेकिन चोपड़ा साहब ने कहा था कि चूंकि उस कोठी में साहब लोग और उनके बीवी-बच्चे कसरत के लिए और अपना मोटापा कम करने के लिए रोज जाते हैं, इसलिए रामनिवास उसको भी साफ कर दिया करे।

दरअसल वह एक जिम सेंटर था। उसमें पेट घटाने, चर्बी छांटने, कमर पतली और मोटापा दूर करने वाली तरह-तरह की मशीनें रखी थीं। साकेत में रहने वाले बड़े लोग और उनके परिवार के सदस्य उसमें सुबह-शाम आ जाते और वहां घंटों चहल-पहल रहती। इसी कोठी की पहली मंजिल पर एक ब्यूटी पार्लर और एक मसाज सेंटर भी खुल गया था। अधेड़ और अधबूढ़े रईस मसाज सेंटर में आकर अपनी

मालिश कराते और कभी-कभी उनमें से कुछ लड़कियों को अपनी कार में बाहर भी ले जाते। उसने कई पुलिस अफसरों और नेता लोगों को भी यहां आते देखा था।

सुनीला नाम की लड़की बाहर जाने का पांच हजार लेती थी, ऐसा सामने की नुक्कड़ के चाय वाले गोविंद ने बताया था। "पता नहीं साले, साहब लोग यहां क्या-क्या करते हैं। रात-भर पार्टी चलती है। आसपास की कोठियों की कई लड़कियां और लड़के इसमें रात में आते हैं।" गोविंद ने बताया था। इस जिम सेंटर से उसकी आमदनी बढ़ गई थी क्योंकि रात में अकसर पेप्सी और सोडा की मांग वहां से होती। वे लोग रात में वहां मौज-मस्ती करते और शराब पीते। यही वजह थी कि रामनिवास को सफाई के दौरान वहां के बाथरूम में कई बार ऐसी ऊटपटांग चीजें मिल जातीं, जिन्हें ठिकाने लगाना भी आसान न होता।

'क्या जिंदगी है साहब लोगों की! खा-खा के फूल गए हैं और चर्बी ही छांटे नहीं छंटती। और कहां अपन! गंदे नाले की मछली खा लेने से एक बेटे की मौत हो गई। दूसरा दवाई के भरोसे सांस खींच रहा है।' रामनिवास ने सोचा। तभी उसे सुषमा की याद आई। वह दो बजे तक संजय के ठेले पर उसका इंतजार करेगी। जल्दी-जल्दी सारा काम निपटाने के फेर में वह लग गया।

रामनिवास जिम सेंटर के बड़े-से हॉल के फर्श पर झाड़ू लगा रहा था। झाड़ू की मूठ पर बंधी सुतली की कसान ढीली पड़ गई थी, इसलिए झाड़ू की सींकें बार-बार खिसक जाती थीं। रामनिवास परेशान हो रहा था। उसने हॉल की दीवार पर झाड़ू की सींकों को बराबर करने के लिए उसकी मूठ को ठोंका तो चौंक पड़ा। उसने दीवार को दुबारा ठोंका तो उसका शक पक्का हो गया। अजब बात थी, ठोंकने पर दीवार से खट्-खट् की नहीं, धप्-धप् की आवाज आ रही थी। इसका मतलब था कि दीवार वहां पर खोखली थी। उसके भीतर पोल था, बस ऊपर से पलस्तर चढ़ा दिया गया था। जिस जगह वह दीवार थी, वहां दो कुर्सियां, एक मेज और जूट के दो बोरे रखे हुए थे। रामनिवास ने उन्हें खिसकाकर जगह बनाई और झाड़ू की मूठ को जोरों से दीवार की उस जगह पर ठोंकने लगा।

जैसा कि होना ही था। पलस्तर में पहले दरारें पड़ीं, फिर उसके चिलठे उखड़ने लगे। देखते-देखते एक बड़ा-सा छेद वहां खुल गया। फिनाइल या गैमेक्सिन की तेज गंध वहां से छूट रही थी। रामनिवास ने उसके भीतर झांककर देखा तो उसकी सांसें थम गईं। वह जड़ रह गया। बाप रे! अंदर नोट ही नोट थे। सौ-सौ और पांच-पांच सौ की गड्डियां।

उसने अपनी आंखें छेद के और नजदीक सटाईं। दीवार के भीतर का पोल बहुत

बड़ा था। कोई लंबी सुरंग जैसा खोखल उस दीवार के भीतर मौजूद था और उसमें दूर-दूर तक नोटों की गड्डियां भरी हुई थीं। यहां से वहां तक। आगे जहां अंधेरा गहरा होता जाता था, उसमें वे गड्डियां डूब रही थीं। अंधेरे की कालिख उन्हें अपने भीतर छुपा रही थी। रामनिवास का दिल जोरों से धड़कने लगा। उसने डरते हुए इधर-उधर नजर दौड़ाई। आसपास कोई नहीं था। सिर्फ वह था। अकेला। और साकेत की उस कोठी नंबर ए-11/डीएक्स 33 के जिम सेंटर के बड़े-से हॉल की वह दीवार उसके सामने थी, जिसमें एक ऐसा खोखल उसकी झाड़ू की मूठ की ठोकर से अचानक खुल गया था, जिसमें अनगिनत नोटों की गड्डियां भरी पड़ी थीं।

काला धन…काला धन…, काला, काला, काला, उसके कानों में जैसे कोई फुसफुसा रहा था। उसके शरीर का रोयां-रोयां सिहर रहा था। जिस चीज के बारे में वह सिर्फ सुना करता था, इस समय वह उसकी आंख के ठीक सामने, सांस-भर की दूरी पर, साक्षात् मौजूद था। यह न कोई सपना था, न कोई किस्सा। यह एक सच्चाई थी, जो संयोग से उसकी आंखों के सामने इस वक्त मौजूद थी।

रामनिवास कुछ देर तक चुपचाप खड़ा सोचता रहा, फिर उसने उत्तरी कोने की मेज पर रखा अपना झोला उठाया और इधर-उधर अच्छी तरह देखकर पांच-पांच सौ के नोटों की दो गड्डियों को उसमें डाल लिया। इसके बाद उसने उस खोखल को ढंकने के लिए वहीं पड़े जूट के बोरे को खिसकाकर सटा दिया और उसके सामने मेज-कुर्सी लगा दी, जिससे किसी को उसके बारे में पता न चले। फिर उसने फर्श पर अच्छी तरह से झाड़ू लगाकर, पलस्तर की झाड़न और धूल-गर्द को साफ किया और इत्मीनान से बाहर निकलकर गोविंद की दूकान पर आ गया। वहां उसने एक कप कड़क चाय पी और दो मट्ठियां खाईं।

"आज गर्मी कुछ ज्यादा ही बढ़ गई लग रही है। कल तो फिर भी ठीक था।" उसने गोविंद से कहा। गोविंद ज्यादा बात करने के मूड में नहीं था, क्योंकि तभी वहां एक जीप आकर खड़ी हो गई थी, जिसमें बैठे लोगों ने पांच चाय और पांच मट्ठी का ऑर्डर दिया था। जीप सरकारी थी।

"गर्मी तो अभी और बढ़ेगी।" गोविंद ने सिर्फ इतना कहा और पतीले में चाय उबालने लग गया। अभी तक सिर्फ साढ़े ग्यारह बजे थे और इस इलाके की सफाई का आधा काम अभी भी बाकी था। लेकिन रामनिवास वहां से सीधा अपने दफ्तर पहुंचा, झाड़ू जमा किया और यह कहकर कि बीवी की तबीयत काफी बिगड़ गई है, घर से फोन आया है, वह निकल गया।

नोटों के एक बंडल में दस हजार रुपए थे। यानी रामनिवास के झोले में इस

समय बीस हजार रुपए मौजूद थे। इतने रुपए इकट्ठे उसने अपने जीवन में कभी नहीं देखे थे। वह डर रहा था, इसलिए साकेत से रोहिणी तक की बस के सफर में उसने झोले को कसकर अपने पेट से चिपकाए रखा। अगर किसी भी व्यक्ति के पास थोड़ी फुर्सत होती और वह रामनिवास के चेहरे पर गौर करता तो जान सकता था कि वह कितनी घबराहट और तनाव की हालत में है।

बस स्टॉप से रिक्शा लेकर जब वह संजय के ठेले पर पहुंचा तो सुषमा वहां खड़ी थी और स्कूटर मैकेनिक संतोष से हंस-हंसकर बात कर रही थी। रामनिवास को थोड़ा-सा गुस्सा आया, लेकिन उसे देखते ही जब सुषमा ने कहा कि "कहां की तिजोरी हाथ लग गई? रिक्शे की ऐश हो रही है आज तो।" तो वह घबरा गया।

सुषमा ने फिर पूछा, "तुमने तो दो बजे आने को कहा था। इतनी जल्दी छुट्टी कैसे मिल गई? अभी तो एक भी नहीं बजा।" तो रामनिवास हंस पड़ा।

सुषमा को देखकर और संभवतः उस जगह तक पहुंचकर उसे कुछ तसल्ली-सी हो रही थी। उसकी घबराहट अचानक कम हो गई थी।

स्वप्न में ऑटोरिक्शा और मजेदारी का अनोखा पेड़

"भाग आया मैं जल्दी।" उसने कहा और सुषमा को देखकर हंसने लगा। सुषमा भी हंसने जा रही थी, लेकिन अचानक उसे लगा कि रामनिवास के ऐसा कहते ही संजय और संतोष उसकी ओर देखने लगे हैं, तो वह पहले की तरह ही रही आई।

"चाय पियोगे तुम लोग?" रामनिवास ने जब संतोष और संजय से पूछा तो दोनों को ताज्जुब हुआ। "बात क्या है भाई, आज तो! ओ०टी० मिला लगता है!" संतोष ने कहा। सुषमा को भी थोड़ा आश्चर्य हुआ, क्योंकि रामनिवास को पैसे के मामले में वह मक्खीचूस मानती थी। चाय या बीड़ी के लिए जब वह लोगों के सामने तरह-तरह की हरकतें करता, तो उसे अच्छा नहीं लगता था। लेकिन रामनिवास ने उस दिन संजय और संतोष को ही नहीं, मोची देवीदीन और साइकिल वाले मदन को भी एक-एक स्पेशल चाय पिलाई।

सुषमा ने बहुत मना किया कि पैसे में क्यों आग लगाते हो, लेकिन रामनिवास नहीं माना। उसने एक ऑटोरिक्शा किराए पर लिया और सुषमा के साथ करोलबाग, कमला नगर, दीप मार्केट घूमता रहा। सुषमा को उसने पेप्सी पिलाई, चाट-पापड़ी खिलाई, करोलबाग से उसके लिए एक लेडीज पर्स खरीदा और कमला नगर के कोल्हापुर रोड से उसके लिए पांच सौ का सलवार-सूट और एक जोड़ी चुन्नी खरीदकर दी। सुषमा को यह सब कुछ स्वप्न जैसा लग रहा था। जब-जब रामनिवास की ओर

वह देखती या वह उसे छूता, खुशी का एक तेज झरना अचानक फूटकर उसको भीतर-बाहर से नहला डालता। कल तक का उदास और परेशान रामनिवास, जिसके बारे में कई बार वह सोचने लगती थी कि वह उससे मिलना-जुलना बंद कर देगी, आज किसी अविश्वसनीय सुख और कई-कई रंगों से भरे सपने के नायक में बदल गया था। हालांकि उसकी दाढ़ी अभी भी बेतरतीब बढ़ी हुई थी, ठूंठ उग रहे थे और मुंह से बीड़ी की तेज बास आ रही थी, लेकिन स्कूटर की पिछली सीट पर जब-जब वह उसे चूमता, सुषमा को लगता जैसे फूलों के किसी बगीचे ने उसे अपने भीतर समेट लिया है।

सुषमा नहीं जान पाई कि रामनिवास में ऐसा आश्चर्यजनक परिवर्तन हुआ कैसे? उसे लगता, आज मंगलवार को समयपुर बादली के बस स्टैंड पर आकर उसने एक अच्छा काम किया, जबकि आने न आने के बारे में वह रात-भर सोचती रही थी। उसका फैसला आखिर ठीक ही निकला, क्योंकि अब वह यही सोचकर खुशी से सिहर उठती थी कि दुनिया में कोई उसे इतना प्यार करने वाला मौजूद भी है, और इस समय वह उसी के साथ है। रामनिवास उसे बहुत भोला और उसके लिए किसी छोटे-से बच्चे की तरह व्यग्र लग रहा था। सुषमा जब कुछ दिनों के बाद रामनिवास के साथ सोने लगी और बाद में उसके बच्चा भी ठहरा, जिसे उन्होंने नाहरपुर के मित्तल क्लिनिक में गिरवाया, तब भी उस दिन की ऑटोरिक्शा की यात्रा उसकी स्मृति में हमेशा रही आई। यह एक स्वप्न था, जिसमें सुषमा और रामनिवास दो साल पहले, मई महीने की 23 तारीख के उस मंगलवार को अचानक प्रवेश कर गए थे, जिस मंगलवार को रामनिवास को साकेत की कोठी नंबर ए-11/डीएक्स 33 की दीवार की खोखल में छुपे हुए रुपए मिले थे।

हर खुशी की जड़ नोटों में ही छुपी होती है, वहीं से मजेदारी का पेड़ पनपता है, जिसमें सुख और मस्ती के फल लगते हैं। नोटों की गड्डियों में ही शायद आदमी की सारी अच्छाइयां भी बंद होती हैं। रामनिवास अकसर सोचने लगता। वह अब बिलकुल नया आदमी बन चुका था। उसके रहने-सहने का ढंग बदल गया था। पहले के गरीब, फटीचर और उदास जितेंद्र की जगह अब वह चमकदार, रंगीन और बातूनी गोविंदा नजर आने लगा था, जिसके दांत हमेशा निकले रहते थे। उसके घर की भी हालत सुधर गई थी। उसकी पत्नी बबिया अब हमेशा खुश रहती। घर में अच्छा खाना बनता। हफ्ते में कम से कम दो बार वे मीट खाते। अंडा तो रोज ही, जब मन पड़ता, वह ले आता। बच्चे आइसक्रीम मांगते और पाते। कोई मेहमान आता, तो हल्दीराम की नमकीन, ब्रिटानिया के बिस्कुट बबिया तश्तरी में रखती और

कहती, "भाई साहब, थोड़ा-सा तो लीजिए।" सोफा, टी०वी०, वी०सी०आर०, डबल बेड, फ्रिज वगैरह खरीद लिया गया था। रामनिवास पालिका बाजार से एक विदेशी सी०डी० प्लेयर भी ले आया था और कहता था कि जल्द ही बच्चों के लिए कंप्यूटर खरीद लाएगा। वह बताता था कि लोग कहते हैं कि आज के जमाने में कंप्यूटर सीखे बिना कोई तरक्की नहीं कर सकता। अपने बच्चों रोहन और उर्मिला के लिए वह कंप्यूटर कोर्स के बारे में पता लगाता रहता। वह प्लान बनाता कि दोनों को वह अमेरिका भेजेगा, जहां वे किसी कंपनी में काम करेंगे और हर महीने कई लाख की तनख्वाह पाएंगे।

रामनिवास के नाते-रिश्तेदार, जो कभी उसके पास फटकते नहीं थे, वे अब अकसर सपरिवार उसके यहां आ जाते। उनको पहले के घुन्ने और फटीचर रामनिवास में अब संसार के सारे सद्गुण दिखाई देते, जिनका बखान वे बबिया और खुद उसी के सामने अकसर करते। जात-बिरादरी में रामनिवास की पूछ बढ़ गई थी। शादी-ब्याह के मामलों में उसकी सलाह ली जाती। उसके पास चिट्ठियां और शादी-ब्याह के निमंत्रण आते। वह कहीं जाता, कहीं न जाता। जहां जाता, उसका खूब सत्कार होता।

"सब अपने हैं भाई, मैंने सबको माफ किया।" वह अकसर कहता और लोगों की मदद करता। मुहावरे में, संक्षेप करके कहें तो यह कि अब रामनिवास के दिन फिर गए थे।

लेकिन रामनिवास इधर रोज पीने लग गया था। सुषमा के साथ उसका मिलना-जुलना रोज का काम हो गया था। बबिया उनके संबंधों के बारे में जान गई थी, लेकिन चुप थी। वह रामनिवास के स्वभाव को अच्छी तरह से जानती थी। उसे पता था कि चाहे कुछ भी हो, वह उसको और अपने बच्चों को छोड़कर कहीं नहीं जाएगा, इसलिए वह निश्चिंत थी।

कई बार रामनिवास आधी रात के बाद घर लौटता। कई बार दो-तीन दिनों तक गायब रहता। उन्हीं दिनों सुषमा भी अपने घर से बाहर होती लेकिन बबिया को इससे कोई फ़र्क न पड़ता। मोहल्ले में रामनिवास का सम्मान और रुतबा बढ़ गया था। वह अब सीधे सुषमा के घर पहुंचता और उसकी अम्मां बिलाड़ी बाई, जो घरों में झाड़ू-पोंछा और बरतन मांजने का काम करती थी, के सामने ही उससे फिल्म देखने के लिए चलने की बात करने लगता था।

सुषमा के पास कई जोड़े सलवार-सूट, सैंडिल और गहने हो गए थे। पहले वह रामनिवास से बराबरी के झगड़े कर लेती थी, लेकिन अब वह उसकी कई बातें

चुपचाप बर्दाश्त कर लेती। उसे डर लगता कि कहीं रामनिवास उससे नाराज न हो जाए। सुषमा की अम्मां कई बार उससे कहती, "ऐसा कब तक चलेगा? तू उस पर अपना हक बना ले। लोग बात करने लगे हैं।" लेकिन सुषमा कहती, "अम्मां, किसी दूसरी औरत का बना-बनाया खोंता मुझसे उजाड़ा न जाता। वो भी बाल-बच्चों वाला। ऐसे ही चलने दे, जब तक चले।" भीतर-भीतर लेकिन उसे कहीं विश्वास था कि ऐसा हमेशा चलता रहेगा, जब तक वह और रामनिवास दोनों जीवित रहेंगे।

लोग अगर रामनिवास से पूछते कि इतना पैसा अचानक उसके पास कहां से आया तो वह कहता कि वह साकेत में पांच लाख की कमेटी चला रहा है या कि वह आजकल सट्टे बाजारी की कमाई कर रहा है। किसी से वह कहता कि उसकी लॉटरी निकल आई है। किसी-किसी से उसने यह भी कह रखा था कि मस्जिद मोठ के पास उसे एक ऐसे साधू महाराज मिले थे, जिन्होंने एक ऐसा मंत्र उसके कान में फूंका था कि सट्टे का खुलने वाला नंबर आंख मूंदने पर उसे साफ-साफ दिख जाता है। रामनिवास से कई लोगों ने वह मंत्र अपने-अपने कान में फुंकवाया, लेकिन किसी को वह नंबर आंख मूंदने पर नहीं दिखा। रामनिवास कहता, तुम लोगों का दिल साफ नहीं है, इसलिए तुम्हें नंबर नहीं दिखता। किसी से डाह न करो, न किसी की चुगली खाओ, किसी का नुकसान न करो तो फिर देखो, सट्टे और लॉटरी का नंबर अपने आप तुम्हारे दिमाग के परदे पर नाचेगा!

जब भी उसका मन होता, वह उस कोठी की दीवार से नोटों की गड्डियां अपने झोले में भर लाता। ताज्जुब था कि इतने दिन हो गए थे, अभी तक न तो उसको किसी ने टोका या पकड़ा था, न उस खोखल से उन गड्डियों को इधर-उधर किया था। इतने दिन बेरोक-टोक उन रुपयों का इस्तेमाल करते रहने से रामनिवास अब बेफिक्र हो गया था। उसकी हिम्मत बढ़ गई थी। फिर भी कभी-कभी उसे आशंका सताती कि कहीं ऐसा न हो कि किसी दिन उन रुपयों का असली मालिक आ जाए और वहां से अपनी छिपी हुई दौलत लेकर चल दे, इसलिए उसने समझदारी और दूरदर्शिता के साथ दो काम किए। एक तो उसने लोनी बॉर्डर पर पांच सौ गज का एक प्लॉट अपनी पत्नी बबिया पसिया के नाम खरीदा और दूसरे, उसने तीन लाख रुपए की फिक्स्ड डिपॉजिट तीन-चार बैंकों में अलग-अलग नाम से जमा कर दी। इनमें से पचास हजार की एक डिपॉजिट सुषमा के नाम से भी थी, जिसने अब रामनिवास के साथ इसी तरह हमेशा रहने का मन बना लिया था।

ताजमहल में प्यार, ए०सी० रूम, बाज की आंखें और पुलिस

यह घटना सात-आठ महीने पहले की है।

रामनिवास ने सुषमा के साथ आगरा और जयपुर घूमने और ताजमहल के सामने फोटो खिंचाने का प्रोग्राम बनाया। दो-तीन दिन वह मौज-मस्ती करना चाहता था। सुषमा इसके लिए तुरंत तैयार हो गई। दोनों ट्रेन से आगरा पहुंचे।

स्टेशन से बाहर निकलते ही उन्हें एक टैक्सी वाला मिल गया। उससे रामनिवास ने किसी होटल ले चलने के लिए कहा। "कैसा होटल चलेगा?" ऐसा पूछते हुए उस टैक्सी वाले ने जिस निगाह से रामनिवास को घूरा, उससे रामनिवास को लगा कि वह उसे कोई भिखमंगा या मामूली आदमी समझ रहा है। "कोई भी अच्छा, टॉप का होटल। किसी सड़े-गले, सड़कछाप में मत ले चलना।" रामनिवास ने कड़ी और रोबीली आवाज में कहा। टैक्सी वाले ने, जो देखने में चालीस-पैंतालीस साल का कोई खुर्राट लग रहा था, जिसकी आंखें भूरी थीं और उनमें किसी शिकारी बाज की आंखों की चमक थी, उसकी ओर मुस्कराते हुए व्यंग्य से देखा और कहा, "थ्री स्टार चलेगा? पास में ही है।" उसने सोचा होगा कि थ्री स्टार का नाम सुनते ही रामनिवास की गर्मी उतर जाएगी, लेकिन जब रामनिवास ने उससे ठंडी आवाज में कहा कि "ले चल मेरे भाई, जिधर भी तेरा दिल करे। थ्री स्टार-फाइव स्टार...सिक्स स्टार। लेकिन जल्दी कर। मेरे को अभी तुरंत नहाना है। गरम पानी में। और फिर उसके बाद बटर चिकन सूंटना है डबल प्लेट।" तो टैक्सी वाले खुर्राट ने उसे गहरी निगाहों से देखा। इसके बाद उतनी ही चीरती हुई, चील जैसी नजर उसने सुषमा पर डाली और इत्मीनान में थोड़ा-सा व्यंग्य मिलाकर बोला—"चलता हूं मालिक! आप गीजर में नहीं, गरम पानी के टब में नहाना। हम आपको ऐसे होटल में पहुंचाएंगे कि बटर चिकन ही नहीं, जो-जो आप मंगाओगे, सब मिलेगा।" उसकी इस बात पर हंसकर रामनिवास ने कहा—"अब आ गए न लाइन पर। अब चल। जल्दी गड्डी हांक!"

रास्ते में टैक्सी वाले ने फिर पूछा, "आना कहां से हुआ साहब जी?"

"दिल्लीवासी हैं अपन। तुम हमें यू०पी० का समझ रहे थे क्या या एम०पी०सेम०पी० का?" रामनिवास ने तड़ी मारी और विजेता की तरह सुषमा की ओर देखकर मुस्कराया। "और आगरा तो हम आते ही रहते हैं, ऑफिस की गाड़ी से। महीने-पंद्रह दिन में।" रामनिवास डरा कि अगर अब कहीं खुर्राट ने उसकी पोस्ट के बारे में पूछा तो वह क्या बताएगा? चतुर्थ श्रेणी, स्वच्छता कर्मी? झाड़ू लगाने वाला मेहतर? सफाई कर्मचारी? लेकिन खुर्राट ने आगे कुछ नहीं पूछा।

होटल जब आ गया और रामनिवास टैक्सी की डिक्की से सामान निकलवा रहा था तो टैक्सी वाले ने कहा, "आप पहले जाकर पता तो कर लो कि रूम खाली है कि नहीं? नहीं तो फिर अगला होटल देखेंगे।"

रामनिवास सुषमा को टैक्सी में ही छोड़कर अंदर गया और काउंटर पर जब कमरे का रेट पूछा तो उसका मन एक बार तो हुआ कि कोई दूसरा सस्ता-सा होटल देख ले, लेकिन फिर उसने इरादा बदल दिया और पंद्रह सौ रोज के किराए वाला ए०सी० डबल बेड उसने बुक करा लिया। काउंटर पर बैठे आदमी ने उसे रूम देखने के लिए ऊपर भेज दिया और होटल के एक लड़के को टैक्सी से सामान लाने रवाना कर दिया।

सामान के साथ सुषमा जब आई तो वह थोड़ी घबराई हुई लग रही थी। "कैसी जगह ले आए तुम? हर चीज कांच जैसी चक्क-चक्क चमकती है। लगता है, किसी चीज को छुआ तो वो गंदी हो जाएगी। ये सामान लेकर आने वाला लड़का भी मेरे को सही नहीं लग रहा था।" सुषमा ने धीरे से उससे कहा।

होटल का लड़का जब सामान रखकर और पानी का जग उठाकर चला गया तो रामनिवास ने सुषमा से कहा, "मस्त रह और फिकर न कर! जब तक टेंट में माल है तब तक डरने की क्या बात है!" इसके बाद उसने प्यार से कहा, "आजा, एक पुच्ची दे दे और झोले से बोतल निकाल!"

रात को साढ़े दस बजे होंगे, जब किसी ने घंटी बजाई। इसके पहले दिन में रामनिवास सुषमा के साथ ताजमहल देख आया था, वहां अलग-अलग पोज में उसके साथ फोटो खिंचाई थी और रास्ते में अंट-शंट खरीदारी भी की थी। सुषमा के लिए और चीजों के अलावा उसने फिरोजाबादी चूड़ियों के सेट भी लिए थे, जिससे वह बहुत खुश थी।

इतनी रात में कौन आ मरा। रामनिवास सोच रहा था। उसने रूम का दरवाजा खोला तो दो पुलिस वाले वहां खड़े थे। उनमें से एक इंस्पेक्टर था, दूसरा सिपाही।

"लड़की है साथ में?" इंस्पेक्टर ने डांटती हुई आवाज में रामनिवास से पूछा।

"हां," रामनिवास ने कहा। इंस्पेक्टर और सिपाही रूम के अंदर आ गए। इंस्पेक्टर की वर्दी पर छाती की पॉकिट के ठीक ऊपर वी०एन० भारद्वाज की पट्टी लगी थी। वह जिस बेशर्मी से सुषमा को घूर रहा था, उससे रामनिवास को गुस्सा तो बहुत आ रहा था, लेकिन उसके भीतर डर भी था। सुषमा ने गुलाबी रंग की नाइटी पहन रखी थी, जो नाइलोन की थी, जिसके अंदर से कमला नगर से खरीदी गई काले रंग की ब्रेसरी साफ झलक रही थी। सुषमा का रंग भी गोरा ही कहा जा सकता था।

"तुम्हारी बीवी तो नहीं लगती। कहां से उठा लाए?" इंस्पेक्टर ने पूछा। लगभग चौकोर चेहरे, मिचमिची काइयां आंख और खिजाब से बेतहाशा रंगे काले बालों और मोटी खाल वाला वह आदमी पहली ही नजर में कोई घाघ चालबाज और लंपट लगता था।

"हमारे पड़ोस में ही रहती है। साली लगती है साब!" रामनिवास ने कहा। उससे झूठ नहीं बोला जा रहा था। उसकी आवाज में घबराहट और शराफत के बीच से पैदा होने वाली कमजोरी थी।

"बोतल भी है!" इंस्पेक्टर ने मेज पर रखे डिप्लोमैट के अद्धे को घूरा, फिर भेदती हुई निगाह से सुषमा को देखते हुए कहा। "भगा के लाए हो इसे? देखने में तो नाबालिग लगती है।"

"क्या उमर है तेरी?" उसने सुषमा से पूछा।

"सत्रा साल।" सुषमा डर गई थी। जाने क्यों उसे डर लग रहा था कि कोई अनहोनी आज होने जा रही है, जिसमें वह और रामनिवास, दोनों बरबाद हो जाएंगे।

"चलो थाने। तुम दोनों। मेडिकल से सब पता चल जाएगा कि कितनी मौज-मस्ती की है। तीन सौ पचहत्तर-छिहत्तर बनेगा।" इंस्पेक्टर ने कहा। इसके बाद कुर्सी खींचकर बैठते हुए उसने रामनिवास की ओर देखा, "पैसा कहां से उड़ाया? थ्री स्टार के ए०सी० कमरे में रुकने की औकात तो नहीं लगती तुम्हारी। कहीं सेंध मारी क्या? या किसी को चूना लगाया?"

रामनिवास ने पी रखी थी। ऐसे में उसकी हिम्मत बढ़नी चाहिए थी, लेकिन सुषमा ने अपनी उम्र सही बताकर उसे अनजाने में फंसा डाला था। अब वह खुद को पुलिस के जाल में उलझा हुआ महसूस कर रहा था। आखिर सोच-समझकर वह मुस्कराया, "क्या चलेगा साहब? अद्धा तो खाली हो गया?"

"वो तो होटल से आ जाएगा। पर अभी तो दोनों थाने चलो। चलो, तैयार हो जाओ। और क्या ये ऐसे ही चलेगी? अपनी बॉडिस झलकाती हुई!" इंस्पेक्टर ने सपाट आवाज में कहा।

"थाने का क्या है साब! वो तो जहां आप हो, वहीं थाना हुआ। यहीं निपटा लेते हैं।" हंसते हुए रामनिवास ने कहा।

उसको अपने ऊपर ताज्जुब हुआ। अब तक कहां छिपा था उसके भीतर का यह हुनर? उसने पलंग के पास खड़े सिपाही की ओर समर्थन जुटाने के लिए देखा। उसे पटाने के अंदाज में। सिपाही सुषमा को घूरने में लगा हुआ था। रामनिवास से नजर मिलने पर उसने थोड़ा-सा सिर हिलाया और मुस्कराया, "छोकरे हैं बेचारे

भारद्वाज साब। ताजमहल देखने आए हैं। खाने-पीने दो। अपन भी जरा टाइम पास कर लेते हैं इनके साथ। बोल भाई, कोई एतराज तो नहीं तेरे को?"

रामनिवास को सिपाही के इरादे ठीक नहीं लगे। उसे इस बेवजह की मुसीबत के बावजूद गुस्सा आ गया—"देखो, खाने-पीने की जहां तक बात है, भारद्वाज साब हुक्म करें, तो जो चाहोगे आप लोग, सब ऑर्डर हो जाएगा। लेकिन ये मेरी सच में साली लगती है साब! मेरा यकीन करो आप लोग। कसम से।"

इंस्पेक्टर पहली बार हंसा, "क्यों भाई, ए०सी० कमरे में अपनी नाबालिग साली के साथ दारू का अद्धा सूंटकर भजन कर रहा था तू? अच्छा चल, आर०सी० की फुल बोतल और खाने के लिए चिकन-सिकन का ऑर्डर बोल के आ जा⋯अच्छा, तू ठहर, मैं यहीं से बोलता हूं।" ऐसा कहकर इंस्पेक्टर ने पलंग पर चढ़कर सिरहाने के इंटरकॉम से होटल के काउंटर को फोन किया और वहीं पसरकर बैठ गया। उसने अपने बेल्ट ढीली कर ली। और फिर उसने पलंग के पायताने पर सिमटी बैठी सुषमा की ओर देखकर कहा, "और तू तो जाकर उस कोने की कुर्सी पर इधर पीठ फेरकर बैठ जा! दिमाग मत खराब कर। दारू चढ़ गई तो कंट्रोल हट जाएगा, फिर दोनों हमारे नाम को रोओगे। वैसे ही आगरा में फिरंगी टूरिस्टों को देख-देखकर दिल डोलता रहता है साला।" सिपाही इस बात पर हंसा। जोरों से।

डेढ़ घंटे में पूरी बोतल खाली हो गई। रामनिवास अद्धा तो पहले ही चढ़ा चुका था, तीन पैग पुलिस वालों के साथ और पी गया। उसे होश नहीं था कि वह नशे में क्या-क्या बोलता रहा। इंस्पेक्टर भारद्वाज और वह सिपाही लगभग बारह बजे रात उसके कमरे से गए। पांच सौ रुपए पर बात टूटी। बाद में सिपाही ने भी सौ रुपए अलग से झटके। पुलिस वालों के जाते-जाते रामनिवास थक चुका था और नशा उसके दिमाग को भीतर से किसी चकरी की तरह घुमा रहा था। उसे चक्कर आने लगा। सुषमा उसे संभालकर बाथरूम तक ले गई कि उसके सिर पर ठंडा पानी डाल दे, लेकिन रामनिवास वहीं फर्श पर बैठ गया और बेतहाशा उलटियां करने लगा। उसके गले से सारा बटर चिकन, नान और पुलाव निकल रहा था। उलटी करने के बाद जब उसने सुषमा को अपने पास खींचा तो उसकी आंखों को कुछ दिखाई नहीं दे रहा था। वह सीधा बिस्तर पर औंधे मुंह गिरा और उसकी नाक और गले से तुरत ऐसी आवाजें निकलने लगीं, जैसे किसी मीलों के सफर में थके हुए घोड़े को दमे की सींक आ रही हो।

सवेरे सुषमा ने जब उसे बताया कि वह रात में, नशे में पुलिस वालों को साकेत की किसी कोठी की दीवार की खोखल में छुपे नोटों की गड्डियों के बारे में बता रहा

था, तो रामनिवास के होश उड़ गए। कितनी होशियारी और समझदारी से उसने यह रहस्य अब तक छुपा रखा था। यहां तक कि सुषमा और अपनी बीवी तक को उसने इसकी भनक नहीं लगने दी थी। आखिर कर दिया न दारू ने सारा गुड़ गोबर।

उसने सुषमा से तबीयत बिगड़ने और दिल्ली में एक जरूरी काम का बहाना बनाया और जयपुर घूमने का प्रोग्राम कैंसिल कर अगली ही गाड़ी से दिल्ली लौटने का फैसला ले लिया।

बुद्ध जयंती पार्क, बिना नंबर की एस्टीम और आखिरी बीड़ी

जैसा उसे संदेह था, अगले ही दिन सवेरे-सवेरे, जब वह ड्यूटी पर जाने के लिए घर से निकल रहा था, पुलिस की जिप्सी उसके घर आ गई। "ए०सी०पी० साहब ने बुलाया है।" उस इंस्पेक्टर ने कहा, जिसकी छाती की जेब के ऊपर डी०के० त्यागी लिखा हुआ था। रामनिवास ने जिप्सी के भीतर बैठे हुए ही समयपुर बादली के उस बस स्टॉप को देखा, जहां से हर रोज वह धौलाकुआं के लिए बस लेता था। सुषमा वहां उसके इंतजार में खड़ी थी।

सात-आठ महीने पहले, वह शायद मंगलवार का ही दिन था, उस दिन हलके-हलके बादल आसमान में छाए हुए थे और कभी भी बूंदा-बांदी हो सकती थी, संजय चौरसिया के उसी पान ठेले के पास रामनिवास से मेरी मुलाकात हुई थी। वह सुषमा से मिलने आया था।

ऐसे मौसम में, जब बादल घिरे हों, बूंदाबांदी के आसार हों और हवा भारी हो गई हो—रामनिवास कहा करता था—'आज तो लगता है, मौसम सीटी बजा रहा है।' ऐसे में वह सुषमा के साथ ऑटोरिक्शा में घूमा करता था और दुनिया-भर की ऊलजलूल चीजें उसे खिलाता रहता था। लेकिन आज वह बहुत परेशान दिखाई दे रहा था। आधा घंटे के भीतर-भीतर उसने तीन-चार सिगरेटें फूंक डालीं। बार-बार किसी बेचैनी में वह अपनी उंगलियां चटखाने लगता था। ऐसा लगता था, जैसे उसके भीतर कोई तेज उथल-पुथल मची हुई है।

मैंने रतनलाल से दो स्पेशल चाय़ मंगवाईं। रामनिवास कितना परेशान था, इसका अंदाजा मुझे तब हुआ, जब उसने लगभग खौलती हुई चाय सीधे अपने हलक में उड़ेल ली, जिससे उसका गला और मुंह जल गया।

उस समय दो-ढाई का वक्त रहा होगा, जब रामनिवास ने बहुत याचना-भरी नजरों से मेरी ओर देखा और कहा, "विनायक जी, मैं एक बहुत बड़े जंजाल में फंस गया हूं। मुझे तुम किसी तरह इससे बाहर निकालो। जब तक जिंदगी रहेगी, तुम्हारा

एहसान मानूंगा।"

मैंने उससे पूछा कि आखिर बात क्या है तो उसने मुझे उस दिन जो कुछ बताया था, वही मैंने अब तक आपको ऊपर बताया है। उसकी बात खत्म हुई ही थी और मैं उसको वह उपाय बताने ही वाला था, जिससे वह इस जंजाल से बाहर निकलता, कि ठीक उसी वक्त सुषमा वहां आ गई।

"अभी चलता हूं। कल सवेरे तुमसे इसी जगह मिलूंगा।" रामनिवास ने मुझसे कहा और वे दोनों एक रिक्शे पर बैठकर चले गए। दोनों की जाती हुई पीठ रिक्शे पर जब तक दिखाई देती रही, मैं देखता रहा।

रामनिवास से मेरी वह आखिरी मुलाकात थी।

वह फिर उस नुक्कड़ पर कभी नहीं लौटा। अब वह कभी नहीं लौटेगा। उसके बारे में आप यहां किसी से भी पूछेंगे, तो कोई कुछ नहीं बताएगा। न पान के ठेले वाला संजय चौरसिया, न चाय वाला रतनलाल, न मोची देवीदीन, न स्कूटर मैकेनिक संतोष और न साइकिल में पंक्चर लगाने वाला मदन।

आप अगर इस नुक्कड़ से चलकर बाइपास के उस सोलहवीं सदी के खंडहर तक भी पहुचें और वहां सलीमन, सोमाली, भूसन, तिलक या रिजवान से रामनिवास के बारे में पूछें, तो कोई कुछ नहीं बताएगा। रंगीन कागज की फिरकियां बेचने वाली कानी और सफेद चित्तीदार चेहरे वाली रुपन मंडल या अपने पति गुलशन के साथ रोज शाम को उबले अंडे बेचने वाली राजवती भी आपके सवाल को टाल जाएगी।

यहां तक कि हर सुबह समयपुर बादली से यहां आने वाली और इधर के फ्लैटों में बरतन-कपड़ा करने वाली गोरी, छरहरी सुषमा भी बिना कुछ बोले चुपचाप तेज चाल से आगे बढ़ जाएगी। आजकल वह स्कूटर मैकेनिक संतोष के साथ कई बार ऑटोरिक्शा में घूमती हुई दिखती है। दोनों को पिछले हफ्ते मैंने शीला सिनेमा के पास चाट-पापड़ी खाते हुए देखा था।

यह जीवन ऐसे ही चलता है।

अगर आप समयपुर बादली के गंदे नाले के पास बसी उस झुग्गी बस्ती तक पहुंचें और वहां किसी तरह उस टपरे का पता लगा लें, जिसे रामनिवास ने पक्के मकान में बदल दिया था और जहां उसकी पत्नी बबिया अपने बीमार बेटे रोहन और बेटी उर्मिला के साथ रहती है और उससे आप रामनिवास के बारे में पूछें, तो वह पत्थर जैसे भावहीन चेहरे के साथ कहेगी–'घर में नहीं हैं। बाहर गए हैं।' अगर आपने पूछा कि वे कब तक लौटेंगे तो बबिया 'हमें पता नहीं है' कहकर घर के अंदर चली जाएगी।

साकेत में, नई दिल्ली म्युनिसिपैलिटी के दफ्तर में, जहां रामनिवास काम करता था, अगर आप चोपड़ा साहब या किसी कर्मचारी से इस नाम के आदमी के बारे में पूछें तो उनका जवाब होगा—'यहां डेली वेजेज पर काम करने वाले सैकड़ों लोग आते-जाते रहते हैं। हम किस-किस के नाम याद रखें'।'

यह सच है कि दिल्ली में अब रामनिवास के बारे में कोई कुछ नहीं जानता। अब वह कहीं नहीं है। उसका कोई चिह्न कहीं शेष नहीं है। लेकिन रुकिए, मैं आपको रामनिवास के बारे में वह आखिरी सूचना देता हूं, जिसके भीतर वह रहस्य मौजूद है, जिसे आप तक पहुंचाने के लिए ही मैंने इस कहानी की ओट ली थी।

अभी इसी साल, यानी सन् 2001 के 27 जून का दिल्ली से निकलने वाला कोई भी हिंदी-अंग्रेजी का अखबार, 'इंडियन न्यूज एक्सप्रेस' 'टाइम्स ऑफ मेट्रो इंडिया' या 'शताब्दी संचार टाइम्स' उठा लीजिए और तीसरे पेज को खोलिए, वहीं जहां इस महानगर की स्थानीय खबरें छपती हैं। उस रोज इस पेज पर दाहिनी ओर दो कॉलम की चौड़ाई घेरता, एक छोटा-सा फोटोग्राफ छपा है और उसके नीचे एक संक्षिप्त-सी खबर।

20 प्वॉइंट बोल्ड में इस समाचार की हेडिंग है : 'रॉबर्स किल्ड इन एनकाउंटर' और इसके नीचे 16 प्वॉइंट में उपशीर्षक है 'पोलिस रिकवर्स बिग मनी फ्रॉम कार।'

इस खबर को अखबार के स्थानीय क्राइम रिपोर्टर के हवाले से छापा गया है, जिसके अनुसार पुलिस ने कल रात राजधानी दिल्ली में, धौलाकुआं से राजेंद्रनगर और करोलबाग जाने वाली रिज रोड पर बुद्ध जयंती पार्क के निकट, एक बिना नंबर प्लेट वाली एस्टीम कार को रोका। कार में सवार लोगों ने रुकने की बजाय पुलिस पर गोलियां चलानी शुरू कर दीं। पुलिस की जवाबी कार्रवाई में दो अपराधी मौके पर मारे गए, जबकि तीन अन्य अंधेरे का फायदा उठाकर भागने में कामयाब रहे। मरने वालों में एक जालंधर का कुख्यात अपराधी कुलदीप उर्फ कुल्ला है। दूसरे की पहचान नहीं हो पाई है। पुलिस उप-अधीक्षक सबरवाल ने बताया कि पुलिस ने कार की डिक्की से तेईस लाख रुपए बरामद किए हैं। इसमें बड़ी मात्रा में पांच सौ के जाली नोट भी शामिल हैं। यह पिछले कुछ सालों में मिलने वाली पुलिस की सबसे बड़ी सफलता है। पुलिस उप-अधीक्षक ने इस सिलसिले में आगरा पुलिस से मिली सूचनाओं को इस सफलता के लिए महत्त्वपूर्ण माना है।

अगर आप इस खबर के ऊपर छपे फोटोग्राफ को गौर से देखें तो पाएंगे कि बुद्ध जयंती पार्क के ठीक सामने वह कार खड़ी हुई है। उसके अगले और पिछले दरवाजे खुले हुए हैं। कार के अगले पहिए के पास एक आदमी औंधा पड़ा हुआ है।

उसके सिर पर पगड़ी है। और कार के पिछले दरवाजे के ठीक सामने जो आदमी मरा पड़ा है, उसका सिर आसमान की ओर है। आप इस आदमी के चेहरे को गौर से देखें। अगर लेंस की मदद ले सकें या फोटो एनलार्ज करा सकें तो और बेहतर होगा।

कार के पिछले दरवाजे के सामने, सड़क पर मरा हुआ आदमी, जिसका सिर आसमान की ओर है और जिसका मुंह खुला हुआ है, पैंट खिसक गई है और शर्ट के बटन खुले हुए हैं और जिसकी छाती पुलिस की गोलियों से लहूलुहान है, वह कोई और नहीं, रामनिवास ही है। यही वह अपराधी था, जिसकी शिनाख्त आज तक नहीं हो पाई है।

उसकी शिनाख्त अब कभी नहीं हो पाएगी, क्योंकि उसे अब कोई नहीं पहचानेगा।

रहस्योद्‌घाटन, सब्बल, कुदाल और औलिया की दरगाह

अब आप यह जानें कि उस दिन, जिस दिन यह मुठभेड़ हुई, उसके लगभग दो घंटे पहले क्या हुआ?

साकेत की कोठी नंबर ए-11/डीएक्स 33 के पास के नुक्कड़ पर चाय की दूकान चलाने वाले गोविंद ने बताया था कि उस रात लगभग दस बजे पुलिस की एक जिप्सी यहां आई थी। उसमें दो पुलिस वालों के अलावा तीन सादे कपड़ों वाले लोग भी थे। उन्होंने जिम सेंटर से लड़के-लड़कियों को निकाल दिया था और लौट गए थे। इसके एक घंटे बाद, जब वह अपनी दूकान बंद कर रहा था, तभी एक एस्टीम आकर वहां रुकी थी। उसमें कोई नंबर प्लेट नहीं थी,उस गाड़ी में से मंझले कद के एक सरदार जी उतरे थे।

...और पिछली सीट से उनके पीछे-पीछे उतरा था, रामनिवास। वे लोग उस कोठी के अंदर चले गए थे और लगभग डेढ़ घंटे तक वहां थे। वे दोनों अंदर से कोई चीज बार-बार ढोकर कार की डिक्की और पिछली सीट की जगह में भर रहे थे। सामने के मोड़ पर, जहां 'खन्ना इंटरनेशनल ट्रेवेल्स एंड कूरियर्स' की दूकान है, उसके सामने एक लाल बत्ती वाली एंबेसडर उसी वक्त आकर खड़ी हो गई थी और एस्टीम के जाते ही उसके पीछे-पीछे चली गई थी।

गोविंद ने बताया था कि बिना नंबर प्लेट की, काही रंग की एस्टीम, जब इस कोठी से लौट रही थी तो उस समय वह दूकान बंद करके घर जाने की तैयारी कर रहा था। एस्टीम ठीक उसके बगल में आकर रुकी और पिछली सीट पर बैठे

रामनिवास ने उससे बीड़ी मांगी। गोविंद ने गणेश छाप बीड़ी का आधा, खुला हुआ बंडल, जो उसकी जेब में उस वक्त पड़ा हुआ था, उसे दिया।

गोविंद ने बताया कि रामनिवास बहुत घबड़ाया हुआ और परेशान लग रहा था। उसकी आंखें ऐसी लग रही थीं, जैसी मुर्दों की आंखें होती हैं। वह उससे कुछ कहने की कोशिश कर रहा था कि एक झटके में एस्टीम आगे बढ़ गई। उसे वह सरदार चला रहा था।

धौलाकुआं के चौराहे से, अगर आप रिंग रोड यानी महात्मा गांधी मार्ग की ओर न मुड़ें और उसकी अगली सड़क पर बाएं घूम जाएं, तो वहीं रिज रोड है। इसी सड़क पर बुद्ध जयंती पार्क के सामने वह घटना घटी, जिसका फोटोग्राफ और समाचार अखबार में छपा है।

रामनिवास ने साकेत की कोठी नंबर ए-11/डीएक्स 33 के जिम सेंटर वाले हॉल की दीवार के खोखल के बारे में जो जानकारी दी थी, उसके मुताबिक उस खोखल का आकार काफी बड़ा होना चाहिए। मेरा अनुमान है कि गिरी से गिरी हालत में उसकी लंबाई लगभग बारह फुट और ऊंचाई चार-साढ़े चार फुट होनी चाहिए। रामनिवास ने बताया था कि वह जगह पांच सौ और सौ-सौ की गड्डियों से ठसाठस भरी हुई थी, इस लिहाज से मेरा अनुमान है कि उसमें कम से कम दस-पंद्रह करोड़ रुपए रहे होंगे।

यह उन्हीं दिनों की बात है जब पिछली सरकार के एक केंद्रीय मंत्री के घर और दूसरे ठिकानों पर नई सरकार ने सी०बी०आई० के छापे डलवाए थे। उस मंत्री पर उच्च तकनीकी उपकरणों की खरीद और ठेके के संदर्भ में किसी विदेशी कंपनी से कई सौ करोड़ रुपए का कमीशन लेने का आरोप लगा था। उसे कुछ दिनों के लिए जेल भी जाना पड़ा था। बाद में वह मंत्री उसी नई सरकार में शामिल हो गया था, जो उसके खिलाफ जांच कर रही थी। जाहिर है, वह सारा रुपया, जिसे किसी ग्रह-नक्षत्र की विशेष स्थिति अथवा अपने भाग्य या फकत संयोग के चलते रामनिवास ने अपनी झाडू की मूठ की सींक ढीली हो जाने के कारण, वहां की दीवार को ठोंकते हुए, उस खोखल को खोज निकालने पर अचानक ही उस दिन देख डाला था, वह सारा रुपया सी०बी०आई० के छापों और इनकम टैक्स से बचने के लिए वहां छुपाया गया था। यानी वह सारी दौलत ऐसी थी, जिसका कोई आलेख कहीं नहीं होता। अन-अकाउंटेड मनी। इसी को 'काला धन' कहते हैं।

संजय चौरसिया के पान वाले ठेले के दाहिनी ओर, साइकिल का पंक्चर जोड़ने वाले मदन के नजदीक ही, पिछले कुछ दिनों से पटरी पर दरी बिछाकर बैठने वाले

ज्योतिषी, पंडित दीनदयाल उपाध्याय से मैंने अप्रत्यक्ष तरीके से इस बाबत बातचीत की। उनका कहना था कि अगर गुरु तीसरे घर में हो और मंगल को निहार रहा हो और छठे घर से मंगल शुक्र और गुरु को बारी-बारी से निहार रहा हो और अगर महीने का कृष्णपक्ष चल रहा हो तथा संयोग से तिथि चतुर्थी अथवा नवमी हो, ऊपर से धनिष्ठा नक्षत्र लगा हो और विष्टिकरण से बनी हुई सिद्धि अकारण उपस्थित हो तो कुबेर की विशेष कृपा होती है और अपार धन अथवा गड़ी हुई तिजोरी मिलने की प्रबल संभावना होती है।

पंडित दीनदयाल उपाध्याय, जो बलिया से आए हुए हैं और नाहरपुर के नाले के पास एक टपरे में किराए पर रहते हैं, ने मेरे बारे में बता रखा है कि अभी मारकेस और साढ़े साती की शनि दशा चल रही है और राजकीय कोप का भाजन मुझे बनना पड़ेगा।

मुझे लगता है, पिछले साल 23 मई के मंगलवार को संभवतः रामनिवास के ऊपर ऐसी ही किसी दशा में कुबेर ने दृष्टि डाली होगी, जिसने उसके भाग्य को बिलकुल बदल डाला। वरना, आप खुद ही सोचिए कि कूड़ा-कचरा और गंदगी साफ करने वाली एक मामूली झाड़ू की मूठ की सुतली की कसान ढीली पड़ जाने के कारण, घास के तिनकों की सींक़ों को बराबर करने के लिए एक निहायत साधारण-सी दीवार को ठोंकते ही, उसे नोटों की गड्डियां इस तरह अचानक कैसे मिल जातीं? वरना वह कैसे, कुछ महीनों के लिए, अपने स्वप्नों और आकांक्षाओं के संसार में प्रवेश कर पाता? अपनी पत्नी बबिया, बेटे रोहन और बेटी उर्मिला को भरपेट खाने और मनपसंद पहनने का सुख दे पाता?...और अपनी नाबालिग प्रेमिका सुषमा को तरह-तरह के रंगों से जगमगाते इंद्रधनुषों के उस लोक में कैसे ले जाता, जहां एक ताजमहल भी था और जहां दोनों ने एक-दूसरे के साथ कई मुद्राओं में फोटो खिंचाए थे?

लेकिन ज्योतिषी जी का यह भी कहना है कि अगर ऐसे संयोग से मिलने वाला धन पाप का काला, अपवित्र धन हो तो उसका परिणाम घातक होता है। मेरा मानना है कि 26 जून, 2001 की रात लगभग 12 बजकर 10 मिनट पर उसी पाप के घात से रामनिवास और उसके स्वप्नों का हिंसक अंत हुआ।

लेकिन आप पूछेंगे कि आखिर वह रहस्य कौन-सा है, जो मैं इस कहानी की ओट के पीछे छुपकर आप तक पहुंचाना चाहता था?

आप तो जानते ही हैं कि उस रात रामनिवास जब कुलदीप उर्फ कुल्ला के साथ रिज रोड पर मारा गया, तो बिना नंबर वाली एस्टीम से सिर्फ कुछ लाख रुपए ही बरामद हुए। उसमें भी पांच सौ के बहुतेरे नोट जाली थे। जबकि असलियत यह

है कि उस दीवार की खोखल से लगभग तेरह करोड़ रुपए निकले थे।

जहां तक उस पुलिस अफसर की बात है, जिसकी निगरानी में 'ऑपरेशन रामनिवास' हुआ, वह बहुत सम्मानित और ताकतवर पुलिस अफसर है। उसकी कई कोठियां और फार्महाउस हैं, जहां वह अकसर पार्टियां देता रहता है। इन पार्टियों में नेता, अफसर, पत्रकार, दिग्गज बुद्धिजीवी और कई वरिष्ठ साहित्यकार आते हैं और शराब पीकर उसके कालीन में लोट जाते हैं। राजधानी से निकलने वाले अखबारों में उनका फोटो आप अकसर देखते होंगे। ये लोग अब हमारी-आपकी तरह आदमी नहीं रह गए हैं। वे मिल-जुलकर एक-दूसरे को ब्रांड में बदल चुके हैं। अगर आप कविता-कहानी पढ़ते हों, तो आपने महसूस किया होगा कि आज़कल उनके भीतर से शराब की बेतहाशा गंध आ रही है और उनके वाक्यों के नीचे मुर्गों, बकरों और निर्दोष मनुष्यों की हड्डियों का ढेर दिखाई दे रहा है। अगर आप अपनी झाड़ू की मूठ से समकालीन साहित्य को ठोंकें, तो वही खोखल आपको यहां भी दिखाई देगा, जिसके भीतर नोटों की गड्डियां भरी हैं। पाप का अपवित्र काला धन।

मैं लगभग चौथाई सदी से अपने देश की राजधानी दिल्ली में हूं और डरा हुआ हूं। मुझे संदेह है कि रामनिवास ने उस पुलिस अफसर को यह बता दिया है कि दिल्ली की दीवार के खोखल का रहस्य उसके द्वारा मुझे पता चल चुका है। आप समझ सकते हैं कि फिलहाल मेरा जीवन कितने खतरे में है।

इसके बावजूद जितना भी थोड़े बहुत दिन या महीने या साल इस बदहाल जिंदगी के बाकी हैं, मेरी आकांक्षा है कि मैं भी रामनिवास की तरह अपने स्वप्नों के संसार में किसी तरह एक बार प्रवेश कर जाऊं।

तो इसीलिए आजकल हर रोज आधी रात, जब सारी दिल्ली नींद में डूबी हुई होती है, मैं काले कपड़े पहनकर, एक हाथ में कुदाल और दूसरे में एक सब्बल लेकर निकल पड़ता हूं और दिल्ली की दीवारों को अंधेरे में ठोंकता रहता हूं। मुझे यकीन है कि दिल्ली की अधिकांश दीवारों में असंख्य खोखल हैं और वहां अकूत धन मौजूद है। ऐसा धन जो पूरी तरह अन-अकाउंटेड है। मुझे गहरा पछतावा इस बात का है कि मैंने अपने जीवन के पच्चीस साल फालतू बरबाद किए। पच्चीस दिन भी अगर मैंने यहां की दीवारों को ठोंकने में लगाए होते, तो अब तक मैं करोड़पति हो गया होता और एक सम्मानित जीवन जी रहा होता।

अगर आप यह कहानी पढ़ लें तो सब्बल और कुदाल लेकर फौरन दिल्ली की ओर रवाना हो लें। करोड़पति बनने और छप्पर फाड़कर आने वाली दौलत पाने का यही एक रास्ता अब बचा है। मेहनत, ईमानदारी, प्रतिष्ठा, निष्ठा, लगन वगैरह के

रास्ते पर चलकर आप जीना चाहेंगे, तो भूखों मर जाएंगे और पुलिस वाले आपके पीछे पड़ जाएंगे। आपको पता ही होगा, महाराष्ट्र के एक न्यायमूर्ति ने कहा था, भारतीय पुलिस गुंडों और अपराधियों का एक सुसंगठित कानूनी गिरोह है।

मैं फिलहाल किंग्सवे कैंप के कोरोनेशन पार्क में, अंग्रेज सम्राट् और दूसरे हुक्मरानों की टूटी-फूटी मूर्तियों के बीच, कोढ़ियों, भिखमंगों, स्मैकियों और लावारिस अनागरिकों के बीच सोता हूं। मैं खुद भी उन्हीं मूर्तियों की तरह खंडित हूं। रीढ़ की हड्डी गल चुकी है और अस्थि यक्ष्मा का रोग मुझे लग चुका है। कभी-कभी मौका लगता है तो दिल्ली के चिड़ियाघर के आगे हजरत निजामुद्दीन की दरगाह के संगमरमर के फर्श पर घंटों बैठा रहता हूं और वही वाक्य दोहराता रहता हूं, जो औलिया ने दिल्ली के बादशाह गयासुद्दीन तुगलक से कहा था। और जिसके बाद बादशाह शराब और जश्न में डूबा, फकत एक शामियाने के ढह जाने से दिल्ली की सरहद पर ही मर गया था। वह जगह अब तुगलकाबाद के नाम से जानी जाती है।

जहां पर औलिया की दरगाह है, वहीं पर अमीर खुसरो की मजार भी है। वही अमीर खुसरो, जो हिंदी खड़ी बोली के पहले कवि थे और जिन्होंने अपनी जिंदगी में दिल्ली में ग्यारह बादशाहों, उनके दरबारियों और चाटुकारों का उठना और गिरना देखा था। आप अगर वहां जाकर सैयद निजामी का रजिस्टर देखें तो मेरा नाम उसमें लिखा हुआ मिलेगा।

यकीन मानिए, वहां मैं सिर्फ अपनी ही नहीं, आप सबकी और अपने प्यारे वतन की खैरियत की दुआ मांगता रहता हूं। भरोसा रखें, औलिया तक मेरी प्रार्थना जरूर पहुंच रही होगी।

और जल्द ही, अगर पुलिस और दिल्ली के ताकतवरों ने मुझे किसी झूठे जुर्म में फंसा नहीं दिया, तो अपनी कुदाल और सब्बल के बल पर मैं दिल्ली की अनगिनती दीवारों की खोखलों में छुपी दौलत को एक दिन जरूर खोज लूंगा।

आप भी अगर अपनी किस्मत सुधारना चाहते हों, तो जहां कहीं भी हों, दिल्ली के लिए फौरन रवाना हो जाएं। दिल्ली दूर नहीं है। विश्वास कीजिए, करोड़पति बनने का ही नहीं, दाल-रोटी चलाने का भी यही एक रास्ता अब शेष है।

दूसरे रास्ते अखबारों और मीडिया द्वारा फैलाई गई अफवाहें हैं।

और कुच्छ भी नहीं।

...और अंत में प्रार्थना

[इस कहानी के सभी पात्र काल्पनिक हैं]

कर्फ्यू लागू है। जो कोई 'प्लॉट' की खोज में निकलेगा, उसे गोली मार दी जाएगी।
—मार्क ट्वेन

डॉ० दिनेश मनोहर वाकणकर : एक परिचय

अब इसका क्या किया जाए कि डॉक्टर दिनेश मनोहर वाकणकर किसी कहानी या उपन्यास के पात्र नहीं हैं। उन्हें किसी कहानीकार की कल्पना ने नहीं पैदा किया है। डॉ० वाकणकर किसी कहानीकार या रचना के होने या न होने के बावजूद हैं।

कुछ-कुछ उसी तरह जैसे हम और आप हैं। क्या हमें होने के लिए किसी लेखक या किसी रचना के होने की जरूरत है?

डॉ० दिनेश मनोहर वाकणकर की उम्र अड़तालीस वर्ष है। उनका सिर गंजा है, जिस पर वे अपनी पत्नी ज्योत्स्ना वाकणकर द्वारा बुनी गई जालीदार सूती टोपी चढ़ा लेते हैं। उनका शरीर भारी है। थुलथुल और गोल-मटोल। पत्नी के अलावा उनके परिवार में चार बेटियां हैं। सभी का नाम उन्होंने अपनी पसंद से रखा है— पूजा, उपासना, प्रार्थना और तपस्या।

डॉ० वाकणकर बहुत धार्मिक किस्म के व्यक्ति हैं। पेशे से वे चिकित्सक हैं। उन्होंने पुणे के मेडिकल कॉलेज से एम०बी०बी०एस० किया है। बाद में एम०डी० भी हासिल की है। मेडिकल साइंस के कुछ अंतर्राष्ट्रीय जर्नल्स में उनके लगभग पंद्रह शोध लेख प्रकाशित हो चुके हैं। मध्य प्रदेश और उड़ीसा के आदिवासी क्षेत्रों में कुपोषण, अपर्याप्त और विकृत आहार और कंटेमिनेटेड पानी के पीने से पैदा होने वाले कुछ अब तक अपरिभाषित त्वचा रोगों पर उन्होंने विस्तृत और महत्त्वपूर्ण काम किया है। उनके अनुसार ये त्वचा रोग 'फैटल' हो सकते हैं और इन इलाकों के आदिवासियों के लिए वे कैंसर की तरह हैं। उनका कहना है कि चूंकि ये रोग शहरी

क्षेत्रों के लोगों या गैर-आदिवासियों में नहीं पाए जाते, इसलिए इन पर सरकार या कोई संस्था बहुत ध्यान नहीं देती।

डॉ० वाकणकर ने जितना ज्यादा मेडिकल साइंस को पढ़ा है और रोगों पर अनुसंधान किया है, उतना ही उनके भीतर वैराग्य, निराशा, आध्यात्मिकता और अपनी असहायता का बोध बढ़ता गया है। वे कहते हैं कि मेडिकल साइंस भी दूसरे अनुशासनों की तरह ही है। उसी तरह जैसे धर्म, दर्शन, विचारधारा, राजनीतिशास्त्र, भाषाविज्ञान या रसायनशास्त्र आदि हैं। उनका कहना है कि जिस तरह किसी देश या समाज में होने वाले परिवर्तनों के सामने राजनीतिशास्त्र कोई शक्ति नहीं है, उसी तरह मेडिकल साइंस भी रोगों के सामने कोई शक्ति नहीं है। हर व्यक्ति के शरीर और उसके जीवन की एक जैविक तिर्यक रेखा होती है। उसी दिशा की ओर वह बढ़ता है। कोई भी डॉक्टर इसमें कोई निर्णायक हस्तक्षेप नहीं कर सकता। डॉक्टर किसी मनुष्य के शरीर या जीवन में हस्तक्षेप करने का सिर्फ भ्रम पैदा करता है।

उनके अनुसार डॉक्टर अधिक से अधिक यह कर सकता है कि वह मनुष्य के शरीर के किसी हिस्से को काटकर उसके शरीर और जीवन से अलग कर दे। डॉ० वाकणकर हंसते हैं कि जो हिस्सा अलग काटा जाता है, वह मर जाता है और मूर्ख मरीज को देखो, जो यह नहीं समझ पाता कि यह मरने वाला हिस्सा उसके अपने शरीर का ही हिस्सा है। यह उसके शरीर की ही एक मृत्यु है।

इसीलिए डॉ० वाकणकर सर्जरी को मनुष्य के शरीर के किसी चुने हुए हिस्से की हत्या मानते हैं।

डॉ० वाकणकर के अन्य फुटकर विचार

अड़तालीस वर्षीय डॉक्टर दिनेश मनोहर वाकणकर का मानना है कि जिस तरह कुछ धर्मग्रंथों, दर्शनों या विचारधाराओं का उपयोग दरअसल शासन, व्यवसाय या तंत्र को चलाते रहने के लिए होता है, उसी तरह मेडिकल साइंस या चिकित्साशास्त्र का भी इस्तेमाल शासन, व्यवसाय और तंत्र को चलाते रहने के निमित्त होता है। वे कहते हैं कि सैनिक विज्ञान, रसायनशास्त्र, जैवरसायन या टेक्नोलॉजी का ज्यादातर प्रयोग मनुष्यों की हत्या के लिए होता आया है। भौतिकी, इलेक्ट्रॉनिक्स, गतिकी और अंतरिक्ष विज्ञान या नाभिकीय क्षेत्र में लगातार होने वाले अनुसंधानों के फलस्वरूप अब हम ज्यादा व्यापक, अधिक प्रभावी और अपेक्षाकृत आसान तरीके से हत्याएं कर सकते हैं। मेडिकल साइंस भी ऐसा ही एक अनुशासन है। मनुष्य का ज्ञान आज तक प्रकृति का नाश करने, उसे मारने और मिटाने के लिए ही होता

आया है। विडंबना सिर्फ इतनी-सी है कि मनुष्य भी अंततः किसी कीड़े, पदार्थ, पेड़ या नदी की तरह एक प्राकृतिक चीज ही है।

लेकिन ईश्वर को डॉ० वाकणकर मानते हैं। वे कहते हैं कि ऐसे किसी अस्तित्व या मिथक का बने रहना जरूरी है। उनके अनुसार ईश्वर अशक्त मनुष्यों की असहायता और विकलता का आर्तनाद है। ईश्वर अफीम या मारफीन तो है, लेकिन इस अर्थ में कि वह मारे जाने वाले मनुष्य के दर्द और यंत्रणा को कम कष्टप्रद बनाता है। ईश्वर एस्पिरीन, एनेस्थिसिया या ट्रैंक्वेलाइजर की तरह है। एक भला और दयालु डॉक्टर भी अंत में किसी असाध्य रोग से मरते हुए मरीज को ईश्वर ही प्रदान करता है। एनाल्जिन, एक्वीलिब्रियम, कॉम्बीफ्लाम, काम्पोज या मेंड्रक्स असल में ईश्वर की ही गोलियां या कैप्सूल हैं। ईश्वर मरीज की पीड़ा, यंत्रणा, चीख और मृत्यु को पारलौकिक परिभाषा देकर उसकी सहिष्णुता को बढ़ाता है।

डॉक्टर दिनेश मनोहर वाकणकर के अनुसार संसार की कई विचारधाराएं, दर्शन प्रणालियां और धर्मग्रंथ शुरू-शुरू में ईश्वर का ही अंश होने का भ्रम और दावा पेश करते हैं लेकिन बाद में जाकर पता चलता है कि उनका इस्तेमाल दरअसल लोगों को मारने के लिए ही किया गया था।

डॉ० वाकणकर हंसते हैं। वे कहते हैं कि असल में बात ये है कि ईश्वर को हर कोई जानता है लेकिन ईश्वर को शैतान में बदल लेना भी बहुत-से लोग जानते हैं। ऐसा वे इसलिए करते हैं क्योंकि गुलामी सिर्फ शैतान से करवाई जा सकती है। ईश्वर और शैतान के बीच वे अपने लिए शैतान को इसलिए चुनते हैं, क्योंकि वह आज्ञाकारी होता है। आपके आदेशों पर चलता है। आपको खुश करना और आपकी दमित इच्छाओं या एषणाओं को सहलाना जानता है। जबकि ईश्वर के साथ समस्या यह है कि अगर आपने उसे चुना तो फिर उससे आप अपना काम नहीं करा सकते। बल्कि उसका काम आपको करना पड़ता है।

डॉ० वाकणकर उदाहरण देते हैं कि मान लीजिए कि पहिया ईश्वर के अनंत रूपों में से एक रूप है। इस तरह तर्क द्वारा साइकिल एक हद तक ईश्वर के ही प्रतिरूप का विस्तार है। लेकिन अगर आप पहिए के ऊपर साइकिल का फ्रेम न रखकर तोप, मोर्टार या मिसाइल लॉन्चर रख दें तो वही पहिया (अर्थात् ईश्वर) शैतान की सवारी बन जाता है। ऐसी अवस्था में आप पहिए से यात्रा नहीं कर सकते, सिर्फ हत्या कर सकते हैं, यह ईश्वर का शैतान में कायांतरण है।

डॉ० वाकणकर का दावा है कि वे किसी भी चीज या विचार को देखकर दस सेकेंड में बता सकते हैं कि यह ईश्वर का अंश है या शैतान की सवारी है।

उनका बचपन और ज्योत्स्ना की चड्डी

डॉ० दिनेश मनोहर वाकणकर मूलतः मराठी हैं, लेकिन अब तक वे सिर्फ दो बार ही एल०टी०ए० लेकर महाराष्ट्र गए हैं। उनकी पत्नी के कुछ रिश्तेदार महाराष्ट्र में नारायणपुर और बंबई के आसपास रहते हैं।

उनका जन्म 8 दिसंबर, 1943 को ललितपुर, उत्तर प्रदेश में हुआ था। पिता ग्वालियर में महाराजा के मामूली मुलाजिम थे। लेकिन हर पिता की तरह वे भी महान् थे और उन्हीं से प्रेरित होकर बालक वाकणकर ने लगातार पढ़ाई-लिखाई में अपना मन लगाया। वेदों, पुराणों और उपनिषदों का अध्ययन किया। परीक्षाओं में हमेशा प्रथम आते रहे। वाद-विवाद प्रतियोगिताओं और निबंध-लेखन में पदक और इनाम पाते रहे। उनको प्रतिभाशाली, परिश्रमी, लगनशील और अनुशासनप्रिय माना जाता था। स्कूल में पी०टी० के पीरियड में वे नियमपूर्वक जाते थे। उनके नाखून सफाई के साथ कटे हुए होते थे। खाने, सोने, व्यायाम और पढ़ाई की उनकी संतुलित नियमित दिनचर्या थी।

बचपन से ही वे एक ऐसे छात्र थे जिसकी हर कॉपी और किताब पर हमेशा जिल्द चढ़ी रहती थी। पेंसिलें करीने से छीली हुई रहती थीं। ज्यॉमेट्री बॉक्स में हर चीज पूरी होती थी। उनकी कोई चीज कभी खोती नहीं थी। होम वर्क हमेशा पूरा रहता था और हाजिरी कक्षा में सबसे ज्यादा। उनके पिता बचपन में उन्हें श्लोक सुनाते थे। 'काक चेष्टा, बको ध्यानम्, श्वान निद्रा तथैव च।' उसी श्लोक पर बालक वाकणकर ने अपने विद्यार्थी जीवन की नींव रखी।

लेकिन धीरे-धीरे, कुछ ही वर्षों में उन्हें यह अहसास होने लगा था कि दूसरे छात्र उन्हें पसंद नहीं करते थे। बाकी सारे लड़कों की अपनी अलग-अलग दुनियाएं थीं, और उन दुनियाओं के दरवाजे वाकणकर के लिए बंद थे।

कई बार वे खुद को बेहद अकेला महसूस करते। कई बार वे अकेले में रोने भी लगते थे। फिर उन्होंने अपने इस अकेलेपन के बारे में सोचना शुरू किया और जल्द ही उन्हें यह पता चला कि बाकी लड़कों ने अपने बचपन को किसी खेल की तरह पूरी गतिमयता, स्वतंत्रता और उल्लास के साथ अपनाया है। वे लड़के अपने बचपन को अपने भविष्य की किसी नौकरी, कैरियर या व्यवसाय का खाद बनाने के लिए सड़ाना नहीं चाहते थे।

जल्द ही बालक वाकणकर को लगने लगा कि दूसरे बच्चों के बचपन से जहां कच्चे अमरूद, ताजा कटे खीरे और अभी-अभी किसी कुएं या नदी से लाए गए जल

की महक आती थी, वहां उनका बचपन भविष्य में, वर्षों बाद बनने वाली किसी चीज के लिए सड़ाया और गूंथा जा रहा था। उसमें खमीर उठ रहा था। फरमेंटेशन के कीड़े उसमें रेंग रहे थे।

वाकणकर के बचपन में पैदा होते खमीरे के कीड़ों को देखकर उनके पिता और दूसरे बुजुर्ग बहुत खुश होते। उन्हें आशीर्वाद देते और एक-दूसरे से उनके होनहार होने की बात करते।

बालक वाकणकर दूसरे लड़कों के सामने अपने आपको हीन समझने लगे। उन लड़कों के पास बचपन के कई जोखिम और आवेग-भरे, तमाम रंगों और आकारों के अनुभवों के ढेर थे। वे ऐसी ढेरियां इकट्ठी करते, आपस में एक-दूसरे पर उन्हें बालू या पानी की सतह उलीचते, आपस में उन्हें बांटते, किसी ढेर से निकली किसी चमकदार चीज के लिए एक-दूसरे से छीना-झपटी करते, चीखते-चिल्लाते और बालक वाकणकर उस दुनिया के बंद दरवाजे के बाहर खड़े, चुपचाप देखते रहते। परीक्षाओं में अच्छे अंक ले आने के बावजूद उन्हें लगता कि वे दूसरे लड़कों के सामने दरिद्र, वंचित और बीमार हैं।

एक लड़का था नितिन प्रताप सिंह। वह पास के ही किसी रजवाड़े घराने का लड़का था। फुटबॉल और बैडमिंटन बहुत अच्छा खेलता था। घुड़सवारी उसे आती थी और लड़के बताते थे कि बंदूक की निशानेबाजी में वह करिश्मा करता है। नितिन की हाजिरी स्कूल में सबसे कम होती थी। कॉपी के पन्ने फाड़-फाड़कर वह हवाई जहाज, टोपी या कागजी गुब्बारे बनाया करता था। उसके घर के लोग रईस थे और दो-तीन बार वह हांगकांग और सिंगापुर हो आया था।

लड़कियों को पटाने में नितिन प्रताप सिंह उस्ताद था। लड़कियां उससे खुश रहती थीं, सबसे ज्यादा वे उसी के साथ रहती थीं, लेकिन लड़के और अध्यापक उससे नाराज रहते थे। संस्कृत के टीचर श्रीकृष्ण प्रपन्न शास्त्री कहते थे कि नितिन बरबाद छात्र है। विद्यार्थी जीवन तो गुरुकुल में निष्ठापूर्वक बिताए गए कुछ वर्षों के ज्ञान-संचयन का नाम है।

साइंस पढ़ाने वाले बंगाली टीचर सुनील ठाकुर्ता, जिनके बारे में कहा जाता था कि वे कम्युनिस्ट हैं और रूस के एजेंट हैं, उनका विचार भी नितिन के बारे में अच्छा नहीं था। उनके मुताबिक नितिन जमींदार घराने का पतनशील प्रतिनिधि था। वह लड़कियों को सामंती नजरिए से देखता था।

डॉ० दिनेश मनोहर वाकणकर के बचपन के सात दिन, जब वे नितिन प्रताप सिंह के साथ उसके गांव गए, उनके जीवन के लिए बहुत महत्त्वपूर्ण और

परिवर्तनकारी साबित हुए। नितिन के साथ उन्हें पहली बार यह महसूस हुआ कि प्रकृति की तरह ही मनुष्य के जीवन के भी कुछ आंतरिक नियम होते हैं। इन नियमों की अपनी गति होती है, जिसे किसी भी चीज से नियंत्रित करने, बाधित करने या विकृत करने से एक ऐसे मनुष्य का निर्माण होता है जो राज्य संगठन या समाज की जरूरत के उपयोगी सांचे में तो ढला होता है लेकिन वह मनुष्य बहुत प्राकृतिक, सहज, नैसर्गिक और स्वाभाविक मनुष्य नहीं होता।

नितिन प्रताप सिंह के गांव और उसके आसपास के इलाकों में वाकणकर को कई ऐसे प्राकृतिक, नैसर्गिक और स्वाभाविक लड़कों से मिलने का मौका मिला। उन लड़कों के पास कोई टाइम टेबिल नहीं था। गांव में घड़ियां बहुत कम थीं। कोई दफ्तर नहीं था। स्कूल वहां जरूर था, जिसमें ज्यादातर बच्चे नहीं जाते थे। समय वहां नद की तरह पूरे विस्तार, गंभीरता और समृद्धि में, बहुत धीमी रफ्तार से बहता था।

डॉ० वाकणकर शहर में ही पले-बढ़े थे। गांव का यह अनुभव उनकी स्मृति में गहराई से कहीं स्थिर हो गया था। नितिन प्रताप सिंह से उसकी दोस्ती घनी होती गई थी।

नितिन ने वाकणकर के बचपन में कुछ अनोखे और स्थायी अनुभव जोड़े थे। उसी ने एक बार स्कूल के प्रिंसिपल बी०डी० श्रीवास्तव की ग्यारहवीं में पढ़ने वाली लड़की पुष्पा श्रीवास्तव का फ्रॉक उठाकर उसकी जंघाएं वाकणकर को दिखाई थीं। पुष्पा के सफेद, मिचुड़े हुए, थोड़े-से मटमैले जांघिए की सिलवटें बालक वाकणकर के अब तक के जीवन की चट्टान के भीतर किसी डायनामाइट की तरह विस्फोटक साबित हुईं। वे हालांकि ग्यारहवीं की बोर्ड की परीक्षा में भी डिस्टिंक्शन लेकर प्रथम श्रेणी में पास हुए, लेकिन अब दूसरे लड़कों की बंद दुनियाओं की खिड़कियां और दरवाजे उनके लिए खुलने लगे थे। वहां मटर की फलियां थीं, चॉकलेट थे, वयस्कों के लिए पढ़े जाने वाले उपन्यास थे, स्त्रियों की नंगी तस्वीरें थीं। वहां सिनेमा हॉल थे, लड़कियां थीं और कई गोपनीय खेल थे। छुरे-भाले और तमंचे भी थे।

कुछ अपवादों को छोड़कर यह सब असंख्य पवित्र, निष्कपट और कौतुक से भरा हुआ एक उत्तेजक और रहस्यपूर्ण बचपन था। वहां कोई भी लड़का अपने आने वाले भविष्य में मौजूद किसी कुर्सी या खजाने के लिए रंगीन तितलियों या नन्हे-नन्हे खरगोशों का वध नहीं करता था। वहां का एक अलग संविधान था।

इस वर्जित दुनिया के बाशिंदे लड़कों के अभिभावक और माता-पिता इन लड़कों के भविष्य की चिंता और आशंका में घिरे आपस में घंटों बातें करते रहते थे,

लेकिन आने वाले समय की असुरक्षा या अनिश्चितताओं के खतरों से बेफिक्र ये लड़के यों ही बड़े हो रहे थे। बालक वाकणकर, जो अब तरुण हो चुके थे, इन दोनों संसारों के नागरिक हो रहे थे।

वे अब मुस्कराते हुए बतलाते हैं कि उस दुनिया के ज्यादातर लड़के ज्यादा सफल साबित हुए हैं। नितिन प्रताप सिंह राज्य में मंत्री रह चुका है। कई दूसरे लड़के व्यापार और अपराध आदि दूसरे सामाजिक पेशों में निकल गए। सबके पास धन-संपत्ति है।

उनकी पत्नी ज्योत्स्ना वाकणकर जरूर आज तक यह नहीं जान पातीं कि डॉ० वाकणकर कई बार उन्हें फ्रॉक और सफेद-मटमैला, मिचुड़ा हुआ जांघिया पहनने के लिए क्यों कहते हैं?

हद है कि इस उम्र में भी…

उच्च शिक्षा, नौकरी और व्यक्तित्व-निर्माण

कॉलेज में बी०एस-सी० फर्स्ट ईयर करने के बाद वाकणकर प्रि-मेडिकल टेस्ट (पी०एम०टी०) में शामिल हुए और मेरिट में जगह पाने के साथ ही इनका एडमीशन पुणे के मेडिकल कॉलेज में हो गया। कोई सोर्स-सिफारिश, रिश्वत आदि की जरूरत नहीं पड़ी। पिताजी और परिवार वाले उनसे प्रसन्न थे, हालांकि वाकणकर का जीवन पहले से काफी बदला हुआ था।

वाकणकर अब 'ए' सर्टिफिकेट वाली फिल्में भी देखते थे। लड़कियों से बातचीत करने में अब उन्हें ज्यादा दिक्कत नहीं होती थी, लेकिन शर्म और संकोच ने उन्हें कभी आगे नहीं बढ़ने दिया।

कई बार इच्छा होती कि पिताजी से कहकर वे अपने लिए एक स्कूटर खरीद लें और लड़कियों को पीछे बिठाकर घूमें, लेकिन घर की आर्थिक स्थिति की उन्हें पूरी जानकारी थी, इसलिए वे ऐसा नहीं कर सके। अधिक से अधिक लेबोरेटरी में किसी लड़की को डाइसेक्शन में हेल्प करके, किसी को अपने नोट्स और किताबें देकर या कभी-कभार किसी लड़की के कहने पर उसके टिफिन से परांठा-सब्जी खाकर ही वे खुश और रोमैंटिक हो लिया करते थे। एम०बी०बी०एस० में अपने से दो साल सीनियर श्वेता घोड़पकर के साथ फैंटेसी में वे कई बार मसूरी में हनीमून मना चुके थे। उनकी ब्रा का हुक खोल चुके थे, सफेद, मटमैले, मिचुड़े हुए जांघिए में उसे अपने कमरे में घंटों बिठा चुके थे, लेकिन जल्द ही श्वेता घोड़पकर ने अपने सिख ब्वॉय फ्रेंड के साथ शादी कर ली और वाकणकर के सपनों के सामने 'रास्ता बंद, काम चालू

है' का बोर्ड लग गया।

वाकणकर की हार्दिक इच्छा थी कि वे मेडिकल कॉलेज में ही, भविष्य में डॉक्टर बन जाने वाली अपनी किसी क्लासफेलो या जूनियर से शादी करें, लेकिन अंततः उनका विवाह उनके पिताजी और परिवार वालों की इच्छा से इंदौर की, होम साइंस में स्नातक, ज्योत्स्ना नामक लड़की से हुआ, जो हारमोनियम पर कुछ फिल्मी गानों और भजनों को गा-बजा लेती थी। वही ज्योत्स्ना अब उनकी पत्नी है।

एम०बी०बी०एस० के फाइनल ईयर में पहुंचने के दौरान ही वाकणकर की चिंताएं थोड़ी व्यापक होने लगीं। इस बीच उन्होंने बौद्ध धर्म, मार्क्सवाद, गांधी और तिलक की किताबें पढ़ीं। स्वामी करपात्री, दयानंद सरस्वती और दीनदयाल उपाध्याय की किताबें भी उनके हाथ लगीं। वाकणकर को शिक्षा के बाद का जीवन मध्य प्रदेश में ही गुजारना पड़ा, लेकिन मराठा जाति के मूल संस्कारों के कारण किसी और की तुलना में उनको वीर सावरकर, तिलक, गोलवलकर तथा हेडगेवार के विचारों ने ज्यादा प्रभावित किया। इसी मराठी जातीय स्वाभिमान को उन्होंने राष्ट्रीय भावना कहना शुरू किया और छत्रपति शिवाजी उनके नए नायक बने।

यही वह दौर था जब वे धीरे-धीरे राष्ट्रीय स्वयंसेवक संघ की शाखा में नियमित जाने लगे।

1965-66 में खरगौन के एक पिछड़े इलाके में एक सरकारी प्राथमिक स्वास्थ्य केंद्र में उनकी नियुक्ति हो गई, तब से वे सरकारी डॉक्टर ही रहे। राष्ट्रीय स्वयंसेवक संघ में वे अपनी सरकारी नौकरी के दौरान लगातार सक्रिय रहे। जिस क्षेत्र में वे डॉक्टर बनकर जाते, वहां के नौजवानों को इस संगठन में आने और राष्ट्र-सेवा करने के लिए प्रोत्साहित करते। वे उन्हें समझाते कि संसार का इतिहास साक्षी है कि दुनिया में यहूदियों के अलावा सबसे ज्यादा अत्याचार हिंदुओं पर ही हुआ है। इस जाति को मिटाने के लिए संसार की बड़ी-बड़ी ताकतें एकजुट रही हैं। यहूदियों को तो फिर भी अपना एक अलग राष्ट्र इस्राइल मिल चुका है लेकिन हिंदुओं के पास अभी तक अपना कोई देश नहीं है। दूसरों की गुलामी और चाकरी उनके नसीब में रही है। 1947 में कौमों के नाम पर देश को खंडित करने वाले लोग सत्ता पर काबिज रहने के लिए हिंदुओं को आपस में लड़ाते रहे हैं और आज तक अपने ही देश में उनकी स्थिति शरणार्थियों जैसी है।

पुनर्जागरण के प्रयत्न

डॉ० दिनेश मनोहर वाकणकर, एम०बी०बी०एस०, एम०डी० हिंदुओं के

पुनर्जागरण के लिए लगातार काम करते रहे। वे डॉक्टरी के पेशे और संघ के प्रति हमेशा ईमानदार, प्रतिबद्ध और निष्ठावान रहे। वे कभी किसी मरीज से निजी फीस नहीं लेते थे। दूसरे सरकारी डॉक्टर, स्वास्थ्य केंद्र में आने वाले मरीजों को टालकर शाम को उन्हें अपने घर पर आने के लिए कहते थे और बाद में अपनी प्राइवेट फीस वसूलते थे। जबकि डॉ० वाकणकर पूरी लगन और कर्तव्यपरायणता के साथ निःस्वार्थ भाव से मरीजों की देखभाल और चिकित्सा करते थे। सरकारी सेवा कानूनों में स्पष्ट निर्देश था कि शासकीय चिकित्सक को प्राइवेट प्रैक्टिस नहीं करनी चाहिए, इसीलिए डॉ० वाकणकर दूसरे डॉक्टरों के इस काम को अनैतिक और गैरकानूनी मानते थे।

कई बार उनकी पत्नी ज्योत्स्ना वाकणकर, उनके कुछ मित्र और रिश्तेदार उन्हें समझाते कि जमाना बड़ी तेजी से बदल रहा है। दूसरे डॉक्टरों की तरह उन्हें भी व्यावहारिक और दुनियादार बनना चाहिए। लेकिन डॉ० वाकणकर सख्ती के साथ सरकारी नौकरी में निजी फीस लेने, प्राइवेट प्रैक्टिस करने और ऊपरी कमाई बटोरने से इनकार कर देते थे। उनके लिए यह नियम और नैतिकता दोनों के खिलाफ था।

दूसरे डॉक्टरों की शहर या कस्बे के मेडिकल स्टोर्स वालों या दवा कंपनियों के सेल्स एजेंटों के साथ सांठ-गांठ थी। वे डॉक्टर सरकारी अस्पताल में सब्सिडी के साथ या मुफ्त आने वाली सरकारी दवाइयों को सस्ते दामों में इन केमिस्ट्स को बेच देते थे। अस्पताल आने वाले मरीजों को इलाज के लिए अपनी गांठ से पैसा लगाकर वही दवाइयां दुकानों से ऊंचे बाजार भाव में खरीदनी पड़तीं। कई डॉक्टरों को तो हर महीने सरकारी वेतन के अलावा कुछ केमिस्ट्स और दवा बनाने वाली कंपनियों से माहवारी भत्ता भी मिलता था। ये डॉक्टर मरीजों को 'खास' दुकानों या 'खास' कंपनियों की 'खास' दवाइयां खरीदने के लिए ही मजबूर करते थे।

राज्य के पिछड़े ग्रामीण इलाकों में तो हालत और भी विचित्र थी। वहां कई पी०एच०सी० (प्राइमरी हेल्थ सेंटर्स) ऐसे थे, जहां नियुक्त होने वाला डॉक्टर महीनों वहां नहीं जाता था। ऊपर के अफसरों को पटाकर अपना वेतन वह लेता रहता और आराम से अपने शहर में प्राइवेट प्रैक्टिस करता रहता। कई डॉक्टर ऐसे भी थे जो 'रिसर्च' के नाम पर वेतन और स्टाइपेंड समेत छुट्टी ले लेते थे और इस बीच या तो अपना तबादला अपनी पसंद की जगह पर करा लेते थे या किसी बड़े शहर के प्राइवेट पॉली क्लिनिक में अच्छी तनख्वाह पर लग जाते थे। कई दुबई, कुवैत आदि गल्फ देशों की ओर पैसा कमाने चले जाते थे।

डॉ० दिनेश मनोहर वाकणकर को भी उनके शुभचिंतकों ने सलाह दी कि वे

आदर्शवादी न बनें, अपनी सरकारी नौकरी का लाभ उठाएं और इस बीच ग्वालियर या ललितपुर में अपनी पत्नी के नाम से कोई नर्सिंग होम खोल लें। उनके जैसे सज्जन और ईमानदार को फाइनेंस करने वाले बहुतेरे मिल जाएंगे। लेकिन डॉ० वाकणकर इसके विरुद्ध थे।

उन्होंने व्ही० शांताराम की फिल्म 'डॉ० कोटनीस की अमर कहानी' देख रखी थी।

सामाजिक अलगाव और रेइफिकेशन

क्या यह और स्पष्ट करने की जरूरत है कि सरकारी नौकरी में डॉ० वाकणकर एक समस्या बन गए थे। उनकी वजह से दूसरे डॉक्टरों को ही नहीं, समूचे स्वास्थ्य विभाग को दिक्कत होती थी। आखिर क्या नहीं था वहां। पैसा था, सम्मान था, ऊपरी आमदनी थी, क्लब थे, नर्सें थीं। एक-दो डॉक्टरों ने डॉ० वाकणकर को सुधारने की कोशिश भी की थी, उन्हें क्लब ले गए, दारू पार्टी में शामिल किया, एक चालू नर्स को उनके साथ सोफे पर बिठाकर बाहर चले गए, लेकिन डॉ० वाकणकर का भारी-सा सिर, गंभीरता और चिंता में धीरे-धीरे कांपता हुआ, शराब के नशे में दार्शनिक होता चला गया।

एक-दो बार ऐसा भी हुआ कि जिस अस्पताल में डॉ० वाकणकर नियुक्त थे, वहां के इंचार्ज सीनियर डॉक्टर ने किसी घटिया कंपनी की नकली सेलाइन की बोतलें और कुछ इंजेक्शन खरीदे। डॉ० वाकणकर ने यह कहते हुए इस खरीद का विरोध किया कि आप लोग एनाल्जेसिक दवाइयों तक तो ऐसा भ्रष्टाचार कर लें लेकिन कृपया किसी इंसान की नसों के भीतर डाले जाने वाले इंट्रावेनस इंजेक्शन के साथ ऐसा मौत का खेल न खेलें। ऐसी स्थिति में मरीज देखते-देखते मर सकता है। उनके इस विरोध के बाद सारे अस्पताल में उनका बायकाट किया जाने लगा। हालांकि वहां उनके समर्थक संख्या में ज्यादा थे लेकिन डॉ० वाकणकर के बारे में एक आम अफवाह यह फैला दी गई कि वे एक खामख्वाह के अड़ंगेबाज, दंदी-फंदी, सनकी और पगलेट किस्म के प्राणी हैं।

डॉ० वाकणकर को दूसरे सरकारी अफसर और डॉक्टर अपने घर में या नाइट पार्टियों में नहीं बुलाते थे। वे फिर अकेले रह गए थे। सबसे अलग-थलग। उन्होंने डायरी लिखने की आदत डाल ली।

लेकिन वे दूसरे स्तर पर सबसे ज्यादा व्यस्त भी थे। वे लगातार अपने 'पेशे और मरीजों' की सेवा में लगे रहे। ऐसा स्वाभाविक ही था कि वे अपने क्षेत्र के लोगों

में लोकप्रिय हो जाते और ऐसा हुआ भी। वे चूंकि रोगों और मरीजों के प्रति गंभीर थे, मेडिकल साइंस की नई किताबें और रिसर्च जर्नल्स पढ़ते रहते थे और मरीज की हैसियत, दशा और रोग की अवस्था देखकर दवाइयां देते थे, इसलिए उनका इलाज असर भी करता था। अस्पताल आने वाले ज्यादातर मरीज जिद करते कि उन्हें डॉ० वाकणकर से ही अपना इलाज कराने दिया जाए।

ऐसी स्थिति में अस्पताल और स्वास्थ्य विभाग में उनके विरुद्ध ईर्ष्या और द्वेष की भावना और गहरी जड़ें जमाने लगी।

डॉ० वाकणकर ने अपने पेशे के अन्य लोगों से अपने इस अलगाव को ध्यान में रखकर डायरी के एक पन्ने पर लिखा–

मैं बहुत अकेला महसूस करता हूं। साथी कहते हैं, मैं व्यावहारिक नहीं हूं। मैं आदर्शवादी हूं। लेकिन सचमुच मुझे अपने कामकाज में कहीं आदर्शवाद नहीं दिखाई देता। मैं सिर्फ यह कर रहा हूं कि जिंदा और निर्दोष लोगों को नकली और घातक दवाइयां नहीं दे रहा हूं। सरकारी नौकरी में रहते हुए लोगों से निजी फीस नहीं वसूल रहा हूं और मन लगाकर अपनी ड्यूटी निभा रहा हूं।

उन्होंने अंत में एक प्रश्न भी लिख दिया था–

मैं यह समझना चाहता हूं कि क्या जो बेईमान नहीं है, वह व्यावहारिक नहीं हो सकता?

हरवंश पंडित उर्फ थुकरा महराज से मुलाकात

डॉ० दिनेश मनोहर वाकणकर ने अपने अकेलेपन को भरने के लिए राष्ट्रीय स्वयंसेवक संघ की शाखा में अपनी सक्रियता और बढ़ा दी। वे सांगठिक कार्य में लग गए। उनके इलाज में फीस न लेने, मरीजों से आत्मीय और गैर-व्यावसायिक व्यवहार तथा उनकी नैतिक भावनाओं से प्रभावित कई लोग और परिवार शाखा में आने लगे। संघ के नेता और पदाधिकारी धीरे-धीरे वाकणकर के कार्यों से परिचित और प्रभावित होने लगे तथा उन्हें संघ के निष्ठावान, समर्पित कार्यकर्ता के रूप में जानने लगे।

विधानपुर नामक जिस छोटे-से कस्बे के शासकीय स्वास्थ्य केंद्र में डॉ० वाकणकर नियुक्त थे, वहां से लगभग आठ किलोमीटर दूर एक छोटी-सी नदी बहिनी के पार वीरपुर नामक गांव में हरवंश पंडित का घर था।

हरवंश पंडित को ज्यादातर लोग इस नाम से नहीं जानते थे। उन्हें 'थुकरा

महराज' के नाम से जाना जाता था। वजह यह थी कि हरवंश पंडित जब बोलते थे या कथा बांचते थे तो उनके मुंह से थूक निकलता रहता था। वे जाति से ब्राह्मण, कुल से दुबे यानी द्विवेदी और गोत्र से भारद्वाज थे।

थुकरा महराज गरीब ब्राह्मण थे। सिर्फ पांच-सात डिसमिल जमीन थी, जिसमें पंडिताइन साग-भाजी और आषाढ़-सावन में खीरा-भुट्टा बो लेती थी। घर का खर्च मुख्यतः पंडिताई और जजमानी से ही चला करता था। कई मनौतियों, स्वर्ण भस्म और कठिन परिश्रम के बाद पंडित-पंडिताइन को एक ही पुत्र-रत्न की प्राप्ति हुई थी। पुत्र का नाम थुकरा महराज ने, पंडित भोलाशंकर द्विवेदी रखा था, लेकिन गांव के लड़के उन्हें 'लेदहा महराज' के नाम से जानते थे। कारण यह कि भोलाशंकर का लेदा (पेट) बहुत बड़ा और तरबूज की तरह फूला हुआ रहता था।

हरवंश पंडित पिछले कुछ वर्षों से भयानक आर्थिक तंगी से गुजर रहे थे। ऊंची जाति के लोगों में पूजा-पाठ; कथा-कीर्तन, धरम-करम में रुचि खत्म होती जा रही थी। पंडित जी ने शास्त्रों में पढ़ रखा था कि हिंदुओं में क्षत्रिय, ब्राह्मण और वैश्य ही द्विज जातियां हैं और पौरोहित्य का कर्म ब्राह्मण को इन्हीं जातियों के लिए करना चाहिए। शास्त्रों में शूद्रों के लिए यज्ञ, हवन और यज्ञोपवीत (जनेऊ संस्कार) आदि वर्जित थे। लेकिन वर्जित तो बहुत-सी चीजें थीं। थुकरा महराज सबका पालन करते तो भूखों मर जाते। इलाके के ठाकुर-बनियों में नया फैशन आ गया था। उनके यहां जजमानी ही नहीं—सीधा, अग्रासन, कथा-पूजन का काम भी बहुत कम हो गया था। कोई संस्कार आदि होता तो शहर से चमचमाता हुआ पढ़ा-लिखा पंडित बुलाया जाता।

इसीलिए थुकरा महराज ने आपद्धर्म के रूप में पंडिताई और जजमानी के काम में जात-कुजात का विचार करना बंद कर दिया। इन दिनों वे अकसर कहे जाते सुने जाने लगे कि जातियां 'जन्मना' नहीं, 'कर्मणा' होती हैं। जैसे करम, वैसी जाति। जिले में कई कोलियरीज थीं। निचली जातियों के बहुत सारे लोग वहां मजदूरी कर रहे थे और दो-ढाई हजार रुपया महीना तक कमा रहे थे। वे थुकरा महराज के नए जजमान बने और ऊंची जातियों में थुकरा महराज के बारे में मशहूर होने लगा कि यह लालची और भुक्खड़ बाम्हन आजकल तेली, तमोली, चमार, ढीमरों को जनेऊ पहनाता घूम रहा है।

इन्हीं दिनों डॉ० वाकणकर से हरवंश पंडित उर्फ थुकरा महराज की मुलाकात हुई और वे संघ की शाखा में नियमित आने लगे। वहां 'भाई जी' लोगों अथवा 'श्रद्धेय बंधुओं' के प्रवचन के अलावा लाठी-डंडा चलाना, लेजिम, व्यायाम आदि भी हुआ करता था। एक बार एक भाई जी भोपाल से आए थे, उन्होंने कहा था कि

जवाहरलाल जी के न रह जाने और स्वतंत्र पार्टी के खत्म हो जाने से भारतीय राजनीति के धरातल पर जो शून्य पैदा हुआ है, उसे भरने के लिए जो चक्रवात देश की राजनीति में पैदा होगा, उसमें सबसे प्रचंड और सर्वव्यापी बवंडर हिंदूवादी राजनीति का होगा। सत्ता में जनसंघ आएगा और तब अब तक दबाए-सताए गए हिंदुओं का स्वाभिमान पुनर्स्थापित होगा।

थुकरा महराज ने उस शाम डॉ० वाकणकर से अलग से पूछा था, उनकी आवाज उत्तेजना और नशे में थरथरा रही थी। उन्होंने कहा था–'अगर ऐसा हुआ डॉक्टर साहब, तो मेरा दिल कहता है कि गांव-गांव यज्ञ-हवन फिर होने लगेंगे। मुंडन, कनछेदन, यज्ञोपवीत जैसे संस्कार फिर से प्रचलित होंगे। गोहत्या पर प्रतिबंध लग जाने से घी-दूध की नदियां बहने लगेंगी। ब्राह्मण खीर खाएंगे, शूद्र सेवा करेंगे। आप क्या कहते हैं?'

डॉ० वाकणकर ने हरवंश पंडित के विश्वास को तोड़ा नहीं। राजनीतिक क्षितिज पर उन्हें खुद इसके आसार दिख रहे थे। हिंदू हितों, अखंड भारत और हिंदू राष्ट्र की बात करने वाली पार्टी केंद्र में तीसरे नंबर की सबसे बड़ी पार्टी बन गई थी। भारत साधू समाज, हिंदू महासभा, राम राज्य परिषद् जैसे संगठनों की नदियां हिंदूवाद की मुख्य राजनीतिक जलधारा में विलीन होने के लिए बढ़ रही थीं। विलीन हो रही थीं।

वर्ष बीत रहे थे। डॉ० वाक़णकर का विधानपुर से तबादला नहीं हो रहा था। हरवंश पंडित जैसे निश्छल, गरीब और भावुक कार्यकर्ता को पाकर उनका उत्साह संघ की गतिविधियों में और बढ़ गया था।

हरवंश पंडित शाखा की गतिविधियों की खिड़की के पार अपनी जजमानी के पुनर्जीवन का दृश्य देखते। उनका मन कहता, भाईजीयों पर विश्वास करो।

बंबई से आने वाले भाई जी ने कहा था कि गौतम बुद्ध ने और महावीर स्वामी ने हिंदू धर्म का बहुत अहित किया है। अगर आदि शंकराचार्य न आए होते, तो भारत से हिंदू धर्म विलुप्त हो जाता। बाद में राजा राममोहन राय, गांधी और नेहरू जैसे लोगों ने भी हिंदू धर्म को नुकसान पहुंचाया है। ये लोग पाश्चात्य मानसिकता के व्यक्ति थे।

भाई जी लोगों की बातों का शाखा के साधारण सदस्यों पर गहरा असर होता। वैदिक काल से लेकर अब तक का एक बिलकुल दूसरा इतिहास धीरे-धीरे उनके मस्तिष्क में बहुत सरल ढंग से डाल दिया गया था। शाखा के अधिकांश सदस्यों के घरों में महाराणा प्रताप, छत्रपति शिवाजी, गुरु गोलवलकर, श्यामा प्रसाद मुखर्जी के

चित्र लटके दिखाई देते।

डॉ० दिनेश मनोहर वाकणकर हालांकि अपने संस्कारों से हिंदू थे लेकिन लगातार पढ़ने-लिखने और सोचने-विचारने से उनके भीतर धीरे-धीरे भक्ति और आध्यात्मिकता के तत्त्व भी गहराई में पैदा हो रहे थे। वे किसी भी हिंसा या क्रूरता को देखकर विचलित हो उठते थे। खास तौर पर एक हिंदू मंदिर की सीढ़ियों पर अस्सी साल के बूढ़े गांधी की एक हिंदू महासभाई द्वारा हत्या को उनका विवेक और हृदय उचित नहीं ठहरा पाता था। कई-कई बार जब वे इस बारे में अपनी राय प्रकट करते तो संघ के बौद्धिक प्रमुख उनके सामने स्व० श्यामा प्रसाद मुखर्जी और दीनदयाल उपाध्याय की संदिग्ध मृत्यु का उदाहरण रखकर कहते कि हिंदू राष्ट्र के अंतिम लक्ष्य तक पहुंचने के लिए हिंसा के माध्यम को बिलकुल न अपनाने की बात नहीं सोची जा सकती, खास तौर पर ऐसे समय में जब दूसरे संप्रदाय बमों और बंदूकों से लैस हो रहे हैं और उन्हें बाहरी ट्रेनिंग भी मिल रही है। वे जोश में कहते कि अपने ही देश की स्वतंत्रता और दूसरों की गुलामी तथा दमन से बचने के लिए हिंदुओं को रामायण, महाभारत के वीर नायकों और योद्धाओं जैसा आचरण करना पड़ेगा। आत्मरक्षा के लिए युद्ध और हिंसा का मार्ग तो श्रीकृष्ण ने गीता में पहले ही दिखा दिया है।

थुकरा महराज थे तो 65 वर्ष के, लेकिन ऐसा प्रवचन सुनते ही उनकी बूढ़ी हड्डियों में नया जोश भर जाता। वे किसी बूढ़े नरभक्षी शेर की तरह हुंकार भरने लगते, हालांकि वे पिछले बीस वर्षों से क्रॉनिक अस्थमा (पुराना दमा) के मरीज थे। वे लाठी भांजते, लेजिम बजाते, मैदान में थोड़ा-बहुत दौड़ते और उन्हें लगता कि लाठी, लेजिम और हिंसा के द्वारा वे हिंदू राष्ट्र, वर्णाश्रम व्यवस्था और जजमानी का लक्ष्य अपने जीते-जी अवश्य प्राप्त कर लेंगे।

उलझन और दुविधा

शहर के सबसे बड़े कपड़ा व्यापारी श्री कोमल चंद गुप्त, जो कि क्षेत्रीय शाखा के संचालक भी थे, कहते थे कि इतना सुंदर, इतना वैज्ञानिक विभाजन था हिंदू समाज का, इसे मुसलमानों, ईसाइयों, हूणों और यवन-तुर्क जातियों ने नष्ट-भ्रष्ट कर डाला। सब कुछ दुबारा दुरुस्त और यथावत् करने के लिए हिंदुओं को अपने भीतर हिटलर पैदा करना पड़ेगा। गुरु गोलवलकर जी ने भी श्रेष्ठ जर्मन जाति के हित में किए गए हिटलर के कार्यों की प्रशंसा की थी।

डॉ० वाकणकर पूरी निष्ठा और लगन से संघ के प्रचार-प्रसार में लगे तो जरूर

थे, लेकिन बचपन से ही किताबें पढ़ने, चीजों को गहराई से जानने-समझने की उनकी अदम्य जिज्ञासा ने उनके मस्तिष्क को कभी चैन नहीं लेने दिया। उन्होंने नीत्शे को पढ़ा। मीन काफ को देखा। गुरुजी की पुस्तक 'बी एंड अवर नेशनहुड डिफाइंड' पढ़ी। वे उलझनों में घिरते चले गए।

डॉ० वाकणकर श्रेष्ठ और हीन मानव जातियों या नस्लों के सिद्धांत से अगर एक बार सहमत भी हो जाते तब भी उनका अंतर्मन इसे स्वीकार न कर पाता। उनकी आत्मा कहती कि अगर ऐसा सच भी हो तो भी इन नस्लों को मारा या सताया क्यों जाए? अगर यह मान भी लें कि जर्मन जाति के मुकाबले यहूदी, नीग्रो, मंगोल, मेक्सिकंस या इंडियन जातियां हीन और क्षुद्र ही हैं, तो क्या उन्हें इस पृथ्वी पर रहने, जीने, प्यार करने और अपना संसार बनाने का कोई अधिकार नहीं है?

डॉ० वाकणकर तो चिकित्सा के पेशे में आए ही इसलिए थे कि वे मरते हुए मनुष्य को फिर से जीवन दें। लेकिन ऐसे सिद्धांत, जो किन्हीं भौगोलिक, नृतत्त्व और जेनेटिक कारणों से कम विकसित या हीन रह गई मनुष्य जातियों को पृथ्वी से मिटा डालने पर आमादा हों, उन्हें कुछ-कुछ आसुरी या राक्षसी सिद्धांत लगते। क्या पृथ्वी पर सिर्फ जर्मन और ग्रीक ही रहेंगे। क्या भारत में सिर्फ कश्मीरियों और पंजाबियों को ही रहना चाहिए? अगर संसार में सिर्फ श्रेष्ठ नस्लें ही राज करेंगी तो पतली, रोएंदार टांगों, फूले-पिचके पेट और औसतन पांच-साढ़े पांच फुट की ऊंचाई वाले अननुपातिक ढंग से हड़ैले-तुंदियल, काले-कत्थई हिंदुस्तानी कहां जाएंगे?

डॉ० दिनेश मनोहर वाकणकर ने अपनी डायरी में लिखा—

जूलॉजी का शुरू से विद्यार्थी होने के नाते मैंने मेंडल और डार्विन के सिद्धांतों और प्राणियों की विकास संबंधी धारणाओं को पढ़ रखा है। मैं सरवाइकल ऑफ फिटेस्ट जैसे निर्मम और क्रूर सिद्धांतों से भी परिचित हूं। लेकिन मैं कभी-कभी अपने भीतर से उठने वाली आत्मा की आवाज सुनता हूं। यह मेरे भी भीतर के किसी अज्ञात कोने से आती है। शायद मेरी आत्मा यह चाहती है कि यह पृथ्वी ऐसी रहे जिसमें सिर्फ विकसित और ताकतवर प्राणी ही नहीं, कमजोर, कोमल और अल्पविकसित जीवों का वास हो। एक ऐसी पृथ्वी हो जिसमें तितली, कीट-पतंग, सर्प-मयूर, हिरण-खरगोश, हाथी-शेर, पेड़-पौधे, घास-पात भी रहें और काले-गोरे, पीले-कत्थई, रंग-बिरंगे मनुष्यों की सभी जातियां और नस्लों का भी आवास हो।

यह समूची सृष्टि, यह समूचा चराचर जगत् परमपिता परमात्मा की सृष्टि

है। यह सब कुछ जो दृश्य और अदृश्य है, उसी की रचना है। भला उसकी कोई एक रचना अपनी श्रेष्ठता के अहंकार और सिर्फ इसी तर्क पर अन्य सभी रचनाओं को नष्ट करने का विचार कैसे पाल सकती है?

यह सच था कि डॉ० वाकणकर इन विषयों पर जितना ज्यादा सोचते, उन्हें अपने भीतर के किसी अंधेरे कोने से आती आत्मा की आवाज धीरे-धीरे स्पष्ट सुनाई देने लगती। इसमें किसी संदेह की कोई गुंजाइश नहीं थी। यह आवाज आत्मा की ही थी। उन्होंने अपनी डायरी के उसी पन्ने पर एक वाक्य अलग से लिखा था। इस वाक्य की लिखावट टेढ़ी-मेढ़ी और अनगढ़-सी थी। शायद इसे लिखते हुए उनकी सारी ऊर्जा किसी गहरे विचार-सूत्र का कोई सिरा पकड़ पाने के लिए जूझ रही थी और उनकी उंगलियां थक चुकी थीं—

मुझे लगता है, फासीवाद या कोई दूसरा ऐसा सर्वसत्तावादी या नस्ली सिद्धांत, ईश्वर के विरुद्ध शैतान की साजिश है। ओम शांतिः! शांतिः!! शांतिः!!!

हरवंश पंडित उर्फ थुकरा महराज की मृत्यु अर्थात् हत्या

उस रोज शाम से ही हलकी-हलकी बारिश हो रही थी। यह असमय की बूंदा-बांदी थी। दो रोज पहले सुबह-सुबह पाला गिरा था। रात का तापमान चार डिग्री से भी नीचे हो रहा था। शहरों में हीटर, कस्बों में सिगड़ी और गांव में चूल्हों-अलावों के आसपास लोग सिमटकर ठंड से बच रहे थे।

रात के साढ़े आठ बज रहे होंगे जब किसी ने डॉ० वाकणकर का दरवाजा खटखटाया। वे उस वक्त रजाई में घुसे हुए थे। उन्होंने उठकर दरवाजा खोला। बाहर सर्दी की बारिश के अलावा तेज बर्फीली हवा के झोंके भी थे।

डॉ० वाकणकर ने बरामदे की लाइट जलाई तो जूट के बोरे को अपनी पीठ पर ओढ़े हुए वीरपुर गांव का सुभद्रा कहार खड़ा हुआ था। उसने बताया कि थोड़ी देर पहले थुकरा महराज को दमा का बहुत तेज दौरा पड़ा था और जब वह वहां से डॉ० वाकणकर को बुलाने के लिए साइकिल पर चला था, उस वक्त थुकरा महराज सांस पाने के लिए तड़फड़ा रहे थे और उनकी आंखें बाहर कढ़ आई थीं।

डॉ० वाकणकर ने तैयार होकर अपना स्कूटर स्टार्ट करने की कोशिश की तो वह स्टार्ट नहीं हुआ। उन्होंने सोचा, शायद ठंड से ऐसा हुआ होगा। स्कूटर को बाहर निकालकर उन्होंने सुभद्रा कहार से धक्का लगवाया तब भी स्कूटर स्टार्ट नहीं हुआ। उन्होंने प्लग निकालकर उसका कार्बन साफ किया, इसके बाद भी स्कूटर स्टार्ट नहीं

हुआ। थोड़ा-सा घरघराकर वह बंद हो जाता था। एक्सीलेटर पूरा घुमाने या चोक लेने पर भी कोई फर्क नहीं पड़ रहा था।

डॉ० वाकणकर जान गए कि सायलेंसर में कार्बन भर गया है और पाइप अंदर से जाम है। उन्होंने सायलेंसर खोल डाला। उनके हाथ और कपड़े कोयले, मोबिल और ग्रीज से काले पड़ गए थे।

वे अभी सायलेंसर का कार्बन निकालने की जुगत करते लेकिन तभी उनकी पत्नी ने आकर बताया कि अगर उनको हरवंश पंडित को देखने जाना है, तो वे जल्दी जाएं क्योंकि स्कूटर ठीक करते हुए उन्हें डेढ़ घंटा हो चुका है।

सुभद्रा कहार की साइकिल के हिलते हुए कैरियर पर बैठकर बूंदा-बांदी, ठंडी हवा और घने अंधेरे में गांव जाने वाली ऊबड़-खाबड़ कच्ची सड़क से डॉ० वाकणकर वीरपुर में थुकरा महराज के घर पहुंचे। वे सोच रहे थे कि जब वे हरवंश पंडित को बताएंगे कि आज पाकिस्तान निर्णायक तौर पर दो टुकड़ों में टूट गया है, बांग्लादेश स्वतंत्र हो चुका है और दुनिया के सैनिक इतिहास में पहली बार नब्बे हजार से ज्यादा पाकिस्तानी फौजियों ने भारतीय सेना के सामने आत्मसमर्पण कर दिया है, तो हरवंश पंडित के बीमार फेफड़ों में नई ताजी हवा आ जाएगी।

डॉ० वाकणकर को आज सुबह अखबारों के पहले पन्ने पर छपा वह फोटोग्राफ बार-बार दिखाई दे रहा था, जिसमें ले० जनरल जे०एस० अरोड़ा के सामने शर्म और पराजय में गर्दन झुकाए पाकिस्तानी ले० जनरल नियाजी आत्मसमर्पण के कागजों पर दस्तखत कर रहा था। वाकणकर सिखों की वीरता, बलिदान और इस देश के लिए की गई उनकी कुरबानी के सामने नतमस्तक हुए जा रहे थे। सवा लाख से एक लड़ाऊं, तब गोबिंद सिंह नाम कहाऊं। दसवें गुरु गोबिंद सिंह ने हिंदुओं की रक्षा के लिए ही तो खड्ग धारण किया था।

लेकिन मिट्टी के उस छोटे-से घर में सिर्फ कैरोसिन की एक ढिबरी जल रही थी, जिसकी लौ रह-रहकर कांप उठती थी। हरवंश पंडित की हालत बहुत विकट थी। एक-एक सांस के लिए वे जूझ रहे थे। जैसे ही एक सांस पूरी होती, हरवंश पंडित का बूढ़ा-कमजोर शरीर अगली सांस को जल्द से जल्द खोजने और पाने के लिए तड़प उठता।

थुकरा महराज ने जब डॉ० वाकणकर की ओर देखा तो उनकी आंखों में जीवन की उम्मीद छोड़ देने वाली राख थी। उनकी आंखें बाहर निकल आई थीं लेकिन उनमें डरावनापन नहीं, किसी जन्म-भर से भूखे, वंचित और दरिद्र ब्राह्मण की याचना थी। जीवन की, सिर्फ कुछ और सांसों की याचना।

डॉ० वाकणकर से थुकरा महराज की हालत देखी नहीं जा रही थी। उन्होंने उन्हें नींद का इंजेक्शन लगाया और बैलगाड़ी में सुलाकर प्राथमिक स्वास्थ्य केंद्र विधानपुर के लिए रवाना कर दिया। बाहर बूंदा-बांदी तेज होने लगी थी। रात के डेढ़ बज रहे थे। हवा में बर्फ की तेज धार वाली छुरियां छिपी थीं। थुकरा महराज को बैलगाड़ी में पुआल बिछाकर लिटा दिया गया था और उनके ऊपर तिरपाल का छाजन बना दिया गया था, जिससे वे भीग न जाएं। इंजेक्शन के कारण वे गहरी नींद में निश्चल थे।

डॉ० वाकणकर क्रॉनिक अस्थमा के मरीजों को अच्छी तरह जानते थे। जब उन पर दमे का दौरा पड़ता था, तो वे इसी हालत में पहुंच जाते थे। जैसे बस अब उनकी अंतिम घड़ी आ गई हो, लेकिन उन्होंने अपने वर्षों के अनुभवों से यह जाना था कि दमे के मरीजों की औसत आयु अन्य मरीजों ही नहीं, स्वस्थ लोगों के मुकाबले भी ज्यादा होती थी। उन्होंने दमे के मरीजों को अस्सी-नब्बे साल तक यों ही जीते हुए देखा था।

थुकरा महराज गहरी नींद या अर्द्ध-मूर्च्छा (सेमी कॉमा) में थे। डॉ० वाकणकर निश्चिंत थे। रात के पौने तीन बजे उन्होंने सिस्टर पोन्नम्मा से कहा कि वह हरवंश पंडित को ग्लुकोज चढ़ा दे। पोन्नम्मा विधानपुर में शासकीय स्वास्थ्य केंद्र द्वारा आवंटित दो कमरों के फ्लैट में रहती थी। वह बहुत दुबली थी और उसे एक्जिमा था। उसका घर अस्पताल से सटा हुआ था।

डॉ० वाकणकर लगभग तीन चालीस पर घर लौटे थे। वे पूरी तरह थक चुके थे। आंखें नींद से भारी हो रही थीं। ठंड, नमी, मोबिल और ग्रीज की गंध, कालिख और थकान। उन्हें याद आया कि उन्होंने रात में खाना नहीं खाया था। उनकी पत्नी और बेटियां सो रही थीं। वे बिना किसी को जगाए रसोई में घुसे। सारे बर्तन धुले-पुंछे रखे थे। उन्होंने फ्रिज खोलकर देखा। उसमें दूध, टमाटर और कुछ केलों के अलावा कोई पकी हुई खाने की चीज नहीं थी। वे लौटकर अपने बिस्तर पर गिर गए और दस मिनट के भीतर ही उनकी नाक से खर्राहट निकलने लगी।

सुबह साढ़े पांच बजे ही किसी ने दरवाजा पीटना शुरू कर दिया। ज्योत्स्ना वाकणकर, जो उस समय फटे हुए पेटीकोट और ब्लाउज में थीं, ने उठकर दरवाजा खोला। आकाश में असमय के बादल अभी छंटे नहीं थे। बाहर सिस्टर पोन्नम्मा अस्तव्यस्त हालत में खड़ी थी। साथ में सुभद्रा कहार था। थुकरा महराज का लड़का, पंडित भोलाशंकर दुबे उर्फ लेदहा महराज भी कुछ पीछे हटकर खड़ा हुआ था। ज्योत्स्ना वाकणकर का बायां स्तन फटे हुए ब्लाउज से बाहर झांक रहा था। इसलिए

वह फौरन मुड़कर घर के अंदर आ गईं।

डॉ० वाकणकर को जगाने में बहुत मेहनत करनी पड़ी। वे बड़ी गहरी नींद में थे। जागने पर उनकी आंखें बुरी तरह से लाल थीं, जैसे उनमें खून उतर आया हो। वैसे ऐसा उच्च रक्तचाप या रक्तचाप के असंतुलित होने पर भी होता है।

सिस्टर पोन्नम्मा ने जब बताया कि हरवंश पंडित की मृत्यु हो गई है तो डॉ० वाकणकर को समझने में थोड़ा वक्त लगा। फिर उन्हें आश्चर्य हुआ और गहरा आघात महसूस हुआ। उनकी नींद काफूर हो गई। वे उसी हालत में, बिना मुंह-हाथ धोए, चप्पल चढ़ाकर लगभग दौड़ते हुए अस्पताल पहुंचे। पंडिताइन बाहर बरामदे में बैठी जोर-जोर से रो रही थीं। साथ में गांव की एक-दो औरतें और कुछ मर्द थे। हरवंश पंडित की बहू भी वहां थी।

डॉ० वाकणकर ने प्राथमिक स्वास्थ्य केंद्र, विधानपुर के इनडोर पेशेंट नंबर सत्रह श्री हरवंश पंडित उर्फ थुकरा महराज, निवासी ग्राम वीरपुर, थाना तथा पोस्ट ऑफिस विधानपुर, जिला रायगढ़, पिन कोड-752003 को देखा। मृत शरीर लोहे के पलंग पर पड़ा हुआ था। एक हाथ छाती पर था।

डॉ० दिनेश मनोहर वाकणकर, एम०बी०बी०एस०, एम०डी० की निगाह स्टैंड पर लटकते ग्लूकोज की बोतल की ओर गई। वे जान गए। इसी का शक उन्हें हुआ था। बोतल के भीतर उसके पारदर्शी द्रव की सतह पर फंगस के थक्के तैर रहे थे। यह शायद किसी मेडिकल स्टोर्स से एक्सपायरी के बाद की ब्लैक सप्लाई है। 'हत्यारे'...वे बुदबुदाए। उन्होंने लेबल पर पड़ी हुई एक्सपायरी की तारीख देखी। उस जगह को चाकू की नोक से खरोंचा गया था, तब भी तारीख समझ में आती थी।

प्राथमिक स्वास्थ्य केंद्र विधानपुर के वरिष्ठ चिकित्सक और इंचार्ज डॉ० डी०एन० मिश्रा नया बजट मिलते ही एक्सपायरी के बाद की दवाइयां या नकली दवाइयां फर्जी फार्मास्युटिकल कंपनियों के एजेंटों या केमिस्ट से कमीशन बेसिस पर खरीदा करते थे। उनकी काफी कमाई होती थी। डॉ० वाकणकर ने इस पर कई बार आपत्ति प्रकट की थी, जिसके बाद वाकणकर के कई वास्तविक बिलों और रसीदों का भुगतान लंबे समय तक रोक दिया गया था, उनका एल०टी०ए० मंजूर नहीं किया गया था और उनकी छुट्टी की अर्जियां पास नहीं की गई थीं।

वरिष्ठ चिकित्सक डॉ० डी०एन० मिश्रा की स्थानीय नेताओं, व्यापारियों, तहसीलदार तथा थानेदार समेत अन्य सरकारी अफसरों से खूब पटती थी। इन लोगों ने रात में शराब पीने और ताश खेलने के लिए एक ऑफिसर्स क्लब भी बना रखा

था। यह एक अलग समाज था। इस समाज की अपनी अलग संहिताएं थीं, जिन्हें भारतीय प्रशासन ने अपने लंबे इतिहास से अर्जित किया था।

इन्हीं में से एक संहिता यह थी कि किसी अवांछित और ईमानदार मातहत को छोटे-छोटे अप्रकट तरीकों से, नियमों के दायरे के भीतर रहते हुए, इतना तंग करो कि वह गुस्से में या दुःख में फूट पड़े। और तब उसे नियमानुसार चार्जशीट करके दंडित करो।

डॉ० दिनेश मनोहर वाकणकर की आंखों में खून उतर आया। पंडिताइन की धाड़ें मार-मारकर रोती हुई विकल और बूढ़ी आवाज पूरे स्वास्थ्य केंद्र को हिला रही थी। हरवंश पंडित एक्सपायरी के बाद के, गंदे, घटिया और नकली ग्लुकोज को नसों के भीतर इंजेक्ट करने से सरकारी अस्पताल के भीतर मरे थे। उनकी एक तरह से हत्या की गई थी। थुकरा महराज राष्ट्रीय स्वयंसेवक संघ के एक निष्ठावान ग्रामीण कार्यकर्ता थे और उन्हें विश्वास था कि उनके जीते-जी ही जजमानी, वर्णाश्रम व्यवस्था और हिंदू राज की स्थापना होगी और उनकी पंडिताई फिर से पुरखों के जमाने की तरह चल पड़ेगी। जजमानों के न्योतों से वे खीर-पूरी अपने गमछे में बांधकर घर लाया करेंगे। अगर कल के अखबारों में छपा ले० जनरल जे०एस० अरोड़ा और पाकिस्तानी ले० जनरल नियाजी का फोटो वे देखते तो जोश में कहते—'डॉक्टर साहेब, देखो, एक रोड़ा गया। हिंदुओं की भाग्य बाधा हटी। अब अखंड भारत बनकर रहेगा। सत सिरी अकाल अरोड़ा जी…!' और ऐसा कहते हुए उनके मुंह से जरूर थूक निकलने लगता, इसीलिए उनके गांव के लोग उन्हें हरवंश पंडित के नाम से नहीं, थुकरा महराज के नाम से जानते थे।

डॉ० वाकणकर ने वहीं अस्पताल में अपने लेटर हेड पर वरिष्ठ चिकित्सक डॉ० डी०एन० मिश्रा को एक बहुत सख्त पत्र लिखा। इसमें उन्होंने साफ-साफ लिखा कि आप हरवंश पंडित के हत्यारे हैं। आप जैसे भ्रष्ट और लालची डॉक्टरों की वजह से इस देश में एक नहीं, हजारों निर्दोष मरीजों की मौतें हो रही हैं। आप मनुष्यों के जीवन के साथ मौत का दानवी और आपराधिक खेल खेल रहे हैं। हरवंश पंडित इस देश के एक नागरिक थे। वे इस प्राथमिक स्वास्थ्य केंद्र में भरती किए गए एक इनडोर पेशेंट थे। वे एक ब्राह्मण थे और शास्त्रों में ब्रह्महत्या से बड़ा कोई पाप नहीं माना गया है। आप जैसे डॉक्टर समूचे समाज और मनुष्यता के अलावा हिंदू धर्म के लिए भी एक कलंक हैं। आपको मैंने कई बार सपरिवार स्थानीय मंदिर में पूजा-चढ़ावा करते और प्रसाद-चरणामृत लेते देखा है। अगर आपके भीतर धर्म के प्रति कोई आस्था है तो यह साफ समझ लीजिए कि आप पापी और गुनहगार हैं।

कानून की दृष्टि से भी आपने अपराध किया है और भारतीय दंड संहिता की धारा 304 के तहत आप पर होमिसाइड का मुकदमा चलाया जाना चाहिए।

डॉ० वाकणकर के इस उद्वेग-भरे पत्र का अंतिम पैराग्राफ था—

मैं अपने साथ ग्लुकोज की बोतल, आप द्वारा ग्लुकोज की अस्सी बोतलें खरीदने का शर्मा मेडिकल स्टोर्स को दिया गया ऑर्डर तथा स्टॉक से संबंधित कागजात लिए जा रहा हूं। नकली दवाइयां, खास तौर पर लाइफ सेविंग ड्रग्स तथा मरीज की नसों के भीतर इंजेक्ट किए जाने वाले इंट्रावेनस इंजेक्शन के मामले में जानलेवा और संगीन भ्रष्टाचार न करने का आग्रह मैंने आपसे एक बार नहीं, औपचारिक और अनौपचारिक तरीके से कई बार किया है। आपने मेरी बात को गंभीरता से लेने की बजाय तरह-तरह से मुझको तंग करने की कोशिश की है। मुझे लगता है कि आप नासमझी में यह अपराध नहीं कर रहे हैं बल्कि असल में आप पेशेवर मुजरिम हैं।

मैं अपने धर्म, अपने पेशे और ईश्वर की शपथ लेकर आपको चेतावनी देता हूं कि आप अपनी करतूतों से बाज आइए वरना आप सोच भी नहीं सकते कि मैं किस हद तक जा सकता हूं।

हरवंश पंडित की मृत्यु से डॉ० वाकणकर इतने खिन्न, दुखी और तनाव में थे कि उन्होंने इस पत्र को एक लिफाफे में बंद करके एक हफ्ते की छुट्टी की एक एप्लीकेशन भी लिख डाली और दोनों चीजें सिस्टर पोन्नम्मा को थमाकर अपने फ्लैट में लौट आए।

ज्योत्स्ना वाकणकर और उनकी बेटी पूजा ने देखा कि उनकी आंखें लाल थीं, जैसे उनमें खून तैर रहा हो। वे अपने बिस्तर पर गिरे और जल्द ही उनकी खर्राहट कमरे में गूंजने लगी।

डॉ० वाकणकर की आंखों के इस तरह लाल होने तथा नाक और गले से निकलती ऐसी खर्राहट से ज्योत्स्ना वाकणकर जान गई कि उनका रक्तचाप बढ़ गया है और असंतुलित है।

स्थानांतरण का आदेश

दोपहर ढाई बजे तक डॉ० वाकणकर के खर्राटे गूंजते रहे। इसी समय दरवाजे पर दस्तक हुई। प्राथमिक स्वास्थ्य केंद्र का जूनियर डॉक्टर सुरेश गुप्ता उनसे मिलने आया था। उसने तीन साल पहले ही सरकारी नौकरी ज्वाइन की थी। वह लोक निर्माण विभाग (पी०डब्ल्यू०डी०) के विधानपुर ऑफिस में एस०डी०ओ०

श्री दीनदयाल गुप्ता का भानजा था। डी०डी० के नाम से मशहूर दीनदयाल गुप्ता के बारे में कहा जाता था कि विधानपुर में आने के बाद उसने पिछले चार सालों में लगभग पैंतीस-चालीस लाख रुपए कमाए थे। सड़कों की मरम्मत, नई सड़कों और पुलों की स्वीकृत परियोजनाओं में घपला और ठेकेदारों-कर्मचारियों से मिलीभगत के दम पर उसने ये कमाई की थी।

डॉ० सुरेश गुप्ता उसी डी०डी० का भानजा था।

चाय पीने के बाद डॉ० गुप्ता ने डॉ० वाकणकर से अनुरोध किया कि वे ग्लूकोज की बोतल, अस्पताल के स्टॉक के कागजात और शर्मा मेडिकल स्टोर्स को डॉ० मिश्रा द्वारा दिए गए खरीद ऑर्डर की कॉपी डॉ० मिश्रा को लौटा दें। डॉ० मिश्रा उनसे मिलना चाहते हैं। माफी मांगना चाहते हैं और वे सचमुच परेशान और दुखी हैं।

डॉ० वाकणकर ने जवाब दिया कि उनका डॉ० मिश्रा से कोई निजी झगड़ा नहीं है। वे अगर उनके घर आएं तो उनका स्वागत है। रही बात बोतल और कागजात लौटाने की तो डॉ० वाकणकर ने कहा कि यह ठीक नहीं होगा, क्योंकि अगर ये सबूत उन्होंने डॉ० मिश्रा को लौटा दिए तो डॉ० मिश्रा उन्हें तंग कर डालेंगे।

डॉ० सुरेश गुप्ता से उन्होंने कहा कि अपने पास ये प्रमाण वे डॉ० मिश्रा को सजा दिलाने के लिए नहीं, अपनी सुरक्षा के लिए भी रखना चाहते हैं।

उसी रात आठ-साढ़े आठ बजे प्राथमिक स्वास्थ्य केंद्र विधानपुर के वरिष्ठ चिकित्सक तथा इंचार्ज डॉ० डी०एन० मिश्रा उनके घर आए। हालांकि वे डॉ० वाकणकर के बॉस थे लेकिन उनके सामने वे ऐसे व्यवहार कर रहे थे जैसे डॉ० वाकणकर ही उनके अधिकारी हों।

ज्योत्स्ना वाकणकर जब चाय देने आईं तो डॉ० मिश्रा ने कुर्सी से उठकर उन्हें 'भाभी जी' कहते हुए प्रणाम किया। बाद में पता चला कि वे हरवंश पंडित की विधवा पंडिताइन को वीरपुर में 10,000 रुपए नकद देकर आए हैं। उन्होंने डॉ० वाकणकर की पत्नी ज्योत्स्ना से अलग से बात की। ज्योत्स्ना वाकणकर ने आकर डॉ० वाकणकर को समझाया कि अब जो होना था, सो हो गया। डॉ० मिश्रा के मन में हरवंश पंडित की मृत्यु के लिए गहरा पश्चात्ताप है। वे दस हजार रुपए पंडिताइन को दे ही चुके हैं और उनका कहना है कि अगर डॉ० वाकणकर कह दें तो वे उन्हें और भी रुपए दे सकते हैं। डॉ० मिश्रा ने वाकणकर की भूरि-भूरि प्रशंसा भी की और कहा, उनके जैसे निःस्वार्थ और आदर्श डॉक्टर स्वास्थ्य विभाग की शान हैं।

खैर, बाद में यह हुआ कि ज्योत्स्ना वाकणकर ने अपने पति से अनुमति लेकर

डॉ० डी०एन० मिश्रा से डॉ० वाकणकर द्वारा लिखा गया पत्र वापस लिया और उन्हें ग्लुकोज की बोतल और सारे कागजात वापस लौटा दिए। डॉ० सुरेश गुप्ता उसी दिन से राष्ट्रीय स्वयंसेवक संघ का सदस्य बन गया। उसने डॉ० वाकणकर के चरण छूकर कहा कि वह आज से उनकी तरह ही अस्पताल में धांधली के खिलाफ लड़ेगा।

डॉ० दिनेश मनोहर वाकणकर उदास थे। हरवंश पंडित की मृत्यु दमे से नहीं हुई थी। उनकी हत्या हुई थी। उन्होंने उस रात अपनी डायरी में लिखा—

मुझे दिखाई दे रहा है कि हमारे देश में हर रोज हजारों हत्याएं हो रही हैं—नकली दवाओं, जहरीली शराब, गुंडों और अपराधियों के संगठित गिरोहों, पुलिस द्वारा दमन और सरकार द्वारा गोली-बारी से। इस सबका धर्म और संप्रदाय से कोई लेना-देना नहीं है। एक पूरा भ्रष्ट और अपराधी तंत्र बन चुका है, जिसकी हिंसा और लूट के सामने इस चीज का कोई मतलब नहीं है कि सामने वाला हिंदू है या मुसलमान या किसी और संप्रदाय का। बांग्लादेश में भी मुसलमानों ने ही मुसलमानों का संहार किया था। हजारों औरतों से बलात्कार किया था और लाखों मुहाजिरों को उनके घर-गांव से उजाड़कर खानाबदोश बना दिया था। यह सच है कि हमारे देश में भी हिंदू किसी और के द्वारा नहीं, सबसे ज्यादा हिंदुओं द्वारा ही मारे जा रहे हैं। डॉ० डी०एन० मिश्रा भी हिंदू थे और हरवंश पंडित भी। जानलेवा नकली दवाइयों के व्यापारी भी हिंदू हैं। हद यह है कि इनमें से कई हिंदू राष्ट्र के विचार के समर्थक हैं और संघ को धन आदि से मदद देते रहते हैं।

डॉ० वाकणकर ने डायरी के उस पन्ने पर आखिर में एक प्रश्न लिख छोड़ा था—

यह सवाल बार-बार मेरे सामने आ खड़ा होता है कि अगर भविष्य में कभी हिंदू राष्ट्र बना तो वह किस हिंदू का राष्ट्र होगा? डॉ० डी०एन० मिश्रा का? या थुकरा महराज का?

एक सप्ताह का अवकाश अभी चल रहा था। डॉ० वाकणकर अस्पताल तो नहीं जा रहे थे, लेकिन शाखा में नियमित शाम को जाते थे। वहां उन्हें राम सनेही भाई जी ने बताया कि डॉ० सुरेश गुप्ता अभी तीन दिन से ही शाखा में आ रहा है लेकिन उसने अभी से उनके बारे में कई अनाप-शनाप बातें फैलानी शुरू कर दी हैं। राम सनेही जी ने कहा कि कहीं डॉ० सुरेश गुप्ता को डॉ० मिश्रा ने ही तो नहीं शाखा का सदस्य बनाया है, जिससे वह वहां पर डॉ० वाकणकर की जड़ें काट सके।

पांचवें दिन वाकणकर जिला मुख्यालय के शासकीय अस्पताल से जिला चिकित्सा अधिकारी डॉ० एस०एन० अग्निहोत्री, सिविल सर्जन के आदेश क्रमांक 26/डी०1371 के तहत डॉ० दिनेश मनोहर वाकणकर का तबादला सुदूर आदिवासी बहुल क्षेत्र ढींगर गांव के प्राथमिक स्वास्थ्य केंद्र में कर दिया गया। उन्हें 48 घंटे के भीतर अपना समस्त कार्यभार डॉ० सुरेश गुप्ता को सौंपने का आदेश दिया गया था। अगले दिन जिला रायगढ़ से निकलने वाले साप्ताहिक अखबार 'रायगढ़ वाणी' में हरवंश पंडित की विधवा पंडिताइन कर्मवती की ओर से जिलाधीश के नाम एक पत्र छपा था जिसमें अपने पति की मृत्यु की जिम्मेदारी उन्होंने डॉ० वाकणकर पर डाली थी और शासन से अनुरोध किया था कि हरवंश पंडित की मृत्यु की पूरी जांच कराई जाए।

ज्योत्स्ना वाकणकर इस विश्वासघात और षड्यंत्र को सहजता से बर्दाश्त नहीं कर पा रही थीं। वे फूट-फूटकर रोने लगीं और डॉ० डी०एन० मिश्रा से सीधी–दो टूक बात करने के इरादे से उनके निवास की ओर चलीं। डॉ० वाकणकर ने मना भी किया, लेकिन वे नहीं मानीं। उन्होंने कहा, 'मैं जाकर उस नीच, धोखेबाज का मुंह नोच लूंगी।'

ज्योत्स्ना वाकणकर जब प्राथमिक स्वास्थ्य केंद्र, विधानपुर के वरिष्ठ चिकित्सक और इंचार्ज डॉ० डी०एन० मिश्रा के बंगले पर पहुंची तो वहां ताला लगा था।

पता चला डॉ० मिश्रा अपने परिवार समेत एल०टी०ए० लेकर पंद्रह दिन की छुट्टी मनाने देहरादून चले गए हैं।

काले पानी का दंड-द्वीप

विधानपुर से ढींगर गांव में आए हुए डॉ० दिनेश मनोहर वाकणकर को लगभग चौदह साल हो गए। न उनका प्रमोशन हुआ, न तबादला। सिर्फ सालाना वेतन-वृद्धि यानी इंक्रीमेंट का इजाफा होता रहा।

ढींगर गांव में डॉ० वाकणकर खुश थे। हालांकि वहां उन्हें सजा के बतौर भेजा गया था। किताबें और जर्नल्स वहां देर से पहुंचते थे, लेकिन उस आदिवासी बहुल इलाके में झंझट कम थे।

ढींगर गांव सतपुड़ा की पर्वत-श्रेणियों में से एक की चोटी से लेकर तलहटी तक बसा हुआ एक चित्रात्मक-सा सुंदर कस्बा था। सड़कें वहां ठीक नहीं थीं। आवागमन के साधन कम थे और शहरों में मिलने वाली नई-नई उपभोक्ता चीजें वहां की दुकानों में नजर नहीं आती थीं। जैसे वहां लेमन सोडा, लस्सी और शिकंजी के

अलावा तरह-तरह के सॉफ्ट ड्रिंक्स नहीं मिलते थे। कुकिंग गैस का नामोनिशान नहीं था। एक-दो लोगों ने सरकारी या सहकारी अनुदान मिलने के कारण गोबर गैस या बायोगैस की टंकी बनवा रखी थी। लेकिन वे टंकियां ऐसे ही बेकार पड़ी हुई थीं।

ढींगर गांव में रहते हुए भी डॉ० वाकणकर ने संघ का काम जारी रखा। उन्हें यह अहसास वहीं रहते हुए गहराई से हुआ कि संघ और हिंदूवादी राजनीति में निचली जातियों और आदिवासियों की बहुत कम रुचि है। वे अगर शाखा में, डॉ० वाकणकर के प्रभाव के कारण, आने भी लगते थे, तो कुछ दिनों के बाद उनकी रुचि उसमें खत्म हो जाती थी। संघ का जैसा स्वरूप था, उसमें उन्होंने पाया कि व्यापारी, ठेकेदार, सवर्ण जातियों के लोग और सरकारी कर्मचारी ही उसमें उत्साह दिखाते थे।

डॉ० वाकणकर ने अपनी डायरी में लिखा–

कभी-कभी मैं सोचता हूं कि स्वामी रामतीर्थ, विवेकानंद, रामकृष्ण परमहंस आदि चिंतकों और मध्यकाल के भक्त संतों का रास्ता यही है? मेरे मन में संदेह उठता है कि संघ का कार्यकलाप हिंदू समाज के पुनर्जागरण और पुनर्गठन के लिए नहीं, सत्ता पर इस संगठन और इसके समर्थक राजनीतिक दलों को बिठाने के लक्ष्य को लेकर चल रहा है।

ढींगर गांव एक बड़ा क्षेत्र था। पिछले दस वर्षों से जनसंख्या में वृद्धि के कारण यह पृथक् संसदीय क्षेत्र बन गया था। आदिवासी जनजातियों के लिए सुरक्षित संसदीय क्षेत्र। लेकिन चुनाव और राजनीति के सारे मोहरे गैर-आदिवासी लोगों द्वारा ही संचालित होते थे। श्री भुलई साधो यहां के निर्वाचित सांसद थे, लेकिन इस आदिवासी सांसद के बारे में हर कोई जानता था कि वह जिले के माफिया किंग त्रिभुवन सिंह का नौकर है।

तो डॉ० वाकणकर ढींगर गांव में सजा काट रहे थे। ऐसा ही लोकतांत्रिक भारत सरकार ने सोचा था। ढींगर गांव कोई सरकारी अफसर या कर्मचारी नहीं आना चाहता था। सरकारी दफ्तरों में जब कोई अफसर अपने मातहत पर नाराज होता तो धमकी देता था, ज्यादा आंय-बांय किया तो साले, ढींगर गांव भेज दूंगा। ढींगर गांव में डॉ० वाकणकर शासकीय फ्लैट में अकेले रहते थे। वहां कोई कॉलेज नहीं था। इसलिए अपने परिवार को उन्हें ललितपुर भेजना पड़ता था। विधानपुर में उनकी एक ही संतान थी, इन चौदह वर्षों में उसमें तीन की बढ़ोतरी और हो गई थी। उपासना, प्रार्थना और तपस्या।

यहां रहते हुए उन्होंने उरांव, बैगर, गोंड, कोल, धनुहार आदि जनजातियों की जीवन-पद्धति, फूड हैबिट्स और पारंपरिक औषधियों के बारे में गहरी छानबीन की।

आदिवासियों के पाए जाने वाले सामान्य मौसमी रंगों पर काम किया। उनके चार शोध-पत्र 'अंतर्राष्ट्रीय जर्नल्स' में प्रकाशित हुए। दो बार उन्हें जर्मनी और एक बार लंदन बुलाया गया, लेकिन उनके विभाग ने एक तो उन्हें देर से सूचित किया, दूसरे उनके जाने में कुछ अड़चनें भी खड़ी कीं, इसलिए वे कहीं नहीं गए। ढींगर गांव ही उनका क्षेत्र बनकर रह गया।

स्थानीय लोगों का कहना था कि कस्बे के सरकारी अस्पताल में डॉ० वाकणकर के आने के पहले कोई आदिवासी नहीं आता था। वे लोग वहां जाने से डरते थे। उनके बीच आम मान्यता यह थी कि जब पुलिस चौकी का दरोगा खाकी वर्दी उतारकर कोट-पैंट पहन लेता है तो वह डॉक्टर बन जाता है और आदमी अगर अस्पताल में जाता है तो वह उसका अंडा और कलेजा चुरा लेता है।

आदिवासियों के अंडे और कलेजे से चॉकलेट बनता है, जिसे दिल्ली की औरतें खाती हैं।

टी०वी० ढींगर गांव में छह साल पहले आ गया था। लेकिन टी०वी० के पर्दे पर दिखाई देने वाली चीजें वहां नहीं आई थीं। मैगी नूडल्स वहां नहीं थे, सैमुराइ और अटारी के वीडियो गेम्स नहीं थे। पामोलिव का केयर सोप नहीं था। वहां गार्डेन बरेली की साड़ी के जरिए अपनी छाती, पीठ, कमर और बगलों का चिकना नंगापन दिखाती औरतें नहीं थीं। वे लड़कियां नहीं थीं जो लिरिल या पोंड्स लेवेंडर सोप के झाग में झरने या शॉवर के नीचे लाखों लोगों के सामने नंगी नहाती थीं।

लेकिन ढींगर गांव में तरोई, अमरूद, कुम्हड़ा, लौकी, पालक जैसी तमाम सब्जियां खूब ताजा मिलती थीं। दूध और घी महंगा था लेकिन शुद्ध होता था। चावल तमाम किस्म के थे और भात बहुत स्वादिष्ट बनता था।

अपराध वहां के ग्रामीण इलाकों में नहीं के बराबर थे। एक खास तरह की सुस्त, शांत और बहुत नैसर्गिक जीवन की गति थी।

प्रधानमंत्री की यात्रा की घोषणा

घोषणा हुई कि भारत के प्रधानमंत्री ढींगर गांव की यात्रा पर आने वाले हैं। उनका दोपहर का भोजन, पहाड़ के ऊपर बने अंग्रेजों के जमाने के कठबंगला यानी ढींगर गांव के लोक निर्माण विभाग के सर्किट हाउस में होगा। भोजन के बाद वे शाम साढ़े तीन बजे तलहटी के मैदान में आदिवासियों की जनसभा को संबोधित करेंगे। तलहटी की आबादी से तीन किलोमीटर दूर लालगंज के प्लांटेशन साइट पर उनका हेलिकॉप्टर उतरेगा।

यह तहलका था। कहां भारत के प्रधानमंत्री, कहां ढींगर गांव। स्वतंत्र भारत की देशी सरकार का अंडमान निकोबार। काले पानी का दंड-द्वीप, ढींगर गांव के इतिहास में पहली बार यह महत्त्वपूर्ण अध्याय जुड़ने जा रहा था।

जीपें दौड़ने लगीं। ट्रक दौड़ने लगे। सरकारी इमारतें ही नहीं, ढींगर गांव-बाजार की मुख्य सड़क के अगल-बगल की दुकानों और मकानों पर भी चूना, स्नोसम पोता जाने लगा। सड़क के दोनों किनारों पर, लालगंज से ढींगर गांव तक गेरु और चूने में रंगी ईंटों की कतार सजाई गई। थोड़ी-थोड़ी दूर पर तोरणद्वार बनाए गए–'ढींगर गांव संसदीय क्षेत्र की जनता प्रधानमंत्री का स्वागत करती है।'

लालगंज के प्लांटेशन साइट को, जहां प्रधानमंत्री का हेलिकॉप्टर उतरना था, लोहे के कंटीले तारों से घेर दिया गया। तलहटी के मैदान की सरहद में खंभे गाड़े गए, तार ताने गए, हर खंभे पर स्पीकर फिट किया गया। मैदान के बीचोबीच पहले ईंट-सीमेंट का चबूतरा और उसके ऊपर लकड़ी के तख्तों का मंच। उसके ऊपर जिला मुख्यालय से और राज्य की राजधानी से लाई गई कुर्सियां।

इसी चबूतरे से प्रधानमंत्री ढींगर गांव की जनता के लिए बोलेंगे और स्पीकर से उनकी आवाज पहाड़, तलहटी और जंगल तक जाएगी। गरीबी हटाओ, तरक्की, जनता की समस्याएं, सरकार कटिबद्ध है, सुनहरा कल। जय हिंद, जय हिंद, फूल-माला, जिंदाबाद, हाथ जोड़े मुस्कराता चेहरा।

सिर पर बैगाओं, उरावों वला मुरैठा। पता चला प्रधानमंत्री आदिवासियों का करमा-सैला नाच देखेंगे और अगर नाच बढ़िया हुआ तो महुए का ठर्रा पीकर खुद भी नाचेंगे।

ढींगर गांव में जगह-जगह चर्चा थी कि प्रधानमंत्री मुरैठा बांधकर करमा नाचेंगे और ठर्रा पिएंगे। कलेक्टर साहब ने सोहना बैगा को निखालिस महुए की रासी बनाने का ऑर्डर दिया है। ऐसा ठर्रा कि दीवाल पर हाथ से रगड़ दो तो भक से आग जल जाए। पता चला, प्रधानमंत्री के साथ दिल्ली दरबार के कई अफसर और अखबार वाले भी आ रहे हैं। वे भी ठर्रा पिएंगे। टी०वी० वाले भी आएंगे।

और सरकिट हाउस। पहाड़ की चोटी के सपाट समतल पर बना अंग्रेजों के जमाने का कठबंगला। यहां अंग्रेज अफसर और रीवा, सरगुजा के राजा लोग पहले आकर ठहरते थे। खूब शिकार-हांका होता था। पिकनिक मनती थी।

कठबंगला दूर से दिखाई देता था। लोहे के ऊंचे-ऊंचे पोल कोरबा से ट्रक में ढोकर लाए गए। पहाड़ की चोटी पर मरकरी लाइट। रात में भी दिन जैसा उजाला। क्या पता, कहीं प्रधानमंत्री का हेलिकॉप्टर खराब हो जाए और उन्हें रात कठबंगले

में गुजारनी पड़ जाए। इसीलिए।

तलहटी से लेकर चोटी तक सड़क के अगल-बगल रंगीन ईंटें। एड़ी से चोटी तक बल्ब ही बल्ब। जगमग-जगमग। पतंगी कागज के असंख्य नन्हे-नन्हे त्रिभुज सुतली की डोरी में चारों ओर हिलते हुए। झंडियां—हरी, नीली, पीली, बैगनी, रंग-बिरंगी।

कलेक्टर श्री एन०एस० खरे, आई०ए०एस० ढींगर गांव में ही डेरा डालकर पड़े थे। पैंतीस-छत्तीस की उम्र। जवान, राऊज कोचिंग सेंटर से रट्टा मारकर आई०ए०एस० किया था। घुड़सवारी, ब्रिज, ब्लू फिल्मों और रिश्वत के शौकीन। शत्रुघ्न सिन्हा की तरह डायलॉग बोलने का ढंग।

एस०पी०, डी०आई०जी०, कमिश्नर, तहसीलदार, बी०डी०ओ० सब ढींगर गांव में पड़े थे। हर कोई दौड़ रहा था। जनसंपर्क विभाग और आदिवासी कल्याण परिषद् के अफसर आदिवासी औरत-मर्दों को सही तरीके से नाचने की ट्रेनिंग दे रहे थे। पी०एम० के सामने नाचना है। सही नाचोगे तो दिल्ली घुमाएंगे। बख्शीश मिलेगी। आदिवासी औरतों को सख्त हिदायत कि कोई ब्लाउज नहीं पहनेगी। ऐसे ही आंचल से दूध को मूंद लेना है। जिसकी छाती ज्यादा लटक गई है, उसे पीछे रहना है। प्रधानमंत्री की यात्रा की तैयारी में ढींगर गांव टायरों और जूतों के नीचे रौंदा जा रहा था। साठ लाख खर्च बैठा था। सब जुटे हुए थे। हर कोई दौड़ रहा था। पी०डब्ल्यू०डी० के ठेकेदार अग्रवाल जी, त्रिपाठी जी, ऑल इंडिया ट्रांसपोर्ट कंपनी के डेढ़ सौ ट्रकों के मालिक खन्ना साहेब, कोयला खदानों से ब्लैक और चोरी से कोयला और परमिट बेचने वाले कोल माफिया किंग त्रिभुवन सिंह, जिले के मशहूर गुंडा कोले पहलवान इंदरभान सिंह, दारू के ठेकेदार जवाहर जैन जी, जिनके बांदा से लाए गए गुंडों और एक्साइज के कर्मचारियों के आतंक से पूरा आदिवासी इलाका थर्राता था।

कई पेट्रोल पंपों के मालिक और मोबिल ऑयल में पेट्रोल और मिट्टी का तेल मिलाकर डीजल के नाम से बेचने वाले केडिया जी, चूना-सीमेंट फैक्टरी के जडेजा साहेब, कागज के कोटे को ब्लैक में बेचकर सरकारी अफसरों और मंत्रियों की चमचागीरी करके लाखों कमा लेने वाले 'लोकवाणी' के संपादक नटवरलाल 'नटवर', जो टी०वी० के कवि-सम्मेलन में हमेशा दिखाए जाते थे वगैरह-वगैरह।

ढींगर गांव सरकारी लोगों से भर गया था। व्यवस्था हो रही थी। पुलिस, सी०आर०पी०, पी०ए०सी०, तंबू ही तंबू, छावनी ही छावनी। वर्दी ही वर्दी। जीप, ट्रक, कार, मोटरसाइकिल।

लेकिन ढींगर गांव के आसपास के छोटे-छोटे गांवों में सन्नाटा था। हाट-बाजार

के अलावा आदिवासी शहर-कस्बे की तरफ कम ही रुख करते थे। सरकार के नाम पर वे सिर्फ पुलिस, पटवारी और आबकारी वालों को ही जानते थे, जो उनके घर में घुसकर उनकी मुर्गियां उठा ले जाते थे, ठर्रा बनाने वाला मटका फोड़ देते थे, औरतों-लड़कियों के पेट में अपना बीज डाल जाते थे और मारते-पीटते थे। सिंदवारी, बोड़ारी, पोंडी, खांडा, बकेली, नवनियां आदि तमाम गांवों के आदिवासी मना रहे थे कि उधर न जाना पड़ता तो अच्छा रहता। बोड़ारी गांव के मिखना बैगा ने तो ठकुरदेई में जाकर मुर्गी का चढ़ावा दिया था कि प्रधानमंत्री ढींगर गांव न आएं।

लेकिन पी०एम० के आने की तारीख और वक्त तो तय थे। सारे सरकारी लोग गांव-गांव घुसने लगे। पटवारी आकर ऐलान कर गए थे कि ढींगर गांव नहीं जाओगे तो जमीन छिन जाएगी। बल्कि जाओगे तो प्रधानमंत्री खुद अपने हाथ से पट्टा बांटेंगे। बी०डी०ओ० बोल गया था। ढींगर गांव में प्रधानमंत्री आदिवासियों को कुआं खोदने और गाय-गोरू खरीदने के लिए रुपया बांटेंगे। होगा तो कर्जा लेकिन बाद में माफ हो जाएगा।

थानेदार और पुलिस के सिपाहियों ने कहा था, अगर नहीं जाओगे ढींगर गांव तो घर-घर में डंडा घुसेड़ दिया जाएगा। फिर मत आना नालिश-फरियाद करने। ऊंची जाति के किसान-जमींदार और सेठ-साहूकार कह रहे थे। ससुर रह गए बैल के बैल। जंगली साले। ढींगर गांव संसदीय क्षेत्र का गौरव बढ़ रहा है, प्रधानमंत्री आ रहे हैं और ये ससुर जंगल में छुपकर झाड़ा फिरने में लगे हुए हैं। इनके भुच्च और पिछड़े रहे आने के असली जिम्मेदार साले ये आदिवासी खुद हैं।

हर पटवारी, हलके, स्कूल और थाना क्षेत्र से लोगों को लाने का कोटा बांध दिया गया था। हर सरकारी मुलाजिम अपने-अपने इलाके से ज्यादा से ज्यादा कोल, बैगा, गोंड, सेउंता, भरिया, अगरिया, धीमर, हरिजन, धनुहार लाने की कोशिश कर रहा था जिससे ऊपर के हाकिम खुश हो जाएं। ठेकेदार, गुंडे, नेता और दारू भट्ठे वाले भी अपनी तथा सरकारी गाड़ियों में गांव-गांव दौड़ रहे थे।

सरकार आदिवासियों को उनके घरों और जंगलों से निकालकर प्रधानमंत्री के सामने खड़ा कर देने को कटिबद्ध थी।

महामारी और जिलाधीश

कभी-कभी यह मूल प्रश्न मुझे सोचने को विवश करता है कि सत्ता और जनता के परस्पर संबंधों में पिछले सौ-डेढ़ सौ सालों में कितना परिवर्तन हुआ है? ढींगर गांव के आसपास के गांवों के बूढ़े आदिवासियों से बात

करने पर पता चलता है कि उन्हें पुराना जमाना पसंद था। इसकी दो मुख्य वजहें थीं कि एक तो तब जंगल इतने नहीं उजड़े थे और दूसरे यह कि आदिवासी समाज में तब सरकार और बाहरी लोगों की इतनी दखलंदाजी नहीं थी।

आदिवासियों के बीच धारणा है कि सरकार ने सड़कें जंगल काटकर, लकड़ी की ढुलाई करने, पहाड़ों से खनिज संपदा निकालने और आदिवासियों की आजादी छीनकर उन्हें परावलंबी और गुलाम बनाने के लिए बनाई हैं।

डॉ० वाकणकर ने अपनी डायरी में उन्हीं दिनों यह लिखा था। अंत में उन्होंने अपनी ओर से निष्कर्ष भी लिखा था—

मुझे उनकी धारणा के सार में सत्य नजर आता है। अगर सड़कें आदिवासियों के विकास के लिए बनाई गई होतीं, तो उनके पास सड़क पर चलने वाली कोई न कोई चीज जरूर होती। ऐसा नहीं है।

डॉ० दिनेश मनोहर वाकणकर को इत्तला मिली कि पोंडी तथा खांडा गांव में गैस्ट्रो एंट्राइटिस के कुछ केस हुए हैं। उन्होंने सिविल सर्जन, जिला मुख्यालय को नियमानुसार इसकी सूचना भेजी थी लेकिन अभी तक उसका कोई जवाब नहीं आया था। इस बीच पता चला कि चार मौतें और हो गई हैं। उन्होंने सी०एस० को रिमाइंडर भेजा। जवाब फिर नहीं आया। तीन दिन बाद पता चला कि छह आदिवासी, जिनमें तीन बच्चे और दो औरतें शामिल थीं, फिर मर गए हैं। अब तक मरने वाले कुल सोलह लोगों में नौ बच्चे थे।

डॉ० वाकणकर स्कूटर से हैजा प्रभावित गांवों में पहुंचे। मई का महीना था। तेज गर्मी पड़ रही थी और संभवतः पांच-छह गांवों के बीच पानी के लिए जो एक ही तालाब था, उसका पानी प्रदूषित हो गया था। अगर तत्काल कोई रोकथाम या व्यवस्था नहीं की गई तो महामारी और ज्यादा फैल सकती थी।

आदिवासियों से बातचीत करने पर उन्हें पता चला कि 1942 के अकाल के बाद इस इलाके में पहली बार हैजा फैला है। उस बार अंग्रेज सरकार थी और यहां के कलेक्टर श्री फिलिप्स हुआ करते थे। मिस्टर फिलिप्स ने महामारी की रोकथाम के लिए व्यवस्थित प्रशासनिक कदम उठाए थे और अधिक लोग नहीं मरने पाए थे। आश्चर्य था कि तब ढींगर गांव में कोई प्राथमिक स्वास्थ्य केंद्र नहीं था और यहां सरकारी डॉक्टर भी नहीं थे। सड़कें भी नहीं थीं। सड़कें तो दरअसल आजादी के सात-आठ साल बाद जंगल की कटाई, तेंदू पत्ते और लाख का व्यापार तथा इस इलाके

में पाए जाने वाले बाक्साइट की ढुलाई के लिए बनवाई गईं।

अगली सुबह साढ़े दस बजे डॉ० वाकणकर को सूचना मिली कि पोंडी गांव में दो बच्चे और मर गए हैं। डॉ० वाकणकर को पता था कि इस समय कलेक्टर श्री एन०एस० खरे, आई०ए०एस० ढींगर गांव के सिंचाई विभाग वाले रेस्ट हाउस में रुके हुए हैं। उन्होंने अपना स्कूटर उठाया और वहां पहुंच गए।

रेस्ट हाउस में भीड़ थी। एस०पी०, डिप्टी कलेक्टर, तहसीलदार, दरोगा समेत वहां जिले के कुख्यात अपराधी इंदरभान सिंह और कोल माफिया किंग त्रिभुवन सिंह आदि बैठे हुए थे। कलेक्टर अंदर दारू भट्ठे के ठेकेदार जैन से भारतीय प्रधानमंत्री की यात्रा की व्यवस्था आदि के संबंध में कुछ जरूरी और गंभीर बातें करने में लगे थे। बड़ी मुश्किल में कलेक्टर साहब से मिलने का टाइम डॉ० वाकणकर को मिल पाया।

जिलाधीश एन०एस० खरे ने उनसे कहा कि वे दो मिनट में अपनी बात बता दें, क्योंकि उनके पास वक्त बिलकुल नहीं है। डॉ० वाकणकर ने उन्हें पांच गांवों में हैजा फैलने और अब तक हुई 16 मौतों के बारे में बताया। उन्होंने मांग की कि जिला प्रशासन को फौरन कोई कदम उठाना चाहिए वरना मरने वालों की संख्या और भी बढ़ सकती है।

कलेक्टर खरे ने हंसते हुए कहा, 'अरे डॉक्टर साहब, लोगों ने आपके बारे में जो बातें मुझे बताई थीं, आप वैसे ही निकले। देखिए, आप भी आखिर हमारे ही बीच के आदमी हैं। इस वक्त अपनी पॉलिटिक्स मत चलाइए। हो सके तो एडमिनिस्ट्रेशन की मदद कीजिए जिससे पी०एम० का दौरा अच्छी तरह से निपट जाए। बाद में हम लोग इस सिचुएशन को भी टैकल कर लेंगे।'

डॉ० वाकणकर ने गंभीरता और ईमानदारी से कहा कि इसमें उनकी कोई पॉलिटिक्स नहीं है। गैस्ट्रो एंट्राइटिस वास्तव में बड़ी तेजी से फैल रहा है और खतरा है कि यह आसपास के गांवों को भी अपनी चपेट में ले लेगा। ऐसा हुआ तो हालात काबू के बाहर हो जाएंगे। मरने वालों में सबसे बड़ी तादाद बच्चों की होगी। उनकी इस बात पर कलेक्टर ने कहा कि आप दो दिन और रुक जाइए। उसके बाद मैं इसको प्रायरिटी देकर देखूंगा।

हारकर डॉ० वाकणकर ने कहा, 'लेकिन यह ज्यादा अच्छा होगा कि उन्हें आज दो-तीन घंटे के लिए कोई जीप दे दी जाए जिससे कम से कम उस तालाब के प्रदूषित पानी में कीटाणुनाशक दवाइयां डालकर उसे पीने लायक बनाया जा सके और जो लोग इस समय क्रिटिकल हालत में बीमार हैं, उन्हें ढींगर गांव अस्पताल लाया जा

सके।'

कलेक्टर ने ब्लॉक डेवलपमेंट ऑफिसर और एस०पी० से पूछा तो उनका कहना था कि सर, आज का शिड्यूल तो बहुत टाइट है। गाड़ियां जहां-जहां जानी हैं, वहां पहले से अपॉइंटमेंट हैं। आज तो बिलकुल नहीं हो सकता। हां, अगर डॉ० वाकणकर कल सुबह पता कर लें तो बेहतर होगा।

डॉ० वाकणकर उस रात ठीक से सो नहीं सके। जागते रहे। उन्होंने डायरी में लिखा—

उनकी आंखों में कहीं चिंता या दया के निशान नहीं थे। अगर उनमें से किसी का अपना बच्चा मर रहा होता तो क्या वे यही व्यवहार करते? क्या मैं सचमुच आदर्शवादी हूं? लेकिन ऐसा तो नहीं लगता। अगर दो घंटे के लिए मुझे जीप मिल जाती और मैं कुछ लोगों को मरने से बचा लेता तो इससे सरकार और प्रशासन का क्या अहित होता?

कहीं ऐसा तो नहीं कि जो तंत्र या व्यवस्था यहां बनी हुई है, वह अपने आप में एक समानांतर प्रणाली है? वह सिर्फ अपनी ही दुनिया की चिंताओं में व्यस्त है?

शायद उसका हित ही इसमें जुड़ा हुआ हो तो लोग भूख, गरीबी, महामारी आदि से मरें।

कहीं हमारे देश में लोकतंत्र का असली अर्थ जनता द्वारा अपनी शत्रु व्यवस्था का चुनाव तो नहीं है?

सुबह जब डॉ० वाकणकर जीप के लिए रेस्ट हाउस पहुंचे तब तक एक सात-आठ साल के गोंड बच्चे के मरने की सूचना और पहुंच चुकी थी। उन्हें रेस्ट हाउस में कलेक्टर से मिलने का मौका नहीं दिया जा रहा था जबकि अन्य लोग, जिनमें कोल माफिया किंग त्रिभुवन सिंह और 'लोकवाणी' के जालसाज संपादक तथा दूरदर्शन के कवि-सम्मेलनों के स्थायी कवि नटवरलाल 'नटवर' जी आदि शामिल थे, उनसे मिल-मिलकर आ-जा रहे थे।

डेढ़ घंटे इंतजार करने के बाद जिलाधीश श्री एन०एस० खरे बाहर निकले तो डॉ० वाकणकर ने गाड़ी का इंतजाम करने की कल वाली बात याद दिलाई। कलेक्टर तमाम चीजों में व्यस्त थे। उन्होंने लगभग चीखकर अपनी घड़ी को ठोंकते हुए कहा, 'आपका दिमाग तो सही जगह पर है, डॉक्टर? देखिए, घड़ी देखिए, पी०एम० के आने में चौबीस घंटे भी नहीं रह गए हैं। आप प्लीज, अपनी पॉलिटिक्स अपने पास ही रखिए।'

डॉ० वाकणकर ने उन्हें टोका, 'देखिए, आपने कल भी यही बात कही थी। मैं साफ कह रहा हूं, इसमें मेरी कोई पॉलिटिक्स नहीं है। सवाल जीप की व्यवस्था का है।'

कलेक्टर खरे को गुस्सा आ गया। भोपाल, दिल्ली की हॉट लाइन लगी थी। बार-बार उनसे सूचनाएं मांगी जा रही थीं और हिदायतें दी जा रही थीं। पी०एम० की सिक्योरिटी का नाजुक मामला था। नक्सलवाद इस इलाके में पनप रहा था। ईसाई मिशनरियों को भी संदेह के साथ देखा जा रहा था। कलेक्टर ने कहा, 'जीप, जीप! कल से आप रट रहे हैं। आपको दिखाई नहीं देता, कितनी अर्जेंट चीजों में हम लोग बिजी हैं!' वे लगभग डांटने और चीखने के अंदाज में बोल रहे थे।

इतने लोगों के सामने कलेक्टर का इस तरह अपमानजनक ढंग से चीखना डॉ० वाकणकर को अच्छा नहीं लगा। उन्होंने क्रोध से कलेक्टर खरे को देखा और ऊंची आवाज में खुद कुछ कहने की कोशिश की तो कलेक्टर फट पड़े, 'जाइए, नहीं करता मैं जीप का इंतजाम! तुम मेरा क्या उखाड़ लोगे? आयं! क्या उखाड़ लोगे?'

सब लोग हंसने लगे। डॉ० वाकणकर अचानक जिलाधीश खरे के सामने खड़े हो गए और भारी, दूर तक सुनाई देने वाली आवाज में उन्होंने कहा, 'राज्य सरकार के आदेश क्रमांक 3क/1958(म)/1122 के अनुसार मैंने अपनी पी०एच०सी० एरिया में एपिडेमी की सूचना डिस्ट्रिक्ट हेड क्वार्टर में सी०एस० को एक हफ्ता पहले, दिनांक 7 मई को भेज दी थी। नियमानुसार उसकी एक प्रति आपके कार्यालय को भी रजिस्टर्ड डाक से भेजी थी। चार दिन बाद 11 मई को मैंने सी०एम० को रिमाइंडर और नियमानुसार आपको रिमाइंडर की प्रतिलिपि भेजी। मुझे अफसोस है, अभी तक मुझे दोनों जगह से कोई जवाब नहीं मिला है। राज्य सरकार के आदेश क्रमांक 3क/1958(म)/1123 और 1124 में यह साफ निर्देश है कि किसी क्षेत्र में महामारी के फैलने की स्थिति में जिलाधीश को वाहन तथा अन्य साधनों की व्यवस्था, उस क्षेत्र के वरिष्ठ चिकित्सक की मांग एवं अनुशंसा के आधार पर, प्राथमिकता देकर अवश्य करनी चाहिए। अगर जिलाधीश ऐसा नहीं करता तो वह अपने दायित्व और कर्तव्य से मुकर रहा है और वह प्रशासनिक दंड का भागी है।'

एक सांस में इतना बोलने के बाद डॉ० वाकणकर मुस्कराए और उन्होंने कहा, 'मिस्टर खरे, आप सिर्फ हां या ना में जवाब दीजिए, आप जीप का बंदोबस्त करेंगे या नहीं?'

डॉ० वाकणकर के ऐसा कहने पर कलेक्टर एन०एस० खरे, आई०ए०एस०, जिसने राऊज कोचिंग सेंटर से पिछले पांच सालों के पेपर्स का रट्टा मारकर

प्रशासनिक सेवा में आने में सफलता पाई थी, वह एक मिनट के लिए स्तब्ध होकर उन्हें देखता रह गया। इसके बाद उसने लगभग चीखते हुए एस०पी० से कहा, 'मिस्टर डबराल, इस पागल को आप मेरे सामने से हटा लीजिए वरना मैं कुछ कर बैठूंगा।'

एस०पी० डबराल ने डॉ० वाकणकर के कंधे पर हाथ रखा और उन्हें रेस्ट हाउस के बाहर ले गए। एस०पी० डबराल के बारे में मशहूर था कि वे बहुत ठंडे मिजाज के अफसर हैं। सिर्फ शराब पीने पर कभी-कभी बहकते हैं। छियालीस साल की उम्र में भी उन्हें अपने आकर्षक और नौजवान होने पर विश्वास है और वह दूसरों की पत्नियों तथा लड़कियों के सामने वर्दी के बावजूद संकोची बिल्ली की तरह पेश आते हैं।

डबराल के बारे में यह भी विख्यात था कि वे अपने से ऊपर के अधिकारियों के आदेशों का हमेशा बिना किसी दुविधा के पालन करते हैं। कर्फ्यू लगाने से लेकर गोली चलाने तक।

एस०पी० डबराल ने रेस्ट हाउस के बाहर निकलकर डॉ० वाकणकर को समझा-बुझाकर वापस भेज दिया।

डॉ० वाकणकर बहुत अपमानित होकर लौटे थे। ढींगर गांव में दुकानदारों और सरकारी मुलाजिमों के बीच यह बात फैल गई थी कि डॉ० वाकणकर को आज कलेक्टर साहब ने अच्छी डोज दी। बस कसर इतनी रह गई कि जूतों से नहीं पीटा।

खबर यह भी थी कि एस०पी० डबराल ने डॉ० वाकणकर को बतला दिया है कि उनके आर०एस०एस० के साथ जुड़े होने की बात सरकार को मालूम है और अगर उन्होंने ज्यादा चीं-चपड़ की तो पी०एम० के आने से पहले ही उन्हें शांति भंग होने की आशंका में गिरफ्तार किया जा सकता है।

डॉ० वाकणकर ने प्राथमिक स्वास्थ्य केंद्र में उपलब्ध एकमात्र कीटाणुनाशक पोटेशियम परमैंगनेट का पैकेट उठाया, कंपाउंडर गोपीनाथ यादव को साथ लिया और स्कूटर से 15 कि०मी०दूर खांडा-पोंडी गांव के पास के प्रदूषित तालाब की ओर चल पड़े।

सांझ की स्याही जंगल से उतरती हुई तालाब के पानी में घुल रही थी। पानी बिलकुल शांत था। काई, मछलियां, कीचड़ और सड़ती हुई पत्तियों की गंध वहां फैल रही थी। डॉ० वाकणकर ने पोटेशियम परमैगनेट के पैकेट की ओर देखा। मुश्किल से पचास ग्राम।

उनकी आंखें पराजय, असहायता और अकेलेपन से नम थीं। मेरे साथ हमेशा

ऐसा क्यों होता है? मैं ही अलग-सा क्यों खड़ा हो जाता हूं? मेरा अपराध क्या है? क्या मैं सचमुच अव्यावहारिक हूं? क्या मुझे दो-तीन दिनों तक एपिडमी की बात बिलकुल नहीं उठानी चाहिए थी? सिक लीव लेकर चुपचाप घर में सो जाना चाहिए था? क्या यही व्यावहारिक होता?

वे बिलकुल चुप, तालाब के एक नगण्य-से कोने में कीटाणुनाशक के पैकेट को पानी में डुबाकर हिला रहे थे। हे ईश्वर, तू जो समस्त वनस्पतियों में रस बनकर व्याप्त है, तू जो पदार्थों के भीतर सूक्ष्म से सूक्ष्मतम परमाणुओं के भी भीतर, गति बनकर व्याप्त है, तू जो नाना रूपों और नाना विधियों में स्वयं को प्रकट और अप्रकट कर रहा है, तू जो जय भी है, पराजय भी है, तू जो…

कंपाउंडर गोपीनाथ चुपचाप डॉ० वाकणकर को देख रहा था। वह उन्हें अच्छी तरह समझता था।

उसकी आंखें भीग रही थीं।

जब डॉ० दिनेश मनोहर वाकणकर अपने फ्लैट में लौटे तब तक रात हो गई थी। पहाड़ की चोटी पर बना कठबंगला असंख्य मरकरी बल्बों की वजह से दूर से ही जगमग-जगमग चमक रहा था। पूरे कस्बे का कायाकल्प हो गया था। कोई कह नहीं सकता था कि मच्छरों, सिगड़ी के धुएं, लो-वोल्टेज की बीमार रोशनी और खराब, टूटी-फूटी सड़कों वाला, अपनी सुस्त और पिछड़ी हुई जिंदगी में सांस लेने वाला यह कस्बा ढींगर गांव है। भारत सरकार का काले पानी का बदनाम भूखंड।

डॉ० वाकणकर का परिवार ललितपुर में था। वे अपने फ्लैट में अकेले थे। खाना वे खुद बनाते थे। आज उन्हें भूख बिलकुल ही नहीं थी।

सोने के पहले उन्हें अपनी पत्नी ज्योत्स्ना वाकणकर की खूब याद आई। उन्होंने देखा, हलके नीले रंग की फ्रॉक और सफेद जांघिए में, बालों में दो चोटियां निकालकर हंसती हुई ज्योत्स्ना वाकणकर उनकी गोद में बैठ गईं। उनके शरीर से बचपन की ताजा गंध फूट रही थी।

ज्योत्स्ना ने उनके चेहरे को अपने हाथ में ले लिया और बेतहाशा उन्हें चूमने लगीं। डॉ० वाकणकर ने देखा कि वह रो रही थीं। 'तुम्हें हाई ब्लडप्रेशर है। वह भी कभी स्टेबल नहीं रहता। तुम्हें पता है, कोई भी टेंशन ऐसे में कितनी खतरनाक होती है। जरा अपनी आंखें देखो, कैसी लाल हो रही हैं।' नींद के अंधेरे में ज्योत्स्ना की जंघाएं जैसे हलके फास्फोरस में जल रही थीं।

'तुम्हीं अकेले तो नहीं इसलिए बने हो कि दुनिया-भर की मुसीबतें अपने ऊपर ओढ़ते फिरो। तुम्हारा काम था एडमिनिस्ट्रेशन को हैजा के बारे में सूचित करना,

तुमने कर दिया। अब अगर कोई कुछ नहीं कर रहा है, तो इसमें तुम्हारी क्या गलती? चैन से बैठो प्लीज! अपना खयाल रखो।'

डॉ० वाकणकर की उंगलियां फास्फोरस की मद्धिम रोशनी में जलती जंघाओं पर घूमती हुई कांप रही थीं। ज्योत्स्ना वाकणकर या शायद बचपन की पुष्पा श्रीवास्तव की सांसें उनके चेहरे को छू रही थीं। वासना के तेज आवेग में डॉ० वाकणकर का शरीर धीरे-धीरे कांप रहा था।

'मैं क्या करूं? यह मेरी ड्यूटी थी। जिन गांवों में गैस्ट्रो एंट्राइटिस है, वे मेरे पी०एच०सी० के एरिया के भीतर आते हैं।' इसके बाद डॉ० वाकणकर ने जरा ऊंची आवाज में कहा—'बताओ, तुम्हीं बताओ पुष्पा, क्या मैं छोटे-छोटे निर्दोष आदिवासी बच्चों और औरतों को यों ही कांटेमिनिटेड पानी पीकर मरने देता?'

डॉ० वाकणकर अचानक चौंक गए। वे जंघाएं ज्योत्स्ना वाकणकर की नहीं थीं। पुष्पा श्रीवास्तव ने अंधेरे में गायब होने के पहले अपनी फ्रॉक एक बार ऊपर उठाई और उसके कंठ से निकलती बचपन की हंसी कमरे में भर गई।

डॉ० वाकणकर की नाक बज रही थी।

प्रधानमंत्री की फूड टेस्टिंग और चरणामृत

सुबह डॉ० वाकणकर स्वास्थ्य केंद्र में जल्दी पहुंच गए। वहां पहुंचकर उन्होंने सी०एस० को महामारी के बारे में एक रिमाइंडर और कलेक्टर के कार्यालय को उसकी प्रतिलिपि भेजी। इसके बाद उन्होंने एक सख्त पत्र कलेक्टर एन०एस० खरे को अलग से लिखा। इसमें एपिडमी से संबंधित भारत सरकार तथा राज्य सरकार के अन्य आदेशों और उनके विभिन्न अनुच्छेदों का उन्होंने सिलसिलेवार हवाला दिया। इसी पत्र में उन्होंने कलेक्टर खरे को ढींगरपुर के रेस्ट हाउस में किए गए उनके अभद्र तथा अशालीन व्यवहार की याद दिलाई। उन्होंने लिखा कि जैसा व्यवहार जिलाधीश एन०एस० खरे ने किया है, वह शर्मनाक है और असभ्यता की श्रेणी में आता है। भारतीय प्रशासन में सिर्फ आई०ए०एस० हो जाने से कोई व्यक्ति या अधिकारी हर तरह की निरंकुशता और बदतमीजी का हकदार नहीं बन जाता। डॉक्टर, अध्यापक, इंजीनियर, तकनीशियनों, लेखकों, कलाकारों, पत्रकारों आदि सभी की अपनी निजी और पेशेगत गरिमा होती है। इस गरिमा का समादर किया जाना चाहिए। कुशल प्रशासक उनके इस सम्मान को बनाए रखकर ही उनसे बेहतर सहयोग और काम ले सकता है।

डॉ० वाकणकर ने पत्र में स्पष्ट किया था कि वे कलेक्टर से निजी काम के

लिए वाहन और साधन मांगने रेस्ट हाउस नहीं आए थे। राज्य सरकार द्वारा प्रदत्त सार्वजनिक कर्तव्य-निर्वाह के लिए ही उन्होंने यह मांग की थी।

पत्र के अंतिम हिस्से में उन्होंने लिखा था कि कलेक्टर के अशोभनीय और अभद्र व्यवहार का मामला वे मेडिकल ऑफिसर्स एसोसिएशन की अगली बैठक में उठाएंगे और कोशिश करेंगे कि कलेक्टर के क्षमा मांगने तक जिले के सभी स्वास्थ्य केंद्रों के चिकित्सक तथा स्वास्थ्य विभाग के कर्मचारी हड़ताल पर रहें।

पत्र समाप्त हुआ ही था कि स्वास्थ्य केंद्र में राज्य प्रशासन की, एम०पी०जेड०, नंबर प्लेट वाली जीप आकर रुकी। जिलाधीश की इस जीप में जालसाज संपादक और दूरदर्शन के कवि नटवरलाल 'नटवर' तथा बी०डी०ओ० श्री गुप्ता बैठे हुए थे।

बी०डी०ओ० ने डॉ० वाकणकर को, सिविल सर्जन तथा कलेक्टर द्वारा हस्ताक्षरित आदेश थमाया। इस आदेश के अनुसार डॉ० दिनेश मनोहर वाकणकर, एम०बी०बी०एस०, एम०डी० की ड्यूटी लोक निर्माण विभाग के सर्किट हाउस (यानी कठबंगले) में प्रधानमंत्री के भोजन परीक्षण (फूड टेस्टिंग) के लिए लगा दी गई थी।

बी०डी०ओ० गुप्ता ने मुस्कराते हुए कहा, 'कलेक्टर साहब ने कहा है कि आप अभी से सर्किट हाउस में पहुंच जाएं।'

कठबंगले में प्रधानमंत्री के लंच के लिए जो सामान मंगाया गया था उसमें लगभग छत्तीस हजार रुपए खर्च हुए थे। प्रधानमंत्री को भारतीय खाना पसंद नहीं था, इसलिए कॉन्टीनेंटल डिशेज तैयार करने के लिए राज्य की राजधानी भोपाल के तीन सितारा होटल 'शाहनुमा' के खानसामे लाए गए थे। लेकिन चूंकि प्रधानमंत्री भारत के प्रधानमंत्री थे, इसलिए परंपरा का निर्वाह करते हुए कई तरह के भारतीय व्यंजन भी बनाए जा रहे थे। अब क्षेत्रीय परंपरा का प्रश्न उठता था। ढींगर गांव के ज्यादातर आदिवासी चावल का पेय या मांड पीते थे। प्रधानमंत्री को मांड तो पिलाया नहीं जा सकता था, इसलिए दूसरा तरीका खोज निकाला गया था। ढींगर गांव में बटेर बहुत होते थे। यहां की आदिवासी जनजाति धनुहार और सेउंता लोग जंगल से तीतर, बटेर और पंडुक जाल में फांसकर उन्हें बेचकर अपना जीवन-यापन करते थे। हालांकि मशहूर पक्षी विशेषज्ञ सालिम अली की किताब 'भारत के पक्षी' के मुताबिक तीतर और बटेर देश की विलुप्त होती पक्षी-प्रजातियां थीं, लेकिन प्रधानमंत्री के लंच के लिए प्रशासन ने इस तथ्य को अनदेखा किया था। बटेर का शोरबा बहुत ही स्वादिष्ट होता है। ढींगर गांव के इस खास, ठेठ क्षेत्रीय व्यंजन को बनाने के लिए सरगुजा के महाराजा के पैलेस का मुसलमान खानसामा बुलाया गया था।

और पहाड़ की तलहटी से लेकर कठबंगले के अहाते तक स्त्रियां, लड़कियां। एक से एक। ये अफसरों, नेताओं, ठेकेदारों, व्यापारियों और अपराधियों के परिवारों की स्त्रियां थीं। लगातार बोलने वाली, गोरी, थोड़ा-सा चलने-फिरने पर हांफ जाने वाली, अंग्रेजी-हिंदी की अशुद्ध और भ्रष्ट जबान में बोलने वाली ये सब अपने प्रिय प्रधानमंत्री को देखने और अपने आप को उन्हें दिखाने आई थीं।

डॉ० वाकणकर का मन उदासी और वितृष्णा से भर उठा था।

ठीक साढ़े बारह बजे, जब सूरज बिलकुल आकाश के ऊपर बीचोबीच जल रहा था, अचानक आकाश में घरघराहट शुरू हो गई थी। ढींगर गांव की तलहटी में शोर उठा। गिरते-पड़ते, चीखते-चिल्लाते लोग भाग रहे थे। पी०एम० आ गए। प्रधानमंत्री आ गए। वो रहा हेलिकॉप्टर। आकाश में उड़ता लोहे का विशाल टिड्डा।

हेलिकॉप्टर लालगंज की प्लांटेशन साइट पर उतरा। पंखे की हवा से खूब धूल का बवंडर उठा। कंटीली बाड़ के बाहर लोग हेलिकॉप्टर को उतरता हुआ देखने के लिए एक-दूसरे पर टूटे पड़ रहे थे। उन्होंने अपने जीवन में पहली बार हेलिकॉप्टर को इतने करीब से देखा था। वह भी जमीन पर उतरते हुए।

ढींगर गांव संसदीय आरक्षित क्षेत्र धन्य हो गया। इस क्षेत्र में इतिहास का पहला हेलिकॉप्टर उतरा। इस क्षेत्र में इतिहास का पहला प्रधानमंत्री आया।

बैगा, उरांव, कोल, गोंड, पासी, ढिमरा, सेउंता, धनुहार, अगरिया—सारे के सारे आदिवासी औरतों, पुरुषों, बच्चों की आंखें फटी और मुंह खुले रह गए। वह बदहवास आकाश में घरघराते उस विशाल दानव को देखते, उसके नीचे-नीचे, उसकी परछाईं तक छूने के लिए दौड़ रहे थे। अंगरेज आ गया। अंगरेज आ गया! राजा आ गया!

ढींगर गांव की मनुष्य जाति ने ही नहीं, जंगल के पशु-पक्षियों और ढोर-डांगरों ने भी पहली बार हेलिकॉप्टर का अनुभव किया था।

जिंदाबाद, जिंदाबाद, जै हो। जै हो। वो देख—वो पी०एम०, पीछे-पीछे होम मिनिस्टर। वो रहा हेलिकॉप्टर चलाने वाला ड्राइवर। धत्! ड्राइवर नहीं बोलते। ड्राइवर तो ट्रक और रेलगाड़ी चलाता है। और जो बैलगाड़ी चलाता है, उसे क्या बोलते हैं? प्रधानमंत्री की प्रतीक्षा में कमांडो और सुरक्षा दस्ते तैनात थे। गाड़ियों-मोटरकारों की कतार थी। देखते-देखते पल-भर में प्रधानमंत्री किसी कार में लुप्त हो गए और स्टेनगन लोगों की ओर ताने पुलिस, कमांडो और सुरक्षा दस्ते की गाड़ियों के बीच घिरी उनकी कार सर्र से सर्किट हाउस यानी कठबंगले की ओर रवाना हो गई।

पी०एम० कारों-जीपों के काफिले के बीच की किसी कार में थे। स्याह, बुलेटप्रूफ कांच के भीतर। भीड़ पीछे-पीछे सड़क पर दौड़ रही थी। अगर पुलिस और

सी०आर०पी० वाले न रोकते तो भीड़ कठबंगले तक पहुंच जाती।

'वो देख, वो रही पी०एम० की कार।'

'वो नहीं, पी०एम० तो पीछे वाली में हैं।'

'हट, पी०एम० एंबेसडर में चलेंगे? कोई लोकल लीडर होगा।'

लाउडस्पीकर से ऐलान हो रहा था : 'जनता जनार्दन से अनुरोध है कि आप लोग लालगंज के मैदान में जमा हों। माननीय प्रधानमंत्री जी ठीक तीन बजे वहां आम जनता को संबोधित करेंगे। जनसभा को कामयाब बनाएं।'

सर्किट हाउस के मुख्य फाटक के बाद सिर्फ दो कारों को अंदर आने दिया गया। एक में प्रधानमंत्री थे। दूसरी में होम मिनिस्टर। एक फिल्मी हीरो और एक तांत्रिक टाइप का आदमी उनके साथ था।

वह डॉ० दिनेश मनोहर वाकणकर के जीवन का अद्‌भुत, अभूतपूर्व और सनसनाता हुआ क्षण था जब उन्होंने अपने सामने से गुजरते हुए भारत के प्रधानमंत्री को एक बित्ता की दूरी से देखा।

प्रधानमंत्री उनके इतने करीब से गुजर रहे थे कि अगर वे जोर से सांस छोड़ते तो उनकी गर्दन के रोएं कांप जाते। यह किसी फैंटेसी का साक्षात्कार था। यह पचास के आसपास का थुलथुल-सा थका हुआ आदमी भारतवर्ष का प्रधानमंत्री है। संसार की प्राचीनतम सभ्यताओं में से एक महान् सभ्यता को अपने इतिहास में समेटे, अनेक भाषाओं, जातियों, राष्ट्रीयताओं, उपराष्ट्रीयताओं, पहाड़ों, नदियों, महानगरों से भरे-पूरे एक विशाल भूखंड के लगभग एक अरब की आबादी का नायक। प्रधानमंत्री के गोरे-चिट्टे शरीर में चर्बी चढ़ती जा रही थी। आंखें मुंदती जा रही थीं। हर कदम पर तोंद थोड़ी-सी हिलती थी। चेहरे पर थकान और कुछ-कुछ चिढ़ने जैसा भाव।

डॉ० वाकणकर अचानक चौंक गए। उन्हें अपने ऊपर शक हुआ। लेकिन मेडिकल साइंस का इतना लंबा तजुर्बा इतना गलत तो नहीं हो सकता। यह आदमी तो पुराने कब्ज का मरीज है। ओल्ड कांस्टिपेशन। इसे पाइल्स या फैश्च्युला की भी शिकायत हो सकती है।

डॉ० वाकणकर के सामने किसी रहस्य के पर्दे खुलते जा रहे थे। प्रधानमंत्री के बारे में कहा जाता था कि वे तुरंत फैसला लेने वाले आदमी हैं। लंबी-लंबी मीटिंगें और बहसें पसंद नहीं करते। चार घंटे की सेक्रेट्रियल या मिनिस्टीरियल मीटिंग एक घंटे में खत्म कर देते हैं। डॉ० वाकणकर जान गए कि ऐसा क्यों होता है। पाइल्स दुखते होंगे। बवासीर या फैश्च्युला देर तक बैठने नहीं देता होगा। तो इस आदमी की सक्रियता के पीछे बवासीर का हाथ है।

डॉ० वाकणकर ने देश की तरफ से पाइल्स और कब्ज को शुक्रिया अदा किया।

कलेक्टर एन०एस० खरे बदहवास-से डॉ० वाकणकर को धकियाते हुए प्रधानमंत्री के पीछे लपकती अफसरों की भीड़ में घुसने की कोशिश कर रहे थे। स्थानीय नेताओं को ही नहीं, राज्य सरकार के कई मंत्रियों तक को फाटक के अंदर नहीं आने दिया जा रहा था। सर्किट हाउस में जिनकी ड्यूटी थी, उनके अलावा बहुत कम लोगों को तलाशी के बाद ही अंदर आने दिया गया।

पी०एम० तांत्रिक और हीरो के साथ कमरे में रिलैक्स कर रहे थे। नया एयरकंडीशनर वहां लगाया गया था। डॉ० वाकणकर द्वारा टेस्टिंग के बाद ठंडा पेय उन्हें दिया गया था।

पी०एम० ढींगर गांव इसलिए आए थे कि वे यहां एशिया के सबसे बड़े, अमेरिका के सहयोग से विश्व बैंक के कर्ज और कारपोरेट किंग फिरोजलाल मलकानी की पूंजी से बनने वाले कागज के कारखाने का शिलान्यास करें।

पेपर मिल तीन साल में बनकर तैयार हो जाएगा। ढींगर गांव देश के औद्योगिक नक्शे में आ जाएगा। यहां के लोगों को रोजगार के साधन मुहैया होंगे। क्षेत्र का विकास होगा। कागज का कारखाना कागज का उत्पादन करने के लिए ढींगर गांव के सारे पेड़ों को खा जाएगा। जंगल उसके लिए रॉ मैटेरियल है। कच्चा माल। आसपास के सारे जंगल खत्म हो जाएंगे। पीपल, सागौन, शीशम, सरई, कहुआ, महुआ, कोसम, छिउला कुछ नहीं बचेंगे। जंगलों पर निर्भर आदिवासी शहरों में बनने वाली इमारतों या ऐसी ही किन्हीं दूसरी परियोजनाओं में सस्ती दिहाड़ी और फर्जी मास्टर रोल पर काम करने वाले लेबर बन जाएंगे। अगरिया, बंसोर, मिम्मा, ढींगर आदि जातियों की पारंपरिक दस्तकारी का कुटीर उद्योग खत्म हो जाएगा। यहां के असली और बहुत पुराने बाशिंदों के खेत-बाड़ी कारखाने के विस्तार के लिए ले लिए जाएंगे। पेपर मिल का वेस्ट प्रोडक्ट यानी रबड़, कचड़ा और कास्टिक सोडा तथा अम्लों से भरा जहरीला धुआं चारों ओर फैल जाएगा। धरती पर, आकाश में, तीतर-बटेर, सांभर-छिगरा, रीछ-खरगोश नहीं रहेंगे। वन्य प्राणी समाप्त हो जाएंगे। सिर्फ कुछ गिने-चुने सियार बचेंगे, जो ढींगर गांव शहर के पिछवाड़े रोएंगे।

लेकिन कागज का उत्पादन जारी रखने के लिए और कारखाने को चालू रखने के लिए और कच्चा माल चाहिए, और पेड़ चाहिए। इसलिए जल्दी-जल्दी तैयार होने वाले यूक्लिप्टस या सफेदे के पेड़ों का प्लांटेशन होगा। नर्सरियां खोली जाएंगी, जहां विदेशी पेड़ों के नन्हे-नन्हे बच्चे लाखों की तादाद में पैदा किए जाएंगे। सफेदे का जंगल तैयार होगा। कागज बनेगा, लोग भूल जाएंगे यहां पहले कौन-कौन-से वृक्ष

होते थे। यूक्लिप्टस के जंगल ज्यादा पानी खींचेंगे। ढींगर गांव की धरती का जल-स्तर नीचे खिसकता जाएगा। कुओं में पानी नहीं होगा। और गहरी बोरिंग होगी। फिर और गहरी। खेत अनुपजाऊ, जमीन परती होती जाएगी। वनस्पति जगत् और ऋतुओं के बीच अब तक चला आता पर्यावरण संतुलन बदल जाएगा। वर्षा नहीं होगी। गर्मी में यहां भी बिना कूलर-पंखे के रहना मुश्किल हो जाएगा। लोगों के फेफड़े कास्टिक सोडा और दूसरे केमिकल्स के कणों से भरी हवा को खींचते-खींचते बीमार हो जाएंगे। मिट्टी के क्षरण की रफ्तार बढ़ जाएगी। स्योंतार नदी में बारिश के दिनों में बाढ़ आया करेगी और गर्मियों में वह सूख जाया करेगी। निचाट रेत और कंकड़-पत्थर! आदिवासियों-जनजातियों की पारंपरिक औषधियां, वे जड़ी-बूटियां जिन पर डॉ० वाकणकर ने अनुसंधान किया था और जिस विषय पर उनका रिसर्च पेपर फ्रांस के 'जर्नल' में छपा था, वे वनस्पतियां जिनका उल्लेख वामनदास बसु की दुर्लभ शोध पुस्तक में मिलता है, खत्म हो जाएंगी। डॉ० सालिम अली की किताब 'डि इंडियन बर्ड्स' में इस क्षेत्र की जिन दुर्लभ पक्षी-प्रजातियों का वर्णन है, उनके सिर्फ चित्र इस कारखाने के कागज से बनी किताबों में मिलेंगे। स्योंतार नदी में पेपर मिल का वेस्ट, लुगदी और रसायन फेंक दिए जाएंगे। मछलियां मर जाएंगी। पशुओं में अनेक बीमारियां फैलेंगी। वे भी मर जाएंगे। जंगली जानवरों के शिकार और नदी की मछलियों पर निर्भर सेउंता, धनुहार जैसी जनजातियां गायब हो जाएंगी।

ढींगर गांव में आदिवासी, बटेर, महुआ नहीं रह जाएंगे। इसका विकास हो जाएगा।

धन्यवाद प्रधानमंत्री जी! थैंक यू वेरी मच मिस्टर पी०एम०! धन्यवाद बवासीर! थैंक यू वेरी मच फैश्च्युला! क्या इस तथाकथित औद्योगीकरण और विकास की कोई नस्लवादी परिभाषा नहीं हो सकती? ऐसे विकास से कौन-सी नस्लें मिटती हैं और किन नस्लों का इजाफा होता है? डॉ० वाकणकर ने सोचा।

लेकिन उन्होंने यह भी सोचा कि क्या वे विकास का, शहरीकरण का, औद्योगिक प्रगति का विरोध कर रहे हैं? उन्हें शक हुआ कि कहीं उनके दिमाग के भीतर कोई अमेरिकी एजेंट तो नहीं छिपा बैठा है जो इस देश को एक पिछड़ा, पूर्व आधुनिक और गैर-आधुनिक समाज ही बनाए रखना चाहता है। हैड्स ऑफ अमेरिका! हेल···हेल प्राइम मिनिस्टर!

देश के जाने-माने उद्योगपति और ढींगर गांव में खुलने वाले एशिया के सबसे बड़े कागज के कारखाने के भावी मालिक फिरोजशाह मलकानी, दि कार्पोरेट हुडनी, प्रधानमंत्री से मिलने के बाद बाहर निकल रहे थे। उक्त रक्तचाप! एक्सेस फैट एंड

कोलेस्ट्रौल।

लंच तैयार था। पी०एम० का इंतजार हो रहा था। किसी भी वक्त वे आ सकते थे। लेकिन उसके पहले फूड टेस्टिंग होनी थी। डॉ० दिनेश मनोहर वाकणकर, एम०बी०बी०एस०, एम०डी० द्वारा।

डॉ० वाकणकर ने एक बड़ी-सी प्लेट में सारे फूड सैंपल्स जमा किए। पी०एम० के सचिव विश्वेश्वरन वहां मौजूद थे। डॉ० वाकणकर ने मुस्कराकर विश्वेश्वरन को देखा।

'आइ थिंक, दि ऑनर टु हैव टेस्टेड दिस ग्रेट लंच फर्स्ट, मस्ट गो टु दि होस्ट, मिस्टर खरे!'

'यस-यस' विश्वेश्वरन मुंडी हिलाते मुस्कराते रहे थे। 'कॉल हिम, कॉल हिम! व्हेयर इज ही हाइडिंग?'

पीछे से, अफसरों और सुरक्षा अधिकारियों के बीच से रास्ता बनाते कलेक्टर एन०एस० खरे, आई०ए०एस० रेंगते हुए आ रहे थे।

'आयम हियर सर!'

'केंचुए।' डॉ० वाकणकर ने फुसफुसाकर कहा, फिर उन्होंने विश्वेश्वरन की ओर देखकर मजाक किया।

'शुड बी एक्सप्लेन हिम दैट ही इज नॉट टु टेल अस अबाउट दि स्वीट एंड सौर। बी०आर० कंसर्न्ड विद सम अदर क्वालिटीज दैन दि टेस्ट!'

'यस-यस!!' दक्षिण भारतीय विश्वेश्वरन की गंजी खोपड़ी फिर से हिलने लगी। 'हां''हां! मिस्टर खरे इज अवर पुअर लैब! गिनीपिग!'

'हें-हें सर!' कलेक्टर खरे की समझ में ठीक से नहीं आ रहा था। वे प्लेट पकड़े खड़े थे। हंसने की कोशिश करते हुए।

'बी क्विक! मिस्टर खरे! प्रधानमंत्री जी आने वाले होंगे। मुझे टेस्टिंग के लिए पंद्रह मिनट चाहिए। आयं हैव टु ऑब्जर्व युअर सिंपटम्स! बी क्विक!'

कलेक्टर खरे को जल्दी-जल्दी प्लेट खाली करनी पड़ी। वे शाकाहारी थे लेकिन बटेर का शोरबा भी जल्दी में वे खा गए। उन्हें डॉ० वाकणकर का आदेश मानना था, क्योंकि वे प्रधानमंत्री के लंच के मेडिकल सुपरविजन के लिए नियुक्त थे।

प्रधानमंत्री के सामने टेबल पर व्यंजनों की भरमार थी। वे पसोपेश में थे। डॉ० वाकणकर उनकी ओर लगातार देख रहे थे। पुराना कब्ज। पाइल्स।

'मेरा सुझाव है सर, आप रायता, मूंग की दाल और एक-दो फुलके लें।'

प्रधानमंत्री ने नजर उठाकर डॉ० वाकणकर को देखा। नजरें टकराईं। प्रधानमंत्री

की आंखें मुस्कराकर उन्हें धन्यवाद दे रही थीं। मरीज जान गया था कि डॉक्टर ने नब्ज पहचान ली है।

कठबंगले में अफसरों और नेताओं ने आश्चर्य से देखा कि भारत का प्रधानमंत्री डॉ० दिनेश मनोहर वाकणकर द्वारा सुझाया गया खाना ही खा रहा था। मूंग की दाल, बटेर का शोरबा, रायता और दो फुलके।

कलेक्टर एन०एस० खरे का चेहरा फीका था। वे डॉ० वाकणकर से आंखें मिलाने से कतरा रहे थे।

तीन बजे प्रधानमंत्री को लालगंज के मैदान में आम सभा को संबोधित करना था। इस बीच उन्हें सलाह दी गई कि उसके पहले वे ढींगर गांव के मंदिर ठकुरदेई में जाकर चरणामृत लें। ठकुरदेई पर आदिवासियों, जनजातियों और स्थानीय ग्रामीणों की बड़ी गहरी आस्था है। अगर प्रधानमंत्री ऐसा करेंगे तो वे जनता का दिल जीत लेंगे।

बैगा मुरैठा (पगड़ी) में सजे-धजे प्रधानमंत्री ठकुरदेई पहुंचे। वहां भी सख्त इंतजाम। ठकुरदेई के देवता ठाकुर कहे जाते थे। विशाल पत्थर की मूर्ति। आश्चर्य था कि यह मूर्ति बुद्ध की थी। ढींगर गांव के आसपास के इलाकों में कई शैलियों और शताब्दियों की मूर्तियां बिखरी पड़ी थीं। यहीं से प्राचीन कलिंग साम्राज्य की सीमाएं शुरू होती थीं। उड़ीसा और मध्य प्रदेश का सीमांत क्षेत्र। आदिवासियों को नहीं पता था कि यह बुद्ध की मूर्ति है। वे उन्हें ठाकुर कहते थे और दारू-मुर्गी चढ़ाते थे। गैर-आदिवासी फूल-पत्र चढ़ाकर चरणामृत लेते थे। सभी का विश्वास था कि यहां हर किसी की मनौतियां पूरी होती हैं।

तो कपिलवस्तु के राजा शुद्धोदन के पुत्र सिद्धार्थ यानी गौतम बुद्ध का इस आदिवासी इलाके में ऐसा रूपांतरण हो गया था। संसार-भर में बौद्ध धर्म का प्रणेता यहां ऑकल्ट (झाड़-फूंक) और दैवी पूजा-अर्चना का निमित्त बन गया था—दारू-मुर्गी खा-पीकर लोगों की मनौतियां पूरी करने वाला।

दूसरी तरफ, डॉ० वाकणकर ने सोचा, पचास की उम्र का बिलकुल सामान्य-सा मनुष्य, जिसके शरीर पर चर्बी चढ़ रही थी, जो उच्च रक्तचाप, पुराने कब्ज, बवासीर और फैश्च्युला का मरीज था, जो एक लंपटनुमा तांत्रिक और तीसरे दर्जे के बंबइया एक्टर के साथ खुद को सहज महसूस कर रहा था, जो भारतीय प्रशासन के भ्रष्ट, निकम्मे और रिश्वतखोर अफसरों से हंसी-मजाक कर रहा था, जिसे तस्करों, दलालों, बेईमान ठेकेदारों, माफिया गिरोहों के हत्यारे सरगनाओं, दारू भट्ठे के ठेकेदारों और जालसाज पत्रकारों ने घेर रखा था, जो ढींगर गांव के हरे-भरे आदिवासी इलाके को

कारखानों के उजाड़ और विषाक्त मैदान में बदल देने के लिए आया हुआ था, उस आदमी का भी भारत के प्रधानमंत्री के रूप में हैरतअंगेज रूपांतरण हुआ था।

डॉ० वाकणकर को हंसी आ रही थी। बैगा मुरैठे में सजा यह आदमी लगातार मुस्कराने का अभिनय कर रहा था, तेज-तेज चलकर लोगों को अपनी कर्मठता और सक्रियता का परिचय दे रहा था। उसने कोटे के कुर्ते के ऊपर एक अंगोछा डाल रखा था। ऐसा ही अंगोछा यहां के पांच आदिवासी गांव के मांझी (मुखिया) डालते थे। यानी यह आदमी, जो फिरोजलाल मलकानी के पेपर मिल का शिलान्यास करने ढींगर गांव आया हुआ था और जो इस क्षेत्र के मूल निवासी आदिवासियों को उनके घर-जमीन से उजाड़कर उन्हें दूसरी नस्लों की अंतहीन गुलामी में हमेशा के लिए झोंक देने का मोहरा था, वह आदमी अंगोछे, पगड़ी और अपनी मुस्कराहट से आदिवासियों को इस भ्रम में डालना चाहता था कि जैसे वह भी उनका मांझी है। उनका मुखिया, जो उनके भले-बुरे, हित-अहित की बात सोचता है और उन्हें तमाम आपदाओं से बचाता है।

ठकुरदेई में ठाकुर की प्रतिमा ध्यानस्थ मुद्रा में थी। रोली, अबीर और तेल से प्रतिमा के कई अंग लाल हो गए थे। एक तरफ पंडित बड़गैया महराज थे, दूसरी तरफ सद्धू बैगा। बड़गैया महराज कस्बे वालों के पुजारी थे। नारियल, फूल-पत्र, मंत्र-मिष्टान्न से पूजा करने वाले। सद्धू बैगा आदिवासियों का ओझा था। चिकारा बजाकर, महुए का ठर्रा और मुर्गा देवता को चढ़ाकर, गा-गाकर मनौतियां पूरी करने वाला ओझा।

ठाकुर देव की दोनों तरह की पूजा चल रही थी। ठकुरदेई चारों ओर अचानक विख्यात हो गया था। आखिर भारत का प्रधानमंत्री ठाकुर देव के चरणों में सिर नवाने आ रहा था। लोग टूट पड़ रहे थे। ठाकुर देव की जय! प्रधानमंत्री जिंदाबाद! स्कूली बच्चे गा रहे थे—सारे जहां से अच्छा हिंदोस्तां हमारा।

प्रधानमंत्री ने अपने दोनों हाथों की हथेलियों को एक के ऊपर एक रखकर अंजुरी बनाई। बड़गैया महराज ने गायत्री का पाठ शुरू किया। 'ओइम् भूर्भुवः स्वः तत्सवितुवरिण्यम्...' सद्धू बैगा जोर-जोर से कमानी को चिकारे पर रेत-रेतकर 'रूं-रूं-रूं' कर रहा था। 'आजमानी नरसिंह बघेसुर, हमन खोह-नारा के बसैया, चिरैया-फुनैगुन लाल खवैया...'

पंडित बड़गैया महराज ने प्रधानमंत्री की अंजुरी में चरणामृत टपकाया। ठाकुर देव की जय! प्रधानमंत्री जिंदाबाद! रूं-रूं-रूं।

प्रधानमंत्री अंजुरी को अपने माथे की ओर ले गए और फिर आंखें मूंदकर

उसका पान करने ही जा रहे थे कि अचानक एक तेज आवाज उठी, जैसे कोई विस्फोट हुआ हो।

'स्टॉप इट! स्टॉप! आई से, डोंट ड्रिंक इट!'

भीड़ को चीरता हुआ एक हाथ उनकी ओर बढ़ा और प्रधानमंत्री की कलाई को थाम लिया। कमांडो और सुरक्षा कर्मचारी भौचक्के थे।

चिकारा रुक गया था। शोर की अचानक मृत्यु हो गई थी।

वह हाथ डॉ० दिनेश मनोहर वाकणकर, एम०बी०बी०एस०, एम०डी० का था।

'व्हाट इज द मैटर? क्या बात है?' घबड़ाया हुआ बवासीर का मरीज डॉक्टर से पूछ रहा था।

'सर, वह चरणामृत कांटेमिनेटेड पानी का है। ढींगर गांव के इस इलाके में, जहां यह ठकुरदेई का मंदिर बना है, पानी का एक ही तालाब है। वह पानी प्रदूषित है, सर! उसमें खतरनाक बैक्टीरिया हैं। इसका पानी पीकर पिछले एक हफ्ते में इस इलाके के बाईस से ज्यादा आदिवासी मर चुके हैं। आसपास के इलाकों में महामारी फैल गई है। हैजा। लोग कीड़े-मकोड़ों की तरह मर रहे हैं।'

अपनी अंजुरी में ठाकुर देव का चरणामृत लिए हुए प्रधानमंत्री भय और अनिर्णय से घिरा कांप रहा था।

'आई थिंक, यू शुड थ्रो इट अवे! ऑफ्टर ऑल ही इज युअर फूड सुपरवाइजर।' काला चश्मा लगाए बंबइया अभिनेता ने प्रधानमंत्री से कहा।

'देख, वही एक्टर है, जो 'खून की ललकार' में माधुरी दीक्षित का रेप करता है।' किसी लाला का नौजवान लड़का अपने दोस्तों को बतला रहा था।

प्रधानमंत्री की मुस्कराहट फिर लौट आई। अंजुरी ऊपर गई और चरणामृत बैगा मुरैठे पर गिर गया। आदिवासी अंगोछे से प्रधानमंत्री ने अपने हाथ पोंछे और डॉ० वाकणकर की ओर देखकर कृतज्ञता से कहा, 'थैंक्यू! यू हैव स्टेप्ड इन राइट टाइम।'

डॉ० वाकणकर मुस्कराए। 'सर, मैं पांच-छह दिन से लगातार डिस्ट्रिक्ट एडमिनिस्ट्रेशन को वार्न कर रहा हूं कि हमें जल्द से जल्द कोई स्टेप उठाना चाहिए बट दे डोंट लिसेन एनीथिंग एक्सेप्ट पी०एम्स० टूर!'

'एंड दे वुड प्रोबैल्बली हैव किल्ड दि पी०एम०।' माधुरी दीक्षित को रेप करने वाला, काला चश्माधारी अभिनेता गुस्से में था। गेरुआ वस्त्र और रुद्राक्ष की माला पहने हुए तांत्रिक सामने आ गया। 'यहां का कलेक्टर कौन है? आस्क हिम टु रिपोर्ट मी राइट नाउ!'

जिलाधीश एन०एस० खरे पास ही थे। उनके चेहरे का रंग जर्द पड़ चुका था।

उन्हें अपनी औकात का अहसास आज सबके सामने हो रहा था। उनके साथ तो जिला स्तर के ठेकेदार, गुंडे और पत्रकार थे जबकि प्रधानमंत्री के साथ तो अंतरराष्ट्रीय स्तर के कारपोरेट किंग, उद्योगपति, बिचौलिए, तस्कर और आला हाकिम-हुक्काम थे। भारतीय प्रशासन का यह मामूली आई०ए०एस० अफसर एक विशाल यंत्र का एक अत्यंत नगण्य पुर्जा-भर था। नट और बोल्ट भी नहीं, रबर का एक मामूली वॉशर, जो चूड़ियों पर पकड़ को मजबूत बनाए रखने के लिए दोनों तरफ से पिसता है।

'आपको क्या ये इनफॉर्मेशन नहीं थी कि इस इलाके में एपिडेमिक है? लोगों की डेथ हो रही है?' प्रधानमंत्री के साथ आने वाला तांत्रिक, जो अंतरराष्ट्रीय स्तर के हथियारों की खरीद-फरोख्त का दलाल भी था, कह रहा था।

'नहीं सर, बात ये थी कि मैं ऑफिस पिछले एक हफ्ते से जा ही नहीं सका। यहीं ढींगर गांव के पी०एम० के विजिट के इंतजाम में लगा था।' एन०एस० खरे की आवाज कांप रही थी।

'एंड यू बेयर ब्लाइंड! यहां आपको हैजा नहीं दिखाई पड़ा? आपको पता नहीं चला कि ढींगर गांव में बाईस से ज्यादा आदिवासी मर चुके हैं?' यह प्रधानमंत्री की आवाज थी। थकान, कब्ज और बवासीर के दर्द के बीच से निकलती हुई।

डॉ० वाकणकर चुपचाप इस दृश्य को देख रहे थे। इस नाटक के इस उत्तेजक दृश्य को उन्होंने ही लिखा था। वही निर्देशक थे और वही सूत्रधार। यह एक एब्सर्ड नाटक था। आदिवासी, पेपर मिल, तांत्रिक, प्रधानमंत्री, अपराधी, तस्करों, दलालों, अफसरों, नेताओं, सुरक्षा दस्तों, पत्रकारों, उद्योगपतियों की भूमिकाओं से भरा एक ऊलजलूल नाटक।

उस रात प्रधानमंत्री के लौट जाने के बाद डॉ० वाकणकर ने अपनी डायरी में लिखा–

> **वह सारा प्रसंग गड्डमड्ड था। लेकिन वही यथार्थ था। एब्सर्ड रियलिटी। इसी यथार्थ में हम रह रहे हैं। इस यथार्थ की मौलिकता असंदिग्ध है और इसकी भयावहता कल्पनातीत। प्रधानमंत्री के साथ आने वाले प्रेस सलाहकार ने ढींगर गांव के मैदान की जनसभा के लिए दूसरा भाषण लिखा और आधे-पौने घंटे तक प्रधानमंत्री को नए भाषण की तैयारी करनी पड़ी। उन्होंने अपनी शोक में डूबी आवाज में हैजे से मरे आदिवासियों के परिवारों के लिए प्रधानमंत्री कोष से दस-दस हजार रुपए के अनुदान की घोषणा की, ढींगर गांव के आसपास के इलाकों में पेयजल की व्यवस्था के लिए अविलंब परियोजना शुरू करने का आश्वासन दिया।**

जनसभा में हजारों लोगों के सामने उन्होंने कलेक्टर और दूसरे सरकारी अफसरों को डांट पिलाई और अंत में चालाकी के साथ इस क्षेत्र की तरक्की के लिए कागज के कारखाने के निर्माण की बात की।

उस पृष्ठ के अंत में कुछ असंबद्ध-से वाक्य और भी थे–

मैंने उसके चेहरे पर मृत्यु की परछाईं का हलका धुंधलका देखा। मुझे यकीन है कि वह इसे जानता है। देश से यह बात गुप्त रखी गई है, लेकिन उसे दिल का एक-दो दौरा जरूर पड़ चुका है।

वह अपने जीवन की अनिश्चितता को जानता है। उसके वश में कुछ नहीं है। वह वक्त गुजार रहा है। भविष्य में जीने वालों के प्रति वह पूरी तरह से अनुत्तरदायी है। वह एक निहायत मामूली आदमी है। उसे कब्ज़ और बवासीर है। ये रोग ही उसके जीवित होने के लक्षण हैं। उसकी थोड़ी-बहुत सक्रियता बीमारियों की वजह से है। उसके अधिक दिन जीवित रहने पर संदेह है।

प्रधानमंत्री की वापसी के तीसरे दिन ही राज्य सरकार की ओर से ढींगर गांव में महामारी की रोकथाम के लिए अभियान शुरू हुआ। आपात्कालीन स्वास्थ्य शिविर खोले गए। तालाबों-कुओं के पानी में कीटनाशक दवाएं डाली गईं। बच्चों को टीके लगाए गए। परिवार कल्याण का ऑपरेशन शिविर भी आयोजित हुआ। जीपें दौड़ती रहीं।

लेकिन स्वास्थ्य विभाग के इस पूरे अभियान में डॉ० वाकणकर की कोई भूमिका नहीं थी। उन्हें राज्य तंत्र ने इस कल्याणकारी कार्य से पूरी तरह अलग कर रखा था।

अफवाह थी कि उनके बारे में सी०आई०डी० रिपोर्ट यह थी कि वे राष्ट्रीय स्वयंसेवक संघ के बहुत पुराने कट्टर कार्यकर्ता हैं। इस बात में तथ्य भी था।

राज्य सरकार द्वारा संचालित इस स्वास्थ्य अभियान के इंचार्ज थे डॉ० डी०एन० मिश्रा, विधानपुर प्राथमिक स्वास्थ्य केंद्र के भूतपूर्व वरिष्ठ चिकित्सक, जिन्होंने डॉ० वाकणकर का तबादला विधानपुर से ढींगर गांव करवाया था और जिनकी फर्जी ख़रीद के ग्लुकोज को चढ़ाने से हरवंश पंडित उर्फ थुकरा महराज की मृत्यु हुई थी। डॉ० डी०एन० मिश्रा कई प्रमोशंस के बाद अब राजधानी के इंस्टीट्यूट ऑफ मेडिकल साइंस के डिप्टी डायरेक्टर थे।

डॉ० वाकणकर को उस रोज विधानपुर में बिताए अपने बीते दिनों की खूब याद आई। इसके साथ ही उन्होंने देखा कि संघ की शाखा में, किसी स्कूल के खेल के मैदान में लाठी और लेजिम के साथ थुकरा महराज अकेले चले जा रहे हैं। वे गा

रहे हैं—

सुजलाम् सुफलाम् मलयज शीतलाम्
मातरम्
बंदे मातरम्!

फिर उन्हें दमे का तेज दौरा पड़ा। वे हांफने लगे। लाठी गिर गई लेकिन लेजिम को उन्होंने अपनी छाती के साथ चिपकाए रखा। उनके फेफड़े एक-एक सांस को पाने के लिए फड़फड़ा रहे थे और विकट यंत्रणा में फूलती-पिचकती उनकी छाती के पंजर के साथ-साथ लेजिम बज रहा था।

डॉ० वाकणकर ने आंखें खोल दीं। कमरे में अंधेरा था। जो दृश्य उन्होंने अभी-अभी देखा था, वह भी संभवतः इसी ऊलजलूल यथार्थ का एक हिस्सा था। इसी यथार्थ का अतीत।

डॉ० वाकणकर सो नहीं सके। उन्होंने तिलक की पुस्तक 'गीता रहस्य' उठाई और उसे पढ़ते रहे।

कोतमा : एक नया शहर

कोतमा एक छोटा-सा शहर था। या शायद बड़ा-सा एक कस्बा। ट्रेनें यहां आती थीं। बसें आती थीं। ट्रांसपोर्ट का बहुत काम था। चूना, सीमेंट और अनाज के थोक व्यापारी यहां थे। यहां एक इंटर कॉलेज, लड़के और लड़कियों के लिए अलग-अलग दो हाई स्कूल। 'मालती' और 'किरण' नाम के दो टाकीज थे। दो-तीन वीडियो हॉल थे, जहां ज्यादातर अभी तक रिलीज न हुई फिल्में और ब्लू फिल्में दिखाई जाती थीं।

कोतमा के आसपास कई कोलियरीज थीं। इन कोयला खदानों ने ही एक दशक के भीतर-भीतर इस क्षेत्र का हुलिया बदला था। आसपास के गांवों के ज्यादातर नौजवान इन्हीं खदानों में काम करते थे। कोलियरी का एक साधारण मजदूर भी ओवरशिफ्ट में काम करके ढाई-तीन हजार रुपए महीने कमा लेता था। यह सच भी था कि कोलियरी के मजदूर की कमाई प्राइमरी स्कूल के मास्टरों, अस्पताल की नर्सों, कंपाउंडरों और ग्राम सेवकों से ही नहीं, गांव के मध्यम किसानों से भी ज्यादा थी। जिन लोगों के पास पांच-छह एकड़ जमीन भी होती थी, वे खेती की बजाय कोलियरी में काम करना पसंद करते थे। जमीन रेतीली थी, सिंचाई के साधन नहीं थे, आसमान के भरोसे फसलें पकती थीं और फसलें भी क्या—ज्यादातर जमीन एक-फसली थी।

यहां सिर्फ धान होता था।

चूने, सीमेंट के थोक व्यापार, ट्रांसपोर्ट और कोयला खदानों की बदौलत कोतमा में भी रुपया बोलने लगा था। रुपए आने चाहिए—चाहे जिस तरह से। रुपयों के आने का ही यह प्रमाण था कि दिल्ली से एक हजार पांच सौ किलोमीटर से भी ज्यादा दूर मध्य प्रदेश के एक बेहद पिछड़े इलाके के इस कस्बे में भी मारुति, टाटा सियेरा जैसी कारें, जापानी तकनीक से बनीं मोटरसाइकिलें, वॉक मैन, कैसेट रिकॉर्ड्स दिखाई देने लगे थे। अब ऐसी आधुनिकता आ रही थी जिसका संबंध क्षेत्र के विकास या पिछड़ेपन से नहीं, बल्कि रुपयों से था। जिसके पास रुपया था, वह आधुनिक हो रहा था। जिसके पास नहीं था, वह पिछड़ रहा था। कोतमा के कोलियरी के मजदूर, जिनके लिए इसी शताब्दी के महान् दार्शनिकों ने घोषित किया था कि यह वह वर्ग है, जिसके श्रम की बुनियाद पर सभ्यता का सारा ढांचा टिका हुआ है और जो आने वाले दिनों में जब अपने आपको शोषण और जहालत की जंजीर से मुक्त करेगा, तो एक नई सभ्यता और समाज व्यवस्था का चेहरा उभरेगा, वही कोतमा कोलियरी का मजदूर ओवर शिफ्ट में पैसे कमा रहा था, दारू पी रहा था, वी०सी०आर० किराए पर लेकर ब्लू और बंबइया फिल्में देख रहा था और मस्त था। शहर के बाहर चुंगी नाके के पार छोटे-छोटे ढाबे खुले हुए थे, जहां शराब मिलती थी और स्नो-पाउडर पोतने वाली आदिवासी लड़कियां ग्राहकों के पास 'बैठती' थीं।

इसके बावजूद शहर में बेरोजगारों की अच्छी-खासी तादाद थी। उन्हें दिन-भर और रात-भर दरवेशों की तरह किसी संदिग्ध यात्रा में मशगूल यहां से वहां आते-जाते देखा जा सकता था। वे किसी पुलिया पर दस-पांच के झुंड में बैठे दिखते, किसी ढाबे में चाय के 'कट' पर घंटों गुजारते, बीड़ी-सिगरेट फूंकते दिखाई देते या यों ही बस अड्डे और प्लेटफॉर्म पर अपने जत्थे के साथ इस तरह लापरवाही और अकड़ में टहलते जैसे एक दिन इस पृथ्वी पर उन्हीं का आधिपत्य होता। उनके चेहरे एक जैसे उदास, सख्त और अपरिचित थे। तिरस्कार, निर्वाचन और सामाजिक अनुपयोगिता ने उन्हें एक हिंसक अहंकार से भर दिया था। बहुत मामूली-सी बात पर वे मारपीट कर सकते थे, हत्या कर सकते थे और ऐसा करते हुए उन्हें यह संतोष हो सकता था कि उनका अस्तित्व अभी भी संसार में है और वे कुछ कर सकते हैं। हिंसा, फसाद, झगड़ा और बलात्कार उनके लिए अपने सामाजिक विस्थापन और मानसिक लाचारी से किसी तरह मुक्त होने का एक छटपटाता हुआ प्रतिरोध था, जिसे समाज अपराध मानता था।

वे अकसर किसी पुलिया पर बैठे किसी ट्रक, बैंक या दुकान को लूटने की

फैंटेसी करते। दो-चार पुलिस कांस्टेबलों के साथ बैठकर गांजा, चरस या अफीम की नेपाल सीमा से तस्करी करके मालामाल हो जाने की तरकीबें सोचते। इस इलाके में किस सेठ के पास सोना-चांदी है, कहां गांजा-चरस मिलता है, किस-किस मोहल्ले की कौन-कौन-सी लड़कियां चालू हैं, थाने का कौन-सा इंस्पेक्टर और कौन-सा कांस्टेबल रिश्वत में क्या-क्या पसंद करता है—उन्हें सारी जानकारी रहती थी। टी०वी० में वे तरह-तरह की चीजों का विज्ञापन देखते। उनके मन में उन चीजों को हासिल करने का लालच पैदा होता। लेकिन रुपए उनके पास नहीं थे। रुपए किसी नौकरी, किसी व्यवसाय, किसी काम से ही मिल सकते थे। वह उनके पास नहीं था। होने की कोई संभावना भी कहीं दिखाई नहीं देती थी। इसीलिए दस-पांच रुपए मिलने पर ही वे सट्टा खेलते या लॉटरी का टिकट खरीदते। यह पैसा कमाने का उतना ही अवास्तविक, हवाई और अनिश्चित तरीका था, जितना खुद उनका जीवन और उनकी स्थिति।

डॉ० दिनेश मनोहर वाकणकर को कोतमा आए तीन साल हो गए थे। ढींगर गांव से उनका तबादला सी०आई०डी० रिपोर्ट के बाद किया गया था। उन्हें राज्य के संघ संचालक ने बतलाया था कि यह बात हैरतअंगेज है कि सी०आई०डी० ने उनके बारे में लिखा था कि उनकी ढींगर गांव में उपस्थिति से राष्ट्रीय स्वयंसेवक संघ को ही नहीं, नक्सलवादी गतिविधियों को भी बढ़ावा मिल सकता था। इस जानकारी ने डॉ० वाकणकर को हतप्रभ कर दिया था। वे संघ में जरूर थे और पिछले कई वर्षों से वे इसमें लगातार सक्रिय थे। इस सक्रियता का ही परिणाम था कि अब वे राष्ट्रीय स्वयंसेवक संघ के जिला बौद्धिक प्रमुख तथा मेडिकल ऑफिसर्स एसोसिएशन के अध्यक्ष बन गए थे, लेकिन उनकी गतिविधियों से नक्सलवाद को कैसे बढ़ावा मिल रहा था, यह उनकी समझ में नहीं आ रहा था। बाद में काफी सोचने पर उन्हें लगा था कि दरअसल सरकारी नौकरशाही जिस व्यक्ति के विरुद्ध कोई ठोस आपराधिक प्रकरण नहीं बना सकती लेकिन जिसकी सामाजिक गतिविधियों से खुद को परेशानी में महसूस करती है, उसके लिए उसने नक्सलवाद की श्रेणी बना रखी थी। उसे उसी में डाल दिया जाता था। जबकि डॉ० वाकणकर नक्सलवाद की विचारधारा और उनकी प्रणाली से पूरी तरह से असहमत थे। उनकी आस्था अहिंसा पर जबर्दस्त थी। वे हिंसा के किसी भी रूप को नापसंद करते थे। यहां तक कि वे संघ की शाखा में हिंदू राष्ट्र के निर्माण के लिए स्वयंसेवकों और कार्यकर्ताओं से समूचे समर्पण, सहृदयता और जनसेवा के द्वारा लोगों का हृदय जीतने की बात करते थे। ऐसे में उनके साथ कुछ दूसरे श्रद्धेय बंधुओं या भाईजीयों की कहासुनी भी हो जाती थी।

कोतमा में भी डॉ० वाकणकर ने शहर और आसपास के गांवों के लोगों के मन में अच्छी जगह बना ली थी। लोग उन पर अपना पूरा अधिकार मानते। कोई भी बीमार होता तो डॉ० वाकणकर अगर चिकित्सालय में न हों तो उन्हें घर पर जाकर घेर लिया जाता, बिना यह देखे कि यह रात है या दिन। डॉ० वाकणकर का पारिवारिक जीवन इससे अस्त-व्यस्त हो जाता लेकिन वे इसे किसी पर जाहिर न करते। वे कोतमा के आसपास के क्षेत्र में भी एक भले, सहृदय और कुशल चिकित्सक के रूप में मशहूर होने लगे थे। एक ऐसा डॉक्टर जिसका इलाज असरदार था और जो मरीजों को लूटता नहीं था। जाहिर है, डॉ० वाकणकर के आने के बाद से कोतमा के संघ की शाखा में भी नई सक्रियता आई और उसकी गतिविधियों में हिस्सा लेने वाले लोगों की संख्या बढ़ गई।

लेकिन डॉ० वाकणकर देखते कि सब कुछ के बावजूद संघ की गतिविधियां व्यापारियों और सवर्णों के दायरे तक ही सीमित थीं, उनकी बहुत इच्छा होती कि आसपास के गांवों के साधारण लोग, आदिवासी और अन्य जातियों के व्यक्ति इसमें शामिल हों, लेकिन संघ की संरचना ऐसी थी कि इसमें न तो इतने अधिक लोगों के प्रवेश की ऐसी संभावना थी, न ही स्वयं उन लोगों के भीतर इसके प्रति कोई खास उत्सुकता थी। इस बारे में डॉ० वाकणकर ने ऊपर, राज्य के स्तर तक पत्र-व्यवहार भी किया लेकिन उनके पत्रों का बहुत ही औपचारिक और संक्षिप्त-सा जवाब दे दिया जाता।

डॉ० वाकणकर को कई बार संदेह होने लगता कि क्या सचमुच राष्ट्रीय स्वयंसेवक संघ का निर्माण देश-भर में हिंदू धर्म के मतावलंबियों के भीतर किसी सामुदायिक किस्म की कौटुंबिक भावना पैदा करने, उनमें नई जागृति लाने, अपनी रूढ़ियों को त्यागने तथा वेदों, उपनिषदों, पुराणों में वर्णित धर्म के मूल स्वरूप को अंगीकार करने की प्रवृत्ति पैदा करने के लिए हुआ है? या इसका कोई दूसरा मकसद है, जिसे यह बखूबी पूरा कर रहा है? इस बात को सर संघचालक और दूसरे अधिकारी जानते हैं, इसीलिए वे इतने में ही संतुष्ट हैं। डॉ० वाकणकर जितना सोचते, उनके भीतर बेचैनी और असंतोष उतना ही बढ़ता। वे संघ को अपना मानते थे, अपने जीवन के लगभग पच्चीस वर्ष उन्होंने इसे सौंपे थे, ऐसा हो कैसे सकता था कि वे उससे खुद को निस्संग और उदासीन बना पाते?

बेटियां बड़ी हो गई थीं। दहेज की समस्या सामने थी। हालांकि डॉ० वाकणकर को विश्वास था कि पढ़ाई में तीनों लड़कियां जितनी तेज थीं, उससे आगे चलकर उन्हें कोई समस्या नहीं आएगी।

लेकिन ज्योत्स्ना वाकणकर चिंतित रहती थीं। वे थक चुकी थीं। डॉ० वाकणकर की ईमानदारी, लगन और मूल्य-निष्ठा का बोझ उन्हें ढोना पड़ा था। कई-कई बार वे अपने भाग्य को कोसतीं। अगर उनका विवाह किसी सामान्य, व्यवहारकुशल, दुनियादार डॉक्टर के साथ हुआ होता तो जीवन में हंसी-खुशी के पल आते। घर की चूलें हर वक्त इस तरह टूटती-दरकती न लगतीं। आशंकाएं और आपदाएं इस तरह हर घड़ी आंगन के ऊपर के आकाश में डैने फैलाए मंडराती न रहतीं।

संघर्ष की भी एक हद होती है। एक उम्र होती है। वे डॉ० वाकणकर को देखकर सिहर जातीं। झुर्रियों में घिरता जाता चेहरा, लगातार कम और सफेद होते बालों में से झांकता एक पराजित और मासूम गंजापन। थका हुआ बूढ़ा होता शरीर। ब्लड प्रेशर और दाढ़ों में दर्द।

ज्योत्स्ना का मन होता कि वे अपने पति को पकड़कर उन्हें हिलाएं, उनसे लिपटकर कहें कि अब बस करो। मान जाओ। मुश्किल से दस-बारह वर्ष और बचे हैं इस जीवन के। देखो···हम दोनों और हमारा परिवार धीरे-धीरे किसी गहरे अंधेरे कुएं में उतर रहा है। हर कदम पर मृत्यु और असहायता का अंधकार घना होता जा रहा है। अपनी इन तीनों बेटियों की ओर देखो। यह उम्र ऐसा त्रस्त और बदहवास चेहरा ढोने के लिए नहीं है। तुम्हारे संघर्षों और आदर्शों ने उनके भीतर एक गहरी असुरक्षा पैदा कर डाली है। हर वक्त वे किसी अनिष्ट के घटने की भयभीत प्रतीक्षा कर रही हैं।

ज्योत्स्ना वाकणकर रोने लगी थीं। उनके मन में पहली बार एक ऐसी खीझ पैदा हो रही थी जो धीरे-धीरे अपने पति के प्रति घृणा में बदलती जा रही थी। अगर इस आदमी को यही करना था तो इसने विवाह क्यों किया? इतने लोगों का जीवन बिगाड़ने का उसे क्या अधिकार है?

ज्योत्स्ना वाकणकर को लगा कि अपने जिस पति की प्रशंसा वे तमाम्म लोगों से सुनती रहती हैं, वे सब वास्तव में उनका मजाक उड़ाने के लिए हैं। उन्हें लगा कि अपनी मूर्खता और जिद्दीपन में डॉ० वाकणकर ने अपने पूरे परिवार को एक ऐसी सामाजिक प्रयोगशाला में बदल डाला है, जिसे हर कोई बड़ी उत्सुकता और हैरत से देख रहा है कि देखो, इस परिवार का अंत कैसे होता है? ये लोग सामूहिक आत्मघात करते हैं या कहीं भाग जाते हैं? या किसी भी स्थापित सामाजिक-असामाजिक ताकत के द्वारा निगल लिए जाते हैं?

ज्योत्स्ना वाकणकर डर गईं। उन्हें लगा कि वे पता नहीं कितने वर्षों से एक ऐसे खतरनाक और क्रूर तानाशाह की कैद में हैं, जो ऊपर-ऊपर से बच्चों जैसा सरल

और संतों जैसा वीतराग दिखाई देता है। लेकिन इस तानाशाह की सारी शक्ति खत्म हो चुकी है और कभी भी उसके खिलाफ कोई भयावह बगावत हो सकती है।

आह! उस दोपहर के तीन घंटे

डॉ० दिनेश मनोहर वाकणकर के व्यवहार में कुछ निश्चित परिवर्तन दिखाई देने लगे थे। सुबह वे अब भी जल्दी उठते, हलका-सा व्यायाम करते, शाखा जाते। वहां सामूहिक व्यायाम होता। लौटकर अखबार पढ़ते, नाश्ता करते और फिर दस बजे तक अस्पताल चले जाते। कोतमा में उनका शासकीय आवास अस्पताल से लगभग दो किलोमीटर दूर रेलवे लाइन के दूसरी तरफ था।

अभी तक वही पुराना स्कूटर उनके साथ था। चलते हुए वह एक खास तरह की आवाज निकालता। यह कई दशक पुरानी आवाज थी। एक ऐसे इंजन की भाषा जो अब दुर्लभ और विलुप्तप्राय था। समय के साथ मशीन की आवाज और उसकी प्रजाति भी बदलती है, डॉ० वाकणकर को लगता। यह स्कूटर पेट्रोल भी बहुत पीता था। लेकिन उसे बेचने की बात डॉ० वाकणकर के मन में कभी न आती। उस लोहे की मूक मशीन से उन्हें एक मानवीय लगाव-सा हो गया था।

उनके स्कूटर की आवाज से, बिना देखे ही कोई जान सकता था कि यह डॉ० वाकणकर का आगमन है। डॉ० वाकणकर को शक होता कि उनके जीवन और व्यवहार से भी ऐसी ही, कई वर्ष पुराने किसी इंजन की आवाज आती है। और लोग इसे जानते हैं। वे चुप रहते हैं, सम्मान प्रगट करते हैं, लेकिन उस सम्मान के पीछे एक ठंडा मजाक या विचित्रता-बोध छिपा रहता है। देखो इस अजूबे आदमी को…

कहीं मैं मानसिक रूप से बीमार तो नहीं हो रहा हूं? डॉक्टर दिनेश मनोहर वाकणकर, एम०बी०बी०एस०, एम०डी० ने सोचा। उन्होंने अपने जीवन और व्यक्तित्व पर इस तरह नजर डालना शुरू किया जैसे कोई ग्राहक किसी खरीदी जाने वाली चीज को, फैसले के पहले, अच्छी तरह से, पैनी निगाहों से परखता है। मैं दफ्तर सही समय पर जाता हूं। मरीजों के रोगों के विश्लेषण और पहचान में कोई गंभीर भूल या गड़बड़ी नहीं होती। दवाइयों का चयन और प्रिस्क्रिप्शन बिलकुल ठीक रहता है। ढींगर गांव और कोतमा के बीच के वर्षों में रिसर्च पेपर्स भी प्रतिष्ठित अंतरराष्ट्रीय जर्नल्स में छपे हैं। लोग मुझ पर विश्वास करते हैं। यह विश्वास अगर न होता तो अस्पताल में और घर में भी मेरे पास इतने सारे लोगों का तांता क्यों लगा रहता? अगर संघ ने मुझे जिला बौद्धिक प्रमुख और मेडिकल ऑफिसर्स एसोसिएशन का

अध्यक्ष बनाया है तो साफ पता चलता है कि मेरे भीतर सांगठनिक गतिविधियों को चलाने, सुनियोजित करने की क्षमता है।

तो फिर ऐसा क्यों है? वे इस तंत्र द्वारा लगातार विस्थापन और अस्वीकार की कोशिशों को क्यों महसूस कर रहे हैं? उन्हें लगता जैसे वे इस राज्य तंत्र के शरीर में धोखे से दाखिल हो जाने वाले कोई विजातीय तत्त्व हैं, जिन्हें तंत्र उलटियां करके बाहर निकालना चाहता है।

अचानक डॉ० वाकणकर को याद आया कि उन्होंने पिछले सात महीनों से कोई छुट्टी नहीं ली है। शायद यह सही समय है, जब एक लंबी छुट्टी की जरूरत है।

वे साढ़े दस बजे ही अपने शासकीय आवास यानी घर में लौट आए। तीनों लड़कियां स्कूल और कॉलेज चली गई थीं। उन्हें चार बजे तक लौटना था। ज्योत्स्ना वाकणकर सब्जी काटने में लगी हुई थीं।

डॉ० वाकणकर ने घर को अच्छी तरह से देखा। वहां हवा ठहरी हुई-सी थी। शहर और दफ्तर की तेज आवाजों का कोलाहल नहीं था। एक ताजी शिथिलता और विश्राम का पर्यावरण। पिछवाड़े की घास में साढ़े दस बजने के बावजूद अभी भी नमी थी। अमरूद का इकलौता पेड़ अभी तरुण हुआ था और उसकी टहनियों में कच्चापन था।

डॉ० वाकणकर ने पहले अहाते का मुख्य फाटक बंद किया। स्कूटर को उठाकर पिछवाड़े रखा, जिससे लोगों को यह पता न चले कि वे आज घर पर ही हैं। फिर उन्होंने दरवाजा अंदर से बंद कर लिया।

इतने वर्षों बाद आज उन्होंने अलमारी से पुराना रिकॉर्ड प्लेयर निकाला। एच०एम०वी० का फिएस्टा पॉपुलर। इसे लगभग पंद्रह वर्ष पहले उन्होंने तब खरीदा था, जब महंगाई-भत्ते की कई बकाया किस्तों का भुगतान उन्हें एक साथ हुआ था। रिकॉर्ड प्लेयर अभी भी बिलकुल नया लगता था लेकिन अब डिस्क बनने बंद हो गए थे। बाजार में कैसेट प्लेयर्स और ऑडियो कैसेट्स का जमाना आ गया था।

सारे रिकॉड्र्स खुद उनकी पसंद के थे।

हम भी हैं, तुम भी हो¨दोनों हैं आमने-सामने¨
देख लो, क्या असर, कर दिया प्यार के नाम ने¨!

हो मैंने प्यार किया, हाय-हाय क्या जुर्म किया
कि आंखों का रंग हो गया गुलाबी, गुलाबी··

गाने उस ताजी शिथिलता से भरे पर्यावरण में तैरने लगे। डॉ० वाकणकर बीच-बीच में अपनी आवाज गानों में मिला देते थे। ज्योत्स्ना वाकणकर ने सब्जी में छौंक लगा दिया था और वे छींकने लगी थीं। उनकी छींक ने वाकणकर के मन में गहरा प्यार और सहानुभूति पैदा की। शायद थोड़ी-सी आसक्ति और वासना भी।

एक छींक ज्योत्स्ना वाकणकर को और आई, तो डॉ० वाकणकर को हंसी आ गई। वे उठकर रसोई तक गए। दरवाजे पर खड़े होकर उन्होंने ज्योत्स्ना को देखा। जीरे और मिर्च की झार से उनकी आंखों से पानी निकल रहा था और नाक लाल हो रही थी। लौकी की सब्जी बन रही थी।

'अब कड़ाही को ढंक दो और चलकर उस कमरे में बैठ लो थोड़ी देर।' डॉ० वाकणकर ने प्यार से कहा। ज्योत्स्ना वाकणकर ने उन्हें उदासीनता के साथ देखा। फिर उन्होंने कड़ाही को थाली से ढंक दिया।

ज्योत्स्ना वाकणकर के बाल सूखे और बिखरे हुए थे। सफेदी जगह-जगह से झांक रही थी। गोरे शरीर में स्थूलता आ गई थी और उनके चेहरे पर थकान और क्लांति की मुद्रा जैसे स्थिर हो गई थी। डॉ० वाकणकर ने उनके सिर को सहलाया। हथेली के स्पर्श में ही कुछ ऐसा था कि ज्योत्स्ना वाकणकर की आंखें नम हो गईं। 'कंघी कहां रखी है?' डॉ० वाकणकर ने पूछा। फिर कहा, 'या फिर चलो, पहले नहा लेते हैं।'

नहाते हुए डॉ० वाकणकर ने ज्योत्स्ना वाकणकर के शरीर को देखा। ये दोनों शरीर जो अब थक चुके थे। थकान और संघर्ष ने जिनमें समय से पहले प्रौढ़ता और स्थूलता भर दी थी, अब भी उनमें जीवन की आभा थी। ज्योत्स्ना के शरीर पर पड़ती पानी की धार को देखकर अभी भी लगता कि वह एक ठोस, जीवंत और मांसल शरीर पर गिर रही है। डॉ० दिनेश मनोहर वाकणकर ज्योत्स्ना वाकणकर की देह पर साबुन का झाग बनाते हुए उस थके और दुखी शरीर के भीतर के अंधकार में छुपे यौवन और जीवन के आदिम ताप को अपनी हथेलियों में जागता हुआ महसूस कर रहे थे। 'हटो' अचानक ज्योत्स्ना ने कहा, वे बेतहाशा हंस रही थीं···'गुदगुदी लगती है।'

डॉ० वाकणकर सफल हो गए थे। यह पुष्पा श्रीवास्तव की हंसी थी, जो ज्योत्स्ना वाकणकर के कंठ से निकल रही थी। बचपने से सराबोर, उमंग, उत्तेजना और वासना से भरी एक खुली हुई निश्छल किलकारी। डॉ० वाकणकर ने ज्योत्स्ना

की बांहों को उठाकर उनकी बगल को चूम लिया। साबुन का झाग उनके मुंह में भर गया और वे खुद हंसने लगे। ज्योत्स्ना की देह अचानक कई वर्ष पीछे के अतीत में चली गई थी। युवा—एक निदाघ और अछूते कौमार्य के अजनबीपन से भरी देह, जिसमें अभी भी कई रहस्यों का आकर्षण बाकी था। पानी की नन्ही-नन्ही बूंदों में वह शरीर सिहर रहा था।

अलमारी से डॉ० वाकणकर ने खुद सफेद फ्रॉक निकाला। वर्षों से उसे ज्योत्स्ना ने नहीं पहना था। उस सूती फ्रॉक के सफेद रंग में समय का पीलापन चढ़ चुका था, लेकिन जांघिया अभी भी सफेद था। एक ऐसा सफेद रंग, जो जैविक और प्राकृतिक लगता है, हर रोज नया होता हुआ, जीवित और ताजगी से भरा।

ज्योत्स्ना वाकणकर शुरू में शरमा रही थीं और उनमें हलकी-सी अनिच्छा भी थी। लेकिन धीरे-धीरे वे डॉ० वाकणकर के साथ इस समय से परे ले जाने वाले जादू-भरे खेल में शामिल हो गई थीं। उन्होंने दो चोटियां निकाल ली थीं। लाल रिबन के दो फूल उनकी पीठ और कंधों पर तितलियों की तरह मंडराने लग गए थे। सफेद फ्रॉक और जांघिए में बंधकर, उस कसाव में उनका शरीर स्वयं उनके लिए एक अपरिचित उत्तेजना से भर गया था।

रिकॉर्ड प्लेयर में अब पन्नालाल घोष की बांसुरी बज रही थी। बांसुरी की अनुगूंज स्पीकर से नहीं, खुद उन दो शरीरों के भीतर के रहस्यों और अंधकार से उठती हुई बाहर आ रही थी।

डॉ० वाकणकर ने ज्योत्स्ना की कलाई पकड़ी और उन्हें अपनी गोद में बिठा लिया। 'सब ठीक हो जाएगा ज्योति, अब मैं समझौता कर लूंगा। मैं भी उन सब लोगों की तरह हंसना चाहता हूं। जीना चाहता हूं।'

फ्रॉक सरक गई थी और ज्योत्स्ना की कोमल विस्तृत जंघाओं से हलकी रोशनी फूटने लगी थी। ऐसी मद्धिम रोशनी, जिसकी आंच में डॉ० वाकणकर की सांसें गर्म होने लगीं। उन्होंने कसकर ज्योत्स्ना को अपनी छाती में भींच लिया।

बांसुरी अभी भी विलंबित में थी। दूर तक जाकर अदृश्य होती हुई तान। फिर उतनी ही दूर से वापसी। पन्नालाल घोष अब जीवित नहीं थे लेकिन उनकी बांसुरी में जीवन की वैसी ही स्पष्ट निरंतरता और प्राणवत्ता थी। वैसी ही बारीकी और लोच, जो मृत्यु के बाद संभव कभी नहीं हो सकती।

बिस्तर पर ज्योत्स्ना हर आघात के बाद डॉ० वाकणकर को कसकर जकड़ लेती थीं और उनके भीतर से अथाह रुलाई-सा सोता फूट निकलता था। वे रो रही थीं। यह आनंद थकान, असुरक्षा, पराजय और हताशा के बीच किसी अबोध और

अवास्तविक चेष्टा के द्वारा प्राप्त किया जा रहा था। यह संभोग इतना दुर्लभ और अवास्तविक था कि कुछ पलों के बाद वह नश्वर हो जाने वाला था। एक ऐसा उड़न-छू, जो हवा की किसी पर्त में तैरता हुआ अचानक उन दोनों के जीवन में कुछ पलों के लिए आ गया था और बस, फिर उसे अदृश्य हो जाना था। वे दोनों हांफ रहे थे। ज्योत्स्ना के गले से हर बार रुलाई फूटकर बाहर निकलती और सुख की किलकारी में खो जाती। वे दोनों एक-दूसरे के भीतर अपने-अपने खोए हुए जीवन और अतीत की स्मृतियों को खोज निकालने की व्याकुल कोशिश में थे। एक-दूसरे के भीतर वे अपनी सुरक्षा और सार्थकता तलाश रहे थे।

यह एक कठिन और दुर्धर्ष कोशिश थी। आंसुओं में डूबी बेचैन छटपटाहट से पैदा होते क्षणभंगुर सुख का चरम शिखर। समय से मुक्त। यथार्थ से अलग किसी दूसरे लोक का अनुभव। डॉ० वाकणकर ने अचानक ज्योत्स्ना के चेहरे को असंख्य उन्माद-भरे चुंबनों से भर दिया। आंसू का खारापन उनके भीतर समा गया और इस स्त्री, जो उनकी पत्नी थी और जो इस समय अपनी देह के नशीले गुरुत्वाकर्षण में उन्हें अपने भीतर खींचे ले रही थी, उनके लिए एक अपूर्व निकटता और आत्मीयता उन्होंने महसूस की।

एकता और आनंद के चरम क्षणों में पन्नालाल घोष की बांसुरी द्रुत में आ गई थी।

खाना खाते हुए डॉ० वाकणकर ने ज्योत्स्ना वाकणकर से कहा कि उन्होंने पंद्रह दिन की छुट्टी ले रखी है और अगले हफ्ते तक वे परिवार के साथ पंचमढ़ी चलने की योजना बना रहे हैं।

ये वे दिन थे जब मध्य प्रदेश ही नहीं, देश के अन्य तीन राज्यों में भारतीय जनता पार्टी की सरकार बन गई थी। डीजल से चलने वाले ट्रक के ऊपर रखे गए रथ के मॉडल के साथ एक बूढ़े राजनीतिक हिंदू नेता ने देश-भर में रथ-यात्रा की थी। अयोध्या में मंदिर-मस्जिद विवाद से पूरे देश का एक अतार्किक, अमानवीय और डरावना ध्रुवीकरण पैदा हो रहा था।

डॉ० दिनेश मनोहर वाकणकर इस समूची उथल-पुथल को अपनी चेतना में महसूस कर रहे थे।

जूता, दंगा और पोस्टमार्टम

संघ में इन दिनों स्पष्ट परिवर्तन दिखाई दे रहे थे। शाखा के सदस्य औपचारिकता पूरी करने की जल्दबाजी में आते। हिंदूवादी दल की राजनीतिक विजय

हुई थी। संघ इस जीत की नींव में था। यही वह ढांचा था, जो उस राजनीतिक दल की आत्मा की तरह चुपचाप धीरे-धीरे काम करता रहता था और विपरीत से विपरीत परिस्थितियों में भी, उस दल के राजनीतिक बिखराव और विघटन के दौर के बाद किसी फीनिक्स की तरह उस दल को दुबारा पैदा कर देता था।

लेकिन अब वर्षों बाद वे सत्ताधारी थे। राज्य की सत्ता उनके हाथ में थी। तंत्र उनके हाथ में था। नौकरशाही, पुलिस और तमाम तरह के वित्तीय संस्थान उनके अधीन थे। उनकी सामाजिक स्थिति प्रत्यक्ष रूप से बदल गई थी।

संघ का काम अब ज्यादातर राजधानी में आने वाले किसी मंत्री की स्टेशन पर अगवानी, जुलूस और जनसभा आयोजित करना, राजधानी में प्रतिनिधिमंडल भेजना और सरकारी परियोजनाओं को अपने कब्जे तथा नियंत्रण में लेना रह गया था। ज्यादातर सदस्य और कार्यकर्ता व्यापारी वर्ग से आते थे। इन दिनों हर सदस्य की कोशिश रहती कि शासकीय योजनाओं से होने वाले लाभ ज्यादा से ज्यादा उसके हिस्से में आ जाएं। कई लोगों ने लोक निर्माण विभाग के सड़क, पुल तथा भवन निर्माण के ठेके हासिल कर लिए थे। कई लोगों ने राज्य की लघु उद्योग योजना के अंतर्गत मिलने वाले आर्थिक अनुदानों और सब्सिडी का फायदा उठाकर अपनी-अपनी फैक्टरियां खोल रखी थीं। शिक्षित बेरोजगारों को मिलने वाला शासकीय लाभ ज्यादातर संघ के सदस्यों ने हासिल कर लिया था। नई-नई दूकानों के परमिट, कई तरह के उत्पादनों और मालों का कोटा, परिवहन का लाइसेंस, दारू और वनोपजों का ठेका भी संघ के ही लोगों ने लेने की होड़ लगा रखी थी। साइकिल पर चलने वाले भाई जी स्कूटर पर और स्कूटर पर चलने वाले कार या जीप में चलने लगे थे। पुलिस वाले उन्हें देखकर नमस्कार करते। तहसीलदार, ओवरसियर, कानूनगो, पटवारी, डॉक्टर अपने-अपने तबादले या प्रमोशन की समस्याएं लेकर संघ के नेताओं के पास जाते। कलेक्टर और एस०डी०एम० का दौरा होता तो वे अपने साथ संघ के नेताओं को रखते। उन्हीं के घर पर उनका लंच या डिनर होता।

वह भारतीय प्रशासन, जिसे नौकरशाही कहा जाता था, अपना चरित्र और अपनी वफादारी बदलने में माहिर था। अंग्रेजों के जमाने से लेकर आज तक इसने अपनी अवसरवादियों की अद्‌भुत मिसालें कायम की थीं। वैसे, कुछ ऐसे अधिकारी और शासकीय कर्मचारी, जो संघ और हिंदूवादी राजनीतिक दल की आंख में खटक रहे थे, उनका तबादला सुदूर पिछड़े आदिवासी इलाकों में कर दिया गया था। पनिशमेंट पोस्टिंग।

डॉ० वाकणकर को भी मित्रों ने सलाह दी कि यह सही समय है जब उन्हें

तरक्की हासिल करके किसी अच्छे शहर में अपना तबादला करवा लेना चाहिए। उनका पूरा जीवन जिस संघर्ष में गुजरा है, संघ के प्रति निष्ठा के कारण जो-जो परेशानियां उन्होंने उठाई हैं, उनका प्रतिदान पाने का वक्त अब आ गया है।

डॉ० दिनेश मनोहर वाकणकर अपने भीतर एक गहरी उद्विग्नता महसूस करते। संघ को उन्होंने कांग्रेस और दूसरे राजनीतिक दलों से हमेशा अलग माना था। यह संगठन कम्युनिस्टों की तरह ही एक दूरगामी लक्ष्य और आदर्श को लेकर चलने वाला संगठन था, लेकिन सत्ता तक पहुंचते ही यह भिन्नता मिटती नजर आती थी। सत्ता में पहुंचकर कम्युनिस्ट भी तो भ्रष्ट और जनविरोधी हो गए थे।

इन दिनों डॉ० वाकणकर ने अपनी डायरी में लिखा—

आजकल संघ में जो स्थिति है, मैं उससे बहुत विचलित हूं। गुरुजी ने संघ के सदस्यों के लिए कुछ नैतिक और धार्मिक निष्ठाएं निर्धारित कर रखी हैं। लगता है, उनसे किसी को भी लगाव नहीं है।

क्या राज्य एक ऐसा शक्तितंत्र है, जिसका अपना एक सार्वभौमिक स्थायी चरित्र है? यह अपने पास आने वाले हर समूह, दल, संगठन, विचारधारा और दर्शन को अपने उसी स्थायी, सर्वसमावेशी चरित्र द्वारा निगल लेता है। उन सबको अपना ही पुराना, परिचित चेहरा पहना देता है।

मैं इन दिनों संघ में लगातार अलग-थलग पड़ता जा रहा हूं। सांगठनिक गतिविधियों के विस्तार में किसी की दिलचस्पी नहीं दिखाई देती। लगता है जैसे वर्षों के बुभुक्षुओं और अतृप्त लोलुपों की एक जमात संघ के रूप में एकत्र थी, जो भोज को देखकर अचानक अश्लील और अनैतिक ढंग से उस पर टूट पड़ी है। उलटे ये लोग मुझे अव्यावहारिक कह रहे हैं।

कभी-कभी सोचता हूं कि अपने निजी व्यक्तिगत स्वार्थ को लेकर चलना ही मनुष्य की स्वाभाविकता है। जो व्यक्ति इसका परित्याग करता है और इससे परे उठता है, उसे ही औसत लोग अस्वाभाविक मानते हैं।

एक माह पहले जिले के जिन भ्रष्ट और रिश्वतखोर सरकारी अधिकारियों और कर्मचारियों की सूची हमने तैयार की थी, नेताओं ने उसे दबा लिया है। हीरालाल अग्रवाल जी कह रहे थे कि इस सूची के दबाव में संघ अपना हित साध सकता है।

मैं एक गहरी बेचैनी अपने भीतर महसूस करता हूं। कहीं ऐसा तो नहीं कि मेरा पूरा जीवन ही व्यर्थ चला गया?

उस रात सपने में डॉ० वाकणकर ने भाई मदन सोनी जी को देखा। उसे वे वर्षों से जानते थे। शुरू-शुरू में अखिल भारतीय विद्यार्थी परिषद् की गतिविधियों से होता हुआ वह संघ में आया था। छोटा-सा दुबला-पतला शरीर, लगभग चौकोर चेहरा जो नीचे की ओर पतला हो गया था। पंचतंत्र की कथाओं की चालाक लोमड़ी वाली चतुर शक्ल। भाई मदन सोनी जी ने बातचीत करने, मुहावरों और जुमलों का इस्तेमाल करने का कठिन अभ्यास कर रखा था। डॉ० वाकणकर अच्छी तरह से जानते थे कि ऐसे व्यक्ति की निष्ठा किसी भी मूल्य या संगठन से नहीं हो सकती। वह एक फर्जी व्यक्तित्व था। उसे वे आजकल संघ के हर बड़े नेता के आसपास बहुत त्वरित गति में दाहिने-बाएं होते देखते थे। वह संघ के नए नेता के रूप में उभर रहा था। कलेक्टर से लेकर पटवारी तक उसकी पूछ होती।

संघ का भविष्य भाई मदन सोनी था। फर्जी, चौकोर चेहरे का चापलूस और बनावटी लोमड़। उसकी नस्ल हर जगह बढ़ रही थी। वह संघ में व्यवहारवाद का युगांतकारी प्रवेश था।

सपने में मदन सोनी लगातार बोलता चला जा रहा था। बड़-बड़-बड़...

कोतमा के इतिहास में भूकंप पैदा कर देने वाली उस विस्फोटक घटना की शुरुआत बेहद मामूली थी। कोई सोच भी नहीं सकता कि बड़ी और गंभीर घटनाएं जिस बिंदु से शुरू होती हैं, वह अकसर एक बहुत मामूली, नगण्य और हास्यास्पद बिंदु होता है।

घटना यों थी।

कोतमा के महात्मा गांधी इंटर कॉलेज में ग्यारहवीं कक्षा में पढ़ने वाले एक छात्र नितिन शर्मा ने एक सिंधी दूकानदार मोतीलाल ठाकरवाणी से जूता खरीदा। जूता एक सौ साठ रुपए में खरीदा गया। कोतमा के ज्यादातर सिंधी राष्ट्रीय स्वयंसेवक संघ में थे। इसका कारण हिंदूवादी दल के सबसे बड़े राष्ट्रीय नेता का सिंधी होना था। कोतमा के उसी इंटर कॉलेज में बारहवीं में पढ़ने वाले एक दूसरे छात्र मुकेश यादव ने एक दूसरी दूकान से वैसा ही जूता एक सौ बाईस रुपए में खरीदा।

शहर बहुत छोटा था और कीमत में फर्क बहुत ज्यादा था। शहर के छोटा होने के कारण ही दूसरे दिन दोनों छात्र नितिन शर्मा और मुकेश यादव एक-दूसरे से टकर गए। कोतमा में हर कोई एक-दूसरे को जानता था। दोनों ने एक-दूसरे के जूते के बारे में बातचीत की।

'तूने जूता कितने में खरीदा?' मुकेश यादव ने पूछा।

'एक सौ साठ रुपए में?' नितिन शर्मा ने बतलाया।

'तुझे दूकानदार ने लूट लिया। देख, उसी कंपनी का जूता मैंने एक सौ बाईस रुपए में खरीदा।' मुकेश ने कहा, फिर उसने पूछा, 'तूने किस दूकानदार से खरीदा?'

'मोतीलाल ठाकरवाणी से।' नितिन ने बताया।

'हरामी है साला! चल, अभी उससे पैसे वसूलते हैं।' मुकेश ने ताव दिलाते हुए कहा और दोनों मोतीलाल ठाकरवाणी की दुकान की ओर चले गए।

ठाकरवाणी ने पहले बात संभालने की व्यापारिक कोशिश की, 'दोनों की क्वालिटी में बड़ा फर्क है। एक नकली जूता है और दूसरा कंपनी का जेनुइन माल है साईं! पहन के देखो, महीने-भर में वो वाला जूता टें बोल जावेगा। लिक्ख के ले लो साईं! झगड़ा मत करो। हम जुबान दे रहा है साईं!'

'हमें चूतिया बनाता है! बेवकूफ समझ रखा है क्या? वही कंपनी है, वैसा ही जूता है। लूट मचा रखी है! पैसा क्या फोकट में आता है? चल, रुपए निकाल!'

मोतीलाल ठाकरवाणी ने थोड़ी-सी ना-नुकुर की तो नितिन शर्मा ने जूता उतारकर उसके मुंह पर मार दिया। मुकेश यादव भी ताव खा गया था। उसने भी गाली बकते हुए मोतीलाल ठाकरवाणी को दो-चार थप्पड़ लगा दिए।

झगड़ा देखकर अगल-बगल के दूकानदार इकट्ठे होने लगे। वह पूरी पट्टी सिंधी दूकानदारों की थी। चौथी दूकान गुलाबचंद कुंदनानी की थी। मोतीलाल ठाकरवाणी उसका चाचा लगता था। चाचा की बेइज्जती गुलाबचंद से बर्दाश्त नहीं हुई। उसने ललकारना शुरू किया, 'मारो सालों को। पकड़ो। जाने न पाएं। गुंडागर्दी मचा रखी है। दूकान के भीतर घुसकर लूट-पाट मचाते हैं।'

दूकानदारों की तादाद ज्यादा थी। उन्होंने नितिन शर्मा और मुकेश यादव को पकड़ लिया। नानकचंद भी बाहर निकल आया था। 'अरे साईं, इन लौंडों-लपाड़ियों को ऐसे ही छोड़ते गए तो साले गुल्लक से रुपया निकालने लगेंगे।'

मोतीलाल ठाकरवाणी हांफ रहा था। उसकी कमीज की बांह फट गई थी। गुलाबचंद कुंदनानी ने कहा, 'इनको थाने ले चलो। हम सब गवाही देंगे।'

दोनों लड़के ताव-ताव में फंस गए। उन्हें पकड़कर धकियाते हुए थाने ले जाया गया। थाने में उस वक्त इंस्पेक्टर नहीं था, सिर्फ हेडकांस्टेबल पांडे था। पांडे देवरिया जिले का था और चौबीसों घंटे धुत रहता था। कोतमा में उसकी अच्छी आवभगत होती थी, क्योंकि वह छुट्टे या अद्धा-पौवा लेकर ही छोटा-मोटा मामला निपटा देता था।

गुलाबचंद कुंदनानी अभी जवान था। उसका खून कुछ गर्म था। अपने चाचा

मोतीलाल की फजीहत से उसे गुस्सा चढ़ आया था। वह हवलदार पांडे को अलग ले गया। पचास का नोट उसकी जेब में डाला और कहा कि दोनों लौंडों की थोड़ी-बहुत ठुकाई कर दी जाए। पांडे के लिए यह पेशेवरी का काम था।

पांडे ने दो घूंट मारे, फिर वर्दी से मुंह पोंछता हुआ नितिन शर्मा के पास गया। 'जूता तो तूने खरीदा था, ये तेरा चमचा वहां क्यों आया था? तुझे पता नहीं कि ये साला धंधेबाज चोर है।'

पांडे ने मुकेश यादव को तड़ातड़ डंडे जमाए। 'बाप ससुर दुनिया को दूध में पानी मिलाकर चूतिया बनाता है और तू ससुर जजमेंट करने आया था।'

दोनों लड़के डर गए थे। तीन-चार सिपाही थाने में और मौजूद थे। हवलदार पांडे ने दोनों के कान पकड़कर उठक-बैठक करवाई और कहा कि चुपचाप घर चले जाओ। ज्यादा आंय-बांय किया तो एक सौ सात/सत्तरा और तीन सौ छप्पन में बंद कर दूंगा।

शहर छोटा था। जूतों की कीमत में फर्क ज्यादा था और झगड़े की घटना भी कोतमा के लिए बड़ी घटना थी। देखते-देखते इस कोने से लेकर उस कोने तक खबर फैल गई कि महात्मा गांधी इंटर कॉलेज के दो लड़कों को सिंधियों ने और पुलिस वालों ने मारा।

अगले दिन कॉलेज खुला तो वहां तनाव था। हर लड़का नितिन शर्मा और मुकेश यादव से घटना के बारे में पूछ रहा था। एक-डेढ़ घंटे के भीतर-भीतर छात्रों की भीड़ इकट्ठी हो गई। यह कॉलेज की प्रतिष्ठा का मामला बन गया था। कुछ अध्यापक भी पुलिस वालों द्वारा अपने छात्रों को पीटे जाने के खिलाफ थे। इन अध्यापकों ने छात्रों को सलाह दी कि वे घटना की रिपोर्ट प्रिंसिपल के पास करें। प्रिंसिपल जगदेव सिंह चौहान थे। उन्होंने भी इसे अपने कॉलेज की इज्जत का मामला माना और छात्रों से कहा कि वे घटना के बारे में एक मेमोरेंडम एस०डी०एम० गुप्ता को सौंपें तथा दोषी हवलदार और सिंधी दुकानदारों को सजा देने की मांग करें।

लगभग डेढ़ सौ छात्रों का जुलूस, जिसमें छात्राएं भी शामिल थीं, एस०डी०एम० गुप्ता के बंगले की ओर चला। गुप्ता दिल्ली में पढ़ा-लिखा था और पांच साल के आई०ए०एस० पेपर का रट्टा मारकर, कोचिंग सेंटर से कोचिंग लेकर दो साल पहले भारतीय प्रशासनिक सेवा में आया था। उसके पिताजी दिल्ली में दो नंबर का धंधा करते थे। अपने बेटे की शादी उन्होंने एक मारवाड़ी परिवार की कॉन्वेंट में पढ़ी-लिखी लड़की से की थी और तीन लाख का नगद दहेज तथा फिएट, जेवरात, फर्नीचर और

बहुत सारा सामान वसूला था।

गुप्ता और उसकी पत्नी रीतू दोनों अंग्रेजी बोलते थे, शराब पीते थे और कोतमा के लोगों को जाहिल, गंवार और पिछड़ा हुआ मानते थे।

बंगले की ओर डेढ़-दो सौ छात्रों की भीड़ को आता देखकर एस०डी०एम० गुप्ता जरा-सा घबड़ा गया, फिर उसने अपनी मंसूरी वाली ट्रेनिंग को याद किया और राजेश खन्ना की तरह मुस्कराता हुआ फाटक पर आकर खड़ा हो गया।

'हवलदार पांडे मुर्दाबाद। कोतमा थाना मुर्दाबाद।'

'पांडे को फांसी दो! फांसी दो! फांसी दो!'

लड़कों का जुलूस चीख रहा था। एस०डी०एम० गुप्ता ने मौके की नजाकत को समझा और उसने अपने गले में सारी ताकत लगाकर हिंदी में कहा, 'आप लोग थाने पहुंचिए। शांति बनाए रखिए। मैं वहीं पहुंच रहा हूं।'

लड़कों की भीड़ नारे लगाती तब तक इंतजार करती रही जब तक अपनी फिएट में गुप्ता थाने की ओर रवाना नहीं हो गया।

कोतमा की नीरस एस०डी०एम० की नौकरी में गुप्ता भी अब तक अच्छा-खासा बोर हो चुका था। वह बंबइया फिल्मों, जासूसी उपन्यासों और ब्लू फिल्मों का शौकीन था। उसके बारे में मशहूर था कि वह अलग-अलग मौकों पर हिंदी फिल्मों के अलग-अलग हीरो लोगों के डायलॉग्स बोलता है। वैसे ज्यादातर जब वह अपने मातहतों से बात करता था, तो कुछ इस लहजे में बोलता था, जैसे उसे हिंदी नहीं आती।

'शिट! आइ ऑलवेज फाइंड डिफिकल्ट टू स्पीक दिस लैंग्वेज···!' वह अकसर कहता।

थाने के फाटक पर पहुंचकर छात्रों की भीड़ रुक गई। फाटक अंदर से बंद कर दिया गया था। कोतमा थाने में सिर्फ दस सिपाही, एक इंस्पेक्टर और एक हवलदार थे। दो पुरानी थ्री नॉट थ्री की राइफलें थीं, जिन्हें वर्षों से इस्तेमाल नहीं किया गया था।

एस०डी०एम० गुप्ता अंदर थाने के गलियारे में इंस्पेक्टर की कुर्सी पर बैठ गया था और पुलिस वालों से बात कर रहा था।

इसी वक्त छात्रों की निगाह हवलदार पांडे पर पड़ी। उसी ने मुकेश यादव को डंडे से मारा था और नितिन शर्मा से कान पकड़कर उठक-बैठक करवाई थी। वह आज भी अपने फॉर्म में था। नशे में धुत। उसकी समझ में स्थिति की गंभीरता नहीं आ रही थी और वह डंडा पटकता हुआ बीच-बीच में गालियां बकने लगता था। उसे

एक-दो बार इंस्पेक्टर ने डांटा भी, लेकिन थाने के अहाते के भीतर वह बागड़-बिल्ला बना अपनी ठसक में था। दारू के नशे में तो था ही।

एक पत्थर सनसनाता हुआ भीड़ की तरफ से आया और हवलदार पांडे की कनपटी पर लगा। 'हाय, मार डाला मादर''ने!' उसने जोरों से चीखते हुए गाली बकी और कनपटी पकड़कर बैठ गया। इतने में तीन-चार पत्थर सनसनाते हुए और आए और एस०डी०एम० गुप्ता के सामने मेज पर आकर लगे। थाने के अंदर भगदड़ मच गई। एस०डी०एम० गुप्ता मेज के नीचे छुप गया और चिल्लाया, 'गन्स कहां हैं! हथियार निकालो।'

थाना चारों तरफ से अहाते से घिरा हुआ था। निकास का एक ही रास्ता था—मुख्य फाटक, वहां छात्रों की भीड़ जमा हो गई थी। वहां नारे लग रहे थे और पत्थर चल रहे थे। पुलिस वालों को डरा हुआ और एस०डी०एम० गुप्ता को मेज के नीचे छुपा हुआ देखकर लड़कों का जोश और बढ़ गया था।

हवलदार पांडे को बाहर निकालो! बाहर निकालो!

दारूखोर पांडे को बाहर निकालो! बाहर निकालो!

छोकरीबाज एस०डी०एम० हाय-हाय! हाय-हाय!

तीन-चार लड़के फाटक के बाहर खड़ी एस०डी०एम० गुप्ता की दहेज में मिली फिएट के बोनट पर बैठ गए थे और लकड़ी के डंडों से उसे नगाड़े की तरह बजा रहे थे।

झन्न की आवाज के साथ फिएट का शीशा टूटकर बिखर गया। एस०डी०एम० गुप्ता को अपनी कार की फिक्र हुई। उसने इंस्पेक्टर से कहा, 'आस्क देम टू फायर! हवा में गोली चलवाओ। मेरी कार खतरे में है।'

इंस्पेक्टर ने फायर करने के लिए कहा। कोतमा शहर में पहली बार गोली चलने की आवाज सुनी गई।

भीड़ में भगदड़ मच गई। लड़के इधर-उधर भाग रहे थे। लेकिन भीड़ का एक छोटा-सा हिस्सा अभी भी फाटक पर खड़ा हुआ नारे लगा रहा था।

इसी भीड़ में बाईस साल का लड़का तौफीक अहमद खड़ा था। वह लड़कों को शांत करने की कोशिश कर रहा था और बीच-बीच में एस०डी०एम० गुप्ता की ओर देखकर चिल्लाता था, 'सर, आप फाटक तक आ जाइए! लड़कों से बात करिए। आपको कुछ नहीं होगा। मैं गारंटी लेता हूं।'

तौफीक अहमद कोतमा में इसी साल बनी सांप्रदायिक शांति समिति का सदस्य था। प्रेमचंद और मंटो की कहानियां उसे पसंद थीं। कोतमा में उसे एक

संजीदा, समझदार और विनम्र लड़का माना जाता था। पढ़ाई के साथ-साथ उसने पत्र-पत्रिकाओं की एक छोटी-सी दुकान खोल रखी थी।

यह सांप्रदायिक शांति समिति तब बनी थी, जब अयोध्या में मंदिर-मस्जिद को लेकर तनाव पैदा किया जा रहा था और कुछ दूकानदार एक औरत की खतरनाक आवाज का कैसेट बाजार में जोर-जोर से बजाते रहते थे।

कोतमा में मुसलमानों के मुश्किल से चालीस-पचास परिवार थे। ज्यादातर गरीब थे। कसाई या मनिहारी का काम करते थे। तौफीक अहमद की अम्मां खुद कांच के बक्से में चूड़ियां, बालियां, काजल, कंघी-कांटे जैसी स्त्रियों के शृंगार की चीजें लेकर गांवों में जाकर बेचती थी।

एस०डी०एम० गुप्ता ने तौफीक को देखा। 'ये लड़का कौन है? लीडर लगता है।' उसने इंस्पेक्टर से पूछा।

हवलदार पांडे की कनपटी से खून निकल रहा था और वहां पर गूमड़ उठ आया था। 'कटुआ है सर! कुंजड़िन की औलाद। लड़कों को भड़का रहा है।'

दूर से देखने पर गुप्ता को भी यही लगा था कि तौफीक लड़कों को समझाने में नहीं, भड़काने में लगा हुआ है। तभी उसने देखा कि चार-पांच लड़कों का एक झुंड एक गैलन में संभवतः पेट्रोल लेकर वहां पहुंचा। उन लोगों ने गैलन फिएट पर उलट दी।

तौफीक अहमद चीख-चीखकर उन लड़कों को ऐसा करने से मना कर रहा था। ये लड़के छात्र नहीं थे। वह कोतमा के समाज का निष्कासित और अनुपयोगी हिस्सा था, जिसे आज अपनी उपस्थिति और सार्थकता सिद्ध करनी थी।

एस०डी०एम० गुप्ता ने अंदाजा लगा लिया कि अभी उसकी फिएट जलकर राख हो जाएगी। 'फायर!' उसने जोर से कहा, 'आइ, सब डिवीजनल मजिस्ट्रेट ऑर्डर यू ऑल टू फायर।'

फायर!

फायर!

फायर!

नशे में धुत बागड़-बिल्ले हवलदार पांडे को अफसर के सामने वाली वफादारी और योग्यता दिखलाने का इससे अच्छा मौका और कहां मिलता? उसने झपटकर मुरारीलाल कांस्टेबल के हाथ से राइफल झटक ली और निशाना साधकर गोली दाग दी।

धांय!

धांय!

गोली सिर के पीछे की ओर लगी। वहीं, जहां दिमाग होता है।

तौफीक औंधे मुंह जमीन पर गिर पड़ा। एक अजीब-सा शोर उठा। जैसे भीड़ के सामूहिक गले से कोई डकार निकली हो। या शायद कराह।

इसके बाद तड़ातड़ लाठियां चलीं। आसमानी फायरिंग भी हुई।

बहुत-से लड़कों के सिर, कनपटी, आंख, जबड़ों से खून बह रहा था।

पिटने वालों में छात्राएं और उन लड़कों के अभिभावक भी थे।

डॉ० वाकणकर अस्पताल में ही थे, जब घायल लड़कों के जत्थे वहां आने शुरू हुए। अस्पताल में डॉक्टरों की कुल तादाद चार थी। एक छुट्टी पर था। आज से पहले इतने सारे लोगों को एक साथ संभालने का अनुभव वहां किसी को नहीं था। घबराहट फैल गई।

लगभग सत्रह लड़के ऐसे थे, जिन्हें ज्यादा चोटें आई थीं। रक्तस्राव के कारण वे कभी भी बेहोश हो सकते थे। अस्पताल में कुल जमा आठ बेड थे।

बाहर के दालान में दरी बिछा दी गई और घायलों को वहां लिटा दिया गया।

इक्का-दुक्का लड़के अपनी चोटें लिए बाद में भी आते रहे।

डॉ० वाकणकर ने इतने सारे घायलों से निपटने के लिए कोतमा के कुछ प्राइवेट डॉक्टरों को भी बुला लिया था। तीन लड़कों की हालत गंभीर थी।

एक तेरह साल की लड़की सुषमा कोरी के दोनों गालों की हड्डियां (चीक बोंस) टूट गई थीं।

उसका चेहरा डरावना लग रहा था। जब वह थूकती थी तो उसमें खून के कतरे होते थे।

डॉ० वाकणकर ओ०पी०डी० रजिस्टर में खुद घायलों के नाम, उम्र, पता और चोट का ब्योरा लिख रहे थे। दोपहर दो बजते-बजते अस्पताल आने वाले घायलों की संख्या बत्तीस पहुंच गई थी।

पता चला, जिला मुख्यालय से एस०पी० और पुलिस के दस्ते कोतमा पहुंच चुके हैं। दूकानें बंद हैं। बाजार में सन्नाटा है।

तौफीक अहमद सवा दो बजे तक थाने के बाहर उसी तरह औंधे मुंह पड़ा रहा।

जैसे वह कोतमा की जमीन को चूम रहा हो।

शाम साढ़े तीन बजे पी०डब्ल्यू०डी० की जीप में लादकर तौफीक को अस्पताल लाया गया।

तौफीक अहमद, उम्र बाईस साल, वल्द रफीक अहमद उर्फ चचा तहमतिया, पुरानी बस्ती···एलॉटेड बेड नं० तीन इमरजेंसी।

डॉ० वाकणकर ने उसे चेक किया। डॉ० तिवारी, डॉ० सोनवलकर और डॉ० अग्रवाल ने भी देखा।

पौने चार बजे तक तौफीक की क्लिनिकल मृत्यु नहीं हुई थी, क्योंकि उसका दिमाग पूरी तरह से नहीं मरा था। इसलिए उसे ऑक्सीजन देने की कोशिशें की गईं।

चार बजने में पांच मिनट पर यानी तीन बजकर पचपन मिनट पर उसे मृत घोषित कर दिया गया।

तौफीक के पिता चाचा तहमतिया और उसकी अम्मां अस्पताल के बाहर बैठी भीड़ में थे। अस्पताल के भीतर किसी को नहीं आने दिया जा रहा था। पुलिस का पहरा था।

किसी ने खबर लीक कर दी होगी, क्योंकि बाहर से रोने और विलाप करने की आवाजें उठने लगीं।

तौफीक की शादी हो चुकी थी। उसकी एक बेटी भी थी।

पांच बजे के आसपास एस०पी० और जिला चिकित्सालय के सिविल सर्जन एक ही जीप द्वारा वहां पहुंचे।

सिविल सर्जन बी०एन० गुप्ता ने अस्पताल का मुआयना किया। वहां की व्यवस्था देखी, फिर डॉ० वाकणकर को अपने साथ अलग ले जाकर बातचीत की।

'सब ठीक-ठीक तो है न?' सिविल सर्जन ने पूछा।

'जी हां, शुरू में थोड़ी दिक्कत हुई थी। फिर कुछ लोकल डॉक्टर्स को बुलाकर हमने मैनेज कर लिया।' डॉ० वाकणकर ने कहा।

'आपने ओ०पी०डी० रजिस्टर में सभी घायलों की एंट्री क्यों दिखाई? और अगर एंट्री चढ़ा भी दी तो सारी चोटों का ब्योरा क्यों लिखा···?'

'क्यों? क्या नहीं लिखना चाहिए? नियम तो यही है!' डॉ० वाकणकर थोड़ा-सा चौंके।

'अरे बाबा, आप भी···' सिविल सर्जन गुप्ता झुंझला गए। 'क्या आपने कभी ऐसा केस टैकल नहीं किया है इससे पहले···? करते भी कैसे, जिंदगी-भर तो आप आदिवासी इलाके में पड़े रहे।'

'मैं समझा नहीं सर!' डॉ० वाकणकर की समझ में कुछ नहीं आ रहा था। 'इधर आइए जीप में! एस०पी० साहब आपको समझाएंगे।' सिविल सर्जन गुप्ता ने कहा और डॉ० वाकणकर को लेकर जीप की ओर चले गए।

तौफीक की अम्मां छाती पीट-पीटकर रो रही थी। उसकी बीवी को कई औरतों ने पकड़ रखा था। वह पता नहीं कहां भागकर जाना चाहती थी। उसका चेहरा विरूप हो उठा था।

तौफीक की तीन साल की बेटी एरोमा चुप थी। डरी हुई। उसकी समझ में कुछ नहीं आ रहा था, या शायद वह अपनी उम्र की सीमा से ज्यादा समझ गई थी, इसलिए पत्थर हो गई थी।

डॉ० वाकणकर, एस०पी० और सिविल सर्जन गुप्ता पी०डब्ल्यू०डी० के रेस्ट हाउस में पहुंचे। पता चला, आधे घंटे के भीतर कलेक्टर रंधावा वहां आने वाले हैं। एस०डी०एम० गुप्ता भी वहां मौजूद था। उसके चेहरे पर हवाइयां उड़ रही थीं।

सबसे पहले चाय मंगाई गई, फिर रेस्ट हाउस का कमरा भीतर से बंद कर लिया गया।

सिविल सर्जन बी०एन० गुप्ता ने ही बात शुरू की।

'देखिए, भोपाल से मैसेज आ रहे हैं। हमें मिल-जुलकर मामले को संभालना पड़ेगा। इमोशंस में (भावुकता में) आने की बात नहीं है। सीरियस मामला है। एस०डी०एम० गुप्ता की पोस्टिंग यहां ऊपर से हुई थी। अपने ही आदमी हैं। थोड़े यंग हैं। इसलिए गलती हुई।'

'आप साफ-साफ कहिए' एस०पी० ने कहा। फिर उसने खुद ही कहना शुरू किया। 'देखिए डॉ० वाकणकर, आपके बारे में हमने जो सुन रखा है, वो अच्छी रिपोर्ट्स नहीं हैं। लेकिन आज आपको जरा समझदारी से काम लेना पड़ेगा।'

'कई लोगों की नौकरी का सवाल है। एडमिनिस्ट्रेशन और पुलिस, दोनों के लोग इसमें इनवॉल्व हैं।'

कमरे की हवा अचानक भारी हो गई। डॉ० वाकणकर को लगा कि बल्ब की रोशनी कुछ मद्धिम हो गई है। एस०पी० और सिविल सर्जन के चेहरे बहुत दूर दिखाई देने लगे।

एस०पी० की आवाज बहुत भारी थी। भारी और सख्त जैसे उस आवाज में धीरे-धीरे लोहा भरता जा रहा हो।

'थाने का मेन गेट एक ही था। उसे लफंगों ने घेर रखा था। दो सौ की भीड़ थी। अगर फायरिंग न की गई होती तो उन्होंने एस०डी०एम० और पुलिस वालों को लिंच (काटकर टुकड़े-टुकड़े) कर दिया होता। मैंने मौके का मुआयना किया है। देखिए डॉ० वाकणकर, मैं नहीं चाहता कि इस केस में मेरे लोगों पर आंच आए। इंक्वायरी होगी तो बाद में होगी, अभी तो इसे डिफ्यूज करना है।'

सिविल सर्जन डॉ० वाकणकर को देख रहे थे।

डॉ० वाकणकर ने कहा, 'मुझसे आप साफ-साफ बताएं। मुझे क्या करना है? जो हो पाएगा, वह करने के लिए मैं तैयार हूं।'

'ये हुई न बात!' एस०पी० ने कहा। कमरे की रोशनी लौट आई। हवा हलकी हो गई। सिविल सर्जन गुप्ता ने कहा, 'चाय मंगाई जाए।' चाय का ऑर्डर हो गया।

'देखिए, दो चीजें हैं। पहली तो यह कि ओ०पी०डी० रजिस्टर आप यहीं मंगा लें और घायलों की सूची में अपने थाने के सिपाहियों की भी एंट्री चढ़ा दें। हमने सारी ब्रीफिंग दे दी है। दो-तीन एंट्री सीरियस होनी चाहिए।' एस०पी० ने कहा।

'और दूसरी यह…कि' सिविल सर्जन ने चाय का कप मेज पर रख दिया। उनका चेहरा बहुत गंभीर हो उठा था। 'दूसरी यह कि तौफीक की डेथ पत्थर लगने से दिखानी है। स्टोन इंज्यूरी!'

कमरे में अचानक सन्नाटा छा गया। बल्ब फिर मद्धिम पड़ गए। डॉ० वाकणकर को लगा जैसे वह किसी बहुत पुराने किले में फंस गए हैं और बाहर निकलने का रास्ता भूल गए हैं। यही वह तंत्र था, जिसके वे भी एक हिस्सा थे।

'पोस्टमार्टम आज ही होना है। पोस्टमार्टम के लिए जो पैनल बना है, उसमें तीन डॉक्टर्स हैं। मैं भी हूं। ब्लॉक मेडिकल ऑफिसर और सीनियर डॉक्टर होने की वजह से आप भी हैं। फिक्र करने की कोई बात नहीं। गवर्नमेंट यही चाहती है…' सिविल सर्जन इत्मीनान में थे।

बाहर जीप रुकने की आवाज आई। कलेक्टर रंधावा आ गए। ऊंचा पूरा पंजाबी जिस्म। पचास के आसपास उम्र। संघ के साथ पुराना रिश्ता। एक बार तो यह भी अफवाह थी कि वे अपनी नौकरी से इस्तीफा देकर चुनाव लड़ने वाले हैं और स्टेट कैबिनेट में उनके लिए मंत्री का पद पहले से रिजर्व है।

'हैलो बॉयस! क्या चल रहा है?' रंधावा के चेहरे पर कोई शिकन नहीं थी। 'इट सीम्स एवरी थिंग इज ऑलराइट।' कलेक्टर रंधावा भी कमरे में बैठ चुके थे। मीटिंग फिर शुरू हो गई। डॉ० वाकणकर का परिचय उनसे कराया गया।

'ये पूरे देश में हो रहा है। जब से पार्टी पावर में आई है तब से ये चल रहा है। जगह-जगह दंगे। अब कोतमा जैसे पिछड़े इलाके को भी पोलिटिसाइज कर दिया गया।' कलेक्टर रंधावा ने सभी के चेहरे देखे, फिर वे ठहर गए। उनकी नजर डॉ० वाकणकर के चेहरे पर जम गई…

'क्या बात है? आपकी तबीयत तो ठीक है न?' रंधावा ने पूछा।

'दिन-भर का एक्जर्शन होगा। सुबह से घायलों को संभाल रहे हैं…' सिविल

सर्जन गुप्ता ने कहा।

'क्या नाम था उस लड़के का···?' कलेक्टर ने पूछा।

'तौफीक अहमद!'

'हां-हां, तौफीक अहमद! किस पार्टी ने लगाया था उसे, कुछ पता चला?' सवाल एस०पी० से पूछा गया था।

'हमारी बात अग्रवाल जी से हुई थी। भोपाल से लॉ मिनिस्टर टी०पी० सिंह का भी फोन आया था। मामला पोलिटिकल है। उनकी कांस्टीटुएंसी में उनको कमजोर करने के लिए ऐसा किया गया है।'

'सिंह साहब आ रहे हैं क्या?'

'हां, कल दोपहर।'

एस०पी० ने कलेक्टर रंधावा को देखा, फिर उनसे कहा, 'हमने कम्यूनल रॉयट का ही मामला बनाया है। लड़कों के दो गुटों में। जो अलग-अलग कम्युनिटी के थे। आपस में क्लैश हुआ···'

'ठीक है···ठीक है···' कलेक्टर ने कहा, 'यही तो हर जगह हो रहा है। जब से ये पार्टी थोड़ी मजबूत हुई है। यहां भी यही था। वो लड़का तौफीक किसी का प्लॉट था। अब देखना, कल से धरना, भूख हड़ताल और जुलूस शुरू होंगे। सिंह साहब के पुतले जलेंगे···अच्छा। पोस्टमार्टम की टीम बनी···?'

सिविल सर्जन गुप्ता बोलने ही जा रहे थे कि डॉ० वाकणकर सोफे पर अधलेटे-से हो गए।

'क्या हुआ···?'

'कुछ नहीं, लगता है चक्कर-सा आ गया। मैं ठीक हो जाऊंगा।' डॉ० वाकणकर ने कहा। उनकी आवाज कहीं फंस रही थी। लगता था कि वे दूर किसी खंडहर के कोने में टूटी-फूटी चीजों के बीच पड़े हैं। उन्होंने अपनी ताकत समेटी और उस मद्धिम पड़ती जाती रोशनी में दूर दिखाई देते चेहरों से कहा, 'सर, मुझे छुट्टी दे दीजिए। सिक लीव! मुझे इस पोस्टमार्टम के पैनल में शामिल मत करिए।'

दो पल के लिए कमरे में फिर सन्नाटा छा गया।

कलेक्टर रंधावा ने स्थिति संभाली। 'आई अंडरस्टैंड! आप थक गए हैं··· एक्जर्शन है। जरा-सा आराम कर लीजिए, सब ठीक हो जाएगा।'

इसके बाद कलेक्टर ने मजाक किया। 'बड़े किस्से सुने थे डॉ० वाकणकर के···! संघ के लिए कितना स्ट्रगल किया···प्रधानमंत्री तक को नचा डाला···हो हो हो!'

'और आज बिना लड़े ही मैदान छोड़ रहे हैं…हो हो…' एस०पी० ने अपना हिस्सा जोड़ा। 'अग्रवाल जी कह रहे थे कि अपोजीशन पार्टियों और माइनरिटीज में सांठ-गांठ है…'

'इसीलिए तो मैं कहता हूं डॉ० वाकणकर कि अब लड़ाई का असली दौर आ गया है…आप सोचते हैं, कोतमा में जो कुछ हुआ वह जूते के लिए हुआ…? दुनिया इतनी आसान नहीं रह गई है डॉक्टर साहब…! तौफीक विरोधी पार्टियों का एजेंट प्रोवोकेटुयोर था…वह जूते के लिए नहीं, भोपाल में सिंह साहब और अयोध्या में बाबरी मस्जिद के लिए वहां मौजूद था…' कलेक्टर रंधावा की आवाज ऊंची हो गई …'एंड आई कैन प्रूव इट! इट वाज अ वेल प्लांड हुलिगनिज्म…। इन लोगों को इसी तरह ठीक करना पड़ेगा…'

'डॉ० वाकणकर को थोड़ी देर आराम करने दिया जाए। हम लोग बाहर बैठें।' एस०पी० ने प्रस्ताव रखा।

कमरे में डॉ० वाकणकर सोफे पर अकेले पड़े थे किसी किले के भीतर। उनका रक्तचाप असंतुलित हो गया था। आंखें लाल होने लगी थीं। वे सोना चाहते थे, लेकिन आंखें मूंदते ही एक तेज बेचैनी का बवंडर उनके भीतर पैदा हो जाता था। थोड़ी देर बाद वे उठे। बैग से कागज और कलम निकाला और एक छोटी-सी एप्लीकेशन सिविल सर्जन बी०एन० गुप्ता के नाम लिखी–

श्रीमान जिला चिकित्सा अधिकारी

महोदय,

निवेदन है कि स्वास्थ्य खराब होने के कारण मैं चिकित्सालय आ सकने में असमर्थ हूं। कृपया मुझे पंद्रह दिन का अवकाश प्रदान किया जाए।

डॉ० दिनेश मनोहर वाकणकर
एम०बी०बी०एस०, एम०डी०
जनपद चिकित्सा अधिकारी
कोतमा।

लाश, धर्म और गहन चिकित्सा कक्ष

छुट्टी की एप्लीकेशन कलेक्टर रंधावा के हाथ में थी। वे पहली बार परेशान दिखाई पड़ रहे थे। उनके गोरे-चिट्टे पंजाबी चेहरे पर पसीने की बूंदें झलक आई थीं।

'ये क्या है…डॉक्टर? इट्स स्ट्रेंज!'

सिविल सर्जन डॉ० बी०एन० गुप्ता थोड़े गुस्से में थे, 'आपको पता है, आप छुट्टी नहीं ले सकते। अगर छुट्टी लेनी थी तो आप सुबह से ही ले लेते। आपने सारे घायलों की एंट्री और उनके चोटों के ब्योरे अपने हाथ से लिखे हैं। सारे प्रिस्क्रिप्शंस आपकी हैंडराइटिंग में हैं। कमाल है डॉक्टर...आप अब छुट्टी की बात कर रहे हैं...! अगर आप छुट्टी पर गए तो अफवाहें फैल जाएंगी।'

डॉ० वाकणकर की तबीयत कुछ संभल गई थी। वे अब थोड़े संतुलित लग रहे थे। उन्होंने बहुत तटस्थ आवाज में कहा, 'मैंने अब तक जो किया, ठीक किया। क्लर्क छुट्टी पर था, इसलिए रजिस्टर मैंने खुद भरा। चोटों के जो डिटेल्स लिखे, वे भी सही और एक्जैक्ट हैं। लेकिन बेहतर है, आप लोग मुझे मुक्त कर दें...'

'क्या मतलब?' कलेक्टर रंधावा की आवाज ऊंची हो गई। 'आप पोस्टमार्टम के पैनल में नहीं रहना चाहते?'

'ये आपकी ड्यूटी है।' सिविल सर्जन ने आधिकारिक ढंग से कहा।

'अगर ये मेरी ड्यूटी है तो मेरी ड्यूटी ये भी है कि मैं तौफीक अहमद की मौत का सही क्लिनिकल कारण लिखूं। आप जानते हैं कि उसकी मौत सिर में गोली लगने से हुई है...सेरेब्रल ब्रेन इंज्यूरी, कॉज्ड, बाय दि गन शॉट!' डॉ० वाकणकर की आवाज में ठंडापन था, ऐसा ठंडापन जो किसी निर्णय पर पहुंचने के बाद आता है।

'आप कैसी बात कर रहे हैं?...बच्चों जैसी बातें।' एस०डी०एम० गुप्ता, जिसके आदेश पर गोली चली थी, भी वहां मौजूद था।

'आप इन्हें समझाइए एस०पी० साहब...! कई ऑफिसर्स और पुलिस वालों के कैरियर का सवाल है।' कलेक्टर रंधावा ने एस०पी० से कहा।

एस०पी० ने जेब में हाथ डालकर कुछ कागज निकाले।

'पता है ये क्या है? ये एप्लीकेशन हैं, मेमोरेंडम्स हैं। तौफीक के घरवालों, उसकी बीवी, मां और बाप की तरफ से अर्जी आई है कि पोस्टमार्टम डॉ० वाकणकर से करवाया जाए। ये कोतमा के नागरिकों की तरफ से भेजी गई दरख्वास्त है। अपोजीशन पार्टियों ने भी मेमोरेंडम भेजे हैं। सबकी कॉपी दिल्ली और भोपाल तक गई है।'

'आपने लोकल लोगों पर अच्छा चक्कर चला रखा है। आप आर०एस०एस० में हैं और मुसलमान आपसे अपनी लाश का पोस्टमार्टम कराना चाहते हैं?' सिविल सर्जन ने व्यंग्य किया।

डॉ० वाकणकर चुप रहे।

'आप अच्छी तरह से सोच लीजिए। पैनल में तो आपको रहना ही रहना है।'

कलेक्टर ने कहा। 'एस०पी० साहब! इनको इनके रेजिडेंस पर छोड़ आइए। और हां, जब तक आप फैसला नहीं करेंगे, तौफीक की लाश यों ही पड़ी रहेगी।'

एस०पी० अपनी जीप से डॉ० वाकणकर को छोड़ने उनके आवास तक गया।

जीप उनके आवास के फाटक पर रुकी। डॉ० वाकणकर उतरकर घर की ओर बढ़ रहे थे कि एस०पी० ने उन्हें वापस बुलाया। इस बार उनका चेहरा बिलकुल अजनबी हो चुका था। वह एक सपाट, ठंडा, मशीनी चेहरा था।

उसने कहा, 'तौफीक अहमद डाइड ऑफ स्टोन इंज्यूरी। एक मुसलमान के लिए अपनी सरकार और अपनी फेमिली के सामने प्रॉब्लम मत खड़ी करो…समझ में आई बात…"

जीप झटके से रवाना हो गई। थोड़ी-सी धूल और धुआं अपने पीछे छोड़ती गई।

डॉ० वाकणकर उसी गर्द और पेट्रोल के धुएं में घिरे गेट पर खड़े रहे। थोड़ी देर बाद उन्हें घर के अंदर से अपनी बेटियों के हंसने की आवाज सुनाई पड़ी और वे धीरे-धीरे चल पड़े।

पूजा उनके लिए चाय दे गई थी। वे अपने कमरे में बिस्तर पर चुपचाप पड़े थे। एस०पी० का चेहरा बार-बार उनके सामने आ जाता था। उनकी नाक से पेट्रोल का धुआं निकलता था और डॉ० वाकणकर का दम घुटने लगता था।

डॉ० दिनेश मनोहर वाकणकर एम०बी०बी०एस०, एम०डी०, ब्लॉक मेडिकल ऑफिसर कोतमा, जिनके लिखे हुए कई रिसर्च पेपर्स अंतरराष्ट्रीय मेडिकल जर्नल्स में छप चुके थे। जिन्होंने उपनिषदों, महाकाव्यों से लेकर बुद्ध और गांधी तक को पढ़ा था। जिनके अंदर धर्म के प्रति बहुत गहरी आस्था थी। जिन्होंने अपने जीवन के कई वर्ष हिंदुओं के पुनर्जागरण और राष्ट्रीय स्वयंसेवक संघ के लिए खर्च कर डाले थे। जिन्होंने अपनी बेटियों का नाम पूजा, उपासना, प्रार्थना और तपस्या रखा था, उन्हीं डॉ० वाकणकर के दिमाग में इस समय जैसे कोई फिल्म चल रही थी। वे जान गए थे कि कोतमा में घटी ये छोटी-सी घटना उनके अपने जीवन और परिवार के लिए एक भयावह भूकंप साबित होगी। वे जानते थे कि पूरा कोतमा जानता है कि तौफीक की मौत गोली लगने से हुई है। घायल लड़कों ने बताया था कि उन्होंने एस०डी०एम० को फायरिंग का ऑर्डर देते और नशेबाज सिपाही पांडे को गोली चलाते अपनी आंखों से देखा है।

उनकी आंखों के सामने घायल लड़के-लड़कियों के चेहरे एक-एक कर आने लगे। तौफीक अहमद की बीवी का विरूप होता चेहरा दिखाई पड़ा। वह अपने पति

की मौत की खबर पाकर सब लोगों से छूटकर कहां भागना चाहती थी? क्या वहां जहां वह अपने बाईस साल के जवान शौहर को एक बार फिर जिंदा देख सके··· और उसके खून से सने चेहरे को चूम सके···और तीन साल की वह छोटी-सी लड़की एरोमा, उसने क्या समझ लिया था, जो उसके उम्र के मुताबिक ज्यादा था और जिसे समझकर वह पत्थर हो गई थी?

डॉ० वाकणकर जान गए थे कि अब ये घटना साधारण नहीं रह गई है। कोतमा लॉ मिनिस्टर टी०पी० सिंह का चुनाव क्षेत्र था। संघ और हिंदूवादी दल के बहुत पुराने कार्यकर्ता। लेकिन अब वे सत्ता में थे और राजनीतिक सत्ता को प्रशासनिक सत्ता की मदद करनी ही थी। नौकरशाही और राजनीतिक-तंत्र। ये राज्य तंत्र के ही दो हिस्से थे। एक-दूसरे के पूरक। एक-दूसरे से अभिन्न। कोतमा की इस घटना में एस०डी०एम० गुप्ता, इंस्पेक्टर और पुलिस तथा हिंदूवादी राजनीतिक दल, जो अब सत्ताधारी था, एक तरफ थे।

डॉ० दिनेश मनोहर वाकणकर के सामने, जिनका जीवन अपने चिकित्सा के पेशे, धर्म और राष्ट्रीय स्वयंसेवक संघ के प्रति निष्ठा और सेवा में गुजरा था, एक गहरी विडंबना मौजूद थी।

डॉक्टरी के पेशे में आज तक उन्होंने ईमानदारी और समर्पण की भावना से काम किया था। सरकारी नौकरी में रहते हुए उन्होंने हर नियम, कायदे और प्रशासनिक अनुच्छेदों का पालन किया था। उन्होंने नकली और घटिया दवाइयां मरीजों को कभी नहीं दीं। सरकारी डॉक्टर होने के कारण मरीजों से निजी फीस कभी नहीं ली। प्राइवेट प्रैक्टिस नहीं की बल्कि सरकारी नियमों की अवहेलना करने वालों, भ्रष्टाचार और बेईमानी करने वालों का एक हद तक विरोध भी किया। फिर जब उन्होंने यह देखा कि यह भी संभव नहीं है तो उन्होंने कम से कम अपनी नैतिकता और अपने आचरण को तो ठीक रखने की बात सोची। वर्षों आदिवासी, पिछड़े इलाकों में रहे। वहां रहते हुए भी उन्होंने चिकित्सा शास्त्र के कई पक्षों पर काम किया, अध्ययन किया। संघ में सक्रिय रहते हुए उन्होंने उपेक्षित और पराभूत हिंदुओं के भीतर उनके कुचले हुए आत्मगौरव और पश्चिमीकरण की तेज आंधी के सामने डगमगाती हुई उनकी धार्मिक आस्था तथा जातीय अभिमान की पुनर्स्थापना की कोशिश की। लेकिन अचानक ऐसा क्यों हुआ? उन्होंने तो ईश्वर का आविष्कार करना चाहा था। वे किसी ईश्वरीय तंत्र का निर्माण चाहते थे। अचानक वे शैतानों के किले में कैसे दाखिल हो गए?

डॉ० दिनेश मनोहर वाकणकर का रक्तचाप फिर असंतुलित होने लगा था। उन्होंने देखा कि एस०पी० का चेहरा अचानक कमरे में उभरा। वह अपनी नाक से

पेट्रोल का धुआं छोड़ रहा था। फिर उन्होंने देखा कि नशेबाज कांस्टेबल पांडे उनके कमरे में घुस आया है और इधर-उधर दौड़ रहा है। कोने में ज्योत्स्ना वाकणकर रो रही हैं।

तभी उन्हें दिखाई दिया कि पूजा मिचुड़ा हुआ मटमैला जांघिया पहने उनकी ओर भागती हुई आ रही है। उसकी उजली, अबोध जंघाएं खून में लिथड़ी हैं और पीछे-पीछे एक पुरुष दौड़ रहा है।

उन्होंने गौर से देखा। वह विधि मंत्री टी०पी० सिंह था। संघ का पुराना कार्यकर्ता। उसे वे पिछले पंद्रह सालों से जानते थे। वह दौड़ता हुआ चीख रहा था, 'मंदिर वहीं बनाएंगे! हम मंदिर वहीं बनाएंगे।'

पूजा 'पापा-पापा' कहती हुई उनकी तरफ भाग रही थी। उनकी नाक बजने लगी। यह इतनी गहरी नींद थी कि उसे ठीक-ठीक नींद नहीं कहा जा सकता था। वह संभवतः एक छोटी-सी मृत्यु थी या अर्द्धमूर्च्छा।

रात के दो बजे होंगे जब ज्योत्स्ना ने हिलाकर उन्हें जगाया। पूजा और प्रार्थना भी उठ गई थीं।

'पापा, आप इस तरह सो रहे थे कि आपने हमें डरा ही डाला। इत्ती देर से मम्मी आपको हिला रही थीं।' पूजा ने कहा।

'आपके लिए एक कप चाय बना दें पापा?' प्रार्थना ने पूछा।

'बाहर जीप खड़ी है। आपको बुलाने आए हैं। सुना है मिनिस्टर साहब आ गए हैं।' ज्योत्स्ना वाकणकर ने बतलाया।

'उन्हें तो कल आना था।' डॉ० वाकणकर फुसफुसाए।

उन्होंने प्रार्थना से एक कप चाय बनाने के लिए कहा और मुंह धोने बाथरूम में चले गए।

विधि मंत्री टी०पी० सिंह सर्किट हाउस में रुके थे। पता चला, पेपर मिल ऑनर मलकानी के हेलिकॉप्टर से आधा घंटा पहले वे कोतमा पहुंचे हैं।

डॉ० वाकणकर जब वहां पहुंचे तो कलेक्टर रंधावा, एस०पी०, सिविल सर्जन और कुछ दूसरे अफसरों के अलावा जिले के जाने-माने अपराधी गुंडू भइया भी मौजूद थे। पार्टी बदलकर वे भी इस दल में आ गए थे और टी०पी० सिंह के दाहिने हाथ माने जाते थे।

उन्हें देखकर टी०पी० सिंह खड़े हुए, नमस्कार किया और परेशान आवाज में कहा, 'आपकी वजह से मुझे यहां आना पड़ा भाई जी! आप क्या कह रहे हैं? हमसे इतना पुराना संबंध है और ये लोग कह रहे हैं कि भाई जी अपोजीशन और

फिरकापरस्तों के मोहरे बने हुए हैं। ये सिर्फ मेरे खिलाफ साजिश नहीं है। पार्टी के खिलाफ भी साजिश है।'

डॉ० वाकणकर ने टी०पी० सिंह को देखा। चेहरे पर चर्बी चढ़ गई थी। थोड़ा-सा मोटापा आ गया था। उसका चूने और सीमेंट का थोक व्यापार था। संघ और हिंदूवादी में ज्यादातर परचूनिए और व्यापारी ही थे।

डॉ० वाकणकर ने कहना शुरू किया, 'असल में समस्या यह है भाई जी कि सबकी आंखों में धूल नहीं झोंकी जा सकती। तौफीक की मौत को सबने देखा है। मैं अगर पोस्टमार्टम रिपोर्ट में स्टोन इंज्यूरी भी लिख दूं तो कौन मानेगा?'

एस०पी० अचानक बीच में टपक पड़ा, 'किसने देखा है गोली चलाते? आप जानते हैं उसे? उसका नाम बताइए।'

विधि मंत्री टी०पी० को हंसी आ गई, 'क्या बच्चों वाली बात कर रहे हैं भाई जी! किसी ने कुछ नहीं देखा है। ऐसी चीजें कोई नहीं देख सकता। आपका तो इन बातों से कोई संबंध भी नहीं है। आप को तो सिर्फ पोस्टमार्टम रिपोर्ट लिखनी है...'

डॉ० वाकणकर को किसी चक्रव्यूह में घेर लिया गया था। वे अब लड़ना नहीं चाहते थे। सिर्फ छुटकारा चाहते थे जिससे वे अपने परिवार के साथ महीने-पंद्रह दिन के लिए पंचमढ़ी या कहीं और चले जाएं और इस दुःस्वप्न से उनका पीछा छूटे।

उन्होंने याचना-भरी कमजोर आवाज में टी०पी० सिंह से कहा, 'भाई जी, मुझे छुट्टी दिला दीजिए। आप लोगों को जो करना है, कीजिए, मुझे इसमें शामिल मत करिए। मैं आपके हाथ जोड़ता हूं।'

विधि मंत्री टी०पी० सिंह का चेहरा गंभीर हो गया, 'आप जो कह रहे हैं, वह मैं नहीं कर सकता। सेंटर में हमारी सरकार नहीं है। आपको पोस्टमार्टम की टीम में शामिल करने के लिए तमाम अर्जियां और दरख्वास्तें यहां से भेजी गई हैं। प्रेस वाले भी लगे हुए हैं। मेरी समझ में ये नहीं आता कि आप डर किससे रहे हैं? इतनी बड़ी ताकत आपके साथ है। आपकी अपनी सरकार है। इसी के लिए आपने वर्षों संघर्ष किया है। पूरे राज्य में संघ के लोग आपके बारे में जानते हैं। हम सब आपका सम्मान करते हैं। यह तो राजनीति है। आप अपने लोगों को, इन सरकारी मुलाजिमों को जेल भिजवा देंगे, उन्हें सस्पेंड करवा देंगे, मुझे इस्तीफा देने के लिए मजबूर करवा देंगे—तो इससे किसका भला होगा?' टी०पी० सिंह ने पास आकर डॉ० वाकणकर के कंधे पर हाथ रखा, 'अरे भाई जी, पोस्टमार्टम रिपोर्ट तो आप ही लिखेंगे।'

'यकीन करिए भाई साहब! मैं इतना बड़ा झूठ नहीं लिख सकता। यह मेरे

मेडिकल प्रोफेशन के खिलाफ है।' डॉ० वाकणकर ने कहा।

'आप संघ में रहे हैं। आप अग्रवाल भाई जी से बात कर लें, सभी इससे सहमत हैं। आपको अपनी सरकार का साथ देना चाहिए...' टी०पी० सिंह ने फिर कहा।

डॉ० वाकणकर का सिर घूम गया। यानी सब यही चाहते हैं। कौटिल्य का अर्थशास्त्र भी तो इसी राज्यतंत्र की परंपरा में रहा है।

पहली बार जिले के माफिया सरगना गुंडू सिंह की आवाज सुनाई पड़ी, 'जैसा भाई जी कह रहे हैं, वैसा कर दो भाई जी! आप तो खुद बाल-बच्चेदार हो...ऊपर से हिंदू हो। काहे को दूसरे लोगों की रोजी-रोटी पर लात मारते हो?'

यह आवाज ऐसी थी, जिसकी सहजता के भीतर कोई खतरनाक-सी आकृति अपना चेहरा उठा रही थी।

क्या यह धमकी थी?

पहले जीप से उन्हें घर छोड़ते हुए एस०पी० ने हिदायत दी थी। अब विधि मंत्री के सामने अपराधी गुंडू सिंह बोल रहा था।

डॉ० वाकणकर अचानक खड़े हो गए। उन्होंने घूरकर गुंडू सिंह को देखा, 'आपने मेरे बाल-बच्चेदार होने की बात क्यों कही? क्या आप मुझे धमकी दे रहे हैं?'

टी०पी० सिंह ने उन्हें शांत करने की कोशिश की। लेकिन डॉ० वाकणकर का रक्तचाप असंतुलित होने लगा था। 'नहीं भाई जी! मेरी फैमिली की याद मुझे एस०पी० साहब ने भी दिलाई थी। आप लोग मुझ पर दबाव डालकर मुझसे गलत काम करवाना चाहते हैं?'

'कैसी बात कर रहे हैं आप? आप हमारे अपने आदमी हैं। आपकी फैमिली हमारी फैमिली है। क्या हो गया है आपको...गुस्सा थूकिए...आप नहीं चाहते तो चलिए, मैं कोशिश करके आपको पोस्टमार्टम के पैनल से हटवा देता हूं।'

विधि मंत्री टी०पी० सिंह ने मुस्कराते हुए उन्हें प्यार से मनाया।

डॉ० दिनेश मनोहर वाकणकर थोड़ी देर में शांत हुए। उनके लिए चाय लाई गई।

रात में लगभग पौने तीन बजे डॉ० दिनेश मनोहर वाकणकर एम०बी०बी०एस०, एम०डी० ने पोस्टमार्टम के लिए अपनी स्वीकृति दे दी।

यह विधि मंत्री टी०पी० सिंह की राजनीतिक जीत थी। तय किया गया कि साढ़े चार-पांच बजे तक तौफीक की लाश की पोस्टमार्टम रिपोर्ट तैयार हो जाए।

एस०डी०एम०, पुलिस, संघ, मंत्री जी, कलेक्टर सबको थोड़ी-सी राहत मिली। तौफीक की लाश जिला चिकित्सालय के लिए पहले ही रवाना कर दी गई थी। बीस

मिनट में डॉ० वाकणकर, सिविल सर्जन गुप्ता और डॉ० तिवारी वहां पहुंच जाएंगे और पांच बजते-बजते पोस्टमार्टम पूरा हो जाएगा।

जिला चिकित्सालय के लिए रवाना होने से पहले डॉ० वाकणकर मुश्किल से दो मिनट के लिए अपने आवास पर गए थे। वहां उन्होंने गणेश की मूर्ति के सामने एक बार हाथ जोड़कर सिर झुकाया था। ज्योत्स्ना को मुस्कराकर देखा था। बेटियां सो रही थीं। उन्होंने सबसे छोटी बेटी तपस्या के माथे को सहलाया था। फिर बाहर अपने इंतजार में खड़ी जीप की ओर रवाना हो गए थे, जो उन्हें जिला चिकित्सालय ले जाने के लिए आई थी।

जिला चिकित्सालय के चीरघर में बाईस साल के तौफीक अहमद की लाश पोस्टमार्टम के लिए उनका इंतजार कर रही थी।

जीप तेजी से भाग रही थी। डॉ० तिवारी भी बगल में बैठे थे। डॉ० वाकणकर ने गुनगुनाना शुरू किया :

'नमस्ते सदा वत्सले मातृभूमे…'

'बहुत अच्छा गाते हैं आप!' डॉ० तिवारी ने कहा। 'जरा जोर से गाइए।'

'अभी नहीं। रात-भर जागते रहने से मेरा गला जरा खराब है। सुनाऊंगा आपको…पर बाद में।' डॉ० वाकणकर ने मुस्कराते हुए कहा। उनका चेहरा अलस्सुबह की हवा में ताजा लग रहा था। 'यह ब्राह्म मुहूर्त है डॉ० तिवारी! वह वेला, जब देवता जागते हैं और असुर सोते हैं और असुर का नाम कालनेमि भी होता है। जो ऋषियों का रूप बनाकर रहता है…मारीच भी गेरुआधारी था। राक्षस ही मायावी होते हैं। कुछ समझे आप?'

सनकी है यह आदमी। ऊलजलूल बातें करता है। डॉ० तिवारी ने सोचा। गाता ही रहता तो गनीमत थी।

…टेबिल पर तौफीक की लाश थी। ज्यादा चीर-फाड़ करने की जरूरत ही नहीं थी। सिर का पिछला हिस्सा टूट-फूट गया था। वहां खून में रेत और कोतमा की मिट्टी लिथड़ी हुई थी। औपचारिकता पूरी करनी थी। सो की गई।

पोस्टमार्टम रिपोर्ट का साइक्लोस्टाइल्ड फार्म आ गया। रिपोर्ट डॉ० दिनेश मनोहर वाकणकर, एम०बी०बी०एस०, एम०डी०, ब्लॉक मेडिकल ऑफिसर कोतमा को ही लिखनी थी।

डॉ० वाकणकर ने कलम निकाली, एक बार उन्होंने डॉ० तिवारी और सिविल

सर्जन बी०एन० गुप्ता को देखा, फिर वे बुदबुदाने लगे–

प्रणम्य शिरसा देवम् गौरीपुत्रं विनायकम्
भक्तावासं स्मरेनित्येमायुः कामार्थ सिद्धये…
प्रथमं वक्रतुण्डम् च एक दंतम् द्वितीयकम्
तृतीयं कृष्ण पिंगाक्षम् गजवक्त्रम् चतुर्थकम्…

इसके बाद वे झुके और उन्होंने लिखना शुरू किया–

नाम : तौफीक अहमद, एज : ट्वेंटी टू, सेक्स : मेल, फादर्स नेम : रफीक अहमद, एनीमार्क : ब्लैक पैच ऑन राइट थाई, कॉज ऑफ दि डेथ :

मौत का कारण?

डॉ० दिनेश मनोहर वाकणकर की कलम पर सबकी निगाह थी। आठ जोड़ी आंखें। एक जोड़ी आंख एस०पी० की भी थी, जो अभी-अभी वहीं आ गया था। नियम न होने के बावजूद कलम फिर चली।

…सेरेब्रल हेड इंज्यूरी, प्रूव्ड फैटल, कॉज्ड बाय दि गन शॉट, टाइम ऑफ डेथ : फाइव मिनिट्स टु फोर, पी०एम०…

इसके बाद नीचे दस्तखत–डॉ० दिनेश मनोहर वाकणकर!

'ये आपने क्या किया?' सिविल सर्जन डॉ० गुप्ता ने लगभग हड़बड़ाते हुए कहा। उसे विश्वास नहीं हो रहा था।

'आप लोग भी दस्तखत कर दीजिए। जो सच है, उसे पुष्ट करिए। मैंने जो किया है, सोच-समझकर किया है।' डॉ० वाकणकर की आवाज में कोई कंपन नहीं था। यह सीधी, साफ-सुथरी, किसी ठंडी धातु की तरह ठोस आवाज थी, जो यहां से नहीं, किसी दूसरे ग्रह से आती हुई लग रही थी। उसमें कुछ था, जो अलौकिक था।

…लंबोदरम् पंचमं, षष्टम् विकट मेव च…
सप्तमम् विघ्नराजं, धूम्रवर्णम् तथाष्टमम्…
नवमं…

डॉ० तिवारी और सिविल सर्जन डॉ० गुप्ता जैसे किसी वशीकरण या सम्मोहन में बंधे हुए चुपचाप उठे और उन्होंने पोस्टमार्टम रिपोर्ट पर डॉ० वाकणकर के दस्तखत के नीचे अपने हस्ताक्षर भी कर दिए।

ऑपरेशन केबिन से जैसे ही डॉ० वाकणकर गलियारे में पहुंचे, एस०पी० ने उनके कंधे पर हाथ रखा। ठीक इसी वक्त डॉ० वाकणकर के कदम डगमगाने लगे।

एस०पी० की नाक से पेट्रोल का धुआं निकल रहा था। डॉ० वाकणकर ने देखा कि गुंडू सिंह उनके घर की ओर दौड़ता हुआ जा रहा है। फिर उन्होंने ज्योत्स्ना वाकणकर को अपनी ओर भागते हुए देखा। उसके बाल बिखरे हुए थे। भय और बदहवासी में वह चेहरा विकृत हो गया था···!

वह चेहरा शायद तौफीक की बीवी का था···उनके कानों में अपनी बेटी पूजा के रोने की आवाज आ रही थी। रोती हुई वह गा रही थी : 'चाय आपके लिए बनाऊं पापा! बनाऊं पापा!! बनाऊं···पापा!!!'

···दशमं तु विनायकम्, एकादशं गणपतिम्···

डॉ० दिनेश मनोहर वाकणकर फर्श पर गिर गए। एस०पी० ने उनकी कमीज पीछे से पकड़ रखी थी।

डॉ० वाकणकर के गले से खर्राहट निकलने लगी। लेकिन उनके चेहरे को देखकर लगता था जैसे किसी बहुत पुराने तनाव में खिंचती और टूटती हुई उनकी नसें धीरे-धीरे शिथिल होती जा रही हों। चेहरे पर एक शांत शिथिलता और निश्चित स्मित थी।

एस०पी० घबरा गया था। डॉ० बी०एन० गुप्ता दौड़कर वहां आए। उन्होंने एस०पी० के हाथ को झटका दिया, झुककर डॉ० वाकणकर को देखा, फिर जोरों से उन्होंने कहा, 'स्ट्रेचर लाओ। फौरन। वी हैव टू टेक हिम टू दि इंटेंसिव केयर यूनिट। मुझे शक है कि यह ब्रेन हेमरेज है।···ही इज इन कॉमा।'

स्ट्रेचर पर डॉ० दिनेश मनोहर वाकणकर को इमरजेंसी कक्ष की ओर ले जाया गया···

'ही इज अ ग्रेट मिसचीफ···! इतना घाघ चालबाज! इस शातिरपने की खातिर उसने अपनी जान दांव पर लगा दी।'

सिविल सर्जन डॉ० गुप्ता की आवाज भर्रा रही थी। वे स्तब्ध थे। नाटक के इस अनपेक्षित दृश्य की उन्होंने कल्पना तक नहीं की थी।

अचानक उनकी नजर एस०पी० की ओर घूमी···'आप यहां क्या कर रहे हैं? हू आर यू टू एंटर इनसाइड हॉस्पिटल विदाउट माय परमीशन···? आप उनका कॉलर पकड़ रहे थे···?' एस०पी० भीतर से हिल गया था। उनकी गर्दन नीचे थी।

'इट वाज टू मच! उन्हें छुट्टी दे देनी चाहिए थी। पोस्टमार्टम तो फिर भी हो जाता। वी ऑल फोर्स्ड हिम टु···टु···' डॉ० तिवारी की आंखें भीग गई थीं।

डॉ० दिनेश मनोहर वाकणकर इंटेंसिव केयर यूनिट में पड़े थे। बीच-बीच में

उन्हें कृत्रिम श्वास दिया जा रहा था और ग्लुकोज चढ़ाया जा रहा था। ई०सी०जी० की रिपोर्ट क्रिटिकल थी। स्कैनिंग से पता चला कि आंतरिक रक्तस्राव बंद नहीं हो रहा है।

उनके गले से निकलने वाली घर्राहट पूरी इंटेंसिव केयर यूनिट में गूंज रही थी।

स्थानीय अखबारों में छोटी-सी खबर थी, जिसमें तौफीक अहमद के पोस्टमार्टम रिपोर्ट की सूचना थी। ये अखबार वे थे, जिनका संस्करण सुबह छपता था। दूसरी खबर यह थी कि कोतमा में कानून और व्यवस्था को बनाए रखने के लिए कर्फ्यू लगा दिया गया है।

नीचे मुर्दाघर में तौफीक अहमद का शव बर्फ की सिल्ली पर रखा हुआ था।

ज्योत्स्ना वाकणकर और तौफीक अहमद के पिता चचा तहमतिया को चिकित्सालय की ओर से इत्तला भेज दी गई थी।

वारेन हेस्टिंग्स का सांड

इस कहानी में इतिहास उतना ही है, जितना दाल में नमक होता है। अगर आप इसमें इतिहास खोजने की कोशिश करेंगे तो आपके हाथ में रेत की ढूह या कनेर की टहनी-भर आएगी। असल में जब इतिहास में स्वप्न, यथार्थ में कल्पना, तथ्य में फैंटेसी और अतीत में भविष्य को मिलाया जाता है तो आख्यान में लीला शुरू होती है और एक ऐसी माया का जन्म होता है, जिसका साक्षात्कार सत्य की खोज की ओर एक यात्रा ही है। इसीलिए हर लीला और प्रत्येक माया उतना ही सच होती है, जितना स्वयं इतिहास।

यह किस्सा आज से लगभग ढाई सौ साल पहले का है। आप कह सकते हैं, इतनी पुरानी बात को आज उठाने की क्या तुक है क्योंकि इन ढाई सौ सालों में यह दुनिया पूरी तरह बदल चुकी है। ये परिवर्तन इतने आश्चर्यजनक और कल्पनातीत हैं जिनका अनुमान ढाई सौ साल पहले कोई ज्योतिषी, वैज्ञानिक, समाज चिंतक, दार्शनिक या अफीमची, पागल और पैगंबर तक नहीं लगा सकता था।

सच है। आखिर कल्पना की भी तो सीमा होती है। और कल्पना के पंख हमेशा काल की कैंची कुतरती है। वरना तो हर कोई भविष्य-पुराण रचता, हर कोई पीर-पैगंबर या नास्त्रेदमस होता।

लेकिन सच यह भी है कि ढाई सौ साल पहले और आज के बीच कुछ ऐसा भी है, जो जरा भी नहीं बदला है। वह ज्यों का त्यों है। आप कह सकते हैं कि इतिहास के अंत की घोषणा करने वाले तमाम पंडितों के बावजूद इतिहास सतत निवर्तमान है। वह निरंतर है। उदाहरण के लिए प्लासी की लड़ाई (सन् 1757) में बंगाल के नवाब सिराजुद्दौला को हराने वाले ईस्ट इंडिया कंपनी के लॉर्ड क्लाइव की यह टिप्पणी देखें—'मैं सिर्फ यह कहूंगा कि अराजकता का ऐसा दृश्य, ऐसा भ्रम, ऐसी घूसखोरी और बेईमानी, ऐसा भ्रष्टाचार और ऐसी लूट-खसोट जैसी हमारे राज में आज दिखाई दे रही है, वैसी किसी और देश में न कभी सुनी गई, न कभी देखी गई। अचानक धनाढ्यों की बेइंतहा दौलतपरस्ती ने विलासिता और भोग के भीषण

रूप को चारों तरफ पैदा कर दिया है। इस बुराई से हर डिपार्टमेंट का हर सदस्य प्रभावित है। हर छोटा मुलाजिम ज्यादा से ज्यादा धन हड़पकर बड़े मुलाजिम या अधिकारी के बराबर हो जाना चाहता है, क्योंकि वह यह जानता है कि संपत्ति और ताकत ही उसे बड़ा बना रही है...कोई ताज्जुब नहीं कि दौलत की इस हवस को पूरा करने वाले साधन इन लोगों के वे 'अधिकार' हैं जो इन्हें उत्तरदायित्वपूर्ण ढंग से प्रशासन चलाने के लिए दिए गए हैं। विडंबना है कि ये 'साधन' सिर्फ रिश्वतखोरी जैसे भ्रष्ट आचरण के लिए ही नहीं, लूट-खसोट और ठगी-जालसाजी के लिए भी इस्तेमाल हो रहे हैं। इसकी मिसालें ऊपर के पदों पर बैठे लोगों ने कायम की हैं, तो भला नीचे के लोग उसका अनुसरण करने में नाकामयाब क्यों रहें? यह रोग सर्वव्यापी है। यह नागरिक प्रशासन, पुलिस और फौज ही नहीं, लेखकों, कलमनवीसों और व्यापारियों तक को अपनी चपेट में ले चुका है।'

और यही है वह बिंदु जहां ढाई सौ साल पहले की कहानी आज की कहानी बनती है। इतिहास फिर से निरंतरता हासिल करता है और इस सदी के एक महान् कथाकार की ये पंक्तियां अमर हो जाती हैं कि सारे संसार में अनादिकाल से आज तक बस एक ही कहानी रची गई है और वही बार-बार दोहराई जाती है। उसका रूप, उसका कलेवर बदल सकता है, पर मूल कथा वही है।

तो ढाई सौ साल पुराने किस्से की ओर लौटें।

यह वह समय था जब मुगलशाही के नाम पर मुगल वंश के कायर, कर्जखोर, ऐयाश और भगोड़े शहजादे, या बस नाम के बादशाह बचे थे। दूसरी ओर लगातार बढ़ती जाती हरम की औरतों, दरबार की नर्तकियों, रक्काशाओं, अपने भाई-भतीजों और खुशामदियों को दौलत और खिताब बांटते वे रजवाड़े और नवाब थे, जिनके कारिंदों की वसूली और उगाही के डर से घर, गांव और खेत छोड़कर गरीब मेहनतकश किसान भाग जाते थे। बहादुर, लुटेरे, गौरवशाली और महत्त्वाकांक्षी मरहठे, राजपूत, सिख और दक्षिण के शासक थे जो ज्यादातर एक-दूसरे को या अपनी मजबूर रियाया को काटते-पीटते रहते थे।

इनके अलावा पश्चिमी देशों से समुद्र पार कर आई हुई कई व्यापारिक कंपनियां थीं—डच, फ्रांसीसी, पुर्तगाली और अंग्रेज। उन कंपनियों में काम करने वाले गोरे अफसर, मुसाहिब और कर्मचारी थे जिनकी चमड़ी का रंग हमारे देश के गोरे से गोरे इंसान से ज्यादा सफेद या गुलाबी था और जो इस देश को, जिसे वे 'वंडर दैट इज इंडिया' कहते थे, अपनी चौंकी, विस्फारित और आश्चर्यचकित आंखों से देख रहे

थे।

यह किस्सा उन्हीं दिनों का है।

वारेन हेस्टिंग्स, जो बाद में सन् 1772 में ईस्ट इंडिया कंपनी का गवर्नर बना, उस समय अपने बचपन में था। यानी यह बात लगभग 1750-70 के बीच की होगी।

कितना अकेलापन महसूस होता था वारेन हेस्टिंग्स को। वह सबसे अलग था। यहां हिंदुस्तान में वैसा कुछ भी नहीं था, जैसा इंग्लैंड में था।

यहां के लोग काले, भूरे और रहस्यमय थे। जब वे आपस में बातें करते थे और हंसते हुए उनके मटमैले दांत बाहर निकलते थे तो वे डरावने, संदिग्ध और गोथिक कथाओं के पात्र लगते थे। तब तक वारेन हेस्टिंग्स को गुलीवर की यात्रा के बारे में नहीं मालूम था वरना वह अपने आपको गुलीवर मानता और इस द्वीप को रहस्यमय, भूरे-काले दैत्यों का देश और अपनी वीरता से उनका नाश करता।

यहां औरतें भी ऐसी ही थीं, वे लकड़ियां काटतीं, भारी बोझ सिर पर उठातीं, नदियों से मछलियां पकड़ लातीं और अनाज के बदले उन्हें बाजार में बेचतीं। वे गंदी थीं। उनके बच्चे उनकी कमर या पीठ पर बंदर के बच्चों की तरह चिपके होते थे। नदी के घाट या कुओं के पास उसने इन औरतों का झुंड अकसर देखा था। धातु या मिट्टी के लगभग अर्द्ध ऐतिहासिक भांड़ों या मटकों में खूब सारा पानी भरकर, मटकों को सिर पर लादकर वे एक कतार में एक-दूसरे के पीछे चुपचाप चलतीं। ताज्जुब था कि उनके दोनों हाथ पूरी तरह स्वतंत्र होते लेकिन उनके सिर पर बिलकुल थोड़ी-सी जगह पर टिका हुआ गोल मटका उनके चलने और सिर घुमाकर एक-दूसरे से बातें करने के बावजूद कभी न गिरता।

यहां की हर औरत गंदी, संदिग्ध और हद दर्जे की जिम्नास्ट थी। कुशल नटनी वारेन हेस्टिंग्स ने उन्हें ढेंकी से धान या कोई दूसरा अनाज कूटते हुए; पत्थर के दो गोल पहियों को, जिन्हें चक्की या जतवा कहते, लगातार एक लय और गति में गोल-गोल घुमाकर कई-कई मन दाल दलते हुए देखा था। इतनी दाल कि उसके ढेर के पीछे वे खुद छिप जातीं और सिर्फ चक्की की आवाज भर आती हुई रह जाती। धोबिनें नदी के घाट पर किसी छोटे-से पत्थर पर कपड़े पछीटतीं। जितनी बार कपड़ा पत्थर पर गिरता उनके गले से 'छोह···छो, छोह···छो' की आवाज निकलती। वह गिनते-गिनते थक जाता।

वारेन हेस्टिंग्स घाट से कुछ दूर बैठा हुआ उन्हें चुपचाप देखता। वे बिना रुके कठपुतलियों की तरह यह काम करतीं। वे लकड़ी या कोयले की बनी हुई लगतीं

थीं। लेकिन देखते ही एक जादू जैसा होता और नदी तट की सारी रेत खूब साफ, धुले, उजले और रंगीन कपड़ों से ढक जाती। मीलों दूर तक, जहां तक आंख जाती, कपड़े ही कपड़े सूखते नजर आते और यह काम काठ या कोयले की सिर्फ एक कठपुतली धोबिन कर डालती।

एक बार वह अपने बंगले के पिछवाड़े के एक गांव में गया था। वहां एक फूस की झोंपड़ी में उसने एक ऐसी औरत को देखा था जो पत्थर के एक बड़े-से पहिए को जोर-जोर से घुमाकर छोड़ देती थी। वह पहिया एक कील की धुरी पर टिका रहता था। औरत छपाक् से उस पहिए के बीचोबीच मिट्टी का एक लोंदा रखती और देखते ही देखते एक गोल-मटोल मटका या गमला या सुराही बनने लगती। उस औरत का रंग बिलकुल उस मिट्टी जैसा था और उसने सिर्फ अपनी कमर पर कपड़े का एक चिथड़ा बांध रखा था। वारेन हेस्टिंग्स ने उस औरत के स्तनों को देखा। वह जान गया था कि ये भी पत्थर के इस घूमते हुए पहिए पर मिट्टी रखकर उसी प्रक्रिया में बनाए गए हैं, जैसे ये मटके और घड़े। उतने ही गोल, वैसा ही साफ आश्चर्यजनक आकार। इतनी ही नहीं, ऐसी और भी औरतें थीं। एक वह थी, जो सुबह-सुबह बंगले में फूल और गजरे देने आती थी। वह बिलकुल काली थी। लेकिन उसके दांत मोतियों की तरह चमकते थे।

इंग्लैंड में न ऐसी कोई औरत थी और न ऐसे फूल थे जो इस तरह किसी अनजबी सेंट की तरह महकते थे।

उनमें से एक सफेद फूल ऐसा था, जिसकी खुशबू वारेन हेस्टिंग्स को अपने पेट के भीतर तक जाती हुई लगी और थोड़ी देर बाद उसके पूरे शरीर से वही महक उठने लगी। सबसे ताज्जुब की बात तो यह थी कि जब वह शाम को घुड़सवारी का अभ्यास कर रहा था तो उसके पसीने में वही फूल महक रहा था। इसके बाद से उसने उस मोती जैसे दांतों वाली काली-कलूटी औरत से, जिसे मालिन कहते थे, डरना छोड़ दिया। वह उससे वही सफेद फूल लेकर अपनी जेब में डाल लेता।

उसने उस मालिन को एक बार सूंघा था। वह काली होने के बावजूद, उसी सफेद फूल की तरह महक रही थी।

लेकिन तब भी एक ऐसा भय था जो वारेन हेस्टिंग्स के दिल में इन गंदी, आश्चर्यजनक और रहस्य-भरी औरतों के प्रति गहराई से बैठा था। उसने सुन रखा था कि नटनी नाम की औरतें ढोलक या नगाड़े की आवाज के साथ जमीन से ऊपर बांस के एक खूब ऊंचे डंडे पर या पतली तनी हुई रस्सी पर चलने लग जाती थीं। कुछ ऐसी थीं जो बीन की धुन में कोबरा जैसे जहरीले सांपों को अपने शरीर में

लपेटकर उनका फन अपने मुंह में भर लेती थीं। उसे यह भी बताया गया था कि कई-कई बार ये औरतें खुद नागिनें बन जाती हैं और जिससे बदला लेना होता है उसे रात में काटकर चुपचाप लौट आती हैं और वापस औरत बन जाती हैं।

वारेन हेस्टिंग्स को याद था कि जब कई साल पहले गुजरात के सूरत की फैक्टरी में इंग्लैंड से मिस्टर फ्रेयर आए थे और कुछ दिनों इंडिया घूमकर वापस लौटे थे तो उन्होंने बताया था कि दह एक अजीबोगरीब देश है। उन्होंने गुजरात में एक ऐसे मदारी को देखा था जो बीन बजाकर रस्सी को आसमान में खड़ा कर देता था और उस रस्सी पर छिपकली की तरह रेंगता हुआ उसका लड़का ऊपर जाकर आसमान में गायब हो जाता था।

बाद में आसपास के किसी पेड़ की फुनगी से उस अदृश्य हो चुके लड़के की आवाज आती थी और वह हर किसी का अतीत और भविष्य बता देता था। फ्रेयर ने बताया था कि रस्सी पर चढ़कर आसमान में गायब होने वाले उस अदृश्य लड़के की आवाज ने भविष्यवाणी की थी कि फ्रांसीसी कंपनी अंग्रेजों की ईस्ट इंडिया कंपनी से हार जाएगी, डुप्ले को उसके अपने फ्रांसीसी लोग ही खत्म कर डालेंगे और इंडिया में कंपनी का राज होगा। फ्रेयर ने यह भी बताया था कि दो सौ सालों बाद जब अंग्रेज मालामाल होकर वापस अपने वतन इंग्लैंड लौटेंगे तब भी इंडिया में उनके जैसे ही नेटिवों का राज होगा। वे लोग वही खाएंगे जो अंग्रेज खाते हैं। वही पिएंगे जो अंग्रेज पीते हैं। वे वही भाषा बोलेंगे जो अंग्रेज बोलते हैं। उनके कपड़े, विचार, स्वप्न और आकांक्षाएं अंग्रेज होंगी। वे हर इंडियन चीज से घृणा करेंगे। वे इंडिया को उससे भी ज्यादा लूटेंगे, जितना विदेशी कंपनियों ने लूटा है।

फ्रेयर ने शराब के नशे में गुजरात के कच्छ वाले रेगिस्तानी मैदान में शिकार किए गए जंगली खच्चर की रान चबाते हुए कहा था कि आखिर में उस लड़के ने एक ऐसा वाक्य कहा था जो किसी प्राचीन धर्मग्रंथ के क्वाट्रेन (चतुष्पद) जैसा लगता था। उसका अर्थ यह था कि विदेशियों ने वहां रहने वाले साधारण मानवों की जितनी हत्याएं पांच सौ सालों में नहीं की होंगी, उससे ज्यादा ये लोग सिर्फ पचास साल में कर डालेंगे। इसके बाद मिस्टर फ्रेयर ठहाके लगाकर हंसने लगे थे। पूछने पर उन्होंने बताया कि हुआ यह कि इसके बाद मदारी की हवा में टंगी हुई रस्सी गिर गई और मदारी के जोर-जोर से पुकारने पर भी पीपल की फुनगी से लड़के की आवाज़ आनी बंद हो गई। सब लोग डर गए, यहां तक कि खुद मदारी के चेहरे पर हवाइयां उड़ने लगीं। तभी लड़के की खिलखिलाकर हंसने की आवाज आई। वह तमाशबीनों की भीड़ में मिस्टर फ्रेयर के ठीक पीछे खड़ा था और जब उन्होंने उसे चांदी का एक रॉयल

सिक्का बख्शीश में दिया था तो वह झुक-झुककर उन्हें सलाम करने लगा। किसी पालतू, प्रशिक्षित बंदर की तरह। उन्होंने उससे पूछा कि तुम यह बताओ कि मुझे कंपनी की नौकरी में तरक्की मिलेगी कि नहीं, तो उस लड़के ने कहा कि चूंकि वह आकाश से वापस लौट आया है, इसलिए वह अब कोई भविष्यवाणी नहीं कर सकता।

इसीलिए वारेन हेस्टिंग्स के मन में जहां एक ओर इन नेटिव्स को लेकर एक गहरा संदेह और भय था, वहीं उसके मन में इन्हें कुछ और जानने की उत्सुकता भी थी। वह अभी लड़का ही था, इसलिए उन रहस्यमय डरावने अर्द्धमानवों जैसे पुरुष नेटिव्स की तुलना में औरतें उसे कम खतरनाक लगती थीं।

एक औरत की मूर्ति या चित्र उसे अकसर दिखाई देते थे, जो एक शेर के ऊपर बैठी रहती थी और जिसके कई हाथ थे। उसके एक दृश्य में किसी डरावने पुरुष का कटा हुआ सिर होता था और उसके होंठों में लाल-लाल खून लगा होता था।

मुकाबला कठिन है। हमें इनको ही गुलाम बनाना है। उसके भीतर उस वीर शिकारी जैसी शौर्य की भावना पैदा होने लगती जो किसी घने, खूंखार जंगल में आदमखोर बनैले पशुओं का शिकार करने घुसा हो।

अभी कुछ ही रात पहले, जहां कंपनी के गार्ड्स और सिपाहियों के कमरे थे, उसने एक औरत की जोर-जोर से चीखने और हंसने की आवाजें सुनी थीं। वह अपने बंगले से निकलकर छिपता हुआ वहां पहुंचा था। वे गोरे नौजवान गार्ड्स किसी नेटिव औरत को पकड़ लाए थे। वह पूरी तरह नंगी थी। लेकिन वारेन हेस्टिंग्स ने देखा कि उस औरत ने कोई लाल-लाल चीज खा रखी थी, जिससे बार-बार वह खून जैसा कुछ बाहर थूकती थी और जोर-जोर से हंसती हुई उन पांच गोरे छोकरों को पकड़कर अपनी ओर खींचती थी (दरअसल उसने पान खा रखा था)। हेस्टिंग्स ने देखा कि वे पांचों गार्ड्स बुरी तरह डरे हुए थे। वह औरत किसी चीते की तरह बार-बार झपट्टे मारकर उनसे लिपटती थी और हंसती थी।

बाद में बड़ी मुश्किल से उन पांच सिपाहियों ने उसे पैसे देकर, पीटकर और हाथ-पैर पकड़कर घसीटते हुए अहाते के बाहर निकाला। वहां बहुत देर रात तक खड़ी हुई वह औरत जोर-जोर से कुछ चीखती रही और हंसती रही। बाद में पता चला वह कोई बंजारन रंडी थी, जिसे कंपनी के नौजवान सिपाही कहीं से ले आए थे।

उसने कंपनी के ही एक एजेंट मिस्टर चार्ल्सटन से सुना था कि हो, संताल, पिंडारी और चुआर जाति की औरतें एक छोटी-सी रस्सी के टुकड़े से मजबूत से

मजबूत आदमी को एक मिनट में मार डालती हैं।

"ओह जीसस, व्हेयर द हेल आयम!" वारेन हेस्टिंग्स ने कहा।

यह वह दौर था जब फ्रांसीसी कंपनी और इंग्लैंड की ईस्ट इंडिया कंपनी के बीच यूरोप, अमेरिका और एशिया के समुद्रों, बाजारों और प्राकृतिक संसाधनों को हथियाने के लिए बीस साल से लड़ाई चल रही थी। इस होड़ में डच और पुर्तगाली भी शामिल थे, लेकिन वे कमजोर पड़ते जा रहे थे।

फ्रांसीसी कंपनी और ईस्ट इंडिया कंपनी में सबसे मुख्य अंतर यह था कि जहां फ्रांसीसी कंपनी सरकारी या पब्लिक सेक्टर की थी, वहां ईस्ट इंडिया कंपनी एक प्राइवेट कंपनी थी। इसीलिए उसके अफसर और मुलाजिम ज्यादा से ज्यादा मुनाफा कमाने के लिए ज्यादा जी-जान लगाते थे। यानी आज से ढाई सौ साल पहले भी एक विदेशी सार्वजनिक कंपनी इंग्लैंड की एक प्राइवेट कंपनी से हार रही थी। फ्रांसीसी कंपनी के महाप्रबंधक (डायरेक्टर जनरल) डुप्ले को अपनी विलक्षण दूरदर्शिता और योग्यता के बावजूद जगह-जगह अंग्रेजों से हार मिल रही थी। उधर मरहठे मैसूर पर लगातार हमले कर रहे थे और उन्होंने वहां के शासक राजा देवराय को त्रस्त कर डाला था।

इन्हीं दिनों वारेन हेस्टिंग्स की दोस्ती बुंतू से हुई। बुंतू के पिता कंपनी के मामूली कर्मचारी थे। बुंतू ने बताया था कि वे लोग मूलतः केंदुली नाम के गांव के निवासी थे, लेकिन बार-बार के अकाल और जमींदारों की लूट-खसोट के डर से भागकर बंगाल चले आए थे। बुंतू बहुत अच्छा, सीधा और भावुक नेटिव था। वह एक अपरिचित-सी भाषा में इतना मधुर, जादू-भरा और उन्माद से छलकता गीत गाता था कि कुछ न समझने के बावजूद वारेन हेस्टिंग्स की आंखें डबडबा जाती थीं। बुंतू ने उसे बताया था कि वे बाउल गीत हैं और इन्हें जयदेव ने सबसे पहली बार गाया था।

वारेन हेस्टिंग्स बुंतू के साथ दिन-भर घूमता। उसके साथ होने से उसे उन काली रहस्यमय औरतों और डरावने टेढ़े-मेढ़े नेटिव पुरुषों से डर नहीं लगता था। वह मन ही मन सोचता कि जब मैं इन गंदे अर्द्धमानवों को अपनी बंदूक से मारूंगा तो बुंतू और उसके पिता को छोड़ दूंगा।

बुंतू जिस भाषा में गाता था वह भाषा मैथिली थी। लगता जैसे किसी झरने के पियानो से पानी के छोटे-छोटे बुलबुले उठ रहे हों और एक-एक कर फूटते हुए

ऐसे शब्दों और ध्वनियों को हवा में जन्म दे रहे हों जिनके अबूझे अर्थ धीरे-धीरे हृदय के भीतर अपने संकेतों को संगीत के साथ किसी जादू-भरी लय में खोल रहे हों।

"इट सीम्स, आइ नो देयर मीनिंग्स। आइ कैन अंडरस्टैंड देम। दे डिसेंड फ्रॉम अनदर प्लेनेट जस्ट टु प्यूरिफाइ माइ सोल।" वारेन हेस्टिंग्स उस जादू में घिरा धीरे-धीरे फुसफुसाता।

वारेन हेस्टिंग्स बुंतू से बंगला भाषा सीखने लगा। दूसरी ओर, बंगले का खानसामा अब्दुल कादिर, जो बहुत लजीज कबाब और जंगली मुर्गे का लाजवाब दमपुख्त बनाता था, उसे फारसी बोलना सिखाने लगा।

वारेन हेस्टिंग्स को यह देश विचित्र लगता। वह इससे डरता लेकिन किसी ऐंद्रजालिक आकर्षण में बंधा वह उसके और निकट जाना चाहता। इतना निकट कि वह उसके भीतर के अज्ञात अंधेरे में प्रवेश कर जाए। उस अंधकार में, जहां इन रहस्यमय भूरे-काले, टेढ़े-मेढ़े, विद्रूप अर्द्धमानवों के गैर-ईसाई देवी-देवताओं का वास था और जहां धूप-अगरु, अजवायन, लोबान और पता नहीं किन-किन जड़ी-बूटियों की गंध से भरा हुआ धुआं उठता रहता था। उसने जगह-जगह इन लोगों के मंदिर देखे थे, जिनमें वैसी ही अजीबोगरीब आकृतियां पत्थरों पर उत्कीर्ण थीं। किसी का सिर हाथी का था, किसी का शेर का, किसी का बंदर का। किसी के कई सिर थे, किसी के कई हाथ। और स्त्रियां थीं, पत्थरों पर बनीं। उनके गले, पैरों और कमर में आभूषण थे। लेकिन वे नग्न थीं। उनकी देह किसी अलौकिक मुद्रा में, कहीं कामातुर थीं, कहीं उत्पीड़ित और थकान से चूर, कहीं प्रार्थना में निमग्न और कहीं वे किसी विराट् पुरुष के साथ संभोगरत थीं।

रोम या ग्रीस में भी उसने ऐसी स्त्रियों और ऐसे देवों की शिल्प-कृतियां नहीं देखी थीं। बुंतू ने उसे बताया था कि इनमें से हर आकृति के पीछे एक नहीं, कई-कई कथाएं मौजूद हैं। इन सबकी अलग-अलग आत्मकथाएं हैं।

वारेन हेस्टिंग्स के रोएं तब खड़े हो गए जब बुंतू ने उसे बताया कि, "सबसे महत्त्वपूर्ण बात तो यह है कि इनमें से कोई भी अभी तक मृत नहीं है। ये सब के सब जीवित हैं। और चंद्र गति के साथ विभिन्न ग्रहों के योग के अवसर पर, अलग-अलग तिथियों और पहरों में ये सब के सब जिंदा आदमियों और औरतों की तरह हमारे बीच घूमने-फिरने लगते हैं।"

वारेन हेस्टिंग्स को पता चला कि इस देश में इतने ग्रंथ और अभिलेख हैं और इतनी दंतकथाएं और मिथक गाथाएं मौखिक रूप में प्रचलित हैं कि अगर उन्हें पूरी पृथ्वी पर फैला दिया जाए तो उनकी अनगिनत परतों के नीचे यूरोप, अमेरिका,

एशिया और अफ्रीका ही नहीं, सारे समुद्र भी ढक जाएंगे। उसे सीजर का वह वाक्य याद आ रहा था जिसे इंग्लैंड के ही एक महान् लेखक विलियम शेक्सपियर ने लिखा था, 'इफ यू हैव टु डिफीट देम, यू हैव टु किल देयर मेमरीज। यू हैव टु डिस्ट्रॉय देयर पास्ट। यू हैव टु शूट देयर स्टोरीज' हह···हह···हह···हेस्टिंग्स डरता हुआ किसी मिरगी के मरीज जैसा हंस रहा था। बुंतू हैरान था। इस फिरंग सखा को हुआ क्या?

यह इस विचित्र देश का वसंत था।

हवा ऐसी चल रही थी जिससे शरीर में नशे और वासना की सिहरन पैदा हो रही थी। पलाश के पेड़ लाल टेसुओं से लदे थे और उनके टूट-टूटकर गिरने से उनके नीचे की धरती इस तरह दिखाई दे रही थी, जैसे वहां अबीर या गुलाल बिखेर दिया गया हो। जंगल के सारे पेड़ नए पत्तों, नवजात कोंपलों और कई-कई तरह के फूलों से भर गए थे।

वारेन हेस्टिंग्स को अफसोस हुआ कि उसकी कंपनी के अफसर और दूसरे कर्मचारी इस सबसे बिलकुल उदासीन थे। वे इंग्लैंड की शराब यहां पर्याप्त मात्रा में न मिलने के कारण अरक पीते, अफीम खाते और बर्मा या स्याम से मंगाए गए लंबी गरदन, ऊंची कलंगी और बड़ी टांगों वाले मुर्गों को लड़ाकर मुर्गेबाजी करते। या फिर अपनी बंदूकें लेकर निकल जाते और जंगल में फाख्ते, हारिल, कबूतर और तीतर मारते।

ताज्जुब था कि इनमें से सबके सब नौजवान थे। कहते हैं, एक बार कैप्टन डाउनटन ने मजाक में कहा था कि इन बेचारे इंडियन लोगों को कभी यह पता भी नहीं चलेगा कि ये गोरे विदेशी बूढ़े होने पर कैसे दिखाई पड़ते होंगे। इंडियन यह जानने को तरस रहे होंगे कि सफेद चमड़ी वालों के सुनहले भूरे बाल बुढ़ापे में पकने पर किस रंग के होते होंगे।

वारेन हेस्टिंग्स की समझ में नहीं आता था कि कंपनी ऊंचे-ऊंचे ओहदों से लेकर मामूली कर्मचारियों के पदों पर भी ऐसे उद्दंड और आवारा छोकरों को क्यों इंग्लैंड में नियुक्त करके यहां भेज रही है। इनमें से ज्यादातर अपराधी थे और इंग्लैंड की सामाजिक जिंदगी के लिए सिरदर्द थे। उनको न इंग्लैंड या यूरोप की परंपराओं का ज्ञान था, न वे इस देश को जानना-समझना चाहते थे।

वे बर्बर, मूर्ख, असभ्य और बेहद लालची थे। दौलत कमाने की उनकी भूख, संपत्ति जमा करने की उनकी हवस कल्पनातीत थी। वे इस देश को लूटने आए थे। दौलत, भोग, मजा, ऐयाशी और लूट-खसोट उनका चरित्र था। वारेन हेस्टिंग्स को

दुःख और आश्चर्य होता। इंग्लैंड में क्या यही लोग इंडिया भेजने के लिए बचे थे? वहां तो महान् रोम और इटली के प्रभाव और प्रेरणा से रिनेसां आ चुका था। चाउसर (सास्यूर), दांते, शेक्सपियर, होमर की वाणी वहां गूंज रही थी। इसका न्यूटन, गैलीलियो से लेकर अरस्तू, प्लेटो ही नहीं, फ्रांसिस बेकन, वोल्तेयर, दिदेरो और मैकियावली के विचारों से ज्ञान और विज्ञान के क्षेत्र में नई उथल-पुथल मची हुई थी। लेकिन ईस्ट इंडिया कंपनी के सदस्यों के रूप में जो अंग्रेज यहां आए थे, वे लफंगे, भ्रष्ट और उचक्के लौंडे-लपाड़ी थे। उनकी जिंदगी का मकसद था खाना, कमाना, मौज-मस्ती लूटना, अपराध और जालसाजी करना और इतनी दौलत इस तरीके से इकट्ठी कर लेना, जिसके बारे में वे खुद नहीं जानते थे कि वे इसका करेंगे क्या?

दुर्भाग्य से समय उनका साथ दे रहा था। हिंदुस्तान में इतिहास की हर बाजी वे जीत रहे थे। प्लासी में मीर जाफर को रिश्वत देकर उन्होंने सिराजुद्दौला की विशाल सेना को बिना युद्ध के ही हरा डाला था। बंगाल, बिहार, उड़ीसा का बहुत बड़ा क्षेत्र उनकी कंपनी के अधीन आ गया था।

कमजोर और नाकारा मुगल बादशाह शाह आलम को उन्होंने बेवकूफ बनाकर और रुपए देकर पटा लिया था। उससे एक के बाद एक दीवानियां हासिल करते जा रहे थे। सबसे बड़ी बात यह कि इंडिया के अमीर और महत्त्वाकांक्षी वर्ग की चरित्रहीनता, भ्रष्टाचार और देश तथा जनता के प्रति गद्दारी के गुण को उन्होंने पहचान लिया था। अमीनचंद, जगत सेठ, मीर जाफर, मीर कासिम जैसे लोग उनका साथ दे रहे थे। जगह-जगह वे जमीन के प्लॉट खरीद रहे थे। इंडियन माल के थोक खरीद और व्यापार का लाइसेंस और अधिकार पा रहे थे। आयात और निर्यात पर उन्हीं का कब्जा था। तंबाकू, कपास, मसाले, सोना, चांदी, हीरे, जवाहरात, हर चीज पर उनका अधिकार हो रहा था।

फ्रांसीसी कंपनी का डुप्ले हार चुका था। लेकिन उससे उन्होंने वह राज जान लिया था जिससे इन हिंदुस्तानियों को इन्हीं की लाठी से मारा जा सकता था। वह लाठी उन्हीं पश्चिमी गोरों के पास थी, जिनमें से एक वारेन हेस्टिंग्स भी था जो फिलहाल इस विचित्र देश के सम्मोहन में डूबता-उतराता एक अलग दुनिया में रह रहा था।

तो हमारे किस्से में वसंत का जिक्र हो रहा था।

वारेन हेस्टिंग्स ने चारों ओर फैली प्रकृति के असंख्य रंगों के उस अभूतपूर्व दृश्य पर मुग्ध होकर नजरें डालीं और फिर उसने एक लंबी सांस खींची।

यह हवा यूरोप ही नहीं, संसार की सारी हवाओं से बिलकुल अलग थी। उसका पूरा शरीर एक अनोखे स्फुरण से सिहर उठा। लगा, जैसे इस हवा को अनगिनत नदियों और झरनों ने अपने निर्मल जल से धो डाला है। घने जंगलों के करोड़ों वृक्षों ने अपनी अगण्य पत्तियों से छान डाला है और लाखों तरह के फूलों ने उसमें अपनी गंध भर दी है।

प्रीस्टले और शीले जैसे वैज्ञानिक क्या इस हवा के प्राणतत्त्व को भी सिर्फ ऑक्सीजन जैसा नाम देंगे?—हेस्टिंग्स ने सोचा। क्या यह हवा, जिसके बस स्पर्श-भर से उसके पूरे शरीर में एक नई उमंग, नया जीवन और इस समूची ऋतु का रस भर गया है, क्या वह सिर्फ एक रासायनिक चीज है, जैसा यूरोप के लोग अब मानने लगे हैं? उसके मन में इच्छा पैदा हुई कि अगर उसे वह बाजीगर कहीं फिर मिल जाए, जो मिस्टर फ्रेयर को गुजरात में मिला था तो वह उस भविष्यवक्ता लड़के से एक प्रश्न और पूछेगा।

प्रश्न यह होगा कि जब अंग्रेज मालामाल होकर अपने वतन इंग्लैंड लौट जाएंगे और इंडिया में उनके जैसे ही नेटिवों का राज होगा तो क्या ये नेटिव शासक इंडिया को लूटने और बेचने के साथ-साथ इस हवा को भी बेच डालेंगे और खत्म कर डालेंगे?

उसने देखा, दूर एक कदंब के पेड़ के नीचे बैठा हुआ बुंतू एकतारा बजाकर गा रहा था—

'...श्री जयदेवे कृत हरिसेवे भणति परम रमणीयम्/प्रमुदित हृदयं हरिमति सदयं नमत सुकृत कमनीयम्/धीर समीरे यमुना तीरे वसति वने वनमाली/गोपी पीन पयोधर मर्दन चंचल कर युग शाली...'

अद्‌भुत! कैसी लय! हर शब्द नन्ही-नन्ही घंटियों की तरह बजता हुआ। फिर रंग-बिरंगी स्वर-तितलियों की तरह समूचे पर्यावरण में तैरता हुआ। वारेन हेस्टिंग्स को लगा, एक मादक मूर्च्छा उसे घेरती जा रही है। वह गीत गूंज रहा था— *'नाम समेतं कृत संकेतं वादयते मृदुवेणुम्...'*

यह एक कभी न भुलाने वाला अनुभव था।

उसने बुंतू से कहा, "तुम मुझे अपने गांव केंदुली ले चलो। मैं उसे एक बार देखना चाहता हूं।" बुंतू ने एकतारा उठाकर रख दिया और कुछ देर तक चुप रहने के बाद बोला, "मुझे खुद नहीं पता कि वह गांव कहां है। एक बार एक ब्राह्मण ने बतलाया था कि उस गांव का नाम 'केंदु बिल्व' होगा। केंदु बिल्व ही अपभ्रंश की प्रक्रिया से बदलकर 'केंदुली' हो गया होगा। इसी गांव में जयदेव का जन्म हुआ था।

लेकिन इस नाम से मिलते-जुलते नाम वाले गांव बंगाल में सिंहभूमि जिले में, उधर ढाका के पास, उड़ीसा में दो जगह और बिहार प्रांत के मिथिला में भी हैं।"

बुंतू ने सूनी और खोई हुई आंखों से कहीं दूर देखते हुए कहा, "मुझे खुद नहीं पता कि इनमें से कौन-सा गांव मेरा है, क्योंकि शायद इनमें से हर गांव के लोग कहते हैं कि जयदेव का जन्म यहीं हुआ था। एक बार मैंने पिताजी से पूछा तो उन्होंने कहा कि मैं तो अपने गांव से यहां हुगली के किनारे तक पैदल चला आया था। रास्ते भर एक जैसे जंगल, एक जैसी नदियां और एक जैसे गांव पड़ते रहे। यहां तक पहुंचने में मुझे दो-एक महीने लगे थे। लेकिन बीच-बीच में कई गांवों में मैं ठहर भी जाता था। एक बार छह रोज के लिए बीमार भी पड़ा था। इसलिए मैं बता नहीं सकता कि कौन-सा गांव मेरा है।" बुंतू ने बताया कि पिताजी तो वह दिशा भी भूल चुके थे, जिधर वह गांव था।

वारेन हेस्टिंग्स को बुंतू की बात पर विश्वास इसलिए हो गया क्योंकि उस वक्त तक इंडिया का कोई नक्शा ही नहीं बना था। उसे हंसी आई। "इट्स स्ट्रेंज, इंडिया डज एक्जिस्ट बट विदाउट अ मैप, समव्हेयर इन द सोल एंड माइंड ऑफ दीज मिस्टीरियस इनहैबिटेंट्स।" हा! हा! हा! एक देश, बिना नक्शे का!!

बुंतू से ही उसे गोपाल कृष्ण के बारे में जानकारी मिली, इस देवता के जन्म से लेकर मृत्यु तक की पूरी कहानी सुनने को मिली। बंगाल में कुछ दशक पहले होने वाले चैतन्य महाप्रभु गांव-गांव, गली-गली इन्हीं गोपाल कृष्ण का कीर्तन गाते, नाचते हुए घूमते थे। उनके गीत और कृष्ण की कहानी दोनों का प्रभाव ऐसा था कि उत्तर-पूर्व के तमाम आदिवासी और जनजातियों के लोग कृष्ण के दीवाने हो गए थे।

बुंतू ने बताया था कि जिस तरह यहां के पत्थरों में उत्कीर्ण मूर्तियां मृत नहीं हैं, उसी तरह कृष्ण भी द्वापर युग में एक बहेलिए के द्वारा मारे जाने के बावजूद मृत नहीं हैं। बुंतू ने कहा था कि मृत्यु उसकी होती है, जिसकी कोई कथा नहीं होती। कृष्ण की कथा है, इसलिए वे हैं। उसने बताया था कि जयदेव के घर में कृष्ण की मूर्ति के हाथ में मूंज की रस्सी का एक ऐसा रेशा पाया गया था, जिससे यह सिद्ध हो जाता था कि कृष्ण ने जयदेव की झोंपड़ी का छप्पर खुद अपने हाथ से छाया था। मूंज का वह रेशा आज भी मौजूद है।

"ये क्या मामला है। मैं कहीं पागल तो नहीं हो जाऊंगा···" वारेन हेस्टिंग्स ने उस मूंज की रस्सी के बारे में सोचा जो किसी श्रुति के भौतिक प्रमाण के रूप में मौजूद थी। साक्षात् प्रमाण!

इसका मतलब वह सेब का पेड़ भी जरूर कहीं होगा, जिसका फल आदम ने चखा था। और उसी के आसपास सीजर की तलवार होगी।

बुंतू ने बताया था कि कृष्ण बांसुरी बजाते थे और गायें चराते थे। उनकी बांसुरी का संगीत ऐसा होता था कि उसे सुनकर गायें और गोपियां भागती हुई उनके पास चली आती थीं।

बुंतू ने बताया कि एक बार जब जयदेव 'गीत गोविंद' लिख रहे थे तो वे एक जगह अटक गए। उससे आगे उन्हें कुछ लिखते नहीं बन रहा था। कविता रुक गई। कल्पना के आकाश में कोई शब्द नहीं बचा था। बस शून्य। कई दिन बीत गए। मास बीत गए। पांडुलिपि अधूरी रह गई। जहां पर यह व्यवधान आया था, वहां का अंतिम पद था—

'स्थल कमल गंजनं, मम हृदय रंजनम्/जनित रति तरंग पर भागम्/भण मसृण वाणि कर वाणि चरण द्वयं/सरसलदलक्तरागम्...'

और तभी अचानक एक दिन जयदेव ने देखा कि उस पांडुलिपि में एक अनगढ़, अनपहचानी लेखनी में आगे का पद लिखा हुआ था—

'स्मरगलखण्डनं मम शिरसि मण्डनं/देहि पदपल्लवमुदारम्...'

आह! यही था वह पद जो उनकी कल्पना में स्वयं को व्यक्त नहीं कर रहा था। इसी की खोज में उनकी पांडुलिपि अटक गई थी।

जयदेव *'देहि पदपल्लवमुदारम्...देहि पदपल्लवमुदारम्'* रटते हुए जब कृष्ण की उस मूर्ति के पास गए, जिसके हाथ में कभी मूंज की रस्सी का रेशा पाया गया था, तो उन्होंने देखा कि उस मूर्ति के दाहिने हाथ की उंगली में स्याही लगी हुई थी... "ओह, तो यह पद तुमने लिखा था, गोपाल?"

'देहि...पद...पल्लव...मुदारम्...! देहि...पद...पल्लव...मुदारम्!'

जयदेव बार-बार भावाकुल होकर दोहरा रहे थे और उनकी आंखों से लगातार आंसू बह रहे थे।

वारेन हेस्टिंग्स खुद भी रोने लग गया।

कहां एक तरफ इंग्लैंड में 'एज ऑफ रीजन' आ चुका था। बैंक, शेयर बाजार और वाणिज्य पूंजी का विकास हो चुका था। दुनिया-भर में नए-नए बाजार बन रहे थे।

पूंजी, माल और मुनाफे के लिए कंपनियां और राष्ट्र-राज्य एक-दूसरे का गला काट रहे थे। धरती और समुद्र में लड़ाइयां जारी थीं···और कहां यह ऐसा देश था, जहां पांडुलिपि में एक अपरिचित लेखनी में लिखा गया पद और मूंज की रस्सी का एक ऐसा रेशा साक्षात् सबके सामने मौजूद था, जो किसी दंतकथा का भौतिक प्रमाण बन रहा था।

मैं भी कवि बनूंगा। अंग्रेजी कविता का पितामह चाउसर भी तो लंदन का था लेकिन उसकी कविता में सिर्फ इंग्लैंड नहीं, समूचे यूरोप की संस्कृति अभिव्यक्त हो रही थी।

मैं भी सर फिलिप सिडनी जैसा कवि बनूंगा—इंडिया के जयदेव, विद्यापति, कालिदास, चैतन्य और संस्कृत के तमाम कवियों से प्रेरणा लेकर। और अगर मैं भी यहां ईस्ट इंडिया कंपनी के लिए किसी इंडियन राजा या नवाब के साथ युद्ध में मारा गया, जैसा फिलिप सिडनी जुटफेन के युद्ध में मारा गया था, तो सारा यूरोप मेरे लिए उसी तरह रोएगा जैसा फिलिप सिडनी के लिए रोया था। मुझे भी 'फ्लावर ऑफ इंग्लैंड' कहा जाएगा। और जब मैं मरूंगा तो सारे यूरोप के कवि दुःख और पीड़ा से भरकर मेरी स्मृति में शोकगीत लिखेंगे। फिर जिस कलम से वह शोकगीत लिखा गया है, उसे मेरी कब्र पर चढ़ा देंगे। फिलिप सिडनी की तरह मेरी कब्र भी असंख्य कवियों की उदास कलमों से ढक जाएगी। और उन कलमों में स्याही नहीं, यूरोप के तमाम साधारण लोगों के आंसू होंगे। मुझे मृत्यु के बाद इतना प्यार किया जाएगा, इतना प्यार किया जाएगा कि···वारेन हेस्टिंग्स की आंखों से, स्वयं अपनी ही मृत्यु की कल्पना से पैदा हुई सहानुभूति की वजह से, आंसू बहने लगे।

इतवार खाने-पीने और मौज-मजा करने का दिन था। सब लोग खुले बगीचे में बैठते। उस दिन यूरोप की शराब, ब्रांडी और वाइन दिल खोलकर सभी को उड़ेली जाती। वरना बाकी दिन तो फारस की शिराज या ज्यादातर अरक पीकर ही प्यास बुझाई जाती।

जाफरान की खुशबू में डूबे हुए मह-मह महकते चावल, पुलाव और बिरयानी। खानसामा अब्दुल कादिर के हाथ में कोई जादू था। बादाम और काजू के साथ मक्खन में पकाया गया मुर्ग-दमपुख्त जब मेज पर रखा जाता तो सबके मुंह में पानी भर आता। ड्रिंक्स के साथ कबाब भी कम लजीज नहीं होते थे। लेकिन बीफ (गोमांस) नसीब नहीं होता था। यहां के नेटिव लोग गाय की पूजा करते थे, उसे अपने घर के आंगन में बांधते थे, उसका दूध पीते थे और हिंदू लोग उसे मां कहते थे।

मुसलमानों की नवाबी होने के बावजूद सरकार की ओर से गाय काटने पर बंदिश लगी हुई थी।

कहते हैं, पटना के कंपनी एजेंट मिस्टर एलिस ने एक बार नवाब के दरबार में, रात की महफिल में, नवाब को यूरोप की खास, उम्दा वाइन के नशे में डुबाकर इस कानून को खत्म करवाना चाहा लेकिन नशे में लड़खड़ाती जबान से नवाब ने कहा था, "सुनो जनाब एलिस, तुम लोग तो यहां दौलत कमाने और तिजारत करने आए हो। एक न एक दिन तुम्हें अपने वतन लौट जाना है। लेकिन हमें तो यहीं रहना है। इसी मिट्टी में हम पैदा हुए, खेले-कूदे और इसी में एक दिन हमें दफन भी हो जाना है। तो हम यहां के बाशिंदों के, यहां के लोगों के जज्बात को क्यों चोट पहुंचाएं!"

एलिस ने चालाकी के साथ नवाब को भड़काने की कोशिश की, "योर हाइनेस, क्या गाय की पूजा करने वाले हिंदू लोग काफिर नहीं हैं? क्या आप अपनी हुकूमत काफिरों के रहमोकरम पर चलाते हैं?"

नवाब ने सारी वाइन एक घूंट में अपनी हलक में उतार ली और खाली प्याला आगे बढ़ाते हुए उसे फिर भरने का इशारा किया। इसके बाद उसने ठहाके लगाते हुए कहा, "मिस्टर एलिस, काफिर वो हिंदू नहीं है जो गाय की पूजा करता है। काफिर तो हम हैं, जो हजरत की पाबंदी के बावजूद ये शराब पीकर कुफ्र का गुनाह कर रहे हैं।" मिस्टर एलिस ने देखा कि नशे में लड़खड़ाता हुआ नवाब खड़ा हुआ और उसने वाइन से भरा हुआ प्याला पत्थर के फर्श पर पटककर चकनाचूर कर दिया। उसकी आंखें मिस्टर एलिस को घूरती हुई जल रही थीं। वे आंखें पटना के कंपनी एजेंट मिस्टर एलिस के चेहरे के पार भविष्य का कोई ऐसा चेहरा देख रही थीं, जो दहशतजदा था।

मिस्टर एलिस ने चुपचाप वहां से खिसक लेने में ही अपनी भलाई समझी। लेकिन उस रात के बाद वह मुसलमान नवाबों का कट्टर दुश्मन बन गया।

लेकिन ऐसे नवाब तो अपवाद थे। यहां तो कंपनी के अफसरों द्वारा दी गई पार्टी में ऐसे मुसलमान अमीरजादे आते थे, जिनका सिर बोतल की बोतल शराब चढ़ा जाने के बावजूद नहीं घूमता था। और वे रईस हिंदू भी, जो गोरों की कृपादृष्टि पाने के लिए केले के पत्तों में चोरी से लपेटकर लाया गया गाय का कान भेंट में देते थे। ये हिंदू ज्यादातर ऊंची जात के होते थे। अंग्रेजों की पार्टियों में शामिल होना वे अपनी शान समझते थे।

वारेन हेस्टिंग्स ने देखा था कि ये उन रहस्यमय नेटिव्स से बिलकुल अलग थे।

इनमें कोई रहस्य नहीं था। वे जानते थे कि बंगाल का नवाब मीर कासिम अब हार चुका है और इलाहाबाद, अवध ही नहीं, दिल्ली तक की दीवानी अंग्रेज कंपनी ने हासिल कर ली है, इसलिए वही अब उनके आका हैं। वे हर तरह से इन गोरों को खुश करने और उनका विश्वास हासिल करने की कोशिश करते।

ये वे लोग थे जो हिंदुस्तान की लूट में अंग्रेजों के साथ हिस्सेदारी चाहते थे। उन्हें सिर्फ ऐश्वर्य, मजा, सुख और दौलत चाहिए थी। वे अंग्रेजी बोलने की कोशिश करते, उनकी औरतें और लड़कियां यूरोपियनों जैसे कपड़े पहनतीं, वैसा ही नाचतीं। वे बहुत तेजी से अंग्रेजों जैसा बनने की कोशिश कर रहे थे। हालांकि उनमें से कई बहुत शालीन, सुसंस्कृत और विद्वान् थे। मुगल शासन के दौरान उन्होंने बड़ी मेहनत से फारसी सीखी थी और दरबार से तमाम इनायतें पाई थीं। बदलते वक्त में वे अब अंग्रेजी सीख रहे थे। ये ऐतिहासिक चापलूस थे, ऐतिहासिक अभिजन, ऐतिहासिक व्यापारी और ऐतिहासिक सत्ताकामी।

ऐसे तीन सवर्ण हिंदू परिवार ऐसे थे जो डाउनटन की कोठी में दी जाने वाली पार्टी में अकसर आते थे और उन्होंने बीफ खाना शुरू कर दिया था। मोहिनी ठाकुर उन्हीं में से एक परिवार की लड़की थी। शेक्सपीयर के कुछ नाटकों के अंश उसने कंठस्थ कर रखे थे। पियानो बजाना उसने सीखा था। बिलकुल ब्रिटिश उच्चारण के साथ अंग्रेजी बोलती थी। उसके पिता को तंब्राकू और मछली के व्यापार का, मिदनापुर, कलकत्ता और मालदा का कॉन्ट्रैक्ट ईस्ट इंडिया कंपनी से प्राप्त करना था। मोहिनी ठाकुर को अपने परिवार की समृद्धि के लिए यह काम 'होशियारी' से करना था।

वह बहुत होशियार थी। रात में डाउनटन ने बिस्तर पर उसे जाना। वह अद्भुत थी। कोई पूर्वी यक्षिणी। वह विपरीत रति था। डाउनटन को लगा कि जैसे उसका शरीर कोई समुद्र हो, जिसका मंथन हो रहा हो। हर बार मोहिनी ठाकुर उसकी देह को मथकर आनंद का एक नया रत्न उसे निकालकर देती। टेक मी, होल्ड मी, आयम कमिंग। कम ऑन जस्ट डू इट, डू इट।

इसके बाद फ्रेडरिक का नंबर लगा। वह नशे में धुत था। मोहिनी ठाकुर ने उसका भी मंथन किया और 'मोना' का नया नाम हासिल किया। मोना...आयम कमिंग टू...ऊ...हू।

सबसे गंभीर कहानी लेंटन की थी, जिसकी बारी रात में सवा दो बजे आई। वह चार साल से इंग्लैंड से बाहर था और इन चार सालों में अपने शर्मीलेपन के कारण उसे किसी औरत का सुख नहीं मिल पाया था। वह एक ठहरा हुआ तूफान था।

पुंसत्व का बंधा हुआ झंझावात। डाउनटन के बेडरूम में जाने की उसकी हिम्मत नहीं हो रही थी जहां मोहिनी ठाकुर अपनी प्रतिभा का प्रदर्शन कर रही थी, लेकिन मोहिनी की मां नंदिनी ठाकुर ने उसे प्यार से वहां धकेला। वे उससे इंग्लैंड के सेंट कॉस्मेटिक्स और कपड़ों का कीमती गिफ्ट पहले ही हासिल कर चुकी थीं।

लेंटन लेकिन युवा था और भावुक था। मोहिनी ठाकुर ने उसे देखा। उसने अभी तक शेविंग की शुरुआत नहीं की थी। नरम-भूरे रोयें उसके चेहरे पर अब धीरे-धीरे सख्त और स्याह होने शुरू हो गए थे। हालांकि उसकी त्वचा अभी भी कोमल थी। नासापुटों और गालों पर वह हलका गुलाबीपन था, जो कच्चेपन का चित्र होता है।

लेंटन झेंप रहा था। मोहिनी दक्ष थी।

वाइन की घूंट लेंटन के गले में उतरती जा रही थी। रात के तीन बज रहे थे। हवा में हलकी खुनक घुलने लगी थी। लेंटन किसी स्वप्नलोक में था। मोहिनी ठाकुर की उंगलियां कभी उसके सिर के नरम बालों, कभी उसकी छाती में घूमने लगती थीं।

लेंटन गा रहा था—"कम लिव विद मी एंड बी माइ लव/एंड वी विल ऑल द प्लेजर्स प्रूव/दैट हिल्स एंड वैलीज, डेल्स एंड फील्ड्स/ऑर वुड्स ऑर स्टीपी माउंटेन यील्ड्स एंड वी विल सिट अपॉन दि रॉक्स···"

मोहिनी ठाकुर के भीतर पहली बार एक ऐसी लड़की पैदा हुई जो अपने पिता को तंबाकू और मछली के व्यापार का ठेका कंपनी से दिलाने के लिए नहीं बल्कि इस निश्छल, अबोध और भावुक नौजवान अंग्रेज अफसर लेंटन के प्रेम के लिए तड़प रही थी। उस दिन सुबह के पांच बजे तक लेंटन के भीतर अब तक ठहरे हुए तूफान ने मोहिनी ठाकुर को फर्श, बिस्तर, कारपेट, पोर्टिको···पता नहीं कहां-कहां उछाला और पटका।

लेकिन जब तूफान थमा तो मोहिनी ठाकुर को लगा जैसे किसी अलौकिक झरने ने उसकी आत्मा और देह को अमृत जैसी शीतलता से नहला डाला हो···एक अपूर्व तृप्ति और ताजगी। लेंटन ने पैंट पहन ली थी और उसकी ओर स्वप्न में डूबी आंखों से देखता हुआ मुस्करा रहा था—"वी डिड इट इन फ्रंट ऑफ दि मिरर/एंड इन दि लाइट। वी डिड इट इन डार्कनेस/इन वाटर, एंड इन दि हाइ ग्रास···/वी डिड इट इन ऑनर ऑफ बीस्ट एंड इन ऑनर ऑफ गॉड···" हां, उसने यह किया। वहशी पशुओं के सम्मान के लिए, लेकिन लेंटन के साथ उसने किया किसी देवता के सम्मान में···

कहते हैं, लेंटन उस रात के बाद मोहिनी ठाकुर से मिलने उसके घर पहुंच जाता। उसकी मां नंदिनी को तरह-तरह के गिफ्ट देता—हाथीदांत की कृतियां,

फ्रांसीसी सेंट और प्रसाधन का सामान, मानचेस्टर के कीमती कपड़े, मालाबार तट के कार्नेलिया, मेरीना के कोरल...

लेंटन कविताएं लिखने लगा था। उन कविताओं को वह मोहिनी ठाकुर को सुनाता। उधर मोहिनी के पिता को तंबाकू और मछली ही नहीं, शोरा और कपास की खरीद का ठेका भी कंपनी की ओर से मिल गया था।

बल्कि एक रात की पार्टी में जब उसने कंपनी के अफसरों की सेवा में हालिकार नस्ल की गाय के कोमल बछड़े की रान और अपनी पत्नी नंदिनी की मौसेरी बहन सुनंदा को पेश किया तो उससे कहा गया कि तुम देखते रहो, आगरा और बिहार में इंडिगो (नील) का व्यापार करने वाले डच एजेंटों को हम भगा देंगे और तुम इसकी ठेकेदारी में मालामाल हो जाओगे।

लेकिन इसी बीच कुछ ऐसी घटनाएं भी घटीं, जो सुखद नहीं थीं।

एक रात जब फ्रेडरिक मोहिनी ठाकुर के कपड़े उतार रहा था तो वह रोने लगी। इसके कुछ पहले एक बार उसने बीफ खाने से भी मना कर दिया था। उसकी मां नंदिनी ने उसे समझाया कि "मोना, दुनिया तेजी से बदल रही है। यूरोप में औद्योगिक क्रांति हो गई है। ईस्ट इंडिया कंपनी सारी इंडिया को अपने कब्जे में करेगी। तुम जरा-सा प्रैक्टिकल हो जाओ तो हम ऐश करेंगे।" लेकिन मोहिनी ठाकुर ने कहा, "मां, मुझे लगता है जैसे मेरी नसों में सारे यूरोप की गंदी नालियों का विषाक्त उच्छिष्ट बह रहा है...पिताजी को कितनी दौलत चाहिए? इतना तो मिल गया..."

नंदिनी ठाकुर ने उसे एक थप्पड़ मारा। तभी वहां कोठी का खानसामा अब्दुल कादिर आ गया। वह अरक के नशे में धुत था और शामी कबाब की तश्तरी उसके हाथ में थी। उसने कहा, "हमसे भी इंजेक्शन लगवा लो मेम साब! कबाब और दमपुख्त बनाना आ जाएगा। इतनी दौलत किस काम की अगर जायकेदार खाना बनाना ही कोई न जाने..."

"शट अप यू बास्टर्ड..." नंदिनी ठाकुर चीखीं। इस दो कौड़ी के नेटिव खानसामे की यह मजाल! उसी रात अब्दुल कादिर को बंगले से बरखास्त कर दिया गया। फ्रेडरिक ने उसे हंटर से मारा। अब्दुल कादिर न चीखा, न रोया, न रहम की भीख मांगी।

और, लेंटन को मद्रास भेज दिया गया, इस वार्निंग के साथ कि आइंदा वह कभी कविताएं न लिखे, अनुशासन में रहे और किसी भी नेटिव लड़की के साथ ज्यादा मेलजोल न बढ़ाए। लेंटन ने कलकत्ता छोड़ने के पहले अपनी मोना को अपनी अंतिम कविता भेंट की थी—

'कम टु मी इन ड्रीम्स, दैट आइ मे लिव/माइ वेरी लाइफ अगेन दाउ कोल्ड इन डेथ/कम बैक टु मी इन ड्रीम्स, दैट आइ मे गिव/पल्स फॉर पल्स, ब्रेद फॉर ब्रेद…'

इसके बाद लेंटन, मोहिनी ठाकुर और अब्दुल कादिर का क्या हुआ, यह हमारी इस कथा का विषय नहीं है। हां, लेंटन का यह अंत देखने के बाद वारेन हेस्टिंग्स ने फिलिप सिडनी जैसा कवि बनने का स्वप्न देखना छोड़ दिया।

बुंतू के साथ घूमता-भटकता वारेन हेस्टिंग्स कृष्णमय होता जा रहा था। वह मथुरा और वृंदावन घूम आया था। सरयू और यमुना जैसी नदियों की स्याह-नीली धाराओं का प्रवाह उसने मंत्रमुग्ध होकर देखा था। यमुना के तट पर, मिट्टी की छोटी-सी चिलम में गांजा सुलगाकर…'या अलख निरंजन' और 'हो बम बोल, बम बोल' की हांक के साथ फेफड़े-भर सुट्टा खींचने वाले साधु आनंद मुरारी ने कहा था, "बच्चा, जो भी तू देख रहा है, वह सब मिथ्या है। सब माया है। सब भ्रम है। ये सारी धरती तो उस गोवर्द्धनधारी कृष्ण कन्हैया की लीलाभूमि है। जो भी कुछ हो रहा है और तू जिससे सुखी-दुखी होता है, वह सब लीला है…! यह अनित्य है…परंतु नित्य है…"

जब आनंद मुरारी ने चिलम से सुट्टा खींचा तो गांजे की कली से अग्निशिखा की लौ निकलने लगी। रात के अंधेरे में आलोक के उस नन्हे-से वृत्त में उस साधु का चेहरा प्रदीप्त हुआ। आह, यह वही चेहरा था। बुंतू ने जोरों से वारेन हेस्टिंग्स के कंधे पकड़ लिए…

वारेन हेस्टिंग्स यमुना के तट पर, भीगी रेत में, अंधेरे में रोमांचित और डरा हुआ खड़ा था। कांपती हुई आवाज में वह बोल रहा था, "ओह! सो, इट वाज यू…इट वाज यू कृष्णा…! इट वाज यू अगेन।"

वे दोनों वहां से ताबड़तोड़ भागे क्योंकि कुछ पल पहले जिस जगह पर वह साधु बैठा चिलम पी रहा था, वहां सिर्फ रेत की एक छोटी-सी ढूह-भर थी।

कलकत्ता के विक्टोरिया मेमोरियल में आज भी एक ऐसी पेंटिंग संगृहीत है जिसमें वारेन हेस्टिंग्स अपनी पत्नी के साथ एक बरगद के पेड़ के नीचे खड़ा है। वारेन हेस्टिंग्स के बाएं हाथ में एक छड़ी है और उसी हाथ से उसने छड़ी की मूठ के साथ-साथ अपना हैट भी पकड़ रखा है। दाहिने हाथ से उसने अपनी पत्नी का हाथ थाम रखा है। पृष्ठभूमि में कलकत्ता है। उन दिनों कलकत्ता इतना घना और बेतरतीब

नहीं था। वह भव्य और सम्मोहक था। सार्वजनिक इमारतों का स्थापत्य नया और अपूर्व था। नदियों में यूरोप के जहाज, भारतीय व्यापारियों के बजरे और मछुआरों की नौकाएं तैरती रहती थीं। इस चित्र में वारेन हेस्टिंग्स की पत्नी के पीछे एक बंगाली लड़की खड़ी हुई है। उसकी बड़ी-बड़ी आंखें हैं। उसके दाहिने हाथ में वारेन हेस्टिंग्स की पत्नी का हैट है, जिसमें किसी दुर्लभ श्वेत पक्षी के परों की कलंगी लगी हुई है।

विक्टोरिया मेमोरियल में संगृहीत इस चित्र को सन् 1783 में इंग्लैंड से खास तौर पर भारत बुलाए गए अंग्रेज चित्रकार जॉन जोफेनी ने बनाया था। यह तब का चित्र है, जब वारेन हेस्टिंग्स अधेड़ और गंजा हो चुका था।

लेकिन आप अगर गौर से और देर तक इस चित्र को देखें तो आपको पता चलने लगेगा कि उस बरगद के पेड़ के नीचे, वारेन हेस्टिंग्स की पत्नी के पीछे खड़ी उस जवान बंगाली नौकरानी और वारेन हेस्टिंग्स के बीच कोई गहरा, अदृश्य और अपरिभाषित संबंध है। आपको यह लगेगा कि वारेन हेस्टिंग्स अपनी पत्नी का हाथ पकड़कर उसे भरोसा दिलाते हुए, उसी संबंध को छुपाने का प्रयत्न कर रहा है। धीरे-धीरे आप इस रहस्य को जान जाएंगे कि आखिर वारेन हेस्टिंग्स और बंगाली लड़की के हाथों में ही हैट क्यों है, जबकि वारेन हेस्टिंग्स की पत्नी के दोनों हाथ खाली हैं।

और तब यह चित्र आपके सामने अपने सारे अर्थ-संकेतों को खोलने लगेगा और आप जान जाएंगे कि चित्रकार जॉन जोफेनी ने यह चित्र वारेन हेस्टिंग्स और उस सांवली नेटिव लड़की के बीच के संबंधों को व्यक्त करने के लिए ही बनाया था लेकिन वे दोनों अपने-अपने हाथ में रखे हैट से उसे लगातार ढांपने की कोशिश कर रहे हैं। लेकिन जॉन जोफेनी अपनी कोशिश में अंततः इसलिए सफल हो गया है, क्योंकि उसने उस लड़की और वारेन हेस्टिंग्स की आंखों की भावनाओं को पकड़ लिया है। जी हां, आप गौर से देखें, वे दोनों यानी वह सांवली बंगाली लड़की और वारेन हेस्टिंग्स गहरे आवेग से एक-दूसरे को सम्मोहित होकर निहार रहे हैं और उनके बीच खड़ी इंपीरियल पोशाक में सजी-धजी उसकी दुबली-लंबी पत्नी, बस यहां उपस्थित-भर है, क्योंकि वह एक ब्रिटिश प्रतीक है—ठीक उसी तरह जैसे चित्र की पृष्ठभूमि में दिखाई देने वाला हाथी एक भारतीय प्रतीक है। वह भी वहां बस उपस्थित भर है।

इस लड़की से वारेन हेस्टिंग्स की मुलाकात कैसे हुई, इसकी भी एक रोचक दास्तान है। यह सन् 1772 की बात है। इसी साल ईस्ट इंडिया कंपनी ने वारेन हेस्टिंग्स को

कलकत्ता में गवर्नर नियुक्त किया था। वारेन हेस्टिंग्स को दूर-दूर तक इसकी उम्मीद नहीं थी। लॉर्ड क्लाइव हिंदुस्तान में ब्रिटिश साम्राज्य की नींव डालकर वापस इंग्लैंड लौट चुका था।

वारेन हेस्टिंग्स के गवर्नर बनने पर सबसे ज्यादा खुश बुंतू हुआ। उसने कहा, तुम पर गोपाल कृष्ण की कृपा हुई है। वे अगर किसी को कुछ देने पर आ जाएं तो पता नहीं क्या-क्या दे डालते हैं। वारेन हेस्टिंग्स को भी इस बात पर विश्वास हुआ, क्योंकि वह अकसर अपने बंगले के बगीचे में फटे सूती कपड़े पहनकर, गले में पीतांबर डालकर या तो तरह-तरह के पेड़-पौधे लगाने लगता था या बांसुरी बजाने की कोशिश करता था। गवर्नर-जनरल बनने के बाद भी कुछ वर्षों तक उसकी ये आदत छूटी नहीं थी। डेनिस किनकेड ने अपनी प्रसिद्ध किताब 'ब्रिटिश सोशल लाइफ इन इंडिया' में लिखा है कि वारेन हेस्टिंग्स इंग्लैंड से पार्सल द्वारा मधुपीन, स्वीट ब्रीयेर जैसे पौधों के बीज या बोतलों में पैक किए गए पौधे मंगाता रहता था। एक बार जब एक जहाज में ट्राफेल्स, मोरेलेस और आर्टिचोक बॉटमस के पार्सल आए तो वह खुशी के मारे पागल हो उठा। वह चाहता था कि इंग्लैंड के पौधे यहां भारत की आबोहवा को अपना लें।

बहरहाल, गवर्नर बनने के फौरन बाद उसने पहला काम यह किया कि अब्दुल कादिर को अपने बंगले में खानसामा नियुक्त कर दिया, ज्यादा तनख्वाह और तरक्की के साथ। और बुंतू को भी उसने अपने साथ रखा।

उस दिन बगीचे में, शाम ढलने के बाद वारेन हेस्टिंग्स पीतांबर और घुटनों तक की धोती में खड़ा हुआ बांसुरी बजाने की कोशिश कर रहा था कि झुरमुट के पीछे से किसी लड़की की खिलखिलाहट की आवाज आई। यह लड़की वही थी, जो जॉन जोफेनी के बनाए गए चित्र में उसकी पत्नी का हैट लेकर, उसके पीछे खड़ी है।

"कौन है वहां?" हेस्टिंग्स ने पूछा। वह अब बंगला बोलने लगा था।

"मैं हूं, चोखी।" एक सांवली-सी लड़की झुरमुट के पीछे से निकलकर आई। वारेन हेस्टिंग्स की चेतना अवसन्न होने लगी। यह निश्चित ही कोई नई लीला थी। ये देश तो 'वंडरलैंड' था ही। मथुरा के पास, यमुना के तट पर रेत की ढूह में बदल जाने वाले गंजेड़ी साधु आनंद मुरारी ने तो कहा भी था कि यह लीलाभूमि है। यह सब कुछ उसी की माया है।

तरह-तरह के भ्रम। अनगिनत इल्यूजंस।

वारेन हेस्टिंग्स ने गौर से उस लड़की को देखा। हां, बिलकुल यही। ऐसा ही चित्र था जो बुंतू ने उसे वृंदावन के मंदिर की दीवारों पर दिखाया था। तो इसका

मतलब गोपाल कृष्ण अब मेरे साथ 'ट्रिक' कर रहा है।

वैसी ही बड़ी-बड़ी मछलियों जैसी कटावदार आंखें। ऐसी ताम्रवर्णी त्वचा, जिसे हासिल करने के लिए यूरोप की गोरी स्त्रियां घंटों अपनी छतों पर या समुद्र के किनारे, खुली कर्कश धूप में नंगी पड़ी रहती हैं। और वैसी देहयष्टि जैसी यहां हिंदुओं के मंदिरों में पत्थरों पर उत्कीर्ण यक्षिणियां होती हैं।

वृंदावन के मंदिर की उस दीवार में मिट्टी और वनस्पतियों के रंगों से किसी अज्ञात चित्रकार द्वारा बनाए गए उस चित्र में यही लड़की गोपाल के साथ है और वे इसके दाएं स्तन को अपनी हथेलियों में थामे हुए हैं।

"मुझे मालूम है, तुम कौन हो! मुझे उल्लू मत बनाओ।" वारेन हेस्टिंग्स ने सब कुछ समझकर मुस्कराते हुए कहा।

"मैं चोखी हूं, मालिक!" उस लड़की की हंसी फिर आई।

"हां, और जब मैं तुम्हें पकड़ने के लिए आगे बढूंगा, तो मेरे हाथ में इस कनेर की टहनी भर आएगी। है न!" हेस्टिंग्स ने कहा।

"आप तो बड़े दिलचस्प आदमी हैं मालिक! मुझको ये पता नहीं था," लड़की फिर हंसी।

"अच्छा, मैं तुम्हें छूकर, तुम्हें खोऊंगा नहीं। तुम वादा करो कि तुम हर रोज यहां शाम को आओगी और मुझसे बातें करोगी।" वारेन हेस्टिंग्स, ईस्ट इंडिया कंपनी का गवर्नर, जिसके अधीन बिहार-बंगाल से लेकर अवध, इलाहाबाद और दिल्ली तक का इलाका था, जिसने स्थायी भूमि बंदोबस्त की नई ऐतिहासिक प्रणाली लागू की थी, राजस्व के नए नियम बनाए थे, वह इस सांवली-सी चोखी के सामने गिडगिड़ा रहा था।

"आऊंगी नहीं तो जाऊंगी कहां, मालिक!" लड़की खिलखिलाकर हंसती हुई भाग गई। वहां अब सचमुच कनेर की हिलती टहनियां बची थीं।

वारेन हेस्टिंग्स ने इस घटना के बारे में बुंतू को बताया। पहले तो बुंतू को विश्वास नहीं हुआ और जब हुआ तो वह अपना एकतारा बजा-बजाकर गाने लगा—

'कातर नयन बयन करि सुंदरी, बोलत मधुरिम वाणी/कि करि उपाय कहत प्रिय सहचरी, वेदन छेदन जानी''/हिय महं पइठल शेल, अनुखन नीर बहत मझु लोचन'''

हेस्टिंग्स ने वादा किया कि आज शाम बुंतू को भी वह उस लड़की के दर्शन का मौका देगा।

उस शाम सूरज ढलने के पहले ही दोनों बगीचे में पहुंच गए। वारेन हेस्टिंग्स पीतांबर और धोती में था। बुंतू मेहंदी की घनी झाड़ियों के पीछे छिप गया। वारेन हेस्टिंग्स बेचैनी में टहल रहा था। बीच-बीच में वह अपनी बांसुरी बजाने की कोशिश करता। क्या ऐसी ही, इतनी ही तेज बेचैनी और व्याकुलता गोपाल कृष्ण को भी घेरती रही होगी, जब वे राधा की प्रतीक्षा करते थे…!

आखिर वह पाजेब की आवाज जैसी खिलखिलाहट शाम के धुंधलके में पैदा हुई। कनेर की टहनियां हिलीं और वह लड़की धप् से कूदकर बाहर आ गई। उसके मोतियों जैसे दांत चमक रहे थे, बड़ी-बड़ी टकोरे जैसी आंखों में शरारत भरी मुस्कराहट थी।

"ये लो, मैं आ गई, मालिक! अब बातें करो।" उसने कहा।

"अरे, ये तो चोखी है!" मेहंदी की झाड़ियों के पीछे छिपा हुआ बुंतू निकलकर बाहर आ गया। "धत् तेरे की, तुमने तो कहा था, तुम राधा से मिलाओगे।" वारेन हेस्टिंग्स भौचक्का था, "तो क्या ये असली वाली है? ये राधा नहीं है?" उसे अब भी विश्वास नहीं हो रहा था।

"ये कौन है, ये तो मैं तुम्हें बाद में बताऊंगा। लेकिन अगर ये छोकरी तुम्हें इतनी अच्छी लग गई है तो समझ लो, यही राधा है और तुम कन्हैया हो। *नित्य-नित्य महानित्य तीनि नित्य कहि, स्थाने-स्थाने राधा कृष्ण रहि।*" बुंतू समझ गया था कि उसके फिरंग सखा के दिल में इस कलूटी चोखी ने सेंध लगा दी है।

उसने देखा कि हेस्टिंग्स अपलक उस लड़की को देखता जा रहा था। यह विश्वास कि उसे छूने पर वह गायब नहीं होगी, उसके भीतर एक नए अनुभव को जन्म दे रहा था। बुंतू ने उन दोनों के बीच और ज्यादा रुकना ठीक नहीं समझा। "देख चोखी! साहब के साथ खूब खेल खेलना। जितना तू खिलाएगी, ये उतना खेलेंगे। समझी?"

चोखी मुस्कराई लेकिन शर्म से उसका चेहरा लाल हो गया।

वारेन हेस्टिंग्स ने जब उसे पहली बार छुआ, तो वह सिहर रही थी। बाप रे, इतना बड़ा, गोरा लाट गवर्नर। एकदम भुट्टे के भुए जैसे बाल। मक्खन का मरद।

वारेन हेस्टिंग्स हालांकि बहुत दूरदर्शी और योग्य गवर्नर था लेकिन उसकी इन हरकतों से ईस्ट इंडिया कंपनी के इंग्लैंड में बैठे बोर्ड ऑफ डायरेक्टर्स को उसकी क्षमता पर संदेह होने लगा और इसके लिए उन्होंने हालवेल और स्ट्रेची से उसकी जासूसी करवाई।

इन अंग्रेज अधिकारियों ने जो खुफिया रपट इंग्लैंड भेजी उसमें लिखा था कि आजकल गवर्नर-जनरल वारेन हेस्टिंग्स शाम का अपना वक्त बगीचे में एक नेटिव लड़की चोखी के साथ गुजारते हैं। एक बार स्ट्रेची ने उन्हें नंगी चोखी के स्तनों पर टेसू, गुलाब, कनेर और गेरू, चंदन, छुई मिट्टी तथा पत्तियों से निकाले गए रंगों से मोरपंख की कलम से चित्रकारी करते देखा। वे उस ब्लैक और बदसूरत लड़की को तरह-तरह से सजाते रहते हैं। हालवेल ने उन्हें बगीचे के एक आम के पेड़ की डाल में बांधे गए झूले पर झूलते हुए संभोग करते देखा था। उसने लिखा, उनको देखकर ऐसा लगता है जैसे वे इंडिया की मशहूर किताब, जिसे गुप्ता पीरियड में लिखा गया था, वात्स्यायन के 'कामसूत्र' का डिमॉस्ट्रेशन कर रहे हों। स्ट्रेची ने रिपोर्ट भेजी कि चोखी और गवर्नर हेस्टिंग्स के बीच क्या रिश्ता है, इसे बंगले में काम करने वाला हर कर्मचारी जानता है, लेकिन वे लोग इसे खास महत्त्व नहीं देते, क्योंकि यहां लगभग हर अंग्रेज अफसर के पास अपनी-अपनी नेटिव रखैलें हैं। जिनके पास नहीं हैं, वे या तो जोर-जबरदस्ती के द्वारा कहीं से लड़कियां उठा लेते हैं या कोठों में जाते हैं।

हालवेल ने लिखा कि कंपनी के अफसरों के पास इस मामले में कोई अभाव इसलिए नहीं है, क्योंकि यहां हिंदुस्तानियों का एक वर्ग ऐसा है जो जल्द से जल्द अमीर बनना चाहता है। वह प्राचीनकाल के रोम के गुलामों से भी ज्यादा गुलाम है। इसमें ज्यादातर ऊंची जाति के लोग हैं। उन्होंने बीफ खाना शुरू कर दिया है। अंग्रेजी बोलने लगे हैं। यूरोपीय कपड़े पहनते हैं और उन्होंने 'हिंदुस्तान' की सारी पुरानी परंपराओं को ढकोसला कहना शुरू कर दिया है। वे सिर्फ अपनी नस्ल और अपनी त्वचा के रंग के अलावा बाकी हर चीज में अंग्रेजों के हमजाद हैं।

हालवेल ने इस मामले में फ्रांसीसी डायरेक्टर जनरल डुप्ले को कोट किया था—"वे हमारी ही गुलाम छायाएं हैं। इंडिया में हमारा सारा प्रशासन वही चलाएंगे। हम जब इंडिया को छोड़कर यूरोप लौट आएंगे, तब भी वहां हमारी यही गुलाम छायाएं राज करेंगी। इंडिया में हमारा ही राज होगा।"

कुछ दिनों बाद गुप्तचर अधिकारियों ने एक 'अत्यंत गोपनीय' रपट और भेजी जिसमें चोखी की पृष्ठभूमि की जानकारी थी। इस रपट के अनुसार 1757 ई० में प्लासी की लड़ाई में लॉर्ड क्लाइव ने बंगाल के नवाब सिराजुद्दौला को मीर जाफर और राय दुर्लभ की गद्दारी के कारण हराने में सफलता पाई थी। लेकिन इस लड़ाई में मीर मदान और मोहन लाल दो ऐसे सिपहसालार थे, जिन्होंने तमाम लालच दिए जाने के बावजूद नवाब सिराजुद्दौला और अपने वतन बंगाल के प्रति अपनी वफादारी

आखिरी सांसों तक निभाई। दोनों को लड़ाई के मैदान में धोखे से मार डाला गया, तभी कंपनी की सेना को जीत हासिल हुई। बाद में वीरगति पाने वाले मोहन लाल के परिवार को मीर जाफर और राय दुर्लभ ने खत्म करवा डाला। बस एक तीन साल की लड़की एक नीच जाति की नौकरानी की हिकमत से किसी तरह बच पाई।

बाद में इस विधवा नौकरानी ने एक नट-बाजीगर से शादी कर ली और यह लड़की वहीं पलने लगी। वहां उसने नटनी की सारी कलाएं सीखीं। वही लड़की आजकल गवर्नर-जनरल के बंगले में नौकरानी का काम करती है। उसका नाम चोखी है। वास्तव में यह नटनी नहीं, प्लासी की लड़ाई के शहीद, नवाब सिराजुद्दौला के वफादार और जांबाज सिपहसालार मोहन लाल की बेटी है।

खुफिया रपट के अंत में लिखा था, महीनों की छानबीन के बाद इस तथ्य का पता लगाया जा सका, लेकिन अपने बारे में यह सचाई खुद चोखी को भी पता नहीं है।

यह भी कैसी विडंबना थी कि जो मोहन लाल प्लासी की लड़ाई में लॉर्ड क्लाइव की अंग्रेज फौज से लड़ते हुए धोखे से मारा गया, उसी की बेटी चोखी भाग्य के फेर से अंग्रेज गवर्नर-जनरल के बंगले में दासी के रूप में पहुंच गई थी और स्वयं गवर्नर जनरल के साथ गोप-गोपी की रासलीला कर रही थी। यह किसकी जीत थी, कंपनी की या बंगाल की, हेस्टिंग्स की या चोखी की? कोई नहीं जानता।

संभवतः यह भी इस लीलाभूमि की एक और लीला थी जिसमें एक अंग्रेज गवर्नर जनरल सूती चिथड़े पहनकर, ग्वाला या गड़रिया बना हुआ, कमर में बांसुरी खोंसे एक सांवली नेटिव लड़की के आगे-पीछे घूमता रहता था।

"ये बंगाल का जादू तूने कहां से सीखा, चोखी? तेरा बाप नट बाजीगर था। उसी ने सिखाया होगा। तूने लाट गवर्नर को भी फांसकर बैल बना डाला।" अब्दुल कादिर चोखी से कह रहा था। खी···खी···खी···करती हुई चोखी हंस रही थी और कबाब खा रही थी।

उस मस्त-अल्हड़ लड़की को इस बात की कोई फिक्र नहीं थी कि लोग उसके बारे में क्या कहते हैं। वह तो इसी बात पर खुश थी कि कहां उसे कभी भरपेट खाना नहीं मिलता था, ढोल की थाप पर बांस की कैंचियों में बंधी रस्सी पर संतुलन बनाते हुए चलना पड़ता था और इकले बांस से पुआल के गट्ठर पर छलांग लगानी पड़ती थी, और कहां अब उसे खाने के लिए तरह-तरह की चीजें, पहनने के लिए एक से एक बेशकीमती विलायती कपड़े, नहाने के लिए खुशबूदार साबुन और सजने-संवरने

के लिए गहने-जेवरात, क्रीम-पाउडर, टीका-बिंदी, चूड़ी, सैंडिल मिल रहे थे। चोखी अपनी किस्मत पर इतरा रही थी, लेकिन धीरे-धीरे एक तरह की गंभीरता उसके भीतर पैदा हो रही थी।

वजह यह थी कि चोखी सचमुच वारेन हेस्टिंग्स को धीरे-धीरे 'अपना आदमी' मानने लगी थी। वह जानती थी कि वह कभी इस अंग्रेज लाट गवर्नर की बीवी नहीं बन पाएगी, लेकिन आखिर राधा भी कौन कृष्ण की ब्याहता थी!

एक बार चोखी से मिलने उसकी मां यानी विधवा नटनी आई। उसने उससे कहा, "मैंने सब सुन रखा है। तू खुश रह बेटी! इसमें कोई बुराई नहीं, क्योंकि नटनी को कभी कोई मर्द नहीं भोगता। नटनी को यह वरदान मिला है कि वही दुनिया के कामी मर्दों का भोग करेगी और धरती का ताप हरेगी। ये वरदान नटवर नागर का है, जिसने दही के मटके को फोड़कर उसकी माटी से दुनिया की पहली नटनी को बनाया और सबसे पहले उससे रास किया।"

चोखी अपनी इस प्यारी-सी मां की बातें ध्यान से सुन रही थी।

"लेकिन बेटी, तू घुंघची भीतर ले लिया करना। याद रख, नटनी की कोख से नट का ही बीज पैदा होता है। तुझे अपने गर्भ से किसी फिरंगी को नहीं पैदा करना। सेंदुर या नीला थोथा खा लेना चोखी, लेकिन ऐसा न करना।"

चोखी मां की बात सुनकर कांप गई।

उन दिनों जब चोखी और वारेन हेस्टिंग्स का खेल उन्माद और वासना के तमाम अनदेखे शिखरों और कंदराओं की मादक और स्वप्न भरी यात्राओं से गुजर रहा था, वारेन हेस्टिंग्स ने इंग्लैंड से ओजियास हम्फ्री और जॉन थॉमस सेटन नाम के कलाकारों को हिंदुस्तान बुलाया। ओजियास हम्फ्री ने अकबरकालीन मुगल शैली की नकल में वारेन हेस्टिंग्स और चोखी के कई बहुत उत्कृष्ट मिनियेचर बनाए। इनमें वारेन हेस्टिंग्स और चोखी को कृष्ण और राधा या गोप और गोपिका के रूप में अभिसार या रतिक्रीड़ा में निमग्न दिखाया गया था। इन चित्रों में दोनों की देह मुद्राएं गुप्त काल के प्रसिद्ध ग्रंथ 'कामसूत्र' पर आधारित थीं। जॉन थॉमस ने भी दोनों के तीन चित्र कंपनी शैली या पटना कलम के आधार पर बनाए जिनमें चोखी और हेस्टिंग्स को आलिंगनबद्ध दिखाया गया था। दूसरे चित्र में हेस्टिंग्स को यूनानी मिथक के पात्र 'हर्मीज' के रूप में चित्रित किया गया था, जो कछुए से 'लायर' नाम वाद्य यंत्र बनाकर अपनी प्रेमिका चोखी से प्रणय निवेदन कर रहा है। हर्मीज कृष्ण का ही यूनानी रूप था।

वे चित्र कहां चले गए, कोई नहीं जानता, क्योंकि न वे कहीं प्रकाशित हैं, न

किसी संग्रहालय में संगृहीत हैं। भारतीय या यूरोपीय कला के इतिहास की किसी पुस्तक में भी उनका कोई उल्लेख नहीं मिलता।

उस रात बुंतू ने बहुत शराब पी ली और एकतारा बजा-बजाकर लगातार गाता और रोता रहा। जब वारेन हेस्टिंग्स उसके पास आया तो उसने कहा, "लाख का घोड़ा और मोम का सवार, दोनों को दह-दह दहकते आग में से जाना है। वासना की बारूद और प्रीत की आग। तोप से भी बड़ा धमाका होगा रे! दोनों में से कौन बचेगा, लाख का घोड़ा कि मोम का सवार?"

बुंतू की आंखें उसी तरह जल रही थीं जैसे मथुरा के निकट, यमुना के तट पर उस रात गंजेड़ी साधु आनंद मुरारी की जल रही थीं। उसने एक अजीब-सी आवाज में वारेन हेस्टिंग्स से कहा, "फिरंग सखा सावधान, वह लड़की जिसे तुम सिर्फ कनेर की टहनी या रेत की ढूह मानते हो, या वृंदावन की किसी दीवार का चित्र या किसी कथा का कोई पात्र, वह हाड़-मांस की लड़की चोखी तुमसे प्यार करने लगी है।"

वारेन हेस्टिंग्स को लगा जैसे किसी ने उसकी कनपटी पर लोहे का हथौड़ा मार दिया हो।

उन्हीं दिनों जब वारेन हेस्टिंग्स चोखी के साथ फैंटेसी की एक मादक दुनिया में केलि कर रहा था, उसने हिंदुस्तान के बारे में एक और तथ्य जाना, जिससे उसके अब तक के आश्चर्यों में एक और कड़ी जुड़ गई।

वह इतना आश्चर्यचकित हुआ कि इस आश्चर्य ने जिंदगी-भर उसका पीछा नहीं छोड़ा। यही वह आश्चर्य था, जिसे समझने के लिए उसने 'श्रीमद्भागवत् गीता' पढ़ना शुरू किया और हिंदू धर्म से इतना प्रभावित हुआ कि पीतांबर और धोती ही नहीं, लगभग छह महीने तक उसने बाकायदा रात में तिलक और चंदन तक लगाया। जॉन थॉमस के वे चित्र, जो अब दुनिया में कहीं मौजूद नहीं हैं, उनमें से एक चित्र में हेस्टिंग्स बाकायदा माला, तिलक, बांसुरी और चोटी में गोपिका के साथ रतिमग्न है। पृष्ठभूमि में एक गाय भी खड़ी है जो वात्सल्य भाव से चोखी और हेस्टिंग्स की कामक्रीड़ा को अपलक निहार रही है।

यही वह आश्चर्य था जिसकी वजह से वारेन हेस्टिंग्स अकसर कहा करता था कि हिंदुत्व एक ऐसा धर्मदर्शन है जिसकी करुणा का सार ईसाइयत की मूल भावना को प्रमाणित करता है। जिसने भी इतिहास पढ़ा है, वह यह जानता है कि वारेन हेस्टिंग्स ने गवर्नर-जनरल बनने के बाद इंग्लैंड से सर विलियम जॉन्स, सर चार्ल्स विल्किंस, नाथेनियल हालहेड और कोलब्रुक जैसे विद्वानों को भारत बुलाया और

उनसे कहा कि इस देश की विद्या और दर्शन के छिपे हुए अनमोल और विलक्षण खजाने को वे दुनिया के सामने लाएं। यह हर कोई जानता है कि विल्किंस ने उसी के कहने पर वर्षों परिश्रम करके 'भागवत् गीता' का अंग्रेजी में अनुवाद किया, जिसकी भूमिका स्वयं वारेन हेस्टिंग्स ने लिखी।

तो जिस बात से वारेन हेस्टिंग्स आश्चर्यचकित हुआ, वह था हिंदुस्तानी गाय-बैलों का स्वभाव और उनका यहां के लोगों के साथ संबंध। उसने देखा था कि सैकड़ों की संख्या में खड़े गाय-बैलों के झुंड के सामने अगर कोई ग्वाला या किसान, 'धौरी' या 'श्यामा' का नाम लेकर पुकारता था तो उस झुंड में से सिर्फ वही गाय दौड़ती हुई आती थी, जिसका नाम 'धौरी' या 'श्यामा' होता था।

"ओह माइ गॉड, इट सीम्स दे हैव देयर प्रॉपर नाउंस!" वारेन हेस्टिंग्स भौचक्का रह गया था। मनुष्यों की तरह उनके व्यक्तिवाचक नाम थे और आश्चर्य यह कि वे अपने नाम को जानते भी थे। वे गांवों में रहने वाले लोगों के परिवार के सदस्य थे। गायें वहां आंगन में बंधी होती थीं। बछड़े घर के बच्चों के साथ खेलते-झगड़ते थे। उनमें बाकायदा रूठना-मनाना, छेड़छाड़ और शरारतें हुआ करती थीं। ये गायें सब समझती थीं। उसने सुना कि घर में कोई बीमार होता था तो गाय खाना छोड़ देती थीं और उपवास करती थीं। किसी की मृत्यु या कोई दुर्घटना हो जाए तो परिवार के लोगों के साथ गायें जार-जार आंसू बहाकर रोती थीं।

गरीबी या अकाल में वे खाना नहीं मांगती थीं। सबके साथ बराबर भूखी रहती थीं। बैलगाड़ी में बैठा किसान रात में सो जाता था लेकिन बैल जंगल और कस्बों में से सही रास्ता खोजते हुए उसे घर तक पहुंचा देते थे। किसी गरीब परिवार में अगर किसी नवजात बच्चे की मां के स्तनों में दूध नहीं उतरता था तो गायें अपने बछड़े को आधा पेट रखकर उस बच्चे के लिए अपना दूध देती थीं। वे सब समझती थीं। सब जानती थीं। उनकी स्मृतियां होती थीं। उनके आंसू बहते थे। बस, सिर्फ वे बोल नहीं पाती थीं। लेकिन उनका रंभाना उनकी भाषा की असमर्थता और लाचारी को बहुत कारुणिक तरीके से व्यक्त करता था।

वारेन हेस्टिंग्स की समझ में आ गया कि आखिर क्यों हिंदू लोग ही नहीं, यहां रहने वाले ज्यादातर मुसलमान भी बीफ नहीं खाते। उसे उन ग्रंथों पर विश्वास होने लगा जिनमें कहा गया था कि सिर्फ यह प्रारब्ध है, जो किसी को मूक पशु बनाए हुए है। उन्हें अगर भाषा मिल जाए, तो वे बातचीत करने लगेंगे। हमारी तरह।

वारेन हेस्टिंग्स ने स्वयं भी इन हिंदुस्तानी गाय-बैलों के साथ दोस्ती की। उन्हें अपने बंगले के अहाते में पाला। उसने इंग्लैंड के अपने एक गहरे दोस्त मिस्टर

इमहॉफ को एक पत्र लिखा–

'मुझे यकीन होता जा रहा है कि वे जानवर नहीं, गूंगे मनुष्य हैं, जिनका शरीर कुछ अलग प्रकार का है। मैं उन्हें बुलाता हूं तो गायें प्यार से भरकर मेरी ओर दौड़ती चली आती हैं। वे मुझे चाटती हैं। मैं उन्हें सहलाता हूं तो सुख में उनकी आंखें मुंद जाती हैं।

जब कंपनी के काम से मैं कहीं बाहर दौरे पर जाता हूं तो बंगले में चोखी के अलावा वही सबसे ज्यादा बेचैनी से मेरा इंतजार करती हैं।

मेरे दोस्त, मुझे इन गाय-बैलों ने हिंदू बना डाला है। मैंने देखा है कि इन प्राणियों में, जिन्हें हम यूरोप में 'कैटल' कहते हैं, हमसे कहीं ज्यादा विकसित और गहरी नैतिक भावना है। वे आदर्शों और सिद्धांतों पर ज्यादा अमल करते हैं।

मेरे प्यारे दोस्त! जब मैं तुम्हें यह पत्र लिख रहा हूं तब विल्किस हिंदुओं के एक विलक्षण ग्रंथ 'भागवत् गीता' का संस्कृत से अंग्रेजी में अनुवाद कर रहा है। विलियम जॉन्स बंगाल में एशियाटिक सोसाइटी बनाने में जोर-शोर से लगा है। हालहेड वर्नाक्युलर भाषा में प्रिंटिंग प्रेस लगा रहा है।

और मैं बांसुरी बजाना सीख रहा हूं और गायों की पूजा करने लगा हूं। जिस कमरे में मैं सोता हूं, उसे चोखी नाम की लड़की गोबर से लीपती है। चोखी कौन है, यह मैं बाद में लिखूंगा।

तुम्हारा सदैव
वारेन हेस्टिंग्स

पुनश्चः और हां, तुम्हें यह जानकर ताज्जुब होगा कि अभी तक इस देश का कोई भौगोलिक नक्शा ही मौजूद नहीं था। इंडिया या हिंदुस्तान मौजूद तो था, लेकिन बिना नक्शे का। तुम्हें यह जानकर खुशी होगी कि ईस्ट इंडिया कंपनी के बोर्ड ऑफ डायरेक्टर्स की मर्जी के मुताबिक मैंने कैप्टन जेम्स रेनेल को बंगाल और बिहार का सर्वेक्षण करके इस इलाके का नक्शा तैयार करने का काम सौंपा था। रेनेल कमाल का आदमी है। उसने बंगाल और बिहार ही नहीं, पूरे हिंदुस्तान का पहला नक्शा तैयार कर डाला है। अब हम लोग इस पर राज कर सकते हैं। क्योंकि इसका नक्शा हमारे कब्जे में है।'

–वारेन हेस्टिंग्स

उस रात वारेन हेस्टिंग्स ने बेला, मोगरा, जूही और चंपा के फूलों और गजरों से चोखी को सजाया। उसकी वेणियां उसी तरह से गूंथीं जैसी वृंदावन की दीवार के उस चित्र

में राधा की वेणी थी। चोखी की त्रिबली, बांहों और स्तनों पर उसने चंदन, गेरू और पलाश के रंगों से बेल-बूटे और नन्हे-नन्हे मोटिफ बनाए। कार्नेलिया, पुखराज, नीलम और मोतियों की मालाएं और बाजूबंद उसे पहनाए। चांदी की पाजेब और लड़ियों वाला कमरबंद। कर्पूर और घी की कालिख से बनाया गया काजल और चंदन के चूर्ण का लेप।

वह एक अलौकिक रात थी। दशमी का चंद्रमा केले के पत्तों के ऊपर झांक रहा था। रजनीगंधा की महक हवा में घुल गई थी।

बुंतू दूर एकतारा बजाकर गा रहा था—

'हो¨ हो¨ हो¨ वसन हरइतें लाज दुर गेल/पियक कलेवर अंबर भेल/पीन पयोधर पुरहर भेल/करस झपन नव पल्लव देल¨"

सिर्फ एक कमल की पंखुड़ी थी, जो एक बारीक रेशम के धागे से कमरबंद की लड़ियों से बंधी हुई चोखी की दोनों जंघाओं के बीच लटक रही थी। वारेन हेस्टिंग्स ने उसे हटाने के लिए हाथ बढ़ाया तो चोखी ने उसकी कलाई पकड़ ली। वारेन हेस्टिंग्स चौंक गया। ऐसा पहले कभी नहीं हुआ था।

"सुनो मालिक, सच-सच बोलना। झूठ वचन की आड़ न लेना¨¨" चोखी उस चांदनी रात में उसे घूरती हुई पूछ रही थी। उसकी आंखें जैसे अचानक जीवित होकर चमक रही थीं¨¨"क्या ये बात सच है कि तुमने हमारे मुलुक का कोई नक्शा कागज पर बनवाया है?"

वारेन हेस्टिंग्स को हंसी आ गई। "अरे, तो इसमें ऐसी क्या बात है, चोख़ी! ये तो जरूरी था।"

चोखी उठकर खड़ी हो गई, "ये ठीक नहीं हुआ। सोचो, जो काम तुमने किया क्या वो पहले कोई नहीं कर सकता था? सोचो, किसी ने ऐसा क्यों नहीं किया?"

"चल, अच्छा, तू ही बता दे कि ऐसा क्यों नहीं किया¨?" वारेन हेस्टिंग्स ने उसे अपनी ओर खींचा।

"दूर हट साहब!" चोखी की आवाज बदल गई थी, "किसी ने ऐसा इसीलिए नहीं किया क्योंकि कोई इस मुलुक को मिटाना नहीं चाहता था। हमारे यहां जिसको मारना होता है, उसका बेसन का पुतला बनाकर उसे तलवार से काटते हैं। जैसे-जैसे पुतला कटता जाता है, वह आदमी, जिसका प्रतिरूप यह पुतला होता है, वह भी कटता जाता है। फिर पुतले को आग में डाल देते हैं। भसमकुंड में।"

चोखी थर-थर कांप रही थी। उसने पता नहीं कहां से, छिपा हुआ खंजर

निकाला। "देख, मैं ये तुझे मारने के लिए लाई थी।" वह रो रही थी, "इसलिए नहीं मार सकती कि तुझे मैंने अपना मरद मान लिया है। मैंने तुझे भोगा है, खूब भोगा है। छककर तेरे रस की बियारी की है। मैं चाहूं तो बेसन का पुतला बनाकर उच्चाटन और मारन मंतर से तुझे मार सकती हूं। लेकिन तू जिंदा रह, साहब!" चोखी उससे खिसककर दूर खड़ी हो गई, "बुंतू को, अब्दुल कादिर को, मेरे को, सबको पता है कि तुम फिरंग लोग उस कागज पर घोड़ा दौड़ाएगा, उसको बंदूक से मारेगा, उसको पिंजरे में डालेगा, उसको चूस-चूसकर खाएगा और जब तुम लोग यहां से जाएगा तो वो नक्शा किसी अपने गुलाम को सौंप जाएगा।"

वारेन हेस्टिंग्स के शरीर के रोयें भय के मारे खड़े होने लगे थे। चोखी राधा नहीं थी। वह शेर पर बैठी हुई वह दूसरी औरत थी जिसके हाथ में किसी डरावने पुरुष का कटा हुआ सिर होता था और जिसके चित्र और मूर्तियां वह अकसर देखता रहता था।

"सुन साहब! मैं समझती थी सब कुछ। जब तू उस अंगरेज से मेरी तस्वीर बनवाता था तब भी मेरे भीतर से कोई आवाज आती थी कि ऐसा तू यों कर रहा है कि तू मुझे मिटाना चाहता है। जब तूने अपने नसल की गोरी फिरंगन से शादी कर ली तो मेरा शक पक्का हो गया...तू जैसे अपने नसल में लौटा है वैसे ही अपने वतन में भी लौटेगा। तू यहां का नहीं है रे! तू फिरंग है, फिरंग!"

चोखी ने चीखते हुए कहा, "देख, इस खंजर से कौन मर रहा है? मर रहा है तेरा बीज जो मेरे पेट में है। उस रात मैं घुंघची डालना भूल गई और ये आ गया।"

वारेन हेस्टिंग्स ने कांपते हुए गहरे सदमे की हालत में देखा कि चोखी ने खंजर अपने पेट में भोंक लिया। दशमी का चंद्रमा खून के फव्वारे से नहा उठा। एक अमानवीय चीख पैदा हुई। फिर सब कुछ शांत हो गया। वारेन हेस्टिंग्स चोखी को उठाने के लिए आगे बढ़ा तो उसने पाया कि वहां कुछ भी नहीं है। सिर्फ कनेर की टहनियां हैं, जो चांदनी रात के धुंधलके में, किसी अज्ञात हवा के स्पर्श से धीरे-धीरे हिल रही हैं।

इतिहास में बंगाल के नवाब सिराजुद्दौला के वफादार सिपहसालार मोहन लाल की बेटी चोखी अब सिर्फ जॉन जोफेनी द्वारा बनाए गए उस चित्र में मौजूद है जो कलकत्ते के विक्टोरिया मेमोरियल में संगृहीत है। वह वारेन हेस्टिंग्स की पत्नी के पीछे खड़ी है और उसके हाथ में उसका हैट है।

कहावत है कि 'पुरुष बली नहीं होत है, समय होत बलवान।' तो हर कथा

के अंत में समय ही बचता है और इसीलिए हर कथा समय की ही कथा होती है। तो वारेन हेस्टिंग्स के साथ भी ऐसा ही हुआ।

समय गुजरने के साथ-साथ वह गंजा, बूढ़ा और मामूली फिरंग बनता चला गया। चोखी के न रहने से उसके स्वप्नों की दुनिया का अंत हो गया। जीवन में कोई फैंटेसी न रही।

और जब किसी मनुष्य के पास स्वप्न न रह जाएं, फैंटेसी न रहे और मिथक नष्ट हो जाएं तो वह घनघोर व्यावहारिक, यथार्थवादी आदमी के रूप में बचा रह जाता है। स्मृतिहीन, अध्यात्म वंचित, स्वप्नशून्य, आदर्शविरत, सपाट, चौकोर, दुनियादार, तिकड़मी, घटिया आदमी।

वैसे, ठीक यही बात समाज और समुदायों पर भी लागू होती है। गीता में अर्जुन कृष्ण से कहता है–

'अहो बत महत्पापं कर्त व्यवसिता वयम्/यद्राज्यसुखलोभेन हंतु स्वजनमुद्यताः'

(अहो, कैसा आश्चर्य है कि सत्ता-सुख के लोभ में हम अपने ही लोगों की हत्याएं करने के घृणित पाप-कर्म में तत्पर हो रहे हैं।)

लेकिन यह भी नियम है कि सत्ता भ्रष्ट करती ही है। खास तौर पर वह सत्ता जिसमें कोई महान् स्वप्न, फैंटेसी, यूटोपिया, मिथक या कोई विराट् दर्शन न जुड़ा हो।

वारेन हेस्टिंग्स जैसे-जैसे बूढ़ा और गंजा होता जा रहा था, जैसे-जैसे उसके शरीर की इंद्रियां शिथिल और निर्बल होती जा रही थीं, जैसे-जैसे उसका मस्तिष्क स्वप्नों और विचारों के संसार में संचरण करने के अयोग्य होता जा रहा था, वह लोभ, लालच, तिकड़म, षड्यंत्र और कामुकता तथा लालसाओं के दुर्निवार जंजाल में घिरता चला जा रहा था।

वारेन हेस्टिंग्स की पत्नी उस इंग्लैंड से आई थी, जहां औद्योगिक क्रांति हो चुकी थी। वहां टेक्नोलॉजी और विज्ञान के विकास ने कारखानों और मशीनों का एक ऐसा नया युग पैदा कर दिया था, जिनके उत्पादों की खपत के लिए नए-नए बाजारों की खोज जरूरी थी। वहां का अटलांटिक सागर व्यापारियों, उत्पादनों और फौजियों से लदे जहाजों से अंटा पड़ा था। वाणिज्य क्रांति ने बीमा, शेयर बाजार, बैंक प्रणाली और स्टॉक एक्सचेंज को जितना विकसित कर डाला था, उसके लिए यूरोप बहुत छोटा पड़ रहा था। वहां ऐसी पूंजी पैदा हो गई थी, जिसे सारी दुनिया का साम्राज्य चाहिए।

इतना बड़ा साम्राज्य जिसमें कभी सूरज न डूबे।

वारेन हेस्टिंग्स की पत्नी उसी इंग्लैंड से आई थी, और वह उसी जाति की थी जो सारी दुनिया को पहले अपना बाजार, फिर अपना साम्राज्य बना लेना चाहती थी। वह कैसे बर्दाश्त करती कि उसका पति, जिसे ईस्ट इंडिया कंपनी के डायरेक्टर्स ने भी इतना योग्य माना था कि उसे हिंदुस्तान का गवर्नर-जनरल बना दिया था, इन काले-कलूटे, टेढ़े-मेढ़े, अर्द्ध-ऐतिहासिक किस्म के नेटिवों के जादू में फंसकर चिथड़े पहन ले, नटनियों और बेड़िनियों के पीछे भटकता फिरे, गाय-बैल चराए और किसी अधपगले नचकारिया की तरह बगीचे में आधी रात बांसुरी बजाए। हद है! इसे ठीक करना होगा। उसकी पत्नी ने फैसला किया।

उसने उसका टाइम टेबल बनाया। ब्रश, नाश्ता, लंच, डिनर और बेड में जाने का निश्चित क्रम निर्धारित किया। उसके मनोरंजन और मनबहलाव के लिए श्रेष्ठ यूरोपीय या हिंदुस्तानी नवाबों और राजाओं के दरबारों के कुशल कलाकारों के कार्यक्रम करवाने शुरू किए। उसने वारेन हेस्टिंग्स को समझाया कि तुम जिस जाति और जिस देश के हो, वह एक विजेता देश है। वह भविष्य का देश है। तुम इस निहायत पिछड़े, आदिम, सांपों-मच्छरों और जंगली जानवरों से भरे, धूल और गरमी से गंधाते गंदे देश के अंधविश्वासों और जादू-टोनों की अंधेरी गुफा में क्यों भटकते रहते हो?

वारेन हेस्टिंग्स से उसकी पत्नी ने कहा, "तुम्हें शर्म आनी चाहिए। इंग्लैंड से यहां आने वाले कंपनी के छोटे-मोटे कर्मचारी, लौंडे-लपाड़ी और लंपट, उचक्के तक यहां से लाखों-करोड़ों की कमाई करके चले जाते हैं और तुम यहां भ्रष्टाचार हटाने, गो-हत्या बंद कराने, अकालपीड़ितों की मदद के लिए ग्रेन गोला बनवाने जैसे बेहूदा और फालतू कामों में लगे हुए हो। क्या जरूरत है तुम्हें वर्नाक्युलर प्रेस की। बूढ़े हो रहे हो, मर जाओगे कंगाल के कंगाल। मैं जब इंग्लैंड लौटूंगी तो वहां किसी को क्या मुंह दिखाऊंगी। तुम्हें पता है वहां का जीवन स्तर कितना ऊपर उठ गया है? हर ऐरे-गैरे के पास बंगला-कोठी और बग्घी है। नौकर-चाकर हैं। लाखों बैंक में जमा हैं। अब भी वक्त है, होश में आ जाओ।"

यह तो इतिहास भी बताता है कि वारेन हेस्टिंग्स ने क्या-क्या कारनामे यहां किए। एक तरफ वह हिंदुत्व की बात करता था, दूसरी तरफ रिश्वत, कमीशन और भ्रष्टाचार से अपनी तिजोरी भरता था। उसने अवध के नवाब से दस लाख रुपए घूस में वसूले, बनारस के राजा चैत सिंह से उसने इतने रुपए घूस और जुर्माने में वसूल किए कि

वह डर के मारे बनारस छोड़कर भाग गया। एक तरफ वह गीता और पुराणों का अनुवाद करवाता था, अरबी-फारसी और बंगला बोलकर अपने विद्वान् होने की धाक जमाता था, दूसरी तरफ उसने अपनी फौज भेजकर निर्दोष रुहेलों का संहार करवाया। सैकड़ों रुहेल औरतें उसकी फौज द्वारा बलात्कार की शिकार हुईं। बच्चों तक को मार डाला गया।

बंगाल के एक सीधे-सादे ब्राह्मण नंदकुमार ने जब वारेन हेस्टिंग्स द्वारा मीर जाफर की विधवा बेगम से साढ़े तीन लाख रुपए की घूस लेने के प्रामाणिक दस्तावेज ईस्ट इंडिया कंपनी के उच्च अधिकारियों के सामने प्रस्तुत करते हुए आरोप लगाया तो उसने नंदकुमार को जालसाजी के झूठे मुकदमे में फंसाकर उसे फांसी पर लटका दिया।

वारेन हेस्टिंग्स ने अदालतों में अपने भरोसे के जज नियुक्त किए और उनसे मनचाहे फैसले करवाए। इंपे नाम का जज मशहूर था, जिसने निर्दोष ब्राह्मण नंदकुमार को फांसी की सजा सुनाई।

वारेन हेस्टिंग्स एक ऐसा गवर्नर-जनरल था, जिसने अपने सभी अधिकारों और अपने अधीन सभी संस्थाओं का अनैतिक, मर्यादाहीन और मनचाहा दुरुपयोग किया। उसने कोर्ट ऑफ प्रोपराइटर्स और कोर्ट ऑफ डायरेक्टर्स के लोगों और उनके भाई-भतीजों पर लगातार अपनी भ्रष्ट अनुकंपा की। हिंदुस्तान के प्रमुख प्रशासनिक पदों पर उसने अपने चापलूसों और चमचों की भरती की।

कहने की जरूरत नहीं कि वारेन हेस्टिंग्स के भीतर वह 'सत्ताधारी', 'व्यावहारिक' और 'कुशल प्रशासक' पैदा हो गया था, जिसकी क्रूरता और बर्बरता की मिसाल 1769-70 के महाअकाल के दौरान कायम हुई। इस अकाल में बिहार और बंगाल की एक-तिहाई आबादी मौत के मुंह में समा गई। एक करोड़ से ज्यादा लोग मरे। जून के महीने में कंपनी के अफसरों तक ने वारेन हेस्टिंग्स को रिपोर्ट दी कि यह दुर्भिक्ष इतना भयावह है कि लोग औरतों और बच्चों को बेच रहे हैं और पेट भरने के लिए मुर्दों को खा रहे हैं। मार्च के महीने में चेचक और दूसरी महामारियां फैलीं। डब्ल्यू०डब्ल्यू० हंटर ने लिखा कि भूख से मरने वालों की इतनी लाशें चारों ओर फैली हैं कि कौवे, गिद्ध, कुत्ते और सियार तक उन्हें नहीं खा पा रहे हैं।

लेकिन हिंदुस्तान के गवर्नर-जनरल वारेन हेस्टिंग्स ने इस दौरान भी लगान और दूसरे करों की जमकर वसूली करवाई। उसके कर्मचारियों ने भूख और गरीबी से मरते किसानों ही नहीं, हिजड़ों और रंडियों तक से पैसे वसूले। वारेन हेस्टिंग्स ने बहुत गर्व और प्रसन्नता के साथ कोर्ट ऑफ डायरेक्टर्स को सूचित किया कि 'हमारे कुशल

प्रशासन की बदौलत इस साल जनता के करों की वसूली पिछले सभी सालों से कई गुना ज्यादा है।'

उसके बचपन के सखा बुंतू और प्यारे खानसामे अब्दुल कादिर के चेहरे भय और विस्मय से पीले पड़ चुके थे। बुंतू ने बाउल गीत गाना बंद कर दिया था और अब्दुल कादिर कबाब या दमपुख्त बनाते हुए अकसर अपने हाथ जला लेता था।

वारेन हेस्टिंग्स ने बुंतू और अब्दुल कादिर ही नहीं, अपने तमाम परिचितों और 'भरोसेमंद' लोगों के नाम जगह-जगह बेनामी प्लॉट खरीद रखे थे। इन्हीं नामों की आड़ में वह अफीम का व्यापार भी करता था।

एक दिन बुंतू ने अब्दुल कादिर से कहा, "हम अब गुलाम हो गए हैं कादिर!" और उसने अपना एकतारा उसी तंदूर में झोंक दिया जिसमें गवर्नर-जनरल के लिए कबाब बनता था।

और ठीक इसी दिन वारेन हेस्टिंग्स पर उसके भ्रष्ट, अन्यायपूर्ण तथा निरंकुश कारनामों को लेकर इंग्लैंड में महाभियोग का मुकदमा किया गया।

इंग्लैंड के एक कलाप्रेमी के निजी संग्रह में बर्कशायर के उस बंगले का चित्र है जिसमें हिंदुस्तान से लौटने के बाद वारेन हेस्टिंग्स अपनी पत्नी के साथ किराए पर रहता था। इस बंगले को 'प्योरली हॉल' कहते थे। इसमें वह उस दौरान रहा जब उस पर महाभियोग (इंपीचमेंट) का मुकदमा चलता था।

यह चित्र किस कलाकार ने बनाया है, इसका पता नहीं चला। चित्र में बंगले के सामने एक लॉन है, जिसमें दो ऊन वाली भेड़ें दिखाई देती हैं। बीच में एक यूनानी शिल्पकृति है। चित्र के दाहिने फ्रेम के कोने में एक ब्राह्मणी नस्ल की गाय और एक बैल है। बैल बैठा हुआ है जबकि गाय खड़ी हुई है।

चित्र के बीचोबीच एक अंग्रेज साईस अपने सफेद कुत्ते के साथ एक शानदार काले घोड़े की लगाम पकड़े उसे कहीं लिए जा रहा है। आप गौर से देखें तो लगता लगेगा कि वह घोड़ा आगे बढ़ने से इनकार कर रहा है, उसने अपनी गरदन मोड़ ली है और वह लगभग अकड़ गया है। साईस के साथ का विलायती कुत्ता जोरों से गुर्राता और भौंकता हुआ चित्र के बाएं फ्रेम की ओर झपट्टा मार रहा है।

और चित्र के बाएं कोने में, लकड़ी के मजबूत बाड़े में कैद, लोहे की जंजीर से जकड़ा एक रहस्यमय आकृति का काला, सफेद चित्ती और ऊंची डील वाला सांड दिखाई दे रहा है। गुस्से में यह डरावना, रहस्यमय सांड अहाते की दीवार की ओर

अपने सींगों को ताने हुए खड़ा है। आप अगर उस अज्ञात चित्रकार द्वारा बनाए गए 'प्योरली हॉल' बंगले के इस चित्र को देर तक देखें तो आपके शरीर के भीतर भय और उत्सुकता की एक अजीब-सी सुरसुरी पैदा होने लगेगी।

आपकी नजरें चित्र के बाएं निचले कोने से एक पल को भी नहीं हटेंगी। वे वहीं जड़ हो जाएंगी, जहां लोहे की मोटी जंजीरों, सांकलों और काठ की मजबूत बाड़ेबंदी के भीतर एक रहस्यमय, उन्मत्त और क्रोध में बिफरता हुआ सांड कैद है। इसी सांड को देखकर ब्रिटेन का वह शानदार शाही काला घोड़ा डरकर अड़ गया है। कुत्ता उछलता हुआ लेकिन डरा हुआ भौंक रहा है। और चित्र के दाहिने फ्रेम के निचले कोने से ब्राह्मणी गाय और बैल बहुत आशा, याचना और करुणा-भरी आंखों से उस सांड को निहार रहे हैं। इस सांड को वारेन हेस्टिंग्स के लिए सैम्युअल टर्नर ने तब भेजा था जब वह तिब्बत की यात्रा पर गया था। वहां के लामाओं से उसने कई रहस्यपूर्ण पांडुलिपियां हासिल की थीं।

लेकिन सैम्युअल टर्नर तिब्बत के लामाओं के बीच रहते-रहते मिरगी और सन्निपात का मरीज हो गया था। उसे रात में डरावने सपने आते थे। हिमालय की सफेद और नीली चोटियों की ओर से, बर्फ और बादलों को हटाता एक काला सांड उसे अपनी ओर दौड़ता दिखाई देता था।

जब वह सांड टर्नर की ओर स्वप्न में दौड़ता तो उसके नथुनों से नीली अग्नि निकलने लगती, जो असंख्य जहरीले सांपों के विष से भरी हो।

टर्नर को लगने लगा कि वह कभी तिब्बत से वापस नहीं लौट पाएगा। यहीं कहीं बर्फ में वह हमेशा के लिए दफन हो जाएगा। लेकिन उसे लगता था कि उसके मरने के बाद भी, उसकी मृत्यु के भीतर वह डरावना सांड उसी तरह दौड़ता रहेगा, जैसा वह उसके स्वप्न के भीतर दौड़ता है।

वह तिब्बत के एक बौद्ध मठ के सबसे बूढ़े लामा से मिला। लामा सब कुछ पहले से जानता था। वह सूर्य की रोशनी में चमकती अपनी गंजी खोपड़ी हिलाता हुआ झुर्रियों में मुस्कराता रहा। अंत में उसने कहा, "वह नंदी है। हिंदुओं के देवता पशुपति का वृषभ। डरने की कोई बात नहीं। बस तुम तिब्बत से वापस लौट जाओ। वह तुम्हें यहां नहीं देखना चाहता।"

सैम्युअल टर्नर जब लौट रहा था तब तिब्बत के उस बूढ़े लामा ने उसे यही सांड दिया था और कहा था, "इसे ले जाओ और इसकी सेवा करो। तुम ठीक हो जाओगे।"

सैम्युअल टर्नर लौट आया लेकिन उसकी जिंदगी इतने भटकावों और यात्राओं

से भरी हुई थी कि वह इस सांड की सेवा कैसे करता? टर्नर को पता था कि गवर्नर जनरल वारेन हेस्टिंग्स हिंदुस्तानी गाय-बैलों का दीवाना है, इसलिए उसने यह सोचकर कि तिब्बत के इस याक की देखभाल वारेन हेस्टिंग्स के बंगले में अच्छी तरह होगी, उसे वहां भेज दिया।

रात में वारेन हेस्टिंग्स गायों के बाड़े में जाकर खड़ा हो जाता। गायें उसे देखतीं। भ्रष्टाचार, षड्यंत्र, क्रूरता और पापों के दलदल में लिथड़ा हुआ वारेन हेस्टिंग्स पहले का वारेन हेस्टिंग्स नहीं रह गया था।

हिंदू धर्म और इस्लाम के बारे में उसका ज्ञान अब सिर्फ उसकी स्मृतियों में संगृहीत डाटा या तथ्य-भर रह गया था। पहले की भावुकता, आस्था और वह विमूढ़ सम्मोहन अब कहीं नहीं था। वह वस्तुपरक, व्यावहारिक और निपट वास्तविकतावादी हो गया था।

लेकिन तब भी कभी-कभी जब वह अपने बंगले की गोशाला में पहुंचता तो उसे लगता जैसे उन गायों की आंखें उसे उसके पापों के लिए क्षमा कर रही हैं। उसे महसूस होता जैसे वे सब कुछ जानती हैं। उसके भीतर, उसके जीवन और व्यक्तित्व में आए परिवर्तनों के बारे में उन्हें सब कुछ मालूम है, लेकिन वे उसे क्षमा कर रही हैं।

कई बार वह वहां उनके सामने रोने लगता। वे चुप रहतीं। उसे वैसा ही बोध होता जैसे गिरजाघर में कनफेशन के बाद होता है। वह रिक्त और गुनाहों के बोध से हलका होकर वहां से लौटता।

यही वजह थी कि पत्नी के लाख विरोध के बावजूद, जब वह इंग्लैंड लौटा तो अपने साथ पांच ब्राह्मणी गायें और सैम्युअल टर्नर द्वारा भेंट किया गया यह सांड जहाज में लदवाकर यहां ले आया।

इंग्लैंड एक औद्योगिक देश था। फैक्टरियों और मशीनों ने वहां के जीवन और समाज को बदल डाला था। विज्ञान, वाणिज्य, उत्पादन, व्यापार, युद्ध, निर्यात और आयात, श्रम, वेतन, शेयर बाजार, ब्याज, बैंकिंग, खरीद-फरोख्त, कर्ज, पूंजी, जमा, घाटा और मुनाफा... वगैरह वे मूल कारक थे, जिनकी बुनियाद पर वहां का मानवीय जीवन टिका हुआ था और उसी से नियंत्रित था।

और कहां ये हिंदुस्तानी गायें और बैल।

यहां कुलांचें मारने के लिए जंगल नहीं थे। सींग लड़ाने और जोर-आजमाइश

के लिए संगी नहीं थे। न चरवाहे की हांक थी, न उसकी बांसुरी की तान।

बूढ़े दादा जी नहीं थे, जो एकादशी को पूरियां देते थे। वे नटखट, शैतान, प्यारे-प्यारे बच्चे नहीं थे जिनके साथ छेड़खानी, रूठना-मनाना होता।

बर्कशायर का यह बंगला, किसी मालिक के घर का वह आंगन नहीं था, जहां एक पूरा परिवार अपनी रोजमर्रा की जिंदगी में उन्हें अपने साथ शरीक रखता। यहां दीवाली नहीं मनाई जाती थी, गोवर्द्धन पूजा नहीं होती थी। गो-पूजा का रिवाज नहीं था।

यहां किसी की मृत्यु पर गरुड़पुराण का पाठ नहीं होता था। मृत्यु के बाद कोई वैतरणी नहीं थी, जिसे पार करने के लिए गाय की पूंछ पकड़ने की जरूरत हो। इसीलिए गोदान नहीं होता था।

यहां की गायों की व्यक्तिवाचक संज्ञाएं नहीं होती थीं। उनके अलग-अलग अपने निजी नाम और व्यक्तित्व नहीं थे। यहां कोई कृष्ण नहीं था, कोई ब्रज या वृंदावन नहीं था।

यहां के कृषि जीवन के केंद्र में गाय और बैल नहीं थे, इसलिए वैसे उत्सव और त्योहार नहीं थे।

इंग्लैंड में गाय पृथ्वी का प्रतीक नहीं थी, उसे हत्या से बचाने के लिए अपने प्राण देने वाला कोई राजा दिलीप नहीं था।

गाय यहां डेयरी, मीट, चमड़ा, हड्डी और वसा उद्योग का कच्चा माल थी। अंदाज लगाया जा सकता है, हिंदुस्तान से इंग्लैंड गई गायों और उस सांड के साथ वहां कैसा व्यवहार हुआ होगा?

एक बंधा-बंधाया नियम था, निश्चित टाइम टेबल था, तयशुदा आहार था और उनकी निश्चित निर्धारित मात्रा थी। कर्मचारी आते, खाना और पानी देते। दूध दुह लिया जाता। मच्छरों को मारने के लिए दवा छिड़क दी जाती। फिनाइल लगे गीले कपड़े से उन्हें पोंछ दिया जाता।

गायों के गले से लिपटकर उन्हें चूमने वाली एक भी नन्ही लड़की पूरे इंग्लैंड में कहीं नहीं थी। उनके माथे से अपना तपता हुआ माथा टिकाकर रोने वाला एक भी बूढ़ा मनुष्य कहीं नहीं था।

ससुराल से तीज को अपने मायके लौटी हुई वह बेटी नहीं थी, जो सबसे पहले दौड़कर 'अम्मा' कहकर उनसे लिपट-लिपटकर रोती।

गायों का दम घुटने लगा। उनके होश उड़ने लगे। उनसे खाया न जाता। खा लेतीं तो पचता नहीं था। जो गोरे कर्मचारी उन्हें खाना और पानी देने आते, उनके

चेहरों में उन्हें अपने हत्यारे दिखाई देते। वे सांस छोड़ते, तो गायें सिहर जातीं। उसमें उन्हें अपनी मृत्यु की गंध महसूस होती।

गायों ने खाना छोड़ दिया। वे एक-एक कर बीमार पड़ने लगीं और मरने लगीं। चार गायें छह महीने के भीतर मर गईं। उनकी मृत्यु पर कोई शोक नहीं मनाया गया। आखिर वे किसी गरीब परिवार की कमाऊ, दुधारू और बछड़े देने वाली संपदा नहीं थीं। कर्मचारी उनकी लाश को उठाकर कहीं ले गए। जब चौथी गाय मरी, तब वारेन हेस्टिंग्स को थोड़ी-सी फिक्र हुई। हालांकि वह अब इनसे पिंड छुड़ाना चाहता था। पत्नी ने शेयर मार्केट और बैंकों में हिंदुस्तान से गबन में लाए गए धन को लगा दिया था। शिपिंग में पूंजी निवेश किया था। वारेन हेस्टिंग्स महाभियोग के मुकदमे में अलग से उलझा हुआ था। किसी के पास इतना टाइम नहीं था कि उन्हें देखे।

लेकिन जब चौथी गाय मरी तो वारेन हेस्टिंग्स ने कर्मचारियों से कहा कि "इस बची हुई ब्राह्मणी गाय को इस सांड से क्रॉस कराओ। हो सकता है, इसकी कोई प्रोजेनी पैदा हो। अगर यह एक्सपेरिमेंट सफल रहा तो इंडिया से जेबू, साहिवाल, कांकरेज, हालिकार जैसी उम्दा नस्ल के गाय-बैलों को यहां इंपोर्ट किया जा सकता है। इंग्लैंड की लेदर इंडस्ट्री को इससे फायदा हो सकता है। मीट उद्योग को भी।"

अज्ञात चित्रकार द्वारा बनाए गए 'प्योरली हॉल' बंगले के उस चित्र में फ्रेम के दाहिने कोने में जो बैल बैठा हुआ दिखाई देता है, वह उसी सांड की संतान है।

तो हुआ यह कि जब उस ब्राह्मणी नस्ल की गाय की कोख से बछड़ा पैदा हुआ तो कुछ समय के लिए सांड को उसके इस 'परिवार' के साथ ही बांधा जाने लगा। तब तक वह सांड वारेन हेस्टिंग्स के बंगले के गोरे कर्मचारियों से घृणा करने लगा था। जब-जब वह गाय की डरी हुई आंखों को देखता, उसका गुस्सा और बढ़ने लगता।

और इसी दौरान बंगले के अंग्रेज कारिंदों से एक चूक हो गई।

अंग्रेज इस मामूली-से तथ्य को नहीं जानते थे कि हिंदुस्तान के गाय-बैल मनुष्यों की भाषा समझते हैं। हालांकि वे अंग्रेजी में बोल रहे थे, लेकिन मुमकिन है कि डेढ़-दो साल तक बर्कशायर के उस बंगले में रहने के कारण गाय और सांड को वह भाषा भी थोड़ी-बहुत समझ में आने लगी हो।

उस दिन जब दो कर्मचारी उन्हें दाना-पानी दे रहे थे और फिनाइल में डूबे गीले कपड़े से उनके शरीर को पोंछ रहे थे तो उनमें से एक ने कहा, "इट सीम्स दिस काफ मस्ट बी हैविंग टेस्टिएस्ट लोफ..." (लगता है इस बछड़े की बोटियां बड़ी जायकेदार होंगी)।

"गिव इट समथिंग टु ईट। वी विल मैनेज।" दूसरे ने कहा। (इसके खाने में कुछ मिला दो, बाद में हम संभाल लेंगे।)

बस, ठीक उसी पल दुर्घटना घटी।

सांड ने अचानक उनमें से एक को अपने सींग में उठाकर हवा में उछाल दिया। दूसरे के पीछे वह प्रचंड अंधड़ की तरह, सब कुछ रौंदता, ध्वस्त करता दौड़ा। दूसरा कर्मचारी अपनी जान बचाने के लिए चारों तरफ भाग रहा था, लेकिन सांड उसके पीछे पड़ा हुआ था। लॉन, बगीचा, दीवारें, अहाते तहस-नहस करता हुआ। वह काबू में नहीं आ रहा था।

आखिरकार खुद वारेन हेस्टिंग्स वहां पहुंचा। वह बंगला भाषा में जोर-जोर से उसे पुकारकर समझा रहा था। बड़ी मुश्किल से एक-डेढ़ घंटे के बाद उस पर काबू पाया जा सका।

इसके बाद दस-पंद्रह दिन ठीक-ठाक गुजरे। लगा, सब कुछ ठीक हो गया है। लेकिन अचानक एक दिन बछड़े (जो अब उतना बड़ा हो गया था, जितना आपने उसे उस अज्ञात चित्रकार द्वारा बनाए गए 'प्योरली हॉल' बंगले के चित्र में फ्रेम के दाहिने कोने में देखा है) की तबीयत खाना खाने के बाद बिगड़नी शुरू हो गई और शाम होते-होते वह मर गया।

गाय की आंख से लगातार आंसू बहते रहे। इंग्लैंड के औद्योगिक-पूंजीवादी समाज में किसी ने उन आंसुओं को नहीं देखा। गाय ने खाना खाना ही नहीं, पानी तक पीना छोड़ दिया। अगर राजनीतिक शब्दावली इस्तेमाल करें तो शायद उसने भारत के इतिहास में पहला सत्याग्रह इंग्लैंड के बर्कशायर नामक शहर में, ईस्ट इंडिया कंपनी के पूर्व गवर्नर-जनरल वारेन हेस्टिंग्स के 'प्योरली हॉल' नामक बंगले में प्रारंभ किया।

सांड उन दिनों लगातार उस ब्राह्मणी गाय को चाटता रहता था, जो दिनोदिन निढाल और कमजोर होती जा रही थी। वह 'संथारा' कर रही थी। बछड़े की मृत्यु या हत्या के बाद उसके जीवन में अब कुछ नहीं बचा था।

हां, कभी-कभी उसे सांड से सहानुभूति होती, जो उसकी मृत्यु के बाद इस पराए, अजनबी, अमीर देश में फिरंगियों के बीच अकेला रह जाने वाला था। वह कई बार सांड की ओर कातरता, सहानुभूति और प्रेम-भरी आंखों से अपलक निहारती और उसे ढाढ़स बंधाने की कोशिश करती। शायद वह कहना चाहती थी कि मेरे बाद तुम अपना खयाल ठीक से रखना। समय से खाना-पानी लेना। हमारे दुर्भाग्य ने ही

हमें यहां ला पटका है। क्या पता अचानक कुछ हो जाए और ये लोग हमें वापस हमारे देश, जहाज में लादकर पहुंचा दें। चिंता न करो। मैं प्रार्थना करती हूं कि मेरे जीवन में जहां-जहां भी सुख और खुशी के पल हों, वे सब तुम्हें मिल जाएं, वह बोलने की कोशिश करती, लेकिन एक कमजोर...'बां-बां' के अलावा उसके गले से और कुछ न निकलता। गाय की तबीयत बिगड़ने लगी। वह अपनी टांगों पर ठीक से खड़ी नहीं हो पाती थी। बार-बार वहीं, चित्र के दाहिने कोने की जमीन पर अधलेटी हो जाती।

सांड ने उस दिन पहली बार गाय की आंखों में मृत्यु का प्रतिबिंब देखा। वह सघन होती परछाईं की तरह उन आंखों में उतरती चली आ रही थी। गाय देर तक अपनी आंखें खोले न रख पाती। उसकी आंखें मुंदी रहने लगीं।

सांड भय और अनिष्ट की आशंका से घबरा उठा। अपने भावी अकेलेपन की कल्पना से वह बेचैनी और विवेकशून्य पागलपन से भर उठा। शोक और दुःख ने उसके सोचने-समझने की सारी ताकत छीन ली।

वह हर अंग्रेज पर हमले करने लगा। जैसे ही बंगले में कोई गोरा कर्मचारी या अतिथि आता, वह अपने नथुनों से डरावनी फुंसेट छोड़ता हुआ उसे मारने के लिए दौड़ता। लोग चिल्लाते हुए भागते।

सबसे ज्यादा बुरी स्थिति तो तब पैदा होती जब सांड किसी अंग्रेज को यूनीफॉर्म में देखता। ऐसे में उसे संभालना मुश्किल था। वह एक प्रचंड, उन्मत्त, पागल और वहशीपन की आग में जलता दुर्धर्ष सांड था। उसने कइयों को घायल किया, हाथ-पैर तोड़े। तीसरे दिन ही उसे पुलिस की मदद से बुरी तरह मोटे-मोटे डंडों से मारा गया और लोहे की मोटी-मोटी मजबूत सांकलों और जंजीरों से बांधकर लकड़ी के उसी अहाते में वापस कैद कर दिया गया, जहां से उसे मृत बछड़े के गर्भाधान के लिए निकाला गया था।

बाहर 'प्योरली हॉल' बंगले के मुख्य फाटक पर एक तख्ती लगा दी गई, जिस पर मोटे-मोटे लाल अक्षरों में लिखा था, 'बीवेयर ऑफ अ मैड डेडली इंडियन बुल।' (एक खतरनाक पागल हिंदुस्तानी सांड से सावधान!)

गाय असहाय थी। वह अपने अंत समय में उससे दूर हो गई थी। अपने बचे-खुचे जीवन की सारी शेष ताकत संजोकर वह उस अभागे, शोक और क्रोध में पागल उस कैदी सांड को निहारना चाहती लेकिन कुछ ही पल में उसकी आंखें मुंद जातीं और वहां अंधकार छा जाता।

वह बोलने की कोशिश करती लेकिन अब तो वह कमजोर रंभाहट भी पैदा नहीं

होती थी। सिर्फ नथुनों से थोड़ी-सी सांस बाहर निकलती जिससे जमीन की घास जरा-सी कांप जाती।

और एक दिन वह सुबह नहीं उठी। उसकी आंखें बंद ही रही आईं। गोरे कर्मचारी उसे सुबह नौ बजे ही वहां से उठाकर कहीं ले गए।

सांड जोरों से रोया। पूरा गला फाड़कर। उसके फेफड़े, कलेजा, हृदय, मस्तिष्क, उसका पूरा शरीर दुःख, पीड़ा, असहायता और अपनी निरुपायता पर फूट-फूटकर रो रहा था। अजीब-अजीब-सी आवाजें उसके गले से निकलतीं।

वारेन हेस्टिंग्स ने उसे देखा और कहा, "नो डाउट अबाउट इट। इट हैज बिकम टोटली इनसेन!"

और उस दिन पता नहीं कैसे वह सांड अपनी जंजीरों और सांकलों को तोड़कर आजाद हो गया। किसी को इसका अंदाजा ही नहीं लग पाया।

यह शाम का वक्त था। वारेन हेस्टिंग्स अपने ऊपर चल रहे महाभियोग के मुकदमे से उसी दिन मुक्त हुआ था। इंग्लैंड की अदालत के न्यायमूर्तियों ने उसे गबन, जालसाजी, भ्रष्टाचार, बर्बरता, धोखाधड़ी, ठगी और अपने अधिकारों के अनैतिक तथा मर्यादाहीन दुरुपयोग के आरोप से पूरी तरह बरी कर दिया था। बल्कि न्यायमूर्तियों ने उसकी योग्यता, दूरदर्शिता तथा ईस्ट इंडिया कंपनी और ब्रिटिश साम्राज्य के हित में की गई उसकी सेवाओं की प्रशंसा की थी। न्यायमूर्तियों ने उसे इंग्लैंड की प्रिवी काउंसिल का सदस्य बनाने की सलाह देते हुए 14,000 पाउंड की वार्षिक वृत्ति की भी अनुशंसा की। उन्होंने अपने उस महत्त्वपूर्ण ऐतिहासिक फैसले में कहा था—

" वारेन हेस्टिंग्स पर चला महाभियोग का यह मुकदमा अफसोसनाक है। एक प्रशासक, जिसे इंग्लैंड से हिंदुस्तान राज करने के लिए भेजा गया, उसके हर कदम का या तो उसकी परिषद् की ओर से विरोध हुआ या उसके अपने देश इंग्लैंड की ओर से। अगर उसमें थोड़े-बहुत दोष थे भी तो वे उस राजनीतिज्ञ के दोष थे जिस पर अचानक संकट आ पड़ा हो और इतनी कठिनाइयां तथा समस्याएं उसके सिर पर आ गई हों कि ऐसी स्थिति में मानवीय समझ में भूल-चूक हो जाना अस्वाभाविक नहीं है।

" वारेन हेस्टिंग्स पर अपना फैसला सुनाते हुए हमें यह नहीं भूलना चाहिए कि साम्राज्य बनाने वाले बड़े राजनीतिज्ञों और प्रशासकों से पूर्ण नैतिक आचरण की उम्मीद करना ठीक नहीं है। क्या कभी पाप, अन्याय और अनैतिकता के बिना भी कोई साम्राज्य बनता है? "

वारेन हेस्टिंग्स इस फैसले से खुशी के मारे दीवाना हो उठा। उसकी पत्नी बार-बार उसके माथे को चूमती थी। लंदन, बर्कशायर, मानचेस्टर और तमाम शहरों के गणमान्य व्यक्तियों ने उसे बधाइयां भेजीं। बर्कशायर के टाउन हॉल में उसका अभिनंदन किया गया और उस पर महाभियोग का मुकदमा चलाने वाले मिस्टर बर्क की भर्त्सना की गई।

खुशी और गर्व में झूमता वारेन हेस्टिंग्स पत्नी के साथ अपनी रॉयल बग्घी में बैठा अपने बंगले की ओर लौट रहा था।

बग्घी जैसे ही 'प्योरली हॉल' बंगले के मुख्य फाटक से अंदर दाखिल हुई, अचानक जैसे भूकंप आ गया। किसी मृत्यु के दूत की तरह, बंगले के तमाम बाड़े-बंदियों और दीवारों को धंसकाता, भयानक आवाज में दहाड़ता—जैसे सैकड़ों बिजलियां एक साथ छूट रही हों और स्याह घने बादल गरज रहे हों—वह सांड बग्घी की ओर किसी साइक्लोन, तूफान, चक्रवात की तरह लपका और अपने सींगों में फंसाकर उसने बग्ध्धी को वारेन हेस्टिंग्स, उसकी पत्नी और साईस के समेत हवा में उछाल दिया।

बग्घी गिरकर टूट-फूट गई। वारेन हेस्टिंग्स के कूल्हों, जांघ की हड्डी और दाहिनी कलाई में चोट आई। साईस बेहोश हो गया। उसकी नाक से खून बह रहा था और वारेन हेस्टिंग्स की पत्नी के सिर में चोट लगी थी। चोट शायद ज्यादा गहरी थी, क्योंकि उसकी स्मृति का लोप हो गया था और वह अंट-शंट बोल रही थी। वह बार-बार 'चोखी' और 'नंदकुमार' जैसा कुछ बड़बड़ाती थी। वारेन हेस्टिंग्स की वह बग्घी, जिसे उस सांड ने चकनाचूर किया, वह इंपीरियल बग्घी थी—इंग्लैंड की शाही बग्घी।

और तभी, सबने देखा, एक पल में उस सांड ने अपने सींग से उस ऊंचे-पूरे, काले-चमकीले, शानदार एंग्लो-अरब घोड़े के पेट को चीरकर उसकी आंत बाहर फैला दी।

अत्यंत उन्नत, दोगली नस्ल का वह शानदार बेशकीमती घोड़ा भी एक इंपीरियल घोड़ा था। ग्रेट ब्रिटेन का शाही घोड़ा। साम्राज्य का प्रतीक।

वह सांड सचमुच पागल हो चुका था। उसके भीतर क्रोध, दुःख, पीड़ा और घृणा की कोई ऐसी ज्वालामुखी थी जो विध्वंस और विनाश के तमाम रूपों में लगातार फूट रही थी।

वह छुट्टा हिंदुस्तानी पागल सांड इंग्लैंड के लिए एक खतरा बन गया था। अंत में सन् 1795 में, ठीक उसी दिन जिस दिन इंग्लैंड की अदालत ने वारेन हेस्टिंग्स

को महाभियोग के मुकदमे से बरी किया था, रात नौ बजे इंपीरियल आर्मी की एक टुकड़ी ने उस सांड को गोली मार दी।

कहते हैं उस सांड के शरीर में इतनी चर्बी थी कि लालच में आकर बंगले के एक नौकर ने डेवन पोर्ट लेदर फैक्टरी को चोरी से वह चर्बी बेच दी। इस फैक्टरी से वह चर्बी वूलविच शस्त्रागार पहुंची और उसके बासठ साल बाद सन् 1857 में कलकत्ते के पास बैरकपुर की फौजी छावनी में 29 मार्च को जब मंगल पांडे ने अंग्रेज एडजुटेंट को गोली मारी तो उस कारतूस में इसी चर्बी का इस्तेमाल हुआ था। राष्ट्रीय महासंग्राम—इसे अंग्रेजों ने बाद में 'गदर' कहा—की शुरुआत इसी कारतूस के धमाके के साथ हुई थी।

तो यह थी वारेन हेस्टिंग्स के हिंदुस्तानी सांड की कहानी। सवाल यह रह जाता है कि क्या वह सांड सिर्फ अपनी गाय और अपनी संतान के शोक में पागल हुआ था? क्या उसने यूरोप के निर्मम, अमानवीय और करुणाशून्य औद्योगिक समाज और पश्चिमी संस्कृति के विरोध में अपनी जान दी? क्या वह अपने देश के मिथकों, पुराणों, ग्रंथों, अंधविश्वासों और पुरानी परंपराओं के लिए किसी कट्टरपंथी सांप्रदायिक की तरह लड़ा और मारा गया? क्या वह ब्रिटिश साम्राज्यवाद के खिलाफ एक देशभक्त राष्ट्रवादी भारतीय की तरह विद्रोह करता हुआ मरा?

या वह एक मामूली सांड था जिसे सैम्युअल टर्नर ने तिब्बत के एक बूढ़े लामा से प्राप्त किया था और भारत के पहले अंग्रेज गवर्नर-जनरल वारेन हेस्टिंग्स को भेंट किया था? या वह गाय 'चोखी' और वह सांड उस 'नंदकुमार' के पुनर्जन्म थे, जिनकी मृत्यु में वारेन हेस्टिंग्स की भूमिका थी? या वह सांड वास्तव में शहीद हुआ था? और अगर ऐसा है तो क्या यह मांग गैर-वाजिब है कि राजघाट के आसपास कोई स्मारक उसकी स्मृति में भी होना चाहिए?

इतना नहीं तो कम से कम आजादी के पचास साल बाद, स्वतंत्र भारत की राजधानी दिल्ली की किसी टूटी-फूटी सड़क का नाम ही उस अभागे हिंदुस्तानी सांड के नाम पर होना चाहिए, जो लगभग दो सौ साल पहले सन् 1795 में इंग्लैंड के बर्कशायर नामक नगर में सेना की गोलियों द्वारा मारा गया।

वैसे तिब्बत का वह बूढ़ा लामा दिल्ली के 'मजनूं का टीला' नामक इलाके में शरणार्थी के रूप में अब भी रहता है, उसे सैम्युअल टर्नर की याद है जिससे वह लगभग सवा दो सौ साल पहले मिला था। वह रहस्य-भरी झुर्रियों में मुस्कराता हुआ कहता है, "वह सांड अभी मरा नहीं है।"